| 光明社科文库 |

英美经典诗歌的结构艺术

宋建福◎著

光明日报出版社

图书在版编目（CIP）数据

英美经典诗歌的结构艺术 / 宋建福著 . -- 北京：
光明日报出版社，2019.11

ISBN 978-7-5194-5130-1

Ⅰ.①英… Ⅱ.①宋… Ⅲ.①诗歌研究—英国②诗歌
研究—美国 Ⅳ.① I561.072 ② I712.072

中国版本图书馆 CIP 数据核字（2019）第 040831 号

英美经典诗歌的结构艺术

YINGMEI JINGDIAN SHIGE DE JIEGOU YISHU

著　　者：宋建福

责任编辑：郭思齐　　　　　　　责任校对：李　荣
封面设计：中联学林　　　　　　责任印制：曹　净

出版发行：光明日报出版社

地　　址：北京市西城区永安路 106 号，100050

电　　话：010-63139890（咨询），63131930(邮购)

传　　真：010-63131930

网　　址：http://book.gmw.cn

E－mail：guosiqi@gmw.cn

法律顾问：北京德恒律师事务所龚柳方律师

印　　刷：三河市华东印刷有限公司

装　　订：三河市华东印刷有限公司

本书如有破损、缺页、装订错误，请与本社联系调换，电话：010-63131930

开　　本：170mm×240mm

字　　数：476 千字　　　　　　印　　张：26.5

版　　次：2020 年 1 月第 1 版　　印　　次：2020 年 1 月第 1 次印刷

书　　号：ISBN 978-7-5194-5130-1

定　　价：99.00 元

目　录
CONTENTS

导　言

　　在九曲绵延的诗歌长河里，经过时间的不断淘洗，那些精美的诗篇逐渐地沉淀下来，成为宝贵的、可以反复消费的琼浆玉液，滋养读者们的情感，养育其灵魂深处的崇高精神。营养从来都是兼顾肌、体两个方面。对英美经典诗歌的结构艺术做尝试性的研究，能够揭示其润泽读者格局的内在范式。由此，本研究是诗艺的宏观探索而非微观性研究，以国内外流传时间长、影响范围广的部分经典诗歌与名篇为研究对象。作者希望以此为抓手，尽可能广泛地查阅前人的研究成果，全面总结个人诗歌教学与研究之心得，对英美经典诗歌的结构艺术做一番有价值的探讨，为众多喜爱英美诗歌、却又无暇对诗歌结构艺术深度追问的读者，提供一把揭开谜底的钥匙。

　　诗歌的魅力是永恒的，每一代读者面临的困惑也是永恒的。并不是每一个人都拥有甜美的歌喉，但每一个人都能通过吟诵感受到诗歌的意境之美；可是，体验到诗歌的意境之美，却又道不出叙事之妙的秘密。谁不曾记得，每每读到佳句之时，多少甜美、浓厚的情感从心底油然而起，多少呼之不出的体悟，如今寥寥数语，意境尽出，但诗歌的整体之美从何而来，不得而知。也有时候，华美的喻象纷至沓来，令人眼迷缭乱，惊叹诗歌的瑰丽，却不知面前究竟是哪位女神。终于读到一首自然天成、贴近生活的诗歌，一时间找到了欣赏诗歌的自信，疑惑却又飘然而至：诗人不至于如此直白，但诗歌蕴含的深层意旨，辗转反侧，求之不得。更有甚者，诗歌的相貌自然是熟悉的，但有时如此之怪异，竟然也有人呼之为诗歌，实在是令人费解。困惑，与其说是局部的，倒不如说是结构性的；既有私人的属性，又有公共的属性。

　　潜心于诗歌研究的学者不计其数，剖析诗歌的著作蔚为大观。

　　国外英美诗歌研究成绩斐然，但经过长时间的继承与发扬，诗歌研究的成绩逐渐凝聚为三个方面的代表性著作：一是诗歌史，如 *The Columbia History of American Poetry*，二是诗歌主题研究，如 *Understanding Poetry*，三是诗歌艺术性研究，如 *A Linguistic Guide to English Poetry*。诗歌史研究以时间为纵轴，对各个时期主要诗人的创作历程、情思观照与创作风格做了较为系统的介绍。*Understanding Poetry* 一书不是纯粹的主题研究，但主题研究占有很大的比例，包括时境、情绪、语气、态度、主题、意义等，所涉及的主题思想高度概括。总体上，本书是一部集文集、品论、赏析于一身的佳作。对读者影响极为广泛的当属 *A Linguistic Guide to English Poetry*，该书集前人研究之大成，纵横捭阖，旁征博引，从语言学的角度，详细而又全面地探索了诗歌的技巧，但没有能够从宏观的角度对诗歌的规律性进行有效的探讨，例如，没有说明诗歌常见的结构类型及其特点是什么，特别是没有总结以玄学诗为代表的经典诗歌中存在着哪些逻辑范式，没有回答诗歌中偶然出现但绝不可以忽视的逻辑悖谬现象背后的根据是什么，没有从宏观的角度回答诗歌的形式与内容之间的形式主义关系是什么，更没有阐释自由诗和投射诗之所以成为诗歌的本质特征是什么。

　　国内的英美诗歌研究大致上与国外研究平行。第一类，诗歌史。例如《20 世纪英美诗歌导读》，以归纳的方式，总结了 19 世纪末至 20 世纪英美主要诗人的主要成就、创作趋势，各流派产生的背景及其对文学发展所起到的推动作用，旨在帮助英语专业的学生和业余爱好者熟悉现当代诗歌的各个流派、主要诗人和他们的主要作品。第二类，情感与哲思。例如《英美诗歌导读》共八章，内容包括：诗歌与人生、诗歌与爱情、诗歌与战争、诗歌与死亡、诗歌与城市、诗歌与田园、诗歌与政治、另类的诗歌等。第三类，诗歌艺术。例如，《英美诗歌鉴赏入门》介绍了诗歌的定义、诗歌的类型、意象、修辞、音律、诗歌的形式，该书重在帮助读者了解英文诗歌的基本特点，掌握英诗的音韵特点，即由轻重音节组成的节奏感。《英美诗歌鉴赏入门》所做的技巧方面的介绍精准，令人信服，但仍然属于限于微观领域的研究，尽管个别内容可以横跨两界。

　　总的说来，无论是国外还是国内研究，诗歌史的成果远远大于诗歌思想和诗歌艺术方面的成果；由于诗歌思想集中在情感和对社会现象进行高度概括的表达，目前尚没有完整的、深入的研究成果；而诗艺的研究虽然历史悠久，而且取得了骄人的成绩，但仅限于语言层面；在宏观上，例如结构艺术，还存在着很大的空白。

　　众所周知，物质上，有文学不富，无文学不穷；但精神上，没有文学，灵魂必定贫乏。作为人类古老的艺术，诗歌经久不衰，因为人类离不开诗歌对精神的滋养。诗歌首先是关于情思，其次是关于哲思，但都离不开激情的驱动。诗歌离开了激情就失去了灵魂，但诗歌并不仅靠激情，激情的涤荡总离不开隐秘、鲜为人知的理性结构，理性结构有着独特美学意义的结构逻辑。结构艺术，顾名思义，是指诗歌在结构（宏观）层面展示出的手法，能够对诗歌的整体性艺术效果产生直接的影响。结构艺术可以是形式上的，也可以是思想上的；一些语言（微观）层面上的手法，在特殊的情况下，也可以成为结构层面的技巧。诗歌的结构艺术证明，诗歌是根植于理性的激情之花。

　　研究诗歌的结构艺术，就是通过对英美诗歌的经典和名篇进行深入细致的分析，集中研究诗人在形式与内容两个方面的结构艺术性。在形式上：研究自由诗与投射诗的音乐性；从形式主义理论出发，研究形式与内容的辩证关系；经典诗歌的结构类型。内容上：研究逻辑谬误与诗歌本质间的关系，以及能够充分体现诗人智慧的结构性手法。具体地讲，将针对不同的论述要点，或者简明扼要地对相关的艺术传统进行总结，为即将展开的论证做好铺垫，或者进行语篇与语言上的区分，确立即将论证的结构艺术的合理地位。在论证的过程中，以简约的理论阐释为先导，以详尽的诗歌分析为落脚点。其中，结构分析以独立的诗篇为基本的研究单位，让思想性剖析为结构艺术的阐释服务。从宏观的角度研究诗歌的结构艺术，是诗歌作为一种学科的题中之意，也是结构主义批评理论的重要实践内容。

　　本书将依照以下的步骤逐一展开论述：

　　第一章将着重探讨自由诗之诗歌本质特征。与传统的英雄双韵体诗、十四行诗和无韵体诗相比，自由诗堪称诗歌史上的一场大变革，其中，投射诗更具叛逆精神。新体诗歌固然背离传统，但至今仍然深得读者的青睐，他们的成功不能说不是一种奇迹，但凡奇迹，无一不以合理的方式存在着，存在的合理性可以是艺术的，也可以是社会的。但就艺术而论，自由诗之诗性主要表现在四个方面：第一，散文化诗性，即把散文中具有诗意的表现手法加以改造，使之成为自由诗之诗艺；第二，断行凸显，即利用诗行与焦点在行内的位置突出意义；第三，以格律传统为轴线，创造若即若离的节奏；第四，呼吸的节奏，即用呼吸调节诗歌节奏。

　　第二章重点论述形式何以成为内容以及非象征性所指具有怎样的深层结构。很长一段时间，形式仅仅是一种空壳，不具任何主题意义；自从形式主义诞生以后，形式的功能得到了拓展，形式即内容，形式与内容的边界消失了。本章首先分析卡明斯的诗歌，论述其诗歌形式传递出的思想内涵，尔后以勃朗宁的戏剧独白体诗为对象，在言语行为理论和文化诗学的框架下，揭示诗歌主题思想表层之下能够存在着怎样的深层结构。当诗歌的形式具有了思想性，非象征性所指具有了深层结构，诗歌的结构艺术也就非同寻常了。

第三章主要揭示诗歌能够在寥寥的数行之内、华丽的外表之下和浓浓的情意之中隐藏着小巧玲珑的结构，在鸿篇巨制之下起支撑作用的洗练结构。本章以短小精悍、意义隽永的诗歌，以及部分具有豪华阵式的长篇叙事诗为对象，总结英语名篇的结构类型，析出每一结构类型的特征。讨论问题式结构，主要对比十四行诗各个种类的异同；分析拼盘式诗歌结构，旨在揭示共时状态下诗歌结构所具有的典型特征；讨论套盒结构，主要是揭示《古舟子咏》等在不同时空对同一事件实行追忆所形成的虚与实的套藏模式。再次阐述副歌（迭歌）作为全诗的组织者与诗歌其余部分之间的逻辑关系范式。最后阐释的是首尾相接，即诗歌的开头与结尾在逻辑上形成循环模式。诗歌固短，但结构繁复、华美；诗歌虽长，但结构简练、利落。

第四章集中分析诗歌内在结构范式的一个突出结构形式：二元结构。一是起结构作用的比较与对照手法。比较与对照，在许多情况下，属于语言或微观层面，是一种重要的修辞手段，但在一些特殊的情况下，比较与对照也就上升为结构性组织方法。比较的目的不是揭示两者间的相似，而是揭示情感寄托体的优秀品质，比较也可以存在于明喻的形式里；对照的目的不是为了揭示对立体间的差异，而是突出一方的卓越品质，起到激励的作用。更有时候，比较与对照并存，起到意想不到的效果，这是英美诗歌具有的典型思维方式。比较与对照，看似简单，如果运用得体，则能化平庸为神奇，彰显诗人的智慧。

二是经典诗歌中的对立统一思维方式。哲性是诗歌的灵魂，是对存在本质的深度思考。玄学诗最具哲性，它往往从设定的愿望出发，突遇变故，事态直转直下，发展到了愿望的对立面。照常识来看，事与愿违不可不谓失败，但诗歌的哲性魅力正是蕴藏在事物的对立矛盾之中。常识，作为一般生活经验，描述的是静止不变的规律，是一种视角下相当长的时间内能够正确解释某种生活现象的人类智慧。离开了特定的视角，事物背后的这种本质也就根本不存在了，是所谓成也视角，败也视角。颠覆消极、被动、悲观的视角，揭示存在的另一方面的积极、主动、乐观的意义，成为诗歌哲性的光环。

第五章专注诗歌的破格现象，即逻辑的悖谬和语义的断裂等诗学现象。就生活与诗歌的关系而言，生活的逻辑就是诗歌的逻辑基础，但不能轻易地反过来说，诗歌的逻辑就是生活的逻辑基础。生活与诗歌的单向逻辑关系已深入人心，不可撼动。诗歌破格则要说明，诗歌的逻辑可以独立于生活逻辑，欣赏诗歌当要尊重艺术性逻辑。诗歌视角的冲突、语义的断裂、诗歌的碎片化以及对应的虚化，都是诗歌破格现象的典型。诗歌，近则炙热，远则朦胧，不远不近，宁静疏淡。朦胧源自交流的距离或者阻断，但为何选择距离、保持交流的阻断，则是审美的需要或交流的规范所限。明白了诗歌艺术破格的必要性，审美也就有了心理准备与宁静的心境。

第六章，结构之花，主要阐释象征与意象在结构层面上的特征。在诗歌的结构方面，象征最能体现诗歌的丰富蕴含，因而最能体现诗歌的本质特征。象征主义诗歌之所以蕴含丰富，是因为它承载的哲理具有普世性，否则，喻他性也就不可能了。诗歌还有一个不可或缺的结构因素，即意象，而意象也正是意象派诗歌生命之所在。意象固然也是象征的内含条件，但意象派诗歌在手法与旨归上迥异于象征主义表意，意象派诗歌并不追求作品的丰富蕴含，而是直接作用于内在视觉感官（the mind's eye）。当然，象征也源自比喻，但语言层面或者作为修辞手段的比喻，是不能成为结构性象征的。结构性象征赋予诗歌结构完整的统一体，而比喻，通篇来看，提取意义之后，除了能够表达完整的思想之外，给读者留下的只有支离破碎的空壳。象征和意象都可以成为诗歌结构的组织者，但作为修辞手段的比喻则不行。

诗歌的结构是人们组织情感、哲思，把诗歌艺术效果极致化的一种宏观与理性努力。从诗歌的头韵到英雄双韵体，从英雄双韵体到无韵诗体，从无韵体到自由诗，诗歌组织形式的演变与发展，无一不体现人们对诗体的尊崇。十四行诗与玄学诗则是诗人在形式与内容上以理性为主导、寻求宏观结构之美的典型代表，而形式主义、象征主义与意象主义诗歌实践更是推动诗歌朝着更高水平发展的可贵努力。无论诗歌叙事艺术发生怎样的破格现象，破格只是一种假象，假象之下隐藏着一种真实、可感而又规则的逻辑体系。改变带来完美；外在的迷失，绝不代表内在结构的缺失。

第一章　自由诗之诗歌本质

自由诗（free verse），表面上，明显属于体裁的范畴，而体裁，顾名思义，就是量体剪裁，剪裁的结果当然受制于主体对象的结构特征。因此，对自由诗的诗歌本质进行论述，就必然归为结构的范畴，而对结构进行分析，就要从结构的单元入手，通过揭示单元及其本质特征，实现剖析自由诗之诗歌本质的目的。

自由诗是诗吗？具体地讲，什么是诗？"自由"不就是摆脱诗歌的约束机制吗？离开了诗歌固有的规律，一首作品难道还能成为诗歌吗？

对自由诗进行的质疑并非空穴来风。自由诗一词本身的确包含着一对矛盾体：诗性与反诗性。什么是诗性？要对诗性做出回答，需要考虑诗性的时间边界。1855 年，当惠特曼（Walt Whitman, 1819—1992）的《草叶集》（*Leaves of Grass*）成书之时，《草叶集》也就成为英美诗歌史的分界线：《草叶集》之前，英美诗歌基本沿袭着近五百年的诗歌传统，即音步诗（metrical poem），而从《草叶集》开始，英美诗歌背离音步诗，独辟蹊径，开创了自由诗的艺术先河，并大行其道。因此，关于诗以及诗性的追问，必须回到音步诗那里去寻找答案。

音步诗的种类丰富，而且每一种都以音步为基本构成单位。英语音步诗的命名以诗行所包含的音步数为标准，共分五种，即三步诗（trimeter）、四步诗（tetrameter）、五步诗（pentameter）、六步诗（hexameter）与七步诗（heptameter），每一种音步诗的音步，从理论上讲，都是一成不变的。诗歌的音步（foot）由两个或三个音节构成，两音节的音步至少含有一个重读音节，三个音节的音步仅含一个重音节。音节内，重读音节位置的不同，又决定了音节的不同。具体地讲，两音节的音步分为三种：重读在后的抑扬格（iamb）、重读在前的扬抑格（trochee），以及双重读音节（spondee）；三音节音步分为两种：重读音节在后的抑抑扬格（anapest）与重读音节在前的扬抑抑格（dactyl）。音步数与音步种类自由组合，也就派生出了具体不同的音步诗，其中，最常见的则为抑扬格五音步诗（iambic pentameter），例如莎士比亚的《十四

行诗第 18》开句，Shall I/com PARE/thee TO/a SUM/mer's DAY? 其中，大写的
音节为重读音节，也就是升调所在位置。不难看出，音节与重读成为音步诗
格律的关键要素，所以，音步诗又称为格调诗（tonico–syllabic）。

如同格律一样，尾韵也是音步诗的一个重要诗学支柱。押尾韵的方式也
是灵活多变。押尾韵最早的方式是双行押韵，抑扬格五音步的双行诗句押韵，
则成为英雄双韵体（heroic couplet）。对称性押韵以诗节为单位，常见于十四
行诗。以四行为单位的诗节（quatrain），具有两种押韵模式：第一行与第四行
押韵，第二行与第三行押韵（abba）；或者，隔行押韵（abab）。以三行为单位
的诗节（sestet）同样具有两种押韵模式：首尾行押韵（cdc），或者，诗节间
押韵（cde, cde）。对称性押韵，无论是在诗节内，还是在诗节之间，都能够
超越空间界限，从整体上对诗歌进行勾连，实现诗歌结构的紧密性。试举两例：
一是弥尔顿《论失明》的押韵模式，即 abba，abba，cde，cde；二是莎士比亚
十四行诗《第 106 首》的押韵模式，即 abab，cdcd，efef，gg。以上仅仅是押
韵模式的简例。

诗行与语句的巨大差异，构成诗学的第三支柱。诗行可以与语句平行，
但在诗歌里，平行属于巧合。一般而言，诗行比语句短，多个诗行才能构成
一个完整的语句；语句只有断开，才能满足诗行的要求，语句的结束也可能位
于诗行的中间。为了满足诗行对格律的要求，词或短语的顺序往往发生意想
不到的变化（defamiliarization），陡增理解的难度。乔叟的《总序》这样开始：

As soon as April pierces to the root
The drought of March, and bathes each bud and shoot
Through every vein of sap with gentle showers
From whose engendering liquor spring the flowers; [①]

以上四个诗行实际上是一个语句，其中包含着两个并列的小句，第二个
小句又拥有一个定语从句。并列的第一个小句一分为二，句尾落在第二行的
中间，宾语 The drought of March 后置，位于第二行行首；第二个小句一分为三，
定语从句倒装。押韵模式为英雄双韵体。

---

① 为了便于分析，更清楚地说明英语诗歌的结构艺术特征，本书一般引用诗歌原文，如有
必要，在阐释的过程中，适时地加以解释。一般情况下，引用译文。一首诗，有关的译文，
均引自同一标注的译者。

音步诗，杰作迭出，一度盛行近千年，并深入人心。

读者与诗人的审美趣味有时难以同步。对于读者来讲，音步诗代表着诗歌艺术的最高境界，备受青睐；对于诗人来讲，格律与韵脚并不是诗歌的一切，为了诗歌的意境，诗人甚至不惜违背诗学规范。无韵诗（blank verse）保留了抑扬格和五音步，但放弃了双行的韵脚；斯宾塞诗节（Spenserian stanza）的第九行与前八行一致，采用抑扬格，但在音步的数量上由五步增至六步；当十八世纪的诗歌创作重返英雄双韵体之时，古典主义从正面说明了诗人背离经典规范之风的程度。然而，新古典主义并没有完全遏制诗歌破格现象的频繁出现。实质上，音步诗本身就是诗学革新的结果。在英雄双韵体之前，英语诗盛行头韵（alliteration），并以行内重读音节的数量为标准，通常是四个，只是受到以偶数音节为特色的法语诗歌的影响之后，才逐渐发展成音步诗。变革是诗学发展的必然趋势，在自由诗正式登上历史的舞台之前，埃德加·艾伦·坡的《渡鸦》（*The Raven*）既发展了英语诗歌传统，又突破了音步与诗行长度上的约束，为自由诗吹响了前奏。

《草叶集》摆脱了音步与音韵的约束，传统的韵律美突然消失了，体验不到音步与声韵之美的读者发出了强烈的批评之声。有学者认为，《草叶集》给人的总体感觉是杂乱的，缺乏艺术性。具体地讲，诗行残缺不全，参差不齐，变化无常，漫不经心；诗行内缺乏鲜明的节奏感，不成体统的节奏仿佛从污水中冒出来的泡泡，了无雅致；定义不准，词义飘忽不定，整体表述含混不清。照此看来，惠特曼完全是一位不晓音律、不善言辞的蹩脚诗人。然而，以《船长，我的船长！》（*O Captain! My Captain!*）为代表的诗作，其抑扬格整齐划一，堪称佳作，但惠特曼似乎以丑为美，执意放弃精湛的诗艺，选择不规则、变态的表达方式。[①] 在批评者看来，新派诗人简直就是文学赤匪，是他们摧毁了诗歌赖以存在的音韵体系。有理由说，诗歌乃是人类文明的巅峰，而音步体系，经由一代又一代巨匠反复锤炼而成，是诗歌的灵魂。格律就是诗歌，就是文化，就是文明。如果不能把自由诗驱逐出境，音韵学就会面临着灭顶之灾。

如果批评意见正确的话，自由诗，经过一个多世纪的自然选择，应该走向沉寂。事实正好相反，自由诗不但没有退出文学的舞台，反倒越发繁荣，正所谓存在的即是合理的。合的是什么理？不是道德规范，也不是政治主张，而是宇宙的客观规律。合乎自然规律的不一定受到人们的喜欢，人们喜欢的

---

① SCOTT F N.A Note on Walt Whitman's Prosody [J].The Journal of English and Germanic Philosophy，1908,7（2）：134—135.

不一定合乎自然规律。艾略特说得好："没有诗歌是自由的。"[1] 凡是把"诗歌"与"自由"两个概念对立起来的观点，无一不是狭隘地理解了"自由"这一概念。自由诗摆脱了音步诗的清规戒律，但并不一定背离了诗的本质，要知道，关于音步诗的种种规定并非诗歌本质的全部。既然自由诗越来越受读者和诗人们的喜欢，并成为诗歌的一种体裁，它就必然拥有内在的诗性，只是一种尚未进行理论归纳、更未广泛认可的诗性而已。

诗歌毕竟是诗人运用语言创造出的结构上具有审美意义和区分度的作品。自由诗放弃了具有显性区分的格律与尾韵，通过对重读音节、诗行、形式、内容等诗歌因素的改造，创造出相异、符合时代精神、具有区分性的诗歌艺术，完成了英语诗歌的又一次重大变革。有趣的是，自由诗背离了音步诗，但它却又紧紧地依附于音步诗所形成的参照体系，以此烘托出自身的美学价值。从历史的角度来看，自由诗并没有取代音步诗，而是与音步诗并存，共同构成诗歌历史的连续体，并以此为本，成就自己，定义自己。自由诗大致具有四个显著的诗性特征：第一，以惠特曼为代表的散文化诗性；第二，以威廉姆斯为代表的断行凸显；第三，以史蒂文斯为代表的音步归离；第四，以奥尔森为代表的呼吸节奏。

第一节　散文化诗性

美具有区间性和时间性。区间性之美可以外溢，也可以内聚；时间性之美可以持久，但难以永恒。音步诗可谓英语文化所特有，曾主宰英语诗坛近千年，但终究敌不过时间的消磨，因诗人的逐渐背离开始走向式微。惠特曼（Walt Whitman，1819—1892）在诗坛上竖起了自由诗的旗帜，但并没有把诗歌化为散文，而是创造出新的音步来取代旧的音步，用变化取代静止，用差异取代统一，在变化与差异中，形成具有审美意义的多元化诗性。可以说，背弃诗歌传统实质上是背弃了诗歌艺术的单一性，拥抱自由诗实质上就是接纳诗性的散文化；就是送走横向的格律，迎来纵向的格律；就是承认句法层面的节律，更要挖掘出语义层面的节律。自由诗的诗性就是海纳百川，气吞山河。

有必要扫除"意图谬误"（intentional fallacy）的障碍。意图谬误理论反对根据作家的创作理念对其作品进行评论的做法。作家未必能够在创作过程中，

---

[1]　ELIOT T S.The Music of Poetry[M]//On Poetry and Poets.New York：Farrar,1957：31.

彻底贯彻自己的创作理念，即便很好地实现了个人的创作原则，按照作家意图解读作品，无疑是推行专制性批评，专制性批评剥夺了读者自由阐释的权利，把单一的意义强加给了作品。把作品的意义固化和单一化是危险的举措。不过，就惠特曼的自由诗而言，如果不顾诗人的创作意图，通过新批评的方法，证明自由诗具有诗性，这种方法固然很好；进而言之，如果诗人就创作目的已有明确表述，而且文学批评也证明了诗歌实践很好地实现了诗人的创作意图，那样不是更好吗？有理由说，惠特曼破除了音步诗的清规戒律，他不仅废旧，而且立新，废旧立新的艺术行为忠实地体现了他本人的艺术动机与才华。

　　惠特曼的动机意识非常明确。他在第七次修订《草叶集》之时，明确表示，"此次修订将全面实现创作之初的意图"。对与惠特曼来讲，一部修订了七次的诗集，仿佛是一幢数百年之久的老房子，"它的设计师从一开始就拥有一套完整的方案"。[①] 这套完整的建筑方案是什么，有待于下文详细论述，但对于一位革新者来说，有了方案并不意味着作品就一定是诗歌。惠特曼也曾经说过，"在我看来，到了彻底打破诗歌与散文界限的时候了。"[②] 那么，他创作《草叶集》的动机是什么？他的《草叶集》究竟是诗歌还是散文？可以肯定地说，《草叶集》是诗集，其中必定具有散文的元素，但主体仍然是诗歌，因为惠特曼自始至终都把《草叶集》视作一部诗集，而不是散文集。诗人的动机与作品完美结合。

　　自由诗肩负着时代的召唤和历史使命。"所有这一切，都是无韵之诗，等待着恢宏、慷慨的表达。"当然，完成这一使命的重任落在了诗人肩膀上。"他是万物的仲裁者"，"时代与大地的公道"，能够"补缺，裁余"。"为了实现这样的表达，美国诗人必须能够超越旧俗、面目一新"；其表达也必须是"间接的"或者"史诗般的"。诗歌固然要美，但"美诗也是科学的领地，最终需得科学的称赞"。[③] 不难看出，惠特曼从美国的民族精神当中，找到了自由诗的灵魂。

　　自由诗解决了音步诗自身的矛盾。音步诗存在着诗行与语句的矛盾。音步诗的最大特点是以音步为单位，通过相同音步按照一定数量进行重复的方法，来形成格律；要彰显格律，朗诵诗歌之时，朗诵者不仅要充分再现抑扬

① SCOTT F N.A Note on Walt Whitman's Prosody[J].The Journal of English and Germanic Philosophy，1908,7(2):140.

② SCOTT F N.A Note on Walt Whitman's Prosody[J].The Journal of English and Germanic Philosophy，1908,7(2):142.

③ WHITMAN W. Leaves of Grass[M]. New York: University of Iowa Libraries, 1855: iii-xiii.

的顿挫感，还要在行末做短暂的停顿，以此突出尾韵的魅力。然而，要创造出合乎规范的格律，诗人就必须打破语句和语法的限制，不仅要正确地对语句进行分割，而且要适当地调整短语或者词语的顺序，结果，片语成为诗行，错乱代替了语法。要理解诗歌，读者就必须还原语句，恢复语法顺序，特别是要放弃行末的停顿，让语句自然地流动，直至语句暂时停顿或者结束之处。诗行与语句、朗读与理解所形成的矛盾，相对于不同的读者，表现出的程度不同，但绝不会彻底消失。

以弥尔顿的十四行诗《论失明》（*On His Blindness*）为例：

When I consider how my light is spent

Ere half my days, in this dark world and wide

And that one talent which is death to hide,

Lodged with me useless, though my soul more bent

To serve therewith my Maker, and present

My true account, lest he returning chide；

"Doth God exact day-labour, light denied？"

I fondly asked；…

这首十四行诗同样是押韵的抑扬格五音步。所引用部分实为一个主从复合句，前六行是从句，一个主语 I，两个谓语动词 consider 与 present，前者又有两个宾语，how 从句和 that 从句；主句是最后两行，宾语为从句。为了音步的整齐划一，弥尔顿在第二行，把 in this dark and wide world 中的 and wide 后置，在第三行调换了 death 和 is 的位置，在第六行把状语 returning 与 he 对调，最后两行，主句后调。由于理解的缘故，读者倾向于这样阅读：

When I consider how my light is spent ere half my days,

In this dark world and wide

And that one talent which is death to hide, lodged with me useless,

Though my soul more bent to serve therewith my Maker,

And present My true account, lest he returning chide；

"Doth God exact day-labour, light denied？" I fondly asked；

有趣的是，读者虽然读破了诗歌原有的格律美，却没有完全丧失最基本的诗歌意识，保留了诗歌与散文在行长上的区分。惠特曼也正是因为深知读者的思维定式，所以才采取了符合广大读者思维习惯的诗行。①

显然，散文化诗性的第一个特点，亦即深为诟病的一点，就是行末（line-end）与句末（end-stop）重合。其实，两者重合也并不是惠特曼的专利，莎士比亚十四行诗第 18 首即是如此：

Shall I compare thee to a summer's day?

Thou art more lovely and more temperate.

Rough winds do shake the darling buds of May,

And summer's lease hath all too short a date.

莎士比亚把行末与句末统一起来，但没有受到批评，主要是他严格遵守了抑扬格五音步的定律，他的成功归于他在语义层面揭示的真谛与表现出的智慧。与此相反，惠特曼开放了行长，却没有保留传统的音步，所以受到了也许是不负责任的指责：他把诗歌推向了堕落与死亡的境地。

果真如此，也就没必要为惠特曼的诗歌艺术进行辩护了。自由诗之所以走向堕落或者死亡，主要是从传统的审美角度来看，自由诗走近了散文。自由诗的确向散文靠拢了，但又凭借着特殊的诗歌艺术与散文始终保持着严格的区分。《自我之歌》（*Song of Myself*）第 10 部分的第四节，拥有本诗中最长的诗行了：

I saw the marriage of the trapper in the open air in the far west, the bride was a red girl,

Her father and his friends sat near cross-legged and dumbly smoking, they had moccasins to their feet and large thick blankets hanging from their shoulders,

On a bank lounged the trapper, he was drest mostly in skins, his luxuriant beard and curls protected his neck, he held his bride by the hand,

She had long eyelashes, her head was bare, her coarse straight locks descended upon her voluptuous limbs and reach'd to her feet.

如此之长的句子叠列一起，如何能够成为诗歌？仔细观察一下，就不难

① ERSKINE J.A Note on Whitman's Prosody[J].Studies in Philosophy,1923(3):336.

发现，惠特曼的诗行可长可短，但每一行都具有相对的独立性。从语义上看，四个诗行分别聚焦于婚礼、贵宾、新郎、新娘，而音步诗，为了取得固定格律的效果，不得不打破语义的区域性，不同范畴的语义片段同处一行。自由诗的行长，如果长度超过了一行以上，其余各行必须缩进，以示该诗行的独立性，而散文则不必如此，语句固然具有独立性，但不必通过缩进加以强调，这样，诗行的特性凸显了诗歌的纵向性，散文句子的走向及其行长的适应性决定了散文的横向性。散文句子的横向性体现了连贯；诗行的独立性与纵向叠加性则形成了诗歌内部的张力，即合并中带有分立，分立却不能导致崩塌。张力是诗性的基本特征。格律也是张力的结果，把松散的语言高度规律化，离心力与向心力并存，必然形成张力。散文中也时有张力的出现，每当张力出现时，散文则被赞为具有诗意，可见张力的诗性是不可否认的。

惠特曼通过逗号的独特运用，加剧了这种张力，把具有散文特点的诗句进行了深度的诗化。本节共有四行，但从头至尾，除了最后一个句号之外，其余的句子之间全部使用逗号对语流实行停分。根据英语标点的规则，逗号的使用极其讲究，凡是出现在句子之间，逗号要么把从句与主句切分开来，要么与并列连词并用，表示相应的逻辑关系，而此处，逗号切分的既不是从句与主句，也不是连接两个暂时停分的句子。四个诗行，11 个单句，全部用逗号切分。在散文状态下，逗号切分两个单句，且不用关联词，只有一种情况，即两个单句较短，并具有明显的逻辑关系。[①]逗号在散文状态下的这种功能，从一开始就具有诗性的特点，并不因为出现散文当中，就只能具有散文性。惠特曼在自由诗中频繁地照此使用逗号，强化了单句的独立性，不仅四个诗行之间形成了独立性，而且诗行内部也形成了独立性，此时关联词的缺场更加突出了它的显性地位，缺场与在场形成的张力强化了自由诗的诗性。

散文化诗性还表现在，同一诗行内，相同结构的重复构成了诗行内部特有的节奏。音步诗的音步是由音节的抑扬按照固定的格式构成，相同的音步按照固定的数量重复又形成格律。散文化自由诗则以短语或单句为音节，中心词汇或短语为音步的焦点音节，焦点、非焦点音节构成的意群为音步，形成音步数量较少，但格律特征充分的诗行。以《自我之歌》第一小节为例：

---

① 《韦氏大学词典》仅仅列明在平行关系下才可以照此使用逗号（Merriam-Webster's Collegiate Dictionary，11 ed.，p. 1605），显然，所列明的使用条件过于狭窄。看一看英语谚语，就一目了然了，逗号可以表意多种的逻辑关系：表示条件的，Easy come，easy go；表示转折的，Man proposes，God disposes；表示对照的，Two's company，three's none。

I celebrate myself, and sing myself,

And what I assume you shall assume,

For every atom belonging to me belongs to you.

第一行，两个主谓宾单句，句法结构相同，主语与宾语相同，谓语动词不同；由于第二个单句的主语省略，结构的相同之处体现在谓语与宾语部分上；相同的结构构成了相同的音步，而两个音步的焦点都落在了动词 celebrate 和 sing 身上，形成了近似杨抑格的音步。第二行，I assume 与 you shall assume 的语法结构相同，构成两个音步，I 与 you 两个主语为音步焦点。第三行，belonging to me 与 belongs to you 结构相同，构成两个音步，me 和 you 为音步焦点。前两行的音步相同，杨抑格，最后一行与之相反，后两行音步的对立更好地凸现了你与我的重要性。此外，三个诗行都有一个语法成分统领全句：第一行，两个单句由主语 I 统领；第二行，由宾语 what 统领；第三行，由主语 every atom 统领。第一个和第三个统领词均是主语，第二个是宾语，但三个统领词语都位于句首部位。同中有异，这恰好说明了自由诗的本质，即在背弃中发扬，在相同中存异。

回读《自我之歌》第 10 部分的第四节，就会发现，音步的影子也十分明显。逗号把第一行切分为两个音步，trapper 与 bride 为焦点；第二行，cross-legged 和 dumbly smoking 为第一音步的焦点，moccasins 与 large thick blankets 为第二音步的焦点。第三行，四个大音步，on a bank，in skins，his luxuriant beard and curls 以及 his bride 分为焦点。其实，正常情况下，On a bank lounged the trapper 就完全可以作主句，后三个单句成为独立结构，以此形成一主、三独的格局，但为了创建结构平行的音步，诗人选择了单句，而不是独立结构。第四行，与第三行同理，四个音步，long，bare，voluptuous 及 to her feet 分别为焦点。由此可见，惠特曼在让诗歌走近散文的同时，保持着很强的诗性意识。

散文化诗性的第三个特点乃是排比。排比句常见于散文之中，往往构成散文的精彩部分：培根是位排比高手，在广为流传的《论学习》中得到了充分的体现；黑人民权领袖马丁·路德·金的著名演讲《我有一个梦想》，也是运用排比的典型案例。既然诗歌靠近散文，把散文中最具诗意的排比句式移植到诗歌中来，再恰当不过了。排比句往往具有三种形式：陈述句，如《自我之歌》第七部分第四小节；疑问句，如第二部分第四小节；感叹句，如第 18 部分第四小节。排比句的使用也并非偶尔为之，而是显著地反复出现，而突出使用排比句的情况也仅限于篇幅较长的诗作，主要起到补偿的作用，应该说是一种理性的选择。从表面上看，由于摆脱了格律的羁绊及对阅读习惯的尊重，自由诗的诗行仿佛毫无节制，不仅长短不一，而且缺乏美感，适时适度地使用排比句能够彰显自由诗的诗性存在。更重要的是，当疑问句和感叹句以排比的方式出现之时，就会形成排山倒海之势，而不是单薄之力，有助于汇成长篇诗作的交响效果。

自由长度的诗行也并不缺乏内在之美，单等排比句来提升其美学效果。《自我之歌》大部分诗行是由两个或以上的大音步组成，而两个大音步的诗行尤为突出，[①] 短行如此，如第一部分中的 I loaf and invite my soul，以及 Creeds and schools in abeyance，长行也是如此，如第四部分中的 As the hugging and loving bed-fellow sleeps at my side through the night, and withdraws at the peep of the day with stealthy tread。同样，排比句也不是通过重复任意一种简单的结构形成的，不少排比句内部有着讲究的对称性，而且与上下文密切关联。如第19部分的第四小节：

Do you take it I would abolish?

Does the daylight astonish? Does the early redstart twittering through the woods?

Do I astonish more than they?

尤其引人注目的是中间的一行，乍一看来，好似是排版错误，两个诗行并为一行，但实际上是诗人有意而为。与前后两个诗行相比，该行两个单句明显属于同一个语义范畴。此外，能够分列却并列，并列不仅增加了诗行的语义密度，而且还加强了单句间的密切联系；不过，其重要性递减。再如第四部分第四小节的第一诗行 Have you reckon'd a thousand acres much? Have you reckon'd the earth much? 与其后的两个诗行 Have you practis'd so long to learn to read?/Have you felt so proud to get at the meaning of the poem? 语义上不在同一范畴，结构上不属同一类型，并列与分列效果不同。由此足见，自由诗之非任意，规范性不谓不强。

排比句也有着自己的内部节奏，甚至能够实现形式与内容的统一。大量运用排比句，可能产生单调的效果，通过破格的方式，排比句潜在的单调性

---

① MITCHELL R.A Prosody for Whitman[J].PMLA,1969,84(6):1607.

得到了有效的控制。第 15 部分共 67 行，清一色的排比句式，[①] 气势恢宏地描述了人们在各自岗位上的工作。如前文所述，排比句的重要功能是提升表达效果，当排比句式一用到底，势必单调，但惠特曼巧妙地打破了排比句的连续性，避免了潜在的单调，并为排比句的大量运用赋予了难得的节奏。1 至 21 行，连续排比，第 22 行倒装，第 24 行从句前置；25 至 29 行，连续排比，第 30 行从句前置；31 至 45 行，连续排比，第 46 行倒装；此后，打破排比句式的节奏加快，第 49、51、54、60、67 行倒装。形式与意义相结合。也许，有节奏地使用排比句式仍然给一些读者单调感，当排比句的形式承载着思想性之后，排比句式就会再一次从单调中升华。在《自我之歌》之中，诗人怀着自豪的心情，讴歌美国的大地上，万物勃勃生机，社会一片欣欣向荣。当然，诗人也不是一位盲目的乐观主义者，他也忠实地记录了美国社会的黑暗面，向读者传递出 "凡是存在必定合理" 的信念。其中蕴含着自由、平等、博爱、兼容并蓄等观念，这些珍贵的价值观念，用排比结构进行诗意的表达，再恰当不过了。本部分是一个缩影。

散文化诗性的第四个诗性特点是格律纵向化。所谓的纵向化是指，一个诗行单位内具有规律性的结构，随着诗歌的展开，不断重复，在重复中变化，最终形成一种整体性结构，这种整体性结构具有明显的格律特征，不仅在视觉上，而且在听觉上，都具有美学意义。纵向化格律与音步诗的格律不同。音步诗每一行的格律都是一样的，整体上，格律的结构极为简单，同质叠加而成，美学意义不突出，基本上依靠尾韵进行补偿。与雪花的结构不同，雪花同质复制而成，却具有极高美学意义的对称性和繁复性。纵向化格律的 "音步" 较之音步诗的大了一些，它所形成的格律不仅是横向的，而且也是纵向的，抑扬变化不再是简单化的，而是相对复杂的曲线式或旋律式的。自由诗仍然保留了作为诗歌本质的格律。

大音步的划分有一定的复杂性。前文大音步的划分相对简单，凡并列连词或者逗号出现的地方就是音步的分界线，逗号作为大音步的分解线没有争议，但并列连词就不一样了。以 My own Manhattan with spires, and the sparkling and hurrying tides, and the ships 为例，划线的 and 属于一级并列连词，没划线的 and 属于二级并列连词。中心词或短语与限定性短语组成一个大音步，除非遇到了特殊语境或需要。例如，诗行 And ever the far-spreading prairies

---

① 与经典的排比句相比，较为宽泛，主要指主谓（宾）陈述结构的反复出现，用以大量列举平行的事实。

covered with grass and corn 应当作为一个大音步：过去分词短语修饰前面的名词短语，共同构成一个大音步，and 在限定性短语之中，不再具有进一步切分的能力。然而，诗行 A sprig with its flower I break 则可以切分成三个大音步，即 A sprig // with its flower // I break，因为诗行所在的上下文主要描述丁香花，所以，第二个音步虽然起着限定了前面名词的作用，但由于它的中心词是 flower，不得不成为单独的一个音步。此外，主句与从句的先后不同，也对大音步的划分产生重要的影响。从句在前，习惯用逗号与主句分隔开来，凡逗号出现的地方就是音步切分线；从句在后，主从句合为一个大音步。总之，纠结之处应根据主题的需要对诗行进行切分。

　　惠特曼的自由诗，从纵向的角度来看，具有明显的规范性运行轨迹。音步诗的纵向效果十分普通：自始至终都是统一的格律，仿佛一条直线，从头贯穿到尾；而惠特曼的自由诗则不同，由于诗行的大音步数量不一，纵向效果多呈现为抛物曲线。[①] 可见，对音步诗进行纵向分析没有意义；对自由诗，则意义非凡。以《军团在行进》(An Army Corps on the March) 为例。第二诗行总体上是一介词短语，第二与第三个名词性短语分列是必然的，而诗人之所以把 snapping like a whip 分列，是因为本诗旨在勾画行进中的军队所呈现出的意象之美，凡有助于此项艺术目的的短语均须凸显。第四行，前两个音步为原因，后一音步为结果，因果并重。第五行，in columns 前置，理应独立成为一个音步，但此处凸显的是地形赋予行进队伍的姿态，所以不必单列，而且，诗人强调的是"像一把长鞭"(like a whip)，因此忽略纵队的复数形式是必要的，倒装的效果可以纳入诗行之内。第六行与第四行相反，后两个音步对前一音步进行阐释，单句而不是独立结构形成了强调。切分结果如下：

With its cloud of skirmishers in advance,

With now the sound of a single shot, // snapping like a whip, // and now an
　　irregular volley,

The swarming ranks press on and on, // the dense brigades press on;

Glittering dimly, // toiling under the sun— // the dust-cover'd men,

In columns rise and fall // to the undulations of the ground,

With artillery interspers'd— // the wheels rumble, // the horses sweat, As the
　　army corps advances.

---

① MITCHELL R.A Prosody for Whitman[J].PMLA,1969,84(6):1609.

　　用数字对各行的音步数归总一下，就可以看出诗歌沿着纵向运行形成的
轨迹，即 1-3-2-3-2-3-1。[①] 在纵向上，音步数不等的全体诗行大致上构成了
一个抛物线的运行轨迹，即 1-3—3—3-1。当然，既然是自由诗，那就没必
要过分整齐划一，两音步的诗行正好打破了专制性的统一，形成了一种蜿蜒
曲折的民主性动感，这种运动的节奏，与地形赋予行进中队伍的姿态相吻合，
宛如一把长鞭，又如一条悄然逼近猎物的大蛇。

　　不是说，1-3-2-3-2-3-1 的抛物线就是最基本的、简单的动态结构，事
实上，惠特曼的自由诗也表现出近似斯宾塞诗节的律动，八行五音步加上
最后一行六音步，即 5-5-5-5-5-5-5-5-6，如《幸存的丁香花开了》(*When
Lilacs Last in the Courtyard Bloom'd*) 的第三部分，2-2-2-2-2-2-3 结构堪称斯
宾塞诗节的缩影。也不是说 1-3-2-3-2-3-1 就是最复杂的律动结构，再以
《幸存的丁香花开了》第五部分为例。要理解全诗，关键在于最后一行，这
是一首由一个倒装的超长句子组成的诗，主要结构是，A coffin journeys...，
carrying..，passing...passing...passing...，amid...amid...，over...。具体切
分如下：

> Over the breast of spring, // the land, // amid cities,
>
> Amid lanes and through old woods, // where lately the violets peep'd from the
> 　　　　ground, // spotting the gray debris,
>
> Amid the grass in the fields // each side of the lanes, // passing the endless
> 　　　　grass,
>
> Passing the yellow-spear'd wheat, // every grain from its shroud in the dark-
> 　　　　brown fields uprisen,
>
> Passing the apple-tree blows of white and pink in the orchards,
>
> Carrying a corpse to where it shall rest in the grave,
>
> Night and day // journeys a coffin.

　　当一首诗由一个句子构成的时候，且不论诗歌的主题思想（生与死）如
何统一全诗，但就结构而言，就足以给读者一个一气呵成，天衣无缝的完整、
流畅的感觉。这种美感固然很好，但没有达到交响乐的高度。3-3-3-2-1-1-2
的结构恰恰为这首浑然一体的诗歌增添了富丽的色彩，此诗作为自由诗也就

---

①　MITCHELL R.A Prosody for Whitman[J].PMLA,1969,84(6):1610.

更加名副其实。当然，还有更加复杂的纵向结构模式，如《泪水》(*Tears*)，其纵向结构为 3-3-3-3-1-3-3-4-4-3-2-3-3。[1] 此种复杂的结构，似乎没有什么规律可循，更是缺乏艺术说辞。事实恰恰相反，该诗的音步数在 1 至 4 之间徘徊，明显呈现复杂的规律性，仿佛小提琴的华彩部分，华彩不仅难度很大，而且美学效果极佳，固有华美、艳丽之称。

由于敏感的特质，惠特曼尤其喜欢观察运动中的万物，从万物的运动中，能够感受到强烈的节奏（动感）。他喜欢站在岸边或船舷旁观看海上行进中的船只，以游艇为例，他明显感受到游艇的"意气昂扬""所向披靡"无论是船体的上扬还是俯冲，无一不表现出一种"优雅和神奇"或"鹰雄般的魅力"。他尤其喜欢观赏小提琴手演奏时拉弓的优雅动作。的确，旋律属于听觉，如果把听觉之美幻化成视觉之美，则非小提琴手手指之滑动与按压，拉弓之起伏与迟缓莫属，如要诠释音乐之内涵，则非其表情莫能。一方面，小提琴手的指法、面部表情；另一方面，听众的人生经验，都是协助阐释旋律的最佳手段。闪电般的速度、雷霆般的轰鸣，更是惠特曼的最爱。躺在豪华车厢里，耳听机车与轮毂的隆隆之声，感受着穿越山川田野的忽闪与呼啸，"那是一种怎样的勇往直前和难以言表的快乐！"[2] 借助于个人的艺术才华，他把自己对运动的敏感实现了充分的表达。以《雄鹰合欢》(*The Dalliance of the Eagles*)为例：

Skirting the river road, (my forenoon walk, my rest,)

Skyward in air a sudden muffled sound, the dalliance of the eagles,

The rushing amorous contact high in space together,

The clinching interlocking claws, a living, fierce, gyrating wheel,

Four beating wings, two beaks, a swirling mass tight grappling,

In tumbling turning clustering loops, straight downward falling,

Till o'er the river pois'd, the twain yet one, a moment's lull,

A motionless still balance in the air, then parting, talons loosing,

Upward again on slow-firm pinions slanting, their separate diverse flight,

She hers, he his, pursuing.

---

① MITCHELL R.A Prosody for Whitman[J].PMLA,1969,84(6):1611.

② WHITMAN W. Specimen Days[EB/OL]. http://www.bartley.com/229/1202.html, 1206.html, 1176. html.

人类与雄鹰属于不同的空间，要把两个空间的事物连接起来，诗人首先确立了观赏者的地面位置，尔后，通过一声"低沉的鸣叫"，把观赏者的视角引向了高空试图合欢的两只雄鹰。第一行两个大音步，由于括置了第二个音步，第一个也是唯一的一个音步得到凸显，由此映射着诗人之只身状况。在第二行，两音步象征着正在走向彼此灵魂的雄鹰，等到第三行，单一的音步暗示着，两只雄鹰已结合一起，并开始了快节奏的（三音步）轮旋（cartwheeling）（第四行），轮旋过程中，闪现着对称之美，即4-2-1的数量结构比例（第五行），在垂直降落的过程中，速度由慢而快（2音步，3音步，3音步）（第六、七、八行），就在极限时刻，突然彼此分离（第八行末），两只雄鹰（两音步）重返天空（第九行）。诗人还在诗歌里设下了另一套叙事方案。第三、四行，两个现在分词（rushing, clinching）前置，突出了雄鹰高空的动感，第六行，一个现在分词前置（tumbling），紧跟着以名词短语为主的两个诗行（第七、八行），仿佛一条直线，直贯大地，直到行末，来自轮旋内部的两个动作（parting, loosing）结束了降落的过程，一个方向性副词（upward）和一个现在分词（slanting）指示出了雄鹰新的飞行方向与姿态（第九行），第十行的前两个音步，再一次与两个雄鹰的分飞吻合，后置的一个分词（pursuing）把目光引向了雄鹰飞行的身影，并与合欢的第一个动作（rushing）实现了呼应。运动与节奏紧密结合，天衣无缝。

惠特曼同样喜欢天籁，并把万物之声写进自由诗（声律）。惠特曼描述过林风，如风过枫树或柳树树冠时发出的时高时低的呜呜声，风入松林时发出的"窃窃私语，清晰可辨，又不乏好奇，如瀑布，时而静止，时而倾泻"，也写过大黄蜂厚重、响亮、持久的嗡嗡声，夹杂着时而发出的高频音，但他最钟情的还是飞蝗的振翅与大海的低吟。初到草原的游客，在太阳高高升起之时，尤其是中午前后，就会被一种时左时右、事前事后、干脆利落、节奏强劲的声音所吸引，那就是飞蝗振翅时发出的响声："长长的飕飕声，连绵不断，清晰引人，或旋转，或翻飞，时而强，时而弱。"给他印象最深的要算大海的涛声，它"不仅进入了他的生活，而且还潜入了他的写作，或赋形，或染色"："海浪永不歇息地、庄严肃穆地朝着海岸滚滚地涌来，以缓慢的节奏拍打着沙滩，在沙沙和唑唑声中，伴随着低音鼓的击打声，溅起了碎浪。"[①] 的确，两三个音节的音步，高低之间的简单变化，远远不能体现惠特曼海纳百川、丰富多样的动感与音变。由于自由，由于平等，由于万物皆诗，各色的音质、频率、

---

① WHITMAN W. Specimen Days[EB/OL]. http://www.bartley.com/229/1154.html, 1108.html, 1113.html.

节奏，不同的精神气质都在他的诗作中找到了充分的表达。以《战鼓，响起来！》（*Beat! Beat! Drums!*）为例，诗人通过鼓声、号角，直接把内战的紧迫与惶恐楔入了人心：

Beat! beat! drums!—blow! bugles! blow!

Through the windows—through doors—burst like a ruthless force,

Into the solemn church, and scatter the congregation,

Into the school where the scholar is studying,

Leave not the bridegroom quiet—no happiness must he have now with his bride,

Nor the peaceful farmer any peace, ploughing his field or gathering his grain,

So fierce you whirr and pound you drums—so shrill you bugles blow.

　　诗歌一开始，击鼓的动词就连续出现，不仅符合战时擂鼓的习俗，而且还把战鼓的声音从人们的记忆里唤醒，阵阵地回响在脑海里；吹号的两个动词，隔开之后，也符合号声的特征，节拍长，号声绵延。急促与绵延交织一起，给人紧迫而又不可避免的感觉。第二行的两个同构短语，以及第三、四行的同构短语，以排比的方式展示了号角之声势不可遏，传遍了家园（国家）的每一个角落。在描述了战争引发的无序之后，诗人再一次回到了鼓声与号角，并用倒装的方式凸显二者的急促与狂放。本诗的第二段与第一段同中有异。第一句相同，鼓声还是那样的急，号声还是那样的长，但排比少了，鼓声与号声仿佛逐渐传向了远方，若隐若现；五个问句的出现，仿佛暗示着人们开始了一连串的思考，最后一句仍然倒装，但强调的意味，相比之下，弱了许多。第三段，相同的鼓声、相同的号声又回来了，第二、三、四行的排比句式，再一次让人们感受到战争的紧迫，几乎每一个人都卷入了进来。最后一句，几乎重复了第一段的末一句诗行，又一次把人们的情绪推向了高潮。诗歌首尾相接，给人铺天盖地之感，在席卷全国的枪炮声中，又蕴含着人们的积极思考，思考的结果终将突破战争笼罩在大地的阴影，就像阳光突破乌云一样，给人们带来生存与团结的希望。

　　由此看来，惠特曼抛弃了传统，却没有丢掉诗性。音步、尾韵是诗性的源泉，但不是唯一的源泉，独步诗坛的自由诗证明，散文中具有诗韵的手法完全可以改造成自由诗的表现手段，并赋予自由诗独特的诗性。如果音步诗的绝对精华在于横向的诗行，那么自由诗的主要秘密在于纵向的结构；音步诗格律形式固然整齐划一，却又过于单一、呆板；自由诗形式流动不居，不是诗歌化的散文，而是散文化的诗歌。音步诗，一种容器，百种美酒；自由诗，一种美酒，一种容器。当然，二者不无相似之处。自由诗也摆脱不了音步的影响，只是步子大了；仍然钟爱旋律，只是越发多元化了。要欣赏自由诗，就要放下斯文，豪放而不失典雅；就要细细地品味，才能分辨出新诗韵味的层次与丰富。

第二节　断行的凸显

　　音步诗，为了固定数量的音步，不得不截断长长的语句；为了音步以及诗行的节奏，不得不调整单词甚至短语的顺序。惠特曼把句子从音步的桎梏下解放了出来，既不截断，也不颠倒词序，而是依靠纵向的节奏维持了诗歌的诗性。以威廉姆斯（William Carlos Williams，1883—1963）为代表的诗人，则重返句子与诗行，相信诗性能够存在于句子与诗行的新式关系之中，通过革新语句切割的方式，创作出别具风格、具有显著诗性特征的另一自由诗形式：短行自由诗。断行凸显的诗性艺术在诗行、音步、段落及语篇层面得到了完美的体现。

　　自由诗切割语句的方式大致分以下几种。第一种，诗行与语法单位相吻合。在这种情况下，诗行可以是一个单句，也可以是一个短语。例如威廉姆斯的《水仙，那种鲜绿的花》（*Asphodel, that Greeny Flower*）节选：

I have learned much in my life
　　　from books
　　　　　and out of them
about love.
　　Death
　　　is not the end of it.

　　在第一个阶式三步诗段（stepped triads）中，最长的当属第一个诗行，一般情况下，该行可以进一步分成两个诗行，即 I have learned much 及 in my life；from books，out of them 及 about love 是最常见的最小的短语了。

　　还有一种特殊的，也是较为少见的最小诗行单位，就是一个短语的最小成分。在上文的第二个阶式三步段中，death 是语句的主语（部分），单一的词汇独立成行。再例如《精神医院的花园》（*The Mental Hospital Garden*）节选：

The saint
>　　　has tactfully withdrawn.
>　　　　　One
emboldened,
>　　　parting the leaves before her
>　　　　　stands in the full sunlight,
alone
>　　　shading her eyes
>　　　　　as her heart
beats wildly
>　　　and her mind
>　　　　　drinks up
the full meaning
>　　　of it
>　　　　　all!

其中，alone 与 all 作为副词，独立成行，特殊的当属 one 与 emboldened。Emboldened 一词是修饰中心词 one 的后置过去分词，中心词与后置定语分立成行，而且出现在相连的两个阶式三步诗段。

正因为有了音步诗的格律，才会出现自由诗的断行技巧；有了自由诗断行的常规规则，也就会出现自由诗断行的破格现象。以威廉姆斯的《晚安》(*Good Night*) 中的节选为例：

…

three vague, meaningless girls
full of smells and
the rustling sound of
cloth rubbing on cloth and
little slippers on carpet—

无论是以单句还是语法短语来断尾断行，自由诗的行尾往往是实意词（content words）而不会是功能词（functional words），即便是一词一行，也不会出现功能词。然而，从《晚安》的节选可以看出，第三行至第五行分别以连词 and、介词 of 及连词 and 坠行，实属少见。

　　破格的现象还反映在间隔上面。在以上的举例中，无论如何断行，词与词之间的间隔是不变的：一个占位符，但在《达芙妮与弗吉尼亚》（*Daphne and Virginia*）节选中，音步之间的占位符不止于一：

> while birds
> 　　　　come and go.
> 　　　　　　A pair of robins
> is building a nest
> 　　　　for the second time
> 　　　　　　this season. Men
> against their reason
> 　　　　speak of love，sometimes，
> 　　　　　　when they are old. *It is*
> all they can do .
> 　　　　　…… …… …… …… …

　　一如《尤利西斯》的单词拼写与标点运用别具一格，威廉姆斯在节选的诗歌部分，有意违背词与词之间的间隔为一个占位符的排版规定，把 man 和 it is 与前面的逗号之间的占位符增加到两个，do 与后面的句号也是如此。更改了占位符的数量，就等同改变了诗歌原有的含义。

　　自由诗断行凸显拥有自己的技巧。不妨先看一下音步诗如何取得凸显的效果。试举两例。第一例，通过破格，实现意义凸显。在《墓园挽歌》（*Elegy Written in a Country Churchyard*）的开篇，夜幕降临，劳作了一天的农夫赶着耕牛，沿着曲折蜿蜒的田间小路，迈着沉重的步子回家。诗歌采用了抑扬格五音步、隔行押韵的形式，但读者刚刚读到第二行，就发现了破格的现象。如果用下划线标示重读音节的话，第二行应该呈现出如下的结果：The low//ing herd// **winds** slow//ly o'er// the lea，但实际上，读者在朗读的过程中不自觉地重读了 winds 一词，形成双重读音步，打破了诗歌第一行确立的抑扬格音步的形式；即便是弱读 winds，由于该词在语句中的重读地位突降为弱读，winds 在诗行中仍然获得了格外的注意。凸显 winds 之后，"弯弯曲曲"的意义得到了加强，不规则的音步在形式上也就成为内容了。

　　第二例，《失乐园》（*Paradise Lost*）第一部，第44—49行，通过陌生化

的手段，赋予了形式以内容：

. . . Him the Almighty Power

Hurl'd headlong flaming from th'Ethereal Sky

With hideous ruin and combustion down

To bottomless perdition, there to dwell

In Admantine Chain and penal Fire,

Who durst defy th'Omnipotent to Arms.

　　Him 作 hurl'd 的宾语，Who durst defy th'Omnipotent to Arms 是 Him 的定语从句。撒旦以自由之名，反对上帝，把上帝置于宾格（受攻击）的地位；然而，处于主格地位、挑战上帝权威的撒旦，却被万能的上帝一举击败，并打入十八层地狱，居于永不翻身的宾格地位（失败者）。撒旦原来是主格（who），不是位于段落的顶部，而是沦落到了段落的底部；上帝则作为主语，统御着整个句子；① 作为宾格的 Him 前置于句首，与主格 the Almighty Power 并置，形成极大的反讽。

　　巧妙断行是自由诗的主要手段。由于没有音步的限制，自由诗也就不需要破格的手段了，更不必使用移位的陌生化技巧。例如，节选自《水仙，那种鲜绿的花》的两个阶式三步诗段的词序与句法，完全符合散文句子的特征：I have learned much in my life from books and out of them about love. Death is not the end of it. 其中，out of them about love 明显带有诗意，不过，在优美的散文中，这种语序也是十分常见。节选自《精神医院的花园》的部分也是如此：The saint has tactfully withdrawn. One emboldened, parting the leaves before her, stands in the full sunlight, alone shading her eyes as her heart beats wildly and her mind drinks up the full meaning of it all! 两个句子，一个简单，一个复合，完全符合日常表达习惯。表面上看，自由诗与散文句式采用完全相同的媒介传递信息，但自由诗正是于平淡之处露峥嵘。

　　自由诗正是通过高超的断行技巧，行尾凸显（line-ending），实现了音步诗通过陌生化与破格手段才能达到的效果。一个公认的法则：诗行的末尾是视觉焦点，是凸显信息和重要信息出现之地。以《致一位穷老太》（To a Poor Old Woman）的第二段为例，可以明显看到自由诗断行的精彩：

① HARTMAN C O.Free Verse:An Essay on Prosody[M].New Jersey:Princeton University Press,1980: 71.

They taste good to her

They taste good

to her. They taste

good to her.

　　第一行是一个单句，由于 her 位于句尾，they taste good 这一结果就必然指向处于中心地位的行为主体"她"；第二行，good 位于行末，"味道好"自然就是突出的重点；第三行，突出的是"品尝"这一过程性动作；第四行，"她"再一次成为关注的焦点。以穷老太开始，又以穷老太结束，毫不动摇地把穷老太确立为视觉中心，中间的两行，分解了她品尝美的过程，把美味对她产生的震撼性效果具体而又突出地勾画出来，达到了油画般的审美层次。不可否认，自由诗的断行手段充分利用了行末作为意义焦点的认知特性，完成了诗歌向自由诗的华丽转身。

　　在以上关于断行的举例中，无一不是一行一音步，语片的结束全都与一个诗行的行尾相吻合。《水仙，那种鲜绿的花》节选共六行，六个音步：I have learned much in my life; from books; and out of them; about love; Death; is not the end of it。通过断行凸显的自由诗，还表现出了两音步的诗行。以奥登（W. H. Auden，1907—1973）的《美术馆》(*Musée des Beaux Arts*) 的开头四行为例：

About suffering they were never wrong,

The Old Masters: how well they understood

Its human position; how it takes place

While someone else is eating or opening a window or just walking dully alone;

　　第二行的 the old masters，在惠特曼的自由诗里一般属于第一行，第三行的宾语也往往与谓语并作一行，第四行与第三行的 how it takes place 同理。显然，奥登的自由诗注重断行，通过断行取得凸显的艺术效果。如此一来，第二行以冒号为分界线，前后两个音步；第三行，分号前后各一个音步。就《达芙妮与弗吉尼亚》中的三个特殊诗行而言，其中的"this season. Men"和"when they are old. *It is*"应该拥有三个音步，两个音步中间的两个占位符应该算作一个音步。但是，第三个诗行"all they can do ."仅有一个音步，因为 do 后面的两个占位符同属于 all they can do，时长显然大于"all they can do."。行尾以及标点（构成的停顿）成为音步的分界线。

　　音步与诗行是否能够统一呢？问题似乎有些多余，但事实并非如此。在上文引用的《晚安》的例子中，行末意外出现了功能词，但不影响诗行的独立性。也许两个and放在下一行的行头更好，但并没有对音步的数量产生影响；of从语法的角度讲，原本属于下一行的短语，隔离之后，也没有因此增加本行的音步数，也没有减少下一行的音步数，至于其他的变化，下文再加以论述。威廉姆斯的《致埃莉诺与比尔·莫纳罕》(*For Eleanor and Bill Monahan*)中的断行方式则引起了音步数的变化：

> There are men
>> Who as they live
>>> Fling caution to the
> Wind and women praise them
>> And love them for it.

第四行几个音步？有一种观点认为，wind属于一个音步的一部分，[①]这个音步应该是to the wind，有趣的是，即便是音步诗，也不存在着半个音步的现象：wind，如同Fling caution to the一样，有理由成为一个独立的音步，and women praise them另一个音步。

那么，自由诗，准确地讲，以断行凸显为特点的自由诗，其音步具有怎样的特征呢？威廉姆斯曾创造性地提出一个概念，叫"变化性音步"(variable foot)，但变化性音步的具体特征至今也没有定性，原因是，自由诗的作者并没有在诗歌实践之前形成一套完整的理论，而是根据个人对自由诗的理解，独立进行诗歌创作。有趣的是，殊途同归，以断行凸显为特点的自由诗无疑具有显性共性，这就为变化性音步研究提供了学术动力。该研究必然从两个方面着手，一是视觉，二是听觉。诗歌首先是用来朗读的，但随着印刷术的诞生与普及，诗歌也是用来阅读的，不过，即便是默读，诗歌仍然保留了听觉特征，要定义变化性音步，就必须充分考虑到听觉与视觉因素。

作为概念，变化性音步，对一些学者来讲，模糊不清，也许是因为其内容过于丰富。先看一看几个禁区。有学者刚刚从音步诗的影子里走了出来，主张用重音节来标示变化性音步，结果遭到学界的一致反对，重音节是音步诗的生命线，同时也是诗歌的桎梏，背离了音步诗，自由诗首先颠覆

---

① BERRY E.William Carlos Williams' Triadic-line Verse:An Analysis of Its Prosody[J].Twentieth Century Literature,1989,35(3):372.

的就是重音节对诗歌节奏的控制。另外一种尝试，主张自由诗行的等时性（isochrony）；等时性，毫无疑问也是音步诗的旧典，在等音节数及等重音节数退位的情况下，用它来衡量长短不一的自由诗行，显然是荒谬的。从 1956 年以来，学者对变化性音步的研究转向了语调（intonation），从语调入手，探索变化性音步的视觉与听觉特点。语调研究何以能够包括变化性音步视觉与听觉上的特点呢？且看关于语调的权威性定义：语调"原则上是一个长于一个单词的话语片段所拥有的显性音调模式"。①定义中的"话语片段"可以是口头的，也可以是书面的，就断行凸显性自由诗（的书面形式）而言，语调直接呈现在书面之上，但需慧眼辨识。

最新的研究认为，自由诗的音步也是一个语调系统，由调性（tonality）、主调（tonicity）和声调（tone）构成。②调性，从音乐的角度来讲，就是几个音，围绕着一个主音，按照一定的关系组织在一起，构成一个基本的表达单位。就自由诗而言，调性就是由一个意群组成的、具有一定语调形式的基本信息单位。具体地讲，英语中常见的名词短语、动词短语、形容词短语、副词短语乃至单句就是一个意群，每一个意群也都包含着一对相对应的符串和音串，两者分属视觉系统和听觉系统，却是一体之两面。调性也可称之为语调短语（intonational phrase），往往以诗行为单位，标点为分界；调性又与音步相对应。语调短语的长度不是固定的，这也就是变化性音步的核心所在，最短一个单词，最长一般是一个单句。当一个语调短语与一个习惯性语法单位相吻合，该语调短语则属于中性（neutral）语调短语；当一个语调短语与语句法规则相悖离，则成为有标记（marked）语调短语。③例如，《精神医院的花园》节选中的第一、三、四、七、九、十、十一、十二、十四及第十五行是有标记语调短语，其余则是中性的。《晚安》节选中的第一、二行是中性的，其余则皆为有标记的；第三、四、五行分别由于前一行的 and、of、and 的出现，成为有标记的，三、四行的前半部分与第五行的全部成为主要关注对象。由此可见，诗人的断行并不是随意所为，而是有着深邃的考量。例如，威廉姆斯在一次翻译过程中，就 a girl, as fair a thing as the gods have made dressed in a sweeping gown 这一表述，做出了两种不同的处理，每一种都是深含用意的选择：一是 a girl, // as fair a thing// as the gods have made// dressed in a

---

① 马修斯. 牛津语言学词典 [M]. 上海：上海外语教育出版社，2001：185.

② GERBER N.Intonation and the Conventions of Free Verse[J].Style,2015,49(1):11.

③ GERBER N.Intonation and the Conventions of Free Verse[J].Style,2015,49(1):12.

sweeping// gown；二是，a girl，// as fair a thing as the gods have made，// dressed in a sweeping// gown。as fair a thing// as the gods have made 具有标记性，而 as fair a thing as the gods have made 则没有，两者所表达的意思也就迥然不同，前者重在与隐含之意形成对比。

主调是语调短语（音步）中携带着重要信息的音节。如果调性是一个山系，主调则是山系的主峰。每一个语调短语只有一个主调，主调之前的部分为调头部分，之后的部分为调尾（tail）；调头部分又可分为准调头（prehead）与调头（head）。主调不仅声调重，而且要求语速适中，甚至略慢，绝不能加速。与调性一样，主调也有中性与有标记性之分。音步主调与短语或单句的信息重心一致，则为中性，否则，主调就是有标记性。[1] 主调可在尾部，也可位于中部。以 The children love Mary 一句为例，由于遵循从旧信息到新信息的原则，普通（中性）陈述句的信息重心一般落在句尾的实词之上，由于主调与信息重心相吻合，陈述句中的 Mary 就成为中性主调。Mary 做主调，children love 则是调头，the 是准调头。如果 love 是主调，Mary 则是调尾。主调还可以落在 children 之上。这样，就形成了三个句子：

1. The children love <u>Mary</u>.
2. The children <u>love</u> Mary.
3. The <u>children</u> love Mary.

第一句，中性的，说明孩子们爱的是玛丽不是他人；第二句，有标记性的，孩子们对玛丽的态度是爱不是其他；第三句，有标记性的，爱玛丽的人是孩子们，不是别人。这就是表层意义与深层意义形成对比的重要之所在。

这样一来，如何保证主调在视觉上清晰可辨就是重要的任务了。提到强调，首先想到的是斜体、加粗、大写等手段，果真如此，自由诗的艺术性就大打折扣。如前文所说，行尾是注意力的焦点之处，因为人们习惯在旧信息的基础上提供新的信息，从句法上看，新的信息自然就出现在行末。以詹姆斯·莱特的《赐福》（A Blessing）中的三行诗为例：

Suddenly I realize

That if I stepped out of my body I would break

---

① GERBER N.Intonation and the Conventions of Free Verse[J].Style,2015,49(1):15.

Into blossom.

第一行，中性的；第二行，由于 break into blossom 是习惯性短语，可以成为中性语调短语，但断开之后，I would break 构成本行的第二个音步，有标记的，（前一个，中性的，）break 成为音步的主调；第三行，有标记的，blossom 成为主调。应当注意，在散文句子 I would break into blossom 里，break 和 blossom 也拥有重读，但他们和其他无数重读的单词一样，没有区分度，其意义得不到凸显，其艺术效果也就不同。

多数学者在分析自由诗的断行艺术时，仅仅强调行尾的突出性，似乎有意忽视行头的凸现位置。倒装句凸显的就是处于句首的部分。那么，不到装，行头的位置能否成为凸显的位置？《晚安》节选的第三、四、五行是有标记性的音步，但主调并不是行尾的 and、of、and，相反，分别是 rustling、cloth 和 little。如果 "the rustling sound" "cloth rubbing on cloth" 与 "little slippers on carpet" 分别并于前一行，主调则各为 sound、cloth、slippers（on carpet 可能单行）。变行尾凸显为行头凸显之后，sound、cloth（非彼 cloth）、slippers，因是实词，仍可得到一定的强调，尽管没有作为主调那么突出。三个功能词汇，由于位于行尾并与理论音步（调性短语）分立，所以能够给读者一种"迟疑的"感觉，[①] 由于迟疑，读者的注意力被引向了下一行头。功能词的指向力创造出新的凸显方式。

如果一个诗行有两个音步，每一个音步是否都拥有主调？不妨这样说，在此种情况下，除非极为特殊，一般前一个音步自然弱化，后一个自然强化，诗行以后一个音步的主调为凸显对象：如果两个音步同等重要，也就没必要同处一行，完全可以分列。弱化的音步，与强化音步相比，语速较快；诗行内，音步间的分隔时间小于诗行的停顿。《致一位穷老太》节选中，只有把第三行 "to her. They taste" 中的第一个音步 to her 弱化，表达才能枝干分明，不遗交错杂乱之患。同样，《赐福》节选中的第二行，只有弱化 if I stepped out of my body，才能提升 I would break 的重要性，进而凸显 break 的语义。一步一个主调，所有的主调连缀一起，一个主要框架就会凌空而出。研究自由诗的艺术性，如盲目、简单地把自由诗的一个诗行视作一个音步，无疑敷衍了事，必然淹没自由诗的艺术特色。天才的自由诗人绝不会拘泥于单一的手法，更不允许

---

① BERRY E.William Carlos Williams' Triadic-line Verse:An Analysis of Its Prosody[J].Twentieth Century Literature,1989,35(3):368.

自己满足于简单的创新。简单的表象之下，往往蕴藏着诗人高超的艺术构思。

　　声调，有高低之分，强调的是起点与终点之间的高度走向。如果调性是一个山系，主调是山系的主峰，声调则是不同高度山峰间的高度走向，要么从高峰趋向低峰，要么反之。声调是一个语调短语内声串的整体性走向，不是音步中的一个最小语调单位。声调，与其说是断行凸显诗行的特征，倒不如说是散文化自由诗行的一个特点，但不是说，断航凸显，诗行就失去了声调。具体地讲，升调表现为疑问句，降调表现为感叹句与祈使句。惠特曼的《过布鲁克林渡口》（Crossing Brooklyn Ferry）的第 11 节，六个诗行，五个感叹诗句，第四行以陈述语气为主（第一个音步是感叹句），把六个感叹语句组成的诗行分为前两行与后四行。金斯伯格（Allan Ginsberg, 1926—1997）的《美国》（America）一诗中，疑问句、陈述句和祈使句交织一起：

American when will we end the human war?

Go fuck yourself with your atom bomb

I don't feel good don't bother me.

　　在《芝加哥》（Chicago）一诗中，桑德伯格（Carl Sandburg, 1878—1967）则在长长的诗行中间，插入相同的结构：and I believe them, and I answer, and my reply is，由于外来结构的插入，诗行的调性[①]发生了变化，行头与行尾部分高，中间部分低的形状。在以断行凸显为特征的诗歌中，由于中性调性的主调位于中间，有标记性的，行尾或者行头，所以产生了声调类型：丘状、下坡与上坡。用调性、主调和声调来分析断航凸显诗行的诗性相对复杂，有待于进一步探讨。

　　自由诗不仅依靠断行凸显，也试图创造出有特色的段落形式。第一种，也就是最成功的、本节反复引用过的阶式三行段。阶式三行段主要有以下几个特点。第一，段落之间通过跨行连续（enjambment）的手法实现衔接。阶式三行段最后一行的行尾，很少与句子的句尾相吻合。一般情况下，在段落相交处，往往有一个跨行的语句，把两个段落连接一起，通过这种手法，一首诗形成一个衔接紧密的整体。本节《精神医院的花园》与《达芙妮与弗吉尼亚》的节选部分，都是靠跨行实行衔接的。但就一个段落而言，阶式三行段给人一种流畅、迅捷的感觉，从一首诗的角度来看，这种畅达感具有一气呵成之美。

---

　　① 诗行的调性是音步调性的扩大版，散文诗行的音步数多，不可能简单地依靠调性来分析。

当主调从行尾转移到行头，诗歌形式上的整体印象是左右摆动的运动感。单音步阶式三行段与多音步阶式三行段进行对照，也可以产生意想不到的审美效果。例如，威廉姆斯的《影子》（*Shadows*）。1—15行（前五段），各行与语法单位发生吻合，即便是常见的语法短语也遭到强行切割，分立两行；分立之后，各行再度形成相对独立的语法单位，一种稳定的气氛弥漫在空气里，完全没有那种驱使着读者赶快迈向下一台阶的感觉。16—24行（6—8段），行末不再与句尾吻合，诗行之内不是一个音步，而是两个，音步之间出现了标点，停顿成为必需，先前的宁静显然被打破了，一种骚动抬起头了。随后，原有的宁静暂时得到了恢复。[①] 应当注意，状态之间的转变都是由其中的一个段落来衔接的，也就是说，起衔接作用的段落横跨两个状态。此外，诗行的长与短，也具有独特的文体意义。再以他的《致一条街头受伤的狗》（*To a Dog Injured in the Street*）为例：Thrust it//up into the animal's private parts.。第一行隐含着一个暂短而又迅猛的动作；第二行很长，可能出现两种情况：放慢与加快，由于"残暴"的内容，读者在深深的不安之中，匆匆地阅过此行。[②] 阶式三行段成为经典段落，不无道理。

第二种，两行诗段，也是威廉姆斯所创，没有阶式三行段著名，但也自有精彩。例如《墙与墙之间》（*Between Walls*）：

the back wings of the	in which shine the broken
hospital where nothing	pieces of a green bottle
will grow lie cinders	

第一段的第二行 of the、第二段的第一行 hospital where 及第三段的第一行 will grow lie 都是破格手法，而 of the 与 will grow lie 可谓英语诗歌史上的第一

---

① HARTMAN C O.Free Verse: An Essay on Prosody[M].New Jersey:Princeton University Press,1980:68—69.

② BERRY E.William Carlos Williams' Triadic-line Verse:An Analysis of Its Prosody[J].Twentieth Century Literature,1989,35(3):375.

例，^①两个功能词排列成行，三个实意动词一字排开。不过，...cinders// line 与...
line// cinders 效果不可同日而语，其中之一：倒装之后，读者对 cinders 的到来
具有很高的期待；正常语序，读者则对 cinders 的动作产生了很高的期待。此
外，前两段与后两段风格上也形成强烈的对照。阶式三行段的技巧也适应两
行段。应当注意，本节在分析断行凸显的特点时，有时把技巧与内容紧密结合，
但威廉姆斯在后期的诗歌创作中，并不鼓励读者无论何时何地总是在技巧与
内容之间建立联系。^②那样的话，自由诗就自我否定了。

在语篇层面上，以断行凸显为特色的自由诗所具有的一个鲜明的特点就
是张力（tension）。威廉姆斯曾指出，"现代诗歌必须有一种内在的张力，这
正是当下诗歌所没有的"，"如果不能从根本上利用停顿，诗歌也就没有了力
量"。^③这种张力分别表现在听觉与视觉方面。在听觉上，就是突曳感（jerky）。
再以《墙与墙之间》为例。整首诗可以还原成一个语句片语，按正常的散文
来读，该片语可以这样句读：the back wings of the hospital// where nothing will
grow// lie cinders// in which shine the broken pieces of a green bottle。比较一下，
即可看出：作为散文，该语片共四处停顿；作为诗歌，十处停顿；最关键的是，
十处停顿中有七处（除了第一、第六、第十行之外）是强制性的。由于诗行
较短，读起来的感觉仿佛乘公交车，刚一起步就刹车，整个车程，就是走一
步停一步。车上的乘客也许早就晕车了，但诗作的读者却从中发现了诗意，
体验到了美感。不可否认，音步诗也有普遍的跨行现象，但强劲的韵律完全
掩盖了可能出现的顿冲力。相比之下，抛弃了韵律的自由诗就没有那么跌宕
和平缓，但它要的就是这般韵味。

表现在视觉上，仿佛是蜿蜒曲折的海岸线。就本节引用过的例子来看，《墙
与墙之间》中最长的诗行四个词，最短的诗行只有一个词，比例四比一；《精
神医院的花园》中最长的诗行五个词，最短的一个词，比例五比一。在较大的
行差之间，由于诗行长度的不一，诗歌的整体视觉效果就可想而知了；如果是
阶式三行段，效果就更夸张了。诗行的起伏变化，绵延不断，从纵向的角度来
看，仿佛是乐谱的柱状翻译版。不仅如此，由于断行凸显，自由诗更像是一幅

---

① HALTER P.The Poem on the Page, or the Visual Poetics of William Carlos William[J]. William
Carlos Williams Review,2015,32(1/2):105.

② MOORE P.Cubist Prosody:William Carlos Williams and the Conventions of Verse Lineation[J].
Philosophical Quarterly,1986,65(4):528.

③ THIRL-WALL J C.The Selected Letters of William Carlos Williams[M].New York：
McDowell,1957:135—136.

立体派画作。立体派画法，简言之，就是试图用平面的画布来表现二维空间所隐藏的部位，由于处于不同平面的部位同时出现在同一平面，二维的平面不仅拥挤不堪，相邻部位，由于错位，也形成了巨大的反差。结果，平面蕴藏着立体，原本自然的杰作幻化成异化的另类，然而，颠覆却表现出了巨大的艺术魅力。断行凸显，自由诗成为立体派作品的原因有三：一是无标记性音步的主调（中心信息词）一般位于行中，二是有标记音步的主调位于行尾，三是诗行的长度不一，由于三个原因的并存，主调四散开来，分布在诗歌的各个部位，俨然立体派作品。"如同立体派画家把物体的轮廓与烘托性的色彩、视角和质地割裂开来，威廉姆斯把双行诗行的特征拆散开来，留下了空空的而又响亮的形式。"[①] 二者如有任何不同的话，那就是诗歌并没有立体派画作那么拥挤，但效果不相上下。

　　短行自由诗用词，相比之下，朴实无华；短小的诗行，若不是书写在"桦树干"上，与散文语句也就没有差异了。正是诗人创造性地运用了断行，诗意才能从散文语句中冉冉升起，正是相信巧妙的断行足以实现有效的表达，所以华美的辞藻才能够从诗歌中退场。抛弃了诗歌的格律，通过断行凸显，自由诗孕育了新的音步，以及以停顿乃至空白为基质的节奏；通过断行凸显，新的段落形式也就应运而生了；通过断行凸显，自由诗还能够用立体派画法来抗衡格律作诗法。有失，更有得，作为新的诗艺，断行凸显巩固了自由诗在诗歌王国的牢固地位。

第三节　格律的归离

　　诗歌的每一次发展，都是建立在对诗歌传统的否定与继承之上，新、旧形式之间固然存在着巨大的差别，但没有所谓的取代关系，否则就断了血脉，也就没有什么诗歌传统可言了。自由诗也是如此。散文化诗歌抛弃了音步和韵脚，解放了强行断开的语句，但仍然充斥着显性的陌生化特征，始终洋溢着诗歌的魅力；断行凸显，语句再一次成为诗人手中的可塑材料，诗行变得长短不一，切割的位置也是出乎预料，也正是如此，自由诗才得以与散文分道扬镳。除却语句，押韵与格律（meter）也成为诗人游戏的另一种材料，于是另一种自由诗也就诞生了：边界性音步诗，在这里，诗行始于杂乱，归于有序，

---

　　① MOORE P.Cubist Prosody:William Carlos Williams and the Conventions of Verse Lineation[J]. Philosophical Quarterly,1986,65(4):524.

或者始于有序，终于变通。归根到底，于诗歌传统若即若离。

关于自由诗的格律问题，艾略特（T. S. Eliot, 1888—1965）曾经写道：

迄今，用我们的语言写就的最为有趣味的诗歌，要么采用极为简单的形式，比如抑扬格五音步，然后渐行渐远，要么抛弃一切形式，然后朝着某种简单的形式逐渐逼近。正是稳定与流动之间的对照，即在不知不觉中规避单调的行为，才成为诗歌的生命……我们不妨这么说：哪怕是"最自由"的诗歌背后，也潜藏着某种简单形式的音步，在我们昏昏欲睡之际，气势汹汹地向前，清醒之际，却又一步一步地后退。换言之，只有在艺术性约束的背景下，自由诗之自由才名副其实。[①]

艾略特表达了三个重要的观点：其一，自由诗离不开诗歌传统。只有形成了传统，才有可能革新，之所以要革新，是因为传统阻碍了诗歌的发展。也就是说，所谓自由就是要摆脱约束，进而言之，如果没有诗歌传统的约束，也就无所谓革新，一切都是创新。诗歌传统是自由诗的重要前提。其二，诗歌规范一旦确立，就踏上了变化的征程，只是变化的过程缓慢而又不易察觉罢了，等到察觉之时，诗歌几乎面目全非了，音步诗到自由诗，经历的就是这样的发展规律。其三，自由诗自由之后，却又渐渐地形成一种简单的形式，无论这种简单的形式是什么，可以肯定的是，它的骨子里继承了音步的基因。总之，两个因素，规范与自由；两种结局，背离与回归。

对于诗歌传统，自由诗的回归表现在押韵与格律上。

在创作自由诗的过程中，史蒂文斯以游戏而又艺术的方式使用传统押韵的技巧。以《高亮的黑色》（Domination of Black）为例。本诗共三段，描述的是铁杉树（hemlocks）和孔雀（peacocks）之间的特殊关系。与铁杉树相关的意象有：灌木丛，落叶，房间及空地（ground）；关于孔雀，反复提到的是，雀尾，准确地讲，应该是孔雀的开屏；与铁杉树和孔雀共同有关的是，火焰、风与黑夜。铁杉树的主要特征是它的颜色，孔雀的主要特征是它的叫声。在诗歌的第一段，hemlocks 与 peacocks 结对出现一次；第二段，三次；第三段，一次。在第一段，hemlocks 与 peacocks 分别出现在第八行、第十行。在第二段，hemlocks 与 peacocks 第一次结对，分别出现在第六行和第八行；第二次颠倒顺序结对，分别出现在第 14 和 16 行，第三次颠倒结对，分别出现在第 17 和 18

① KERMODE F.Selected Prose of T. S. Eliot[M].New York:Straus & Giroux,1975:33—35.

行。第三段，hemlocks 与 peacocks 再次结对，分别出现在第六、第八行。由此可见，hemlocks 与 peacocks 要么在行尾隔行押韵，要么双行押韵，前者三次，后者两次。当然，本诗还有其他的押韵形式，例如第一段的 bushes、leaves 与 themselves；第二段的 wind、fire 和 themselves 双行或隔行重复。显然，作为自由诗，本诗尾韵的突出点在于 hemlocks 与 peacocks 结对出现，但由于两词的第二音节均属次重读音节，按照传统的标准，并不能构成完美的尾韵。尽管如此，尾韵的游戏性不言自明。

　　自由诗的尾韵，如果停留在游戏的层面，至多博得一笑而已，史蒂文斯并不满足于此，而是把游戏性与艺术性完美地结合一起。不妨先了解一下听觉混淆效果（acoustic confusion）。语言学家曾经就音位相同词汇与记忆之间的关系做了实验性调查。实验的内容是三组不同的单词：一组是押韵的单词（全韵词汇），例如 lip，hip，tip；另一组是半韵词（中间的元音相同的词汇），例如 rat，map，tab；最后一组是全异词，例如 toy，net，big。实验的目的有二：一是受试者能否按照原来的顺序回忆出单词，二是受试者更容易回忆出哪种词汇。实验的结果表明：就顺序而言，受试者在押韵和半韵词汇方面表现欠佳；但就数量而言，受试者在押韵和半韵词方面表现突出。其背后的机制是，无韵有助于记忆顺序；有韵有助于记忆数量，而全韵又胜过半韵。[1] 就全韵词而言，一方面，由于最小区分单位的存在，全韵词具有不可否认的区分性；另一方面，由于韵（重叠部分）的出现，全韵词又具有混淆倾向。全韵词的双重性为斯蒂文森的自由诗提供了游戏尾韵的可能性，在游戏中实现了艺术的升华。[2]

　　赏析《高亮的黑色》是一个从差异到统一的认知过程。从一开始，读者就能发现，这是一首自由诗，不仅没有整齐的音步，而且 bushes、leaves、themselves 给读者带来的尾韵感觉，也远不如传统音步诗的韵脚来的规范。当 hemlocks 与 peacocks 第一次隔行出现时，传统尾韵的感觉一闪而现，而且，hemlocks 与视觉的 color 紧密联系，peacocks 与听觉的 cry 如影相随：

… the **color** of the heavy **hemlocks**
… …… …… …… …… …… …

①　FALLON A B,GROVES K,TEHAN G.Phonological Similarity and Trace Degradation in the Serial Recall Task:When CAT helps RAT,But Not MAN[J].International Journal of psychology,1999,4(5/6):303.

②　TARTAKOVSKY R.Acoustic Confusion and Medleyed Sound:Stevens' Recurrent Pairings[J].Wallace Stevens Journal,2015,39(2):239.

… the **cry** of the **peacocks**.

由于词汇的意义从差异中产生，通过差异对词汇进行区分是阅读的第一任务。在 hemlocks 与 peacocks 之间，不仅第一个音节 hem 与 pea 相互区分，而且第二个押韵音节 locks 与 cocks 的首个音位 /l/ 与 /k/ 也形成明显的差异。此外，两个词汇从各自语境中获得的不同情态（modality）也加剧了之间的差异性：hemlocks 是视觉意象，而 peacocks 则是听觉意象。开头的第一段确立了差异，结尾的第三段再一次强调了这种差异，首尾相接，形成一个具有表意功能的回环。

但是，这个差异性回环中间包裹的却是趋同。趋同的现象实质上发端于第一段的 hemlocks 和 peacocks、color 和 cry。根据语言学家的有关发现，hemlocks 和 peacocks 在形成差异的同时，也通过尾韵消解两词之间的差异。语言学家在另外一次关于语音混淆现象的实验中发现，如果一个词语的开头部分与目标词汇的开头部分重叠，例如 mat 和 map，这种相同会严重影响受试者对目标词汇的回忆。[1] color 和 cry 就是这样一对词汇，无论谁是目标词汇，相同的音位 /k/ 都足以对另一个词汇的回忆产生影响。当然，如果一对韵词仅仅出现一次，此种分析也许有些夸大其词，但在不长的一个段落第二段，hemlocks 和 peacocks 就连续出现了三次，这种现象不能不引起注意。

They swept over the room,

Just as they flew from the boughs of the **hemlocks**

Down to the ground.

I heard them cry——the **peacocks**.

Was it a cry against the twilight

Or against the leaves themselves

… …… …… …… …… …… …

Turning as the tails of the **peacocks**

Turned in the loud fire,

Loud as the **hemlocks**

Full of the cry of the **peacocks**?

---

① ALLOWWAY T P.Investigating the role of Phonological and Semantic Memory in Sentence Recall[J].Memory,2007,15(6):605—615.

Or was it a cry against the **hemlocks**?

因 hemlocks 与 peacocks 及 color 和 cry 所引发的混淆现象，由于另外两个因素，即顺序与距离的出现，得到了进一步的加强。[①] 其一，hemlocks 与 peacocks 的顺序在本段发生了变化。根据前文所述，韵词容易记忆，但要按顺序回忆，则实属不易，何况诗人并没有赋予它们固定的顺序。其二，两词之间的距离不尽相同。不难发现，在本段段末处，hemlocks 与 peacocks 之间的距离短，密度高，在如此短的距离内，以如此高的频率出现，引发混淆现象再自然不过了。然而，在大距离情况下，由于间隔的时间长，混淆现象同样难以避免。铁杉树与孔雀、视觉与听觉几乎合二为一了。

不是吗？夜晚时分，点燃了的篝火越烧越旺，这堆篝火可能燃烧在户外，也可能燃烧在心内。此时此刻，一只孔雀，翘着长长而又漂亮的尾巴，轻柔而又缓缓地落到了铁山树上；或者，来客（高视阔步的孔雀）踏着落叶，进入了房间，再经房间，来到了那块空地。屏气敛息，你就会听到，风吹过了铁杉树，或者，来回的脚步声回响在房间里。孔雀掩映在铁杉树里，发出鸣叫声，或者，来客安坐在房间里，品着名茶：真正的一幅完整而又难以分割的图画，又何必区分哪是铁杉树，哪是孔雀呢？

以上是技术性阐释，且看诗人是如何巧妙地引导读者在意义上实现上述整合的。在第三段，诗人写道：I heard **them** cry — the peacocks。首先，当读者来到 them 之时，禁不住犹豫，them 到底指谁，铁杉树还是孔雀？铁杉树遇风则鸣，孔雀欢乐则唱，两者均有可能放声。尽管诗人很快做了澄清，正是在那迟疑的一瞬间，诗人试图与读者在无声中建立共谋同盟。紧接着，诗人不露声色地阐释了这惊鸿一瞥的缘由。孔雀的欢叫可能是因为自身感受到了黎明即将到来，果真如此，孔雀则难免自我中心主义，令人宽慰的是，这只是一种可能，因为诗人又提出了另一种可能，孔雀的欢叫是落叶作用的结果，孔雀的中心主义也就消解了，铁杉树的积极参与自然凸现出来。如果此时尚有些牵强的话，那么 loud as the **hemlocks**/ Full of the cry of the **peacocks**? 就更加明显了：安坐在铁杉树里的孔雀的鸣叫声回响在树冠的枝权间以及松针里，孔雀的欢叫声难道不也是铁杉树的吗？此时此刻，由于语音的重叠，hemlocks 与 peacocks 之间产生的模糊效果，不也正好应合了无须辨认来源的欢叫声吗？

---

① TARTAKOVSKY R.Acoustic Confusion and Medleyed Sound:Stevens' Recurrent Pairings[J].Wallace Stevens Journal,2015,39(2):240.

随着诗歌的推进，通过模糊手法取得的统一性逐渐得到加强。在第三段的开始，借助一行 The color of their tails，诗人把读者从与孔雀相关联的听觉情态转移到视觉情态，结果，在孔雀的意象之上，视觉与听觉的对立实现了统一。其实，早在第二段，诗人也巧妙地借助通感（synaesthesia）手法，把颜色与声音联结一起。在…in the loud fire/Loud as the Hemlocks 两行诗中，诗人使用了双关手法，统一了视觉与听觉两种情态：loud，毋庸置疑，属于听觉的范畴，如 loud as the Hemlocks 所示，但与 fire 搭配，loud 则属于另一个范畴，视觉，表示明亮之意；如果执意要把 loud 理解为听觉范畴的词汇，也只能是把视觉的无声属性转换成听觉的声响效果，这也就是通感的本质吧。此外，诗人进一步借助拟人化手法，在静态与动态之间构建起一座桥梁。在第三段，诗人又一次指出，I saw how the night came, /Came striding like the color of the heavy Hemlocks。表面上，夜晚与铁杉树的颜色形成不对称的对应；本质上，应该是夜晚的黑色与铁杉树的翠绿在深层次的对应。然而，铁杉树的颜色如何能够大踏步呢？显然，诗人把颜色之下的情感律动通过拟人的手法折射出来。静态拥有动态的本质。就这样，视觉与听觉、植物与动物、静态与动态，在 hemlocks 与 peacocks 一对韵词的对立统一性的驾驭下，从对立走向统一，[①] 不同的是，韵词的对立统一为主导，余者摇旗呐喊。

《高亮的黑色》不是独例，《关于一位显贵的隐喻》（*Metaphors of a Magnifico*）中的 bridge 与 village 结对呈现同样表明，诗人在游戏韵脚的过程中更是展示了超凡的诗歌才华，极大地提高了自由诗的诗性。不过，此时此刻，史蒂文斯游戏诗韵的另一经典案例值得详细关注，这就是《基韦斯特岛的秩序观》（*The Idea of Order at Key West*）（以下简称《秩序观》）。

与《高亮的黑色》不同，《秩序观》的韵词不是出现在行尾，而是在行内的不同位置上（纵轴投射到横轴），韵词不是一对，而是两对：一对是 she 与 sea；[②] 另一对是 she 与 we；否则，就会忽视斯蒂文斯游戏韵词的艺术复杂性。既然 we 与 she 成韵，那么 we 与 sea 亦是有韵，sea 与 ocean 虽然无韵，但在内涵上却是一对反义词，只不过 we 与 sea、sea 与 ocean 隐含在 we 与 she 里面，此处不再作详尽的探讨。she 与 sea 共出现五次，主要在前四段；we 与 she 三次，

---

① TARTAKOVSKY R.Acoustic Confusion and Medleyed Sound:Stevens' Recurrent Pairings[J]. Wallace Stevens Journal,2015,39(2):241.

② TARTAKOVSKY R.Acoustic Confusion and Medleyed Sound:Stevens' Recurrent Pairings[J].Wallace Stevens Journal,2015,39(2):235.

也是在前四段。游戏 she 与 sea，诗人的思维方向是从统一走向对立；游戏 we 与 she，则是从对立走向统一；两种方向性结合起来，共同提升了诗歌的思想深度。

she 与 sea 的统一与对立，体现了文化（意识）与自然的统一与对立。she 与 sea 的元音部分 /iː/ 押韵，/ʃ/ 与 /s/ 虽然不是绝对的最小对立体，但也构成了显性区分。韵词本身的相同性与差异性并不具有自动的方向性，究竟是从差异走向统一，还是从统一走向对立，完全取决于解读的需要。诗人一开始就对 she 与 sea 的才华作了区分，明确地指出，就歌唱的艺术而言，she 远胜于 sea。（She sang beyond the genius of the sea.）但差异性并不是起点，而是终点，所谓的起点应当是歌唱本身，也就是说，诗歌表达的顺序并不一定是逻辑的走向。在起点上，she 与 sea 给人的表象是突出的共性：

The sea was not a mask. No more was she.

The song and water were **not medleyed** sound

Even if what she sang was **what she heard**.

Since what she sang was uttered word by word.

It may be that in all her phrases stirred

The grinding water and the gasping wind;

其一，诗人指出，she 与 sea 都没有戴着面具，而是以裸露的方式表达自己；其二，她的歌声及海水的歌声都是独奏，而非混响（medleyed）；其三，她之所唱也正是海水之所吟，因为她在模仿海水之声，在字正腔圆的歌声里，诗人仿佛（may be）听到了海水的回旋声（grinding）及海风的呼啸声（gasping）。其四，她并不像华兹华斯那样远离景地，在宁静之中进行回忆（emotion recollected in tranquility），而是行走在大海之滨，亲自聆听大海之声，她与大海近在咫尺，大海之与她仿佛鼓槌之与鼓。she 与 sea 不仅成韵，而且双方的歌声也一脉相承。

然而，双方的歌声毕竟存在着不同，这也就是诗人格外关注之处。她的歌声之所以超越了大海，是因为海水是无意识的，也不具备语音语调（The water never formed to mind or voice）。虽然海水的起伏、回旋引发了持久的叫喊声（and yet its mimic motion/Made constant cry, caused constantly a cry），但她毕竟是歌声的缔造者（For she was the maker of the song she sang），重要的是，诗人听到的是毕竟是她的歌声，而不是大海的歌声。有声对无声，有意识对无意识，鲜明的对照确立了她作为歌唱家的优胜地位。歌唱是艺术，海声是天籁，是自然，艺术高于自然的观点也就应运而生了。这也就是 she 与 sea 虽然成韵，但也形成区分的表意所在。值得注意，史蒂文斯也不否认艺术与自然之间的辩证关系，但遗憾的是，他认为，物质世界虽然历历在目，已是面目全非了，眼下只不过是人类头脑中的想象而已。要知道，背离了现实，想象也就失去了生命。造成这一悲剧的根本原因就是人类中心主义（anthropocentrism）。[①]

有一个现象值得注意，谈到《秩序观》，学界似乎只是聚焦于 she 与 sea 之间的对比关系，而忽略了韵词 we 与 she 在诗歌中的作用。也许是 she 与 sea 的对比过于凸显，也许是学界对 we 的构成处于敏感而讳莫如深。we 显然指讲述人（the speaker）与费南德兹（Ramon Fernandez），但讲述人是歌声创作的主要参与者，费南德兹仅仅是一位聆听者，因为每一首诗或每一部小说，无论怎样假设，都是对事件的回望。在回望的过程中，讲述人与费南德兹分享了为（与）她创作歌曲的经验，他们毕竟是命运共同体。诗歌有三处很少引起注意，或者干脆回避了：一是最后（五、六）两段与全诗的关系；二是第一段的 ocean 指什么？三是 the spirit 又是指什么？问题的解决与剖析 we 与 she 的对立关系有关。

韵词 we 与 she 的双重关系隐含着从对立到统一的逻辑走向。在第一段，诗人指出，海水的运动所引发的叫声，尽管讲述人表示理解，但并不属于他们，而仅仅属于 she；那么，we（讲述人与费南德兹）与她的歌声有无关系呢？仿佛无关，实则不然。在第一段，他们不仅理解（we understood），而且在第三段，又表示明白（we knew）所发生的一切，在第四段则更进一步，亲眼目睹了她歌唱时高亢的激情（we beheld her striding there alone）。很明显，他是她的重要观众。当歌唱会结束后，讲述人和费南德兹，回到了镇上，此时他有一个重要发现：

…… …… …… …… … the glassy lights,

… …… …… …… …… …… ……

Mastered the night and portioned out the sea,

Fixing emblazoned zones and fiery poles,

Arranging, deepening, enchanting night.

---

① VOROS G.Notations of the Wild: Ecology in the Poetry of Wallace Stevens[M].Iowa: University of Iowa Press,1997:6.

　　停泊在港湾里的渔船，明灯高悬，成为夜晚的主宰；与此同时，明灯开始对"装饰过的区域"和"烈火般燃烧过的桅杆"进行必要的维护。全是具有男性蕴含的隐喻，这也是史蒂文斯试图改造语言，创造新隐喻的表现。但这一切行为背后的原因究竟是什么？

> Oh! Blessed rage for order, pale Ramon,
>
> The maker's rage to order words of the sea,
>
> Words of the fragrant portals, dimly-starred,

　　为了维护秩序。怎样维护秩序？就是为大海谱写歌曲并指挥它的歌唱，指挥了大海，也就指挥了她，毕竟她听到了大海的声音才放声歌唱。可以肯定的是，有一位男性与她一起行走在大海之滨，那位伙伴到底是谁并不重要，事实上，诗人自始至终也没做交代，也正是没有做具体的规定，所以他可以是任何一位男士，包括讲述人。在这场音乐会上，出现了两个群体，一是she，一是we，双方的分工不同，但都扮演了主角，由于共同的努力，音乐会才得以成功。由此可见，ocean 就是她与那位无名男士合作的音乐会，而不是他们消遣的场所大海；the spirit 正是这场音乐会的主格调或气氛，一开始出现在歌声里、在大海中，尔后出现在玻璃般的灯光里，对所有寻觅它的人产生着影响。是的，事关所有的人，并事关所有人的根本（Words of ...,/And of ourselves and of our origins）。韵词 we 与 she 之间的关系，从对立走向统一，不也正是预示了分工与协作的逻辑范式吗？

　　以上是自由诗在游戏过程中对传统押韵手法保持若即若离状态的例证。除此之外，自由诗还在格律方面再现游戏姿态，与传统格律藕断丝连。

　　众多音步当中，诗人最为偏爱的当属抑扬格，自由诗人游戏传统格律，首选抑扬格。试看艾略特的《普鲁弗洛克情歌》（*The Love Song of J. Alfred Prufrock*）（简称《情歌》）的第三段，下划线为重读，反之，弱读（下文同）；音节数不等：

> The yellow fog that rubs its back upon the window-panes,
>
> The yellow smoke that rubs its muzzle on the window-panes
>
> Licked its tongue into the corners of the evening,
>
> Lingered upon the pools that stand in drains,
>
> Let fall upon its back the soot that falls from chimneys,

Slipped by the terrace, made a sudden leap,
And seeing that it was a soft October night,
Curled once about the house, and fell asleep.

　　第一行，抑扬格七音步；第二行，同第一行；第三行，介词 into 后的名词短语，抑扬格四音步；第四行，一个扬抑格音步之后，抑扬格四音步；第五行，扬扬格音步之后，抑扬格五音步，外加一个阴性音节（feminine ending）；第六行，同第四行；第七行，抑抑格音步之后，抑扬格四音步；第八行，扬扬格之后，抑扬格四音步。此段固然是自由诗，但相比之下，格律明显强劲。头两行都是抑扬格七音步。就音步诗而言，七步是最长的诗行。余下的六个诗行，抑扬格音步数分别为：4-4-5-4-4-4。很明显，每一个诗行的主体部分都是抑扬格，表面上是自由诗，但整体上趋向音步诗，不过，本质上仍然是自由诗。从另一个角度来看，头两行不仅都是抑扬格七音步，而且结构相同；其余六个诗行，有五个以重读音节开始；此外，第四与第六行，隔行对称；第五与第八行，基本上隔双行对称（短一个抑扬格音步）。正如艾略特所言，只有在艺术性约束的背景下，自由诗之自由才名副其实。①

　　就格律而言，艾略特的自由诗在于归，不在于离。对于惠特曼来讲，自由诗在于离，而不在于归。在惠特曼看来，自由诗意味着自由，意味着民主。只有自由，才能充分解放人的灵魂，人的灵魂解放了，就能释放出无限的创造力。民主就是尊重人民的意见，把人民的福祉放在首位；尊重人民的意见，方能集思广益，才不至于闭门造车，让全社会用尽智慧，去复制一个不一定行得通、靠得住的见识，才不至于视荒谬为逻辑，视专制为贤政，饮鸩代蜜。诗人作为人民的代言人，是领导者，是救星，不是钳制的对象。艾略特身处不同的时代，与惠特曼的世界观也就不尽相同。在工业文明的摧残之下，经过了现代战争的屠戮，人性轻则扭曲，重则死亡，人失去了往日的荣光，不再是启蒙理性之下能够取代上帝的主体。普鲁弗洛克正在追求爱情的路上，爱情，正如史蒂文斯在《秩序观》所言，关乎人类自己的生存。遗憾的是，追求爱情，普鲁弗洛克更在乎他的外表，在乎她们对自己的评价。外界的荒芜加剧了精神上的颓废。所以，迟疑不决，遁词千奇，他只能在幻想中倾听美人鱼的歌声，绝不会在现实中，一如《秩序观》的讲述人，合奏并倾听她的歌唱。最终溺毙于现实之中，不足为怪。立足现实，诗人的心情是凌乱的，

---

① KERMODE F.Selected Prose of T. S. Eliot[M].New York: Straus & Giroux,1975:35.

艾略特毕竟还没有迈向后现代主义，他憧憬秩序，也坚信唯有秩序（包括春风秋雨）才能引导人类从荒原走向绿洲。这就是自由诗中格律时隐时现之意义所在。

再以拉金（Philip Larkin，1922—1985）的《去教堂》（*Church Going*）第一段为例，揭示自由诗人游戏抑扬格的方式与意义。与《情歌》部分不同，节选均为五音步诗行，押尾韵：

Once I am sure there's nothing going on
I step inside, letting the door thud shut.
Another church: matting, seats, and stone,
And little books; sprawlings of flowers, cut
For Sunday, brownish now; some brass and stuff
Up at the holy end; the small neat organ;
And a tense, musty, unignorable silence,
Brewed God knows how long. Hatless, I take off
My cycle-clips in awkward reverence,

第一行，杨抑格音步之后，抑扬格四个音步；第二行，逗号之前，抑扬格二音步，之后，中间抑扬格一音步；第三行，中间的分号可以视作弱读，抑扬格五音步；第四行，前后各抑扬格二音步，中间杨抑格一音步；第五行，抑扬格五音步；第六行，中间，抑扬格三音步；第七行，逗号之后，杨抑格四音步；第八行，扬扬格四音步；结尾，扬扬格；第九行，抑扬格五音步。按抑扬格音步计，抑扬格的分布规律是，4-2-5-4-5-3-4-5。也就是说，第一、第四与第八行分别是抑扬格四音步，第三、第五与第九行分别是抑扬格五音步。此外，有五个诗行以抑扬格打头。所有这些无一不在提醒读者，抑扬格作为自由诗的潜藏格律，在发挥着应有的节制。与《情歌》部分不同，本节的诗行呈现了尾韵的特征。但就音步而言，本段围绕着传统规范上下波动。

诗歌一开始就显示出了意义的双重性，恰好影射了格律的不确定性。其一，church 是指建筑物呢，还是指一种制度，抑或二者兼顾？其二，going 既可作形容词，亦可作分词：作形容词，表示 church 逐渐衰败，说明 church 正在走向死亡；做分词，到底是去做礼拜，还是一次参观行为？简单的互答显然无济于事，也许，诗歌的标题包含着全部可能的意义。再结合诗歌的第六段出现的 this cross of ground 来看，该表述同样具有 church 自身所包含的物质与精神的双重意义。cross 首先是 church 作为制度的经典标志，同时也是建筑物平面图的结构；ground 既是指建筑物的基础，也是指宗教制度的基础。再从诗人的语气来看，休闲与庄重并存。some brass and stuff 表示休闲，this cross of ground 表示庄重，而 Up at the holy end 及 God knows how long 亦庄亦谐。甚至不乏讽刺的意味。诗人一开始就点明了教堂的空旷（Once I am sure there's nothing going on），教堂的空旷既是具体的也是抽象的，由于教堂的功能日渐衰微，诗人情不自禁地感到悲伤，悲伤之中又不无一丝游离于其外的讽刺，再看一看那束发黄了的鲜花，其意味就更浓了。正如诗歌的措辞饱含复义性，诗歌的格律距离传统既近且远，天然自成。

以上论述了两种具有游戏格律特点的诗歌（归），一是格律、尾韵无固定形式的诗歌，二是五音步并在一定程度上追韵的诗歌。下面即将论述现代版的无韵体诗在格律上的革新特点（离）。无韵体诗（blank verse），抑扬格，五音步，没有尾韵。现代版的无韵体诗的革新之处集中在改造抑扬格音步的层面。无韵体诗显然不属于自由诗，但现代版的无韵体诗又与传统无韵体诗形成鲜明的差异，差异的形成主要归因于现代诗人大力发扬传统无韵体诗的破格手法。现代版无韵体诗之所以归为自由诗，更是因为与自由诗一样明显具有无韵的风格。在自由诗的范畴内讨论现代诗人如何改造无韵体诗的抑扬格音步并使之成为自由诗，有助于理解自由诗之精神实质。

当史蒂文斯的诗集《世界的碎片》（*Parts of a World*，1942）出版之后，史蒂文斯就把无韵体诗的规则延展到了极限，有学者据此戏称其"视觉无韵体诗"，[1] 也就是说，看着像而已，经不起严格的分析。不过，史蒂文斯辩护说："我写的诗是五音步诗，但时有所过，时有所欠。"[2] "过"与"欠"显然是过界的标志，冠之以自由诗并无不妥。对无韵体诗所做的改造，主要针对三个方面：其一，格律外音节（extrametrical position）（上标标示）；其二，拓展弱读音节长度（小括号标示）；其三，拓展重读音节长度（下划线，外加小括号标示）。斯蒂文斯对无韵体诗的改造，重心在离，但离而相望。

其实，史蒂文斯只不过把无韵体诗的破格现象的运用发挥到了极致而已。诗歌史上，无韵体诗的破格现象从未间断。

---

① WAKOSKI D.A Poet's Odyssey from Shakespearean Sonnets to Stevens' Not—So—Blank Verse[J].Wallace Stevens Journal,1991,15(2):126—132；TAYLOR D.The Apparitional Meters of Wallace Stevens[J].Wallace Stevens Journal,1991,15(2):209—228.

② STEVENS H.Letters of Wallace Stevens[M].New York:Knopf,1966:407.

格律外音节：

> Thou dost love her because thou know'st I love her
>
> （Shakespeare, *Sonnet 42*）
>
> Too much alike to mark or name a place by
>
> （Frost, *The Wood-Pile*）

拓展弱读音节：

> That she would soon be here.（Is your）lady come?
>
> （*King Lear*, 2.4）
>
> In presence of sublime or beau（tiful）forms
>
> （Wordsworth, *Prelude*, 14）

拓展重读音节：

> Her（deli）cate cheek. It seemed she was a queen
>
> （*King Lear*, 4.3）

第一，格律外音节。往往位于短语或从句的末尾，但不一定是行末，不计入音节数，不构成任何音步。第二，拓展弱读音节。在弱读的位置上，两个弱读音节，或者两个弱读的功能词，可视作一个抑音节。第三，拓展重读音节。两个轻音节（light syllable），[①]第一个音节重读时，两个音节视为一个扬音节。

且看史蒂文斯《论现代诗》（*Of Modern Poetry*）的格律范式，在这首诗里，上述三种无韵体诗的经典破格手法高密度出现：无韵体诗乎？自由诗乎？恰当的答案是二者兼具：

>   . . . The actor is
>
> A（meta）physician in the dark, twanging
>
> An in strument, twanging a wiry string that gives
>
> Sounds（passing）through sudden rightnesses, wholly
>
> Contain（ing the）mind, below（which it）（cannot）descend,
>
> Beyond（which it）has no will to rise.
>
>   It must
>
> （Be the）finding of a satisfac tion, and may

---

① 轻音节（light syllable），由辅音加短元音构成（CV）；重音节（heavy syllable），由辅音加一个长元音或者双元音构成（CVV）。

(Be of) a man skat^{ing}, a woman danc^{ing}, a wo^{man}
Combing. The poem of the act (of the) mind.[1]

诗歌一开始，诗人尚且有节制地运用无韵体诗的破格手法，随着诗歌关于现代诗歌主题的进一步展开，为了现身说法，诗人似乎是放马一搏，把破格运用得淋漓尽致，但又不失分寸。

史蒂文斯也大胆改造了抑扬格五音步格律。[2] 诗人把破格视为改革固然不失道理，但现代版的五音步已远离传统规范了，更接近自由诗。

第一种，任何一个非重读音节序列，都可以出现在抑音节的位置上：

(He ob) serves (how the) north is al (ways en) larg (ing the) change,
(*The Auroras of Autumn*)
(On the) chair, a mov (ing trans) parence on the nuns,
(*To An Old Philosopher in Rome*)

第二种，只有含有重读的多音节词不能出现在抑音节的位置上，也就是说，含有次重读的音节（加黑）可以出现在抑音节的位置上：

If Eng (lishmen) lived (without) tea (in **Cey**) lon, (and they) do;
(*Connoisseur of Chaos*)
We drank Meursault, ate lob (ster **Bom**) bay with man^{go}
(*Ntes Toward a Supreme Fiction*)

第三种，由两个轻音节组成的序列，如果第一个重读，则这个序列可以处于抑音节（加黑）的位置上：

(**Medi**) ta (ting the) will of men in formless crowds.
(*Meditation as Symbolic Action*)

---

[1] GERBER N.Stevens' Mixed—Breed Versifying and His Adaptations of Blank—Verse Practice[J]. Wallace Stevens Journal,2011,35(2):196—197,199—200.

[2] GERBER N.Stevens' Mixed—Breed Versifying and His Adaptations of Blank—Verse Practice[J]. Wallace Stevens Journal,2011,35(2):200-202,205-207,209.

(**Gene**) ra (tions of) shepherds to genera (tions of) sheep

(The Old Lutheran Bells at Home)

第四种，三个词的短语或句子构成一个抑扬格音步，位于行首。其中，第一个词是功能词，第二个是实意词，单音节；第三个，实意词，多为单音节。功能词与第一个实意词处于抑音节的位置，第二个实意词，扬音节的位置。如不在行首，该序列可以位于停顿之后。

(The glass) man, without external reference.

(Asides on the Oboe)

All men endure. (The great) captain is the choice

(Paisant Chronicle)

史蒂文斯对音步的改造不可谓不大，其目的不外乎"让一切富于表达力。"[①] 为了实现这一目的，诗人必须富有人文主义精神。他在《彻科鲁瓦与邻说》(Chocorua to Its Neighbor) 一诗中说的好："言说超人类之事，/ 用人类话语：不妥；/ 言说人类之事，/ 用超人类话语：亦不妥；/ 依人道言人事：再好不过。"[②] 向往自由的人性倾向成为诗歌创新的最高原则。

自由诗回归也好，背离也好，都离不开传统。如何理解和处理好二者之间的关系乃是关键：一是诗人身后的传统，二是个人创新的才华。任何一位有历史意识的诗人，均如艾略特所言，不仅对所处的时代了如指掌，而且对荷马以降的文学传统也有一个整体认识，一种承袭意识。然而，机械地重复传统，诗歌就会走向衰落，事实上，欧美诗歌已经出现危机。史蒂文斯立志高远，要为美国诗歌开辟一块新的领域，并在那里创作出地球上伟大的诗篇。自由诗的确是诗歌领域的新生命，它一经诞生，无论是否是意识的结果，就与传统连接起来，绝对的独立几乎是神话。

---

① STEVENS H.Letters of Wallace Stevens[M].New York: Knopf,1966:80.

② 本书作者自译。 书中出现的译文， 除非注明， 皆属本书作者自译。

第四节 呼吸的节奏

似乎是感觉到自由诗的创新性远远不够，在散文化、断行凸显以及游戏传统格律之后，有诗人更为超前，大胆地提出了新的诗歌理论，这就是投射诗（Projective Verse）。当然，投射诗理论也不是一种孤立的存在，它与断行凸显倒是一脉相承。投射诗理论的核心就是用呼吸的节奏来替代传统的诗歌格律，由此可见，诗歌的格律几乎成为自由诗的头号公敌。格律来自人们的审美需要，呼吸来自于人们的生命需要，把生命的需要升作为审美的需要，的确是诗歌理论的一次飞跃。

以人为中心的审美标准，诗歌传统怎么就如此不招人待见？传统诗歌给读者的印象是：一首诗，一种格律形式，除了个别的破格音节之外，从头至尾，格律从一而终；排版，一律左对齐，诗行的间距雷打不动；诗段，四行、五行或者九行不等，一以贯之。印刷术固然为知识的广泛传播提供了可能，同时也给诗歌形式穿上了紧身衣。正如奥尔森（Charles Olson, 1910—1970）指出：

在很长的一段时间里，至少从公元 450 年开始，我们就生活在一个一体化（generalization）的时代，一体化对圣贤之辈与美好之物都产生过影响。在那时，逻格斯（logos）或者论述（discourse），比方说，对语言的认识和运用都产生过深远的影响，语言的其他功用，例如言说（speech），急需予以恢复……①

紧接着，奥尔森对语言的言说功能和论述功能做了区分。他认为，前者乃是语言当下的行为，后者乃是对当下行为进行思考的行为。语言的功用不同，性质不同：言说功能是诗艺的，论述功能是逻辑的、分析性的。二者之间，奥尔森最为看重诗艺功能。传统诗歌的语言形式是分析性的，而且是僵化的。自由诗，尤其是投射诗，如同宗教，是人们接触神秘生活的有效通道，因为在投射诗中，不同层面的生活体验鲜活如新。可见，投射诗理论具有强烈的反理性色彩。

投射诗理论从三个方面深入批判了诗歌传统的僵化性。第一，格律不是唯一的秩序（order）。在西方的文化传统里，一提到诗歌，人们的第一反应就

---

① OLSON C.Human Universe[M]//Collected Prose.Berkeley: University of California Press, 1997:155-156.

是，诗歌是诗人赋予无序的秩序。历史上，面对着神秘和强大的自然，人类感到自己十分渺小和无助：要生存，就必须与自然斗，要成功，就要立法。于是，自然成为无序的符号，人类成为秩序主体的象征，人与自然之间形成了敌对的关系。表现在艺术创作上：

　　传统艺术认为：宇宙无序，或深陷混乱；坚持形式，等于遵守既定的秩序，格律与声韵就是遵守固定范式的结果；通过艺术创作，人类定能让形式（模型、复制与范式）战胜大自然。[①]

　　遗憾的是，当艺术找到属于自己的形式之时，例如线性与几何图案，人与自然相距越来越大，和谐已是不复存在。究其原因，不外乎视野狭窄，顽固守旧。邓肯（Robert Duncan, 1919—1988）认为，

　　读了达尔文之后方知，每一物种的不同个体之中都存在秩序，每一个生命体也因此有了生存的目的。秩序无处不在，我们也许不知其藏身之所，却不能无视其影响。[②]

　　可见，自然规律主宰着万物，每时每刻都在运行着，因为宇宙浩瀚，万物繁盛，不胜认知，于是有了无序之说。人类所创造的秩序，说到底，仍然是自然的规律，从来就在那里，只是人类偶然发现而已。秩序，没有创造，只有发现。而且，每一种规律并不是一成不变，变是永恒之道，这就是"有机说"的真正含义。

　　第二，言说更具生命力。读过诗歌便知，诗歌语言（论述）与日常语言（言说）迥然有异。这里所关涉的不是诗人是否应当进入理想国，也不是口语与书写的先在问题，而是诗歌语言与日常语言差异的本质意义。关于诗歌语言的特征，没有谁能比得上形式主义说得更加清晰明了。是的，陌生化（defamiliarization）或者前景化（foregrounding），正是诗人通过扭曲口头语言的方式去适应一定的格律，才创造出（发现）特定的诗歌形式，这种形式满足了人们特殊的审美需求，但并不等于说，诗歌语言与日常那个语言相比，更具

---

　　① DUNCAN R.March 13,Monday 1961[J].Caterpillar,1969,7:39.

　　② DUNCAN R.From "Notes on the Structure of Rime" Done for the Warren Tallman "Spring 1961" [J].Maps,1974,6:48.

有规范性，只不过前者更符合格律要求，后者更符合语法规范。如论范畴的大小，日常语言涵盖的规范种类远远大于诗歌语言：

> 在我们看来，诗歌总是具有高度组织性的事件，但与诞生诗歌的语言……的微妙之处相比，的确是……粗放的……我们只有聆听和遵从我们所聆听到的音乐。①

一个负责人的诗人所聆听到的音乐，当然是日常语言所蕴含的丰富格律种类，日常语言能够派生出的格律不仅种类繁多，而且细腻、优美，能够满足不同时期、不同群体不同的审美情趣。这就是投射诗理论的浪漫主义色彩。

第三，诗歌创作应当人性化。无论何事，当局部成为全局的尺度之时，绝望便成了常客，要战胜绝望，必须有足够的勇气。十个世纪以来，诗歌创作与欣赏所面临的困惑莫过于此。日复一日，年复一年，在僵化的格律面前，诗人丧失了独特的创新力，读者再也体验不到耳目一新的审美快乐，人性在机械的格律与音韵面前，变得迟钝、冷漠、古板。诗歌的悲剧在于，一种格律范式一旦定型，要改变现状，必须面对巨大的惰性。在惠特曼、庞德、史蒂文斯与威廉姆斯之后，黑山派诗人们（the Black Mountain Poets）举起投射诗之大旗，决计再为诗歌开辟出一片新的领域。奥尔森在《投射诗》写道：

> 诗歌在当下，1950年，如要发展，要发挥重要的作用，我认为，就必须接受并积极实践呼吸的规律与可能，这不仅包括创作者的吐纳，而且还包括他的聆听。②

奥尔森为首的黑山派诗人在英美诗歌史上，第一次把人的非理性功能（呼吸，breathing）视作诗歌创作的根本依据，堪称诗歌史上的一大创举。依照他的划分标准，新的诗歌将成为投射诗，是开放性的，鲜活的；传统的诗歌则是非投射诗，是封闭性的，僵化的。这就是投射诗理论的人文主义精神。

那么，什么是投射诗？奥尔森并没有给出一个十分确切的定义，其他的

---

① DUNCAN R.Towards an Open Universe[M]//NEMOROV H.Poets on Poetry.New York:Basic Books,1966:140.

② OLSON C.Projective Verse[M]//Collected Prose.Berkeley：University of California Press:1997:239.

黑山派诗人，例如邓肯，也是如此。不过，根据奥尔森在《投射诗》一文的有关论述，可以初步归纳出一个简单的结论：投射诗是由诗人传向读者的一种能量（energy）。换言之，"诗歌本身是一种含有高能的构建品，而且任何时候，也都是一种能量的释放"。①所谓的能量，实际上就是一种成熟、知性、持续的心灵冲动。不过，把诗歌视为一种能量的定义方式，更适合于诗歌的口头形式，就诗歌的文本形式而言，则要另辟蹊径。在奥尔森看来，文本就是用形象的方式表现能量释放的结果，是用视觉形象的方式对不具视觉形象的事物运动（kinetics of the thing）进行的再现。具体地讲，投射诗是空间想象（topos）、文本排印（typos）和修辞（tropos）共同作用的产物。②也就是说，诗歌创作就是一种投射行为，就是诗人把自己的空间想象，借助文字的形式，在页面上合理地进行布局，因此投射诗不仅具有鲜明的视觉效果，而且还是诗歌内容的全息图。"任何时候，形式都不过是内容的延展。"不可否认，投射诗是一种全新的诗歌形式了。

当然，投射一词的内涵与传统诗歌创作也并不是相互排斥的，但投射诗创作过程中的具体要求决定了投射诗的异性本质。首个重要的概念就是奥尔森提出的"场"（Field）。诗歌创作显然是一个过程，但这个过程必然拥有一个环境或状态，只不过创作投射诗所需要的环境不是物质的，而是心理的，诗人就是在一种特殊的心理场的环境下进行创作，奥尔森把这种创作过程称之为"依场创作"（Composition by Field）。每创作一首诗，诗人就进入一个不同的创作场（Composition Field），创作场因而千变万化，无一雷同。当诗人进入创作场之后，即刻体验到"百感"而不是"单感"交集的现象，交集的多元灵感推动诗人把内心的体悟投射到页面之上。交感运动采取了线性运行的方式："一种感觉必须即刻并直接导向另一种感觉。"③当然，单向的线性如多向、四散，则可以构成网状。邓肯把交感运行的方式称之为舞蹈，他在创作过程中，悬置自我意识，任凭自我放逐于身边流动的生活，实现人与自然合二为一的超验境界：

　　舞蹈者放弃了他最初的意识及其所做、所感与所想，开始翩翩起舞；起舞

---

①　OLSON C.Projective Verse[M]//Collected Prose.Berkeley：University of California Press:1997:240.

②　OLSON C.Poetry and Truth[M].San Francisco：Four Seasons Foundation，1971:42—50.

③　OLSON C.Projective Verse[M]//Collected Prose.Berkeley：University of California Press，1997:240.

之时，他又进入了舞蹈的意识，随舞感悟，随舞遐思。自我意识……消失……在舞蹈的超验性意识里。①

此外，在《舞蹈》（The Dance）一诗中，邓肯再一次描写了舞蹈状态下，可以获得乐感的体验；在《建议》（The Propositions）一诗中，则邀请所有的诗人与他一道共享宇宙之舞。依场创作的主张，颇具酒神精神，也带有意识流自由联想的色彩。可以肯定，无论是酒神精神还是意识流技法，创作场必定是开放的而不是封闭的。

从奥尔森"场"的概念中可以析出两个要点：第一，关联性或交流性，以及由此引发的开放性；第二，创作行为的当下性（act of the instant）或者过程性，以及由此引发的反逻辑表达。以上两点在投射诗中得到了充分的体现。

《马克西姆斯诗集》（The Maximus Poems，1953）成为依场创作的典型代表，诗集中的诗歌，按照作者的构想，可以通过关联的方式，共同结构成一篇宏大的诗篇。诗集围绕着一个中心人物（马克西姆斯）和一个主要地方（格洛斯特），把发生在那里的历史与现在连缀一起，构成一张巨大的表意网络。毫不夸张地说，在格洛斯特的地图上，每一个要地都有人烟，一砖一瓦都承载着厚重的历史。例如，诗中提到了科南特的房屋，它是格洛斯特的第一幢建筑物，由该建筑的地址引出了一段关于恩迪克特迁居塞勒姆的故事，而恩迪克特迁居的故事又引出了关于他自己的若干故事。无论是空间还是历史，仿佛都能生长出数不清的触须，彼此勾连、结网。此外，相同的人物也在诗中不断出现，但每次出场，其身份都多少有些变化。莫尔顿初次出场的时候，是一位有经验的鱼把式，识得时务，懂得阳光下挑鱼会伤眼睛的道理。再度出场时，这位老练的渔夫则因贪婪而毁掉了自己的渔船。

一个最为典型的依场创作案例是关于渔业工棚争夺战的故事。在第 11 封信（一封信，一首诗），诗人借助一块见证了历史的岩石，开始披露有关的故事。斯坦迪什，要不是因为科南特命令休斯船长放下枪，早就毙命了。轶闻简短却又神秘，不过又与其他的一些个人细节纠缠一起：马克西姆斯攀爬岩石，以及他的父亲安歇在本来是应当埋葬斯坦迪什的地方。第 15 封信讲述了为何斯坦迪什胜过史密斯，成功地当上了引航员，紧接着又引出了史密斯的诗作，以及其他诗人的一些情况。等到读者再次了解到有关争夺战的一些消息之时已经是第

---

① DUNCAN R.Towards an Open Universe[M]//NEMOROV H.Poets on Poetry.New York:Basic Books,1966:141.

23 封信了，诗中通过目录的方式，列明了争端的背景及其缘由：普利茅斯人曾来过这里，建立了一个渔业工棚，后来走了，但现在又说，渔业工棚是他们的财产。此后的几封信（到第 30 封为止），一直围绕着渔业工棚争夺战展开。可是，第 24 封信以当代的格洛斯特为背景，讲述了这 14 个人第一个冬天的经历，而冬天里的经历又夹杂着一个做爱被偷听的趣闻。第 25 封信则聚焦于历史学家巴布森以及其关于安置的故事。与回顾历史相对应，诗人又做了展望，讲述了历史学家的寡妇、她的子嗣及财产情况。第 27 封信才对这场纷争做了完整的交代，随后的两封信则是 14 人越冬补给的清单。可见，奥尔森的依场创作的诗歌艺术是，一事未完，一事又入，及至完结，已是盘根错节。

不仅主题，而且结构上也是如此，只是没有那么复杂。诗集的第一首诗以如下的方式开始（不含开头的状语）：

> I, Maximus
>
> A metal hot from boiling water, tell you
> What is a lance, who obeys the figures of
> The present dance

对于马克西姆斯要讲述的问题，第二首诗则以反问的方式予以承接：

> . . . tell you? Ha! who
> Can tell another how
> To manage the swimming?

本诗以佑航女神（圣母玛利亚）雕像结尾，而《第三封信》又从女神雕像开始：

> So that my Portuguese leave,
> Leave the Lady they gave us

每一首投射诗都有自己的边界，但在边界之处，又留有出口，让事件自由地进出，以此形成一个庞大的主题与结构网络。

当诗人进入创作场之后，他就把自己交给灵感自由支配了。几乎是创作活动的共识：创作之前，作家通盘运筹，直至出现满意的蓝图为止；然而，创作一旦开始，作家就很快惊讶地发现，竟然身不由己，整个思路完全受到了作品的控制与牵引。其实不难理解，写作大纲再具体，也是笼统的，笼统的整体设计很容易满足美学上的要求。当写作进入实质性阶段，每一个细节都能够牵动着作品朝前推进，甚至能够改变其预设的推进方向，这也许就是所谓的蝴蝶效应吧，可是，曾有几人注意过蝴蝶效应？回过头来看，改变计划并不可怕，毕竟结果尚能令人满意。总有逆行者，投射诗人则说，好吧，来的都是缘！也包括哪些笔误吗？事实难以接受，却也不容否定。

邓肯把笔误看作神灵赐予的礼物。也就说，他特别在意不经意之间发生的事情，例如表达失误，因为他并不追求创作是否能够按照理想的范式进行，倒是追求诗歌创作过程中深层次的经验，即探究一下，全神贯注的诗歌创作到底是一个怎样的过程？其中也许有去神圣化的成分，但更多的是塞翁失马的辩证关系。笔误有可能是一次幸运的巧遇：

在处理一次笔误 sea 时，因为那不是我想要的意思，我扩大了我的思路，结果，不仅有了 see，而且也有了 sea，由此出发，我又想到了乐调 C。对于笔误 revedtion 又是怎么处理的呢？本应是为了 revelation 拼出个 r-e-v-e-l 来，却冲着 reveal 拼出了 r-e-v-e-a，然而在修改的过程中，半道弄出来个 revedtion。作品中的一次偶然事件，竟然变成了一个新思路。翻开词典，查一查这个挥之不去的 ved，却发现：veda，梵文 veda，知识。神圣的知识，我的神圣知识，从《牛津英语词典》查找来的。在笔误 reved 这个问题上，我正处在似懂非懂的兴奋点上，一旦接受了误笔而非正笔，差不多就会有新的视野（revedation）。[①]

邓肯的一番表白，一下把读者带到了诗歌的后台，目睹了诗歌诞生的全过程。要紧的不是神圣的光环消失了，而是得知偶发因素能够扮演如此重要的角色。诗歌的雕琢之美不见了，取而代之的是诗歌当下的真实，这恰好应了浪漫主义的论断：真即美！不过，邓肯自有他的辩护之道：诗人如同木匠，木活出了错，也只能将就了。而且，一个人从房间里走过，他怎能返身重复走过的路。他也有过勘误的冲动，但最终还是克制住了自己。他深信，瑕疵很可能就是一次突破的机遇。

像奥尔森一样，邓肯与威廉姆斯在诗歌创作上有着明显的共性，也几乎

---

① DUNCAN R.Ground Work(unpublished):3.

分享着相同的创作经验。邓肯撰文披露了威廉姆斯在诗行方面所做的偶然发现。如前文所述,威廉姆斯的诗行有时以功能词结束,按照常规,无疑违反了诗歌的清规,究其原因,音节数的限制所致,但此次意外却也孕育了一个重要的发现:

> 正是这样的断点,没错的话,便成为美国口语表达迟疑的手段;在美国口语中,情感与知识混合,形成一种很有力度的复杂表达法,也就是一种不把自我意识视作理所当然,而是就具体的情况把它放在全局进行考察的思维定式。这个断点就是即将做出结论却把结论悬置起来的地方,把结论悬置之后,所有的结论都朝着前方的定论推进,而不是巩固一个现有定论的偏见。①

简言之,遇到意外之事,莫要因循守旧,而要审时度势,因时、因地制宜。这是一种创新意识,这种意识在美国口语中有着广泛的体现,把美国式口语引入诗歌,也正是威廉姆斯的本意,恰是这种精神启发了他,令其诗歌与美国精神相容渗透,完美结合。用投射诗的修辞来讲,"写诗,要依心灵而动。诗歌,而不是诗人,必须高于一切"。②

诗人可以满足于当下状态下创作出的作品,读者也可以因此了解诗歌魅力背后的真实;然而,多数情况下,读者更希望欣赏到完美的诗作,诗人本身也难免有此欲望。所以,投射诗人在创作之后,还是有义务对诗作进行修正的,但仍需解决一个道德问题:诚信。凯鲁亚克(Jack Kerouac,1922—1969)认为,诗人修改诗作,有些说谎的意味;把自己说过的话改掉,避免带来不必要的尴尬,仿佛是向世人展示,根本没有说过此言。③诗人以追求真理为荣,却又不敢直言,的确有些尴尬。不过,邓肯很好地解决了这个难题。他不是拿起笔在原作之上直接进行润饰,而是从头到尾重来。原来的诗作仍然保留,重写的作品有时面目全非。伯克利班克罗夫特图书馆藏有邓肯的笔记,打开笔记就可看到,满是不同阶段的诗作,每一首诗都是整洁的,完全没有做过改动。④有趣的是,如果邓肯真正在乎诗人正直的品行,他就应该把自己的全部诗作原样出版。事实相反:他仅仅选择自己满意的作品结集出版,那些差强人意之

---

① DUNCAN R.The Lasting Contribution of Ezra Pound[J].Agenda,1965,4(2):25—26.

② COOLEY D.The Poetics of Robert Duncan[J].boundary 2,1980,8(2):63.

③ GINSBERG A.Early Poetic Community (with Robert Duncan)[J].American Poetry Review,1974(3):147.

④ COOLEY D.The Poetics of Robert Duncan[J].boundary 2,1980,8(2):65.

作，要么待在笔记本里，要么沉睡在手稿盒子里。说到底，投射诗是原生态的，最贴近人的心灵。

依场创作关键在于形式及形式的转变，而不是静止与理念的固化；在于运作而不是对象；在于生成而不是存在，在于决定而不是定妥；在于自然天成，而不是人工雕琢。然而，依场创作并不足以说明投射诗之为诗的根本所在：投射诗固然反对格律，但一如音步诗，仍然追求诗歌的音乐性，只是由呼吸主导。

什么是投射诗的音乐性？说诗歌具有音乐性，并不是指诗歌拥有好听的声音，而是拥有理想的声音组织方式。一首音乐性强的诗歌，其元音富于变化，其辅音群也毫无违和之感。为了取得理想的音乐性，奥尔森在投射诗中采用了量化性韵律（quantitative measure）。所谓的量化性韵律，就是以语音的音长（duration）和音高（pitch）作为重要的内在因素。当然，音步诗的格律虽然采取重复的方式，因而有些单一和僵化，但格律之上的节奏也能起到一定的调节作用，不过，与投射诗的音乐性相比，还是明显不敌。在书写方式出现之前，音乐与诗歌不分彼此，书写方式出现之后，由于诗歌广泛采用了以重读为中心的音步式格律，诗歌与音乐开始分道扬镳，有了投射诗理论，二者终于再次融合。而且，投射诗不是满足于局部的音乐性，而是整体的音乐美。

投射诗勇于标新立异，但也不耻于与诗歌传统对接，从莎翁那里，它找到了自己的根须。奥尔森认为，诗歌的音乐性始于音节。"音节是最小的单位"，但也是"诗歌创作过程中起统领和联络作用的因素"，"借助这些声音的微粒"，"词汇和美相处"。[①] 也是从音节开始，却再一次引发了一场性质不同的革新。奥尔森发现的切入点是《亨利八世》（*Henry VIII*, 1632）的第一幕，第一场。诺福克对白金汉说道：

> . . . We may outrun
>
> by violent swiftness that which we run at,
>
> and lose by overrunning . . .

奥尔森从第二行听出（看出）了秘密。他认为，本行共有四个重读音节，vi, swift, that 和 run，而不是无韵体所要求的五个。不过，四个自有四个的道理：音节的时长破坏了重读形成的规律，让诗行依着行长渐次展开。具体地讲，

---

① OLSON C.Projective Verse[M]//Collected Prose.Berkeley：University of California Press,1997:241.

by 含有一个长元音 /ai/；violent 也含一个长元音 /ai/，以及长元音 /əu/ 和重音节 lent，由于 lent 含有三个辅音，一个元音，音节的展开就相对较慢。① 在诗行的开头，开始吸气，在 swift 之前略有停顿，让舌尖从上部的齿槽朝着唇 – 舌尖的组合位置移动，完成 t–sw 的过渡。也就是说，by violent 享有三个音节与一个重读音节，三个音节围绕着唯一的重读音节组成了一个语群，形成了"重读、音长以及呼吸"构成的组合结构，这就是投射诗的音乐性。

奥尔森进一步指出，swiftness 之后应当停顿，这也是本行最为重要的呼吸要求，因为从 swiftness 尾部的清音 ss 向 that 开头的舌齿浊擦音 th 移动，是一个有难度的动作，而且，即将引出了一个从句的关系代词 that 也需要重读。此次停顿是本行音乐性的关键之处。奥尔森认为，that which we run at 由粗糙又优雅之词组成，因而更为富有音乐性，更为精彩。但丁把此类单音节词汇视作喜剧的命根，奥尔森则又进一步，"这也是莎士比亚所逐渐依赖的手段……美国人也正以相同的热情使用语言，同样依赖此法。"奥尔森指出，除了必要的单音节粗糙词（the shaggy）之外，还有一种精选的三音节词（the combed–out）；精选词与粗糙词混用之后，就会产生一种"较为和谐的结构"，这种结构拥有"呼吸的粗糙、重读，双字母，流动性与长度"，也就是"呼吸、重读与音长"的三位一体。由此可归纳出两个要点：其一，由"重读、音长以及呼吸"之合体取代音步，实现新的音乐性；其二，要产生新的音乐性，就必须让粗糙词汇与精选词汇混用。② 幸运的是，在奥尔森三位一体的音乐性之后，已经有乔姆斯基（Noam Chomsky, 1928—）提出的四级分音法和八级分音法，不过，四级分音法更为常见；另有本章第二节运用的主调系统，一一不等；诸如此类的理论为自由诗的音乐性分析提供了必要的理论支撑。

奥尔森有两句名言，很少分开：第一，智性（head），通过耳朵，到达音节；其二，心绪（heart），借助呼吸，抵达诗行。③ 就音节而言，尽管投射诗强调无约束状态下的自由创作，但并不否认智力的作用，智力的作用在于事先能够做好充分的准备，优美或者具有创新意识的诗歌，无论如何是不会降临到那些没有任何知识储备和理论修养之人的。心绪与诗行的关系，则完全取决

---

① Violent：三个音节，vi-o-lent；两个音节，vio-lent；字母 o 发 [əu] 音，不多见。

② OLSON C.Quantity in Verse, and Shakespeare's Late Plays[M]//Collected Prose. Berkeley：University of California Press,1997:273-275. 与精选词汇混用的应是粗糙词汇，不可能是 polysyllables：奥尔森笔误。

③ OLSON C.Projective Verse[M]//Collected Prose.Berkeley： University of California Press,1997:242.

于心律，心律表现为外在的形式就是呼吸。呼吸的长短、快慢时刻决定着诗行的长度，也决定着诗行的音乐节奏。结合上文的分析，可以看出，呼吸依靠心与脑，严控投射诗的音乐性。投射诗对音乐性的要求，也对投射诗的修辞、语法与行长以及诗段与整体结构产生影响。

投射诗要求诗歌语言具体、生动，具体与生动方可传递音乐性。投射诗的音乐性取决于人的内心节奏，即心律或者呼吸，而人的内心节奏不仅具有自然的属性，而且可以与自然的节奏同步。奥尔森告诫说，明喻（simile）是一只很容易捕捉到的鸟，正因为易得，稍有不慎，就会吮吸依场创作的能量，能量少了，音乐的质地自然就粗糙了。为此，诗人要把功夫下在诗外；如若不可避免，诗人应确保明喻能够起到提升而不是削弱音乐性的效果。[①]奥尔森同样反对诗歌创作运用象征手法。象征（symbol）一词的希腊语是 symballein，其意思是"聚集在一起，比较"，而比较就是概括，就是抽绎出空泛的符号、人物和类型，成为理性和知性代名词。与此同时，奥尔森认为，与象征相反的意象（image）却是一个积极地过程。image 的希腊语是 to imitate，即模仿，也就是对原初物体和行为的直接表现，因此具有戏剧性。与明喻相对应的暗喻（metaphor），则不具有比较的意蕴，而是复制、再现与施事。谈到比较和象征，奥尔森指出：

这些都是假面孔，太常见，它妨碍了暗喻和施事这些积极、知性形态的运用。比较就是树立参照点：就是选定一物，为了理解，找出与另一物的相同与差异。问题就在此，物与物之间并不真的相同或相异（那些相似与差异是表面的），相似与差异只是一种描述，根本没有抓住实质：一个事物，任何事物，通过重要的事实或自身的存在而不是指向他物的方式，对我们产生影响。[②]

说到底，奥尔森强调的是事物独一无二的个性特征，既然独一无二，又怎能进行比较？投射诗的个性主义十分鲜明。应当注意，英美新批评把暗喻与象征几乎等同起来，但奥尔森却把暗喻视作无缝对接，而明喻则是有缝对接。视角不同，自成一说。总之，把第一手经验直接地传递给读者，就是生动，

---

① OLSON C.Projective Verse[M]//Collected Prose.Berkeley： University of California Press,1997:243.

② OLSON C.Human Universe[M]//Collected Prose.Berkeley： University of California Press, 1997:157.

就有活力，事物内在的音乐性就会自然显现。

　　奥尔森还要对动词时态进行彻底的改造，改造了动词的时态，不同时期的事件就可以参与表达，音乐的内涵有会更加丰富。奥尔森提出："是不是，难道不应该从一个新的角度对时态重新加以审视吗？难道时间，难道其他的支配性成分不应该，像诗歌的空间张力一样，与诗歌的直接经验保持直接与同步的联系吗？"[1] 然而，改造动词时态，并不是真的对语言本身进行改革，就像去掉英语动词、形容词词尾阴阳格变化一样，而是一种结构暗喻。众所周知，奥尔森擅长取材于地方历史，把历史与现实结合起来，互相参照，从而深入揭示每一事件背后的意义。但历史与现实分属不同的时间阶段，一首诗内，按照传统的线性叙事方式来处理历史与现实，难免落入俗套，收不到理想的艺术效果，更何况，奥尔森力主诗歌创作应当追求即时性、直接性。为了解决这一难题，奥尔森把投射诗的时间框架设定为当下，让历史事件直接进入当下时间，与当代现实同堂互动。过去与现在并置，时态的鸿沟也就消失了。所以，事态的改变不是句子层面而是结构层面的。邓肯甚至把其他作家的作品内容直接引入自己的诗歌里，引入的作家作品十分广泛，令人瞠目。奥尔森希望，在开放诗中，所有的成分，就像现实中的物体一样，实实在在地参与表达，形成一种真实的张力。真的是交响乐了。

　　在句子层面，奥尔森坚持，只要有圆周句（periodic sentence），就没有音乐性，没有音乐性就没有投射诗。圆周句属于抽象的句式，它的组织方式与抑扬格五音步格律像一道墙，横亘在诗人与其艺术素材之间。圆周句的抽象性，简单地讲，就是圆周句与口语句式之间的差异本质。句式繁复，不到最后，完整的思想不会显现。表达在整个过程中，既受阻又前行，既前行又受阻，这种一步一顿的现象，语句原是没有的，完全是逻辑理性干预的结果。奥尔森欣赏并列句式（syntax of apposition），而不是等级句式（syntax of subordination），在并列句里，词汇与行动按照自然发生的顺序并列显现，而在分析式的圆周句里，所有的一切都要按照等级顺序或者因果关系，组织成一个整体。[2] 如同时态一样，并列顺序不仅是语句层面的，也是结构层面的，因为语句就是微观的语篇，语篇就是宏观的语句。邓肯就把《马克西姆斯诗集》

　　[1]　OLSON C.Projective Verse[M]//Collected Prose[M].Berkeley：University of California Press，1997:244.

　　[2]　OLSON C. Review of Eric Havelock's Preface to Plato[M].// Collected Prose. Berkeley: University of California Press, 1997: 355.

中的轶闻看作"行动的词汇表"（vocabulary of activities），[①] 诗中的轶闻，仿佛词汇表中的单词，相对独立，它们不是按照因果关系组织在一起，而是从不同的角度，以联想的方式，把材料关联起来，形成一种即时的、直接的、地图般的关系网。

在句子层面，投射诗允许一定的不和谐音，以此衬托诗歌主旋律的优美。诗歌一开始就是分号，表明在诗歌之前，已有行动发生；句子有时没有逗号，句号，诗歌有时明显没有结尾，所有这一切都表明，事物正在进行，尚不能结束；括号不是成对出现，而是一半，前一半；用"/"表示特殊的停顿，其时间比逗号短，例如《翠鸟》（*The Kingfishers*）的开头句：What does not change / is the will to change；行尾断词；词与词之间有多余的空间，行与行、段与段之间的距离不等；不规则的页边距；突如其来的句号。此类创作手法，着实令人不安，很少有人能当场理解诗中所发生的事情，以及段与段的关系是什么。邓肯的理由是，不和谐音是有必要的：

假如一切都和谐入耳，我们就会处于一种可怕的自得之中，只有我们才有的理性，就会把解决不了的问题交给"非理性"……我们的宁静打破了，出现的意象我们理解不了，音乐中的衔接不和谐，请点赞吧！[②]

固然强调随性、尽兴，但投射诗也并不是彻底地反对理性，否则，一点都不思考，那就失去了人性，只是要用不同的方式进行思考。不和谐音是相对的，一个层面的不和谐，则是另一层面的和谐。不和谐音是和谐音的内在构成。

语句与语篇相通，但也有不可通约之处。由呼吸所控制的节奏在语篇上表现出的形态，则是语句无法表达的。《翠鸟》的第三段的节奏如下：

Otherwise? Yes, Fernand, who had talked lispingly of Albers & Angkor Vat.

He had left the party without a word. How he got up, got into his coat,

I do not know. When I saw him, he was at the door, but it did not matter,

he was already sliding along the wall of the night, losing himself

in some crack of the ruins. That it should have been he who said, "The

---

① DUNCAN R.Some Notes on Olson's Maximus[M]//ALLEN D.A Quick Graph:Collected Notes and Essay.San Francisco: Four Seasons Foundation,1970:170.

② DUNCAN R.Bending the Bow[M].New York: New Directions,1968:9—10.

```
          kingfishers!
   who cares
   for their feathers
   now?"
```

传统诗歌的音乐性仅限于水平方向，而投射诗的音乐性既是横向的，也是纵向的。开始部分，仿佛一段散文，每行的节奏舒缓，但从第六行开始，节奏明显加快，直至最后一行，仅有一字。在其他的诗篇中，散文的确不期而至，那是呼吸的节奏使然：散文舒缓、悠然，投射诗迟疑、阻滞（投射诗的自然流畅，相对于音步诗；它的迟疑与阻滞，相对于散文），要么从舒缓、悠然到迟疑、阻滞，要么反之。文体统一于呼吸所主导的音乐性。

投射诗整段缩进表达了叙事者的心理活动。在《冰冷的地狱，浓密的树丛》（*In Cold Hell, in Thicket*）中，每一部分都有特殊形式的空间，给思考过程打上了版面的印记或形式设计。缩进出现时，表明思绪进入了记忆和幻想。[①]

```
The branches made against the sky are not of use, are
already done, like snow-flakes, do not, cannot service
him who has to raise (Who puts this on, this dreaming of his flesh?)
he can, but how far, how sufficiently far can he raise the thickets of
this wilderness?

          How can he change, his question is
          these black and silvered knivings, these
          awkwardnesses?
          …… …… ……
```

第一段，雪后的要塞，无序的附着物等待着诗人进一步地理解；第二段整体缩进，表明深思的过程：诗人自问，何时才能自控，走出痛苦。整体缩进仿佛音乐变调，开始沉思部分的演奏。

再看《翠鸟》第二部分的第一段：缩进与外凸交替出现，把两个陈述部分

---

① CHRISTIAN P.In Cold Hell,in Thicket[M]//Masterplots II:Poetry,Rev. ed.New York: Salem Press,2002:1—3.

错行并置，既表现出了运动的对立性，又体现了运动的同步性：[1]

I thought of the E on the stone, and of what Mao said
la lumiere"

                 but the kingfisher

de l'aurore"

                 but the kingfisher flew west

est devant nous!

                 he got the color of his breast
                 from the heat of the setting sun!

    诗歌不仅使用法语和英语两种不同的语言，再现了来自不同背景的讲述人的思想，而且还利用二维空间，表现出对话性的视觉形象。投射诗既表意，又表象，既有屏息聆听的感觉，又有不同声部对话的效果。

    无论是理论还是实践，黑山派诗人始终反对理性主义主导下的诗歌创作，他们注重人性的张扬，坚持自然本真的回归，勠力同心，成功地发动并完成了最具后现代主义色彩的诗歌变革。投射诗反对传统格律，却坚持音乐性在诗歌中的中心地位；反对形式与内容的分立，让形式成为诗歌内容直接的外在反映；反对封闭性结构，倡导开放性诗歌；注重创作过程，轻视文辞润饰；拒绝单一体裁的专制，提倡多元体裁的民主，并确保体裁多元而不失诗性本质；充分利用特定的技术手段，为诗歌创造出了不可多得的视觉形象，并使之与诗歌的音乐效果合二为一。可以说，投射诗在后现代主义思潮的影响下，走向了一个崭新的高度。

    自由诗的诞生，是创新动力推进的产物，是人性的彻底解放，同时也是人性与理性的共赢。自由诗的革新最为彻底，但在进化中始终没有丢掉作为诗歌本质的诗性。诗性就是一种简约、独占的组织诗行的方式。自由诗行再长，毕竟不是一个散文段落；摆脱了格律的统一制约，自由松散，却通过对称、排比、张力等方式重新组织起来；不可避免地带有散文气息，却汇聚了散文中最具诗意的句子；即便是迎进了散文，散文就像戏剧幕间的插曲，或者诗段之间的空白，不可或缺。诗性就是一种用文字表现出来的特有的视觉艺术。能

---

① BERRY E.The Emergence of Charles Olson's Prosody of the Page[J].Journal of English Linguistics,2002,30(1):61.

够通过容貌进行辨识的，只有诗歌；也只有诗歌，能够通过断行与字间距来表达文字之外的意义，能够对讲述人的缺场进行补偿；也只有诗歌，能够让本质透过形式反映出来。诗性就是一种鲜明的音乐性。格律具有音乐性，以重音、音长和呼吸构成的节奏同样具有音乐性。能够表现音乐性的方式多种多样，固守一个模式是专制，是暴力，是自杀。万物流动不居，不变的是永恒的变化。自由诗之诗性体现了人文主义、浪漫主义和生态主义之精华。

第二章　形式与内容

在探讨自由诗之诗歌本质的过程中，诗歌的形式与内容不是论述的重点，但已经不时地发生关联。其实，诗歌的形式不仅仅是一个容器，默默无语地承载着诗人的赞美、哀伤与沉思，也不单单是一个能指，单向、被动地面向所指。相反，诗歌的形式在成为载体的同时，仍然可以表意，成为内容的一部分，也就是说，能指不再隶属于所指，而是通过反指的方式，融能指与所指于一身。

那么，何谓形式？就诗歌的书面语言而言，形式是一首诗内一些语言符号呈现的视觉形式；由于语言符号又是一个模糊的概念，准确地讲，诗歌的形式是一组能指的集合体，而所谓的内容则是一组所指的合成体。标点符号不是语言，但属于语言的辅助形式，履行指定的功能，一般也不具有形式的地位，但特殊情况下，一旦成为诗歌语篇上的显性特征时，也就具有了形式上的地位。由所指构成的内容也并非一种混沌，而是自成一定结构的一种形式，这种形式可以是外指功能结构，也可以是反指功能结构。由此可见，所谓的形式应该包括三种情况：一是由能指所构成的视觉形式，二是具有诗歌显性视觉特征的特定标点符号，三是因反指而具有表意功能的内在结构。

最为科学、系统地研究诗歌语言形式的当属俄国形式主义。俄国形式主义（formalism）研究的一个焦点就是日常语言与诗歌语言的区别，它认为，日常语言是诗歌语言的原始材料，通过对日常语言的加工，诗人拥有了诗歌语言。诗人对日常语言加工的方法有两种，一是前景化（foregrounding）二是陌生化（defamiliarization），二者提法不同，但蕴含一致。简言之，前景化就是"往前一步走"，出了队列，把自己暴露在众目睽睽之下，人就格外显眼了。陌生化就是让熟悉的东西变得陌生，让人一时认不出来。其实，两个概念都包含着目的与手段。当触景生情，诗兴大发之时，诗人难以凭借日常语言来表达此情此景之美轮美奂，因为日常语言太过熟悉了，凡熟悉的东西都会产生审美疲劳，但诗人又不可能发明出一种决然不同的语言，因此改造现有的语言，使之满足表意的目的就成为必然了。当然，也不乏把沉闷的东西颠倒过来，给人耳目一新的可能，那仅仅是炫技的范畴了。

（前景化或者）陌生化的方式有两种。一种是平行或对偶（parallelism），另一种是变异（deviation）。一般情况下，普通人讲话的风格是语句简短，极少繁复句式，用词简约，不求辞藻华丽，而且在口头上，还可以不时地对表述进行修正。平行结构是非自然状态下艺术性的表述方式，带有明显的人工痕迹，是生活中极为少见的表述方式。例如，《她走在美的光彩中》（*She Walks in Beauty*）中的一个诗句，含有两个平行的分句：The smiles that win, the tints that glow；再看《致海伦》（*To Hellen*）中两句诗行：To the glory that was Greece, /And the grandeur that was Rome.。变异手法，适用于两种情况。一是，从形式上来看，不仅陌生，甚至有些怪诞；从内容上来讲，则仍旧如此，并非天外来物；从审美效果上来讲，则是眼前一亮，别有洞天。例如，在《致海伦》的第一段中，诗人把海伦的美丽喻为一艘古老的尼西亚方舟，讲述人为四海漂泊、身心倦怠的游子，把海伦之美给讲述人带来的审美体验表述为一艘古老的方舟承载着倦怠的浪子行驶在香海之中。与美人不期而遇，可期可望，但能把平凡的异性相遇写得如此之美，非艾伦·坡莫属。二是，难得一遇的情形，只能用诗的语言来形容。忧伤中的美人不得多见，得见之时，多戴面纱，能一睹芳容者，则更加寥落。《步态万方》中的美人面带忧伤，却不失娇媚：其忧伤如黑夜，其魅力如星光。奇特的比喻和非同寻常的句式把此忧、此美合成为一道精致的美景。

现代派诗人甚至创造出新的诗歌词汇。[①] 第一，前缀 un 加名词、形容词和副词，例如，unmind, unsmaller, unslowly 等。第二，动词词干加后缀 ingly，例如 beginningly, cryingly 等。第三，名词、动词词干加后缀 fully，如 childfully, whisperfully 等。第四，名词词干加后缀 lessly，如 wherelessly, lowlessly 等。第五，名词词干加后缀 ly，如 sunly, grassly 等。第六，把人称、疑问和关系代词名词化，并有复数形式，如 whos, whichs, theys 等。第七，动词名词化，并有复数形式，如 can'ts, ams, wills 等。第八，疑问副词、指示词、从属连词、不定代词和否定小品词的名词化，并有复数形式，如 whens, everywheres, ifs, nevers 等。第九，限定词名词化，并有名词性变化，如 boths, eachness, toomany-ness 等。新的词汇使得表达更为简洁有力。

---

① CURETON R D. E.E.Cummings: A Study of the Poetic Use of Deviant Morphology[J]. Poetics Today,1979,1(1/2):217,224,228,232—234,236—237,240.

　　陌生化是实现诗歌音步节奏的必然结果。以重读、弱读为基本元素的音步诗，要实现固定格律范式，就必须对日常语言进行移位、重组，原来相邻的词汇不仅可能分处不同的诗行，即便是同处一行，也可能远距离守望。第一章第一节中的举例，《论失明》便是最好的说明。早期的诗歌是用来吟诵的，后来的诗歌尽管不再用来吟诵，但其音乐性是必不可少的主要特征之一。诗歌虽然与音乐相提并论，但与音乐仍然存在着巨大的差距，其他形式的文学作品就更不在话下。音乐的魅力在于只有能指，没有具体的所指，更没有指涉之物。仅以能指方式存在的音乐最为模糊，因而具有最大的包容性，千差万别的对象，只要具有一定的相通性，就能感受到音乐的呼唤。诗歌则过于明确，能够呼唤的对象也就有限了。在形式主义者和诗人那里，诗歌无论如何舍不得丢掉音乐性。

　　陌生化的手法也不时地出现在语音的选择上。要创作出诗歌的音乐性，诗人的首选就是象声词，如在《忍冬花》（ *The Wild Honey Suckle* ）中，And send soft waters murmuring by 中的 murmuring。诗人、诗歌爱好者和理论家从来就没有停止声音的质地与意义的关系。普遍认为：/l/、/m/、/n/ 为软音，鼻音还有阴暗之感；/g/、/k/ 为硬音，如 kodak；/b/ 多有障碍之意，如 beaten，battered，bruised；/h/ 多有居室的蕴含，如 hut，home；/r/ 则多有运动之感，如 tramp；/gl/ 给人光泽、平滑之感，如 glide，gleam；前元音，/i/ 给人以小、轻的感觉，而后元音 /ɔ：/ 则有沉重与庞大的感觉；双元音，/ai/ 美音；/-ʌmp/ 具有圆通之感，至少不那么尖锐或者突起。在《老虎》（ *The Tyger* ）开篇第一句：Tyger! Tyger! burning bright 中，清辅音 /t/ 轻柔，仿佛老虎举步之时的轻盈，第二音节则表示落步之时的谨慎；/ai/ 音具有双重作用，一是移步的情景，步履迟缓，悠闲自信，二是与后面的感叹号配合，表达老虎给目击者产生的情感冲击，这种冲击力到了 burning 的 /b/ 那里则进一步得到了强化；bright 中的 /ai/ 不仅暗示着夜晚明亮的虎眼，也暗示着目击者的惊讶表情，/b/ 再一次提升了震惊的效果。当然，语音的质地所产生的审美效果仅仅起到辅助的作用，并不能代替语言本身。

　　没有谁会怀疑陌生化的永久性地位，但如何陌生化则是可以不断探索的。其一，大写的范畴可以扩大。不仅行头或者专有名词，任何词汇的任何字母都可根据表达的需要进行大写，大写成为表意的手段。单词也不再是一个完整体，可以根据需要任意切割，要么横向排列，要么纵向排列，要么与其他的单词交叉在一起。标点符号的表意能力也发生了不同程度的调整，如句号由行尾取代了，但逗号、括号与分号等更活跃了。不过，创造性运用地标点符号的历史也并不是机械地按照直线的方式发展，破折号早在其他符号频繁出现在现代主义诗歌之前就得到了广泛而有成功的运用。由于数学符号与标点符号相近的简约，甚至越来越多的数学符号也参与诗歌的表达。不妨做一下预言，任何简约、普遍的符号都可参与诗歌表意。孤立地看，语音、大写与标点符号的象征意义属于局部而不是形式或者结构上的范畴，但是，当两者成为突出特征，并结合起来与诗歌的结构合力表意之时，则具有了结构上的功能。

诗歌的视觉形式也不乏多样性，但一般不具明显的表意功能。多数诗歌左对齐，但有的诗歌段落呈现居中对齐的形式，有的呈现各行缩进的形式，还有诗歌，比方十四行诗，或者其他一些格律的诗歌，它们的结尾双行句也采取缩进的形式，所有这一切虽有美感，但也没有引起多大轰动。同时，也出现了一些颇为吸引眼球的图像诗（concrete poem）。例如，1633 年的《复活节翅膀》（*Easter Wings*）和《圣餐坛》（*The Altar*），还有 1647 年的《十字形树》（*This Cross Tree Here*），等等不一。类似的图像诗在当时也许名噪一时，但没有成为一个重要的诗歌传统很好地沿传下来，直到 20 世纪，在现代派诗歌那里才得到了复兴，并发展成更高一级的图像诗。有一些图像诗不是在语言的符号上搞一些小动作，而是直接用视觉形象与文字进行综合表达，典型的诗歌如充满性暗示的《隐喻的》（*Figurative*），该作品到底是诗歌还是概念艺术（Conceptual Art），格拉汉姆（Dan Graham, 1642—）并没有对此做出具体的描述，但编辑却把它视为诗歌予以发表了。边界问题也成为诗歌的凸显之处。

从叙事的手法来看，诗人习惯上把语言符号视为外指的，退一步讲，能指总是指向所指的。以《亡妻》（*On his Deceased Wife*）为例，作为语言的产物，整首诗表达的是对亡妻的思念。诗中提到的亡妻可以是生活中的真人，也可以是纯粹幻想的产物：如果是前者，整首诗指向现实世界的具体存在；如果是后者，则是一个自足的体系，在这个封闭的体系当中，能指仅仅指向所指。但在《我已故的公爵夫人》（*My Last Duchess*）中，语言符号指向客观存在物之后，又因受到反射，发生了回指的现象；或者，能指指向所指之后，受到所指的折射，返身回到了能指。直线运行，语言符号是可靠的，视觉焦点是客观世界的存在体；折线运行，语言符号是不可靠的，客体存在并不是终极指向对象，而是一个虚设，一面真实的镜子，经过它的折射，语言指向了自身，并产生意义；与此同时，当能指与所指澄清之后，第二次的表意过程开始，所产生的意义与先前迥然不同。一次表意努力，却引发了双重的表意过程，每一过程都产生了不同的意义。其中的关键乃是反射的发生，之所以引起反射现象，是因为读者把自己携带的审美标准注入了存在物或所指。《我已故的公爵夫人》所体现的叙事手法习惯称之为戏剧独白，虽然不属于现代主义艺术，却是诗歌艺术中的一颗璀璨的明珠。

基于相关研究的成就及其趣味度，本章将依次集中论述三个方面的问题：一是诗歌的视觉形式及其表意的潜在性；二是破折号成为诗歌主要特征之后，在整体上的表意功能；三是诗歌叙事手法的反指表意功能。前两项论述针对外在的研究对象，而后者则是针对内在的。

第一节　视觉的形式

自由诗是图像诗的传统，图像诗是自由诗的自由诗。诗歌从来就是以美为自己的最高追求，而经过时间的打磨，一种形式的美逐渐成为范式，范式再经过世俗的风化，又逐渐流变为平庸。没有谁甘于低就平庸，要寻找新形式之美，不仅要破俗，而且还要改造语言。诗歌，借着自由诗破除诗歌传统的势能，再一次推进了自己的边疆，让形式进行表意。单词就像一树的麻雀，随时都有可能各奔东西，字母就像糅进了酵母的面团，每刻都有可能膨胀；一首首诗，就像中了巫师的魔咒，千变万化，睹其形状，便知其大意。于是，图像诗，视觉诗，形态诗，各种称呼，纷呈杂陈。

语言和诗歌形式的平庸化成为诗人立志革新的主要原因。语言和诗歌形式的平庸表现在一切已经长时间的模式化，模式化的诗歌语言与表现形式根本无法表达诗人心中的独特感受，与此同时又暴力地把单调与乏味强加给他们。造成这种现象的根本原因是，群体长时间滥用语言和诗歌体裁，尤其是二流诗人，葬送了诗歌的传统，这几乎是 19 世纪末和 20 世纪初文学艺术家的共同感受。为此，他们要寻找能够化腐朽为神奇的方法。《契约》(A Pact) 很好地说明了这一点：

I make a pact with you, Walt Whitman —

I have **detested** you long enough.

I come to you as a **grown** child

Who has had a **pig-headed** father;

I am **old enough** now to make friends.

It was you that broke **the new wood**,

Now is a time for **carving**.

We have one sap and one root —

Let there be commerce between us.（粗体为本书作者所加，后同）

　　从前一章就可以看出，惠特曼所倡导的自由诗给诗歌领域带来了巨大震撼，然而，多数人如同庞德（Ezra Pound, 1885—1972），对新诗歌运动保有强烈的敌意，一方面他们在年龄上"太年轻"（grown 和 old 隐含之意），另一方面其父辈们过于"固执。""成熟"之后，从自由诗中看到诗歌前途的庞德，终于明白了惠特曼的良苦用心，自觉地站到了他的立场，立志要对惠特曼"砍伐"而来的新"木料"进行"雕琢"。显然，庞德要做的事业与惠特曼的事业同宗同源，血脉相连，他要发展自由诗，但并不是停留在自由诗原有的水平上。

　　庞德的一个主要贡献是，让语言符号（能指）从视觉上能够直接表意。庞德的创意来自有关汉字的介绍。汉字属于象形文字，象形文字的最大特点就是，在不了解文字外延（所指）的情况下，从字形上就可以判断出文字所要表达的基本意思，因此，象形文字的表意功能具有直接性与生动性，它切断了与受污染的内涵的联系，不仅让文字得到了净化，而且使得表达更加高效。他在英语诗歌中大胆地运用汉字，但效果并不理想，较之于拉丁文，汉字带来的审美效果小于它的新颖性。让语言符号直接表意的构想又进一步运用到诗歌的空间表现形式上。《地铁站》（*In a Station of Metro*）普遍认为是庞德最具代表性的意象派诗作，很少有人知晓，它也是一篇开始思考空间在诗歌领域里的作用。这首诗最初的设计形式如下：

The apparition　　　of these faces　　　in the crowd　:

Petals　　on a wet, black　　　bough　　　　:

　　《地铁站》一诗可谓千锤始出山，万琢方成器。全诗仅有两行，总共 14 个词；每一行均且分成三个相对独立的部分。The apparition, of these faces, 以及 in the crowd 都具有相对的结构完整性；在 Petals, on a wet, black, 以及 bough 当中，只有最后两个较为特殊，本是一个短语，却把限定词与中心词一分为二。更有甚者，每个独立部分之间都相距甚远，就连两个分号之前，也出现了空白。空白的距离不等，通过上下两行对比，就可发现：第一行的头两个空间最大，其次是第二行中间的一个空间，再次是其余两个空间，最小的就是第一行的最后一个空间了。空间的长短显然与诗歌的节奏有关，它控制着诗歌朗读或默读的节奏。庞德试图赋予非表意因素以意义，给予与语言同等的地位，并让它们积极参与表达。

庞德的第二个诗歌改革努力也得到了同时代诗人威廉姆斯的认可。从第一章第二节的论述中可以看出，威廉姆斯已经开始意识到空间距离的意义了。不过，庞德的两个诗歌实验，到了卡明斯（E. E. Cummings, 1984—1962）等诗人那里，则发展成炉火纯青的诗歌艺术了。字母或整个单词都具有了象形文字的功能，空间的表意功能更加广泛，不仅以横向诗行为单位，而且旋转90度之后，朝着纵向发展。又一场真正意义上的诗歌革命来到了。图像诗之所以令诗人如此着迷，是因为它是直接交流的工具，能够有效表达人类的经验，如思想的突现、一个吻、一次玩笑、一个请求等常见的活动。[①]

图像诗中，一种是凭借字母的大小写变化进行直接表意。也有使用字母表意的成功例子，如《没有感谢》（No Thanks）的第一首诗。全诗共三段，但直觉告诉我们，全诗又分两个部分，并以字母 o 的大小写为分界：在第一部分中，所有的字母 o 都大写，共 11 处，其余的字母均小写；在第三段中，所有的字母 o 都突然变为小写，共 7 处，其余的字母都大写。字母的大小写具有不同的含义：字母小写，属于自然状态；大写，变异。小、大写之分，如同圆与方之间的区分：圆形乃自然之状，方形乃人工之状。所以，字母的变异乃人类意志的体现。主题上，诗歌分为两个层次：第一层关于城镇，第二层关于月亮。关于城镇，只有一词 town；关于月亮，其余所有之词。在第一部分，关于月亮的关键词有 perfectly（完美地），newly（崭新的），dreamest（朦朦胧胧）；在第二部分，关月亮的词有 slowly（缓慢地；沉重地）与 sprouting（萌芽）。不仅如此，第一部分明显比第二部分长。可见，在人类的历史长河中，人类长时间贴近自然，沐浴在自然美之中，但自近代历史以降，人类作茧自缚，深陷混凝土与污染的环境之中，摧毁并远离了自然。由于文明的挤压，自然（月亮）在文化的夹缝间挣扎着、艰难地生存。自然与文化之间，地位的翻转预示着人类生存状况的改变，不是可喜而是堪忧。

下表中的第二首诗对多数读者来说是一个巨大的挑战。（oo）不是某个陌生的单词，而是线形表情图，但相当于一个词语，表示一双睁大的眼睛。LOOk 作为一个词语，既具有"看"的意思，也具有大写字母 OO 的象征意义，与小写的 oo 相比，聚精会神，目不转睛。被分成两行的 alive（aliv/e），活泼

---

①　BELL E.Experimenting with the Verbivocovisual:Edwin Morgan's Early Concrete Poetry[J].Scottish Literary Review,2012,4(2):116.

的意思，说明惊讶之中带着活泼。eyes 被切分成两块，即 e 与 yes，但表示 eyes 与 yes，而 e）与 e 构成的 e）e 是眼睛的又一个图像。chIld 中间的 i 大写，表示已经难寻的孩童时代的我。内嵌的 gone 修饰 who，说明某一个孩子已不复当年；o/ne/o 三行表示挥之不去的关于一种眼神的记忆。was 表示过去的事物，内嵌的 AM 表示现在的事物，大写意味着成熟与自立。在这首诗里，有一个讲述人（speaker），也就是成年的诗人，还有一个主人公，也就是一个孩子；讲述人望着眼前的孩子，浮想联翩。

此诗的意思是：（眼前的男童，）有着一双大大的眼睛，（见到我之后，）十分好奇，一动不动的眼睛，活泼可爱；叙事者好像在说："是的！"他特像当年的我，是他让我想起了过去的岁月。

这首诗具有几个特殊之处。其一，单词可以进行切分，并分处不同行；其二，不同单词的一部分可以临时组合；其三，切分后的单词可以变成更多的单词；其四，通过大写某一个字母，扩大该词的外延；其五，可以打破传统，转变词性；其六，单词之间可以互相内嵌；其七，语法结构残缺不全。以上是卡明斯在图像诗中反复使用的部分艺术手法，掌握了这些手法，就能很好地破译图像诗的密码，正确理解其含义。就此诗而言，以单词为基本材料，图示法表意的效率简洁、高效，不仅给读者带来一股新鲜的气息，而且还有用智的快乐。

mOOn Over tOwns mOOn		
whisper	the（oo）is	
less creature huge grO	LOOk	n w
pingness	（aliv	O
whO perfectly whO	e）e	h
flOat	yes	S
newly alOne is	are（chIld）and	LoW
dreamest	wh（g	h
oNLY THE MooN o	o	myGODye
VER ToWNS	ne）	ss
SLoWLY	o	
SPRoUTING SPIR	w（A）a（M）s	
IT		

上表的最后一首诗，是《未出版的诗》（*The Unpublished Poems*, 1983）《晚期诗歌》部分的第六首，较之前两首诗，更加复杂。关于这首诗，学界还流传着另一种形式，两种形式的差异表现在倒数第三行的 h 存与去。不管怎样，

此诗的视觉形象无疑是菲勒斯（phallus）。^① 这首诗的特点是：除了第五行与第七行，其余各行几乎是毫无意义的字母，只有 low，my，GOD 和 ye；大小写字母交叉出现；单词不仅可以切割，而且还可以组合。显然，靠以往的手法，难以破解此诗的密码。诀窍是，通过单个字母之间、单个字母与词汇中字母自由重复组合的方式，派生出必要的词汇。也就是说，此诗需要读者进行二次创作。

不妨试一下头脑风暴法。通过组合，能够生成如下的词汇：now，snow，how，oh，who，no，she，he，slow，go，good，do，yes（s）等；不可忽视的大小写：O，L，W，S，h。

现在，重新归类。表示身份的：who，she（W，S），he（L，h），ye；表示态度的：no，snow，good，yes；表示动作：go，do；表示方式：how，now，slow，low；表示结果：oh，good，my GOD，yes（s）。

这是一首爱情诗，动人的爱情诗。英美诗歌史上的爱情诗，汗牛充栋，但如此简约精彩，含蓄而又深邃的，并不多见。

图像诗中，另一种是凭借诗行的长短变化和诗行缩进幅度，结构出某种形状，以此直观地传递出诗歌内在蕴含。有一些图像诗，长度不长，形式简洁，与简明扼要的表达相映成趣。此类诗如《没有感谢》的献词。诗人把 14 家出版社的名称排列成酒杯的形状，乍一看，好像是诗作者举杯向诸家出版社致谢，但事实是，这些出版社曾一一拒绝了卡明斯的诗稿，因此，以酒杯形状呈现的献词带有明显的讽刺意味。当然，也有批评家把它解释为一副骨灰盒，总之，其中的嘲弄之意，不言自明。再如《匈牙利蛇的午睡》（*Siesta of a Hungarian Snake*）：

s sz sz SZ sz SZ sz ZS zs ZS zs zs z

诗人摩根（Edwin Morgan，1920—2010）^②之所以把这条蛇称之为匈牙利蛇，是因为在欧洲语言里，只有匈牙利人采用 s 与 z 组合，来表达蛇发出的*丝丝之声*。^③ 不难看出，这是一条伸展开来的蛇，与众不同。爬行之中的蛇，其身形

---

① HEUSSER M.The Visual rhetoric of E. E. cummings's "poeticpictures" [J].Word and Image:A Journal of Verbal/Visual Enquiry,2012,11(1):19.

② 除非注明，其余皆为庞德诗作。

③ RÁCZ I D.Edwin Morgan and Concrete Poetry[J].British and American Studies,2014, (20):54.

一律呈 S 状；这也不是一条死蛇，死蛇是不会发出声音的。因此，这是一首描写蛇的整个睡眠过程的诗。整个过程分为两阶段，第一阶段，s sz sz SZ sz SZ sz，即从清醒到入睡，第二阶段，ZS zs ZS zs zs z，即从酣睡到浅睡状态。两首图像诗颇具玩味的乐趣。

另外一些图像诗，长度不长，形式简洁，但蕴含十分丰富。下面的第一首诗是《郁金香与烟囱》(*Tulips & Chimneys*, 1922) 中《印象》部分的第六首，该诗合起来是两句话：the sky was candy luminous edible spry pink shy lemons greens cool chocolates; under, a locomotive spouting violets。诗歌分两段。第一段，从上往下，首先是"天空"，接着出现了几个关于色彩的词汇："活力的粉红色""淡淡的柠檬色""凉爽的绿色"及"巧克力色"。第二段，相继出现了"机车""喷出""紫色"。第一段的核心词汇是"天空"，第二段则是"机车"。天空呈现的颜色表明，正是夕阳西下时分，颜色由粉红转为橙色，由橙色到绿色，最后的紫色应该是机车喷出的、染在天边上的浓烟。喷吐的紫色浓烟表明，机车正在全力行进。落日与行进中的火车共同构成一幅美丽的画卷。

诗歌的蕴含也通过诗歌本身的形式基本得到了体现：第一段给人的视觉意象是，机车喷出的浓烟，正消散在远方的天边；第二段，机车在行进中喷吐着煤烟。当然，一些关于色彩的意义，还是要靠语言符号的所指来传递。本诗更有细腻之处，如第一段末尾的句号，准确无误地表明，天空与地面之间的分界；under，则在诗歌的中间部位起到分割与连接的作用；而诗歌结尾处句号的缺失，清楚地表明，火车还在途中，正与时间赛跑。从绘画的角度来看，三远俱全，层次分明。高远，天边与晚霞；中远，消散在空中的煤烟；近远，行进中的机车。

不得不注意的是，诗中还出现了一类具有特殊意义的词汇，糖果与巧克力。这样，诗歌的关键词基本上可以归为三类：一是自然，二是生存，三是工业，三者之间存在着不可忽视的关系，也寄托着诗人的忧思与理想。从诗歌中可以看出，大自然是美丽的，这是造物主对人类的眷顾，正是在这样的环境里繁衍生息，人类才迸发出勃勃的生机，逐渐形成了高级形式的文明。以蒸汽机为代表的工业文明的出现，标志着人类文明进入了快车道，以巧克力为代表的高热量、味美极的现代化食品，正逐渐走上人们日常的餐桌上。然而，不可忽视的环境问题也悄然出现，并以貌似美丽的形式，开始侵蚀着自然的美丽。诗人以此发出了生态危机的警告，并希望人类能够继续拥有美丽、和谐的家园。

《诗 73 首》(*73 Poems*, 1963) 中的第 61 首描写了冬日雪花飘落的情景。诗头诗尾各一个孤立的 one 字，诗歌的中间部分则是一个完整的句子：this snowflake（alighting）is upon a gravestone。其实，此句具有两个层次：一是，this snowflake is alighting；二是 this snowflake is upon a gravestone。第一层是过程，第二层是结果。三个关键词进入了人们的视野：冬日、瑞雪与墓碑。视觉上，仿佛天地之间，大雪纷飞；地面上，有一物吸引着人们的注意，那就是坟头和墓碑。这座坟头和两块墓碑又仿佛倒向左侧的大写 M，而 M 则像三个雪花的尖角；M 又可以是 motion 的简写。视觉意象的最大特点是对称与动感。诗头与诗尾对称，第二段与倒数第二段对称，第三段与倒数第三段对称，中间的五段也是上下对称，两个尖角对称，纵向与横向构成十字架。既然是图像诗，就应该具有必要的视觉审美效果。

```
the
       sky
             was                    one
candy lu
minous                              t
          edible                    hi
                                    s

spry
        pinks shy                   snowflake
lemons                              ( a
greens coo 1 choc                      li
                                          ght
olate                                  in
s.                                  g)
     under,                         is upon a gra
     a lo
co                                  v
mo                                  es
    tive  s pout                    t
              ing
                vi
                 o
                 lets               one
```

没有哪一首诗可以独立于文学传统，卡明斯的这首诗令人回想起弗罗斯特（Robert Frost, 1874—1963）的《雪夜林间驻足》（*Stopping by Woods on a Snowing Evening*）。诗中的关键可用一个问题来归纳：哪里是终点，眼前白雪覆盖的林间，还是前方炉火正旺的村庄？既然要在两者之间做出选择，那就要明确两者的象征意义。冬季，万籁俱静，是一切事物的终点，周期性的或永久性的，在终点之处，一切归零，就像白雪之下的万物，不仅平等，而且虚无。如果有开始的话，一切的本质都需要重新在一张白纸上书写。村庄，熙熙攘攘，一切都在进行中，要实现人生的选择，尚需继续努力。讲述人可以选择终点，一切让后人重新开始；他也可以选择重新开始，那就是回到村庄，等待春天的到来。讲述人选择了后者，人生的意义也就在于此：选择，从这个意义上讲，《雪夜林间驻足》是一首存在主义的诗歌。

在卡明斯的诗歌里，同样是冰天雪地，只是树林变成了坟头与墓碑，但本质却仍然一样，即面对生命的终点。不同的是，卡明斯没有让任何人做出任何选择，却引发人们对死亡进行思考。生命是一个过程，更是永恒的一段弯道，人从永恒中来，滑过这段弯道，再到永恒中去。永恒而不是永生，才是人生的最终目的。但是，在生命存续期间，让生命绽放魅力则是生命本身的第一要义。留恋人生弯道过程的精彩，则是执迷不悟。坟头只是生者思念逝者的一种方式，并不是逝者对来生的渴望或者留给生者的嘱托，如果能反映逝者任何愿望的话，那就是，它是逝者选择回归永恒的大门。回归永恒就是超越此限，要超过此限，只有回归永恒。从这个意义上讲，卡明斯是一名超验主义者。

超验主义的超越途径有两种形式。对于生者，超越自我，就是以平等的姿态，与自然建立一种和谐的生态关系，就是从差异出发，寻求一种彼此都能共同遵守，互利共赢的生存原则，在这种原则的指导下，个体之间既独立，又互为依赖，从我的生命里看到你的存在，从你的生命力看到我的存在，用最简单的生活方式，展示生命的最大的精彩。对于逝者，天、地、人，三合一，进入永恒的和谐状态，这就是超越，也就是所有字母全部小写的意义之所在。处于诗歌顶部与底部的 one 均表示"1"的意思，从天而降的雪花，自上而下，又书写出一个"1"字。大雪就是一页洁白的纸张，让一切还原了生存的最初本质。当瑞雪覆盖在坟头之上的时候，它就像大自然签发的一张护照，永远地确认逝者的身份。坟头与墓碑是生者的诉求，超验主义并不否认生者的诉求，生命与永恒虽然相异，但仍然能够和谐相处。所以，代表生者诉求的坟墓是平躺着的，而天地则是一体耸立着的。正如外圆内方成一体，横竖交叉也一体。一体的本质不是静止的，而是动态的，从永恒进入生命，从生命回归永恒，这就是平放 M 的根本蕴含。生应该超越，逝已是超越。与《雪夜林间驻足》相比，诗歌的形式不同，但审美效果毫不逊色。

```
t, h; r: u; s, h; e: s

are
silent
now
                              l（a
.in silverly                  le
                              af
notqu                         fa
–it–                          ll
eness                         s）
                              one
dre（is）ams                   l
                              iness
a
the
o

fmoon
```

上图的第一首诗是《诗集》（*Poems*, 1968）的第 48 首，描写了北美特有的一种画眉鸟（wood thrush）。全诗两句话：第一句：thrushes are silent now。第二句：in silverly not quiteness dre（is）ams a the of moon。silverly 是一个形容词，the 则是由定冠词转换而来的名词。两个语句基本上符合语法：第一个语句，主语缺少定冠词 the；第二个语句，主语省略，dre（is）ams 属于两词合并，却都是第三人称单数。本诗的语法现象总体上反映出了卡明斯图像诗的语法规律。

本诗既有诗歌的基本格式规范，又有图像诗的韵味。从诗歌的段落规范上来看，全诗共七段，第一、三、五、七段单行，二、四、六段三行所形成的结构规律是：1–3–1–3–1–3–1。第二段，按字母数计算，3–6–3 结构；第三段，5–2–5 结构；第六段，1–3–1 结构；三个段落，既对称，又差异。

本诗的视觉形象较为隐蔽，若非第一行 thrushes 的语义提示，乍一看，几乎没有什么视觉意向。Thrushes 原本并没有什么视觉特征，但一经陌生化之后，thrushes 的图像特征就凸现出来了。陌生化的手法就是用逗号、分号及冒号将 8 个字母分隔开来。当 Thrushes 的语义与陌生化的效果结合起来之后，整首诗的视觉形象慢慢地显现出来。原来，第一段所展示的视觉意象是，一群画眉鸟在枝头栖息。第二段对称的结构，勾勒出了画眉鸟圆润的腹部。因为画眉的腹部生长着白色的绒毛，白色的腹部上又自头至尾有规律地分布着一条条黑色的斑点，第一段的标点符号则又具有新的一层含义，即表示画眉腹部整齐排列的斑点。第三段的 in silverly 表示"以洁白的方式"的意思，第三段的语义，就这样，又返身指向了第二段，共同演绎出了画眉腹部的典型特征。

第四段具有两层含义。第一层，两个长度较大的诗行仿佛画眉的两只脚，紧紧地抓住了脚下的树枝。第二层，中间一行的"–it–"再一次以图示的方式勾画出一枝画眉栖息在树枝上的形象。通过这种方式，诗人把众多画眉分别栖息在不同位置上的视觉效果，用简单的方式生动地勾勒出来了。此外，第二段与第三段还表达出了一个重要信息，即众多的画眉聚集在一起，并非像多数情况下，欢闹不已，而是一片静默。静默常有伸手不见五指的黑夜般的沉寂，也有蓝天下一篇皑皑白雪的寂静，但诗人准确无误地指出，此处却是银光下的一片寂静（in silverly not quiteness）。不错，诗人说得很明白，不那么十分寂静，不过，偶尔的林声（诗人没有说明声音来自鸟儿还是动物），不也显得林中更加静穆吗？

第五段进一步揭示了林静的原因。原来画眉们都进入了梦乡，怪不得那么多的画眉能够聚集在一起！对于诗人和读者来说，鸟儿眼下的生存状态是入睡，但对于鸟儿来说，梦乡和梦乡里所发生的一切就是当下的生活现实。也许人会说，鸟儿已入梦，但鸟儿则会说，鸟儿仍在飞。"睡梦就是存在"（'to dream' equals 'to be'）。[1] 所以，当 is 内置于 dream 之时，全诗只有鸟儿的唯一的视角。这种视角的暂时转换是常见的，也是合乎规范的。第六段，仔细观察一下，就会成为睡梦中的鸟儿的正面头像。a 和 o 不也正是鸟的眼睛吗？左眼睡意蒙眬，右眼惊觉十足，这一切恰恰说明鸟儿的睡梦时沉时浅，徘徊在睡梦与清醒之间。

如果仅仅揭示鸟儿在林中歇息，诗歌也就没有那么完美。第七段的出现顿时把诗歌的意境提升到了朦胧、寂静、神秘、唯美的层次。月亮，是的，月亮。在月光的朗照下，林间朦朦胧胧，幽幽静静，神神秘秘。此时的视角既是人类的也是鸟儿的，因为 f 仿佛一棵参天的大树，树冠硕大，月亮刚刚爬到了树梢上，半遮半掩的，但人类与鸟儿的视角重叠也仅限于此。人类看到，月亮低垂，鸟儿在林间的枝杈上沉睡；鸟儿则自由自在地神游在月光下的那个特有的魔幻般的世界里，看到人类以一种羡慕的目光注视着自己月光下的嬉戏。就这样，双重世界交织在一起：鸟儿在人的视野里，人在鸟的梦乡中。亦真亦幻，亦幻亦真。

---

① HEUSSER M.The Visual rhetoric of E. E. cummings's "poeticpictures" [J].Word and Image: A Journal of Verbal/Visual Enquiry,2012,11(1):27.

这是一种什么样的图像啊？是的，可以说，这根本算不上一种图像。第二段，画眉的腹部；第四段，紧扣树枝的双脚；第六段，睡梦中的画眉的正面头像。第一章第二节的论述中提到过一个重要的名词，立体派画法。卡明斯也是一名画家，也必然懂得立体画派的技法，也只有遵从立体画派的技法，才能解得这首图像诗的秘密。既然要诗歌创新，卡明斯就可以改造语言，包括词汇与句法；既然能够改造语言，他也就能够改造结构图像的方式。诗人改革了，读者呢？

第二首诗（《落叶诗》）可谓经典之经典，不仅为广大读者所熟知，也为诗歌研究者所不断地分析。总体上有两种研究路径：一是以句法、语音为基础的线形研究；二是以符号、图表为意趣的非线性研究。[①]

第一种研究认为，落叶诗的结构具有明显的对称性：1-3-1-3-1，这几乎是卡明斯短幅诗篇最常见的结构形式；视觉上，第三段的 ll 也准确地把诗歌一分为二；诗歌的整体视觉形象是大写的字母 L，与文中的五个 l 相对应，强化了落叶的过程效果。第二段内部，也存在着对称性：af 与 fa 互为镜像，也仿佛落叶左摇右摆。从语言的角度看，全诗的主干是 loneliness，而孤寂产生的根源则以括号的方式内嵌，即 a leaf falls。无论是视觉上，还是语言上，一种孤单、寂寥的感觉油然而生，两种表述方式积极互动，把诗人所设计的情感效果准确而又强烈地表达无遗。[②]

以此为出发点，一个新的问题出现了：落叶的孤寂感体现了怎样的世界观？落叶的世界观体现了对生命的留恋，以及对未来世界的不确定性的忧虑。落叶与其说离开了母体，倒不如说离开了家庭或者社会，而离开群体的主要原因，不是孤芳自赏，或者自我流放式的离群索居，而是"一位绅士"驱车迎接而去。离开了家庭，与亲人分离；离开了社会，与朋友和同事永别，自此一人形影相吊，因而孤寂感油然而生。落叶的寂寥是哈姆雷特式的，哈姆雷特依恋此世，拒绝彼世，就是因为但见人前往，不闻离人归。落叶的情怀难免带有些许痛苦，但也是生命之常情。无论留恋与否，生命最终都要融入自然这个永恒的大家庭或大社会，从这个意义上讲，此诗更像《诗 73 首》的第 61 首的前曲，两首诗结合，方能更好地体现卡明斯完整的世界观。

---

① HARRIS H.Beyond the Scope of the "I" in E. E. Cummings' Leaf Poet[M]//FLAJSAR J,VERNYIK Z.Words into Pictures: E. E. Cummings' Art across Borders.Newcastle:Cambridge Scholars Publishing,2007:190.

② 李维屏.英美现代主义文学概观 [M].上海：上海外语教育出版社，1998：131—132.

第二种阐释方法是非线性的，即在保持诗歌主要含义不变的前提下，以符号或图表的方法对图像诗进行解释，但阐释的过程并不遵循句法规则，或限于某种语言。以客体关系理论（object relations theory）为框架，对《落叶诗》所做的解释就是典型的非线性阐释。作为精神疗法的一个新的流派，客体关系理论认为，婴儿的心理发展经历了三个阶段：爱、内疚与修复。经历内疚之时，婴儿处于"抑郁状态"（depressive position），在此状态下，能否成功地解决好内疚之情，是婴儿心理发展的关键。婴儿就在发现母亲是一个完整的独立体的时候，进入了抑郁状态。此时，婴儿发现，母亲既是一个外在的又是一个内在的客体，自己既要爱，又要攻击。因此，与母亲的关系不仅复杂，而且充满了焦虑。当发现自己不能与母亲维持一体的关系时，婴儿开始感到沮丧，沮丧之下，婴儿便要把母亲"撕碎，"越碎越好。随后而来的，就是婴儿的内疚感。为了弥补过失，婴儿千方百计地把母亲还原成一个"完整的"人，包括使用语言手段。

客体关系理论的阐释从诗歌的标题开始。本诗是诗集的第一首诗，由于卡明斯的诗作一般没有题目，只是用罗马数字或阿拉伯数字加以标记，诗集编目的时候，一般把第一句视作题目。本诗的题目是罗马数字"I"，与英语大写字母I相同，两者合一，它代表着讲述人的身份，即语言的，与父权认同的，因而是受约束的主体。讲述人与幼儿的视角重叠，因而有了此诗。"主体之我高居诗首，观察字母的分裂、非线性与几乎不连贯的象征意义，"即幼儿对怨怼的宣泄与寻求身份完整的经历：第一，原始身份破碎与攻击性破坏；第二，内疚与弥补。幼儿的遭遇与努力无不通过语言的碎片化与可塑性反映出来。

作为主体的我（I），注视着母亲身份的碎片化，母亲身份的碎片化恰好反映了主体内心的强烈愿望。当母亲身份发生变化之时，主体站在标题的位置上，并与事件的场所，也就是诗歌本身，保持着一定的距离，颇有冷眼旁观，幸灾乐祸的味道。La，从法语的角度来讲，是一个阴性的定冠词，代表着母亲；a，小写的不定冠词，具有"一"的意思，代表着幼儿，幼儿的a与母亲的a，如此之雷同，完全能够并到一起。但从一开始，就被分割成"1（a"。词素破坏了，原来的意义也就不复存在了，一体化随之消失。碎片化的la具有两个方面的象征意义：一是婴儿认识到自己与母亲在精神上一分为二，二是碎片化正是自己希望看到，也是愿意施加母亲身上的结果。母婴精神上一体的阶段，婴儿是"主体性客体，"与母体分离之后，婴儿则逐渐成为"客体性的主体。"

造成身份分立的主要原因是le或者father的介入。a leaf一分为三（a/le/

af），象征着与母体一体的时光不再，而 falls 也同样一分为三（fa/ll/s），强化了婴儿目前的分裂之感。造成分离的原因就隐含在分离的过程中，就像作案者必定在现场留下痕迹一样。Le 在法语里是阳性定冠词，此指男性，当 af 与 fa 出现时，le 的意指就明朗起来了。Fa 代表 father，father 就是法律的制定者与秩序的维护者，也是语言的创造者。Father 代表着社会组织，father 代表着父权组织的具体成员，也是家庭的主宰者。F/father 行为的最终目的，就是按照父权文化，把所有的人培养成接受并携带父权文化符号的人。F/father 并不一定任何时候都能够在场，亲自管理所有成员们的每一个行为，他可以通过代理人执行他的决定，也可以通过内化父权规范的方式，让成员自觉地规范自己的行为。诗中的 la 就是内化了父权文化的母亲，或者父权文化的代理人，是母亲与父亲共谋，策划了讲述人与母体在精神上的分离。ll 的含义极为丰富，既可以代表"母婴一体的痕迹"，也可以代表 phallus，更可以代表内化了父权文化的两个独立个体。接受了父权文化之后，一个社会成员就是一个完整的、具有自主性的行为主体，一个大写的 I，一个能与父亲在某些方面并肩的人。并且，"s……无论书单数还是复数，名词还是动词，英语还是法语……可以表明……情态"，即"叹息"与沮丧之情。[①] 应当注意，讲述人的客体主体性还在过程中，并未已然实现。显然，括号内的书写，其实就是对失落感的准确表达，并无意识地揭示了其原因之所在。

one 是本诗唯一容易辨认的完整词汇，但具有明显的复义性。one 是进入主体的我对一体性的呼唤，因为母婴合一（la）的时光，在父权文化内化过程中（括号部分），逐渐成为历史；唯有遥望方能联及。此外，one 也表现出了对母亲的内疚之情，因为远在题头的 I，也曾经不无快乐地看着父权文化对母亲 la 实施的暴力分裂行为"l(a"，呼唤 one 就是为母亲祈福，祝愿她身心完整、健康。往前看，作为父权文化符号的小写字母 l 独立成行，也即是说，再进一步，就与父权文化符号合二为一了。从与母亲精神上一体化，再到与父权文化一体化，"I"从主体化的客体，变为客体化的主体了。但是，在母亲那里，"I"本质上是主体的；在父亲那里，本质上则是客体的。所以，到了诗歌结尾之处，父权视角下的"I"也就成为母亲视角下的"i"了。最后，诗歌整体上表达规范（a leaf falls），表意清楚（lonliness），虽然碎片化冲击着视觉神经，但讲述

---

① HARRIS H.Beyond the Scope of the "I" in E. E. Cummings' Leaf Poet[M]//FLAJSAR J,VERNYIK Z.Words into Pictures: E. E. Cummings' Art across Borders.Newcastle:Cambridge Scholars Publishing,2007:193,196.

人成功地运用父权话语为自己的内疚对母亲进行情感补偿。

第三种图像诗把词汇分隔、断行与标点活用等技法运用到极致，以极其丰富的想象力，创造出幅度大、形象生动的视觉诗。《没有感谢》的第43首诗刻画的显然是一个自信、翩跹的黑人舞者形象。诗歌把舞者的软帽、头部、胸部、腰臀、股、膝部与小腿①以近似完美的视觉形式表现出来，令人拍案叫绝。躯干部分，庄重、干练；下肢节奏强劲，活力四射。

诗歌一开始，诗人就提出了富有挑战的问题：theys sO alive/（who is/?nigger）。括号部分属于定语从句，黑鬼前面的问号对黑鬼这一表示身份的名词进行了质疑，答案是：黑人并不是黑鬼。历史上，身份是以肤色来界定的，肤色与文化相一致，文化又与社会地位相统一。这样，黑人成为愚昧、社会地位低下的代名词。然而，黑人们用事实证明，身份是一种语言构建，一种文化构建，更是一种表演性行为。因此，黑人的身份是不确定的，是多变的，它完全建立在行为方式之上。黑人舞者通过舞蹈行为，向世人展示了自己与自己的族裔完全有能力构建一种完全不同、有尊严的身份。黑人不仅仅能够生存，而且还能充满活力地生存着。sO中的大写O提升了音高，自豪地向世人呐喊，"如此充满活力！"诗人进一步指出：黑人生来就充满了活力；然而，有的人活着，却没有出世；有的人一出世，就已经死了；只有黑人，一出世，就都具有活力。活力的源泉是精神，精神自由飞翔，身体活力四溅，这就是黑人自豪之所在。此外，卡明斯采用了黑人的话语方式，把黑人的形象塑造得真实而生动。同时，也没有哪一首诗作，能够像此诗一样，每一个字母，每一个符号，每一句话，都能生动地反映舞者的心理活动。

诗歌的第二部分展示了舞者移步的姿态。可以看出，双膝微曲下沉，稳重而不僵硬；膝盖（OO）前的破折号，如同一条勇往向前的直线，既有方向性，又有力量感；更令人赞美不已的是，步履自由、逸放，跌宕起伏的步态，完全由拟声词构成，形象化地展示了黑人舞者的强烈节奏感；那感叹号，仿佛是对舞者的节奏感和形体美发出的惊叹！一言以蔽之，黑人舞者自制、豪放；坚定、自尊，踏着音乐的节奏，意气风发！有幸一睹杰克逊表演者，对此诗一定难以忘怀。

第九首诗则生动、巧妙地刻画了美国总统先生打高尔夫球的动作。乍一看，位于诗歌之首的o pr/gress，根本不是一个正常的单词，由于卡明斯

---

① CURETON R D.Visual form in e. e. cummings' No Thanks[J].Word and Image:A Journal of Verbal/Visual Enquiry,1986,2(3):249.

的风格就是重组单词的字母顺序，以此产生特殊的意义，所以，经过思考，progress 一词很快浮出水面。然而，此后一系列拼写不完整的单词出现了，mmentous, superclossal, hyperprdigious, knw, dn't, g, s, s, wn, behld, suppsedly, thrwing。有了第一个单词的经验，也就不难找到解码的钥匙。上述有缺失的单词依次是：momentous, supercolossal, hyperprodigious, know, don't, go, so, so, own, behold, supposedly, throwing。原来，位于诗首的字母 o 代表着诗中特殊单词所缺失的字母。再仔细一看，就会发现，缺失字母 o 的单词均位于行末，更加神奇的是，缺失的字母 o 都是每行最后一个字母，也即是说，字母 o 从上到下，或者自下而上，沿着诗歌的左侧边缘运动，形成了一道完美地弧线。

```
o p r
   gress verily thou art m
   mentous superc
   lossal hyperpr
   digious etc i kn
   w & if you d

n't why g
      to yonder s
   called newsreel s
   called theatre & with your
   wn eyes beh
   ld The
            ( The president The
            president of The president
            of the The ) president of
            the ( united The president of the
            united states The president of the united
            states of the President Of The ) United States
            Of America unde negant redire quemquam supp
   sedly thr
w
   i
      n
         g
            a
               b
                  aseball
```

第一段，三个超级词汇 momentous（重大的），supercolossal（超级伟岸的），

hyperprodigious（异常惊人的）连续出现，栩栩如生地刻画了总统先生此时此刻所从事活动的社会意义。第二段，由于其影响之广泛，人们甚至纷纷走进影院，一睹总统先生之风采，并重温那重要的历史时刻。第三、第四段，再一次刻画总统先生形象之伟岸。每一诗行几乎都是以中间部分为中心，两边对称的，如第三段的第一句，The president The，以 president 为中心，两边的 the 形成对称；再如第二句，president of The president，以 of the 为中心，两边的 president 对称。不仅如此，分别从左边和右边，自上而下地阅读，就会得到 The president of the United States 的表述。如此一来，通过两个段落单词的巧妙排列，卡明斯成功地把总统先生高大而又大腹便便的形象展示在人们的眼前。

　　诗歌的第四部分显然是再现了总统先生挥舞着球杆，潇洒地击中高尔夫球的一刹那。高尔夫球跃起，从身边掠过，（却被他的身体挡住了视线，）飞向空中，急速地奔向左前方的球洞。至此，诗人的设计意图终于了然于胸。

　　诗中不乏讽刺意味。诗歌一开始就气势不凡，把圣经的句法与现代语言的夸张紧密结合：verily thou art，对于读过圣经文本之人来说，显然是十分熟悉的；momentous（重大的),supercolossal（超级绝妙的）与 hyperprodigious（异常惊人的）的夸张之辞，跃然纸上。也就在这样的语境里，诞生了具有模仿性的日常表述：I know & if you don't。绝然相反的语言风格并置，形成了颇具反讽意味的剪贴性声音。20 世纪 30 年代，广为流传着这样一句政治宣传语：伟大的领袖也是人民的一员。然而，总统先生的爱好与拉丁文（unde negant redire quemquam）[1] 的出现，再一次放大了欲盖弥彰的官民之间的裂缝。[2]

　　下面一首诗歌，《没有感谢》的第 13 首，同样是卡明斯的经典之作，通过各种手法并用，生动地再现了蚂蚱跳跃的美丽姿态。题目里，r-p-o 像触须、头部和牙齿及眼睛；–h–，腿部；e-s-s-a-g-r，翅膀和腹部，–g–，略微外露的腹部末端。第二行，a）s 代表蚂蚱一侧的眼睛，w（e loo）k 中的括号部分，讲述人的眼睛；双方的目光相遇，彼此意识到了对方的存在，警觉的蚂蚱避而远之。[3] 在跃飞之前，蚂蚱蜷缩成一条直线：upnowgath 与 eringint（o– 是四个单词，up now gathering into，合起来，表示身体的各部分同时发力。

---

① 拉丁文的英译是： from whence they say no one returns.

② BRADFORD R.Cummings and Brotherhood of Visual Poetics[M]//FLAJSAR J,VERNYIK Z. Words into Pictures:E. E. Cummings' Art across Borders.Newcastle:Cambridge Scholars Publishing 2007:14.

③ TERBLANCHE E.That "incredible unanimal/mankind" :Jacques Derrida,E. E. Cummings and a grasshopper[J].Journal of Literary Studies,2004,20(3/4):241.

PPEGORHRASS 首先表示蜷缩之后，蚂蚱身体暂时出现的形状，不同于觅食时的自然状态；作为内嵌的部分，表示蜷缩与结果同现。第六行的 aThe）:l 分两部分，分号前，表示千钧一发的状态，分号后以及第七、八行，表示离弦之箭的蚂蚱，腿部略有下垂；从小写 l 到大写的 A 、P 与！，表示令人惊叹的加速过程。第九行的 S 与 a 表示飞行的距离。卡明斯特别强调两个字母位于超越左右垂直线的位置：[①]S 越界，表示向前飞行；a 越界，虽然在右，却是 S 的延续，即自左向右代表直线飞行。第 10 行的（r，象声音节，表示高速飞行。第 11 行，rlvInG 与 .gRrEaPsPhOs，飞行中的姿态，同时，两个大写的 I 凸显蚂蚱的主体地位；句号与后面一词合并，表示飞行的主体过程结束，紧接着进入了降落过程，一气呵成；小写的 grashs 表示身体即将于草地接触，大写的 REPPO 表示即将收起的翅膀以及振翅结束前的响声。第 13 行，蚂蚱落地后，重整姿态，成为第 14 行的具有认知意义的语言符号。

```
            r-p-o-p-h-e-s-s-a-g-r
         who
a ) s w ( e loo ) k
upnowgath
            PPEGORHRASS
                    eringint（o-
aThe ): l
       eA
            !P:
S                                        a
              ( r
rlvInG                 .gRrEaPsPhOs）
                            to
rea ( be ) rran ( com ) gi ( e ) ngly
, grasshopper;
```

　　第 14 行的 grasshopper 成为学界关注的焦点。有观点认为，卡明斯通过此诗再一次唤起人们对自然语言以及语言本质的认识：与视觉形式（自然语言）相比，人类语言是否意味着难于准确、生动地描述现实？目睹了符号所做的过程表达之后，震惊之余，是否感觉 grasshopper 一词把生活中的蚂蚱，

---

　　① KILYOVSKI V.The Nude,the Grasshopper,and the Poet—Painter:A Reading of E. E. Cummings' "r—p—o—p—h—e—s—s—a—g—r" [J].Spring:The Journal of the E. E. Cummings Society,2013,20:101.

或者符号的视觉表意功能圈定了呢？[①] 简言之，人们熟知的 grasshopper 的指表功能到底有多强大？从斯特恩（Laurence Sterne，1713—1768）到维特根斯坦（Ludwig Wittgenstein，1889—1951），再到卡明斯，语言的创造者和使用者一直在反思语言自身的本质。

还有观点认为，卡明斯自上而下描绘了蚂蚱三个阶段的形象，但阅读的顺序则可以自下而上。[②] 如果卡明斯的刻画准确的话，PPEGORHRASS 与 .gRrEaPsPhOs 应当分别代表蚂蚱在线性时空里的两个不同的姿态，顺序固定，不能换位。因此，反向阅读，值得商榷。不过，从抽象的 grasshopper 到具体而生动的 r-p-o-p-h-e-s-s-a-g-r（飞行中的蚂蚱），新的阅读方式不乏一定的新意。该观点进一步指出，卡明斯的诗歌实质上是用字母符号来进行立体主义的表达。与其说是立体主义，倒不如说是达达主义：前者把立体的形式化为平面艺术，后者把过程性分割为阶段性；前者挑战了视觉习惯，后者适应了视觉能力。不过，卡明斯的这首诗是绘画、字母的表意与语言指表融于一体的艺术典范。

是否可以这样看：这首诗再现了语言诞生的认知过程？万物先于语言；在长久的活动中，人类对客观事物的认识逐步加深，由于复杂的狩猎活动和粗犷、细腻情感的出现，人类产生了一种强烈的表达和沟通的欲望；在对事物仔细观察的基础上，人类以象形和模拟的方式创造了最早、最基本的语言形式，这种基本的语言形式到后来又进一步演化成其他形式的语言。r-p-o-p-h-e-s-s-a-g-r，可以说是静止状态下的蚂蚱最初的象形形式；PPEGORHRASS 与 .gRrEaPsPhOs 是运动中的蚂蚱的象形形式；经过长时间的思考与反复的综合，最终 grasshopper 出现了。Grasshopper 与 r-p-o-p-h-e-s-s-a-g-r 之间的距离，象征着语言发展的历程，也代表着语言自诞生以后，与现实之间的距离。再后来，由于语言的不断使用，逐渐获得了一些与客体不相符的含义；或者客体发生了变化，而语言的能指与所指仍然停止在原有的基础上。语言逐渐成为自足、封闭的表意系统，语义的流动性、不确定性也就在所难免了。

每一种诗歌形式都有其独特的艺术魅力，图像诗也是如此。从卡明斯的手稿看来，每一首图像诗都凝结着诗人的匠心与无数的努力。图像诗的本质

---

① TERBLANCHE E.That "incredible unanimal/mankind" :Jacques Derrida,E. E. Cummings and a grasshopper[J].Journal of Literary Studies,2004,20 (3/4):241.

② KILYOVSKI V.The Nude,the Grasshopper,and the Poet—Painter:A Reading of E. E. Cummings' "r-p-o-p-h-e-s-s-a-g-r" [J].Spring:The Journal of the E. E. Cummings Society,2013,20:103—104.

在于用诗歌的视觉形式来表达文字难以表达的意蕴，用视觉形式来提高文字表达的效果。因此，诗歌视觉形式的巧妙与文字表述之间的相互映射程度，直接决定着图像诗的审美效果。正如图像不能替代语言，语言也不能完全替代图像，把两者结合起来，创造出一种新的诗歌形式，应当说，是一种可贵的创举。无论是细琐的生活，还是深奥的哲学，都能进入图像诗，经过诗歌这道工艺的发酵，酿造出可以适合各种口味的艺术佳品。图像诗可以简约，一目了然，给读者带来清新、透明、轻松的享受；亦可以繁复，蕴含深邃，给读者带来醇香、朦胧、隽永的乐趣。没有荒诞的艺术，只有落伍的读者。

第二节　前景化的标点

既然语言符号及基于语言符号之上的诗歌形式本身就是指涉物（referent），作为语言辅助表达功能的标点也该粉墨登场，一展其结构上的超凡功能，前景化。所谓的前景化，就是指标点符号从辅助地位上升为主导地位，从语句的横向衔接晋级为语篇的纵向关联。当然，并不是所有的标点符号都具有语言的表意功能，也并不是所有的标点符号都具有语篇的纵向关联功能。从英美诗歌的历史来看，也只有狄金森（Emily Dickinson, 1830—1886）和卡明斯，敢于挑战诗歌传统，大量地以陌生化手法使用标点，而且取得了前所未有的成功。在狄金森的诗歌里，破折号（dash）异军突起，成为显性标志；在卡明斯的诗歌里，括号（parentheses）不遑多让，赋予结构变化与多样。多元的平等取代了等级的压迫。

根据《韦氏大学词典》（2014），破折号有五种用法：其一，表示句子结构的突变或断裂；其二，代替逗号与括号，对插入或补充的材料进行强调，并且前破折号之前、后破折号之后无其他标点；其三，引出定义性短语或一系列举例；其四，位于同一行或下一行，引出引语的出处；其五，表示从句或短语的插入，破折号前可有感叹号与问号。[①]狄金森的诗歌，最突出的标志无疑是大量运用破折号。上述五种用法，在狄金森的诗歌中都有不同程度的体现。当然，破折号的用法远不止于此，而狄金森诗歌中破折号的用法也更加丰富。事实表明，狄金森不仅大量使用破折号，而且创造性地使用破折号，破折号的巧

---

① Merriam-Webster's Collegiate Dictionary [M].11th ed.Springfield:Merriam-Webster Incorporated,2014:1606.

妙运用极大地丰富了诗歌的表现力。

　　狄金森当然意识到自己运用破折号的别具一格。在给友人的一封信当中，未见文字，但见破折号：

　　——

　　我写信，只是想告诉你，今早上，我与我自己在斗争……

　　信的开头之处不是一个虚无的空白——它充满了情感，只是你意识不到，仅此而已。（#32）[①]

　　"空白"或"空"在英语里是 blank，而 blank 或"空白"又分别相当于 dash 或者"破折号。"狄金森一语双关，道破了自己在诗歌创作中频频使用的破折号的深刻用意，破折号不仅仅是一个破折号，它承载着诗人无限的情思。在《去——告诉——她》（"Going — to — Her"），狄金森重申了自己使用语言的方式与众不同，包括破折号：

From the way the sentence — toiled —

You could hear the Bodice — tug — behind you —

As if it held but the might of a child!

　　诗中的紧身衣（Bodice）显然指自己诗歌语言的朴实无华，但朴实之中，却也隐含着深刻的意蕴，这也就是"孩子的力量"（the might of a child）之所谓。其实，狄金森的看法代表了当时的一种学术观点，该观点认为，标点是一种修辞手段，可以表达停顿的长短，声音的高低，等等。[②]不过，持不同意见的学者则对狄金森的标点符号颇有争议。托德（Mabel Loomis Todd）做主编时，曾不遗余力，对狄金森诗集中的标点和大写予以规范化；1955 年，约翰逊（Thomas H. Johnson）则竭尽全力恢复了狄金森诗歌中的标点符号与大写，却也不无感慨地说，狄金森的标点实在是变化无常，就连最起码的语法意识

---

　　① HART E L,Smith M N,et al.Open Me Carefully:Emily Dickinson's Intimate Letters to Susan Huntington Dickinson[M].Paris: Ashfield,MA,1998.

　　② HONAN P.Eighteenth and Nineteenth Century English Punctuation Theory[J].English Studies,1960,46(2):92—102.

都没有，甚至建议未来的版本删除不合规范的标点。[①] 然而，由于狄金森学者的共同努力，学界逐渐就其标点独特性的积极意义达成共识："狄金森的标点既不是超验或超义的，也不是恣意僭越语法规范的，而是语言探索的有机组成，有意用来打乱传统语法规则，在词汇之间创造新的语义关系；用来抵制语言表达的迟滞性；用来创造音乐性或节奏性；用来强调静默和非文字的成分，文字间能够产生共鸣与聚焦的空间。"[②]

　　关注狄金森的破折号，就是阐释诗人如何运用破折号来打破传统语法规范，创造新的语义关系，以此抵制语言表达的滞后性。具体地讲：（1）破折号与接受美学；（2）破折号与多义性。

　　英美诗歌的一个突出特点就是语句的完整性。从前文的有关论述中可以观察到，英语诗歌的诗行与语句之间可以对应，但对应并不是诗歌的必要条件。由于陌生化的原因，词序可以发生变化，短语可以切分隔离，但跨越诗行的阻隔之后，终究能够形成完整的合乎语法规范的语句。当然，也有一些特例，出于格律的考量，把个别词省略，或者对个别的功能进行重复，诸如此类的现象时有发生。狄金森似乎并不满足于诗行与语句之间长期形成的默契，而要独辟蹊径，为诗歌创作吹送一股新鲜的空气。她在《去——告诉——她》坦承：

Tell Her, I only said — the Syntax —

And left the Verb and the Pronoun — out!

　　为此，狄金森的诗的确频繁出现省略的现象，省略的部分往往用破折号来替代，但省略的部分绝不仅仅是动词与代词。狄金森的省略可以归为以下几大类：第一，名词及名词短语；第二，动词与助动词；第三，代词；第四，定冠词；第五，副词；第六，介词与介词短语；第七，存在结构。[③] 当然，多数省略可以补回，也确有一些省略令人望洋兴叹。

　　诗人与读者从一开始就形成了无言的契约。诗人赋予了诗歌生物性生命，

---

　　① Johnson T H.Preface to The Poems of Emily Dickinson:3 vols[M].Cambridge,MA: Harvard University Press,1955:13.

　　② DENMAN K.Emily Dickinson's Volcanic Punctuation[J].The Emily Dickinson Journal,1993,2(1):24.

　　③ Schmit J. "I only said—the syntax—" :Elision, recoverability,and insertion in Emily Dickinson's Poetry[J].Style,1993,27(1):119—125.

但读者则赋予诗歌社会性生命，所以，诗歌，如同人类一样，需要二次出生，为此，读者的参与就显得格外重要了。在诗歌语句完整的情况下，读者带着个人的经验，从能力所许可的角度切入作品，对作品进行的解读，可以说是一人一个结果，但总起来看，所有的结果可以归结为几种类型形式，类型之间可有较大的差别，但每一种类型之内，众多解读，大同小异。作品主题的绝对性消解了，取而代之的是多元阐释，而多元阐释则必须合乎必要的理性。另外，诗人有义务给读者创造用智的机会，用智带来的快乐，是崇高的。狄金森给读者带来的用智机会就是诗句的频繁省略。

用破折替代省略部分，给读者最初的审美印象是暴力肆虐。由于书写破折号之时，往往大笔一挥，唰的一声，迅速、潇洒、利落、势不可挡。因此，使用破折号仿佛是用力撞击，让物体（语言）碎片化；就是迅猛地向前冲去，让碎片在混乱中暂时聚集；就是"诅咒"的委婉形式，或者是对厌恶情感的特殊文字表达；就是令人迷惑、令人沮丧。可以说，狄金森的破折号，每一个都具有特定的蕴含。不过，破折号成为诗歌结构特征的现象，并不是自始至终就存在的。狄金森从 1860 年到 1863 年，开始大量使用破折号，不仅用来代替其他标点符号，而且也用来替代不同词性的成分。其根源，也许是情感的极端状态，也许是女性的个人癖好，无论怎样都是可以争论的，但无可争论的是，狄金森运用破折号打破了语言的规范，要么表达难以言表的心理状态，要么为诗歌表达注入新鲜的活力。[①]

然而，省略同时也能给智者带来快乐。受语言学的语言能力的启发，有学者认为，诗歌的读者一般具有诗歌能力（poetic competence），也就是阅读、理解甚至赋出诗句的能力，当然，也具有做出与诗歌规范相矛盾表述的能力，即破格（poetic license）。既然有了诗歌能力，一般情况下，诗歌读者也就能够凭此补回为诗人所删减的内容。不过，也不能以语法规范为借口，对读者补回删减内容的行为进行过多的限制。有些句式从来就与众不同，按照普通的语法规范，显然难以进行合理地补充解释，这就要求读者敢于违规，在规范之外，寻找解读诗歌的钥匙。这也就对诗人与读者同时提出了一个要求，诗歌的语法隐含与读者的能力应当相符，否则就失去了游戏的积极意义。[②]

判断省略可以遵循三个标准：第一，如有两个平行结构，第二个一般是第

①　DENMAN K.Emily Dickinson's Volcanic Punctuation[J].The Emily Dickinson Journal,1993,2(1):32—33.

②　LEVI S R.The Analysis of Compression in Poetry[J].Foundations of Language,1971,7 (1):39—41.

一个的省略形式；第二，依句法规律判断：如句法结构残缺，则有省略；第三，依语义环境进行判断：如意思表达不够完整，句子就有意义缺失的可能。不过，依语义环境判断的难点在于，语感与句法证据难以吻合。①

　　补回省略的成分，学界流行的做法是采用宏观结构类比法。② 所谓的宏观结构就是指诗人习惯性的逻辑结构形式，正因为是习惯性的，所以广泛地运用于诗歌当中。下面是《蹚过悲哀》(*I can Wade Grief* —) 的最后一段，头两行是典型的真实条件句，后两行则明显与头两行有对等的趋势。根据平行结构，可以补回缺失的部分：第三行，to Giants；第四行，And；完整的诗段如下（括号内加粗部分为补回内容）：

Give balm — to Giants
And they'll wilt, like Men —
Give Himmaleh — [**to Giants**]
[**And**] They'll carry — Him!

　　《给一点忧伤》(*Give little Anguish*—) 共八行，前五行显然有省略。与《蹚过悲伤》一诗对比一下，即可看出，《给一点忧伤》呈现出了宏观逻辑结构，根据该结构，缺失内容的回补如下：第一行缺失了 to lives；第二行，And；第三行，of languish 与 to lives；第四行，themselves 与 and then；第五行，themselves 与 and。补全之后，全诗如下：

Give little Anguish — [**to lives**]
[**And**] Lives will fret —
Give Avalanches [**of languish**] [**to lives**] —
And they'll slant [**themselves**] [**and then**] —
Straighten [**themselves**] — [**and**] look cautious for their Breath —
But make no syllable — like Death —
Who only shows the Marble Disc —

---

① Schmit J. "I only said—the syntax—" :Elision,recoverability,and insertion in Emily Dickinson's Poetry[J].Style,1993,27(1):109.

② BIERWISCH M.Poetics and Linguistics[M]//FREEDMAN D C.Linguistics and Literary Style.New York: Holt,1970:1123.

Sublimer sort — than Speech —

在对诗歌进行补回的过程中，无论是根据平行结构，还是宏观结构，都要有充分的依据。以平行结构为例，要断定它的存在，实际要比理论上困难得多。再以下面这首诗为例：

When Etna basks and purrs

Naples is more afraid

Than when she show her Garnet Tooth —

Security is loud —

第一行的 bask（晒太阳）与 purrs（发出咕噜声）是两个很难分割的连贯动词，它们构成了局部的对称性。从这一对称性出发，第四行的 show her Garnet Tooth（露出深红色的牙齿）则明显给人一种成分缺失的感觉，省略的内容应该是 roar 一类的动词，这样，"露齿并咆哮"形成的对称与第一行的对称遥相呼应。然而，有学者反对说，basks and purrs 习惯以成对的方式参与表达，正如 rich and beautiful 一样，仿佛一个词语单位，因而并不构成对称。[①]事实上，反对意见的本质是习惯性的钝化，无论是最初还是现在，basks and purrs 与 rich and beautiful 都有着内在的逻辑关系，正是这种关系决定了他们的对称性。争论的关键不是孰对孰错，而是补回工作的艰难。

语义也是对诗歌的省略部分进行补回的重要手段。《此表演非彼表演》（*The Show is not the Show*）一开始就提出了一个棘手的问题：此表演是什么，彼表演是什么？But 表示平行结构的转折，也就是说，从句型结构来看，they 应该是一场表演的剧中人物，但 they 是谁呢？到了第四、五行，终于找到了答案：they 是 My Neighbor（s），我的邻居去观看表演本身就是一场表演（Menagerie），诗歌的讲述人"我"则是戏外戏的观赏者，但邻居们去观看什么则不得而知。第五行的 fair 是双关语，一是邻居们观看的表演"好看，"二是"公平，"也就是说，双方都去看精彩的表演，与此同时，邻居是我的戏，我也是邻居的戏。完整的《此表演非彼表演》如下：

---

① Kintgen E R.Non-recoverable Deletion and Compression in Poetry[J].Foundations of Language,1972,9:98—104.

The Show is not the Show

But they that go — [**are the show**]

[**A**] Menagerie to me

My Neighbor[**s**] be —

[**It is a**] Fair Play —

[**That we**] Both went to see — [**each other**]①

此诗的中心内容是一场吸引人的表演，此为实；邻居与我作为观众，则是虚。然而，前去观看并表演的邻居居然成为我的戏，那么原来的表演则为虚，邻居则为实。又因为我与邻居彼此为戏，我与邻居之间则是虚虚实实。此诗的精彩就在此。当我们去观赏戏剧的时候，剧中的人物何尝不在观赏我们：他们是戏中的人物，我们是现实中的人物；在邻居看戏的时候，我们又往往在观赏他们是如何观赏戏剧的；也就在我们观赏邻居之际，邻居也在观赏我们。我们对事物做出反应，虽然指向的是外在于自己的对象，但我们的反映方式往往暴露了自己内在的本质。诗评亦是如此。还是王尔德在《道林·格林的画像》前言中的评述切中肯綮，"高明的批评，如同低俗的批评一样，都是一种自传"。不难看出，诗中深邃的思想，经过省略，又罩上了一层外衣，独特的艺术给读者带来双重的审美享受。

不过，并不是所有的省略都可以准确回补。在这种情况下，应采取"前词汇单位"（prelexical unit）进行模糊回补。例如，假设上文的 basks 与 purrs 省略，根据上下文，可以猜测到此处应该出现的动词接近 basks 与 purrs，此时可以把回补的省略词标记为："行为性的，＋满足的""满足的，＋声音。"②总之，无论是可以回补的，还是不可回补的，借用狄金森《去——告诉——她》的诗句来讲，都可称之为"我从未写出的一页"（the page I never wrote!）。

另有一些诗歌，没有省略，但由于使用破折号产生的模糊、犹豫、凸显等现象，从诞生的那一时刻起，就拥有了双重意义。以两首诗为例。

第一首诗，《写给世人的一封信》（*This is my letter to the world*）。如果置破折号于不顾的话，因为狄金森的破折号几乎代替了所有的标点，依据一般

---

① Schmit J. "I only said—the syntax—" :Elision, recoverability,and insertion in Emily Dickinson's Poetry[J]. Style,1993,27(1):114.

② LEVI S R.The Analysis of Compression in Poetry[J].Foundations of Language,1971,7 (1):43,101—102.

的诗歌能力，诗歌的常规信息很快就显示出来了：诗人写信给世人，向他们传达了从自然那里间接获得信息，以此希望未来的读者，出于对大自然的热爱，对自己的诗歌手下留情。显然，诗人借用自然的名望，来求得读者对自己的好感。但是，如果把原来的破折号的表意功能考虑进来，用词未变，但诗歌传递的信息则完全不同了，不是向世人传递自然的信息，而是世人从未向诗人传递自然的信息。

　　导致第一段意义发生变化的，是两个破折号。第一行与第二行之间的语法关系，应当说，毫无争议：这是我写给世人的一封信，而世人从未给我写过信。由于第二行行末破折号的出现，诗歌的意义开始发生转变。破折号在此处的功能是对补充的内容进行强调，而所强调内容的句法关系模棱两可：补充的内容既可以是 letter 的同位语，又可以做 wrote 的宾语，因为 wrote 此处除了可以做不及物动词之外，还可以作及物动词。如此一来，另一种合理的解释就浮出水面：什么内容，世人从未写信告诉我呢？那就是 The simple News that Nature told。至此，本段的中心议题就是我给世人的一封信，而这封信实质上就是这首诗。

This is my letter to the World

That never wrote to Me—

The simple News that Nature told—

With tender Majesty

　　但问题远没有结束，因为第二个破折号的存在。该破折号把 With tender Majesty 与 The simple News that Nature told 分隔开来，其目的可以理解为凸显；既然凸显，对 With tender Majesty 的理解就不能停留在表面上。诗歌常识表明：诗人以含而不露的方式对自然进行了嘲讽。既然自然温柔且富于气度，她就应该一视同仁，把披露给世人的信息告诉诗人；然而，事实正好相反。在不可争辩的事实面前，自然的真相也就暴露出来了，温柔与气度只不过是外表。诗人似乎是一位被世人遗忘的孤独之士，只有单方面地向世人发出善意的邀请；不过，在流露出揶揄的同时，也显示出自己的大度。

　　在第二段中，破折号继续传递多元意义。首先回答一个问题：如果 the simple news 做 my letter 同位语的话，本段头两行则如何解释？诗人收到信，但未见到送信人。再聚焦于第二种阐释。既然诗人没有收到自然的信息，那么谁收到了她的信息呢？她的信息传递到了那些没有见到的人，这些人并不是不认识，只是不能确定到某个具体的人，是他们否定了自然的信息。因此，在难以知情的情况下，诗人写给世人的这封信也就没有针对性，无法就自然所关注的问题进行交换意见。To Hands I cannot see 后面的破折号，远不只是一个句号或空格，而是有着深长的意味：仿佛诗人在想，自然的信息到底是什么呢？为什么没有传到自己手里？这里的破折号又仿佛平静的水面，水深流静，但平静之下是激荡的情感。

Her Message is committed

To Hands I cannot see—

For love of Her—Sweet—countrymen—

Judge tenderly—of Me

诗人毕竟抑制住了内心的情感波澜，转而向她的同胞祈求：祈求的理由则是公共的对象，大自然。从理论上讲，大自然是公平的、公正的，虽然不知何因对自己有失偏颇，但她应该会关注诗人自己的；而且，有了共同的崇拜对象，诗人与世人则无疑有了共同的纽带，能够同甘共苦。所以，看在爱她和她爱的缘分上，诗人勇敢地向同胞发出了自己的请求。她恳请，可爱的同胞们能够对她本人或者这封书信般的诗作，做出善意的评判。诗人的请求是真实的，但对世人的态度却也未必。Sweet 与 countryman 被破折号分隔开来，既可以烘托，也可以反讽；前者需要肯定性的语境，后者需要否定性的语境；当下的语境显然是否定性的，在颂扬的口吻之下，再一次隐藏着诗人对世人抱有的反可爱的微词。最后一句，则进一步揭示了诗人往昔受到的不公对待或者默默无闻。世人做出善意评判的案例并不是凤毛麟角，但要看对象是谁；所以，当诗人准备说出帮扶对象之时，还是犹豫了片刻，这就破折号的含义，毕竟她很少在列。气愤归气愤，求人办事，还是要抑制住自己的情感。当"我"那个词蹦出的时候，诗人的怀疑、祈求、羞愧甚至怨恨，交织在一起，令人不胜唏嘘。[①] 如果破折号仅仅是普通标点的替代物，也就不会蕴涵以上复杂的情感。

破折号的复义性不是一种偶然现象。《命运，无门之屋》（*Doom is the House without the Door*）也是一首多义诗，赋予诗歌多义现象的因素仍然是破

---

① CRUMBLEY P.Dickinson's Dashes and the Limits of Discourse[J].The Emily Dickinson Journal,1992,1(2):12—13.

折号。在不考虑破折号的情况下，本诗的主旨大体如下：命运仿佛一座房子，不过，与房子的差异在于没有门窗，没有门窗的房子不能自由进入。然而，既然是房子，就一定能进入：搭乘阳光，即可入内。进入命运之屋之后，梯子也就抽走了，再想离开是不可能的。屋内的世界与屋外的完全不同，屋外的世界已经成为一个梦想；在这个梦里，松鼠在嬉戏，浆果已枯萎，铁杉树向上帝鞠躬致敬。屋外的世界可能是两种形态之一：一是历时的，不可逆转的一段光阴；二是共时的，正发生在身边却不能参与的生活。总之，情况发生了转变，生活从自由走进了反自由的阶段。对这种转变的态度呢？在基督教文化里，这种转变不难理解。过去或者外面的生活，无疑构成了伊甸园式的生活，因为原罪，人类从天堂跌落人间，开始了以性为本质的生命大循环。但人间是一个过程，不是一个终点，这个过程最终通向起点，天堂。这是命运的安排，命运的主宰则是上帝，上帝的一切设计都自有他的美好用意。这是一首令人惊讶但又充满了无限希望的诗。

　　由于破折号的参与，诗歌的主旨就开始发生质的变化。第一行，诗人发现，命运原来是一座没有门窗的房屋：哪有无门的房子呢？没有门，又如何进入呢？于是出现了片刻的犹豫（破折号）；第二行，犹豫过后，诗人又有了新的发现：房子无门，却有一个特殊的进入方式，顺着阳光而入！这种入屋的方式，不仅让诗人自己感到惊讶，即便是听众，也一定会为之惊奇。生活充满了惊奇，但交流惊奇之时，聪明的讲述人总是留给对方一点消化、接受的时间（破折号），哪怕是几秒钟的时间。

Doom is the House without the Door—
'Tis entered from the Sun—
And then the Ladder's thrown away,
Because Escape—is done—

　　从第三行开始，更大的惊奇出现了：由于梯子是进入无门之屋的唯一工具，无论如何都要倍加保护；然而，梯子却被无缘无故地抛弃了！第三行末并没有出现期待中的破折号，而是一个逗号，即短暂的呼吸之后，便迅速进入了第四行。一切发生得如此之快，仿佛不给人任何思考的余地。无论怎么快，诗人也不会忘记梯子（婚礼）的重要性，就在抽走梯子（婚礼不可逆转）的一刹那，诗人似乎要抗议，要求留下梯子；然而，令人惊讶的一幕再一次出现了，发生的事情如此之令人惊讶，诗人一时竟然呆立、无语（破折号），抗议也罢、同意也罢，梯子眼睁睁地抽走了；接下来，又是一阵沉默无语（破折号），也许是最长的一次。

第二段的语气相当平缓，那是一段刻骨铭心经历之后的无奈与妥协。身陷静静的挣扎之中，诗人发现了前后两个不同的世界：屋内的世界，只有前行，不能后退；屋外的世界，一切按照天道，自由自在。这两个世界所形成巨大的反差以二元对立的形式隐现：屋内与屋外，现实与梦想，囚禁与自由。归结起来：物是人非。破折号的运用，强化了诗人的觉悟。第二行行尾的破折号，仿佛一声长叹，也仿佛是朝着远方的理想深情地一指。而用破折号把松鼠的嬉戏与浆果的枯亡凸显出来，用破折号强调自然万物（包括社会活动）无不遵照上帝的意志自动循环，无疑是点明：自然世界里，顺乎天道的生活方式应当是令人留恋、向往。

'Tis varied by the Dream

Of what they do outside—

Where Squirrels play—and Berries die—

And Hemlocks—bow—to God—

那么，屋子里的日子（家庭生活）是怎样的一种生活，竟与外面的自然界格格不入？阳光，在狄金森的时代，象征着男性，随着阳光进入了命运之屋，显然诗人是与男人牵手共同走进了婚姻的无门之屋。可是，更大的困惑又出现了：难道男女双方到了婚嫁年龄进入婚姻殿堂不是顺应天道吗？在狄金森看来，夫唱妇随与顺天意是两回事。在婚姻的殿堂里，诗人要面对两个规范，一个是本我，另一个是超我，本我具有自然属性，超我具有文化属性；两个规范之中，超我是第一位的，也就是说，自然顺从文化（妇道）。在婚姻殿堂之外，诗人则可以随性，固然要遵守社会规范，至少不用受制于妇道。

如果只有笼子内外之分，事情也许简单些；倘若笼子之外还有笼子，问题也就复杂了。外面的世界就真的那么令人向往吗？不是因为还有其他的社会规范要遵守，要知道，没有约束的自由是痛苦的，遵守合乎人性的规矩才是真正的自由；而是因为自然神论（natural theology）从来就是一元论。自然神论也就是理性中心主义，唯理性主义并不能解决人类的全部问题；一元论，在狄金森看来，从来就是专制，它压制不同的声音，尤其是女性的声音，以此维护等级制度，维护了等级制度，也就维护了男权（或父权，但不等于夫权）

与理性的尊严，这也就是为什么最后一行要把向上帝臣服凸显出来的原因。①

从以上的分析可以看出，破折号的使用，一方面，可以表示省略，为诗歌创作探索了一种新的表达形式，提升了诗歌的审美乐趣；另一方面，可以进行多义表达，以此丰富诗歌的蕴含。省略与多义皆成理由，对话与多元更是原则。要对话，首先要善于发现对立观点的存在；对话的目的不是威胁，不是劝导，让一方臣服另一方，而是交流，认识彼此的差异，承认对方存在的价值。对狄金森诗歌标点进行规范化，就是遏制对话的可能，就是对一元论的顶礼膜拜。对话与多元是一股不可遏制、难以抵挡的潮流。

正如破折号固然渺小，但可以对诗歌产生整体性的影响，括号一对，却也能统御全局。括号的传统用法，《韦氏大学词典》列举了七项，相对于文学，主要的用法可以归结为：第一，提供事例、解释或补充事实；第二，给出替换项。本质上，括号内的内容，相对于句子信息，是第二位的，因为它可以是一种旁白，一种可以丢弃的信息，甚至是死文本。"卡明斯在使用括号上，是一位无与伦比的诗人，括号对他来说，是格外珍贵的艺术手段，他向我们展示了使用括号的独一无二的案例。"②换言之，卡明斯以其点石成金的诗歌艺术，颠覆了括号的传统用法，使之在诗歌结构的层面上，发挥着前所未有的、别具一格的表意功能，把括号的用法和诗歌艺术推向了一个新的高度。

括号在结构上前景化的主要特征就是并置。并置是双重叙事结构合二为一，形成的一体双构。一体双构可具体分为三种情况：一是纵向性，括号内与括号外的两个结构，从头至尾交织一起；二是横向性，内外两个结构把诗歌拦腰截断；三是夹心式，内结构一分为二，背对背，中间嵌入外结构。

纵向性一体双构。下面一首诗《进入寂静，绿色的》（*up into the silence the green*），从结构的角度看，分别由一个第二人称叙事与一个重复性祈使结构组成。段落的行数不一：单数段落，两行；双数段落，一行。可是，诗歌整体的划分较为有序：一个单行段与一个双行段构成一个部分（1；2+3；4+5；6+7+8）；换言之，两个双行段中间是一个单行段。重要的是，内结构总是出现在单行段，而且，其位置不断变化。第六至第八段，括号发生变化。第六段，一半括号开放着"（"。第八段开头处，一对括号反向开放"）……（"；结尾处，

① CRUMBLEY P.Dickinson's Dashes and the Limits of Discourse[J].The Emily Dickinson Journal,1992,1(2):16—18.

② TARTAKOVSKY R. E. E. Cummings's Parentheses:Punctuation as Poetic Device[J]. Style,2009,43(2):218.

一半括号关闭着")";两个半括号构成一对。

up into the silence the green
silence with a white earth in it

you will（kiss me）go

out into the morning the young
morning with a warm world in it

（kiss me）you will go

on into the sunlight the fine
sunlight with a firm day in it

you will go（kiss me

down into your memory and
a memory and memory

i）kiss me（will go）

其实，诗中有两个讲述人，括号外一个，括号内又一个，两人互为对方的你。外在讲述人勾画了受述人即将感受到的体验：第一阶段，（受述人）进入一片静谧之地、绿色的、覆有白土的静谧之地；第二阶段，受述人即将进入一个充满朝气的早晨，感受整个世界的温暖；第三阶段，受述人即将走进明媚的阳光，开始充实的一天。每在外在讲述人描绘美好前景的时候，受述人，也就是内在讲述人，就会要求一个吻，连续三次；三次要求，位置或时间各不相同，却能描绘出一个完整的过程，换言之，这是一个要求吻的过程。重要的是，三个阶段，呈现依次递进的状态：黎明时分、太阳升起、阳光普照；或者，寂静、勃发、温暖。紧接着，第四个阶段到来了：就在外在讲述人还没有来得及完成进一步描述的时候，其话语突然发生了改变，不是对方会进入一种境界，而是其本人也要进入一种美好的境界（i will go）。与此同时，也就在要求第四个吻的时候，一直处于克制状态的要求（用括号表示的），突然像火山一样喷发而出，由于其蓄势之大，片刻间就把限制性的括号冲开了，相向的括号变成反向的括号。内外讲述人几乎同时进入第四阶段。实质上，就在提出第三要求的时候，内外的言说开始合为一处，不分彼此，并迅速升华为一种记忆，一种永恒的记忆，即最后的瞬间。成功了。与其说是诗歌的胜利，毋宁说是括号的骄傲：括号会说话。

再一首诗《究竟为什么》（*but why should*）也有内外两个结构。第一行，"but why should" 显然是一个以直接引语形式出现的未完成疑问句；有直接引语，就有报道部分；合起来就是散文语句："but why should", the greatest of living magicians must often have wondered, "most people be quite so incredibly ugly?"（添加了两个逗号与一个问号）。括号内的部分也可以合成两个分立的单句：whom you and I sometimes call april 与 when flowers always are beautiful。

"but why should"

the

greatest

of

living magicians（whom

you and I

some

times call

april）must often

have

wondered

"most

people be quite

so（when flowers）in

credibly

（always are beautiful）

ugly"

　　括号外部分有两个讲述人：讲述人"四月"，讲述人"我"。也就是说，直接引语部分的主体是"四月"，报道部分的主体是"我"。同样，内部分也有两个讲述人：讲述人"我"，讲述人"四月"；whom 从句属于"我"的话语，when 从句则属于"四月"的话语。也就是说，whom 从句与外在结构"我"的话语可以实现无缝对接，when 从句内嵌"四月"的话语，可视为"四月"的心理活动，[①] 让自然之美与人为之丑之间形成巨大的张力。内外结构不仅在空间上并置，而且在逻辑上也实现了有机结合，以此对丑行做出尖锐的批评。

　　横向性一体双构。第一首诗《多么可爱与天然》（ *O sweet spontaneous* ）的内外结构泾渭分明。全诗共 27 行，1 到 18 行为第一部分；19 到 27 行为第二部分，置于括号内，见下表左侧。第一部分描写了四个对象。其一，地球：可爱的，自由的或率性的。其二，哲学，在诗人看来，是一个"好色"（ prurient ）之徒，固然有些"温柔"（ doting ），却出于一己之私，对自然施加暴力。其三，科学，同样，"顽皮""刺痛"了自然的美丽。其四，宗教，也不例外，表面上对自然宠爱有加，实质上另有所图，即为了证明上帝的存在与意图，对自然加以扭曲（ squeeze ），进行锻打（ buffet ），以此满足虚幻的宗教目的。

　　然而，大自然的反应令人惊讶与赞叹。她永远是仁慈的：对于"情人"的死亡抚摸，大自然却真情以对，用勃勃之生机回报肃杀之一片。把第二部分置于括号之内有着深刻的用意：第一，起到保护的作用。[②] 自然大度、慷慨，同时也是脆弱的，慷慨并不意味可以无限的索取和利用，既可以索取，又要保护。第二，大爱无影。人类有时固然强大，但毕竟渺小，又终究是自然的儿女；是子女就爱，而且，母爱无言，慈祥无形。第三，仿佛诗人与自然之间进行的心与心的交流，沉稳，宁静。不仅如此，相对于其他各行而言，最后三行的行间距明显加大，更加凸显了"您回答了 / 他们仅用 / 春天"。尤其是，诗歌的结尾并没有句号，这又是另一个蕴含：自然慈爱以报，将永无止境。

---

　　① TARTAKOVSKY R. E. E. Cummings's Parentheses:Punctuation as Poetic Device[J]. Style,2009,43(2):234.

　　② TARTAKOVSKY R. E. E. Cummings's Parentheses:Punctuation as Poetic Device[J]. Style,2009,43(2):222.

	(fea
	therr
	ain
O sweet spontaneous	: dreamin
… …	g field o
（but	ver forest &；
true	wh
to the incomparable	o could
couch of death thy	be
rhythmic	so
lover	!f!
thou answerest	te
them only with	r?n
spring）	oo
	ne ）

  第二首诗《毛毛细雨》（（fea）可以说是《多么可爱与自然》第二部分的放大版。《毛毛雨》似乎没有外在结构，其实，它的外在结构，由于内在结构的膨胀和挤压，变得微乎其微，不为视觉所捕捉。从另一个角度来看，一对括号，于天地之间，几乎圈走了所有的秘密，多么豪迈，又多么护私，多么吸眼。

  到底是怎样的私密？第一段，诗人开门见山，如此令人妒忌的私密，乃是如同羽毛般轻盈、柔软的雨水，毛毛细雨。毛毛细雨，只有当春才发生；又有言，春雨贵似油。第二段，像其他诗歌一样，诗人往往把标点移至下一行的行首，以此表明，暂停或者结束，均是另一过程的开始，循环往复，生生不息。冒号仿佛飘下的细雨，与同行的"梦"合为一处，相互映衬，强化了毛毛细雨飘落时如梦如幻的意境。g从上一行坠落到下一行，与o构成go，中嵌一个field，表示"细雨洒遍了田野"；over一分为二，横跨两段，进一步强化了本意；而forest以及表示"增加"的符号&，又共同表达了"山林以及以远的地方。"简言之，山河大地，笼罩在毛毛细雨之中。第四段，so表示"如此"；f，唇齿音，轻而不重，细腻而不粗爆，双感叹号强调；t，轻柔的舌龈音。把词形合起来，得到了soft；把词义和起来，得到了"如此之轻柔。"形、音、义，三管齐下，共同塑造"轻柔"之意。其实，第四段背景中的完整单词是softer，只是r与下一段合并，参与新一层次的表达。有什么能够比得上春雨这般轻柔？无与伦比。进一步思考，就能发现，毛毛细雨仅仅是一个象征。诗歌中隐藏着一个关键词汇：l-o-v-e，或者，雨意云情！曾经沧海难为水，除却巫山不是云。

  试问，是 feather rain: /dreaming over field & forest; /who could be/so softer!?/

no one 美，还是卡明斯的"（fea"美？有了括号，就有了甜蜜而美好的爱情。

夹心式一体双构。《凡夫俗子》（*mortals*）开篇就是一个闭括号，开括号呢？开括号位于诗歌的结尾处。括号以及括号内的词汇或词缀合起来，形成这样的一个结果：（immortals）（仙人）。中间的部分构成一个完整的整体。为什么是"mortals）"在前，"（im"在后，而不是反过来呢？这是由诗歌的结构与主题所决定的。总之，护层（括号内的部分）如同一个主题陈述和结尾，夹心部分（括号外的部分），如同详尽说明的主体过程，其规范程度不让一篇描述性美文。

诗人从一开始就强调，出现在观众面前的杂技演员与众人一样，皆为凡夫俗子，可是正是这些凡夫俗子却做出了众人力所不及的精彩表演。演员们攀升到了空中各自的位置，开始了令人目眩的摆动表演。阅读从上往下，但信息在大脑中形成的图像却是自下而上，这就是"mortals"）（作为凡夫俗子的演员）高居诗歌之首的原因与象征。第三行到第五行的行首，同是一个字母 n，仿佛在高空中各就各位演员。第4行到15，诗行开始在视觉上呈现右（4、7、9、11、13）、左（6、8、10、12）摆动的形态。同时，诗人告诉读者，左右摆动的速度，如同荡秋千；演员们在空中翻转，与器械分离，相遇，对接，（惯性形成的）拽拉，一系列动作，一气呵成。1 到 17 行，又仿佛一个高难度的"绷肩直角支撑"：第 1、2 行，头部；第 3 行，颈部；第四行，绷肩支撑；第 15 行到 17 行，双腿形成直角。第 18 行，一个回环（turn）；第 19 到 21 行，旋即垂直落下；第 22 行，演员们顺利落地并稳稳地站立于体操护垫之上，刚才的一切，恍如梦幻一般；最后一行，顺利完成高难、精彩动作的演员们，与表演前相比，判若两人，此时，他们身上多了一个光环 im，他们已经蝶变为immortals，像神仙一样，技艺高超，无所不能。（im 标志着一个过程的结束，但是，由于它毕竟是（immortals）的第一部分，所以又标志另一轮次表演的开始。

mortals）

climbi

    ngi

    nto eachness begi

    n

dizzily

    swingthings

```
ofspeeds of
trapeze gush somersaults
open ing
          hes shes
&meet&
        swoop
              fully is are ex
                        quisite theys of re
turn
      a
      n
      d
fall which now drop who all dreamlike
（im
```

　　总体上，《凡夫俗子》是一副静止的视觉图像，但静止之中，又蕴含着一系列惊险、精彩的高难动作，极具观赏性。作为一首诗，层层叠叠，环环相扣，循环往复。用括号表达评论，言简意赅。

　　作为夹心式一体双构诗歌，《没有更可怕的了》(*nothing is more exactly terrible than*)的两个护层也是可以合并成一个完整的括置体：(nothing is more exactly terrible than/ to be alone in the house, with somebody and/ with something/ in a mirror)，即"最可怕的就是 / 一个人独自待在家中，与某个人 / 一起守着某样东西 / 在镜子中"，显然，属于评述。中间的夹层又分两部分，属于展示：一是楼下街道上发生的事情（实）；二是楼道里回响着陌生人的脚步声（虚）。同样，在《没有更可怕的了》中，括号的运用上升到结构层面，其意义在于为何从相向走向逆向。

```
nothing is more exactly terrible than
to be alone in the house, with somebody and
with something）

            You are gone.      there is laughter
and despair impersonates a street
```

i lean from the window, behold ghosts,

                             a man

hugging a woman in a park. Complete.

and slightly（why?or lest we understand）

slightly i am hearing somebody

coming up stairs, carefully

（carefully climbing carpeted flight after

carpeted flight. in stillness, climbing

the carpeted stairs of terror）

and continually i am seeing something

inhaling gently a cigarette（in a mirror

要回答问题，需要仔细的分析。"你走了"，孤独也就开始了。应当说，走得相当利索。"You are gone. "与"You are gone　."在卡明斯的诗歌中是常见的两种表达方式：前者行动麻利，无拖泥带水之感，利索地离开之后所留下的是一段长长的无语与空虚；后者则过程漫长，依依不舍，还没回过神来，事情就找上门来了。有的人在孤独中提高自己的情操，有的人在孤独中完成了杰作，有的人在孤独中憔悴。

孤独被打破了。一阵笑声，还有绝望，这就是楼下街道的真实面孔。公园内，鬼影重重，一男拥抱着一女。三个关键词，爱情、笑声、绝望，似乎构成了一个完整的循环。屋外的现实是屋内的历史，屋内的历史是屋外现实的未来，如此循环往复，构成生活的全部意义。

屋内。渐渐地，渐渐地，讲述人听到有人走上楼来。有两种可能性。第一，脚步声由远及近：有人来访；第二，听呀听呀，终于听到了有人上楼的脚步声：幻听。从诗歌的结尾来看，并没有人造访，所以是幻听。紧接着出现了插入部分，它其实是讲述人的幻想。演说者幻想着来者慢慢地、轻轻地走上楼梯，而且 carpeted flight. in stillness 中间的空白说明，这也是一个漫长的过程。括号内与括号外的部分存在着互为因果的关系：因为幻想，所以才能够幻听；因为有了幻听，所以才会继续幻想。无论是现实还是幻想，造访都是一种恐惧，一种对于双方的恐惧：主人失望送客，客人沮丧而归。

从幻想来到现实。括置部分前面的 carefully 扮演了两种角色：一是修饰幻听，并通过重复与幻想联系起来；二是通过与 continually 的关系，起到由幻听过渡到现实的作用。现实的部分就是，讲述人看到镜子里"某物"在缓缓地、若有所思地抽烟。一个谜底可以解开了：在屋子里相伴的那个人就是自己镜中的影像，所守望的东西其实是一种与人厮守的希望。主体与客体合二为一。[①]有什么比形影相吊、空抱幻想更加孤独的呢？孤独可以让人变成没有灵魂之物，这就是为什么吸烟者最后不是"某人"而是"某物"的原因。

《没有更可怕的了》运用括号的方式与众不同。在《没有更可怕的了》中，括置的部分，合起来就是一个抽象的结论。然而，无论结论如何准确，也没有现实来得凄冷，强大而又冷酷的现实，像一股强劲的寒流，把人们的预报与准备生生地从中间撞开，兀自出现在人们的眼前；一对括号，由于冲击力的强劲，被迫转向反向，如同《进入寂静，绿色的》的最后一对括号一样，只是命运不同罢了：一个凄凉，一个幸福。括号就是文字，运用括号就是遣词造句。

在诗歌创作中，标点能起到什么作用，调节语句的意义与节奏，还是高调参与思想表达，关键取决于诗人的创新能力。狄金森与卡明斯的诗歌艺术表明，可供诗人使用的材料总是有限的，但诗人的创新能力向来是无限的。诗歌最大的缺陷是声调与语调的缺失，狄金森成功地运用破折号实现了书写的口语功能。诗歌另一个显性的缺陷是线形与平面化，卡明斯通过创造性地运用括号，成功地实现了诗歌表达的"空间性"，[②]有了宝贵的空间性，诗歌也就能够取得"感觉的直接性"。[③]感觉的直接性就是表意的直接性。狄金森与卡明斯的生命区间向左，但他们的诗歌艺术，尤其是标点的运用，则与现代主义同步。

第三节　反指的内在结构

图像诗的视觉性结构与诗歌结构上起着主导作用的标点均为诗歌的外在结构元素；其实，诗歌的内在结构也具有表意功能。所谓的内在结构，实质上就是一种生动的情景式表述方式，即戏剧性独白；由于独白作诗法在实践中取得了巨大的成功，独白逐渐发展成诗歌的一种体裁，简称戏剧独白（Dramatic

---

[①]　TARTAKOVSKY R. E. E. Cummings's Parentheses:Punctuation as Poetic Device[J].Style,2009,43(2):232.

[②]　CRUMBLEY P.Dickinson's Dashes and the Limits of Discourse[J].The Emily Dickinson Journal,1992,1(2):16.

[③]　TARTAKOVSKY R. E. E. Cummings's Parentheses:Punctuation as Poetic Device[J].Style,2009,43(2):217.

Monologue）。戏剧独白能够作为诗歌的内在形式，是相对于诗歌的视觉效果而言的。一般情况下，在独白的过程中，讲述人的表达对象并不重要，重要的是表达行为本身，换言之，表达行为所具有的蕴含才是戏剧独白表意的关键所在。独白不是外指，而是回指，指向了自身。

什么是戏剧独白？一个极具误导性的文学术语。戏剧独白并不是戏剧的一个元素，而是抒情诗的一种形式。所谓的独白，就是一个人所做的长篇表达；所谓的戏剧，即戏剧性的，就是以生动的情景为背景。判断戏剧独白，主要有三个标准：其一，一个人，显然不是诗人，在某一具体事件的重要关口，独自进行表达；其二，表达或者互动过程中，要面对一位或者多位听众，听众的交流与反应只能通过独白者就其所做的回答与评价得知；其三，独白者的言辞与诗歌的组织方式都明确指向独白者的性格与气质。三个标准当中，第一、第二是戏剧独白的必要与充分条件。[①]在《卡利班看赛特波斯》（*Caliban upon Setebos*）中，卡利班独自思考赛特波斯的生存本质，并没有交流的对象；在《普鲁弗洛克的情歌》（*The Love Song of J. Alfred Prufrock*）中，普鲁弗洛克倒是有交流的对象，不过也是自言自语罢了。自我不妨虚设为交流的对象。简言之，戏剧独白之所以能够反指，是因为独白者的表达往往流于幻想。[②]也就是说，独白者的表述具有不可靠性，而不可靠的叙事却能折射出可靠的性格特征。

戏剧独白分三种，沉思式（meditative）、统一式（regulative）及表达式（expressive）。[③]沉思就是关于某一重要问题的独自思索；统一就是以权威的姿态言说，并施加影响；表达乃是可靠的外指性言说。《卡利班看赛特波斯》与《普鲁弗洛克的情歌》均属于沉思性，《我已故的公爵夫人》（*My Last Duchess*）与《主教托付后事》（*The Bishop Orders His Tomb*）则属于统一式，而《尤利西斯》（*Ulysses*）又属于表达式。本节旨在通过分析沉思式与统一式戏剧独白的方式，揭示戏剧独白形式与内容的关系，并通过分析表达式和统一式戏剧独白，进一步揭示听众或读者的参与对形式与内容关系的影响。

《卡利班看赛特波斯》与《暴风雨》（*The Tempest*）互文，卡利班无疑是

---

① ABRAMS M H. A Glossary of Literary Terms[M].5th ed.New Work:Holt,Rinehart and Winston Inco.,1988:44—45.

② CUDDON J. A Dictionary of Literary Terms and Literary Theory[M].London:Blackwell Publishers Ltd.,1999:422.

③ 根据诗人的声音，戏剧独白还可以分为：抒情式（the lyric）、修辞式（the rhetorical）、戏剧式（the dramatic）。

其关键性桥梁。在勃朗宁的戏剧独白中，卡利班试图从个人的经验出发，对它的创造者赛特波斯进行全面的认知。第一，根据冷水鱼的经验，卡利班断定，赛特波斯创造宇宙之时，左右为难。冷水鱼喜欢温暖的水域，却又适应不了新的环境，只能回到原来的状态，爱恨交加。第二，赛特波斯缺乏道德意识，反复无常。卡利班设想自己用粘土创造出一只鸟，腿部骨折，难以飞行；然而，对于鸟儿的不幸，他无动于衷。他由此得出结论，人类之所以处于目前的境地，是因为赛特波斯怀有恶意，且无力创造出等同于自己的人类，相互为伴；面对人类所遭受的痛苦，赛特波斯置若罔闻。第三，赛特波斯之所以创造出一个不幸的世界，是因为他自己遭遇了不幸，而其不幸的根源在于其上存在着一个不被理解的神灵，即空寂（Quiet）。空寂无能并且不幸，导致了赛特波斯的无能与不幸。第四，从普洛斯彼罗的视角出发，卡利班看到，赛特波斯创造世界另有其因：仅仅为了展示一技之长；由于没有目的，赛特波斯完全可以推翻一切，从头再来，不必顾忌，尽心享受创造之乐即可。第五，人类难以遵照赛特波斯的意志安居乐业。卡利班发现，当万物洞悉自己的意图之后，一种失败之感顿时袭来。推己及人，赛特波斯也必定不愿让人类揣摩出自己的心思。既然如此，卡利班立即示人以悲苦。

不难看出，卡利班的认知活动完全建立在有限的经验之上。卡利班所采用的逻辑显然是类推之法，不仅 So He 一句在独白中反复出现，就连赛特波斯（Setebos）的名字也是"动物们亦是如此"（so b ê tes）的镜像表述。提起勃朗宁，王尔德的评价恰如其分：

人们一直称其为思想家，他当然是一位不断思考的人，而且敢想敢说；但他感兴趣的不是想法，而是思维的过程。他爱机器，不爱产品。对他来说，智力障碍者得出结论的方式就像智者的智慧一样可贵。①

由此看来，卡利班从有限的经验出发，得出的悖谬结论不是重点，而是卡利班的思维过程，而思维过程又生动地揭示了性格特征。

卡利班之所以经验有限，是因为他用自我来衡量世间的一切。可以说，卡利班是一位彻头彻尾的主观主义分子，无论是现实世界还是精神世界，都不过是其自我的延伸，它们存在的目的就是为其服务：夏日的天气，只要能给

----

① WILDE O. The Critics as Artist[M]//ELLMAN R.The Artist as Critic:Critical Writings of Oscar Wilde.London:Vintage Books,1970: 344.

他带来享受，就是好的；万千生灵，只要能够臣服于他，就是善的。世界之所以混乱，种种行为背后之所以包藏祸心，全都是因为他的个人意志遭到了背叛。他不可能看到，自己的每一种行为无一不是违背自然之道，而他所受到的惩罚实质上是为了恢复天道。他的自我中心主义及随后的烦恼，无疑产生于自我的无限膨胀，自我的膨胀表现在把自己投射到赛特波斯（上帝）之上。在他看来，赛特波斯创造并组织着整个世界，他卡利班当然也有能力成为赛特波斯第二，因此在他的势力范围内，一切的生死与存在，全要都依赖于他的瞬间意志。自我之外无他物，自我就是现实。膨胀也好，受挫也罢，自我远离因果，疏隔责任。

由于自我的无限膨胀，卡利班当然也就不可能超越自我，与社会建立和谐的关系。要超越自我，就必须形成一种他者意识，离开他者意识，自我就会孤独，失去完美：

从仪式和美学的角度来讲，人类普遍需要一种能够敬畏、仰慕的气质，即神圣之光环，这就首先要有一种我者与他者的对立意识。有了敬畏与仰慕之心，人们就能时常超越并肯定自我，因而也就有了最基本的我的意识。①

我者与他者的意识是建立人际关系的基础，如果没有你、我的区别，也就不会为他者的魅力所吸引，也就没有所谓的社会。自我的超越与独立，是一种社会契约，一种辩证关系。然而，卡利班从一开始就为全诗确立了第三人称的叙事视角，用他而不是我自指，这无疑暴露了其自我身份尚待确立的心理危机。认识不到我与他的辩证关系，就为自我中心主义埋下了祸根。

与此同时，卡利班的自我中心主义还表现在独身、无子的生活方式上。卡利班并不是没有欲望，但要走进婚姻、抚养子女，就要有一种他者意识，能够从外部看待自己，就要有一种强烈的责任感，以及一种拥抱变化的心态。"从配偶的角度看自己，就是朝着持续的变化开放自我；从子女的角度看自己，就会改变自己，并且永不停止。"② 拒绝了交往行为方式，卡利班也就否定了生活的一种新的可能性。不仅如此，未来对于卡利班来说，也没有多少希望，

---

① ERIKSON E. Elements of a Psychoanalytic Theory of Psychosocial Development[M]//The Course of Life: Psychoanalytic Contributions Toward Understanding Personality Development.Adelphi: U. S. Dept of Health and Human Services,1980:29.

② TEBBETTS T L. The Question of Satire in "Caliban upon Setebos" [J].Victorian Poetry,1984,22(4):374.

充其量是现状的不断重复。由于海岛的天气恶劣，变化无常，卡利班难以安居乐业，每一天所面对的始终是磨难。为了给自己找到心灵的安危，他创造了一个又一个的理论。遗憾的是，所有的理论都指向了赛特波斯，而不是自身，因此，也就没有哪一个理论能够帮助他摆脱循环往复、静止不前的生活现状。正如其所言，"一切都将照此下去，/ 我们只有在畏惧中生活 / 只要他存在，势力强大，就不会有所改变。"从狭隘的自我出发，卡利班就看不到希望，也不可能有坚定的信念，并通过行动创造希望。唯一的结局就是静态循环。

此外，卡利班的自我中心主义思维模式反映了自然神论（Natural Theology）的逻辑谬误。自然神论与天启神论（Revealed Theology）都承认上帝的存在，但论证其存在的方式不同。天启神论认为，上帝存在的主要依据有二，一是圣经，二是宗教传统，换言之，坚定信念就是上帝存在最有力的证明。自然神论则认为，在搁置圣经与宗教传统的前提下，通过理性与普通经验，也完全可以证实上帝的存在。自然神论历史悠久，而且影响广泛。以 19 世纪德国历史学家为代表的高等批评（Higher Critics）也持有相似的观点：既然圣经里的每一个字、每一句话都是天启，那么其真实性就不容置疑；通过分析宗教历史文献，由于这些历史文献都是上帝留下的证据，就可以揭示上帝的真实存在；甚至更加激进，认为人类创造上帝是为了表达自身的神性，因此宗教，从头至尾，都是世俗的人。卡利班就是世俗的现代人，除了有些丑陋和原始性，他所做的一切无疑是以类比为手段，竭尽全力，试图更好地了解上帝及其意图。卡利班的错误在于，缺乏想象力，没有走出自我，正如诗歌的开篇引语所说，"你认为我完全与你一样"，再引用《诗篇》（Psalms 50：21），"你所做的一切，我无须言语"，"但要批评你，要当着你的面，把一切恢复正常"。他的悲剧在于，"从正当的理由出发，却得出了错误的结论；说是了解上帝与自然，可连自己也没弄明白"。①

理解了《卡利班看赛特波斯》的重点所在，也就弄清了戏剧独白的形式与内容之间的表意关系。《普鲁弗洛克的情歌》也是如此。表面上，普鲁弗洛克邀请一位不确定的你，一同前去探望心仪的她，并借此机会向她表达心中的爱意。她和她的同伴们在会客厅里，正谈论着米开朗琪罗（Michelangelo，1475—1564）的画作。人到中年，瘦弱、谢顶、萎缩，普鲁弗洛克担心自己的要求会遭到拒绝；思量再三，他一推再推，总是没有勇气进行最终的表白；为了安慰自己，他认定自己只是一位配角，为主角跑跑龙套；沉溺于幻想之

---

① PETERFREUND S. Robert Browning's Decoding Natural Theology in "Caliban upon Setebos" [J]. Victorian Poetry,2005,43(3):328.

中，普鲁弗洛克尽管没有主动出击，但还可以做到自我辩解，可回到现实之中，他如同溺水之人，在挣扎中陷入死亡。"这并不是故事的全部，说到底，它是普鲁弗洛克的自我分析。"①

普鲁弗洛克，在示爱之旅的过程中，经历了分裂、碎片化和死亡三个阶段，三个阶段不仅是普鲁弗洛克性格的写照，也是社会现实的反映。诗歌的第一句话就揭示了主人公分裂的性格：咱们走吧，你和我。有一种观点认为，诗歌中的"你"，根据诗歌的标题所示，应当是一位妇女，而"我"是独白者。②还有一种观点认为，"我"是独白者能够思考的、敏感的自我，"你"则是外在的自我，一个完整的公共性格。③目前，多数的学者更倾向于后一种观点，并认为，我与你之间存在着难以逾越的差异。不过，普鲁弗洛克的我与你之间并不是从来就形成分野的。当我邀请你一起前往的时候，我与你同质，因为向异性表白是一个基于社会规范和人性的合理决定；当我一步一步地违背了初衷，你与我的距离也就日趋见大，由于你一直没有表态，所以始终坚守着初衷。意识出现对立状态并不是反常的现象，事实上，人的一生屡屡经历心理上的矛盾，所不同的是，经历着冲突的主体，有的能够化解矛盾，有的则不能。普鲁弗洛克虽然外向，"但不能在个性需求与社会性需求之间进行调和，结果，只能永远在自我疏离与心理上犹豫不决的地狱之中绝望地挣扎"。④

普鲁弗洛克的分裂型人格还表现在时间观念。就时间而言，过去、现在与将来，可谓三位一体，但普鲁弗洛克的行动方式，准确地讲，他的思维方式，紧紧地依附在过去和未来两种时间形态之上，唯独忽略了，如果没有遗忘的话，现在这一重要时刻，时间的延续体上出现了裂缝。"还有时间"（There will be time）及其省略形式，在第五、第七段落大量出现；从第 11 段开始，"我是否应该"（shall I, should I）或者"会不会不"（would it have been wothwhile）等不确定表述方式反复出现，体现了普鲁弗洛克对未来缺乏信心的现实。在第八、第九与第十段当中，"我已经知道了"（I have known）则不断流露出事实的过去性。在有限的关于现时的表达中，"我不是"（I am not）成为最为关

---

① ATKINS G D, T. S. Eliot:The Poet as Christian[M].New York:Palgrave Macmillan, 2014:25.

② WILLIAMSON G. A Reader's Guide to T. S. Eliot:A Poem-by-Poem Analysis[M].New York:The Noonday Press,1966:59.

③ SMITH G. T. S. Eliot's Poetry and Plays:A Study in Sources and Meanings[M]. Chicago:University of Chicago Press,1956:16.

④ JONES J M. Jungian Psychology in Literary Analysis:A Demonstration Using T. S. Eliot's Poetry[M].Washington D. C.:University Press of America,1979:10—11.

键的一种存在方式，或者，消极意义的生存方式成为主流，如"我老了"（I grow old），等等。由此可见，就普鲁弗洛克而言，几乎"不存在现时性。"① 由于现时性的严重不足，正常的时间延续出现了断裂，时间性断裂更是体现了人格的分裂。

意志的软弱与暴力倾向进一步造成了普鲁弗洛克的人格分裂。目标设定之后，心理阻力也就开始形成，驱动力与反驱动力的反复较量，往往会导致驱动力的暴力迸发，高位能的力量得不到宣泄，反而会导致人格的分裂。经历了第一次迟疑不决之后，普鲁弗洛克把向异性倾吐衷肠视作一种"搅乱宇宙"的行为，"谋杀与创造"，这种后果十分严重的行为当然也就制止了。此后就是一路颓废：怎敢冒昧、怎样开始，最后潜行于海底。低潮之后，受阻的心理势能再一次濒临爆发：满不在乎地开始话题，把宇宙挤成一个球体，抛向某一个重大的问题，向世人宣称自己就是拉扎勒斯。当自我无限膨胀之时，又是一次来自内部的巨大的阻力：这根本不是她的意思！紧接着，普鲁弗洛克再一次自我辩护，从而完成了人格的彻底破裂：他声称自己不是从地狱返回人间的使者，也没有什么重大的消息要向世人宣布；更不是王子哈姆雷特，也无力拯救民族于危亡之中；他只不过是一名弄臣，逗主子开心，替主子跑跑龙套。由行动转向退却，由内在的膨胀变为外在的缩小，普鲁弗洛克的人格分裂已经成为定势。②

普鲁弗洛克人格的碎片化表现在其视角的支离破碎。普鲁弗洛克是现代社会的一员，现代社会的典型特征就是从隐喻（metaphor）变为转喻（metonymy）。所谓的隐喻就是指传统文化的中心主义，在中心主义理念的引导下，人类社会以等级制度为基础，把所有的资源整合一起，颇具英雄主义色彩；而转喻则表示现代社会的去中心化倾向，去中心化强调多元，个体之间依靠松散的关系关联在一起，颇具大众意识。当普鲁弗洛克看到"黄色的烟雾在窗格上蹭刮背身"时，读者看到的不是一个整体猫的形象，而是一连串的部分：后背、胡须与舌头，及其相关的动作，如舔舐、滑动、跳跃与蜷缩。至于人物，又是一系列似乎肢解开来的部分："你就要遇见的面孔"，"那只手/往你的盘子里扔下一个问题"，"带着镯子胳膊，白皙、光滑"，"以成见的方式注视着你的眼睛"，"他的头发越发的稀疏"，"他的胳膊和腿那样的细

① ATKINS G D, T. S. Eliot:The Poet as Christian[M].New York:Palgrave Macmillan, 2014:29.

② SPURR D. Conflicts in Consciousness: T. S. Eliot's Poetry and Criticism[M]. Urbana: University of Illinois Press,1984: 28—29.

弱"。无论是她们还是他，所有的整体都减缩为肢体。然而，诗中最大的一个转喻当属性爱：性爱，在艾略特看来，就是身体的一部分对全部进行支配的行为，它往往能够撕裂整个身体。也正是要向异性表白之时，普鲁弗洛克开始意识到自己身体的异化，同时也发现异性对欲望的强烈拒绝。总之，普鲁弗洛克的人生是用咖啡勺，一勺一勺地量出来的。[①]

死亡似乎是分裂与碎片化人生的必然结局。"一阵话语声传来，我们顿时溺水而死。"死亡不再是一种预言，而是一种现实，一种严重的精神危机。当普鲁弗洛克预见到自己的人头用盘子端上来的时候，他第一次感到了精神的危机。施洗者约翰固然被杀，但王尔德的萨洛米（Salome）却深深地爱着他，只是不愿意别人得到她而已。普鲁弗洛克亦有可能为爱情而断头，只是他的萨洛米却会对他说："这不是我的意思，绝对不是。"约翰生活在一个信仰笃定的时代，他有理由相信，哪怕是死亡，他的预言最终也会战胜邪恶。相比之下，普鲁弗洛克生活在一个信仰缺失的时代（上帝死了），即便拥有独到与诗意的见解，也不可能与世人分享，他不是预言家，也非事关重大，更无多少信众。[②]也许，生活在幻想般的大海之中，他会安然无恙；美人鱼固然不一定为他而歌唱，但他尚且能够为自己找到合理的辩解；但回到现实，站在她们的物质性标杆下，他无疑是聚光灯下的一个笑料，这首情歌就是他的天鹅绝唱了。

形式作为内容的特殊形式，从主教托付后事与公爵回忆亡妇的话语方式中，犹可略见一斑。主教托付后事之时，其口吻不容置疑，他的每一句话都仿佛是来自于权力中心的声音，但在无意之中又暴露了他的人格缺陷。不妨先归纳一下文本的表面大意。临终前，主教就自己的墓葬风格提出了明确的要求。他的安葬之所，已经占不到风水宝地了，不过可以极尽奢华，这样，他的敌人甘多尔夫在天堂里也会继续妒忌他。其实，主教已经赢得了不止一次的胜利，例如，他就曾经因为一个女人，让甘多尔夫嫉妒不已。为了实现自己的愿望，他向侄子（儿子）们允诺，只要他们能够遵守他的遗嘱，他就把自己的别墅留给他们，作为酬劳。遗憾的是，他发现后生们对他的嘱托似乎并不上心，就连威胁的手段，也没有能够镇住他们。不过，主教最终还是祝福了他们。整个过程中，主教的意识时好时坏，意志与感慨交替出现。

① SNORTH M. The Political Aesthetic of Yeats,Eliot,and Pound[M].Cambridge: Cambridge University Press,1991:76—77.

② LEDBETTER J H. Eliot's "The Love Song of J. Alfred Prufrock" [J].The Explicator, 1992,51(1):42.

　　主教的言说并非文本的信息重心，倒是重要信息的源泉。从 16 世纪基督徒的角度来看，主教的第一个人格缺陷就是亵渎神灵。根据他的表述，他安葬的神龛四周要树立九根柱子，一对一对的，第九根放在他的脚下，这与上帝给摩西发出的指令相同（出埃及记，26：37）："你要设立神龛……在四个立柱上挂上幕帷……幕帐入口要有门帘，要为门帘做五根柱子。"在勃朗宁的戏仿之中，主教无意识中流露出了取代上帝的心理。此外，他着重强调，要把天青石（lapis lazuli）放在膝盖之间。天青石，在他的眼中，仿佛上帝手中的圆球，有了它，自己的尊贵也就可想而知。他不仅忘却了在上帝面前的谦卑与恭敬，甚至越发百无禁忌。在描述天青石的时候，他把它说成是犹太人的脑袋那么大，显然，在暗指施洗者约翰的头颅；关于天青石的颜色，又毫无顾忌地用圣母玛利亚胸部血管的颜色来形容；在谈到圣·普拉西德时，不是称呼其人，而是直指其身体的一部分（耳朵），而且，颇有能够左右普拉西德之意。虚荣，在诗歌的第一行就出现了两次，总括了全诗：主教不仅虚荣，而且相当地膨胀。

　　异教思想已侵入他的骨髓。"要雕牧神和水仙女，你们晓得的"，主教如是说。然而，牧神（Pan）和水仙女（Nymph）都是古希腊神话中的人物，希腊文化，相对于基督教来说，就是异教文化，显然，作为异教文化的希腊文化已经侵入了基督教。众所周知，文艺复兴时期，本来就是一个以人为本的时代，由于经济的繁荣，文化也出现了繁荣，在这样一个时代背景下，作为魅力十足的希腊文化进入基督教文化也就顺理成章的。然而，勃朗宁不仅仅是以文学的形式再现历史，而是针砭时弊。19 世纪英国发生了一场重要的宗教改革运动，即牛津运动（Oxford Movement），运动的主旨是复兴罗马天主教的一些教义、仪式与建筑风格，以此振兴英国国教。运动的领导人强调，要把教皇的腐败与天主教精神与教义区分开来。其中的主要一点是，要恢复教会的权力，主张实行使徒统绪（apostolic succession），也就是说，耶稣创建了教会，任命了十二门徒，十二门徒又授权于其他神职人员，因此只有神权递袭的主教才有资格主持圣餐仪式。然而，这一宗教运动遭到了普遍的反对，勃朗宁以古喻今，在主教托付后事这件事上，影射了本人的宗教观念。

　　主教的人生观染上了浓厚的物质主义色彩。自己的墓地没有占得风水宝地，但要极尽奢华，以此彰显身份。除了要打破墓葬的规格，还要在用料上费尽心思，石棺的材料要黑色大理石，浮雕要青铜，四周的立柱要桃花大理石，而且，墓碑的石刻要西塞罗拉丁文。这样，躺在棺材里，

……我将恬然地安卧千年，
听着做弥撒的神圣的嗡嗡，
看见成天制出并分吃上帝，
感到烛火在燃烧，稳而不颤，
闻到浓烈的香烟，熏人昏眩！　（飞白　译）

主教不仅沉溺于享乐，而且相信，物质享乐能够成为一切行为的原始驱动力。为了确保自己的后事能够如愿，他慷慨地允诺向普拉西德祈祷，赐予他的侄子们"骏马、古老的希腊手稿 / 和四肢如大理石般滑润的情妇"。物质而不是信仰成为主教与信众之间最重要的纽带。

当然还有色情。主教的天职是侍奉上帝，独身与禁欲成为神职人员的必然要求。主教不仅用美色贿赂他的侄子们，而且自己也是声色犬马。临终在场的男丁中间，至少有一位是他的儿子，其余的多为情人与他人的私生子。他时常"想起你们苗条而苍白的母亲"，每每回忆起的都是"她那双会说话的眼睛"，然而，也就是她那双会说话的眼睛，一会儿又不怀好意地闪烁在儿子和侄子的眸子里。魅力来自那双眼睛，邪恶也来自那双眼睛。然而，在生命的最后一刻，迟滞在意识屏幕上的，依旧是那么美的她，可见，女人，而不是上帝，在他的一生中扮演了多么不可或缺的角色。此世如此，彼世依然如此。主教要求他的石棺饰有雕刻，其中，重要的内容就是，"一个牧神 / 正要扯光仙女最后的衣衫"，异教的仙女及裸体竟然成为主教的崇拜。天堂可以不进，女人不能没有。

七宗罪（seven deadly sins）之首便是骄傲，骄傲与妒忌同谋。主教一生最为自豪的回忆当属甘道尔夫的妒忌，因为敌人的妒忌便是自我的成功。甘道尔夫最为妒忌的是，主教抱得美人归；当然，所谓的妒忌也是主教本人的解读，也许是甘道尔夫对他的批评，只有解读为妒忌，才能为自己的渎职行为找到借口，归根结底，甘道尔夫只是失去了机会而已。甘道尔夫当然也胜过一次，那就是他的墓葬占得了风水宝地。不幸，在一双污浊的眼睛里竟然成了幸运，也就是这般可怜的幸运，不久就失去了头彩，主教要用世间最豪华墓葬超过甘道尔夫，来一个后来者居上，"让我空闲时 / 瞧瞧甘道夫从他的洋葱石棺里 / 是不是斜眼瞅我"。奚落一个死去的对手，只能说明主教患有妄想症，并缺乏安全感。可以说，主教的精力一般花在女人身上，另一半花在甘道尔夫身上。"整个独白围绕着他们的关系展开，这说明主教的话语与性身份的基本结构形式是父权社会同行竞争（patriarchal—homosocial rivalry）。"①

　　主教的存在，成为圣·普拉西德教堂最大的生存隐患。如果说基督教是一个抽象的概念，那么圣·普拉西德则是具体而生动的宗教案例。普拉西德生活在公元二世纪，当时正是基督徒受到严重迫害之时，她不畏危险，在自己的家里藏匿了大批基督教徒，并提供了必需的膳食。罗马皇帝得知消息之后，立刻派兵逮捕了他们，在没有听证会的情况下，就屠杀了被捕的基督徒。普拉西德冒着生命危险，收拾了罹难教徒的尸体，擦干了地上的鲜血，并安葬了他们。普拉西德安葬罹难者的行为正是基督教七种善举（seven works of mercy）之一。后来，她皈依了基督教并殉道。与普拉西德的虔诚、慈善形成鲜明对比的是，主教力行世俗主义，彻底背叛了他的信仰宗教；他的儿子与侄子们拒不执行他的临终遗愿，并不是因为他们要维护宗教正义，而是世风日下，冥冥之中，以恶还恶。

　　总之，主教的存在在于争斗，他的身份在于控制与命令。没有争斗，就没有所谓的胜利与虚荣；不能发号施令，就不可能用文化与价值符号堆砌出他的高贵与尊严。如果主教知道了读者为他勾勒的画像，很定满脸的愠色。菲拉拉公爵，如同主教一样，权势显赫，也不会想到自己留给读者的印象竟然如此相反，毕竟他们都掌握着话语权。

　　面对伯爵的使者，公爵大人一人独语，当此之时，使者往往与公爵大人产生认同感，读者也概莫能外。公爵主动地拉开幕布，展示已故夫人的画像，却不是为了怀念与赞美。在公爵看来，她的目光真挚，充满了生命的激情；真挚与激情最是迷人处，却也是女人堕落之源。不说画师当着自己的面公然对她进行挑逗，她作为有夫之妇，竟然也抵不住男人们的甜言蜜语。而且，堂堂的一个公爵夫人，人人都可轻易地取悦于她，她根本就没有把有着九百年历史的家族荣耀放在心上。既然劝说无效，公爵也就不愿劳神了。事态持续发展，公爵大人决心一定，公爵夫人也就病故了。逝者已去，来者犹可追。公爵坚信，伯爵慷慨大方，他也对他的女儿情有独钟。

　　眼前这桩婚姻成与不成，但看使者与伯爵如何判断菲拉拉公爵传递出的信息了。信，则以前车为鉴；疑，则趁早抽身好。无论如何，在公爵的性格上，读者与使者至少是一致的。

　　菲拉拉公爵是一位工于心计、性格强硬的谈判高手。当他拉开幕布，向客

①　SLINN E W. Browning's Bishop Conceives a Tomb:Cultural Ordering as Cultural Critique[J]. Victorian Literature and Culture,1999:262.

人或陌生人展示已故夫人的时候，人们一般会期望一段长长的思念表白，出乎意料的是，他却揭露了了已故夫人一系列的不轨行为。家丑不可外扬，他又为何向使者抖出不堪回首的往事呢？也许，使者心中明白，不过直到独白的第二部分，读者方才明白公爵的一番苦心。再婚，他对新夫人有一定的要求：首先，新夫人要以前车为鉴，不能重蹈覆辙，否则后果不堪设想；其次，新娘的嫁妆应该有一定的规模，要与他的公爵身份相称，与伯爵的慷慨相当，毕竟，因斯布鲁克的克劳斯也不惜献宝攀附。对于伯爵的女儿来讲，嫁给公爵显然是攀高枝；对于公爵来讲，娶伯爵的女儿，无疑能够给伯爵的家庭带来荣耀。由于权力与身份单向倾斜，公爵居高临下，独占发言权，又不失委婉，也就顺理成章了。并不是说，使者在公爵面前自始至终都不敢发言，而是说，公爵的性格强硬，以戏剧独白的形式表达其性格特征，是最为恰当的艺术方式。

公爵的行为方式与其极强烈的身份、地位意识有关。在他看来，已故夫人的罪状大致如下：第一，水性杨花，没有能够抵制外来的诱惑。潘多尔夫显然在她面前公开进行性提示。他说："斗篷／几乎都盖住了手腕。"言外之意，不露出手腕，有些遗憾，因为公爵夫人的手腕很是具有魅力；他又说，"用油墨／无论如何也不能再现出／胸部以上肌肤的浅红色"，显然，潘多尔夫自持不住，对公爵夫人肌肤之美大加赞叹。公爵当然希望看到夫人为此不快，可事与愿违，夫人不仅没有表现出贵妇人的气节，反而颇为欣赏他的溢美之词，脸颊上泛出了红润。公爵当然认为夫人有失身份。第二，践踏了等级制度。丈夫家族具有九百年悠久的历史，足见其繁盛与显赫。可是，在她那里，丈夫与佣人一视同仁。丈夫赠送的胸针竟然与"好事之徒"献上的一枝樱桃，得到同样的赞美。他并不明白，端起架子，只是赢得了面子；放下架子，却能赢得人心。然而，公爵只能看到，没有等级意识，公爵夫人的身份与佣人齐平；没有身份意识，她就经不住诱惑的侵蚀。既然夫人失尊，自己也就颜面扫地。

要向新夫人示警，有必要示人以家丑吗？公爵固然自曝家丑，但一切又尽在自己的掌控之中。换言之，要对夫人实行彻底的遏制，就有必要纵容其行为。表面上，夫人成功地进行了一系列的出格行为，而丈夫对此又无能为力；即使他发出警告，夫人也置若罔闻，甚至言辞对抗。然而，这一切只不过是权力的策略，权力要向世人证明，权力可能一时不具可视性，但并非意味着永不在场；出格行为可能取得一时的成功，但最终逃脱不了权力的惩罚。所以，他一再强调，自己不善言辞，不善言辞也就不能清楚地表达自己的意志，就不会很好地行使权力；他甚至给人一种不愿意去管闲事的印象，任夫人我行我素。在这种情况下，"她当然就会微笑，／每当我从她身边经过，可谁从她身边走过，/ 她不是同样地微笑呢？"谁也曾料到，就在事态即将长此以往之时，他"一声令下，/ 所有的微笑，顿时消失"。可见，不是没有权力，而是不到行使权力的时候，时候一到，权力自然发威，一旦发威，结果就不可改变。权力总是狡诈的，很难想象使者当时有何种反应，但确实令读者感到恐怖。更令人震惊的是，人们似乎认可了公爵的待妻之道。克劳斯的贵重礼物，海神驯海马，似乎委婉地向世人传递出这样的信息，即管制而非协商，才是父权之道，父权之道便是夫妻之道。女人就是权力的玩物。

公爵掌握着家庭和社会的话语权力，可以根据个人或主流意识形态的实际需要，随意构筑现实或知识，但却无法彻底消除权力斗争后遗留下的裂痕（fault-line）。实质上，把公爵夫人视为轻浮、不忠的妻子只能是父权主义的话语构建，而真相则是，公爵夫人是"一位天性本真、无忧无虑的典范，一个丈夫极端自私行为的牺牲品"。问题的关键在于她脸颊上泛起的"红润"。一个重要的事实是，潘多尔夫为公爵夫人做画像之时，公爵本人就在现场："并不是 / 完全因为丈夫在场。"根据贵族交流的传统，画师很可能在与公爵交谈的过程中，以第三人称的方式指向公爵夫人，而不是以第二人称的方式，直接指向公爵夫人。当公爵转述潘多尔夫的话语时，"她的"也就易为读者理解成"你的"，如此一来，公爵的间接引语也就含有挑逗与接受挑逗的含义了。潘多尔夫说那两句话，原本是要恭维公爵选夫人颇具眼力，不曾想到却为公爵所用。①既然潘多尔夫的表达并无性暗示，那么公爵为何要扭曲画师的意思，中伤自己的夫人呢？在公爵看来，夫人的错误在于，她就不应该对画师的赞美做出任何的反应，如要做出情感上的反应，那也只能针对公爵一人。公爵的占有欲何其强烈。

由于父权主义思想作祟，公爵逐渐走向异化，形成强迫症（执念），强迫症的后果就是在情感上与夫人日渐疏远。众所周知，公爵家族有着九百年的光荣历史，然而，纵观全诗，没有出现任何线索能够暗示，公爵夫妇生养了子嗣。所以，当公爵强调家族悠久的历史之时，他在无意识当中流露出了渴望得到继承人的心情。遗憾的是，由于男权至上的思想占据了他的整个世界观，他只能看到个人的地位、权力与尊严，看不到妻子作为一个独立的个体的现实。而且，由于性嫉妒的心理，公爵的性美学只能是不育的。"在《我已故的公爵夫人》中，自恋导致了公爵拒绝与夫人进行交流，自恋导致他不能拥有子女……拒绝与公

---

① MILLER M G. Browning's My Last Duchess[J].The Explicator,1989,47(4):32—33.

爵夫人交流，也就等于拒绝与她生养后代。"①可以说，面对正常生活和传统习惯，公爵更希望生存在两性交流之上或之外，宁愿控制或占有他人，也不愿意受他人的控制或占有。作为一位强者，他唯一的出路在于：

> 发现自己在爱和性爱面前停下了脚步，因为爱与性爱不需要征服与命令。爱让他认识到自己不足，也离不开她，离开了她就会缺失；爱打碎了自恋的镜子。爱向他揭示：婚姻来自独立，不是战胜独立，而是接受独立。婚姻的问题（或神秘）是：二合一只是问题的一半，另一半则是如何一分为二。②

不难看出，公爵的人生之路是一条死胡同，因为读者看到的出路，他自己未必看得到，不过，读者能够接受教训也就足够了，毕竟，这正是《我已故的公爵夫人》艺术形式的目的之所在。

当然，戏剧独白艺术形式的表意功能也取决于读者。诗歌具有独立性，它可以独立于作者，但不能独立于读者，读者并不是一个审美标准统一的群体，不同的读者群体，由于各自的审美标准不同，对同一诗歌的解读也就迥然相异。事实上，对以上几首戏剧独白所做的阐释并不是排他性的，同样精彩的阅读方式在学界时有发生。在不考虑受述者与读者关系的情况下，③仅从读者的角度出发，《尤利西斯》就有不同的解读。

关于丁尼生（Lord Tennyson，1809—1892）笔下的尤利西斯，学界形成的最早的一种观点是，他是一位老骥伏枥、志在千里的英雄形象：20年之后返乡，不愿与妻子如胶厮守，也不想君临天下，统御百姓，却要在生命走到尽头之前，带领着他的英雄般的水手们，再一次向大海进行挑战。往日的辉煌仍然在吸引着他。在特洛伊战场上，他智勇双全；在异域他乡，他见多识广，与各路英雄相比，其声望只在其上，不在其下。然而，往日的荣光，仅仅是一道通往更多经验和精彩的一道拱形门，他要走进更加绚丽、迷人的世界，体验更多的挑战与刺激，直至人生的最后一刻。他坚信，宝剑，与其藏而生锈，莫如刺而生寒。即使是在搏击中死亡，也是死得其所，向死而生就是生命的全部意义。他的口号是："奋斗、探索、发现，绝不屈服！"老英雄，立志高远、立场坚定、斗志

---

① HAWLIN S. Rethinking "My Last Duchess" [J].Essays in Criticism,2012,62(2):146.

② DULA P. Cavell,Companionship,and Christian Theology[M].Oxford:Oxford University Press,2011:152.

③ WAGNER-LAWLOR J. The Pragmatics of Silence, and the Figuration of the Reader in Browning's Dramatic Monologues[J].Victorian Poetry,1997,35(3):287—302.

昂扬，好一个呼之欲出的光辉榜样！尤里西斯的形象征服了无数的读者。

可是，非个性化（impersonal）的叙事方式也为不同的阅读提供了可能。他首先不是一位称职的丈夫。特洛伊一战，历时十载；返乡途中，四处漂泊，又是十年。当年，他随远征军离家之时，儿子刚刚降世，养教之责，全部落在了妻子的肩膀上。就在尤利西斯返回伊萨卡的三年前，为他守了 17 年的妻子，又面临着更大的挑战。来自各地的一百多位王孙公子，齐聚家中，向她求婚。为了与之周旋，她采用了缓兵之计，许下诺言说，等她为年迈的公公织好寿衣之后，就嫁给他们中的一位。可是，暗地里，寿衣织了复拆，拆了复织，工期一拖再拖，直到尤利西斯返乡。珀涅罗珀由于自己的坚守与付出，赢得了忠贞的美誉，成为操守的榜样。然而，面对年老的夫人，仅仅三年，尤利西斯却表现出了一种不屑一顾的态度，这不能不令读者大跌眼镜。有学者辩护说，此乃尤里西斯的一段内心独白（soliloquy），于夫人之面，断然不会说出。即便如此，内心生此恶念，尤显尤利西斯为夫之不恭。

尤利西斯辜负了臣民的重托。所谓王者，就是以天下为己任，谋百姓之福，解百姓之忧，先天下之忧而忧，后天下之乐而乐。然而，尤利西斯却是一位"闲散的君王"，因为无事可做，所以再次寻求冒险，以慰不安分的灵魂。真的无事可做，还是有事不做，一味地寻求刺激？自古至今，就没有如此太平的天下，国王会突然发现自己无事可做。所谓的无事可做，只是一个借口，心有旁骛，以致不理国政。他应当肩负哪些重担呢？若是"岛国嶙峋"，他就应该利用自己的广博见识，仔细寻找并认真推广适合当地土壤条件的作物，改善人们的生活；或者，积极发展对外贸易，拓宽民众的生路。面对"不公的法律"，他完全有能力改变现状，毕竟，颁布一部公平的法律，与依法治国相比，实在是来得容易，而且能广博民心；但凡谋求公平、正义，国王就有不尽的公务等待处理。"治理野蛮的种族"，不仅需要一部有效的国法，更需国王宽厚、仁慈，以此不断地教化民众，更需要足够的耐心，坚持不懈，直至百姓通情达理，安居乐业。不怕百姓安于吃睡，吃得好，睡得好，幸福指数才能高飘；百姓忙于收藏，方见百业兴旺；民间富足，国家则会强盛。打理国政，至上之境莫过于无为而治；无为，统治者就不必出场，百姓自然不知国王何人。成功的王政不外乎此。然而，尤利西斯食言了。

尤利西斯把治国的重任搁在儿子的肩上，大有逃避责任之嫌。他直言不讳，"最单调、最沉闷的是停留，是终止"，紧接着又以略带轻视的口吻说道，"难道说，呼吸就能算是生活？"殊不知，其子所事正是其所厌弃的国政，因此尤利西斯对儿子的赞美之词，就显得言不由衷了。他赞美儿子"有胆有识"，却不见胆识何来；他宁愿冒险，也不愿教化那些刁民，却赞美儿子面对这些桀骜的子民具有"谨慎、耐心"及"温和"的态度。在他看来，"粗野的子民们"真的可以教化吗？如若不能，其子表现出的优秀品质有无价值？他的儿子真的值得如此称赞吗？尤利西斯又指出，在国家事务上，特勒马科斯能够"处理好那些需要谨慎应付的事务"；在祭祀事务上，他也能够"对我家的佑护神表示崇敬"，所有这些，是信任之词，还是希望之语？而且，说到自己，一路慷慨陈词，谈及儿子，不仅节奏"单调、无力"，其措辞也变得"抽象与匮乏"。①总之，既然各路英雄与君王都不在自己的话下，又如何不知国王职责之所在？可见，身为国王，却不尽国王之职，不能不说是逃避责任。

尤利西斯奉行"极端的知性主义"（extravagant intellectualism）。追求知识，值得赞赏，没有知识，一生愚昧，但追求知识，不能背离信仰与爱，否则，就犯下了极端的知性主义错误。"智慧而不是知识，与信仰、爱结合，才能最好地服务于生活；追求生活及其价值，应当立足于宗教理念。"②可以说，为了知识，尤里西斯"如饥似渴地漂泊不止"，也正是不畏艰险与求索不断，他成就了自己；可是，当他看到"尚未游历的世界在门外闪光，/我前进一步，它就后退一步"之时，他的欲望也极度地膨胀，他要让"每个小时都能出现新的事物"。他的灵魂仿佛一个巨大的容器，知识的液体一旦停止注入，他就会感到难以遏制的空虚。显然，尤里西斯所追求的知识，本质上是一种体验，他没有学会，如何通过反思，把体验升华为智慧。

视角不同，戏剧独白艺术结构的表意功能，正的可以说成反的，有《尤利西斯》为例，反的亦可说成正的，有《波菲里娅的情人》（*Porphyria's Lover*）为例，而每一种视角又无疑是一种人生哲学。

波菲里娅的情人夺取了心爱之人的生命，自然就是惨无人道的凶手，靠自我辩解以求灵魂上的宽慰，根本无济于事，他的表述不能构成真相，真相存在于他的表述之中。学界普遍认为，波菲里娅的情人（讲述人）是一位疯子，并进一步援引此诗1842年的题目《疯人院牢房》（*Madhouse Cell*）为例，证实结论的可靠性。可是，由于整诗的叙事视角是第一人称，多数情况下，第一人称叙事是可靠叙事，少数情况下，是不可靠叙事。讲述人是位疯子，其

① PETTIGREW J. Tennyson's "Ulysses" :A Reconciliation of Opposites[J].Victoria Poetry,1963,1(1):39—40.

② CHAISSON E J. Tennyson's "Ulysses" —A Re-Interpretation[J].University of Toronto Quarterly,1954,23(4):404—405.

主要前提是不可靠叙事，叙事之所以不可靠，是因为当事人把夺人生命的行为视为上帝默许。但现实表明，谋杀行为的动机往往十分复杂。学界的另一种声音是，"讲述人无疑是一位疯子……即便如此，勃朗宁也没有把问题简单化，而是视其为一个可以理解的动机。"① 动机的可理解性，另有学者解读为，一种"同情"之心。② 更有观点认为，讲述人并没有杀死波菲里娅，而是令其体验一种不为常见的缺氧性高潮（erotic asphyxiation）。③ 本文认为，讲述人罪不可赦，但不至于丧心病狂，其实他是维多利亚价值体系的牺牲品。

讲述人，片面地追求男子汉气，最终失去了理性，走上了犯罪之路。在社会性别概念诞生之前，男子汉气质可以说是父权主义的代名词，维多利亚时代的男性气质表现为一种行为规范，它要求男性要严格控制性欲，确保能够按照维多利亚父权意识形态的要求，把精力转移到其他的目的上来，多数情况下，转到工作与学习上。④ 对男性欲望的过渡控制，很有可能导致男性性心理的扭曲，把性欲望化成一种负能量。当然，维多利亚的男性并不寂寞，不过，也并不是所有的已婚像单身，单身像已婚；本分、健康的不算多，波菲里娅的情人更少见。反过来，丈夫还要能够控制住自己的女人，把她变成房间里的天使和满足欲望的对象。不过，要实现真正的男子汉气，男性不得不进行一场意识征服战，因为按照父权主义的认识观，女性是天使与魔鬼的混合体，不能征服女性身上的魔性，他们就会面临着身份危机，只有把女性驯服成天使，男性才能完成自我的塑造。有道是，强者示弱，弱者示强。19 世纪的男性气质是性格的脆弱与权力的暴力。

讲述人可能是一位中产阶级男性，长时间处于性自卑的状态下。他的房子位于湖畔，掩映在榆树中，可能是一桩普通民宅。屋里的壁炉没有烟火，很可能一人单住，生活俭朴。当波菲里娅进屋之时，他不仅没有主动反应，甚至不愿理会波菲里娅的招呼。一种怨气弥漫着房间，他的怨恨从何而来？刚参加过盛大欢乐的晚会，在那里，她必定与其他的男性推杯换盏，翩翩起舞。爱着自己和自己心爱的女人竟然与他人而不是与自己共乐，情何以堪。所以，风的怒吼到像是对她不忠的批评，汹涌的湖浪无疑是怒气激起的心浪。一方

---

① LANGBAUM R. The Poetry of Experience: the Dramatic Monologue in Modern Literary Tradition[M].New York:Random House,1957:88.

② GRIBBLE J. Subject and Power in "Porphyria's Lover" [J].Sydney Study in English,2003,29:19.

③ ROSS C. Browning's Porphyria's Lover[J].The Explicator,2002,60(2):68—72.

④ EFIRD T. "Anamorphosizing" Male Sexual Fantasy in Browning's Monologue[J]. Mosaic,2010,43(3):151.

面，盼望着她的到来，及其到来，又不失时机地揶揄一番：激情起时，风雨难当。他甚至怨恨她意志软弱，不能放下她那个阶层的骄傲与虚荣，也没有能够如其所盼，完全委身于他。不过，由于虚弱（管制的象征），他也不可能拥有自己的女人。在价值观念的影响下，他始终没有确立自己的身份。沉默与缺失反映了身份的危机。

控制自己的女人，摆脱严重的身份危机，他选择的手段，到底会不会让上帝沉默无语？要解开谜底，就必须把焦点转移到波菲里娅身上。学界始终把注意力放在谋杀行为上，由于波菲利亚沉默无语，她在事件中的作用被忽略了。

情非一日，一往情深。从波菲利亚进屋后的一系列举动来看，两人的越界爱情并非一日，也不是一时的冲动。波菲利亚的原意是紫色，紫色暗示了她的皇家血统，或者说高贵的身份，她之所以选择一个风雨交加的夜晚来幽会，为的是避人耳目。由于当天的晚会和恶劣的天气条件所限，波菲利亚完全有理由改日约会。然而，她毅然前往，足见两人的感情之深，非同一般。在情人的房屋里，她的一举一动又是那样的熟练和坚定，"以惊人的效率为他们的幽会准备着。在十行的范围内，她一连做出了 12 个动作，绝对没有狂热甚至匆忙的样子"，不仅"十分的理性与镇定，"而且还表现出了鲜明的"目的性。"[1] 但她与情人之间还是存在着难以逾越的鸿沟，正如其情人所指出，即她那个阶级所特有的骄傲与虚荣；她进屋时穿的衣服，也真是横亘在他们之间的具有符号意义的一道栅栏。总之，与情人幽会，波菲利亚"幸福而又骄傲"，同时又如此之难以彻底地摆脱阶级的羁绊。

学界认为，"当他讲述事情发生的经过时，我们完全可以相信他，当他解释原因的时候，则不能。"[2] 如果事情的经过是可靠的，那么关于波菲利亚的分析也就基本可靠。值得争议的是，他的解释性叙事是否也可靠？答案是，有理由相信，他对自己行为的解读也是可靠的。

波菲利亚面对死亡的反映决定着其情人阐释的可靠性。她没有发言，但文学史上的相近事例足以证明，可以在合理的范围内，认定讲述人的解释话语具有可靠性。以《奥赛罗》（Othello, 1603）为例。奥赛罗受伊阿古的蛊惑，终于把利剑刺向了妻子，奄奄一息的苔丝狄蒙娜，在生命的最后一刻，仍然

---

[1]　EGGENSCHWILER D. Psychological Complexity in "Porphyria's Lover" [J].Victorian Poetry,1970,8(1):41.

[2]　EGGENSCHWILER D. Psychological Complexity in "Porphyria's Lover" [J].Victorian Poetry,1970,8(1):40.

坚持为自己的清白辩护；可是，当艾米利娅问及凶手之时，苔丝狄蒙娜矢口否认他杀，不仅竭力保护奥赛罗，而且把关爱而不是愤怒留给了丈夫。自始至终，辩护甚至批评是第一选择，坚定之爱则是第二选择，唯独没有怨怼。苔丝狄蒙娜的聪慧在于，奥赛罗发现真相之后，除了悔意，必有爱意，有了爱意，他们阴阳相隔但仍旧相爱；否则，阴阳相隔，奥赛罗的爱意只是一厢情愿。再以《动物园里的故事》（*The Zoo Story*，1958）为例。皮特捡起杰里扔在地上的刀子，在恐慌中自卫；杰里则接着两人打斗的机会，扑向了皮特手中的刀子，受伤而亡。"是我策划了这一切吗？不，不可能。可我觉得是我。"杰里可以选择生，也可以选择死，当生的希望渺茫时，他不禁选择而且导演了死亡。死亡，对于杰里来说，是一种以生命为媒介的高级交流形式。两个故事都说明，为了更高的目标，生命可以超越。

　　徘徊在两难地带的波菲利亚，没有想到死亡会到来，但死亡突如其来的时候，她有可能表现出痛苦，也有可能没有表现出痛苦。根据文学中的经典案例，结合她的爱情现实，可以在合理的范围内认为，她接受了死亡。声誉高于生命，她不在乎声誉，也就更不在乎生命了。既然她的情人拿走了自己的生命，他也就一起带走了她对他的爱情。她应该没有挣扎，如果有了挣扎，而且她的情人会说谎的话，他会对她的挣扎行为进行一番曲解，他的曲解也就留下了她挣扎的痕迹，她在死亡时刻的真实感受，通过挣扎也就显现出来了。这一环节的缺失反而说明，讲述人的第二部分话语也具有一定的可靠性。从后半部分的阐释来看，波菲利亚的情人把抽象之爱视作高于生命之物，正因为如此，他才把她拥在怀里整整一个夜晚，对她死后的面容所做的描述，无一不充满了浪漫的色彩。他不能通过拥有爱的方式，拥有对方的生命，但可以通过拥有其生命的方式，达到拥有其爱情的目的。当然，他拥有爱情的方式是以时代的价值观念为标杆的，只是从没有生命的对象之中找到可以把握的爱情，把生命主体客体化之后，才实现了管制客体的主体化。然而，他的意识中并不是没有一点的道德感，也正因为此，他才不自觉地自我辩解，说上帝无异议，他的辩解恰恰说明他意识到了超常的精神行为等质于现实中的犯罪。逝者不能说话，如果有人在意逝者的意志，就会发现她间接地表达了自己。波菲利亚的情人有罪，但有情之人不会对此无动于衷。

　　由此可见，戏剧独白中，讲述人的话语内容并不重要，重要的是其话语方式，因为不可靠的叙事蕴含着可靠的叙事。当然，由于戏剧独白以第一人称的方式叙事，内视角往往主客观性并存，可靠叙事多元化，多元化也就消解了意义的稳定性。不过，意义的稳定性并不是本节的关注点，文本的道德取向与政治倾向同样如此，本节关注的重心在于，戏剧独白作为一种诗歌表现手法，不仅仅是一种艺术形式，更重要的是一种能够表意的艺术形式。有时，艺术形式的表意功能在于烘托和提升；有时，在于本身就是意义，戏剧独白即是如此。表意从来就难免含混，艺术形式的表意也时有模糊不清，主要归因于诗人给予的引导不够明确。事实上，明确的引导也经不住时间的考验，争议也许是一种意外的收获。

形式与内容关系的独特之处莫过于形式即内容。视觉手法、标点凸显与戏剧独白都是结构层面上的三种具有表意功能的主要艺术形式。形式参与表意，其功能取决于目的，目的毕竟能够决定形式的本质。有时，艺术形式参与表意，能够取得超常的效果，文字也只能望其项背，但不能因此否定文字的基本也是主要的功能，片面夸大形式表意功能的作用。文字的归文字，艺术的归艺术，两者在分立中互动，在互动中独立。只有分立，才有可能产生无穷尽的变化，才能收到意想不到的效果。统一，或单元化，最大的可能就是僵化，从根本上扼杀创造力。一加一大于一，是格式塔（gestalt）的本质，也是排列组合永恒的哲学奥妙。

第三章　内在结构范式

要谈结构，就不得不重新认识形式的本质，然而，形式早已经不是一个陌生词了。形式是外在的，也是整体性的，它主要作用于视觉。以图像诗为例。诗歌唯一的建筑材料就是文字，在没有阅读文字、理解其含义之前，读者在第一时间内获得的信息就是视觉形象，视觉形象不是局部的，而是整体性的，例如，行进中冒着白烟的机车，飞舞中定格的雪花，意气风发的舞者，等等。一个不懂英文的人，最容易发现图像诗的视觉形象。形式其实是一个扁平的概念，一如一张白纸：纸可以折成容器，可以折成工具，可以折成栩栩如生的仙鹤。同样，形式可因每一个凹凸变化而具状，这就是形状或形态。一个球体就是"扁平"的形状，发生了有规律的突起之后，就可以成为姿态各异的植物，就可以成为体态万化的生物。机车、雪花、舞者要么是形状，要么是形态。形式是抽象的，形状是具体的。

结构，与形式相比，更多地属于解剖学或分析性的，是内在的。飞禽的骨骼架构与走兽的骨骼架构不同，二者的差异决定了体型与行为方式的不同。但就飞禽而言，栖息之时与飞行之中，其骨架的结构状态也是不同的。可见，结构本身也是抽象的，一种结构可以具有多种形态。视觉形象的结构本质为解剖学的，其状态具体而生动，但雪花除外，动静之中，其形状不发生任何改变。其余以文字为媒介的诗歌，其结构均属于分析性的范畴。《安娜贝尔·李》（*Annabel Lee*）的结构是时间顺序的，时序的结构一般由开始、过程与结束组成，当然，时序结构也有变化，一个常见的变化就是以正叙为主的简单倒叙，但《友谊地久天长》（*Auld Lang Syne*）的正叙为辅；十四行诗的结构又是程序性的。分析性的结构不一而足。抽象的分析性结构具有不可视性。

形式与结构互为依存。形式是外在的，结构则是内在的，内在的结构总是外在形式的基础，形式有异，但结构不变，结构不是变形金刚。由于外在形式与内在结构关系如此有机统一，谈形式实质上就是在谈结构，谈结构就是在谈形式。就自由诗而言，抛开格律，就无法探究自由诗的本质，所以格律是核心问题，而格律既是结构又是形式。就图像诗而言，形式与结构对合如此严密，达到了高度统一。就括号而言，括号的使用的确能够把诗歌简单地一分为二，组成灵活多样的结构形式。不过，二者也有相对的独立性。就普通的诗歌而言，内在结构与外在的形式几乎没有太大的关系，外在的形式甚至具有独立的结构。以破折号为例，它可以成为诗行的一个重要组成，而以破折号为重要组成的诗行又成为整首诗歌的构成，虽然难以归纳出一个准确的范式，或者说，即便有一个范式，也不一定与内在结构有关系，但破折号的运用的确上升到了结构的层面，只是这种结构是形式层面的结构。可见，用结构来统领形式还是恰当的。

对于普通读者来说，妨碍诗歌理解的因素固然很多，但主要的仍然是结构。一方面，面对鸿篇巨制，广大读者虽知必有内在结构，但畏于诗歌表面的巨构，往往望而却步。另一方面，面对短小精悍的诗歌，由于深受短小即简单的认知模式的影响，又习惯认为无章可循。无章可循，则无须寻章，不计章法，诗歌自然就难以理解。其实，越是巨制，结构越是简单；越是短小，结构越是全面。限于阅读习惯以及流传的广泛程度，本章对超长诗作不做研究，而是把主要精力与篇幅用来分析相对短小的诗歌的结构类型。简单地讲，常见的诗歌结构类型有以下五种：（1）线性结构；（2）拼盘式结构；（3）副歌；（4）套叙；（5）圆环式结构。

第一节　线性结构

在诗歌的各种结构类型中，线性结构最为普遍，也极易受到误解。所谓普遍也就意味着常用，常用也就等同于熟知，熟知之物则为基本技能，基本技能，人人皆能为之，人皆为之则显平庸。诗歌是高雅之物，怎能听凭其沦为平庸。不过，世有平庸之诗，但绝无平庸之技：目的决定手段，而不是手段决定目的。高雅也罢，平庸也罢，线性结构则是永恒的，一般分为两种：时序与程序。所谓时序，就是事物在现实世界里发生的先后顺序；所谓的程序，就是固定有效的行为方式。前者是自然世界里的常态，后者则是精神世界里的常态；一个具有自然属性，另一个则具有人工属性。

诗歌与小说互通，不妨借用小说创作的一个实例来说明线性逻辑的危机。在18世纪的英国，小说创作达到了第一次高峰，绝大多数小说的开头趋向一致，即从主人公的身世讲起，毕竟凡事必有源头，探源寻根，理清脉络，就能加深对事物的了解。从现实的角度来看，一切事物的发生与发展，无不在时间的维度里进行，时间顺序是最可靠、最具说服力的一种逻辑。然而，人作为一个具有意志与审美能力的动物，是不甘于自然规律的约束的，他（她）要张扬个性，要按照自己的意愿或审美观念来设计个人的活动方式。斯特恩就是一位这样的小说家，他就是要反其道而行之。既然要从头讲起，那何不从孕育生命的那一刻开始？都说时间顺序是上帝的逻辑，难道离开了时间逻辑就不能实现有效的表达？斯特恩的成功在于两点，一是相信人类是一个理性思维的动物，能够从芜杂的现实中分析出事物发生发展的过程来，二是反时间顺序的确是生活中常见的认知模式，例如侦探叙事模式。总之，要追求叙事艺术之美，就必须放弃时间顺序，现代主义小说几乎背离了 18 世纪的小说创作范式。

读到《安娜贝尔·李》的时候，恐怕没有几个人能够按捺住自己的狐疑之心：抒情诗也可以这么按部就班？诗中写道：（1）很久以前，在海边的一个国度，生活着一位名叫安娜贝尔的美丽女子，讲述人与她两心相悦；（2）他们的爱情不仅甜美，而且得到了升华；（3）可是，他们的爱情引起了天使的妒忌，一阵冷风吹来，夺走了她的生命，从此两人阴阳相隔；（4）不会错的，天使们在天国并不快乐，于是，从云端吹来了一股冷风，扼杀了她的豆蔻年华；（5）即便如此，他们的爱情也不会就此终结，因为他们的爱情是精神的，而不是世俗的，阴阳并不能割断他们的相互思念；（6）每当月亮高悬之际，讲述人就在梦中见到自己的心上人，与她并肩躺在一起。诗歌从相爱到感情的升华，再从死亡到思念，自始至终，彻底地遵循着时间顺序。然而，以线性逻辑为组织原性的抒情诗却成为广泛辑录的名作。

假如倒叙，其抒情效果如何呢？不妨做如下设想。（1）月色皎洁，讲述人又一次在睡梦中与心爱的人相见，并肩躺在了一起。对此，读者的反应是，人生总有一死，思念亲人也是人之常情，唯一能够让人感动的是，讲述人对妻子的情感经年不变。什么样的情感，时间冲洗不掉呢？（2）经过升华的情感。此时，读者会有一个常见的疑问：感情又是如何升华的呢？不知世间有多少爱，一经时间的冲刷，就变得苍白无力。（3）天使们吹来一股冷风，夺走了她的生命。显然，所答非所问。为此，讲述人必须在揭示答案之前，巧妙地引导读者排除一种可能，有意识地转向另一种可能，即天使蓄意夺命，这就要读者进行积极的思考。那天使为何夺人性命？（4）妒忌所致。何以见得？冷风从云端而来，必定是天使所为。这是讲述人的逻辑，不能用科学的手段进行论证。到此为止，读者得到了他们想要的一切答案，答案已经出现，智力游戏也就结束了，诗歌根本没有继续推进的动力。此时，讲述人至多再一次表示无限的思念，读者也至多再同情一番。由于采用了倒叙的方法，整个审美过程完全是智性的，读者从一开始就没有投入太深厚的情感，而且，诗人还要小心翼翼，不断地正确引导读者。

在《创作的哲学》（*The Philosophy of Composition*）的第 20 段，诗人埃德加·艾伦·坡（Edgar Allan Poe, 1809—1849）阐释了一个著名的诗歌创作原则：

"在所有抑郁的主题中，根据人类广泛的理解，什么才是最令人抑郁的呢？"死亡，不二之选。"那么，何时，"我说道，"最抑郁的主题才最具有诗意呢？"据我的详细论述，答案在此显而易见，即"当其与美紧密结合之时；因此，一位美人之死，毫无疑问，是世上最具有诗意的主题。同样，该主题的最佳视角无疑是那些失偶之人"。

归结起来，坡的诗学论断含有三个要点：一是抑郁，二是死亡，三是美人。美人之死，最令人抑郁，因此也最适合入诗。而且，诗歌最佳的叙事者就是逝者的爱人，否则，难以把握审美距离。

可以再加上一条：最好采用顺叙。换言之，从第一人称的视角，按照时间顺序去抒发对亡妻之念，能够取得最大化的艺术效果。第一人称内视角的优势是，读者与叙事者重叠，叙事者所感即为读者所感，思念之情在传递的过程中，不会发生能量损耗。通过回忆的方式，叙事者把读者带回了若干年前的幸福时刻，从那里他们再一次开始了情感里程。两情相悦，如胶似漆，经历着如此幸福人生的伴侣，不仅沉浸在浓浓的温情之中，而且也对未来充满了无限的憧憬，毕竟，结婚、生子、育子成才、白头偕老，是人生的必经之路，此乃叙事者所想，也是读者所愿。当不测风云突如其来的时候，真有天崩地裂之振，天灾无奈，人灾可恨。天使具有不朽之躯，却又有人类的妒忌之心，奈何天，奈何人？有道是，腰身直起来，没有挺不过去的事。比腰身还直的是升华了的爱情，当爱情上升到了精神的层面，灵魂要牵手，万事难阻。因此，叙事者搭乘着灵魂的快车，穿越时空的阻隔，来到心上人的身边，幸福地聚集在一起。从幸福到不幸，再到灵魂的比肩，一路风雨坎坷，但磨难之后，终成好梦。皎洁月色下的美梦，不也是读者的美梦吗？整首诗，柔情似水，在暗河中奔泻、激荡，千转万回，终归平静，弥漫着一缕缕暖暖的温情。在温暖的思念之中，也泛起了哲思的小浪花。美人之死就是悲剧，悲剧就是把美好的东西摧毁给人类看，让人类意识到生命的脆弱，让人类产生认同感，更重要的是，让人类认识到精神的力量战无不胜。

与此相反，倒叙仅仅能够满足人类对知识的追求，人生弥足珍贵的情感体验，却化成普通的知识，而隐含在追求知识过程中的碎片化情感，若隐若现，在诗歌中屈居次要的地位，抒情诗因此变成了理性诗。当然，上述的倒叙并非文学中常见的倒序，普通的倒叙也仅限于开头部分，其余的主体部分仍然是正叙，严格地从艺术的角度来看，并不能算作真正的倒叙。短篇小说中，真正运用倒叙手法的应当是《献给埃米莉的一朵红玫瑰》(A Rose for Emily)或者《重访巴比伦》(Babylon Revisited)等，前者的倒叙手法表现为跳跃式倒叙，仅限于小说的前半部分，后半部分则是跳跃式正叙，两者合起来，被学界称之为意识流手法。就短小的抒情诗来说，一般不采用真正的倒叙手法，即便是采用倒叙手法，也不一定能够达到预期的抒情效果。

以正叙为主导，兼顾其他手法，也能取得意想不到的艺术效果。《致水鸟》(To a Waterfowl)就是一个很好的例子。此诗表面简单，不仅用词简约，而且内容也并不复杂，但谈及结构，不仔细分析，可是得不出合理的结论。全诗采用第二人称叙事，共八段，阐释了神佑万物的道理。（1）夕阳西下，讲述人注视着水鸟问道，独自一身飞向何方？（2）讲述人发现，水鸟形单影只，可猎人对它无可奈何；（3）讲述人问水鸟，是前往湖畔，还是河边，还是海岸？（4）天高无垠，又无向导，但冥冥之中自有神明相助；（5）高空寒冷，空气稀薄，水鸟跋涉一日，不知疲倦；（6）路途再远，总有终点，久盼的同伴与安乐之窝就在前方；（7）水鸟的身影渐行渐远，却在讲述人的心中留下了难以磨灭的印象；（8）神明对讲述人如同水鸟一样，会指引着讲述人前行的步伐。采用第二人称叙事，[①]就意味着诗歌乃是讲述人与水鸟之间进行的一次心灵间的对话。

诗歌从一开始就确立了全诗的结构类型，即时间顺序。当讲述人出于惊讶，关心地询问水鸟前方的目的地时，读者就知道水鸟开始了一次出行，既然是出行，就必有终点，从起点到终点，中间可能出现迂回曲折，但总体是直线式的，此其一。其二，旅途中一般要经历一系列的事件，系列事件必定按照先后关系第次出现，直至结束：行程即事件，事件即行程。可是，乍读《致水鸟》，第一感觉就是重复、凌乱。第二段描述了水鸟途中经历的生死危机，但有惊无险，从结构上讲，属于正常，并不构成干扰。第三段则有些令人费解，尚未抵达目的地，却预先出现了关于目的地的情形。第四段指出了神明在暗

---

　　① 当我给你讲述与我有关的故事时，则是第一人称叙事，第一人称叙事又分内视角与外视角，外视角属于事件的观察者，内视角属于事件的参与者，本诗采用的是外视角。

中的指引，与结构无害，却也无益。第五段出现得非常及时，前三段的描述，既无空间标志的进展，也无事件关联的递进，逻辑几乎陷入一片混乱；然而，飞行姿态的出现与远在开头的出发勾连成线，诗歌叙事的线形性得到了巩固。第六段再一次预叙，又一次干扰了结构的线形性。第七段，终于又回到了直线飞行，令人松了一口气。第八段，固执地离开了结构直线。总之，第三段与第六段成为极大的干扰因素。

然而，用表格的形式把八个段落梳理一番，诗歌的复式结构就会逐渐显示出来。

		3			6		
1	2			5		7	
			4				8

从上表可以看出，第一、二、五、七段构成了诗歌线形叙事的龙骨，第二段之所以成为龙骨的一部分，是因为在水鸟飞行的过程中，猎人意欲加害于它，但始终是枉然费心，水鸟的旅程不受猎人的半点干扰。第四、八段为神明的暗助行为，与主线平行。关键是第三、六段。两段关于目的地的描述，其目的不在提供有关目的地的信息，而是在于揭示水鸟前行的动力，它的动力无时不来自对远方家园的憧憬，这也就是目的地反复出现的原因。因此，关于目的地的描述，不是外在于水鸟，而是内在于其中，是水鸟的精神活动。这就是叙事者我的艺术特权，我有权选择知道所想知道的一切。不过，这种特权也并不过分，凡有过旅行经验的人都知道，水鸟的心理活动是真实的。所以，第三、六段，如同第四、八段，与主线平行。其实，水鸟的旅程以第七段为分界，分为实虚两段。为何？远处的情景看不见。我固然选择了全知视角，同时也可以选择有限视角，有限视角为读者提供了足够的想象空间。由于叙事者我的立足点是固定的，这也就是为什么看不到视野以外的行程（虚），同理，我也不可能看到之前的行程（虚）。因此，本诗的结构是由（虚——）实——虚所构成的时序主线、水鸟的心理活动和神明的守护三线组成的复式结构。

程序性结构之关键在于结构的约定俗成，具体地讲，程序性结构分为三部分：提出问题、分析问题与解决问题（提出方案）。最具代表性的程序性结构当属十四行诗的结构。十四行诗（Sonnet）又名商籁体，抒情诗，发源于13世纪的意大利，由伦蒂尼（Giacomo da Lentini）首创，原文为 sonetto，从古普罗旺斯语 sonet（短诗）演变而来。该诗体后为皮特拉克（Francesco Petrarca, 1304—1374）所采用，并逐渐发展成熟。文艺复兴时期，怀亚特（Thomas Wyatt, 1503—1542）把十四行诗引入英国，西德尼（Sir Philip Sidney, 1554—1586）又创造出 abab cdcd efef gg 的押韵格式，莎士比亚则紧握接力棒，把流行的十四行诗推向了顶峰，形成了伊丽莎白十四行诗。20 世纪，十四行诗又略有发展，出现了自由式、倒装式与独字式。

　　结构上，皮特拉克（意大利）十四行诗分为两部分：前八行（octave）与后六行（sestet），各自的位置，顾名思义。按照维基百科的解释，在前八行中，讲述人一般提出一个问题，表达一个愿望，思考一个社会现实，或者再现内心的彷徨。前八行又进一部分为两部分，在前四行，提出一个问题，在后四行中，对问题进一步加以阐释。后六行，除了让第一行起到转折的作用（volta）外，总体上对前八行提出的问题进行评论，或提出解决的方案。两部分虽然分立，但在逻辑上应当能够对接严密，形成一个完整的论述过程。不过，皮特拉克十四行诗不以押韵的双行体结束。以英国诗人的两首皮特拉克十四行诗为例。

　　《论失明》（On Blindness）写作于 1652 年，在此之前，弥尔顿（John Milton, 1608—1674）正全身心地投入到共和国的革命事业中，夜以继日，从事大量的文案工作，由于过度劳累，视力急剧下降，尽管如此，他仍然拒绝听从医嘱，最终失明。失明之后，不仅不能正常地从事革命工作，也难以照料亡妻留下的三个孩子，更难以从事心爱的文学创作。为此，讲述人异常苦闷。在诗歌的前八行中写道：

可怜光明已用完
半截人生黑为伴
死亡不敢徒逞能
黑珠于我已无用
信誓旦旦侍我主
免遭斥责急申诉
矻矻信徒尔不助
万般辛苦无一烛？

讲述人一开始就点明了自己面临的问题：中年失明。只有到了生命终止的时刻，人所拥有的一切感官功能才停止工作，然而，人到中年，同胞们耳聪目明，自己却丧失了视力，眼睛对自己来说仅有装饰的功能，没有了视力，在黑暗中摸索，何等的痛苦。接着，讲述人向上帝提出了抱怨：既要劳作，又不给视力，天底下哪有这般道理？可是，光明就这么重要吗？是的，不单单是为了能够看到上帝创造的精彩纷呈的世界，更重要的是能够劳动，能够创造，用劳动和创造来侍奉上帝。然而，离开了视力，一切皆成空谈。

　　问题总有解决的办法，这方法来自天国的启示：

> 忍耐一语我缄默
> 无须供奉无须作
> 虔诚唯有受枷锁
> 他人侍主路穿梭
> 踏遍山河下海洋
> 伫立静候主称扬

　　上帝还没来得及言语，天使忍耐就对讲述人的祈祷做了应答：四个字——顺受、静候。我主慈悲为怀，可以不纳受人之劳作，也可以不享用人之供奉，大凡能够顺变忍辱之人，皆为虔诚之徒。不过，有时也要听命于他，有人受命，奔波在陆地、海洋上，而你则谨遵天命，赋闲、静候。安于现状，即是用命。

　　可见，意大利十四行诗，虽然整体一分为二，内部却含有三段式的线形结构：问题——原因——方案。麻雀虽小，五脏俱全。浪漫派诗人华兹华斯（William Wordsworth，1770—1850）的《伦敦，1802》（*London，1802*）也是如此。

　　《伦敦，1802》表达了讲述人对英国当下社会现实的极度不满，这也从侧面说明了他为何一度怀着极大的热情拥护法国大革命。在前八行，讲述人提出并分析了问题：

> 弥尔顿，何不在当下！
> 英格兰需你来鞭打
> 到处死水溢漫成片
> 宗教、军界、家庭、文坛
> 自信安详，怎敢奢望
> 熙熙攘攘，皆为利往
> 重返人间，以扬神威
> 礼貌、自由、英武、德美

在《论失明》中，弥尔顿用了四行的篇幅完成了主题的提出，而华兹华斯仅用两行的篇幅就点明了诗歌的主题：英格兰需要弥尔顿。弥尔顿，如上文所示，是共和时期坚定的革命者，为了共和体制，毅然终止了意大利的旅行，一心投入如火如荼的反帝斗争。可是，时代在进步，19 世纪的英国如何需要一位生活在 17 世纪的革命活动家？因为当下的英国追名逐利，腐朽堕落，死气沉沉；有了弥尔顿，就能重拾废弃的价值观念，就能重振衰退的国威。

弥尔顿究竟有何能耐，能够拯救英国于水火？答案是，高贵的气质。

感尔灵魂，遥如星辰
赞尔声音，洪如涛声
深入民间，体察民情
昂扬向上，尊贵高尚
纯洁、自由、威严
百姓疾苦永挂心间

弥尔顿的高贵表现在：他有一颗崇高的灵魂，像孤立的星辰一样与众不同；他敢于发声，一旦发声，他的声音就如同涛声一样轰鸣；他不是高高在上，远离民间疾苦，而是身体力行，遍访民间；他有着纯洁、不可侵犯的威严和自由的心灵，却时时刻刻为百姓的油盐柴米而殚思竭虑。简言之，要求——原因——品质构成一个固定的认知程序。

伊丽莎白十四行诗，诗行总数不变，但结构发生了微妙的变化，尤其是结尾对句的出现，为英国十四行诗增添了扎实、利落、劲道的品质。伊丽莎白十四行诗的构成具体如下：三个四行组（quatrain）再加一个对句（couplet）。第一个四行组提出问题，第二个分析问题，第三个解决问题，对句进行全文总结。

莎翁的《十四行诗第 29》(Sonnet 29) 的第一个四行组为一个独立的单位，表达了讲述人面对惨淡的现实而自怨自艾：

逢时运不济，又遭世人白眼，
我独自向隅而泣恨无枝可依，
忽而枉对聋聩苍昊祈哀告怜，
忽而反躬自省诅咒命运乖戾，

　　讲述人抱怨说，由于自己的时运不佳，屡遭他人歧视，为此，在感叹个人悲惨身世的同时，也没有忘记向苍天问理，只是苍天无语。于是，越想越感到不平，越是不平，越是愤懑。

　　人生不满，必有可望而不可即之追求。欲望是痛苦的根源，他人就是自己的地域，此话不谬（第二个四行组）：

> 总指望自己像人家前程似锦，
> 梦此君美貌，慕斯宾朋满座，
> 叹彼君艺高，馋夫机遇缘分，
> 却偏偏看轻自家的至福极乐；

　　讲述人的追求有三：其一，美貌；其二，精湛的技艺；其三，难得的机遇。有了这三点，也就不用担心自己的柴门紧闭，更不用为自己的前程担忧。果真如此，也就值得些许同情。不过，讲述人就真的这么不幸吗？不，他的人生可以用四个字归纳：至福极乐。问题在于，自己也十分清楚，总是不满足于自己的现状，总是羡慕他人的生活。根源，经过充分的阐释已经一目了然，那就是：非分之想。

　　然而，在此重要的关口，讲述人的慧根，开始发芽，结出了善之果（第三个四行组）：

> 可正当我妄自菲薄自惭形秽，
> 我忽然想到了你，于是我心
> 便像云雀在黎明时振翮高飞，
> 离开阴沉的大地歌唱在天门；

　　讲述人从云雀那里得到了启迪：云雀生活在"阴沉的大地"，然而，却能够抛却眼前的一切烦恼，专注于对天堂的赞美；天堂就是云雀的理想，由于有了理想，云雀便义无反顾。讲述人比云雀更幸运，他也有理想，而他的理想就在眼前：时刻拥有自己的心上人。云开日出，都因为有了理性之风的吹拂。

　　千言万语，终归一个对句：

> 因想到你甜蜜的爱价值千金，
> 我不屑与帝王交换我的处境（曹明伦 译）

的确，甜美之爱何止值千金，简直是胜过千金，即便是帝王之位也不可与之同日而语。讲述人终于找到了钥匙，打开了心锁，更加坚定"爱情即是人生"的理念。通篇来看，诗歌的结构可以归纳如下：问题——原因——方案——总结。可见，诗篇结构又具鲜明的程序性。

邓恩（John Donne, 1572—1631）的《死神，你莫骄傲！》（*Death, Be Not Proud*）则不同，采用的又是第二人称视角。就像《伦敦，1802》一样，仅用了两行的篇幅，就点明了主题：死神并不强大，也并不可怕！后两行则对主题加以分解：

死神，你莫骄傲，尽管有人说你
如何强大，如何可怕，你并不是这样；
你以为你把谁谁谁打倒了，其实，
可怜的死神，他们没死；你现在也还杀不死我。

人人都要到死神那里报到，报到了就意味着永远地离开此世，进入彼世。在没有亲眼见到彼世的面貌之前，人人都相信并依恋此世的生活。经历过的最可靠，没有经历过的再怎么说也是恐怖的。唯有讲述人不信邪。在他看来，进入了死神地界的人，没有像以往那样地生活着，却也没有死，只是进入了休息和睡眠，进入不同的生活程序罢了。

夸海口与道真理所需要的时间几乎是一样的，所不同的是，分析说理乃不易之事，不过，讲述人自有逻辑：

休息、睡眠，这些不过是你的写照，
既能给人享受，那你本人提供的一定更多；
我们最美好的人随你去得越早，
越能早日获得身体的休息，灵魂的解脱。

人死是事实，为何死神没能最终杀死人们？人死只是肉身解体，但灵魂不灭。所以，死神的本事仅仅是催人上床休息，催人赶快入睡；可是，休息与睡眠，何等的快乐！睡得越早，灵魂开始新生的时间也就越早。

撕下假面具，死神露出了真相，也只有让真相说话，才能征服死神，真相胜过武力，况且，武力奈何不了死神：

你是命运、机会、君主、亡命徒的奴隶，

你和毒药、战争、疾病同住在一起，

罂粟和咒符和你的打击相比，同样，

甚至更能催我入睡；那你何必趾高气扬呢？

原来，死神之所以可怖，是因为他是受人差使的奴隶：受厄运和疾病的差使，他夺人性命；受暴君和战争的差使，他杀人无数；受亡命之徒和毒药的差使，他替他们收拾走随性抛弃的生命。一句话，死神是黑心的打手，是残暴的刽子手。即便是要对生命进行控制，罂粟和咒符也胜他百倍，他又何以如此不可一世？总之，死神既黑心、残暴，又无才、低能。正直、虔诚的人们有何畏惧？

可见，死神他，终究落得个身败名裂。不过，他也用不着忙于悲观，让他更加悲观的还没到来，来了，他就清醒了：

睡了一小觉之后，我们便永远觉醒了，

再也不会有死亡，你死神也将死去。（杨周翰　译）

且慢！死神与人的关系是：死神活着，人就必死；人要活着，死神必亡。死神没有想到的是，人的肉体消亡了，灵魂却能够永生。可见，对于死神，后果相当严重；对于人们，结局意想不到的好。这一切的一切，都归于灵魂与死神的对立，归于灵魂的永生，归于死神的傲慢与作孽。

《死神，你莫骄傲！》的程序性结构是：问题（主张）——原因（论证）——方案（结论）——总结。可见，两首伊丽莎白十四行诗都遵循了相同的结构模式。比较一下意大利十四行诗与伊丽莎白十四行诗，就会发现，以对句结尾的方式，刚劲有力，潇洒利落。当然，所揭示的相似也只是一般规律，例外之处，不能一概而论。如，莎士比亚还曾写过15行的商籁体诗，此处不予论述。

不妨说，但凡诗歌存在，线性结构就会存在；线性结构简单明了，却也最为有效；结构的优劣，不以自身论高低，而是取决于目的。线性结构的两种范式也不是一成不变的。以时序结构为依托，附之以其他，则构成复式结构，复式结构更能增加诗歌的内涵，表现更浓的韵味。程序性结构，是人类在长期认识事物的过程中，经过不断探索而逐步形成的套路，行之有效；不过，诗歌实践越来越广泛，诗歌结构艺术也会发生一定的变化，但变化仅仅是微调。

第二节　拼盘式结构

如果线形结构表现为动态，拼盘式结构则表现为静态。拼盘式结构各部分之间的关系，不是等级制的上下关系，而是民主式的平等关系，民主平等关系最常见的表现形式当属圆形结构，如亚瑟王的圆桌会议，王臣平等，不分彼此。空间性的说明，或者共时性的描述，在美学上，都属于拼盘式结构的范畴。"拼盘"二字主要体现的是一种比喻，是想象的，不是视觉的，但是生动的。

分三种情况进行论述：第一，共时性；第二，空间性；第三，平行列举。

共时性结构，就是指同一时间范围内，多个地点同时发生的相近或相联系事件在艺术上并存的方式；或者，指不同时间范畴内发生的相近或想联系事件在艺术上并存的方式。洛威尔（Robert Lowell，1917—1977）的《臭鼬时刻》（Skunk Hour）描写了同一时间内、不同地点发生的多个事件，这些事件地位同等又相互联系，在结构上，围绕着一个中心，可以拼盘状呈现；惠特曼的《自我之歌》的第十节（Song of Myself, section 10）则属于后一种情形。

《臭鼬时刻》通过六个描述性片段，揭示了现代社会价值观念的变迁以及行为主体在新的价值观念下的生存方式，六个事件相对独立，既没有时间上的先后顺序，也没有逻辑上的递进关系，但又相互关联。第一个场景，鹦鹉螺岛（第一、二段），那里正发生着一场新旧理念的较量。场上的主要角色是一位殷实的女继承人，居住在斯巴达别墅里。她的牧场绵延，羊儿成群；儿子身居主教之职，雇农则是村中的第一村主任。就是这样的一位富婆，满可以沉浸在丰足的物质享乐之中，令人垂涎三尺，却为着生活的理念大发富人的淫威：她任性地把对岸所有不入眼的建筑买下，然后夷为平地。如此挥霍，为的却是往昔的生活秩序，那就是维多利亚女王时期的等级制度与私密空间。对于平民来说，没有奢望的富裕，但有变动的价值观念，观念改变人生，通过改变观念，平民们实现了生活的进步。与此相反，女继承人拥有平民不可企及的财富，却买不到旧式的生活方式，没有了旧的生活方式，财富忽然间失去了原有的威力，唯一能做到的就是毁灭，但毁灭并不能拯救。因此，她只能生活在永远的冬季，面对着摇摇欲坠的晚年。

第二个场景，美国梦的破灭。这位不具姓名的百万富翁，似乎是那个年代少数人的现实，多数人的理想，这就是"我们的百万富翁"所蕴含的深意。每一个人都在追求物质的成功，重要的是，物质的成功能够通向人生的享乐，从物质到享乐，似乎是人生的一条快车道。遗憾的是，当拥有了可以享乐的资本并沉溺于享乐之时，享乐的资本就进入了消耗的通道，曲折蜿蜒的通道往往具有欺骗性，等到看到尽头的光亮，已是为时已晚。财富与享乐，一如火药与火柴，两者相遇，光彩耀人，也往往是一瞬间。曾经给主人带来喧哗和精彩的高级游艇，一夜间沦为渔船，主人的名字也从供货商的名单上悄然消失。是的，"这个季节生病了"，病入膏肓，病在没有精神信仰。有信仰，就不会疯狂地追求物质与享受，即便是积累了丰富的物质，也不会因此丢掉灵魂，即便是失去了财富，也不会因此失去信仰，有了信仰的定力，人生就永远不会飘摇。

第三个场景，经营还是结婚。一位性取向含糊的小店主（fairy）把古玩商店装饰一新，准备迎接秋天的销售季节，然而，惨淡的经营令他心灰意冷。既然劳动不能创造财富，那就让婚姻创造财富。长时间以来，劳动与财富的关系已成为人们意识深处不二法则，然而，依靠投机方式获取财富的做法已经深入人心，成为现实生活中一个不可或缺的部分。不是说，过去没有因婚姻而进入富贵生活的事例，而是说，依靠婚姻获取财富成为一个普遍性的象征，婚姻象征着现代社会依靠投机取巧获取物质成功的投机心理。劳动不再受到推崇，投机进入殿堂，社会必定面临着一场生存和道德危机。

第四个场景，没有灵魂的爱情。夜晚的山顶上，一对一对的男女在车震。两个人叠加在一起，仿佛一具空壳搁置在另一具空壳之上。显然，眼前的性行为实在是廉价的、草率的、缺乏责任感的。这种行为只有一个结果，就是那片伸向小镇的墓地所代表的死亡；车震男女来自小镇，而墓地又把车震的地点与日常的生活的场所连接一起，这一切无异预示着人类社会性行为的性质及其后果。夜晚山顶上的一幕更具丰富的寓意。skull 的意思是骷髅头，小山的山顶被称之为骷髅头，显然暗示着耶稣基督罹难的加略山（Calvary）。基督为了普度众生而蒙难，而后基督社会的人们却只有肉体，没有灵魂。两相对照，形成巨大的反讽。

第五个场景，自我批判。讲述人并没有向但丁那样，把自己设定为一个高贵的视角，审视众生，警告众生，指导众生，而是进行了深刻的自我反省：与存在主义相反的是，讲述人认为，"我自己就是地狱"。感从何来？一辆汽车从身边驶过，车载音响，在车厢的共振下，声响巨大，高声播放着流行音乐，"爱，啊，恣意之爱……"当恣意之爱以流行音乐的形式广泛传播之时，其流传的广度与影响的深度可想而知。讲述人当下的反应应该是社会整体心理的一角：自己的灵魂在血液中仿佛被自己掐住了喉咙，几近窒息。血液就是肉体的冲动，灵魂面对肉体的冲动几乎是无能为力。讲述人并没有推卸责任，归咎于人，而是明确地指出，责在自我。

第六个场景，臭鼬夜间觅食。臭鼬不是在深林中觅食，而是在灯火通明的大街之上觅食。它的整个行为，自始至终，都显得那么从容、无畏与坚定。原因何在？原来，臭鼬已是一位母亲，为了养育自己的幼崽，浑然不顾与人类近距离接触的危险，全神贯注地采食食物。此时的臭鼬与月夜中的教堂形成了鲜明的对比。月色下的臭鼬，眼睛发出象征着激情的红色光焰，身上的白色条文在月光的映衬下更加沉稳自信，听凭自己的信仰指引着自己的行动（sole 与 soul 谐音）。相比之下，天主教三位一体修道会的教堂苍白无力，是的，上帝已死，教堂失去了它应有的作用，几乎成为没有意义的摆设，根本无法像过去那样指引人们的精神活动。讲述人第一次自信地站在适度的制高点，审视着眼前发生的这一切，从中看到了希望，感到了少有的快慰：现实、爱心与责任。

表面上，《臭鼬时刻》有六个场景，而实际上，则是五个。第四和第五个可合二为一，共同表示现代社会欲望的空洞与肆虐。归结起来，场景有五：第一，弃我去者，旧制度不可留；第二，物欲横流；第三，投机主义；第四，空虚之爱；第五，爱心与责任。第五个场景实质上是以物喻人，臭鼬的行为方式就是人类应有的行为方式。可以说，五个场景五个侧面，他们之间没有线形的逻辑关系，但全部是人类社会活动的生动写照，集中反映了人类社会活动的主要面貌：堕落。因此，他们的结构模式可以概括为拼盘。不过，臭鼬的场景另有启示意义，对诗歌的全局具有统御的作用。臭鼬的行为是讲述人给人类的启示，人类也曾经、将来也能够，像臭鼬那样，接受现实，在爱心与责任的指导下，寻找一种新的自由自在的生活方式。

《自我之歌》是惠特曼的新体诗歌，诗歌不仅新在体裁上，也新在内容上。全诗 52 节，海纳百川，气势磅礴，充分体现了惠特曼兼容并蓄的平等与民主思想。第十节是《自我之歌》广为收录的一节，很好地体现了全诗的思想与艺术风貌。如同全诗，本节以我为视角，但描写了三个方面，五个场景，三个方面，围绕着自有与平等的观念，呈现出共时的状态，可以组成拼盘式结构。

第一个方面，我（白人）的三个日常活动场景。我的三个日常活动体现了白人的生活方式，同时也折射出美国文明主流的鲜明特色。第一个场景，狩猎与野外宿营。狩猎是人类古老的活动和生存方式，但到了现代社会以降，狩猎则成了上层社会少数人的特权，而此时此刻，一位普通的白人男子，不仅能够享受这种特权。且还能够在野外夜宿。夜宿看似简单，实则有着巨大的现实支撑：社会秩序井然有序，夜宿的用品先进可靠，长时间形成了丰富的野营经验。第二个场景，海上娱乐。讲述人用"扬基"（Yankee，北方佬）称呼以北方新英格兰为代表的白人。他们驾驶着快速帆船，在海面上迎风疾驶。"我"一会儿放眼陆地，一会儿站在船头，伏依着船舷，高声呐喊，全然一副悠闲自得的样子。快速帆船就像野营一样，属于有闲阶层，不过，有闲阶层并不是一个少数的特权阶层了。这一结论可以从讲述人自由地穿梭在三个不同的场景得到验证。第三个场景，海滩拾蛤。海滩上拾蛤人，闻声站起，热情地欢迎远方的客人；而我则挽起裤脚，走进泥沙之中，与他们一道享受收获的快乐；晚上，又一道围着海鲜汤锅，共同享用劳动的成果。

三个场景勾勒出了美国自然环境、社会活动与人际关系。第一个场景表现出幅员辽阔，物产丰富。有不尽的森林资源，森林中又有丰富的野生资源，到了可以有条件猎取的程度；海洋生态天然、健康，海滩上，浅滩生物丰富。第二、三个场景的转换，不仅展示了整个社会的勃勃生机，而且也表明，百姓生活富足，有足够的经济条件从事各种各样的活动。第三个场景反映了人人平等。公民的活动形式不仅丰富多彩，而且没有明显的阶层壁垒，也就是说，没有太严格的等级制度和相应的行为规范，一种平等、民主、积极向上的自由主义弥漫在社会的各个角落。总之，三个场景反映了美国主流社会的现象。

第二个方面，美国土著的婚礼现场。首先检视一下婚礼现场出现的土著元素。新娘是一位红皮肤的姑娘，披着一头长到脚踝的黑色长发，显然是一名土著；新郎是一位诱捕猎手（trapper），穿着兽皮衣服，无疑也是一位美国土著。当然，美国土著能够与异族通婚，讲述人选择了土著男女的婚礼，以此彰显美国土著的文化自信，以及传承本族文化的坚定决心。嘉宾中间，男人席地盘腿而坐，肩膀上披着长长、厚厚的毛毯，脚上穿着鹿皮无跟软鞋（moccasin），嘴里叼着烟斗，各自抽着闷烟。土著的披毯分两种，一是长大于宽的毛毯，较为普通，二是宽大于长的毛毯，较为贵重。早期的毛毯花样简单，但也是土著贸易的主要货物之一。无跟软鞋，依照《海华沙之歌》（The Song of Hiawatha）的阐释，具有非凡的魔力，穿上它，可以一步三里路。土著的烟斗也具有神话蕴含。《海华沙之歌》记载说，为了化解部落之间的战争，上帝取下了一块红色的岩石，做出了一支烟斗，作为土著间和平的象征。土著见面，递上自己的烟斗，表示敬意，以此消除可能存在的敌意。婚礼又多在户外举行。简单的婚礼场景描写揭示了土著久远的文化习俗。

第三个方面，我与黑人奴隶的人身自由。北方宣布解放黑奴之后，凡是来到北方地界之上的黑奴，一律自动获得人身自由。同时，凡是被追回的黑奴，要么卖掉，要么送人，甚至遭到毒打死亡。诗中这位逃亡中的黑奴，长途跋涉，一路艰辛。见到讲述人之后，他的第一反应是，格外机警（revolving eyes）。一个简单的事实是，白人女性与黑人男子相遇，只要白人女子一声呼救，黑奴就会面临着极大的悲剧。历史上，黑人遭遇暴力的事件频频发生，私刑之残酷，匪夷所思。讲述人放在角落里的那杆枪，显然就是南方社会常见的暴力武器。讲述人的反应代表了北方进步的人权意识，也就是黑人的权力诉求。讲述人把逃亡者领进屋内，不仅进行了洗浴，擦洗并包扎了伤口，而且还把他安置在里间。这里间具有极为特殊的含义：种族隔离政策向来已久，甚至在惠特曼之后的20世纪60年代，隔离政策仍然盛行不衰。讲述人不仅没有把逃亡者隔离起来，反而引入了自己的私密空间。逃亡者康复之后，继续向北。显然，讲述人的住处成为逃亡者走向自由的地下通道（the Underground Railroad）。人，生来自由、平等。

　　三个侧面：一是，主流文化形态；二是，美国土著的文化习俗；三是，黑人的历史、现实与诉求。三个侧面基本上反映了美国文化的现状，即以主流文化为主的多元杂糅。多元杂糅分为两种情况：一是等级制下的，二是平等之下的。讲述人所倡导的当然是平等之下的多元并存，这也就是本节三个层面之间缺少先后关系的含义。可见，本节的结构也是多元平等的拼盘结构。

　　值得注意，诗歌的英文版在时态上发生了变化，从第一段的现在时，过渡到第二段以后的过去式。现在时与过去时并存的现象其实还发生在《臭鼬时刻》。全诗除了第五段之外，全部是现在时。那么，现在时与过去时并置有何用意？从《臭鼬时刻》的结构来看，过去时与现在时并置，象征着过去与现在一体化，现在是过去的延续，也就是说，眼前的社会现象不是暂时的，而是长期以来就存在的。如此说来，《臭鼬时刻》在结构上存在着两种并置现象：一是过去与现在并置，二是不同的社会现实并置。双重并置的现象也发生在《自我之歌》的第十节。在现在时的框架下，突然嵌入了两个过去时段的事件，其目的在于说明：美国土著的文化习俗将永远传承下去；黑奴的人权问题与诉求仍然存在，而且在最近的未来不会得到很好的解决，但进步的力量势不可挡。三个侧面的生活现实共同构成了美国当代的社会现实。

　　空间的单位是平面，平面内的各个物体相互关联。理解与表述也是从平面开始的。空间并置现象的决定性因素则是规范空间内，各个空间要素之间的关联与平等关系。是上下，还是左右，抑或前后，并不重要，重要的是，各要素之间在统一的空间范围内，按照各自的功能排列，由此形成的结构称之为空间拼盘式，因为诗歌中，拼盘结构常见于两个方面：一是，身体空间；

二是，自然空间。

《她走在美的光彩中》开篇就用了两行的篇幅，简明扼要地概括了美人之美，接着分三个层次，具体描写了美人的容貌之美，三个层次均集中在头部。

第一个层次，容貌（aspect）与目光：

明与暗的最美妙的色泽
在她的容貌和秋波里呈现：
耀目的白天只嫌光太强，
它比那光亮柔和而幽暗。

在她的容貌与目光里，最美妙的色泽是明与暗的结合：阳光太耀眼，黑夜太幽暗，只有满天星辰的柔和夜色才配得上美人的目光。拜伦（Lord Byron，1788—1824）并没有孤立地描写目光，而是与面容结合起来，相互衬托。

第二个层次，脸庞与黑发。美人之美是一种优雅，难以名状，不仅洋溢在每一根黑发上，而且也洋溢在脸庞上。当然，黑发之美在于黑，脸庞之美在于容光之柔，黑与柔均为优雅：

美波动在她乌黑的发上，
或者散布淡淡的光辉
在那脸庞，恬静的思绪
指明它的来处纯洁而珍贵。

与第一个层面不同的是，讲述人进一步揭示了容貌的清纯与可爱的成因：宁静、甜美的思绪。内心平静，心无杂念，美自然就流露出来。

第三个层次，面颊、眉毛（额际）与笑容。人的微笑总是通过脸颊和眉毛的细微变化表现出来的：

呵，那额际，那鲜艳的面颊，
如此温和，平静，而又脉脉含情，
那迷人的微笑，那生熠的光彩，

都在说明一个善良的生命:(查良铮　译)①

由此看来，微笑之所以迷人，光彩之所以熠熠，是因为生命内在的善良，而善良又来自一颗安于世间一切的纯洁之心。没有谁比拜伦更理解阴柔之美。

实质上，三个层次的焦点分别是目光、黑发、眉毛与脸颊，但每一处的美丽无一不是与面容联系起来加以刻画的，而且，揭示外在之美，无一不是指向内心世界之美。当然，目光、黑发、眉毛与脸颊应该以怎样的顺序出场，完全取决于讲述人的选择，无论如何，他们在空间范围内的地位是平等的。描写仪容之美，所呈现的结构可以发生微调，但不会发生本质的变化。以《致海伦》为例。第一段进行了审美概括，第二段则进入了具体的描述：头发、面容与气质。也就是在此，出现了世界名句：重返希腊的荣光 / 再享罗马的辉煌。（To the glory that was Greece/And the grandeur that was Rome.）② 第三段则从站立姿态的角度，再度审视海伦之美。面部与站姿平行，头发、面容与气质平行。处于平行地位的空间要素构成拼盘结构。

《奥兹曼迪亚斯》（Ozymandias）一诗的结构也是拼盘式的，所不同的是，奥兹曼迪亚斯并不是美人，而是一代傲世一切世间国王的国王；并不是健康、完整的肉身，而是沙漠里残破的雕像。旅行者按照所经验的方式讲述了目睹的一切，而讲述人又依照旅行者的讲述方式向读者讲述了旅行者的经历。事实在不断的转述中，没有发生信息的流失，也没与发生信息的增加，足见内在视角的合理性与稳定性。

我遇见一位来自古国的旅人

他说：有两条巨大的石腿

半掩于沙漠之间

如前文所示，《她走在美的光彩中》与《致海伦》在描写女性之美时，总是从面部表情开始，这符合人类观察一切生物的习惯。但是，在影视作品中，对一位女性的特写，总是从脚步开始的。这就是选择。《奥兹曼迪亚斯》中的

---

① 译文略做微调："在她的仪容和秋波里呈现" 改为 "在她的容貌和秋波里呈现"，"那迷人的微笑，那容颜的光彩" 改为 "那迷人的微笑，那熠熠的光彩"。

② 不妨对比一下上文的一个名句：那迷人的微笑，那生熠的光彩。（The smiles that win, the tints that glow.）

视角起点几近相同，是从腿部开始的，这并不是因为要做一次特写，而是因为雕像腰部以上的部分不见了。从屹立在沙漠里的两条巨大石腿来看，主人一定身世不凡，从陷入沙漠里的深度来看，又一定是某一群体的远祖。可是，另一半又在哪里呢？

> 近旁的沙土中，有一张破碎的石脸
> 抿着嘴，蹙着眉，面孔依旧威严
> 想那雕刻者，必定深谙其人情感
> 那神态还留在石头上
> 而斯人已逝，化作尘烟

寻觅的目光终于发现了目标，同时也发现了更多的人生真谛：一代威武的人中豪杰，意志坚定，长于谋略，原想将永生托于不朽的坚石，谁曾想到坚石却也经不住时间的侵蚀，如今落得个残缺不全。那位技艺精湛的创造者创作的艺术品好歹还在，可是作品的创造者却无处可寻。毕竟是，伟大不敌愚石，坚石不敌时间。这位人中英杰到底是哪位圣贤？

> 我是万王之王，奥兹曼迪亚斯
> 功业盖物，强者折服（杨绛　译）

果然是赫然一世的王中之王。一个有趣的现象：大多不知情的游人，看到屹立在沙漠里的双腿，首先想知道的不是此人的身份，而是此人完整的视觉形象，有了全面的视觉信息之后，才产生进一步了解身份的欲望。知情游人则相反。所以，诗作再现的方式是选择的结果。雕像的双腿、上身、身份信息，三个诗歌要素在审美的层面，以合乎情理的顺序构成了一个完整的拼盘结构。

与身体空间相比，自然空间则较为熟知。《十四行诗：写在威斯敏斯特桥上》（Sonnet: Composed on Westminster Bridge）描写了伦敦尚未苏醒之前的美丽景象。像多数诗歌一样，华兹华斯以总括——大地再没有比这儿更美的风貌开篇，再以归纳：这整个宏大的心脏仍然在歇息收尾，中间则依照空间顺序，有条不紊地进行描写。第一个层次，由地面指向苍穹：

> 瞧这座城市，像披上一领新袍，
> 披上了明艳的晨光；环顾周遭：

　　船舶，尖塔，剧院，教堂，华屋，

　　都寂然、坦然，向郊野、向天穹赤露，

　　在烟尘未染的大气里粲然闪耀。

　　讲述人指出，披上了晨光的伦敦像是披上了一件新袍，这种描写显然是概括性的，概括性的描写所采用的视角无疑是平面化的，也就是从这个平面开始，讲述人通过展示船舶、尖塔、剧院、教堂与华屋的方式，把视角引向了天空："向天穹赤露，/ 在烟尘未染的大气里粲然闪耀。"第二个层次，视角又从高空回到山峦，从山峦降至河流：

　　旭日金辉洒布于峡谷山陵，

　　也不比这片晨光更为奇丽；

　　我何尝见过、感受过这深沉的宁静！

　　河上徐流，由着自己的心意；（杨德豫　译）[1]

　　在峡谷与山岭之间，有山陵，才有峡谷；当视线从高处降落之时，首先触及的是山陵，而后是脚下的峡谷。之后，视线进一步落到了威斯敏斯特桥下的河流。威斯敏斯特桥既是起点又是终点，整个空间结构，简单而有序。

　　《奴隶的梦想》（*The Slave's Dream*）以生为开头，以死为结尾，仅从开头与结尾来看，诗歌的结构属于线性的。然而，诗歌的主体部分是黑人奴隶躺在沙地上对自由所做的一段梦想。黑人奴隶的自由之地不是美洲，而是以西非为代表的非洲大陆。在那里，黑人奴隶游遍山河大地，充分享受着自由带来的幸福生活。所有的梦想都发生在一天之内，但时间顺序与空间顺序相比较，仍然处于从属的地位。诗歌的空间顺序从非洲大陆的棕榈树下开始：

　　尼日尔旖旎的风光

　　在他的梦中流淌；

　　草原的棕榈树下，

　　他又一次当了国王；

　　他又一次当上了国王，这说明他曾经是国王。所谓的国王或者皇后，就是

────────────

[1]　"也不比这片晨光更为奇丽"　应当为　"昔日也不曾见得有此奇丽"。

有着自由身躯的人，换言之，黑人被迫离开自己家园，沦为他人的奴隶。有了自由，就有和睦的家庭，就能享受天伦之乐。然而，黑人奴隶只有幸福的眼泪，却没有幸福的家庭。

梦中回到故乡，总是惊喜得不知所措，惊喜之后，一定会是一场狂奔。只有狂奔才能把压抑在胸内的郁闷之气排挤出来，才能尽情地呼吸自由的空气：

> 然后他沿着尼日尔海岸
> 极速策马向前；

自由的黑人从棕榈树下，策马来到了尼日尔河畔，沿着河岸一直向前，唯恐再有什么枷锁锁住自己的自由。要真正打破所有的铁链，就必须拥有自己的骏马和利剑。接着：

> 他跟随它们飞翔，从早到晚，
> 罗望子长满一望无际的草原，
> 直到卡非人的屋顶闯入他的视线，
> 大洋的景色升起在他眼前。

自由之人的自由之地是多么的辽阔！从一望无际的大草原，再到广袤辽阔的海洋，地广，心宽，自由无限。

自由是空间，自由是权利，自由是行动。自由总是带有锋芒，害怕自由的人们，总要回避锋芒，挫其锐气。然而，自由怎么会没有锋芒？于是，雄狮在怒吼，鬣狗在尖叫，河马在行动，所有的一切终于汇成象征着胜利的雷动鼓声。听，森林深处，还有大漠腹地也在骚动：

> 森林，用它们无数的舌头，
> 呼喊着自由；
> 沙漠风暴用狂野无羁的声音，
> 大声吼叫；（李景琪　译）

自由释放人类的活力，自由激活人类的创造力。非洲的故乡，从棕榈树下到尼日尔河畔、大草原和大西洋海岸，再到森林与荒漠，无处不自由，无处不活力，无处不幸福。也许，黑人奴隶过于乐观，但失去自由之人，深知自由之珍贵。抽象的自由，在清晰的空间结构之内，幻化作具体可感的对象。由于一切自由联想全都围绕着悲惨的现状展开，不妨这样设想：黑人奴隶的悲惨现状是一个位于中心位置的圆，实现梦想的理想之地是外围的另一个圆，它由平等的尼日尔河、大草原、海洋、森林和沙漠组成，两个圆，代表着囚禁与自由，并形成鲜明的对照，以此凸显自由的珍贵。

第三种拼盘结构的形式是平行列举。所谓的平行列举，就是指诗歌的各个部分之间的关系同样平等，但具体依照讲述人的意图呈现。艾略特的《空心人》（*The Hollow Man*）和玛娅·安吉罗（Maya Angelou, 1928—2014）的《我仍将奋起》（*Still I Rise*）属于此类。《空心人》表达了由于宗教信仰的崩塌，人类的精神世界沦为荒原的悲剧。诗歌有两句引文。第一句，库尔兹先生，死了。库尔兹是康拉德的小说《黑暗的心脏》（*The Heart of Darkness*, 1899）中的奴隶贩子，一个没有灵魂的人物。第二句，给老盖伊一个便士（乞讨用语）。盖伊·福克斯是一个稻草人，在盖伊·福克斯节日的晚上点燃。稻草人，顾名思义，也是一个没有灵魂的人。显然，灵魂的缺失构成全诗的主题。全诗用了五个平行部分展开该主题。

第一个部分，什么是空心人？空心人的第一个特点是什么？空心人就是用稻草填充起来的人。众所周知，只有动物标本才使用填充物，凡是使用了填充物的动物标本，无论如何栩栩如生，也都没有了生命。空心人，虽然具有生命，但已形同行尸走肉。他们的声音"干燥"，如同风过干草，发出的干枯、脆弱之声，或老鼠从玻璃碎片上走过发出的生硬、刺耳的声音。这些干枯的声音，除了死亡的信息，没有任何意义。他们有形无状，有颜无色，有势无动。如果无状，人和猩猩同形，男人和女人同形。如果无色，红、橙、黄、绿、青、蓝、紫也就一个样子。如果一个人做出了一个体势，仿佛要动，但就是不动，那就如同一个运动中的人突然定格了。空心人就是一个"宗比"（zombie）。依照宗教，人最终要为自己的行为负责。然而，空心人不是暴力之徒，换言之，不是一些作恶多端之徒。无恶，有善行吗？恐怕也没有。

第二部分，有两层意思，一主一次。第一层，空心人的衣着。空心人穿着老鼠皮、乌鸦皮，形貌猥琐，又如田间用来驱赶鸟类的假人，一副十字架外面套上一件黑色的衣服，不仅鸟儿害怕，人也偶尔感到恐惧。空心人宁愿满足于第一层的现状，也不愿意靠近"死亡的梦中国度"（death's dream kingdom），即天国。第二层，天国的现实。一是眼睛，二是声音。眼睛在第一部分提到过，那是"直视的眼睛"，人只有坦诚、无私之时，才能直视上帝，"看着我的眼睛说话"就是这个道理。在天国，眼睛仿佛明亮的阳光，照耀在万物之上，万物就会即刻显现出他们的外貌，因此，空心人不敢与那些眼睛对视，因为那些直视的眼睛可以洞察万物，尤其是可以看到世间的那些"残败的柱子"。与此同时，天国的声音与第一部分空心人的声音形成鲜明的对照。同样是一阵风吹过，但摇曳的树枝发出的是歌唱的声音，歌唱声充满了激情与活力，然而，对于空心人来说，这激情飞扬的歌声，比起那些远去的希望（fading star），更加遥远，更加严肃，因为他们没有灵魂，没有任何精神追求。两层意思，第二层为主，第一层为辅。

第三部分，空心人的生存环境以及他们的信仰。空心人生活在一片死亡之地，也就是仙人掌丛生之地，即沙漠。在沙漠之地，矗立着一个个石刻雕像，这些雕像正接受着来自一个死亡者（空心人）绝望时分的祈祷。基督教的教义规定，信众不允许从事偶像崇拜，更不允许崇拜异教之神。显然，作为教徒的空心人，不仅违背了基督教教义，而且实行异教偶像崇拜。讲述人通过反问的形式进一步指出，在天国（death's other kingdom），虔诚的基督教徒是不会向异教的神祇进行祈祷的，偶像崇拜和异教信仰无疑是亵渎神灵和堕落的。第三部分实际上从深层次剖析了空心人精神空虚、垂而不死的根源。

第四部分，死亡之地与天国并置对照。在死亡之地，空心人聚集在一起，滞留在冥河的此岸，沉默无语。死亡之地又如同没有任何希望的大峡谷，空空如也，空旷的死亡之谷，仿佛脱臼了的下颚，既不能言说，也不能进食，唯有等待死亡的临近，永远等不到贝亚德（Beatrice）的莅临，也不能接受她那充满慈祥和关爱的目光的注视（那双眼睛不在此处/此处没有眼睛）。讲述人再一次对天国进行了描述。讲述人认为，当贝亚德的双眼再次出现时，永恒的希望也就到来了。因为贝亚德的出现，但丁才得以游览天堂。天堂分九重天，九重天之外就是天府，那里居住着圣洁的灵魂。圣洁灵魂的相貌与人类相似，身着白袍，神采奕奕，格外的美丽。他们在一个巨大的圆形剧场中，环绕而坐，组成一个巨大的玫瑰花环，每一个圣洁的灵魂犹如一枚花瓣，在上帝的光和爱中，无忧无虑，安享快乐。对于讲述人来说，天国（death's twilight kingdom）中的多瓣玫瑰（multifoliate rose）才是空心人的未来希望。死亡之谷与天府之间进行的对比，重在说明空心人自我救赎的希望是什么。

第五部分，描写了空心人的犹豫不决与碎片化的生活。讲述人首先指出空心人的生存是没有希望的。清晨五点，空心人围绕着霸王树（仙人掌类）起舞，是一件极具讽刺意味的事情。五点钟正是基督复活的时刻，而空心人在无望的土地上举行庆祝活动，其结果只能是戈多式的等待。讲述人列举了六种迟疑的情形：一是在理念与现实中间，二是提议与行动之间，三是构思与创造之间，四是情感与反应之间，五是欲望与挛缩之间，六是潜能与存在之间。① 这六对存在着因果关系的组词，其前项均是表示起因，后项则表示行为结果。遗憾的是，在他们的因果关系尚未发生之前，一个阴影就横亘在中间，切断了前项与后项之间的逻辑关系，阻碍了线性逻辑的发展。简言之，空心人只有理想，没有行动，空心人的生活以及他们的世界得到了准确、真实的反映。同时，迟疑不决导致的直接后果就是行动的碎片化：你拥有的是 / 生活是 / 你拥有的是这。行动上的半途而废，反映在语言上，也就是语句的支离破碎，行动与语句的碎片化也就意味着生活的碎片化。碎片化的人生将在郁郁之中结束。

可见，五个部分，第一、三、五部分表现了空心人的生活现实，第二、四部分主要描写了天堂的美好现实。空心人部分内含一定的线性逻辑关系，尤其是第三部分和第五部分的结尾起着一定的衔接或发展的作用，但第一、五部分也存在着平行关系。关于天堂的第二、四部分，完全处于平行关系。而且内容上，空心人部分与天堂部分尚有一定的重叠。结构上，空心人部分与天堂部分交叉平行，各部分内部也存在着平行关系。平行关系和主题的存在决定着《空心人》结构的拼盘性质，即便是拼盘结构，其内部也存在着一定的线性关系，起着黏合的作用。

《我仍将奋起》直抒胸臆，把走出黑暗的奴隶史之果断、女性主义的豪情壮语，以及奋起向上的决心，淋漓尽致地和盘托出，构成了一首难得一见的诗歌绝唱。首先，重提奴隶史，为的是以正视听，更重要的是为了忘却。讲述人和她的族裔，让历史归于历史，信心满怀地迎接更美好的未来。其次，讲述人对自己的性感引以为豪，根本不在乎是否成为男人的视觉消费品；在庆祝性爱欢乐的同时，把女性从属于与服务的客体地位，提升为平等与享受的主体地位。再次，讲述人深知，唯有奋起才会拥有希望；唯有继承祖先的智慧与财富，奋发向上，锲而不舍，才会创造出族裔文化，丰富美国文化的多样性。为了很好地表达上述思想，讲述人采用了民谣的结构模式。不妨先比较一下左栏（诗歌的第一部分）与右栏（诗歌的第二部分）的内容。

---

① 亚里士多德认为，物质（matter）起初是一种潜能（potency），由于有了形式（form），才有了存在（existence）。

你可以把我写进历史， 用那尖酸、歪曲的文字， 你可以把我踩进污泥， 像尘土，我仍将奋起。	你尽可恶语相加， 你尽可目光毒辣， 你尽可盼我早早咽气， 像空气，我仍将奋起！
我性感迷人，可令你烦恼？ 为什么你总是紧锁眉梢？ 因为我自豪地游走， 像是屋里挖出了石油。	我性感迷人，可令你烦恼？ 我手舞足蹈，可把你惊扰？ 陶醉于舞池 仿佛胯下有了钻石！
像月亮，像太阳， 像定时涨落的潮汐， 像一跃升起的希望， 我仍将奋起。	与历史耻辱的茅舍分离， 我奋起， 放下痛苦堆起的回忆， 我奋起， 升潮起汐，接天腾浪， 我是黑色的海洋！
是不是要我绝望？ 垂着头，望着地，两眼无光？ 双肩无力，仿佛坠落的泪滴， 意志懈怠，灵魂又哭泣？	把恐怖的黑夜远远地抛弃， 我奋起！ 迎着天清气爽的晨曦， 我奋起！
我气宇轩昂，是否令你生厌？ 宁可积怨，也不再相见， 只因我笑声朗朗， 像是院子里发现了金矿！	带着祖先赐予的厚礼， 我是奴隶的梦想和希望， 奋起！ 奋起！ 我奋起！

不难看出，两个部分具有高度的相似性。第一段对比。颠覆反动的书写，一种是书面书写，另一种是口头书写。书面书写歪曲了事实，旨在打压；口头书写也是歪曲了现实，旨在贬抑。第二段对比。同时采用了反问手法，表达了性感引发的自豪感，展示了身份自我书写而不是他者定义的自信。第三段对比。均表达了讲述人前进的脚步不可阻挡的英雄气概，但后者强调，卸下历史的负载，勇于开拓未来。第四段对比。采用了正反两种不同的手段，再一次表达了讲述人进取的决心。前者反问，否认了消极堕落的人生；后者再一次表达了正确的历史观和现实观。第五段对比，理同第四段。前者反问，批评了种族妒忌，展示了乐观自信；后者展示了文化自信，放眼未来。

可见，《我仍将奋起》可以一分为二，前后两个部分各为五个段落，两个部分在结构上，具有高度的相似性。第一部分：反书写→性感→势不可挡→拒绝消沉→乐观自信；第二部分：反书写→性感→知耻而后勇→乐观自强→文化自信。单就前后两个部分而言，诗歌的结构就具有了对称性；再从两个部分的内部来看，问题与方案相继交替出现。因此，无论是从微观还是从宏观上来看，诗歌的结构均由平行对等的部分构成，从审美的角度来看，可以把这种平行、对等结构理解为拼盘式逻辑结构。

可以说，诗歌中，凡是处于平行关系的叙事要素，只要是根据叙事者选择的方案进行排列，所呈现的结构模式就体现了叙事方式的灵活性，就足以表明，叙事的本质是开放的，而不是封闭的。为了理解的方便，就把这种叙事模式称之为拼盘式逻辑结构。

第三节　副歌

副歌又称叠句，是一种常见的艺术现象，在诗歌、戏剧和音乐当中，时有出现。在音乐和戏剧里，副歌的英语表达为 chorus；在诗歌里，为 refrain。在早期的希腊戏剧中，副歌成为戏剧内在的一种要素。正如亚里士多德所说："副歌应当作为一位演员，与戏剧融为一体，参与表演，就像在萨福而不是欧里庇德斯的戏剧里一样。"[①] 其实，在诗歌里，副歌的作用也是如此。无论是戏剧还是诗歌，副歌的重要作用有三，要么提供一些简要的背景信息，要么剖析人物的心理活动，要么进行评论。在诗歌里，副歌一般出现在一个诗段的最后，或者诗段之间。关键之处在于，副歌在诗歌的结构与组织方面起着重要的作用。

副歌以及其后的套叙结构具有显性特征，限于篇幅，不再单独对具有副歌、套叙结构的诗歌做其他隐性结构的分析。

简单地分析一下与副歌相似的成分重复（repedent）。成分重复与副歌是同义词，既可以是单个词汇，也可以是短语或句子。不同的是，成分重复可以出现在诗段的任何位置。以《普鲁弗洛克情歌》为例：

And indeed **there will be time**

For the yellow smoke that slides along the street,

---

① ARISTOTLE. The Complete Works of Aristotle: Volume Two[M]. BARNES, J. Princeton: Princeton University Press, 1991:1458-1459.

Rubbing its back upon the window-panes;

There will be time, there will be time

To prepare a face to meet the faces that you meet;

There will be time to murder and create,

And **time** for all the works and days of hands

That lift and drop a question on your plate;

诗段中，there will be time 出现了 4 次，加上 there will be time 的简约形式 time，一共是 5 次，分处第一、四、六和七行的位置。

还有一种与副歌极为近似的形式，即增变重复（incremental repetition）。如果一个诗行，不是短语，在不同的位置上反复出现，但略有变化，这个诗行就是增变重复。增变重复一般出现在英格兰和苏格兰民谣中。以苏格兰民谣《一朵红红的玫瑰》（*A Red, Red Rose*）为例：

O my luve's **like a red, red rose,**

That's newly sprung in June;

O my luve'is like the melodie

That's sweetly played in tune.

在上述诗段中，O my love is like a red, red rose 与 O my love is like the melody 之间显然存在着重复，句式相同但略有变化，两个诗行分处第一行和第三行。That's newly sprung in June 与 That's sweetly played in tune 同理。上述两种形式，显然与副歌的位置与功能不同。

本节主要论述的对象是成分重复和增变重复以外的副歌（refrain），分为三种：一是评论式，如《我逝去的青春》（*My Lost Youth*）；二是预言式，如《特洛伊城》（*Troy Town*）；三是应答式，如《乌鸦》（*The Raven*）。

《我逝去的青春》主要以忧伤的格调，表达了青春已逝、理想仍旧遥远的主题思想。全诗共十个诗节，每节九行（非斯宾塞诗节），前五行描绘了一幅愿景，后四行描写了一首古老的歌谣，歌谣针对愿景进行抒情，其中的最后两行成为整个诗段的焦点，也正是这两行构成每一诗段的副歌：少年的愿望是风的愿望／青春的向往是遥远的向往。（A boy's will is the wind's will/ And the thoughts of youth are long, long thoughts.）从内容上看，副歌发挥着抒情加评述的作用，成为诗段的有机组成，具有不可或缺的表意功能，真正实现了参与表达的目的，而且，也在结构上起到了联系、组织的作用。以第二段为例：

> 我望见葱茏的树木成行，
> 从忽隐忽现的闪闪波光，
> 瞥见了远处环抱的海洋；
> 那些岛，就像是极西仙境，
> 小时候惹动我多少梦想！
> 那首古老民歌的叠句，
> 依旧在耳边喃喃低唱：
> "孩子的愿望是风的愿望，
> 青春的遐想是悠长的遐想。"

此外，除了第一段点明了事件的地点与贯穿全诗的副歌之外，第二至第六段，愿景与副歌之间基本上处于一种张力之中，换言之，它们之间的逻辑关系始终处于未解状态。到了第七至第九段，诗歌的主题思想才逐渐清晰化，与题目的要义遥相呼应。

有读者可能已经发现，《我逝去的青春》一诗中，除了副歌，还出现了增变副歌。一是各段首句，二是抒情部分的前两行。仅以第一、二、八、九段的抒情部分的前两行为例：

> 一首拉普兰民歌里的诗句，
> 一直在我记忆里回荡：

> 那首古老民歌的叠句，
> 依旧在耳边喃喃低唱：

> 那句不详的歌词，
> 好像一个寒战落到我身上：

> 都在唱着那动人的歌声，
> 在低声叹息，在曼声吟咏：

由此可见，在诗段中，增变副歌的主要作用在于引出具有评述功能的副歌，因此，与段尾的副歌相比，其重要性并不凸显。不过，从理论上讲，只要增变，就会产生区分性意义，具有一定的积极的影响力，例如在第五、八、九段中，其表意功能略微突出一些。

从第二段到第六段，讲述人围绕着大海勾勒出了五个愿景，并针对每一个愿景，进行抒情式咏叹。第一个愿景是赫斯珀里德斯岛（Hesperides）。就像其他民族一样，大海对于每一位少年来讲，无疑是充满了幻想之地，赫斯珀里德斯岛就是其中的一个。在创造神话的希腊人眼中，位于北非近海的岛屿曾经是一个遥不可及的仙境，那里生长着金色的苹果（golden apple），吃了可以长生不老。[①] 第二个愿景是水手。水手、船只与大海三位一体：大海充满了神秘，船只航行在大海里，仿佛一个能够创造奇迹的小世界，而创造奇迹的主人就是忙碌在甲板上走遍世界、阅尽沧桑的水手们。第三个愿景是战斗。战斗就是枪支，就是战鼓与号角，战斗能够释放人身上的原始野性（被文明压制在潜意识里），战斗让人血液沸腾。第四个愿景是马革裹尸。战斗是勇敢者的游戏，具有崇高的贵族气质。有理想才会有战斗，有战斗就会有牺牲；一船之长就是贵族与理想的化身，为理想而死，老船长体现了向死而生的崇高品质与贵族气质。第五个愿景是友谊与爱情。友谊与初恋都是希望之树，每一个建立了友谊和爱情的少年，都在对方的心田里种下了一棵树苗，希望这棵幼小的树苗能够长成参天大树。

那么，理想与现实的关系是什么？要回答这个问题，只能从副歌当中寻得答案。理想与现实的关系，从理论上讲，有两种可能，一是对接，二是脱节。然而，只是说明少年的志向就是风的志向并不能回答问题，问题的关键在于，少年之志与吹风之志何以相似？风的志向有两种：一是一兴而过，不能长久；二是久作不息，坚持不懈。不能长久，势必功亏一篑；坚持不懈，定能终成正果。从诗歌的题目来看，风的志向具有第一种特质，少年的志向，转瞬即逝。可见，《我逝去的青春》中，理想与现实不是对接，而是脱节。

但是，为了有效地表达主题，讲述人在前六段并没有直接回答提问，而是创造了一系列的悬念，之所以能够产生悬念，是因为风的志向具有两种不同的特质，但读者没有足够的证据做出有利于阐释的选择。每一位少年都有自己的理想，少年时代，讲述人的一个梦想就是能够登上赫斯珀里德斯岛，亲手摘下一枚长生不老之果。如此，那里的金苹果究竟如何？讲述人的另一个梦想就是，成为一名水手，在老船长的带领下，飘游世界，体验丰富的人生，

———————

① 金苹果，实际上是柑橘，中世纪之前，欧洲人不识柑橘。

甚至为崇高的信念而献身。那么，异域他乡可曾去过？那惊险万分的战斗时刻究竟是怎样的经过？最后一个理想关于友谊和爱情。友谊是古老的，古老的友谊可是天长地久？还有那初恋，初恋的幸福刻骨铭心，但那段光阴难以侵蚀之爱又是如何虎头蛇尾的呢？

　　从第七个诗段开始，答案逐渐揭晓。心中的歌，原来"有几分是预言，还有几分／是狂热而又虚幻的憧憬"。那预言就是赫斯珀里德斯岛，就是海上人生，就是永恒的友谊与爱情，其中，海上人生最为迷人。那向往的本质呢？"狂热而又虚幻。"因此，"有一些梦境永不会泯灭"，因为梦想大多是永恒的，无论历经多少磨难，经过多少风吹、雨淋和日晒，都不会侵蚀掉，所以，"有一些情景我不能倾诉"，毕竟难以启齿，更有"一些愁思"根本不敢回想，一经回忆，就会"使心灵瘦弱，／使脸色苍白——像白蜡新涂，／使眼睛湿润——像蒙上潮雾"。梦想之地犹存，可是少年的梦想已经不再。睹物思志，情何以堪。也就在此时，副歌不仅在结构上与诗歌一体化，在表意上更是如此：

> 那句不详的歌词
> 好像一个寒战落到我身上：
> "孩子的愿望是风的愿望，
> 青春的遐想是悠长的遐想。"（杨德豫　译）

　　"不详"，是因为歌谣高度浓缩了人类的经验，少年也并不例外；打了一个"寒战"，是因为如梦方醒，光阴不在。副歌彻底揭开了"风的意愿"的真实面孔，空洞的悬念，突然间注满了内涵。一道光线一闪而现，不仅照亮了此后的各段，也照亮了先前的六个段落。第八段的咏叹部分，通过"叹息"一词，再次突出了增变重复的抒情功能。在最后一段，咏叹部分回归第一段的空灵，给人一种见山是山、见水是水的深邃。

　　副歌完全可以不成为一种修辞摆设，不仅能够积极地参与表达，而且还能够协助创造悬念，更好地提升诗歌的艺术审美效果。当然，悬念的取得必须以积极参与为基础，否则极易沦为空谈。从结构的角度来看，副歌反复出现，成为诗歌的重要组成部分，是逻辑结构的组织者。

　　《特洛伊城》的副歌属于预言式结构。所谓预言式，顾名思义，就是对眼下描写的事件可能导致的结果，在一定的范围内，进行合理的估计。事件与预言之间，重心在于前者，不在于后者，前者为实，后者为虚。《特洛伊城》共14个四行诗段，每一个诗段都具有一个共同的特点，即拥有两个副歌。第一个副歌位于第一个诗行之后，第二个副歌位于每一个诗段之后。以第一个诗段为例：

> 天国的海伦，斯巴达的皇后，
> （啊，特洛伊城）
> 一对乳房，闪烁着天国的光芒，
> 欲望的太阳和月亮：
> 爱情的崇高尽在乳沟。
> （啊，特洛伊沦陷，
> 雄伟的特洛伊火海一片）

"啊，特洛伊城"是第一个副歌，"啊，特洛伊失陷／雄伟的特洛伊火海一片！"是第二个副歌。把两个副歌进行比对一下，就会发现，第一个副歌仅仅是一个主题（topic），而第二个副歌则是一个表示结果的事实，这个事实构成一个结论，因而又是一个观点（idea）；二者合起来就是一个主题句。

那么，为什么每一个诗段的第一行之后，都有一个表示主题的副歌呢？诗行与副歌之间存在着怎样的关系？把 14 个诗段的第一行汇集一起，也许可以发现其中的奥妙。

> 天国的海伦，斯巴达的皇后（1）
> 海伦跪向维纳斯的神龛；（2）
> "瞧，雕刻的酒杯献女神"（3）
> "雕刻它照着我的乳房"（4）
> "瞧，它多像我的胸膛"（5）
> "对，为我的胸膛求恩典"（6）
> "一对乳房，两枚苹果天香"（7）
> "金苹果三位女神主张"（8）
> "我的苹果向来朝太阳"（9）
> 维纳斯看着海伦的礼物（10）
> 维纳斯看着海伦的脸庞（11）
> 爱神看向海伦的胸膛（12）
> 又一支箭丘比特搭上（13）
> 帕里斯辗转在御床（14）

　　巧合的是，14个第一句正好构成一个"十四行诗"，再仔细审视一下，就会有更大的发现，14个诗行完整地勾勒出了整个事件的轮廓。整个事件分为4个部分：第一个部分是海伦向维纳斯提出的请求，第二个部分是维纳斯的反应，第三个部分是丘比特的作为，第四个部分是帕里斯的反应。再分析一下14个诗行，就能看出，它们原来是14个主题陈述，14个主题词依次是海伦、维纳斯、酒杯、形状、乳房、求请、金苹果、女神、苹果、礼物、双眼、海伦、一支箭、帕里斯。不巧的是，第一个诗行后面的副歌也是一个主题词。既然如此，第一个副歌紧随第一个诗行之后，把两个即将因同一事件而绑定在一起的主题词并置，也就顺理成章了。

　　那么，第二个副歌与每一个诗段余下部分的关系是什么？对海伦、维纳斯、丘比特和帕里斯部分的重要诗段进行分析，就能发现其中的端倪。海伦提醒维纳斯说道，从前，一枚金苹果让一位神女心动不已，因为那位神女有一种欲望，欲望动，则心动。这枚金苹果，实质上，就是厄里斯（Eris）放在婚宴现场的，上面写着"献给至美者"（for/to the most beautiful）。赫拉（Hera）、雅典娜（Athena）和维纳斯三位女神，都想得到这枚金苹果，不是为了长生不老，而是为了荣誉，成为天界、下界最美的女性。维纳斯为何赢得了这场比赛？

　　　　为了您一位女神的荣誉
　　　　他令两颗火热的心倍感忧伤
　　　　您何不回报，满足他的欲望？

　　原来是帕里斯帮了维纳斯的大忙。三位女神争执不下，请求宙斯进行裁决，宙斯不愿卷入此案，转而交由一向公正的帕里斯处理。帕里斯做出有利于维纳斯的裁决，因为维纳斯把海伦许诺给帕里斯。众所周知，有夫之妇的海伦与帕利斯的私奔导致了特洛伊的灭亡。所以，海伦的请求，即将一步一步地走向私奔，他们的私奔进而导致特洛伊战争。可见，第二个副歌与所在诗段的逻辑关系，虽然遥远，却是处在同一逻辑链上。

　　既有允诺，就要兑现，更何况海伦虔诚以求。海伦的请求具有另外两方面的合理性：一是有所奉献，也就是那只乳房形状的酒杯；二是她愿意与帕里斯私奔，因为在她看来，她的"苹果"面朝着太阳生长，最适合"在干燥的日子里品尝"，当然也最"适合他的口味"。为此，维纳斯——

深知未来的某一时刻与地方，
一场战火由欲望点燃，
于是笑答，"你的礼物我喜欢！"

为帕里斯，维纳斯做出了许诺；为海伦，她也做出了允诺。维纳斯居间成就了帕里斯与海伦的因缘。不过，作为天神，维纳斯预见到了即将发生的一切，却没有做出任何努力加以阻止。牺牲一座城，幸福她一生。第二个副歌水到渠成。

丘比特唯命是从。他看到了海伦胸中燃烧着的欲望，把一只爱情的羽箭射向了海伦。然后，又抽出另一只——

插上羽毛，瞄准了另一颗心脏，
在箭杆上安上欲望的翅膀，
举起弓，拉满弦：放！

丘比特是执行者，也应该是知情者，完全可以根据打不准的游戏规则，巧妙地在最后一个环节有效地阻止欲火的燃烧。然而，应该的事情没有发生，本不该发生的事情却发生了。丘比特的行为在逻辑上离特洛伊战争最近。中了情镞的帕里斯在床上辗转反侧——

辗转反侧，禁不住露衷肠，
欲望之烈，人呀，几乎绝望，
啊，何时拥她在我的胸膛！

欲火一旦燃烧，只有灰烬才能扑灭。帕里斯与海伦之间，只差一次见面。谁也不曾想到，燃烧的欲火竟然烧到了特洛伊城。

可见，第二个副歌反复提醒读者，海伦、维纳斯、丘比特与帕里斯的每一次行动，无不有计划地、一步一步地走向特洛伊战争。诗歌虽然没有描写特洛伊战争的残酷场面，但读者阅读之时必然带着有关的历史背景知识，文本之内与文本之外交相呼应。这就是第二副歌的艺术功能。总起来看，第一副歌与第二副歌构成了一个完整的主题陈述句，以高远的视角，有效地预示了可见文本即将引发的重大历史事件。副歌的结构功能在于披露，在于建立文本与历史间的互文性。

《乌鸦》的副歌属于第三种，即应答形式。所谓的应答是指，诗段提出一个问题、假设或事实，副歌则针对这个问题、假设或事实予以回答或评价。就上述两种副歌而言，副歌与诗段的逻辑关系可以不同，但都具有单一、稳定的意义。应答副歌则不同，外延相同，但内涵有异。归结起来，《乌鸦》的副歌有三种具体不同的形式，以中心术语为准：

其一，evermore（直至永远）；（2）

其二，nothing **more**（别无他般）；（1，3-7）

其三，never**more**（不复可焉）；^①（8-18）

其中，evermore 只有一次，nothing more 出现六次，nevermore 出现 11 次。在三个中心术语之中，more 一词成为副歌的中心术语的核心。

在《创作的哲学》（*The Philosophy of Composition*）中，艾伦·坡指出，副歌是《乌鸦》的枢轴，围绕着这个枢轴，诗歌设定的格调能够得到很好的表达。然而，艾伦·坡十分清楚，副歌一般用于抒情，而且其艺术效果主要取决于副歌音效与内容的单一性。为此，艾伦·坡采取了变化的策略，但为了保持副歌原有的艺术效果，在不断的变化中，仍然努力保持应有的一致性。变中求同。既然要变，就必须面临着一个难题：如果副歌的句式太长，不断求变，很可能遇到难以逾越的困难。为此，副歌的第一要素就是简短，既然要简短，那何不只用一个词？又因为副歌具有强调的作用，要达到这个效果，这个词就必须音效洪亮，而且具有拖声，最好是含有 o 和 r，于是，nevermore 进入了视线。副歌的特点是简单、单调；照此说来，只有低智商的人才会这般表达。那么，一个低等的生物，比如鹦鹉或者乌鸦如何？乌鸦成了最后的选择，既可言说，又不会过于复杂。^②

如同《我逝去的青春》，《乌鸦》也存在着主体副歌形式以外的其他形式，即成分重复。简单地举出几个例子：

As of some one gently **rapping, rapping** at my chamber door.（1）

Is there—is there balm in Gilead?—**tell me—tell me**, I implore!（15）

And the raven, never flitting, **still is sitting, still is sitting**（18）

---

① 有关《乌鸦》的中文引文，皆出自曹明伦的译文。"永不复还"作为 nevermore 的译文，还是相当不错的；不过，nevermore 的内涵随语境的变化而不同，所以，把它改为"不复可焉"照常押韵，也许好一点。

② POE E A. The Philosophy of Composition[EB/OL]. https://www.bartleby.com/109/11.html, 2000.

当然，诗中也不乏增变重复，鉴于增变重复已经不是陌生的诗歌艺术手段，此处不再赘述。

下面分别仔细考察一下《乌鸦》中副歌与诗段之间的关系。evermore 和 nothing more，以及 9、11—13 与 18 诗段的 nevermore 都是讲述人的回答，共 12 个，而余下的 nevermore 则都是乌鸦的对答，也是 6 个。集中分析后两个副歌。

就讲述人的诗段而言，副歌一般是讲述人对自己的猜测所做的确认，确认的结果可以是正确的，也可以是错误的。总之，诗段与副歌之间的关系，如同讲述人的自问（反问）与自答。以第一个诗段为例：

> 从前一个阴郁的子夜，我独自沉思，慵懒疲竭，
> 沉思许多古怪而离奇、早已被人遗忘的传闻——
> 当我开始打盹，几乎入睡，突然传来一阵轻擂，
> 仿佛有人在轻轻叩击，轻轻叩击我的房门。
> "来客了，"① 我轻声嘟喃，"正在叩击我的房门——
> 唯此而已，别无他般。"

午夜时分，突闻敲门声，讲述人的第一反应就是"来客了"（'tis some visitor），但未经证实，所以"来客了"是一个隐含的反问句（来客了，不是吗？），而副歌"唯此而已，别无他般"无疑是讲述人对着自己的判断再做确认。不过，越是强调，越有隐瞒。"唯此而已，别无他般"因此还有深层的含义：讲述人曾经有过一个闪念，她回来了，只是常识告诉他，那是不可能的。所以，"来客了"的潜台词是"是不是她回来了？"紧接着讲述人否定了自己，给出了相反的答案，并告诫自己，不要胡思乱想。可见，诗段与副歌之间的问答关系的确存在。

第三段，风吹门帘动，讲述人心中陡生恐惧。恐惧源自相信不可能：明知不可，但抑制不住希望。然而，理智战胜了情感：那是一位赶夜路的客人，可能来借宿。副歌"仅此而已，别无他般"再一次加强了自己的判断；不过，还是留下了"明知不可，但仍怀希望"的影子。第四段，在没有足够证据的情况下，讲述人相信门外应该是借宿者（隐含反问），但打开门一看，正如副歌所揭示的那样，外面空无一人（答案：错）。第五段，讲述人呼唤丽诺尔（提问），副歌给出了否定的回答。此外，他的呼唤证明了他此前一直心存的侥

---

① 原译文是："有人来了。"

幸（二、三诗段），否则，他是不会这样做的。第六段的副歌是对"怎么回事"（what thereat is）的回应，没有任何深层含义，因为虽没有人，但有敲门声，那只能是风吹着门在动。第七诗段，讲述人打开大门，但见一只乌鸦走了进来，径直来到雅典娜的雕像上，蹲下不动。讲述人一时不敢相信自己的眼睛（提问），但也毋庸置疑，因此，用副歌表达了最后的肯定（回答）。

作为对答，nothing more 的含义因问题不同而不同：其一，来客了（不可能是丽诺尔）；其二，来客了（别胡思乱想）；其三，没有人；其四，不是丽诺尔；其五，原来是风；其六，原来是一只乌鸦。

乌鸦的诗段，实质上，由讲述人的问题和乌鸦的回答两部分组成，乌鸦的对答是清一色的 nevermore。以第八段为例：

> 于是这只黑鸟把我悲伤的幻觉哄骗成微笑，
> 以它那老成持重一本正经温文尔雅的容颜，
> "虽然冠毛被剪除，"我说，"但你肯定不是懦夫，
> 你这幽灵般可怕的古鸦，漂泊来自夜的彼岸——
> 请告诉我你尊姓大名，在黑沉沉的冥府阴间！"
> 乌鸦答曰："不复可焉。"（曹明伦 译）

初次见面，又是客人造访，当然要询问对方的尊姓大名。可是，乌鸦的名字，理性地讲，不叫"不复可焉"，而是在告诫讲述人，人死也就不能复活了，这一点讲述人还是清楚的，只是心存幻想而已。在第二段，讲述人早就说得很清楚，丽诺尔走了，人世间再也没有丽诺尔这个名字了。第十段，讲述人的问题是，"其他朋友早已消散——/ 明晨它也将离我而去——如同我的希望已消散"，换言之，无论是朋友，还是心爱之人，最终还是要走的，他们走了，讲述人的希望也就走了，难道不是吗？乌鸦给出了肯定的回答，"不复可焉"，其意思是，人走不回。乌鸦的回答没有半点安慰，完全是雪上加霜。

第 14 段，乌鸦不问自答。讲述人在思念的折磨下，倍感痛苦，突然间对自己呼喊道，喝掉上帝派天使为你送的"忘忧药"吧，喝了就能"忘掉对失去的丽诺尔的思念！"乌鸦的回答还是那一句话，可此时它要表达的是：别喝，因为喝了也没用；或者，不可能，因为你无法忘却丽诺尔。乌鸦的回答令讲述人大为不快，于是在第 15 段，讲述人有些恶语相加的味道。不过，抑制住了自己的愤怒之后，讲述人再一次询问基列（Gilead）是否还有镇痛用的香膏，希望自己从失亲的痛苦中走出来。乌鸦坚持一字（句）答：不复可焉。这等于

说，你就永远地在痛苦中备受折磨吧。当然，讲述人可以不在乎自己的痛苦，但不能不在乎心爱的人的去处。于是紧接着逼问乌鸦，丽诺尔是不是来到了上帝的伊甸园？乌鸦的回答正如所料：那里没有一个叫丽诺尔的女人，或者，根本就没有什么伊甸园。既然从乌鸦你的嘴里得不到什么好消息，那就请你离开好么？莫要再用一些绝望之词折磨人了。最后的一句"不复可焉"把诗歌推向了抒情的高潮，也几乎把讲述人打入绝望的地狱：我不走了，你认命吧。

可见，"不复可焉"的意思依次是：人死即了、死不复生、难以忘却、深陷痛苦、查无此人、逆来顺受。

借助于两个主要的副歌，"别无他般"与"不复可焉"，艾伦·坡把自己失去丽诺尔的痛苦、思念与希望表达得淋漓尽致。其一，单一的副歌，在不同的阶段，却能够呈现不同的意义，有效地加强了诗歌的抒情效果，而其效果完全归于副歌的模糊性，因此语意含糊的副歌的艺术性远胜于准确的表达。其二，副歌的艺术表现力还来自诗段与副歌之间形成的巨大张力。讲述人借助各种技巧，把抒情推向了的顶点，也就在万分的热望中，副歌的出现令一切急转直下。其三，讲述人部分的副歌一般舒缓，乌鸦部分的则较为激烈，舒缓与激烈按照一定的比例交叉出现，取得了很好的艺术效果。例如，7 与 8，9 与 10，11—13 与 14—17。

总之，三种副歌贯穿于诗歌的整个过程，以简单的形式，参与了复杂的艺术表达，其特殊的艺术效果难以取代。它们从本质上继承了希腊戏剧合唱的艺术旨归，但也创造性地发展了副歌在诗歌中的使用方式，极大地丰富了诗歌的结构艺术。不仅如此，《特洛伊城》的副歌还把历史的神秘感——展现给了读者大众；《我逝去的青春》则不断地创造悬念，成功地增加了艺术的吸引力，主动地调动了读者的审美积极性；《乌鸦》则以反向运动的方式，激波扬澜。当然，也不能盲目地夸大副歌在诗歌中的作用。副歌，正如题中之义，起着辅助的作用，而且是结构因而也是主题上的辅助作用。不过，假如去掉副歌，诗歌的主体部分就需要动大手术，恐怕会有面目全非之虞。

第四节　套叙

诗歌上的套叙是指，一个叙事套裹着另一个叙事，或者一个叙事存在于另一个叙事之上。由此可见，套叙一般存在着两个叙事层次，第一叙事层与第二叙事层，第一叙事层又称外叙事，第二叙事层又称内叙事，内叙事可以包括众多平行的独立叙事。就两者的关系而言，第一叙事层一般起着装饰性的作用，第二叙事层才是叙事的重点。不过，第二叙事层也可以返照，与第一叙事层互动，而第二叙事层则在互动中获得一定的意义。英美经典诗歌中常见的有《坎特伯雷故事集》（The Canterbury Tales, 1387—1400）、《古舟子咏》（The Ancient Mariner）、《印第安墓地》（The Indian Burying Ground）、《我独自云游》（I Wandered Lonely as a Cloud）、《夜莺颂》（Ode to a Nightingale）。

　　套叙可以简单地分为两种：一是内嵌式，二是莲花座式。

　　内嵌式又可细分为两种，一是关联式，二是装框式。关联式的诗作代表是《坎特伯雷故事集》中的叙事。诗集一共24个故事（tale），分别由各个社会阶层的代表讲述，例如爵士、骑士、牧师、和尚与修女、船长、医生、文书、商人、厨师、磨坊主、巴斯夫人等。除了骑士、医生和船长的故事以外，每一个故事都有一个序言（prologue），有一些故事还有介绍（introduction），还有一些故事更有跋（epilogue）。以骑士、磨坊主、商人和律师为例，有关他们的部分依次列举。骑士：故事；磨坊主：序言、故事；商人：序言、故事、跋；律师：介绍、序言、故事以及跋。在24个故事开始之前，《坎特伯雷故事集》还有一个总序，对即将出场的人物逐一进行了介绍。简言之，讲述人与人物、人物之间的互动构成第一叙事或外叙事层，人物的故事则构成第二叙事或内叙事层。

　　以律师（the man of law）的部分为例，检视一下两个叙事层之间的关系。首先归纳一下各部分的内容。

　　介绍：东道主看了看太阳的位置和投下的影子，估计是上午十点钟；担心香客们耽误时间，东道主引用哲学家塞内加的话，催促大家不要磨蹭，抓紧时间进行讲故事。听到东道主的敦促，律师答道，自己不想破坏规矩，只是什么好听的故事乔叟都讲过了。通过列举乔叟（Geoffrey Chaucer, 1340–1400）的作品，律师指出，乔叟的诗歌艺术可谓一般，但他写的爱情诗要比奥维德的多得多。不过，爱情诗写的再多，乔叟也没有写过兄妹恋的，更没有写父女间发生性暴力的。当然，他不愿意讲这样的故事，也不愿与乔叟一比高低，让乔叟用诗歌讲故事吧，自己则用散文讲故事："说到这儿，他言归正传 / 开始讲起故事，如你所见。"

　　序言：贫穷如此令人难堪。人穷，总是不愿求人，求人就是丢脸；不求，则更加艰难。人穷志短，禁不住行窃，行窃之后又抬不起头来。贫穷之人总是怪罪耶稣不公，他人得到的多，自己得到的少；他们多么希望，有那么一天，那些为富不仁之人，会遭到报应。可是，智者总是说，人穷，活着不如死了；

邻居瞧不起你，兄弟也瞧不起你，朋友们也远远地躲着你。商贾们日子过得那么舒心，什么时候都顺风顺水，做贸易，走水路也罢，走陆路也罢，无不八方来财，日进斗金；天文地理、诗歌哲学，无所不知，无所不晓；那里打仗了，那里和平了，都一清二楚。说起故事，"可我一个故事也没有 / 幸亏多年前一个富商朋友 / 告诉我一个故事，你即可享受。"

故事：为了能够说服罗马皇帝，把女儿卡斯坦斯嫁给自己，叙利亚苏丹命令，所有的穆斯林全都皈依基督教。可是，苏丹的母亲笃信伊斯兰教，在一次宴会上，她把苏丹和基督教徒全部杀死，唯独留下卡斯坦斯。接着，她把卡斯坦斯送上一艘无舵的船上，任其漂流。到了诺森伯兰后，一位警察救了卡斯坦斯，并在卡斯坦斯的指引下，与妻子一同皈依基督教。撒旦派了一位骑士杀死了警察的夫人，并把凶器留在卡斯坦斯的身边。警察与国王阿拉一起回到家中，发现了妻子被杀。考虑到卡斯坦斯经历非凡，国王决定认真调查此事。就在那位骑士信誓旦旦地指认卡斯坦斯为凶手之时，他的眼睛突然爆裂。人们处死了背信弃义的骑士，皈依了基督教。卡斯坦斯也与阿拉结婚。阿拉前往苏格兰后，卡斯坦斯生下一个男孩，婆婆截取并替换了卡斯坦斯给丈夫的信，谎称孩子着魔长成畸形。在回信中，阿拉明确要求，无论孩子怎样，都要养大，但婆婆再次偷换了信件，谎称阿拉要求流放卡斯坦斯。发现真相之后，阿拉杀死了母亲。卡斯坦斯在罗马与前往赎罪的阿拉团圆。回到英国之后不久，阿拉离世，儿子成为下一任罗马国王。

跋：东道主对律师的故事表示赞赏。他要求牧师给大家讲一个故事，却出语对上帝不敬。牧师大为不快，询问个中缘由。东道主言语污浊，指责牧师的宗教行为过于死板。他宣布牧师即将讲述故事，却意外地遭到船长的反对，船长的理由是，牧师会在他们中间散布一些异教的思想，而他要讲的故事，既无哲学、医学也无法律方面的知识，只是有一点点的拉丁而已。[①]

律师的故事显然带有鲜明的宗教色彩，旨在宣扬和传播基督教的罪与罚的思想。撒旦的骑士由于迫害基督教徒，得到了应有的惩罚；阿拉的母亲也因同样的罪名得到了上帝的诅咒，死在自己儿子的手中。与故事的宗教主题相比较，介绍、序言以及跋三个部分显然是风马牛不相及。介绍部分对乔叟进行了贬抑，也进行了赞扬；序言部分更是有些言辞激烈，对穷人没有半点怜悯之情，仿佛他们能够致富却有意避而远之；对富贾极尽赞美之能事；不过，所言没有弄虚

---

① CHAUCER G. The Canterbury Tales[M].ECKER R L,CROK E J, Trans.Palatka:Hodge & Braddock Publishers,1993:119—153. 不同版本之间，存在着一些差异。

作假，只是缺乏宗教持有的慈善之心。跋的部分较好地体现了乔叟的狂欢化精神，对宗教不失时机地揶揄一番，最为可贵的是指出了信众对牧师之不信任。总体上，三部分（外叙事）与故事主题（内叙事）的关系十分松散，仅仅起到了故事间的关联作用，这也是《坎特伯雷故事集》与众不同之处。当然外叙事本身也蕴含着一定的重要信息。

如果一个故事可以被视作一幅照片的话，装框式叙事结构就是把这幅照片镶嵌在相框中；如果一个故事可以被视作一幅长条形山水画卷的话，装框式叙事结构就是把这幅山水画卷装裱起来。《古舟子咏》就是这样的代表诗作。

这幅照片或者长条形山水画卷是什么？罪、罚与救赎。老水手同其他二百名同伴从家乡驶船出发，一路上风和日丽，一帆风顺。可是，过了赤道不久，风暴突起，大风裹挟着一叶扁舟，径直往南漂移，很快就陷入了迷雾重重，冰川林立的海面上，水手们无不胆战心惊。就在此时，一只信天翁出现在人们的视野内，水手们纷纷给它喂食，于是奇迹发生了，冰川崩裂，一条航道展现在水手们的眼前，而且，风吹着帆，帆驱动着船，船只平平安安地驶离南极。可是，一团迷雾始终笼罩着这艘船，但只要是信天翁绕船飞行，一切安好。一天，老水手一时兴起，突然射杀了信天翁。信天翁死了，风停了，船只在原地不动了。水手们纷纷责怪老水手，但又赞同他的行为，毕竟迷雾消散了。

太阳高悬，烈焰灼热，四周满是海水，船上却无一点饮用之水，水手们口干舌燥。气愤之下，人们把信天翁挂在老水手的脖子上。痛苦难耐的时刻持续着，此时，远处一只小船飘摇着驶来，老水手见状，咬破胳膊，用鲜血湿润自己的喉咙，高声呼救。船，无风行使，行驶到太阳与老水手之间，又往太阳上投下了条条阴影。原来是一只鬼船，上面有两个人，一个男人是死神，另一个女人是死里逃生（Life-in-Death），两人开始赌水手们的性命。死里逃生只赌赢了老水手的性命。天空一阵暗淡，鬼船消失不见，水手们一个倒下而亡，嘴里发出对老水手的诅咒。甲板上的尸体并不腐烂，它们圆目而视，送出对老水手的毒咒。

数日后的一个月夜，海水四处燃烧，老水手发现海洋里有许多水蛇，它们每到一处，身后都留下一道火焰。老水手看到了水蛇们的幸福，更感到了水蛇作为一种生命的美丽，心中不知不觉地油然一种浓浓的爱意，暗自为它们祈祷、祝福。能够祈祷，脖子上的信天翁也就掉落下来了。人也可以入睡了，在睡梦中，梦见了大雨，醒来之时，但闻雷声隆隆，天降甘霖。天空一丝的风也没有，可船只却开始移动，船上的尸体也呻吟着站了起来，但一声不吭，只是与老水手肩并肩、机械地划着船。他们甚至歌唱，歌声悠扬，直上云霄，又降落到了海面，整个宇宙充满了悦耳的歌声。船只逐渐驶近赤道，由于突如其来的抖动，老水手失去了知觉，在朦胧的状态中，听到神要继续惩罚他的意旨。

　　船只在没有风的情况下继续行使着。老水手醒来之时，发现死去的水手们齐刷刷地站立在哪儿，脸上带着生前的痛苦与诅咒。最后，魔法解除，和风吹来，船只在蓝色的海洋里，缓缓地行驶着，前方的灯塔逐渐进入了视野。随着老水手不断地发出祈祷，船只迎着山崖上的教堂缓缓地驶进了港口。突然间，每一具站立的尸体旁都出现了一位天使，他们仿佛在向岸上招手。一会儿，远处就传来了欸乃声，引航员和他的助手及一位隐士驾船驶了过来。隐士口吟圣歌，赦免了老水手的罪行。就在小船靠近大船之时，海面上出现了一个巨大的漩涡，领航员惊倒，他的助手精神失常，隐士仰天祈祷，只有老水手抓起木浆，双手奋力地摇动。上岸之后，老水手突然感到浑身一阵难受，体内产生了一种强烈的叙事冲动。每当讲述了自己的奇特经历之后，就顿觉舒爽。云游与叙说奇遇成了他人生不可或缺的一个部分。

　　以上是内叙事。那么外叙事呢？外叙事采取的是上遮、下托、中间连的结构。所谓的上托就是诗歌的第一至第五段描写了老水手如何拦住了一位前往婚宴的宾客，并执意向他讲述自己人生经历的行为。下托就是老水手讲完故事之后，对他的听众提出了要求，要求他笃信上帝，广播慈爱之心，以及宾客最后的醒悟。下表的左侧是诗歌前五段的主体部分，右侧则是诗歌最后八段的轮廓：

他是一个年迈的水手， 从三个行人中他拦住一人， …………	………… "新郎家中传来一片喧闹！
"新郎家的大门已经敞开， 而我是他的密友良朋， …………	"大家一起去教堂祈祷， 在天父面前低头思量， …………
"走开，撒手，你这老疯子！" 他随即放手不再纠缠。 …………	"谁爱得最深谁祈祷得最好， 万物都既伟大而又渺小！ …………
但他炯炯的目光将行人摄住， 使赴宴的客人停步不前， …………	赴宴的客人也转过身子， 不去新郎家而走向他方。 …………
赴宴的客人坐在石头上， 不由自主地听他把故事讲： …………	但翌晨他变得严肃深沉， 从此后完全改变了模样。 （裘克安　译）

诗歌的首尾遥相呼应：开头，老水手拦住了一位宾客；结尾处，老水手转身离他而去。开头，婚宴即将开始；结尾处，婚宴即将结束。开头，宾客不情愿；结尾处，宾客默默无语。开头，宾客赴宴；结尾处，宾客转身折回。开头，宾客迷失；结尾处，宾客醒悟。开头与结尾之间，存在着明显的转折关系。老水手通过一番努力，实现了预期的效果，整个一首诗的故事部分，仿佛一枚圣杯，由老水手高高地托起。

中间连就是叙事者时不时地提醒读者，故事里还有听众，也就是存在着第二叙事层。《古舟子咏》在叙事过程中，进行了三次提醒。第一次，第一章第九段，故事开始不久，新娘在吟游讲述人的带领下，跨进了大门，而宾客捶胸顿足，后悔莫及，却也深受老水手故事的吸引，不由自主地听了下去。第二次，第四章第一、二段，宾客表示，老水手那双枯瘦的手，那张"像退潮后海边的沙丘"般萎黄的脸，还有那灼灼的目光，无不令人生畏。第三次，第五章中间部分，听说船上的尸首自动站起来，帮助老水手划桨，神灵则在海洋深处保佑并推动着船只前行，空中又有两个声音在对话，那位宾客望着眼前与尸首、神灵打过交道的水手，顿生恐惧之情，禁不住说道："我怕你，年迈的水手！"老水手深知其中原委，抚慰道："并非是怨魂重返躯体，/ 而是一群天使借尸显灵。"天使与神灵固然令人生畏，但不至于令人恐惧。三次叙事提醒，巧妙地把故事的开端与结尾连接一起，形成了一个巨大的外框，把老水手的故事镶嵌在里面，成功地赋予叙事具体可感的层次效果。

《古舟子咏》的内叙事与外叙事之间形成了紧密的主题关联。首先回忆一下内叙事中的一个关键问题，即老水手与生物之间的感情变化。初次见到信天翁，老水手发现，"它穿过海上弥漫的云雾，/ 仿佛它也是一个基督徒，/ 我们以上帝的名义向它欢呼"。水手们对信天翁的爱还表现在让"它吃着从未吃过的食物"，为此信天翁与水手们之间建立了可靠的信任关系，"水手们一招呼它就飞进船中！"然而，就是在这样互信的关系中，发生了悲剧。可见，老水手与信天翁之间的信徒关系以及那种超越物种之间的爱与信任，无一不是脆弱和不稳定的，因为它们完全建立在一种冲动之上。其一，长时间的海上生活单调乏味；其二，身陷南极的冰川之中，信天翁也许是一线希望，只是这种希望到底是什么不甚清楚。正因为爱不知所以，杀也不知所以。其次，老水手在灾难中发现了水蛇之美，并对其大加赞美，似乎在人类与生灵之间建立了一种基于博爱之上的和谐关系。问题是，他表现出的博爱到底是真诚的，还是与以往一样，是一种懵懵懂懂的爱？他脖子上的信天翁虽然自动掉落，但这并不能表明基督教思想已经牢牢地扎根于他的意识里。换言之，老

水手的信仰模糊不定。^①

外叙事中的老水手也是如此。他云游四方，逢人就讲述自己的奇遇，唯有一吐心中的感悟才能感到如释重负。可以说，老水手的生活方式，完全游离于社会之外，是地地道道的个人主义行为方式。然而，他却又感到："当我能和众人一起，/满怀虔诚地走向教堂，/我就感到无比的幸福，/庆婚喜宴怎能比得上！"宗教活动就是社会性活动，就是信众放弃小我，寻求大我的过程。可见，老水手陷入了矛盾之中，一方面强调宇宙万物归一，另一方面又坚持个体的主体地位，始终不肯融入社会之中。^②外叙事中的那位宾客也是如此。他原本是乘兴前往朋友的婚宴的，然而，听了老水手讲述的个人经历之后，既没有走向教堂，也没有赶赴婚宴，尽管能抓住婚宴的尾巴，但仍郁郁地折回了。婚宴，与做礼拜相比，一个是世俗的，一个是神圣的，但两者均是人的社会性的有力体现。因此，宾客与老水手一样，都陷入了一种矛盾之中。这到底是怎样的矛盾？一是"拒绝慷慨邀请所表现出的失礼"，二是"接受邀请但动机不够圣洁的滥竽充数"。换言之，老水手与宾客虽有信仰却又不那么坚定。有两个故事也许能够说明问题之所在。一个是关于牧师们应尽的职责：按照规定，牧师应不失时机地提醒牧区居民们，一定要按时参加礼拜，二是提醒那些参加礼拜却又不十分虔诚的人们，要持有虔诚之心。另一个故事是，一位国王邀请臣民参加王子的婚礼，由于一些臣民接到邀请却拒绝参加，国王派人杀了他们；还有一些臣民应邀赴宴，却又不予重视，衣着不合时宜，国王把他们五花大绑扔进了黑夜里。^③信念困境的原因比较复杂，其中不乏理性的兴起与人的主体性意识的提高。总之，《古舟子咏》的双层叙事实现了有机的结合，增加了诗歌叙事艺术的魅力。

《我独自云游》的结构类型属于莲花座式。所谓的莲花座是指诗歌的最后一段，与其余部分相比，分属不同的时空或范畴，仿佛一副坐垫，诗歌的主体部分坐落其上。《我独自云游》的前三段使用的是过去时态，表示对过去事件的追忆：

---

① MCQUEEN J. "Old faith is often modern heresy" :Re-enchanted orthodoxy in Coleridge's "The Eolian Harp" and The Ancient Mariner[J].Christianity & Literature, 2014,64(1):27.

② DAVIES L. The Poem, the Gloss and the Critic:Discourse and Subjectivity in "The Ancient Mariner" [J].Forum of Modern Language Studies,1990,26(3):269.

③ WALLS K. The Wedding Feast as Communion in "The Rime of the Ancient Mariner" [J]. Notes and Queries,2014,61:57.

I **wandered** lonely as a cloud

…………　……　……　……　……

When all at once I **saw** a crowd,

……　……　……　……　……　……

They **stretched** in never-ending line

……　……　……　……　……　…

tossing their heads in sprightly dance.

……　……　……　……　……　……

I **gazed**—and gazed—but little **thought**

……　……　……　……　……　……

通过上述诗段的事件轮廓可以看出，在过去的某一时刻，正当讲述人漫无目的地漫游时，他突然发现一大片金黄色的水仙花在欢舞中起伏颠簸，讲述人凝望着眼前的迷人景致，几乎停止了思考。可是，到了诗歌的最后一段，读者却又发现，讲述人正躺在躺椅上（一般现在时），内心十分宁静，却又洋溢着快乐。

For oft, when on my couch I lie

In vacant or in pensive mood,

They flash upon that inward eye

Which is the bliss of solitude;

And then my heart with pleasure fills,

And dances with the daffodils.

本段给人的印象是，似乎一个狗尾巴，本不属于这首诗，却又牢牢地黏附其上；美言之，就是一副坐垫，上面坐落着一首视觉性极强的诗歌（雕像）。一般情况下，诗歌只见抒情的对象，不见诗人的踪迹，诗人与读者好似共同站在窗户前，放眼远望，一睹美景。例如《小径走来了一只鸟儿》(*A Bird Came down the Walk—*)，鸟儿的一举一动，尽在诗人与读者的眼底，诗人既没有意识到读者，读者也没有意识到诗人，双方相忘，又各自忘我，唯有眼前美景栩栩如生。

从阅读的时间顺序来看，《我独自云游》的结构又特别像电影变焦手法中的促退手法。变焦手法（zoom）可分促进手法（zoom in）与促退手法（zoom out）。在促进手法下，观众的视觉由宽变窄，逐层深入，直到空间深处的某一具体物体出现为止；在促退手法下，观众的视觉从具体的物体所在的空间开始不断地后退，内层的空间不断消失，外层的空间不断出现，直到最外层的空间出现为止。莲花座式结构显然具有促退手法的特点。

《我独自云游》的莲花座式结构，是由华兹华斯的创作理念所决定的。有关的诗学理论分两部分：内容与形式。关于内容，华兹华斯在《抒情歌谣集》的序言部分阐释说，诗歌的主要题材应当是日常琐事，要使日常琐事成为有趣的诗歌主题，就要揭示其中蕴含的自然之道，尤其是人类高兴之际，如何把各种思想关联起来。在朴实的生活土壤里，人类能够产生最基本的情感，这些基本的情感包含着自然界最美好、最长久的形式，无拘无束，自由自在。从那里诞生的语言，不受世俗虚荣的影响，简单有力，完全没有那种众所周知的缺陷，以及令人反感和不快的因素；与诗人的语言相比，来自重复的经验和反复的情感，朴素的语言更加长久，更加富有哲理。使用这种简朴的语言，能够有效地进行思考和信息传递。传统诗人的语言，在华兹华斯看来，背离了人类的情感，沉溺于武断、恣意的表达习惯，这种语言习惯只能浮躁的、变化不居的口味。

既然内容与语言源于最基本的日常活动，有着最为自然的属性，诗歌的创作也应该是情感的自然流露。然而，自然地流露并不是彻底的原始生态。华兹华斯进一步指出，优秀的诗歌是强烈情感的自然能流露，这是毫无争议的；可是，优秀的诗歌又是具有价值的，诗歌价值的出现取决于诗人的非常感受力，以及长时间和深度的思考。在日常的生活中，每当情感产生之时，总是受到人类思想的约束与引导，而具有约束和引导作用的思想又是以往情感的代表，也就是情感的理性升华（思想）。对情感代表（思想）之间的关系进行思考，人类就能认识到于自己至关重要的东西，反复重复这些至关重要的内容，人类就能养成一个良好的习惯，遵守这些习惯，就是培养与习惯紧密相关的人类情感，直到有一天，良好的习惯成为人类内在的一种冲动。此时，诗歌作为诗人自然情感的流露，不仅具有一定程度的启蒙意义，也具有较高的品位以及亲和力。理性的地位颠倒过来了，但没有遭到彻底的流放，仍然起着约束主体情感的作用。

那么，何时对情感进行理性的约束？在事后的追忆过程中。华兹华斯指出，诗歌诞生于"宁静时刻追忆起来的情感"（emotion recollected in tranquility）。也就是说，有了来自自然界的强烈感受之后，经过一段时间的沉淀，通过追忆的方式，在脑海里再现当时的情景，并对其加以思考

（contemplate）。在再现当时情感的过程中，宁静的心情逐渐消失，与此同时，昔日经历过的情感再一次出现了，再现的情感与初次体验过的情感略有些不同，因为在追忆的过程中，理性的成分进行了积极的干预。新的情感，无论是什么种类、怎样的程度，也不论是何因，一定伴随着一种娱人的快乐（pleasure）。总之，亲身体验、追忆、思忖以及情感的再现，构成了华兹华斯诗学理论的一个关键部分。如此一来，诗歌往往拥有这样的形式，即那景那情，此时此情。两种时态的并置，决定了诗歌结构的特殊形式。

《我独自云游》的前三段再现的就是过去的景致以及由此引发的情感状态，那时的情感完全是未加工过的：讲述人怎能不心花怒放 / 有这样欢快的伴侣。值得注意的是，面对着一望无际、翩翩起舞的水仙花，讲述人"我久久凝望却想不到 / 这奇景赋予我多少财宝"。可见，在当时的情况下，讲述人并没有对眼前所发生的一切进行理性的思考，也不可能进行思考。三个段落实质上仅仅处于想象的第一阶段，或者第二空间。第四段则涵盖了追忆、思索和情感的再现。不同的时态告诉读者，前三段与第四段之间存在着时间上的距离；讲述人的位置也说明了地点的变化；此时，讲述人的精神状态也不同，不是先前那种极度的兴奋，而是一种闲适、宁静；在宁静的状态下，讲述人开始了内视，也就是对过往事件进行追忆；追忆的结果显而易见，那是一种"孤独之中的福祉 / 于是我的心便涨满幸福 / 和水仙一同翩翩起舞"。宁静、追忆、思索与欢乐，作为想象的四大要素，构成了想象的第二阶段，或者完整的第一空间；第二空间位于第一空间之上，两个空间的位置关系仿佛佛祖落座于莲花之上。

诗歌结构与此相似的作品还有《孤独的刈麦人》（The Solitary Reaper）与《夜莺颂》。此外，还存在着一种倒莲花座结构，例如《印第安墓地》。与《我独自云游》正好相反，具有莲花座功能的段落，不是最后一段，而是第一段。从第二段开始，诗歌讲述了美国土著的丧葬文化，构成诗歌的内叙事。

　　不管学者说过些什么，
　　我依然坚持我的老观点；
　　我们给逝者安排的姿势，
　　表明了灵魂的永远安眠。

　　这地方的古人并不如此——
　　印第安人一朝离开世人，
　　就再次同亲友坐在一起，

重新把欢乐的宴席分享。（黄杲炘　译）

从第二段的叙事视角可以看出，"印第安"一词的出现，标志着"我们"与美国土著文化主体构成了文本中的两个行为主体。那么，"我们"是谁？从美国的历史、讲述人的宗教背景以及所采用的语言来看，"我们"就是基督教文化的实践者。又因为诗歌的焦点是"我们给逝者安排的姿势"，显然，《印第安墓地》的主题是两种文化中的丧葬习俗。不过，基督教文化仅仅是一个叙事视角，而美国土著文化则是基督教视角下的叙事对象。基督教视角构成外视角，美国土著文化则构成内视角，外视角与内视角的关系仿佛倒挂橡树枝上的一枚橡果。

就外视角而言，"我们"的基督教文化内部关于死亡的问题，分成了两派：一派是经院学者，另一派是世俗的学人"我"。无论怎样，肉体的消亡成为人生的一个关键节点。肉体灭失之后，灵魂会经历什么呢？经院学派的观点是，所有的人要在世界末日之日，站在上帝的面前，接受他的终审审判：有人要下地狱，有人则可以升入天堂。宗教经典并没有对天堂与地狱进行详尽的描写，不过，宗教诗人的作品，例如《神曲》，则对地狱与天堂予以了详尽的刻画，不仅成为经典的文学作品，也几乎成为经典的宗教文献。但丁的地狱漏斗状，分为九层，第九层是顶底，囚禁着撒旦、恺撒的凶手卡西乌斯与布鲁图。穿过一段地下通道，拾级而上，就来到了南太平洋的净界山，净界山又分七层，第七层是贪色者修炼的地方；净界山的山顶则是地上乐园。从那里可以进入天堂，天堂又分九重，第九重天之外则是天府，那里居住着圣洁的灵魂，天府的上空就是三位一体。

世俗学人的观点是，死亡就是长眠。该论点的依据是，基督徒死后下葬的姿态是仰面平躺，仰面平躺的姿势决定了逝者今后的行为方式，在讲述人看来，死亡即人生的终点，由此可见，世俗学人的观点是基于生活经验的再阐释。不过，躺姿的重要性也并不是一家之言，古埃及的绘画准则从另一个角度可以证明姿态对于逝者的重要性。古埃及人同样相信灵魂不朽。为此，艺术家在创作人物形象的时候，都会从一个熟悉的视角出发，对人物进行完整、清晰的刻画。如果一个部分没有得到展示，例如胳膊，灵魂（ka）就会缺少这个部分。此外，人的头部、胳膊与脚应当从侧面透视，而肩膀与眼睛则从正面进行透视。可见，强调姿势与透视的角度对于灵魂的重要性具有一定的普遍性。那么，哪一种观点作为诗歌的主要视角呢？显然是讲述人的视角，谁掌握了话语的主动权，谁的视角就是衡量事物的标准。

内视角下的故事是什么呢？诗歌反映了美国土著的葬俗。土著葬俗的主要精神是，灵魂不灭，运动不止：人去世，"这只能说明生命离开他 / 但原来的想法没有改变"，即灵魂的"活动可没有个尽头"。为此，墓穴里摆放着为远行准备好的鹿肉，还有"鸟儿的装饰，带彩绘的碗"。除了食物及其相关的用具之外，墓穴里也摆放着弓箭，"他的弓随时可以引满而发"，而他的箭，"一支支按有石镞"。有了狩猎的工具，也就无衣食之忧。美国土著的生活，一如梭罗所言，极为简朴。以上为内叙事的第一部分，内叙事的第二部分描写了逝者的各种活动。在一棵高耸的老榆树下，"林中的孩子们游戏玩耍"，印第安女王以及她的臣民，常常责骂逗留在那里的懒惰之辈。他应该做的事情是，"只见他全身行猎的装束 / 在月明露重的午夜时分 / 这猎手仍在把鹿儿追"，所不同的是，"这猎手和鹿都是幽灵"。生与死的不同在于：生，劳作于白天；死，狩猎于黑夜。

外视角与内视角之间的关系是，外叙事的经院派与美国土著的死亡观之间形成了二元对立。也就是说，外叙事的世俗派与土著结为同盟，但诗歌的倒莲花座结构中，内叙事为主体。与此同时，外叙事与内叙事之间形成对话关系。外叙事的"学者们"其实代表的是欧洲旧世界，内叙事的"我"代表的则是北美新世界。旧世界把北美土著视为"清教徒的异教撒旦"，或者启蒙运动哲学体系下的"高贵的野蛮人"，刚刚取得独立地位的美国人，由于与美国土著同处一个屋檐下，自然也就成为野蛮的不法之徒了。因此，"到了弗雷诺创作《印第安墓地》之时，美国人要同时打赢两场战争，一方面需要具有本土色彩的平均主义精神和反叛的标志，另一方面又需要瓦解欧洲的偏见：在成就上，我们还是一个孩子，在礼仪上，还没有开化"[1]。弗雷诺与美国土著文化认同，为的就是强化美国文化与英国文化上的差异，以此确立文化上的独立性，因为一个野蛮的、无可救药的群体对原文化进行反抗，完全是可以理解的。[2] 所以，在诗歌里，弗雷诺大胆地把美国土著称之为"原始民族"（a ruder race）。当然，美国人身上的那股野性，也被讲述人用来讽刺蒙田以降的欧洲文化。美国文化的精髓，在弗雷诺看来，就是体现共和精神的平均主义，而美国的共和精神或者平均主义主要体现在与美国土著的平等关系上，更重

---

①　OLSON L C. Emblems of American Community in the Revolutionary Era:A Study in Rhetorical Iconography[M].Washington D. C.:Smithsonian,1991:206.

②　ROUND P. "The Posture That We Give the Dead" :Feneau's "Indian Burying Ground" in Ethnohistorical Conrext[J].Arizona Quarterly:A Journal of American Literature, Culture,and Theory,1994,50(3):3—4.

要的是，美国土著的日常活动也能够集中反映共和价值观念：勤奋、节俭与朴素，而上述价值观念正好与人文主义语境下君权的奢靡与腐败相对照。^①在诗歌的结尾，讲述人用"文身的酋长，锋利的矛尖"等土著文化符号，来替代欧洲文明的符号，"畏怯的想象"与"理性本身"，并坚信具有地方色彩的文化符号能够确保文化上的独立。

诗歌套叙艺术的运用，不分语篇的长短，长的有《古舟子咏》，短的有《印第安墓地》。套叙的确能够增加叙事的层次感与深邃感，丰富读者的审美体验，堪称十足的知性文学游戏。然而，诗歌结构并不具有优劣之分，套叙也并不是最佳的叙事形式，诗歌结构的选择最终取决于叙事内容与艺术效果的需要。

第五节　圆环式结构

做事，要善始善终；做文，要首尾呼应。善始善终，就是启动了一项工作之后，就要锲而不舍，直至实现目标为止；或者，启动了一项工作，又因不可抗力，无论是自然界的，还是精神上的，不得不搁置起来，在这种情况下，应当就此项工作向各方做出一个负责任的交代，或通知有关各方终止工作，或者另择工期。简言之，要有画句号的意识。何谓呼应？呼应就是提出一个问题，就要有一个明确的答案；或者给出一个主题，就必须给出一个思想；或者阐述一个问题，就要给出一个解决的方案，或者指明其存在的价值。总之，文章有开头就必须有结尾，当然，如有特殊情况，结尾完全可以处于开放状态。开头与结尾，一般情况下，构成一个线性逻辑结构。然而，在线性逻辑结构中，往往会出现一种特殊的现象：结尾在逻辑上又明确地指向了开头，也就是说，结束即开始，新的一轮往复运动又要开始了。这种结构类型就是圆环式。

圆环式结构分为两类：一是语篇衔尾式，二是主题循环式。

所谓的语篇衔尾结构，就是诗歌的开头段与结尾段实现重复，重复既可以是完整式的，也可以是简约式的。衔尾结构分两种，一是认知型结构，如《老虎！》(The Tyger)，二是回望型结构，如《一条没有走的路》(The Road Not Taken)。

---

① ROUND P. "The Posture That We Give the Dead" :Feneau's "Indian Burying Ground" in Ethnohistorical Conrext[J].Arizona Quarterly:A Journal of American Literature, Culture,and Theory,1994,50(3):8.

第一种，认知型结构。认知型结构从现象出发，对事物的本质进行认识，完成了认识的过程之后，又返回现象。过程前、后的差别是：之前，只见现象，不见本质；之后，见现象即见本质，现象与本质合二为一。事物的表象即是认知工作的起点，也是认知工作的终点，起点与终点位于一个空间点。试看威廉姆·布莱克（William Blake，1757—1827）的《老虎》的第一段：

> Tyger! Tyger! burning bright
> In the forests of the night,
> What **immortal** hand or eye
> **Could** frame thy fearful symmetry?

最后一段与第一段几乎相同，只是两个最后一行略有不同，仅有一字之差，could 变成了 dare：

> **Dare** frame thy fearful symmetry?

《老虎》一诗共六段，第一段点明了林中之王老虎威武的显性特征，第六段再次回到老虎的显性特征，中间的四个段落则集中论述了老虎之威武的形成过程。显然，《老虎》的诗歌结构具有认知型圆环结构特征。

第一段，讲述人，以老虎的眼睛为出发点，指出了老虎的两个典型特征，即对称与威武，对称属于美学的范畴，威武则属于性格的范畴。对称，并无争议，但何以见得威武？他的那双眼睛射出两道绿色的光束，令人望而生寒，当然，时间是夜晚时分，地点是在远离人群的森林。不过，无论是对称还是威武，老虎给人的无不是外在的总体印象。老虎不仅是森林之王，是动物园里的重要卖点，更是一部美学价值超凡的文学作品。有学者认为，老虎代表着本诗，进而言之，代表一般的艺术品；而创造老虎的手和眼睛，则是讲述人，或一般的艺术家。[①] 正因为老虎给每一个偶遇之人或观赏者留下了难以忘怀的印象，这首世代流传、永驻正典的关于老虎的诗歌才给人留下了难以磨灭的印象。

那么，讲述人是怎样创作老虎（诗歌作品）的呢？回答这个问题就是透

---

① KAPLAN F. "The Tyger" and Its Maker: Blake's Vision of Art and the Artist[J]. Studies in English Literature,1500—1900,1967,7(4):617—618.

过现象看本质，同时也事关诗歌的艺术结构类型。

什么是创造，创造的原材料是什么？打开诗篇，进入读者视野的首先是火，老虎的眼睛像火一样"燃烧"（burning）。火的使用是人类进步的重要标志。作为创造的标志，见于伏尔甘（Vulcan）对火的使用：有了火，就可以从事冶炼。冶炼，如同艺术家进行创造一样，能够锻造出各种不同的产品，包括工具和艺术品。讲述人（诗人）就是伏尔甘，他的艺术想象力就是伏尔甘炉膛中的炭火，这团火，生生不息，象征着艺术创造的永恒："灌木丛的燃烧不会停息，这只老虎的燃烧也不会停息。"那么，创造的材料来自何方？来自"夜晚的森林"。"夜晚的森林"当然象征着杂乱的、模糊的现实世界，艺术家正是从现实世界中选取所需的素材，然后通过想象之火，把它加工成艺术品。"说得清楚一点，黑暗的森林代表着艺术家尚未通过想象力加工成艺术品的原始材料，老虎象征着艺术形式，在黑暗的背景下，发出明亮的光。"[①]

如果文本中的老虎是言说的结果，讲述人则是文本老虎的缔造者；可是，现实中，造物主是老虎的缔造者，难道讲述人（诗人的隐性自我）能够与造物主同日而语？诗中反复提到"眼睛""翅膀""肩膀""手"甚至那双模糊的"脚"，从第五段可以看出，上述人体器官无一不明确地指向了羔羊同时也是老虎的缔造者——上帝。讲述人能够与上帝并驾齐驱，因为在布莱克看来，世间一切的生物都是神圣的，与人有关的一切事物，在想象力的作用下，也都具有神圣的属性。"在布莱克的本体论中，神可以成为人，正如人可以成为神。人上升为神……主要依靠运用想象力。"运用想象力，无异于鸿雁挥动着翅膀，在辽阔的天空里，自由自在地飞翔。强有力的肩膀与手，既是身体的，也是精神的，预示着想象力之巨大。讲述人通过个人超凡的艺术想象力，创造了老虎的艺术形象，而造物主则无所不能，创造了活生生的森林之王，从这个角度来讲，讲述人（艺术家）就是造物主，就是上帝。有一点需要在此澄清，第三段最后一行，富有歧义：具有生畏力量的手与脚，到底是属于讲述人的，还是老虎的？学界认为："如果我们的艺术品，老虎，令人生畏……我们的艺术家也就直接或间接地拥有这些特点。"可见，艺术家没有令人敬畏、如神仙般的艺术创造力，也就不可能创造出令人敬畏的作品。

如果伏尔甘们在铁匠铺里锻冶艺术品，上帝在他的工作坊里创造万物，那么艺术家在哪里创造他的作品呢？在"远方的大海，或者高空之上"。在现

---

① KAPLAN F. "The Tyger" and Its Maker: Blake's Vision of Art and the Artist[J]. Studies in English Literature,1500—1900,1967,7(4):619,620.

实中，艺术家不可能上天下海，但在精神的领域里，自由的心灵可以自由驰骋，无所不能，无处不到。换言之，艺术家在他的脑海里构思并创作出优美的艺术品。时态的变化也可以说明这一点。"在第一段，一如最后一段，描绘艺术品使用的是永恒的现在时，但从第二段开始，全部是过去时，以此表明创造过程中的具体时刻。中间四个段落使用过去时态描写了艺术家的创作活动以及艺术品逐渐呈现出其特性的过程。"①甚至那个火炉，在此也不是生存的四种状态，而是艺术家想象力存在的生理空间。那么如何理解"群星投下了他们的投枪，／用它们的眼泪润湿了穹苍？"既然人们把艺术家誉为匠人，也就无妨再一次借用铁匠的工作坊所发生的常见现象来进行阐释。群星的投枪与眼泪，正是铁匠趁热锻打产品的过程中溅出的火花，这些火花其实是携带杂质、纯度不够的铁屑，与孩子们称为天使眼泪的流星极为相似。②从艺术的角度来看，那是诗人对自己作品进行的删改。最后一个关键点，即羔羊与老虎。如果羔羊与老虎不能分别代表善良与邪恶，那么可以代表天真与经验，或者"文雅的田园之美"与"威畏的奇迹与精神的启示"。

所有这些分析所揭示的，都是老虎（艺术品）的本质，整个的分析过程就是人类认知的过程：现象→本质→现象。"最初的重复表述'老虎，老虎'预示了诗歌的结尾要对第一段进行复制，这种复制是一种令人生畏的对称，因为两个段落几乎是不约而同地表达了惊奇之情。"③

第二种，回望式结构。回望式结构一般表现为，到达终点时，回过头来，对出发时发生的行为予以反思，反思的目的是总结，并以此提升人生的智慧。《一条没有走的路》的第一段以及第二段的第一行如下：

Two roads diverged in a yellow wood,

And sorry I could not travel both

And be one traveler, long I stood

And looked down one as far as I could

To where it bent in the undergrowth;

Then took the other, as just as fair,

① KAPLAN F. "The Tyger" and Its Maker: Blake's Vision of Art and the Artist[J]. Studies in English Literature,1500—1900,1967,7(4): 621,623-624,622.

② ERDMAN D V. Blake,Prophet Against Empire[M].Princeton: Dover Publications, 1954:180.

③ KAPLAN F. "The Tyger" and Its Maker: Blake's Vision of Art and the Artist[J]. Studies in English Literature,1500—1900,1967,7(4): 618.

最后一段：

I shall be telling this with a sigh

Somewhere ages and ages hence：

Two roads diverged in a wood，**and I—**

I took the one less traveled by，

And that has made all the difference.

可以看出，最后一段对第一段构成重复，不过，与《老虎》一诗不同，最后一段并不是点对点的重复，而是概括性重复。最后一段的 "Two roads diverged in a wood" 与第一段的 "Two roads diverged in a yellow wood" 应该是一样的，由于音节数的原因，yellow 省略了，但并没有构成意义上的变化；但 "I took the one less traveled by" 与 "Then took the other, as just as fair" 表面上显然具有差异，不过，路还是那条路，只是对其性质的定义有所不同。此外，诗歌的前三段使用的是过去时，最后一段则是将来时态，可见，讲述人所处的时间位置是当下。虽说如此，叙事的时间点与回顾的时间点是不一样的，回顾的时间点应该是理解本诗的主要视角。此乃本诗与众不同之处。可见，主体上，本诗的结构特点属于圆环式结构。

回望的意义不外乎三点：一是失望，二是接受现实，三是充满了喜悦。无论结果如何，人生之初，人人都必须做出选择，即便是不选择也是一种选择。所以，与其坐而观天，不如投出自己的人生骨牌。人生的意义在于选择，在于勇敢地选择，在于为自己的选择担当。不过，当一个人开始倾向于回忆过去的时候，人的心理已经开始衰老，一般情况下，偶尔回忆一下实属人之常情。但对未来进行预测，应该是勇敢者与智者的行为，不为结果所动，而为行为本身负责，过程本身也许能够逐渐改变曾经预见的结果，这也就是叙事以及主题视角的重要意义之所在。但从结构艺术的角度来看，诗歌的特点在于首尾相望，形成一个圆环。不妨这样比喻一下：叙事的视角仿佛呼啦圈在离心过程中的唯一固定点，即与身体的接触点，而在不断地运动中，呼啦圈始终围绕着身体的固定点呈现出一个圆环的形式。没有回望，也就没有圆环结构，只有直线式结构了。

回首望去，这是一个充满了变化甚至是无常的人生，总之，并不是没有偶然外力作用的匀速线性运动。正是因为这一点，弗罗斯特（Robert Frost，1874—1963）深爱此诗，也正是因为这一点，诗人颇遭非议。如果非议成立的话，诗歌的圆环结构也就坍塌了，事实是，非议不能够成立。

讲述人告诉读者，他在人生的道路上，来到了十字路口，何去何从？像所有的人一样，讲述人在做出决定之前，也在实地做了一番考察。两条路，在讲述人看来，"一样的光明"（just as fair），因为都是芳草萋萋，人迹罕至，从两条路上走过的人数差不多，所以"磨损的程度几乎一样"（really about the same）。因此，摆在讲述人面前的是两条平等的人生之路（equally lay），剩下的事情就是选择了。讲述人选择了第二条路。然而，在最后一段，讲述人转而指出，"我选择了一条荒芜之路"。显然，自相矛盾。为此，有批评意见指责讲述人的描述与表意之间发生了"错位"（dislocation），讲述人做出的选择"不是道德性的"，而是"一时冲动"，因此"把诗人本应承担的智性责任推给了读者"。① 果真如此吗？显然不是。对于任何人来说，仅凭视觉对两条路进行区分性判断，的确是一件不同寻常的事情，也不可能得出可靠的结论。多数情况下，除非面对显性的差异，结论无疑是：两条路相同。讲述人同样明白，踏上一条路，再回头则是一件不可能的事情，因为"一条路接另一条路"，走过的路所处的路网简直就是一个迷宫。

为什么选择了一条路，而不是另一条路？没有可靠的依据，唯一的依据是，"也许有更好的结局"。为此，有学者看到的是冲动，另有学者看到的则是"信仰的意志"（the will to believe）。② 信仰的作用是什么？信则有，不信则无。"有"不仅指一种存在，也可以指一种结果。另有"说什么，就有什么"的说法，说明的是语言的魔力。语言真的有那么大的魔力吗？不是语言有魔力，而是意志使然，因为每一句话的背后，都有一个潜在的意志，意志在冥冥之中逐渐地引导自己走向潜意识期望的结果。无意识尚且如此，何况意识。信仰的意志，根据詹姆斯（William James，1842—1910）的理论，具有三个要素：一是存在于现实之中的（living），而不是消亡的；二是强迫性的（forced），不可避免的；三是具有重要意义的（momentous），而不是琐碎的。③ 两条路就摆在讲述人的面前，他必须做出选择，而且他的选择又关乎自己的一生。因此，"詹姆斯的信仰意志从过去、现在以及未来的角度发挥着作用，但诗歌立足于

---

① WINTERS Y. Robert Frost:Or,the Spiritual Drifter as Poet[J].The Sewanee Review, 1948, 56 (4): 61,63,75,77.

② SAVOIE J. A Poets' Quarrel: Jamesian Pragmatism and Frost's "The Road Not Taken" [J].The New England Quarterly,2004,77(1):19.

③ JAMES W. The Will to Believe and Other Essays in Popular Philosophy[M].Cambridge: Harvard University Press,1897:3.

永恒的现在时，在头三段回望过去，在最后一段展望未来，内省性的未来"①。所以，现实属于自然的范畴，由上帝掌控，信仰属于精神的范畴，由个人掌控，诗歌中的矛盾或者差异，就是意志的能动作用的结果。

过去的已经过去了，但没有过去的是收获。讲述人此刻有理由发现，最初的信仰难免有些天真，是天真之歌：毕竟，在自己选择的道路上，他已经走过了一段的人生，对走过的这段人生不可能没有感悟，感悟也就体现在那一声"感叹"（sigh）上。为何感叹？讲述人没有讲明，如果讲明了，也就不是诗歌了。所以，读者有理由进行合理的猜测。讲述人在选择的人生路上，可能遇到了一些挫折，也可能从实践中发现了一些非挫折性的问题，挫折和问题都足以影响讲述人的人生，正因为此，讲述人才合理地推测，曾经选择的人生之路未来很有可能成为"一条少有人走的路"（less travelled by）。可以断定，他此时预测的未来能够产生的感悟足以成为经验之歌。感叹也不一定就是遗憾。他取得了成就，他的成就在他人看来足以骄人，但自己并不满意。当然，也有可能失败。这也许就是诗人与自己的争吵吧。不过，正是与自己争吵，才有了以人性为中心的小说与诗歌。

总体上，讲述人对人生予以了积极的肯定，也对人生充满了信心，有意义的人生完全取决于意志与行动。当然，诗歌也带有一丝的讽刺意味。② 要适合每一位读者的人生经验，诗歌只能如此。由此可见，诗歌的逻辑并不存在着致命的缺陷，如果有什么不足的话，那就是，表面过于简单，简单的表层之下却埋藏着深层的蕴含，容易造成误解，但回望式的诗歌结构还是成功的。回望结构的一层含义是，回望才能反思，反思才能提升；另一层含义是，生命可以延续，人类文明也可以不断地层层积淀，但人生的经历却不得不一代代地从头重来。

所谓的主题循环结构就是指，在主题上，诗歌实现了首尾呼应，而不是字面重复，也就是说，诗歌实现了逻辑上的循环。循环结构也分两种，一是周而复始，例如《墓园挽歌》（*Elegy Written in a Country Churchyard*）；二是螺旋式上升结构，例如《荒原》（*The Waste Land*）。

第一种，周而复始。周而复始就是指为了延续而进行的重复性活动：自然

---

① SAVOIE J. A Poets' Quarrel: Jamesian Pragmatism and Frost's "The Road Not Taken" [J].The New England Quarterly,2004,77(1):20.

② SAVOIE J. A Poets' Quarrel: Jamesian Pragmatism and Frost's "The Road Not Taken" [J].The New England Quarterly,2004,77(1):21,24.

界的季节循环往复，在不断的往复过程，达到了延续的目的；人类的生存以生死的方式循环，在生命不断的更替过程中，人类完成了延续的目的；诗歌主题的内在循环性逻辑决定了结构本身的循环性。《墓园挽歌》的结构体现了周而复始的规律特征。诗歌共 32 段，分为两个部分：第一部分，第 1—23 段，由讲述人"我"叙说；第二部分，24—32 段，由"白发乡夫"讲述，两个部分各自独立，构成一个相对封闭的结构，但又互相联系。

诗歌的第一部分。前三段为全诗提供了一个总体性背景，下文详谈。关于死亡的话题应当始于第四段："峥嵘的榆树地下，扁柏的荫里，/ 小村里粗鄙的父老在那里安睡。"然而，接下来的描写，不是天堂里的享乐，也不是地狱里的煎熬，而是逝者生前的生活片段。可以看出，讲述人采用了虚写的手法进行追忆。生前的生活片段又分两节。第一节，简单地描写了日常的劳作与天伦之乐：鸡鸣而起，日落而息，艰辛的耕种与收获构成了生活的重要部分；与此同时，和谐幸福的家庭生活也给一天的辛苦带来了无限的补偿：

在他们，熊熊的炉火不再会燃烧，
忙碌的管家妇不再赶她的夜活；
孩子们不再会"呀呀"的报父亲的来到，
为一个亲吻爬到他膝上去争夺。（卞之琳　译）

一言以蔽之，他们的劳动和天伦之乐，简单而淳朴。日子的确清苦了一些，不过，也不必对此报以轻蔑的微笑，"凡是美和财富所能赋予的好处……无非是引导到坟墓"，或者反过来看，"栩栩的半身像、铭刻了事略的瓮碑，/ 难道能恢复断气，促使还魂？"第二节，高度评价了普通百姓拥有的但遭到埋没的优秀品质与艺术特长。讲述人坚信，这些山野乡夫们"曾经充满过灵焰的一颗心"，他们的双手"或者出神入化地拨响了七弦琴"，他们当中"也许有乡村汉普顿"，"反抗过当地的小霸王，胆大，坚决，/ 也许有缄口的米尔顿，从没有名声 / 有一位克伦威尔，并不曾害国家流血"。可以无愧地说，整个一生，"他们坚持了不声不响的正路"，之所以如此，是因为"贫寒压制了他们高贵的襟怀，/ 冻结了他们从灵府涌出的流泉"。不是没有高尚与真挚之情，只是表现的形式不同而已：穷则独善其身，而不是混世刁蛮。人，太平凡了；日子，太平淡了，但一块"脆弱的碑牌""点缀了拙劣的韵语、凌乱的刻画"还是完全有必要的，谁不曾"依依的回头来盼一阵？"那双"临闭的眼睛需要尽哀的珠泪"。墓碑就是对逝者临终诉求做出的最恰当的答复。

诗歌的第二部分。白发乡夫讲述了第一讲述人他自己的身前、身后事。第一讲述人对眼前的逝者进行了一番思考之后，转而反思自己。他预见到，当一位同道问起自己的时候，"也许会有白头的乡下人对他说"，"我们常常看见他，天还刚亮，/ 就用匆忙的脚步把露水碰落"，有时候，则在老山毛榉树下，"懒躺过一个中午"，还有时候，"笑里带嘲"，不断阐发"他的奇谈怪议"，更有时候，"垂头丧气，像无依无靠"。可突然间，他就不见人影了。第三天，"送葬的行列，/ 唱着挽歌，抬着他向坟场走去"。他的墓志铭记载着这样的事实：斯人英年早逝，"生平从不曾受制于'富贵'和'名声'"，但"生性真挚，最乐于慷慨施惠"。又是一位善良的劳动者。

《墓园挽歌》与《一条没有走的路》在叙事艺术上何其形似：两首诗都是以现在时为叙事视角，前半部分对过去回顾，后半部对未来展望。不同的是，《一条没有走的路》前后部分没有独立的完整性，合起来才能构成一个整体。《墓园挽歌》的两个部分则具有相对的完整性：第一部分，黑发送白发；第二部分，白发送黑发；无论是寿终正寝，还是英华早逝，身前（生）与身后之事（死）共同构成了一个完整的循环式图景。下图中的各个圆圈代表着完整的一个人生，按顺时针移动。第一部分 forefather（祖先）成为 I（我，第一讲述人）的讲述对象；而第二部分 I 又进一步成为 swain（乡夫，第二讲述人）的讲述对象；第三部分 swain 将来也会成为他人的讲述对象。换言之，第一个循环之后，开始了第二个循环，第二个循环之后，开始了尚未完成的第三个循环。外部的大圆是一个抽象的象征，是人类繁衍生息的范式，由诗歌推演而出。讲述人对逝者生前所做的反思，属于深层结构，可以设想位于下面平面图的背后。预见的结局和未完成的人生用虚环表示：

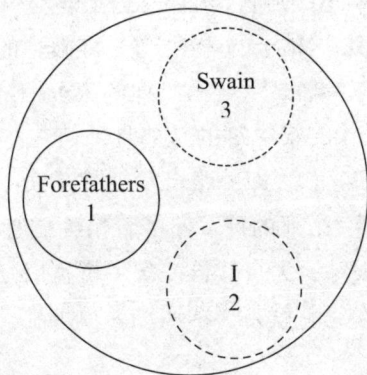

有必要分析一下诗歌的开头与结尾。黄昏时分从山上走下来的耕夫是人类的一位普通劳动者（everyman）；刚刚完成了一天的劳动，象征着人一生的生

活全部；山就是人生的轨迹；夜幕也就是人生的最后阶段；黄昏时分从山上走下来，象征着人类走完了自己的一生；第四段出现的坟墓，就是人生旅程的目的地。与结尾部分结合起来看，生者送走了逝者，继续着人生的劳作（诗歌开头部分所隐含的），劳作了一天（生）之后，傍晚时分（暮年）从山上（社会）返回，来到家里（坟墓）。诗歌最后的葬礼过程，通过隐喻的方式，与诗歌的开篇部分，遥相呼应，构成一个具有超越性的完整的人生循环过程。

《墓园挽歌》是一首劳动者的人生史，而不是帝王将相的人生史。通过两种生死循环的不同形式，讲述人揭示了人类共同的命运轨迹。他告诉读者，唯有勤劳、天伦、虔诚、慷慨、民主、和平才是普世的价值，其余均为浮云。毕竟，人来自尘土，归于尘土。

第二种，螺旋式上升结构（gyre）。螺旋式运动方式，类似重复或者循环，但不是简单的重复，而是在重复中前行，在前行中重复，重复也不是复制，而是不改变本质的变异。就诗歌的结构而言，螺旋式上升结构只能是单环的，但单环的结构具有明确的预示功能，能够对往复前行的过程做出准确的判断。

《荒原》的结构很好地体现了螺旋式上升的范式。这首巨作共有五部分：第一部分，死者葬礼；第二部分，对弈；第三部分，火诫；第四部分，水里的死亡；第五部分，雷霆的话。第一部分，埋葬死者，等待新春的开始；第二至第四部分，分析了春天没有到来的原因；第五部分，春天到来的前提条件。诗歌的结构可以简单地表现为：结束→开始。可是，由于一场全人类的灾难，文明再次启动的时候，不可能再沿着以往的轨道运行了。

第一部分，死者的葬礼。应当考虑三个问题：死者是谁？埋葬死者的仪式有何象征意蕴？希望何时出现在地平线上？"本部分一直回响着死亡的声音，到了'去年你种在你花园里的尸首，/它发芽了吗？今年会开花吗？'死亡的声音进入了高潮。"[1] 例如，"枯干的球根""一堆破烂的偶像""枯死的树""荒凉而空虚""淹死了的腓尼基水手""吊绞死的人""并无实体的城"，以及"种在你花园里的尸首"。其中，最关键的是那具种植在花园里的尸首，它指的就是"吊死的神"（hanged God），即一张塔罗纸牌（tarot）上单脚挂在 T 字形十字架上的神。根据神话，"吊死的神"象征着植物之神，把他埋葬之后，来年的春天，万物就会重新发芽，大自然再一次生机盎然。[2] 众所周知，尸首其实是一种象征，就植物而言，它就是《西风颂》里埋在"坟墓"里的种子；就动

---

① WILLIAMSON G.The Structure of 'The Waste Land' [J].Modern Philosophy,1950,47（3）：198.

② WILLIAMSON G.The Structure of 'The Waste Land' [J].Modern Philosophy,1950,47（3）：196.

物而言，它应该是一具尸体；推而广之，种豆得豆。总之，这是原始思维的一种方式。

问题的关键是，这是一具怎样的尸首？如果是一具假的尸首，仪式就具有亵渎性，春天就不会如所希望的那样重回大地。春天真的没有如愿回到人间。

> 四月是最残忍的一个月，荒地上
> 长着丁香，把回忆和欲望
> 掺合在一起，又让春雨
> 催促那些迟钝的根芽。（赵萝蕤　译）

根芽迟钝，是因为春雨无论怎样催促，它都不能发芽；不能发芽，春雨却不断地催促，是为残忍。季节到了，但万物却没有发芽。显然，种植在花园里的尸首是赝品，所谓的赝品就是那些没有遵循自然规律进入休眠的生命。斯代真（Stetson）就是这样的一位水手。公元前260年，罗马与迦太基在迈利（Mylae）进行了一场真正意义上的海战，他就是这次海战的死者。对于艾略特来讲，斯代真也就是一次世界大战牺牲的士兵。可见，斯代真种植的尸首只能是阵亡的士兵，阵亡的士兵是邪恶的产物，邪恶只能唤醒邪恶，而不能唤醒生机勃发的春天。埋葬死者也就有了两层含义：一是春天不可能重返大地，二是真正具有生命的种子（文明）消失了。希望不复存在。

第二部分，对弈。谁与谁在博弈？为何博弈？博弈的结果如何？事实是，植物的生命始于花朵的授粉，人类的生命始于性爱。人类是创造文明的主体，分析文明的困境就要从人的问题开始。第二部分则集中对堕落的现代性爱观进行了深刻的批判。对弈的双方不是商家，也不是交战的双方，而是性爱中的男女。第一位未名的妇女显然来自上层社会，生活在物质极度丰富的环境中，却不能拥有积极的爱情，与普鲁弗洛克堪称对称的人物。她意识到，"今晚上我精神很坏。是的，坏"，却不知自己的沮丧带有冷漠；她要求讲述人晚上留下来，却关心他在想什么。总之，她处在一个封闭、贫瘠、没有意义的环境中。第二位妇女显然来自社会底层，由于不断地服药堕胎，面容憔悴，即便如此，她的丈夫始终不肯退让半步。在一个看脸的时代，她担心的不是姿色，而是过度的性活动。博弈中，第一位妇女赢了，第二位妇女输了。无论是性缺失还是性泛滥，两种形式都不是再生性的。

第三部分，火诫。何种火？有何危害？火，根据佛陀的布道，即动物性欲望，火诫，就是要告诉世人动物性欲望的危害。第一种，同性恋。欧墨尼德斯邀请讲述人到当地一家同性恋宾馆去，而此时的讲述人正是失明的两性人、预言家体瑞西阿斯。第二种，冷淡的性活动。一位是年轻打字员，另一位是乏味但有些自命不凡的男人。年轻的打字员听凭那位男人对自己进行摆布，结束性爱，对她来说，如释重负。第三种，独身可居。处于政治上的考虑，伊丽莎白女王始终没有结婚，对她来讲，保持独身，便于她与任何国家的王储联姻，从而保护国家的利益，这就是处女女王的重要秘密。上述三种婚姻有一个共同特点，即相遇无果。同性恋必定无果；异性性爱，从理论上讲，可能结出爱情的果实，但现实中鲜有可能，因为那是机械、枯竭与死亡式的性爱。伊丽莎白女王为了政治而牺牲了个人的性爱，在个人主义至上的时代里，那是一种自戕。应当尊重健康的生命冲动。

　　第四部分，水里的死亡。弗莱巴斯死后的尸体，在海浪中沉浮不止。作为一名水手，他应当是一位商人，高大漂亮。可是眼前，财富与青春都化成云烟。生命与青春一旦失去，就永不复还。

　　第五部分，雷霆的话。由此可见，没有爱情的心灵是一片荒原，没有爱的社会如同沙漠。能够拯救荒原与沙漠的只能是水，雨与水两个字反复地出现在第五部分。何时得（雨）水？这就要听一听雷霆之语。雷霆都说了些什么？在揭开谜底之前，有必要整理一下讲述人对基督教的态度：基督教能够拯救人类吗？不能。"有一个空的教堂，仅仅是风的家。/ 它没有窗子，门是摆动着的，/ 枯骨伤害不了人。"教堂没有完全坍塌，却也没有人前往，由此可见，信仰已经开始走下坡路。耶稣基督呢？他会来拯救人类吗？不会的，"他当时是活着的，现在是死了"，他不能复活，也就不能履行上帝的托付。人类呢？"我们曾经是活着的，现在也快要死了。"如果人类曾经祈求自己永生的话，目前最大的愿望应该是死亡。吊在笼子里的西比尔的回答，位于诗歌引文部分，最具代表性，除非奇迹发生。

　　那么，奇迹能够发生吗？能。"……而乌黑的浓云 / 在远处集合在喜马望山上。"他们只待雷霆发出指令。不过雷霆发出的不是直接而是间接的指令，不是该给黑云的，而是给人类的，只要人类执行了命令，黑云就开始结雨。那就是：第一，datta：给予，是的，哪怕是"这片刻之间献身的非凡勇气"，"就凭这一点，也只有这一点，我们是存在了"。第二，Dayadhvam：同情，同情是一把钥匙，它能够打开封闭的心灵大门。第三，Damyata：克制，有了克制，"那条船"和你的心也就"欢快地做出反应"。不过，有观点认为，如何解决人类面临的生存困惑，诗歌的最后一部分只是给出了一个确定但有些武断的答案，并没有给出一个合理的表述过程（discursive development）。^①有观点则认为，《荒原》提出的方案不需要一个正面的表述过程，依靠排除法（via negativa）即可推演出给出的结论。^②无论如何，困境与希望并存，关键在于自己，而不是依靠外力，但外力也不可或缺，只是外力已经不是基督教了，而是佛教。"平安，平安，平安"（shantih），这是讲述人能够给予的最高祝福。

　　给予、同情、克制是不是佛教特有的价值观念？不是。他们是人类的普世价值观念，基督教也含有同样的价值观念。从这个角度讲，重回给予、同情、克制实质上就是重返基督教的永世价值。不再重提基督教，为的是避免误解，因为第一次世界大战给人类带来的创伤实在是难以磨灭。从这个意义上讲，《荒原》的主题结构具有鲜明的回旋性，回到诗歌开始之前的价值体系。不过，价值可以重拾，但光阴不可再复，因此回旋结构不是闭合的，而是平行的开放。

　　圆环结构，作为诗歌的一种常见结构范式，具有一定的原型性。日出日落，日复一日；冬去春来，年复一年；花开花落，一岁一枯荣；生死轮回，一代又一代。这些自然界运动的周期性规律，已经深深地融入人类的血液，成为一种审美的固定范式，有意识或无意识地反映在诗歌的创作或阐释中，它或多或少地成为诗歌主题的必然反映。

　　诗歌大多短小，但也不乏优美的结构程式，当然，结构上无法与小说一比高低。诞生于诗歌的小说叙事艺术，由于容量的关系与艺术的追求，却逐渐走向复杂化，一方面是结构的碎片化，另一方面是结构的立体化，但也并不是越复杂越好，而是取决于实际的需要。诗歌结构，总体上，倾向于简单明了的程式，冲击力强劲，印象深刻。

---

① KIRK S. The Structural Weakness of T. S. Eliot's "The Waste Land" [J].The Yearbook of English Studies,1975,5:222—223.

② TIMMERMAN J H. THE ARISTOTELIAN MR. ELIOT: Structure and Strategy in "The Waste Land" [J].Yeats Eliot Review,2007,24(2):13.

第四章　二元结构

　　二元结构属于内在结构范式的一种类型，由于十分精彩与突出，所以分而述之。二元结构分为对立的与非对立的模式。对立的二元结构是指两种存在之间的互为依据关系；非对立的二元结构是指一种存在与自身之外的任何一种存在之间的各自独立、彼此不相影响的关系。① 存在可以是人、物体、事件或者概念，也可以是一个人、一个物体、一个事件或者一个概念的一个侧面。总之，两个存在之间的关系构成整个诗歌的焦点，关系的类型也就成为诗歌的结构类型。

　　二元对立结构是物质世界最基本的表现形式，也是最容易感知的知识。人有男女之分，时有昼夜之分，空有天地之分，位有上下、左右之分，序有先后之分，体有大小之分，名有抽象具体之分，理有对错之分，情有爱恨之分。二元对立结构属于自然的产物，而二元非对立结构往往是有意为之的结果。面容与鲜花，体魄与小提琴，爱情与圆规，口味与敬畏（Tastes like awesome feels），冷静与黄瓜，脾气与火山，黑色与沥青，干净与口哨（whistle），倔强与骡子，干燥与骨头，聋人与木桩（post），等等，它们之间之所以存在着一种特殊关系，是因为人在他们之间看到了某种特殊的关联性。

　　二元对立结构完全建立在差异与矛盾之上，没有差异与矛盾就没有二元结构，差异与矛盾无处不在，二元结构也就十分普遍。二元结构的类型并不是仅有对立的（opposite）一种，也有和谐（harmonious）的一种，二元对立关系甚至可以转换为和谐、统一关系。② 二元非对立关系，则根据认知主体的需要表现为相似或相异的关系，因此，非对立关系的二元往往是好聚好散，不过，也有许多逐渐沉淀下来，成为文化的一种思维方式。

---

　　① 周来祥. 论哲学、美学中主客二元对立思维模式的产生、发展及其辩证解决 [J]. 文艺研究，2005（4）：36.

　　② 周来祥. 论哲学、美学中主客二元对立思维模式的产生、发展及其辩证解决 [J]. 学术月刊，2005（8）：75—76.

物质世界作用于人的精神世界，便引发了情知，情知进而迸发成为诗歌。为数不少的诗歌围绕着两个存在进行表意。具体地讲，诗歌的二元结构可以分为四种关系：比较、对照、对立、统一。值得注意的是，比较、对照在多数情况下属于修辞手段，广泛用于诗歌表述当中，而且，作为修辞手段，比较、对照出现在微观层面，只在局部发挥作用。相比之下，下面对比较与对照关系类型进行的分析，完全以语篇而不是语句为基础，因而是宏观的，而不是微观的。对立与统一关系类型也是如此。

需要指出的是，当二元对立结构成为作品突出特征的时候，作品中可能同时存在着其他类型的结构范式，对此，本章不再赘述。

第一节　比较

比较与比喻之间的差异性显而易见。就比喻而言，本体与喻体必须属于不同的范畴，不同范畴的两个事物之间存在着显性的或隐性的相似性。相似之处，对于比喻的双方来讲，可以是主要的，也可以是次要的。一般情况下，比喻把焦点对准了相似之处，而忽略相异之处，不过有时候，由于使用比喻，喻体的相异同时取代了本体的对应部分，构成潜在的讽刺或幽默。比较结构的目的是发现两个事物之间的相同之处或者程度上的不等。一般情况下，同一范畴的两个事物相比较，特殊情况下，不同事物相比较，先比喻，再比较。

比较类型可以分为：正反同级比较，正向等级或不等比较，反向不等比较，辩证比较。分析诗歌结构中比较类型的目的，就是揭示诗人比较过程中所展示的不凡智慧。

正反同级比较的典型实例当属伊丽莎白·勃朗宁（Elizabeth Browning，1806—1861）的《十四行诗第 43》。正反比较，就是两个属于不同维度的量，或者同一维度但不同方向的两个量之间进行比较，比较的目的就是于不可能之处看到相似的可能，并以此说明另一方。这就要求诗人独具慧眼，于平凡之处展智慧。首先欣赏两个生活中常见的正反比较的例子：

例 1：In the Southern United States and Southern Ontario, Canada, a porch is often at least as **broad** as it is **deep**, and it may provide sufficient space for residents to entertain guests or gather on special occasions.

例 2：There are as many **paths** to God as there are **people**.

例 1 中的 "as broad as it is deep" 显然指门廊的宽与深等值。宽与深均属于立体空间的两个矢量，但毕竟不是同一性质的两个矢量；可是，在数值上，两个不同的矢量又是相等的，这就足够成为比较的基础。例 2 更具有思辨智慧。很难说出到底有多少信仰之法，但主观认为，确认有多少信徒并不是一件难事，也就是说，有多少信徒就有多少信仰之法：信仰问题，一人一法。完全可以把这种比较的思维方式视作一种文化思维定式。不过，勃朗宁夫人把这种思维定式发扬光大了。

正如讲述人所言，她要一一梳理她爱他的方式：共六种方式，每一种方式都足够的独特，但六种方式具有一个共性，即正反同级比较。

第一种，正面与负面相比较："我爱你所达到的深度、广度与高度，／如同我的灵魂因寻找人生的奥秘／以及完美无瑕的恩典所经历之处。"长风先生的译文有三点值得评述。[①] 其一，语法严谨。"所经历之处"与"深度、广度与高度"构成的空间保持一致。其二，把 the ends of Being 理解成 "人生的奥秘" 较为妥帖。第三，原文中的 out of sight 处理得巧妙，令其隐含在语境里了。根据基督教的普遍阐释，上帝具有不可视性，既然如此，也就没必要译出 out of sight 了。不过，要准确、深入地理解诗行 2—4，就有必要凸显 "玄冥之中"（方平语）了。如此一来，"寻找人生的奥秘／以及完美无瑕的恩典" 如同寻觅一种看不见摸不着的东西，当寻觅之物处于视野之外的一个不确定的位置时，寻觅者的行为方式可用 "翻箱倒柜" 或者 "上天入地" 来形容，换言之，漫无目的，而且不遗余力。爱的行为本是正面、积极的，却与一种负面的行为进行比较，手法可谓独特。不过，讲述人从负面的行为中看到的是那种力度，不遗余力的力度可以是中性的，用在爱的行为上可以说是理由充分。

第二种，激情与淡定相比较："我爱你如同满足每日生活的必需，／从清晨日出一直到夜晚点燃蜡烛。"无论是对爱情的一般阐释，还是诗歌自始至终流露出的浓浓情感，爱情本身的基本属性乃是激情。与此相反，"每日生活的必需"再普通、再平常不过了。没有人因为要吃饭而激动，除非是一顿具有特殊意义的盛宴；没有人因为要工作而激动不已，除非是第一次上班，或者失业已久再就业；也没有人因为工作一段时间后要休息而兴奋不已，除非已劳累到极限，或者休息成为一种奢侈品。然而，情意至深，婚姻至坚，相爱之人往往是不会让激情以夸张的形式流于言表的。大爱体现在每一个细节之中，大

---

① 参考方平先生的译文："我爱你尽我的心灵所能及到的／深邃、宽广、和高度——正像我探求／玄冥中上帝的存在和深厚的神恩。"

爱甚至无声，一如水深静流，因为大爱往往用心进行交流，旁观者不用心去发现，仅凭视觉、听觉或者理性是难以发现的。当爱情就像日常必需一样每时每刻滋养着双方，那是怎样的一种神圣的爱情。

第三，无为与有为相比较："我自由地爱你如人争取天赋权利。"自由就是一种无为。花草树木自由了，它们就能自然地生长，自然地生长就是一种无为。何谓花草树木的有为呢？当它们必须克服巨石的阻碍而生长的时候，它们的生长就是有为。市场自由地运行就是无为，市场出现囤积居奇现象就是投机商的有为；当市场运行正常，政府就不应作为，无为就是有效的管理。一个人自由了，他就可以做想做的事情，没有人阻止他，做自己想做的事情就是无为。无为就是尽本分，有为就是越界。然而，争取天赋权利就是有为，一种积极的作为方式。没有天赋权利，即使有所谓的自由，自由也是一种奴役，因为没有天赋权利的自由强迫你自生自灭。反过来，有天赋权利，没有自由，天赋权利只是一种虚幻的东西，如海市蜃楼。自由也是一种权利。争取天赋权利就是争取无为的权利，无为的权利说到底就是最大的自由。自由之爱，表面上无风无雨，没有用心，但同样威严不可侵犯，同样轰轰烈烈。

第四，接纳与拒绝相比较："我纯洁地爱你如虔诚敬拜的信徒。"[①] "我纯洁地爱你"表现了讲述人的无功利之爱，无功利之爱是向对方做出的一种无条件的接纳，无条件、无功利方见清纯。纯洁之爱与自由之爱及日需之爱均为崇高、深厚之爱。"如虔诚敬拜的信徒"所对应的原文是 as they turn from Praise。they 显然是指争取天赋人权的男性，praise 也只能是生活中因自己的懿行美德而赢得的普通赞誉。按照西方的风俗习惯，拒绝对方的赞誉是一种失礼的行为，因为拒绝行为否定了对方的判断力，而接受对方的赞誉则是对对方的评价能力的一种肯定，也是对其人格的一种尊敬。然而，讲述人肯定了拒绝赞扬的失礼行为，是因为自己如同东方人一样，看到了拒绝赞扬的另一面，即人性的纯洁。纯洁的人性不因毁誉而丧失本真，也不因赞誉而增加光泽。接纳与拒绝皆为纯真。

第五，欢乐与悲伤相比较："我用昔日悲伤中迸发四射的激情 /……来爱你。"俗语说得好，爱有多深，恨就有多深。"昔日悲伤中迸发四射的激情"无疑是一种恨，而且是一种彻骨之恨。当有人辜负了纯真的爱情之后，处于心理的平衡机制，辜负的爱就化作等量的恨，爱与恨虽然是正反向矢量，但程度相等，都是最高级别（纯真）的力量。而眼下，讲述人正在热爱之中，

---

① 参考方平译文："我纯洁地爱你，像他们在赞美前低头。"

怎样表达自己的爱呢？压力有多大，弹力就有多大，即曾经恨得多深，现在就爱得多深。所以，用"迸发四射的激情"来爱你，并不是一种反语，而是一种失而复得之后的激情释放。敢爱敢恨，激情并不随着爱情阅历的加深而递减。与此同时，是否也构成一种委婉的暗示呢？莫作负心人，辜负了爱，也就只有恨，一种超越个人得失的恨。

第六，有与无相比较："我用我现在已经消失得无踪无影／但曾经崇拜古圣先贤的爱来爱你。""无"在此就是"不再拥有"的意思，不再拥有什么？不再拥有一种崇高的爱。那时的爱有多么崇高？爱就像圣徒一样崇高。可见，爱与爱的对象的宗教地位成正比。然而，失去的东西如何能够回来呢？崇高的爱因圣徒而产生，既然崇高的爱回来了，那么，圣徒也必定回来了。重归的"圣徒"就是"你"。"你"作为深爱的对象，不是圣徒，但如同圣徒；不，"你"就是世俗的圣徒。因为圣徒是宗教视域下的，所以讲述人献给圣徒的爱是神圣、纯洁的；因为"你"是世俗的圣徒，所以讲述人献给"你"的爱也是世俗的但同样是纯洁的。可见，有与无的背后，还隐含着宗教与世俗的比较。宗教与世俗之所以能够同日而语，是因为二者同时具有崇高性；然而，宗教与世俗终究不同，不过，两种形式的爱也是程度相同，方式不同。爱，有同也有异。

第七，幸福与痛苦、生与死相比较："我用一生的呼吸微笑眼泪来爱你；／上天注定，我死后会更加爱你！""微笑眼泪"显然分别代表着幸福与痛苦。因为爱的付出而感到幸福，也因爱的收获而感到幸福。幸福不是永远的付出，也不是永久的收获。在付出之后收获，在收获之后再付出，于是幸福无限。痛苦最不受欢迎，虽然不以人的意志为转移，但可以接受。痛苦的原因模糊不定，因此也就更加具有包容性，可能是误解，也可能是天灾。无论痛苦缘何，讲述人无不含泪相爱。有人因为成功而分手，因为爱情从来就带有功利性，成功了，不再需要对方；有人因为失败而劳燕分飞，因为爱情只能是阳光和蜂蜜。感受到痛苦，也不回避痛苦，但不因痛苦而改变初衷。初衷不改，是因为痛苦能够转化为爱。痛苦是崇高爱情的试金石，也是爱情的营养液。

生与死。生而相爱，爱在世俗中，世俗之爱仍旧享有崇高性。死而升入天堂，天堂有爱，但不是性爱。亚当与夏娃携手走出伊甸园，就是因为开始了世俗之爱。重返伊甸园，就是回到没有性爱的永恒时光里。没有性爱，却能够沐浴上帝的圣爱。然而，"假如上帝应允"（If God choose），[①]讲述人将在

---

① 长凤先生译文："上天注定。" 方平先生译文："假使是上帝的／意旨。"

天堂延续世俗之爱。具有打破禁忌的勇气足以说明此生世俗之爱的程度，又足见讲述人的智慧。诗歌的结尾处出现了不等比较，然而，不等比较的背后仍旧是同级比较。爱总是越酿越浓，纵向来看，爱总是处于不等比较之中；横向来看，更加浓烈的爱，与上帝应允的破格度相比，则是相对应的，因而是同等程度的。

正反同级比较，从不可能之处看相同，贯穿了诗歌的整体结构，无非是为了说明爱得深沉，但与普通同类正向相比较的表达方式相比，更显讲述人的智慧。爱，人人享有，从普遍的情爱之中，读到智慧之语，谁说不是一种巨大的享受？

正向等级或不等比较，顾名思义，就是比较的双方具有程度相等或不等的同一类别的价值，其主要代表作品是《我的爱人像朵红红的玫瑰》（*My Love Is a Red, Red Rose*）与《十四行诗第18》。前面说过，只有同一类别的事物才能参与比较，但是在抒情诗歌中，借景抒情之时，讲述人在非同类别的事物中间寻找可比性，于不可比处做比较不仅是诗歌的特权，而且犹能彰显讲述人的诗情与才华。讲述人一般先做比喻，而后再做同级比较。同级比较隐含在比喻之中。

正向等级比较。在《我的爱人像朵红红的玫瑰》中，从题目来看，讲述人在"我的爱人"与"一朵红红的玫瑰"两个不同类别的事物之间进行了比较，但实际上，参与比较的对象远不止这些。第一组同级比较。第一次："我的爱人像朵红红的玫瑰／六月里迎风初开。"（王佐良　译）可以说，没有哪位姑娘愿意拒绝一朵（束）红玫瑰的，也没有什么植物能像鲜花那样能够用来贴切地比喻姑娘的，二者简直是绝配。可是，似乎存在着一个常识性的错误："六月里迎风初开。"生长在不同的纬度，玫瑰开放的时间也不同。此诗是一首苏格兰民歌，苏格兰，相对于中国大部分地区，地处高纬度，季节来得自然就晚，六月迎风初开也就不足为奇了。第二次："呵，我的爱人像支甜甜的曲子，／奏得和谐又合拍。"与第一次的具象比较不同，第二次是与抽象之物做比较：具象是视觉上的，抽象是听觉上的。然而，姑娘何以像音乐？有道是，女人是一道风景线，又有什么比乐谱更像风景线的呢？地貌的起伏变化、断崖与平原无不幻化成声音的高与低、疾与缓。

第二组比较的对象发生了变化："我"的爱作为一方，山与海作为另一方。第一次："亲爱的，我永远爱你，／纵使大海干枯水流尽。"为什么相爱？因为"我的好姑娘，多么美丽的人儿！"所以，讲述人就产生了"多么深挚的爱情！"他的爱到底有多么至深，或者说能持续多久？一直持续到大海枯竭为止。汉语与英语表达略有不同。英文是 till，即"到……为止"，而汉语译文则用"纵使"表述。也就是说，根据原文，大海不会枯竭，他的爱也不会终止。大海的寿命与其爱的持久同日而语。第二次："太阳将岩石烧作灰尘，/ 亲爱的，我永远爱你。"仍旧是原来的表达方式，因此，"我的爱"又与岩石的寿命一样长久。可是，大海与岩石的寿命毕竟是无限的，而生命则是有限的，所以，讲述人本着现实主义的态度加以确切化，"只要我一息犹存"。可见，爱的本质是不弃不离。

第三组同级比较：能量守恒。爱情有分有聚，不可能朝朝暮暮。那么，别离之后，尤其是相隔数千里呢？"但我定要回来，哪怕千里万里。"距离可以稀释爱情的浓度，现实中，爱情因远隔千万里也就逐渐结束的事例一定不胜枚举，否则，讲述人用不着表白。值得庆幸的是，无论相隔多远，别离多久，始终不忘初衷。不妨回忆一下多恩的《别离辞：节哀》（A Valediction：Forbidding Mourning）里的一个夸张的比喻（conceit），同样是能量守恒。

> 两个灵魂打成了一片，
> 虽说我得走，却并不变成
> 破裂，而只是向外伸延，
> 像金子打到薄薄的一层。（卞之琳　译）

在多恩的讲述人看来，他们两个人的灵魂"达成了一片"，一体的灵魂也不会因为别离而产生质的变化。变，的确产生了，只是物理上的，而不是化学上的。如果一体的灵魂等同一块金子的话，金子的面积变大了，变薄了，但体积并没有发生变化，也就是说，分别可以改变恋人之间的相爱方式，但改变不了爱的本质。真正的爱情能量永远是守恒的。对彭斯（Robert Burns，1759—1796）的讲述人来讲，相隔的距离增大了，但思念的力量也增强了，强大的思念终究会克服远距离的阻隔。

第一组同级比较可以说是具有审美意义的，难免有些俗套，可也不乏清纯与天真；第二组同级比较则彰显意志的力量，第三组同样彰显意志的力量，但更具道德与智慧之美。比较是诗歌结构的主要组织者。

同级不等比较。在《十四行诗第 18》中，讲述人首先在"你"与夏日和美人之间寻找相似之处，而后，在美丽的"你"与夏日和美人之间进行比较。其结论是："你"的美貌无与伦比，要想让你的美貌流传百世，最好的办法就是把"你"写进诗歌里。"你"是谁？是一位美女，还是一位俊男？莎士比亚的 154 首十四行诗中，有 126 首（1—126）与一位年轻潇洒的男士（Mr. W. H.）有关，其余的 28 首（127—154）则与一位黑色的女郎（Dark Lady）有关。当然，读者一般习惯上把"你"与美女联系在一起，如果强调文本的自足性，"你"就更容易被解读为一位女性。此处不再做性别区分。

"或许我可用夏日将你作比方，/ 但你比夏日更可爱也更温良。"（辜正坤译）诗歌一开始就点明了两个要点：一是比喻，二是不等比较。比喻的本体是"你"，喻体则是"夏日"、美人（fair）、诗歌。在"你"与"夏日"之间，"你"更胜一筹。夏日是一个名词集合，其构成要素包括大风、季节的时长、太阳、太阳的肤色。无论从哪个角度来看，讲述人都认为，夏日均不如"你"，"你"的主要品质是可爱、温柔。其一，"你"比夏日的强风来得温柔，因为夏日的强风举止粗野，往往在不经意间就损毁了五月娇嫩的花朵。苏格兰的鲜花开在六月初，而英格兰的鲜花则开在五月。其二，夏日的租期，即持续的时间很短；温柔可爱的"你"怎么会如此昙花一现呢？其三，夏日的太阳，即天空的眼睛，发出灼人的烈焰；而"你"的性格温和，无论如何也不会激情四射，咄咄逼人。重要的是，太阳有时"转瞬又金面如晦常惹云遮雾障"。"金面"对应的原文是 complexion，complexion 在一般现代读者看来，仅仅是"肤色"的意思；然而，在莎士比亚的时代，还拥有另外一层意思，即性情（temperament）。也就是说，complexion 有两层意思：外表（physical appearance）与性情。反过来讲，temperate 对应的"温和"之意也表现在两个方面：外在的与内在的。这样一来，temperate 与 complexion 无论数从外部还是内部，都能一一对应起来。换言之，太阳外表的云翳正是内心世界的外现，相比之下，温和的"你"则内心平静，没有郁闷的云翳，外表也就更加姣好。①

美人与"你"相比，又若何？不若，因为"每一种美都终究会凋残零落"，为什么？每一种美"或见弃于机缘，或受挫于天道无常"。"见弃于"对应的英文是 untrimmed，关于 untrimmed 的权威解释是 stripped of gay apparel，即"退下了盛装"，从语法的角度来看，分词短语 By chance or nature's changing course untrimmed 做状语，说明 declines 的原因。另有一种解释或许更适合诗歌的结构特征。Trim 有调节（adjust）（风帆）的意思，untrimmed 则具有 unadjusted（or unchanged），即"不变"之意。什么没有改变呢？机缘和无常的天道没有改变，即机缘和天道的无常是不变的。untrimmed 的外延改变了，短语在语句中的结构功能也就改变了：在前一种解释中，"untrimmed by…"做状语；在后一种阐

① RAY R H. Shakespeare's Sonnet 18[J].The Explicator,1994,53(1):10—11.

释中，untrimmed 修饰 chance 和 nature's changing course，整个"by…"短语也做状语，但意思为"由于……"。① 这不应该是"你"要经历的。

那么，"你"除了性情温柔、可爱之外，还有什么过人之处呢？答案是：不是"你"本身已经拥有了什么优于他人的品质，而是讲述人根据个人的意志，决定要赋予"你"怎样的优于他人的品质。他决定要赋予"你"另外三个超越他人的品质：其一，"你永恒的夏季却不会终止"，即"你"的青春将持续下去，永远不会终止。其二，"你优美的形象也永远不会消亡"，也就是说，既然"你"的青春永驻，优美的形象也就永存，当然，机缘和无常的天道也奈何不了"你"。短语"你优美的形象"省略了动词"拥有"，其英文是 ow'st，关于 ow'st 的权威解释是 ownest，即第二人称单数的古老表示方式。不过，有学者认为，更妥当的解释应该是 owest，其理由是，"如果拥有了美貌，又如何担心会失去它呢？"之所以说 owest 最为贴切，是因为"美貌是从自然那里借来的，理当权属自然，也必须还给诗歌次行中的傲慢死神。如此一来，fair 就是一个双关语，既是美貌，又是生活之旅的车费"②。其三，"死神难夸口说你在它的罗网中游荡"，没有死神的阴影笼罩着"你"，"你"就可以永生了。三大厚礼，不比不知有多厚。

问题到了关机时刻：如何实现许诺的厚礼？"你借我的诗行便可长寿无疆。"讲述人很慷慨，把"你"写进了诗歌，进入了他的诗歌，"你"就可凭借他的诗行"长寿无疆"。何以见得？"只要人口能呼吸，人眼看得清，/ 我这诗就长存，使你万世流芳。"两个等式：人类永存 = 此诗长存；此诗长存 = "你"万寿无疆。是的，世界的意义在于人类的存在，人类不存在了，意义也就不存在了，因为一切的意义都是人赋予的。不过，有学者对此不以为然：

"这"到底给了"你"怎样的爱？关于这位亲爱的形体、身高、头发、眼睛、胡须，我们一无所知，不知她的性格和想法，不知她的一切。这首爱情诗事实上不是赞扬那位亲爱的，看起来，倒是赞扬它自己的。③

且不考虑外在的现实是否是人物塑造的重要，关键在于，"你"的可爱、

---

① JUNGMAN R E. Trimming Shakespeare's Sonnet 18[J].ANQ: A Quarterly Journal of Short Articles,Notes and Reviews,2003,16 (1):18—19.

② HOWELL M. Shakespeare's Sonnet 18[J].The Explicator,1982,40(3):12.

③ BOYD-WHITE J. The Desire for Meaning in Law and Literature[J].Current Legal Problems,2000,53(1):142.

温柔是诗歌创造的结果,"你"的永恒的青春、"你"的永远的美貌,"你"的长生不老,所有的这一切都是语言(诗歌)的产物。所以,赞扬她(他)就是赞扬诗歌;同样,赞扬诗歌,也就是在赞扬她(他)。语言能够永存,人类也能够永生,而且人类永远需要阅读,只要阅读,"你"就能生存。总之,"你"的生命不是肉体的,而是精神(文字)的。没有什么是不变的,只有"你"是永恒的。

《十四行诗第18》的魅力在于:第一,比较的同时,并没有贬低对方,对方依旧令人羡慕不已,只是"你"处在美丽与幸运的金字塔尖而已;第二,美、永恒与艺术,通过比较的手法,完美地结合在一起。

反向不等比较。正向表示比较过程中具有肯定意义的一面,反向则表示具有否定意义的一面。反向不等比较,就是通过比较,彰显一方在否定意义上有过之而无不及。《歌:去吧,跑去抓一颗流星》(*Song*: *Go and Catch a Falling Star*)(辜正坤 译),通过不可能之间的比较,凸显特定视角下女性性格的多变性。

在第一诗段中,讲述人列举了七种不可能之事。其一,"去吧,跑去抓一颗流星"。无论是追日,还是捕捉流星,都可能是人类有过的梦想,但事实告诉人们,理想固然美好,但现实更加骨感。其二,"去叫何首乌肚子里也有喜"。汉语译文用何首乌替代曼德拉草(mandrake)未尝不可,是取"千年人形何首乌"之意。既然何首乌(交藤、交茎、夜合)具有人形,那么,它也许能够怀孕了?不过,"千年人形何首乌"只是一个传说,市场所见人形何首乌,无一不是赝品,倒是曼德拉草更接近中华关于何首乌的传说。曼德拉草生有分叉的根茎,酷似人的身体。据传说,曼德拉草生长在绞刑架之下,靠吸收行刑犯人滴落的精液生长。曼德拉草被拔出之后,就会发出一种尖叫声,闻者毙命。其三,"告诉我哪儿追流年的踪影"。弃我去者,昨日之日不可追。其四,"是谁开豁了魔鬼的双蹄"。人们只知双蹄动物食草,不食肉。其五,"教我听得见美人鱼唱歌"。此处的美人鱼一般解释为河妖(siren),河妖的歌声可夺人命,只有奥德赛经得住河妖歌声的诱惑。其六,"压得住醋海,不叫它兴波"。妒忌生恨,人性之劣根。其七,"哪一番 / 好风会顺水把真心推向前"。真心难得,好风不见。七项任务,七种难题。

然而,到此为止,七种不可能之事的功能尚且不明。一般来说,可相互比较,说明他事有过之而无不及;也可以此类比他事,说明同样之不可能;更可以此通过比较,说明他事之易。到底是哪一种?

直到第二诗段结束之时,方才明白:讲述人采用了反向不等比较手法,说明他事有过之而无不及。讲述人进一步指出，假如一个人具有天生的洞察无形事物的能力，穷其一生，踏遍山山水水，无奇不闻，无异不见，"到最后 / 都赌咒 / 说美人而忠心，世界上可没有"。可见，第二诗段的逻辑是：不可见的事物，可以看见；奇异的事物也见多识广；可是，就是没有看见忠心的美人；所以，忠心的美人难得一见。如此一来，本着叙事一致的原则，第一个诗段的七种不可能的功能也就清楚了。其逻辑可以简化为：去叫何首乌肚子里也有喜不易，让美人忠心更不易。"我们认为，多恩在前 15 行创造的气氛恰到好处，女性反复无常的主题一经点明，便产生了震惊的效果，极大地提高了《歌》的审美情趣。"①

可以说，诗歌的两个段落自始至终围绕着一个抽象因而也是空泛的论断展开：女性无常。既然空泛，也就缺乏力度。讲述人及时地弥补了这一缺憾。不过，具体的例证仍然采用了反向不等比较的手法。首先，"可是算了吧，我决不会去，/ 哪怕到隔壁就可以见面。""可是算了吧"（Yet do not）回答的是"通知我一句"（let me know）。"忠心的美人""到隔壁就可以见面"反倒不见，足见对爱情是多么得失望。可是，到底是为什么呢？其次，背叛总比承诺快。"你见她当时还可靠，"可人人皆知，可靠归可靠，她仍然有权利重新做出选择，然而，在讲述人写信做出承诺之前，她也没有再做选择。想不到的是，当讲述人按照承诺赴约时，"她不等 / 我到门 / 准已经对不起两三个男人。"反过来看，即便是住在隔壁，也不能确保女性的忠信。比较的手法，把反复的女性打入了地狱。②

整首诗歌，通过不等比较手法的运用，烘托出了女性性格的无常。但是，诗歌整体的艺术效果却不是一个反向不等比较就能取得的。第一，讲述人在第一诗段创造了悬念，等到披露主题之时，不仅悬念豁然开解，所要阐释的

---

① EDITORS. Donne's Song, "Go and Catch a Falling Star" [J].The Explicator,1943, 1(4):31.

② 对女性正面做出如此严厉的批评，多恩堪称第一人，不过，不是批评女性的唯一之人，莎士比亚即在此列。其实，多恩是以此来反对女性理想化的流行做法。受皮特拉克抒情诗的影响，英国出现了太多的赞誉女性的诗歌，女性在诗歌里成为"忠实、明理、圣洁的"化身，历经"别离、相思与困苦而矢志不移"。参见 Christine E. Hutchins.English Anti-Petrarchism：Imbalance and Excess in "the Englishe straine" of the Sonnet[J]. *Studies in Philology*，2012，109（5）：552-580. 不过，可以对诗歌进行超越性别式的解读。在第一诗段的最后，讲述人说道："哪一番 / 好风会顺水把真心推向前。"谁的"真心"？既然没有点明，也就是没有性别标记，没有性别标记，它就可以包括男人和女人的真心。第三诗段仅仅是一个举例，以女性为例而已。而且，人性是相通的。

观点也产生了极大的震撼力。第二，在保留对比手法的同时，采用了例证的手法，取得了更好的说服效果。当然，第三诗段的比较手法与前两段不同，但由于其地位是例证，因此对诗歌的主要对比手法不能构成本质上的影响。

辩证比较。在比较的过程中，优劣态势之间发生转化的情况称之为辩证比较。雪莱的《西风颂》(*Ode to the West Wind*)便是一例。第一，西风与落叶、雨云、大海之间的隐性比较；第二，西风与讲述人之间的显性比较（经过了讲述人与落叶、雨云、海浪的认同之后，即能量传递之后）；第三，西风与讲述人之间的优势实现了均衡。

西风与落叶、雨云、大海之间的隐性比较。"狂野的精灵！你吹遍了大地山河，/ 破坏者，保护者。"西风，对于亚平宁半岛来说，是夏的终止者、春的创造者；对于不列颠群岛来讲，乃时令之王者，一年四季，踏着不列颠群岛东行。① 然而，西风何以成为破坏者？"啊，狂野的西风，你把秋气猛吹，/ 不露脸便将落叶一扫而空，/ 犹如法师赶走了群鬼。"西风一到，于无形无影之中，就把落叶一扫而空，足以彰显其威力，固有"狂野"之气；西风何以成为保护者？"呵，你让种子长翅腾空，/ 又落在冰冷的土壤里深埋"，"一朝 / 你那青色的东风妹妹回来 /…… / 就吹出遍野嫩色，处处香飘。"西风在摧毁旧世界的同时，又为新世界做好了充分的准备。可见，西风的角色具有鲜明的辩证色彩。但问题的关键并不在此，而在于西风的强大，像魔法师一样功力无比，像春风一样，势不可挡。所以，作为破坏者和创造者，西风的主要性格特点在于强大无比。无论是西风还是落叶抑或是种子，它们都是自然界不同形式的力量，他们之间的互动，无一不体现了力量的对比，谁是强者，谁是弱者，一目了然。

在与雨云的较量中，西风也是胜者。当西风"激荡长空"之时，"乱云飞坠"；"摇撼天和海"之时，又"把雨和电赶了下来"；暴风雨的来临，就像"酒神的女祭司勃然大怒"，"愣把她的长发遮住了半个天"；不仅如此，整个天空"宛如圆形的大墓"，埋葬了即将结束的残年。气势磅礴，狂野无比。如果乱云、雨和雷电同样强大的话，就不会听凭西风的摆布。西风不让海洋。有多少人望洋兴叹，海洋的每一次律动，无不摄人魂魄，可海洋在西风的面前，如面团，如绵羊。一是地中海，"它在清澈的碧水里静躺，/ 听着波浪的催眠曲，睡意正浓"；二是大西洋（满意地观赏着自己养育的儿女们，任其在自己的怀抱里嬉戏）。他们都何其悠然自得，正所谓为强者无畏。可是，西风的来临，令他

① PANCOAST H S. Shelley's Ode to the West Wind[J].Modern Language Notes,1920,35 (2):97—100.

们"惊骇",海水慌忙劈开,为其让道,而安卧在洋底的琼枝玉树,"尽管深潜万丈,一听你的怒号／就闻声而变色,只见一个个／战栗,畏缩……"西风与海洋,谁强谁弱,不言自明。西风的强大带有鲜明的暴力倾向。

西风与讲述人相比,亦是令人艳羡的强者。西风作为强者,不是因为他战胜了讲述人,而是讲述人在西风面前主动认输。"如果我能有你的锐势和冲劲"说明自己没有西风那样的锐势和冲劲;"即使比不上你那不羁的奔放,／但只要能拾回我当年的童心",说明讲述人曾经有过不羁的奔放,或者至少有过那样的雄心,不过,如今与西风相比,远不及人。而且,当西风涤荡寰宇之时,讲述人却"跌在人生的刺树上","血流遍体!"西风意气风发,斗志昂扬;讲述人身陷不幸,苦苦挣扎。然而,讲述人的高贵之处在于抗争:

4

> 如果我能是一片落叶随你飘腾,
> 如果我能是一朵流云伴你飞行,
> 或是一个浪头在你的威力下翻滚,
>
> 如果我能有你的锐势和冲劲,
> 即使比不上你那不羁的奔放,
> 但只要能拾回我当年的童心,
>
> 我就能陪着你遨游天上,
> 那时候追上你未必是梦呓,
> 又何至沦落到这等颓丧,
>
> 祈求你来救我之急!
> 呵,卷走我吧,像卷落叶,波浪,流云!
> 我跌在人生的刺树上,我血流遍体!
>
> 岁月沉重如铁链,压着的灵魂
> 原本同你一样,高傲,飘逸,不驯。(王佐良 译)

抗争的第一步,不是直接的对抗,而借力发力。如何借力?与落叶、雨云和海浪认同。落叶是怎样的一种力量?落叶在讲述人的眼中,像"染上了瘟疫的魔怪"，"黄绿红黑紫的一群"。五颜六色的树叶，如果挂在树枝上，就会给人一种艳丽迷人的审美感觉，可是，落在地上，尤其是斑斑点点，如染瘟疫，在西风的驱赶下，如魔怪狂奔，令人躲之犹恐不及。再者，落叶、雨云和海浪无一不受西风的任意驱使，那又是一种怎样的奴役呀！可是，讲述人甘愿与其认同。

认同就是巧借西风之力，借力实现抗争。为什么？西风是强大的，但要想把落叶扫进坟墓，就必须对落叶进行发力，只有接收到了西风发出的动力之后，落叶才能运动。因此，无论是作落叶，还是作雨云或者海浪，当西风驱使之时，西风都向它们施加了一种前进的动力，反过来说，它们都接收到了或者拥有了来自西风的动力。当此之时，讲述人就能够是"一片落叶随你飘腾"，就能是"一朵流云伴你飞行"，"那时候追上你未必是梦呓"。当然，落叶自有落叶的回报："我们身上的秋色斑斓，/好给你那狂飙曲添上深沉的回响，/甜美而带苍凉。"这就是讲述人的逻辑，这就是讲述人赞美西风的原因。讲述人的心情十分急切："祈求你来救我之急！""给我你迅猛的劲头！/豪迈的精灵，化成我吧。"当然，有了西风的鼎力相助，就能重拾往日的辉煌："原本同你一样，高傲，飘逸，不驯。"有了西风一样的力量，就能摧毁旧世界，迎接新世界的到来。

结构上，在颂歌的第一至第三部分，讲述人完成了西风与落叶、雨云以及海浪的比较，但这种比较较为隐晦；在第四部分，则集中完成了两个重要的步骤：一是与落叶、雨云和海浪的认同，二是变弱者为强者，实现了强者的华丽转身。总体上，颂歌在运用比较手法之时，饱含着高度的政治智慧，而且也体现出了高超的艺术手法：逻辑严密、流畅，一气呵成。完成了一系列的逻辑推理之后，作为强者，讲述人发出了自己的最强之音："把我的话散布在人群之中！"他的话就是：埋葬旧世界，让新世界在旧世界的尸体上发芽生长！新的强者不仅强大，而且也信心百倍："如果冬天已到，难道春天还用久等？"时值秋天，接下来就是冬季，可在讲述人眼中，冬季无足轻重，他可以踏着冬天，直接翘望春天。是的，春天可盼，西半球的西风不会让人失望。

比较作为一种表达的手法，相对简单，但简单的手法可以表达复杂的艺术，从简单走向复杂，其中折射出的是智慧。在诗歌中进行比较，多数情况下，要以比喻为前提，在两个不同类别的事物中看到相同之处，需要知识渊博，需要独具慧眼；自古至今，凡是走入经典行列的诗歌，其中都不乏无数比喻令人为之拍案叫绝！赞扬一方，做铺垫的不受贬抑；批评一方，一字一句皆匕首。如果再辅之以轻灵、奇妙的逻辑，把全诗上下贯穿起来，怎能不令人为之叹服！

<h1 style="text-align:center">第二节　对照</h1>

与比较一样，对照一般发生在同类事物之间，如果非同类事物，则要先比喻，后对照。对照的目的是发现不同，而不是差距。发现差距是指，通过比较的手法，认识在同一方面，哪一方比另一方强多少；发现不同是指，通过对照手法，找出各方的强项，与一方的强项对应的是另一方的弱项。对照，如同比较一样，不是终极目的，而是一种手段。

对照手法有朴素与繁复之分，例如丁尼生的《溅吧，溅吧，溅吧！》（*Break, Break, Break!*）（方平　译）。但朴素并不是平淡的代名词。众所周知，手段的成败在于目的。就《溅吧，溅吧，溅吧！》而言，对照的手法并不复杂，也没有体现出丁尼生胜人一筹的思辨能力，但通过简单的对照，诗人把失去亲人之痛婉约地表达出来。一方面是"那渔家的孩子有多好"，还有"那年轻的水手有多好"，另一方面是"那相握的手已陨灭，/ 那说话的声音已沉寂哦！"一个"多好"对应着一个"陨灭"，另一个"多好"对应着一个"沉寂"：不比不清，一比，针针扎到了心上。当然，丁尼生还运用了另外三个诗歌技法强化了对照的艺术效果。一是比喻，把内心的情感世界外化；二是用量化手段说明心情的本质；三是诗人与读者的视角发生重叠。没有什么比奔腾不息的海浪更能说明一个人失去亲人之后的情感状态，也没有什么能比飞溅的浪花更能准确地描绘心痛的本质。当世人皆乐，唯我独悲之时，何以胜其悲？不仅如此，同情是一回事，感同身受，就是另一回事，这就是视角重叠能够产生的艺术效果。总之，简单的对照，辅之以抽象情感具象化的手段，取得了绝佳的艺术效果。

运用难度系数较大的对照手法的诗歌大致可分为以下几种：正向镜像、正向纵擒、反向对照、反向逆转、互逆命题、对照齐平。

正向镜像。正向对照的目的在于赞美，如莎士比亚的《十四行诗第106》（*Sonnet 106*），赞美也有庸俗与睿智之分。在本诗中，古代诗人与现代诗人成镜像，古代美人与现代美人也称镜像。不过，两对镜像属于深层结构，不是表层结构，但深层结构之美十分凸显，往往取代了表层结构之美。且看本诗：

> 我在过去的史纪当中
> 看到最漂亮的人物的描述，
> 还有美人为古诗平添光荣，

赞美着古往的淑女和风流武士。

他们肆力描写美人最美的地方，

手、脚、嘴唇、眼睛、眉毛，

我就看出他们笔下是想

描绘出你现在所有的美貌。

所以他们的赞美不过是预言

我们这个时代，预报你的到来；

他们只是揣测一番，

无法颂扬你整个价值的所在：[1]

至于我们，生在当前这个时代之中，

只能瞪眼仰慕，不会张口赞颂。（梁实秋　译）

　　第一个四行诗段总结了古代史纪的一般特点，即"美人为古诗平添光荣"；第二个四行诗段提出了问题，即"……他们笔下是想／描绘出你现在所有的美貌"。第三个四行诗段分析了问题，即"他们的赞美不过是预言／我们这个时代，预报你的到来"；对句不是对全文进行归纳，而是继续向纵深展开，即"至于我们，生在当前这个时代之中，／只能瞪眼仰慕，不会张口赞颂"。可见，这首十四行诗仅在形式上属于英语十四行诗，本质上则是意大利十四行诗。

　　表层结构完全属于线性逻辑结构。线性逻辑的起点是一个众所周知且无疑义的常识，然而，讲述人通过解构赞美与美貌之间的对等关系的方式，提出了问题：古人赞美的是现在的"你"（风流男子）。紧接着，讲述人给出自己的解释，说明了古人如何赞美现在的"你"，而不是"古往的美人和风流武士"。最后，讲述人进一步阐释了现代诗人为何不赞美帅哥"你"的原因。不过，梁实秋译文有两处需要特别注意：一是"他们只是揣测一番"略去了"因为"，二是"至于我们"中的"至于"。前一句的英文原句是 for they look'd but with divining eyes，for 表示原因，因此引导的是原因状语从句，"无法颂扬你整个价值的所在"也就构成信息中心了。后一句的英文原句是 For we,（which now behold these present days, / Have eyes to wonder, but lack tongues to praise.），for 仍然是说明原因，而"至于"仅仅是谈论的对象，所以是一种转译，但从

---

　　[1]　译注：skill 一字，在四开本作 still。Tyrwhitt 改为 skill，近代本多从之。第11—14行的大意是："古人未及见我的朋友之美貌，纵然笔下写得淋漓尽致，只是揣想，眼前没有模特儿；我们生逢现世，眼前看到模特儿，又苦无古人那样的生花妙笔给他写照。"

全诗的角度来看，转译也不妨碍对诗文的理解。总之，从逻辑的角度来看，整首诗的重心是对风流男子的赞美，而不是对古今诗人进行评价。[①]

　　表层结构更多的是对深层结构的反应，但有时候，出于对审美需要的迎合，可以从主题的角度对作品的表层逻辑结构进行角度上的旋转或者合乎逻辑性的再组合，使之出现一种更加美好的结构形式。例如，结构主义学者普罗普（Vladimir Propp，1895—1970）在分析神奇故事的结构形式过程中，归纳出了31个功能；而格雷马斯（Algirdas Julien Greimas 1917—1992）在普罗普研究的基础上，根据行动素模式，把31个功能简化为六个功能，分为三组：主体 / 客体；送信者 / 受信者；助手 / 敌人。每一组都是一对人物，每一对人物之间构成一种对立关系；三对人物又按照一定的逻辑构成故事情节中的重要关节。格雷马斯的总结归纳更具结构主义的美学价值。

　　结构主义批评一般关注作品中的二元对立元素，多数情况下，属于微观研究。本章关注的内容，从题目来看，也是二元对立元素，但不同在于，它们完全在宏观的层面上产生作用，而且，还呈现出一定的宏观结构模型。不难看出，本诗中的关键性结构要素是：古代诗人、美人（淑女与风流武士）；现代诗人、"你"；（美貌与才华的）有、无。从梁实秋的译注（注释13）来看，古代诗人眼前没有模特，也就是说，古代诗人面前没有"你"，只能凭想象来描述"你"的美貌。梁实秋的译注，严格地讲，有出入。事实是，不是没有模特，只是模特不是"你"，那是谁呢？是古代的淑女和风流武士。他们的美貌远不及"你"的美貌，但对他们的描写仿佛是对"你"的描写，也就说，古代的诗人夸大其词。现在可以把上述三组按照对照的方式排列：古代诗人 / 现代诗人；美人 /"你"；有 / 无。然后，再对二元对照元素进行合理的结构重组，形成的结果如下：

	才华	美貌	
古代诗人	有	无	美人
现代诗人	无	有	"你"

　　上表其实隐含着一个明显的实体与镜像（虚无）关系。古代的美人容貌一般（无），但古代的诗人才华出众（有），把平庸的容貌描绘成绝代姿色；而

――――――――
　　①　INGRAM W G,REDPATH T. Shakespeare's Sonnets[M].New York: Barnes & Noble, Inc., 1965:241—242.

"你"姿色绝代(有),但现代的诗人缺少才华(无),描述不出"你"的美貌。这样,古代的美人是"你"(实体)的镜像,而现代诗人则是古代诗人的镜像。

其实,梁实秋的译注固然有缺陷,却点明了诗歌中存在着的鲜明的对照关系。"古人未及见我的朋友之美貌",表明时下美人美貌之无;"笔下写得淋漓尽致",表明古代诗人艺术才华之盛;"眼前看到模特儿",表明绝代佳人之存在(有),"苦无古人那样的生花妙笔",说明现代诗人才华之缺失。结果也是两组对照形成的虚实关系:有与无,无与有。梁实秋的结构意识反映了英美19世纪晚期批评的结构意识:

> 他们有口才,却没有模特;我们有模特,却没有他们的艺术才华。[①]

又,

> 他们有口才,却无眼福,只能充分想象;我们有眼福,却无口才。[②]

显然,19世纪的批评强调了古代诗人与现代诗人之间、古代美人与"你"之间形成的正向镜像(sharp antithesis)。

19世纪批评形成的镜像结构完全建立在1609年出版的四开本的基础之上。四开本(quarto volume)与其后的18、19和20世纪早期版本的区别在于第12行的措辞:四开本是 They had not **still** enough your worth to sing,之后的版本是 They had not **skill** enough your worth to sing。争论的焦点是,是 still 还是 skill?

持 skill 观点的学者认为,still 是一个笔误或者印刷错误,其理由主要有二:一是 enough 修饰的中心词不够明确,即便是补选一个,也不能确定哪一个好;二是 still 一词做限定性副词不为《牛津英语词典》(OED)所支持,因为1632年以前,still 没有 as yet 的意思,而1722年以前,也没有 nevertheless 或者 however 的意思。[③] 否则的话,用现代的意思解释过去的诗歌,难免有时代错置之嫌(anachronistic error)。总之,They had not still enough your worth to sing(也

---

① WYNDHAM G. The Poems of Shakespeare[M].London: Methuen,1898:312.

② SISSON C J. New Readings in Shakespeare[M].Cambridge:Cambridge University Press, 1956:213.

③ INGRAM W G,REDPATH T. Shakespeare's Sonnets[M].New York:Barnes & Noble, Inc.,1965:241—242.

就是 They had not still enough to sing your worth）讲不通，如果改为 They had not skill enough your worth to sing 也就讲得通了，因为 enough 修饰 skill 顺理成章。

关于 enough 的中心词问题，有学者认为，enough 后面省略了 praise。理由有二：其一，前两个十四行诗段全部在对美人进行赞扬（praise），能够构成足够清晰的"赞扬"语境，因此，第 12 行也就没有必要再次出现 praise 的字样。其二，在第三个十四行诗段的开头部分出现了 praise 一词，所以，后面的并列句也就没有必要再重复它了。第 12 行可以补充为 They had not still enough praise your worth to sing，即 They had not still enough praise to sing your worth。①

持 still 观点的学者认为，作为副词，still 表示 as yet（迄今为止）和 nevertheless 或者 however（然而）是可以接受的。限于篇幅，此处只论述 still 具有 nevertheless 之意。19 世纪的《莎士比亚词典》（*Shakespeare Lexicon*，1886）在副词 still 的第四个条目下，给出了 nevertheless 的解释，并举出九个例子加以说明，以及另外八处可供参考之处。②20 世纪的《莎士比亚十四行诗》（*Shakespeare Sonnets*，1978）中详细地分析了 13 例 still 具有 nevertheless 之意的十四行诗诗行，即 5.14（第 5 首，第 14 行）、7.7、9.10、34.10、47.10、55.10、81.13、85.1、93.3、129.4、134.4、135.3 和 135.6，尤其认为 still 在 5.14 与 34.10 的主要意思就是 nevertheless。③21 世纪初，有学者对莎士比亚的剧作《辛白林》（*Cymbeline*，1609）中 still 的用法做了详细的分析，认定 still 具有 nevertheless 之意，并指出："《辛白林》中 still 连续三次的用法表明，没有必要对《牛津英语词典》（still 词条下的）6.2b 中的年份 1722 过于认真。"④ 的确，字典有时也不具有最终的裁定权，对某些解释持有合理的怀疑态度值得提倡。

而且，skill 也不妥。既然"他们的赞美不过是""预报你的到来"，他们以往所描绘的就是"你"的美貌，既然把"你"的美貌描绘出来了，他们也就拥有了远胜于现代诗人的艺术才华，又怎么能说是"他们只是揣测一番，/无法颂扬你整个价值的所在"呢？显然不符逻辑。正如梁实秋在译注中所言，"近代本多从之"，他也就从了近代本，接受 skill，否定 still。接受 skill 的做法，虽然没有贬古代的美人，但在无意中贬低了古代诗人，这与莎士比亚的一贯

① GO K J. Unemending the Emendation of "still" in Shakespeare's Sonnet 106[J]. Studies in Philosophy,2001,98(1):116—117.

② Schmidt A. Shakespeare Lexicon: Vol. 2[M]. 2nd ed. London: Georg Reimer,1874-1875: 1124.

③ BOOTH S. Shakespeare's Sonnets[M]. Connecticut: Yale University Press,1978.

④ GO K J. Unemending the Emendation of "still" in Shakespeare's Sonnet 106[J]. Studies in Philosophy,2001,98(1):134-135.

做法相抵触。莎士比亚十四行诗中，经常出现的一个主题模式是："不善言表"的"我"对应着"能言善辩"的其他诗人。① 总之，接受 still，诗歌深层的镜像结构就显现出来了。

正向纵擒。一般用于励志诗，旨在激励人们积极行动起来，为实现人生的理想而努力奋斗。为了激起人们的进取精神，讲述人采取了对照映衬的手法，揭示了一方的担当与勇敢，批评了另一方的软弱与退缩。在对照映衬的同时，讲述人又不满足于简单的对照，而是进一步采取了欲擒故纵的手法，对不思进取之人进行规劝，诗歌的结构因此也呈现出了波折起伏的美丽形态。

《哀希腊》(*The Isles of Greece*) 选自《唐璜》的第三诗章第 86 节，因其具有较大的独立性，故而单独论之。节选由三个部分组成：第一部分（1—6），纵向与横向对照，以唤醒希腊人的御敌意识；第二部分（7—15），以对照的方式揭示御敌之道，兼用欲擒故纵的演说技巧；第三部分（16），总结全文。

第一部分，纵向对照（1—4）。讲述人从艺术与军事两个方面，进行今昔对照。艺术上，希腊人曾经拥有过流传万世的希腊神话；也曾拥有过歌颂火热爱情的女诗人萨福（Sappho），对西方宗教、文化与伦理产生过重要影响的叙事诗人荷马（Homer），以及宫廷抒情诗人阿纳克里翁（Anacreon）；然而，

　　原在你的岸上博得了声誉，
　　而今在这发源地反倒喑哑；（查良铮　译）

可见，历史与现实形成了巨大的反差：历史上，希腊人崇尚艺术，创造的神话奠定了西方文学的基础；人们向往纯真的爱情，歌颂爱情的火辣，出现了众多的艺术巨擘；遗憾的是，这一切仿佛没有发生过，更没有形成传统，无法对现代的希腊人产生任何影响。

军事上，同样的辉煌："在这里，战争与和平的艺术并兴。"的确如此。公元前 490 年，在马拉松之战（Battle of Marathon）中，希波战争中的重要一次战役，希腊军队采取了正面佯攻、两侧突袭的战法，依靠四行和八行密集方阵的队形，以少胜多。这是一次具有历史意义的战役，如果此役失利，希腊将面临亡国的危险。可如今，现实惨淡，历史令人不堪回首："当我在波斯墓上站立，/ 我不能想象自己是个奴隶。"难以想象固然不谬，但现实不容回避：

① GO K J. Unemending the Emendation of "still" in Shakespeare's Sonnet 106[J]. Studies in Philosophy,2001,98(1):137.

希腊人已沦为奴隶。公元前480年，在萨拉米斯海战（Battle of Salamis）中，希腊军队再一次以少胜多，奠定了海上霸主的地位。希腊军队分两线出击，发挥其小船的灵活性，运用接舷战与撞击战的战法，重创波斯舰队，波斯帝国从此走向衰微。而如今，敌人又犯家园，人们听到的不是胜利的欢呼，倒是一片沉默："在无声的土地上，/ 英雄的颂歌如今已沉寂——"

横向对照。讲述人原不是希腊人，可是，出于对压迫的憎恨与对和平的热爱，积极地投身希腊民族的解放斗争中。他深知，自己"名不见经传"（in the dearth of fame），然而，赞颂英雄事迹的重担却落在了自己这个外乡人的肩膀上，那些有志之士究竟现在何方？难道国中无人了吗？国中真的无人。虽说如此，"置身在奴隶民族里"，作为国际人士，讲述人犹有"一个爱国志士的忧思"，爱国的忧思"还使得我做歌时感到脸红"。那些希腊人面对着奴役，又在做什么呢？不仅沉默无语，而且消极不作为。为此，

诗人在这儿有什么能为？
为希腊人含羞，对希腊国落泪。

无怪乎，讲述人从诗歌一开始就发出无限的感慨："永恒的夏天还把海岛镀成金，/ 可是除了太阳，一切已经消沉。"

真的就这么消沉下去，坐以待毙？不能！希腊人必须重新站起来，奋起抵抗，把敌人赶出家园！要完成这一重要的历史重任，讲述人仍然采用了对照手法，不过，此次增加了欲擒故纵的艺术。

从对照中，看第一自救之法："我们难道只好对时光悲哭 / 和惭愧？——我们的祖先却流血？"英雄的后代，与祖先对照一下，竟然有天壤之别！讲述人为此难以接受，他提出了方案："大地呵！把斯巴达人的遗骨 / 从你的怀抱里送回来一些！/ 哪怕给我们三百勇士的三个，/ 让德魔比利的决死战复活！"历史上，斯巴达人就是勇猛、善战的代名词。公元前480年，在德魔比利（Thermopylae）隘口（温泉关），三百斯巴达战士在国王列奥尼达的带领下，奋力抵抗波斯人的入侵，最终因寡不敌众，全部战死。当今之下，无须三百斯巴达战士，三人足矣，有了三名斯巴达战士的垂范，希腊人就能战胜土耳其人。然而，"还是无声？一切都喑哑？"眼看依靠少数斯巴达战士的亡魂是不行的，那么，反过来行不行？"只要有一个活人 / 登高一呼，我们就来，就来！"现实是，"倒只是活人不理不睬"。无论是亡魂领导生者，还是生者领导亡魂，生者都不做反应。

对照之下，讲述人绝望了。因此，主动建议不谈御敌救国，而是提议端起酒杯，斟满萨摩斯（Samian）美酒，一醉方休，让土耳其骑兵恣意妄为：

算了，算了；试试别的调门：
斟满一杯萨摩斯的美酒！
把战争留给土耳其野人，
让开奥的葡萄的血汁倾流！
听呵，每一个酒鬼多么踊跃
响应这一个名誉的号召！

对照又加剧了绝望。一群人在畅饮红色的葡萄酒，另一群人在流淌着鲜红的血液；一方草菅人命，另一方听之任之；荷马颂扬的是英雄，而讲述人看到的是懦夫。如果真的绝望了，也就没有对照，既有对照，就不是真的绝望。此为欲擒之计。

对照与第二个自救之策。重拾旧日的战术：庇瑞克方阵（Pyrrhic Phalanx）。方阵，简言之，就是由数排人数相等的士兵组成的队形。战时，士兵们身穿铠甲，手持盾牌和长矛，迈着整齐的步伐，勇往直前。前排的士兵倒下了，后排的士兵置之不顾，继续压向敌阵。可是，此时的希腊人却忘记了高贵、富有男人气概的古老方阵，反倒纵情于方阵舞蹈（Pyrrhic dance），不思进取。不仅如此，希腊拥有悠久的文化发展史，但灿烂的希腊文化不是为奴隶准备的。言外之意，从丰富的文化中，希腊人足以吸收足够的智慧，来战胜自己的敌人。但眼前，希腊人似乎束手无策。懦夫如何能理解勇者的无畏。

为此，讲述人再次感到绝望，号召大家举起斟满萨摩斯酒的酒杯，用美酒冲洗心中的亡国之忧。是的，身处专制统治下，阿纳克里翁能够痛饮美酒，我们希腊人也面临着专制统治，为何就不能痛饮？可以的，完全可以。不过，讲述人指出，波里克瑞底斯固然暴力专制，但他仍然是希腊人，而不是土耳其人。同样是独裁者，但一个是自己人，一个是外族人。在怂恿希腊人放纵之时，讲述人绵里藏针，不失时机地促使他们的意识觉醒。需要指出的是，讲述人的国家意识有些过时。正如讲述人可以号召希腊人团结起来共同抵御外敌，外族人也可以成为希腊的最高行政长官，只要他不是一位独裁者。反过来，即使最高的行政长官是希腊人，只要独裁，就丧失了执政的合法性。同理，希腊人可以成为其他国家的公民，其他种族的人也可以成为希腊公民，只要他们拥护所在国的宪法与法律。总之，反对侵略，争取独立，才是头等大事。

对照与第三个自救策略。讲述人再次提及独裁者，同样，不是提倡独裁统治，而是赞扬独裁者身上拥有的但希腊人急需的品质。

> 克索尼萨斯的一个暴君
> 是自由的最忠勇的朋友：
> 暴君米太亚得留名至今！
> 呵，但愿现在我们能够有
> 一个暴君和他一样精明，
> 他会团结我们不受人欺凌！

独裁者之所以是自由的忠勇朋友，是因为独裁者此时能够领导希腊人获得国家独立，国家独立了，一个公民才有自由。而且，独裁者固然令人反感，但暂时可以把全国人民团结起来，共同抵御外来之敌的欺凌。简言之，为了自由，全希腊的人们必须团结起来。

第三次欲擒故纵。在借酒浇愁的同时，讲述人坚信：如果希腊人不全都是英雄的子孙，至少"在苏里的山岩，巴加的岸上"，居住者"斯巴达的母亲所养"的一支"勇敢的子孙"，他们"是赫拉克勒斯血统的真传"。你们消沉吧，天无绝人之路。"在那里，也许种子已经散播"。

对照与第四个御敌之策。总有一批人，抱有不切实际的幻想，总是指望外来的势力进行干预，有了他们的干预，奇迹也就会发生。但讲述人毫不留情，一针见血地指出，"自由的事业别依靠西方人，/ 他们有一个做买卖的国王"。唯利益是图之人，不会尊重正义。而且，入侵的土耳其人也并不是只老虎，而是能够"把你们的盾打穿"，无论盾牌有多么坚固。所以，

> 本土的利剑，本土的士兵，
> 是冲锋陷阵的唯一希望；

世上根本就没有救世主，要独立，就要靠自己，无论你的信仰、你的身份以及你接受的政治体制是什么。可见，内因胜过外因。

在第四次欲擒故纵当中，讲述人把希腊人的注意力引向了希腊的少女们。不抵抗，仅仅意味着能够生存吗？

我看见她们的黑眼亮晶晶，
但是，望着每个鲜艳的姑娘，
我的眼就为火热的泪所迷，
这乳房难道也要哺育奴隶？

显然不是。生存的方式有两种：一是独立、平等、自由的幸福生活，二是无主权、等级制与压迫下的苟且偷生。放弃抵抗就是抛弃自由，选择奴役。作为未来的母亲，她们应该养育自由人，而不是奴隶。何去何从，不言而喻。

面对着自由与奴役、生存与死亡、沉默与呐喊，讲述人毫不掩饰自己的选择："我不要奴隶的国度属于我——"既然如此，唯一的选择就是："干脆把那萨摩斯酒杯打破！"可见，奋起才是希腊人唯一的出路。二元对照具有等级性，刻写着积极意义的一元才是答案。

反向对照。其目的是通过对照的手段对一方进行批评，如《加州超市》(*A Supermarket in California*)。《加州超市》的对照手法，比较含蓄，通过惠特曼的出现，把 20 世纪的加州超市的现实前景化（foregrounding），诗人惠特曼笔下的社会现实背景化（backgrounding），然后再暗中对两种现实做了对照，以此揭示了诗人的忧虑。

诗歌一开始，讲述人就干净利落地把惠特曼引入诗中，否则的话，背景化的对照很难在一首短诗内有效地进行。"今夜一想到你我就思绪联翩，沃尔特·惠特曼，因为我漫步在树荫下的小巷里心事重重举头眺望那一轮满月。"（文楚安 译）读者不禁要问，心事重重从何而来？讲述人的时代已经物质极度丰富，而惠特曼所拥有的精神富足的时代一去不复返了。"饥饿，疲惫，为了采购意象，我走进灯红酒绿的水果超级市场，幻想着你在这儿逐一挑选！"所谓的采购意象，就是购买广告所宣传的商品，为了推销产品，厂家不遗余力地进行广告宣传，甚至不惜进行地毯式的轰炸，人们走进商场，脑海里浮现的就是一个个意象。能代表物质丰富的意象也许首推水果了。美国并不是水果之乡，可是，世界各地的水果源源不断地流入美国市场，这本身就足以说明美国经济的繁荣，繁荣的背后则是社会的商品化。"多美的鲜桃，明暗交加多么诱人！整家整户在晚上逛市场！走廊挤满了丈夫们！妻子们在鳄梨堆前挑选，孩子们对着番茄不转眼！——而你，加西亚·洛尔伽，你站在西瓜堆旁边寻思什么？"鳄梨前的妻子们及对着番茄不转眼的孩子们全神贯注，完全陶醉于物质的虚幻世界。似乎填满了物质欲望，人就可以获得幸福。这正是令讲述人头疼的原因所在。

　　异化与自然状态的对照。"我跟着你从一排排五光十色的罐头架穿进穿出。""五光十色的罐头"成为现代工业的骄傲。工业时代之前,食品只能通过传统工艺加工成干制品,有了现代加工工艺,食品不仅可以保鲜,而且可以通过流水线进行大批量生产。香蕉、排骨也可以在流水线上进行分割包装。这是人类的一大进步。不过,进步的代价也同样不菲。在现代流水线上作业,工作进行了切分,每一个人只需完成一个简单的动作,就能很好地履行自己的职责,就能获得应有的报酬。遗憾的是,人类所获得才能与智慧,仅仅体现在流水线的创建上,而且仅仅是一部分人的才华与智慧,但对于在流水线上作业的熟练工人们来说,简单、机械的重复动作,并不能发挥他们的聪明才智,高智能与低含量之间巨大的反差,加剧了工人们的精神落差。不少普通的高中毕业生甚至对流水作业也产生过恐惧感。工人们不仅看不到最终的产品,也不对最终产品的质量负任何责任,更不会体验到传统手工业者把玩成就时的那种自豪感。肉柜伙计的出现,显然可以与惠特曼的《自我之歌》第12节的内容相对照。一个是传统的手工劳动者,一个是现代工业机器上的一个部件。异化的生存状态并没有给讲述人带来快乐。

　　同性恋与异性恋的对照。历史人物在诗歌中出现所蕴含的含义是多层次的。洛尔伽,如同讲述人一样,也是惠特曼的崇拜者,在社会价值观与性取向方面都有着惊人的相似之处。"我看见你,沃尔特·惠特曼,没有子女,孤独年迈的穷文人。"惠特曼没有子女理当如此,因为他也是一位同性恋者。同性恋主题在金斯堡(Allen Jinsberg, 1926—1997)的诗歌中反复出现。如同惠特曼,洛尔伽也是金斯堡的崇拜对象。诗歌中出现的商品意象,一方面是物质意义的,另一方面是性爱意义的。惠特曼"翻弄着冰箱里的冻肉",并且"眼睛瞧着肉柜伙计"。[①]"翻弄"(poking)、"瞧着"及后面的"排骨"与"香蕉"无一不具有同性恋的性暗示。最重要的一句话是,"你可是我的守护神?"像历史上的许多诗人一样,金斯堡毫不避讳自己的性取向,但又不会过于直白,这就是钳制与反抗的最佳方式。不过,能够直接交流的也许就是惠特曼与洛尔伽,而他们又是作古的人,即便如此,总有个交心的对象。

　　自由诗与传统诗歌命运的对照。讲述人一再推崇惠特曼另有其因。惠特曼是新诗歌的鼻祖,想当初,自由诗出现之时,备受非议,甚至遭到嘲弄。庞德在《合约》(A Pact)一诗中,表达得很清楚:"很久很久,我对你憎恨。"

---

　　① 原译文:"用目光对杂货食品店的伙计。"此外,"谁剔出的猪排骨?"可否译成"谁买走了猪排?"

之所以憎恨，是因为庞德还没有从诗歌传统的清规戒律中走出来，一时拒绝接受自由诗。当他"长大成人"之后，新的世界观形成了，创新意识也增强了，与诗歌传统分道扬镳的自由诗自然就是他的目标。金斯堡的讲述人与"成年"的庞德一样："成年"的庞德承认他与惠特曼之间"同根同源"，但要在惠特曼砍伐的树根之上进行二次雕琢。金斯堡的讲述人所做的二次雕琢体现在诗行上。他的诗行，与惠特曼的诗行相比较，更加冗长。第一段第三行是呼吸节奏的再现：

多美的鲜桃，明暗交加多么诱人！整家整户在晚上逛市场！走廊挤满了丈夫们！妻子们在鳄梨堆前挑选，孩子们对着番茄不转眼！——而你，加西亚·洛尔伽，你站在西瓜堆旁边寻思什么？

这就是惠特曼的诗歌灵魂，与惠特曼相比，有过之而无不及。金斯堡的讲述人崇拜惠特曼，而惠特曼曾一度为学界所否定，金斯堡的讲述人的命运别无二致。反对意见认为，如此作诗，人人皆可为之，所需要的只是"生活，如回忆、挫折、隐藏的希望……会写散文，在散文句子后面多加感叹号就行"。[①] 但在诗人看来，创作自由诗仿佛"品尝洋蓟，拥有每一种冰冻美食而无须从收款员面前经过"，拒绝艺术规范也就是不支付，不过，其结果也只能是"商店保安准在我们后面跟踪"，随时加以管制。诗歌的改革与进步之艰难由此可略见一斑。

孤独，是的，不仅是性取向，也是自由诗之创作。这也是讲述人的迷茫，他一方面迷茫，另一方面又紧紧地盯着惠特曼，回忆着惠特曼的自信：迷茫与自信的对照。"我们要到哪儿去，沃尔特·惠特曼？"讲述人关心的完全是时代的精神，在物质与精神、异性恋与同性恋、创新与传统等方面，究竟是开放还是封闭？"商店就要关门"反映的就是当下的社会现实，针对共产主义的麦卡锡主义（McCarthyism）与针对垮掉一代的新右主义（New Right）大行其道，却遭到垮掉一代的极力反对。应当承认，垮掉一代所倡导的并不都是真理，但追求开放、多元与浪漫并无不妥。讲述人借用"我翻动你的诗集"这一现实来提醒读者，不要忘记惠特曼所歌颂的时代精神，然而，"在超级市场上的奥德赛式的冒险顿觉奇怪荒唐"之后，是陷于无奈还是改变现实？讲述人显然没有可靠的答案。一连串的提问留给读者的，只能是思考。

---

① DICKEY J. From Babel to Byzantium[J].Sewanee Review,1957(3):509.

不过，站在忘情河（Lethe）边的惠特曼，显然还没有喝下忘情水，他始终珍藏着美国曾经的美好现实，有诗集为证。因此，现实与历史的对照形成了巨大的反差，这反差就是黑夜。面对黑夜，人们不禁要问，希望的太阳何时再次升起？显然，通过对照，诗歌有力地批判了拜物主义与狭隘的世界观。

反向逆转。所谓反向就是指，诗歌中，讲述人一路批评或者自抑，到了结束之时，突然一个翻转，批评变成赞扬，自抑变成自赞。在这种情况下，对照既可能是显性的，又可能是隐形的。莎士比亚的《十四行诗第130》便是例证。讲述人指出了他心上人（Dark Lady）拥有的八个缺点，每一个缺点足以令人崩溃，每一个缺点又足以扼杀爱情：

> 我情妇的眼睛一点不像太阳；
> 珊瑚比她的嘴唇还要红得多；
> 雪若算白，她的胸就暗褐无光，
> 发若是铁丝，她头上铁丝婆娑。
> 我见过红白的玫瑰，轻纱一般；
> 她颊上却找不到这样的玫瑰；
> 有许多芳香非常逗引人喜欢，
> 我情妇的呼吸并没有这香味。
> 我爱听她谈话，可是我很清楚
> 音乐的悦耳远胜于她的嗓子；
> 我承认从没有见过女神走路，
> 我情妇走路时候却脚踏实地。①（梁宗岱　译）

总体上是天仙之美与情妇（爱侣）之丑二者之间的对照。但具体地讲，美与丑的对照分别表现在以下几个方面，每一个名称对应一种优秀品质，即明亮、红润、白皙、飘逸、粉红、体香、悦耳、轻柔。

	太阳	珊瑚	雪肤	铁丝	玫瑰	芳香	音乐	女神	
爱侣	×	×	×	×	×	×	×	×	丑
天仙	√	√	√	√	√	√	√	√	美

---

① "脚踏实地" 对应的原文：tread，可译为 "落地有声"。

如果有哪一位女性闻此话语之后，仍然稳坐不动，那才是自信，那才是虚怀若谷，那才是巾帼豪杰。

女权主义者不要这份自信，不要这般心胸，更不要做这般豪杰。其实，男性也看不过。一位拥有明亮的双眸、红润的嘴唇、白皙的肌肤、飘逸的长发、粉红的面颊、迷人的体香、悦耳的嗓音和轻柔的步履的女性，一定是仙女。不是只有男性才迷恋仙女，而是女性见到仙女也是目不转睛。其实，男性也有如恩底弥翁（Endymion）般的帅哥，不仅是女性，就连男性也会为之倾倒。问题是，审美还是选择性伴侣。选择性伴侣，关键在于：谁掌握主动权与选择权。在女权主义运动兴起之前，择偶的主动权完全掌握在男性的手中，女性只有被选与服从。而且，在选择的过程中，男性对女性挑三拣四，仿佛自己站在了完美的基点之上，或者，男性的美丑对女性来讲不重要。女性话语权的缺失、男性自身完美的假设及双重标准的实施，成为压迫与不公的根源。

讲述人不是女权主义者，也不是男性沙文主义者，而是智者：二元思维要不得。二元思维不是人类的错，自然界在许多情况下向人类揭示的就是二元模式，如人分男女、一体两端，等等。所以，一般情况下，否定了"美"就等于承认"丑"；拒绝"正义"即是心向"邪恶"。其实，在二元之间，还存在着其他选项。所以，二元思维不能解决自然界和人类社会的一切问题，这就是讲述人所要传递的重要信息。讲述人的智慧，即不可能成为可能，在对句中得到了充分的体现：

> 可是，我敢指天发誓，我的爱侣
> 胜似任何被捧作天仙的美女。

什么是天仙？天仙是人类把所有的美好集于一身的产物。正像世间所有的事物只能逼近"理念"一样，女性也只能好似天仙，没有哪一位是名副其实的天仙。在爱侣与天仙之间，讲述人之所以更爱其爱侣是因为她是实在的，天仙是虚幻的。换言之，没有一百分的美貌，也没有不入眼的女人，这就是虚与实的区分。

一人之珍馐，另一人之砒霜：二元能够对照，但并不等于价值具有等级性。天生万物，各有其用。人也是如此。可以说，容貌、性格与才华成为一个人综合气质的要素，但性格与才华并不是按照容貌的等级比例进行分配的。由于容貌、性格与才华配比不同，人的综合气质千差万别。综合考虑目的、外部条件、趣味等因素在择偶方面的影响，每一种气质都有自己的绝配。这也就是对句要表达的智慧。不过，回到原文，I think my love as rare/ As any she belied with false compare，就会有更多的发现。译文"……我的爱侣/胜似任何被捧作天仙的美女"尚可，但讲述人指出，他的爱侣说了谎话（she belied），为什么？她进行的对照是错误的（false compare）。也就是说，整首诗，除了对句之外，讲述人与其爱侣的视角发生了重叠。原来，诗歌揭示的形象是其爱侣的自画像，一种话语构建，而构建的二元对照，在讲述人看来，并不准确。也不妨这样思考：对照出现了失误，因为只对照外貌，没有对照内涵。rare 可以指容貌，也可以指内涵。讲述人的爱侣内涵胜于容貌。在容貌与内涵二者之间，讲述人轻容貌，重内涵。对照，也就从显性的不利转为隐形的有利。可见，视角不当，二元对照也就产生了一定的不确定性与不稳定性。

诗歌以二元对照为出发点，但最终解构了二元对照的思维模式。二元对照不一定十分可靠，视角有误，则一定靠不住。所以，翻转的情况发生了：不可能终于成为可能，不利化为有利。

互逆命题。就文学而言，命题，简言之，就是用语言表达的，可以判断真假的陈述句叫作命题。逆命题，是指把一个命题的条件和结论互换位置得到的命题。对于两个命题，如果一个命题的条件和结论分别是另外一个命题的结论和条件，那么这两个命题就叫作互逆命题，其中一个命题叫作原命题，而另外一个命题叫作原命题的逆命题。每一个命题都有逆命题。两个命题互为逆命题，与真假性无关，可能同时为真，可能同时为假，也可能一真、一假。

《希腊古瓮颂》（Ode on a Grecian Urn）有两个著名的命题，它们是互逆命题：美即真，真即美（Beauty is truth, truth beauty）。作者无意在哲学的范畴内讨论这一对互逆命题的蕴含与真假关系，只想在《希腊古瓮颂》的文本环境下，讨论两个命题之间的关系。换言之，美与真为二元，把二者进行对照，目的在于揭示当美与真分别为条件，其结果真与美之间的不同。之所以对《希腊古瓮颂》做对照处理，是因为讲述人自始至终，在雕刻的场景与亲历的生活现实之间进行差异性描述。

艺术场景与生活现实的对照。对照集中在诗歌的第二段、第三段和最后一段。理想与现实的对照体现在永恒与短暂：

> 树下的美少年呵，你无法中断
> 你的歌，那树木也落不了叶子；
> 鲁莽的恋人，你永远、永远吻不上，
> 虽然够接近了——但不必心酸；

她不会老，虽然你不能如愿以偿，

你将永远爱下去，她也永远秀丽！（查良铮　译）

古瓮上，美少年的歌声永不中断，而现实中的歌声终会消散；浮雕中的树叶永远翠绿，而现实中，季节一到，万木凋零；古瓮上，少女即将送上的亲吻，不仅"永远热烈，正等待情人宴飨"，而且定格在永恒；生活中的热吻，转瞬即逝；浮雕中的少女"永远秀丽"，而现实中的美丽姑娘则会老去。总之，一种幸福让"一切超凡"，另一种幸福"使心灵餍足和悲伤"，头脑"炽热"，嘴唇"焦渴"。其实，诗歌的第一行就给出了想象的世界与现实世界的区别："你委身'寂静'的、完美的处子。"其原文是：Thou still unravished bride of quietness。Still，译者按形容词处理，如此一来，诗行的重心就落在了 unravished 上，形成处子与非处子对照，因为 unravished 是在对 ravished 进行否定，这种否定的方式，有欲盖弥彰之效，必定引起人们对"破处"与"处子"的关注。如做副词处理，still unravished 有两个深层意思：一是"不应是处子了"，二是"仍然是处子之身，令人羡慕"。后一种解释有两个选择，但与下文结合，便可自清。两种理解方式都足以形成对照：理想中的处子之身与生活中的破处现实对照。不过，对照明显有些失中，想象厚重，现实单薄。对照引出了两个命题。

美即真。何为美？希腊古瓮上的浮雕场景美。怎样的场景？"一个如花的故事，比诗还瑰丽："在田园里，风笛和鼓谣合奏的舞乐声中，世人与神祇沉浸在一片狂欢之中。且听音乐，"听见的乐声虽好，但若听不见 / 却更美"，"幸福的吹笛人也不会停歇，/ 他的歌曲永远是那么新鲜"。且看欢乐的人儿，"多热烈的追求！少女怎样的逃躲！"恋人们经历着"永远热情地心跳"，每时每刻感受着"更为幸福的、幸福的爱！"此种场景可谓人间天堂的盛会。无论盛会是否存在，也不管讲述人是否经历过场面如此盛大的聚会，这一切都是浮雕定格了的美丽瞬间，而这些定格的美丽瞬间又是讲述人幻想的杰作。[①] 不过，虚构的场景基本上符合事实。在古希腊，收藏骨灰的盒子上一般雕刻着逝者生前最值得纪念的活动，以此表示，经历过此情此景的主体绝不会永远离开亲人。可是，场景的主角是谁，讲述人却没有交代。

虚构的场景栩栩如生，仿佛时光倒流，这一切给观赏者的直接感受就是：

---

① ABRAMS M H. The Norton Anthology of English Literature:Vol.2[M].6th ed.New York:W. W. Norton & Company,1993:792-793.

美，而且美不胜收。问题的关键是，虚构之美是否是一种自我麻痹？济慈的回答十分清楚：

> 除了情感的神圣与想象的真实，我什么都不信：想象以为美好的东西必定是真实的，无论存在与否。我对所有情感与对爱情的看法都是一样的，它们都体现出了崇高性，能够创造美。①

可以说，美是济慈一生最高的追求，是其生命的核心，因而济慈是一个地道的唯美主义者。现实中，人们习惯于认为可视的东西才具有美感，不可视的东西，由于虚无缥缈，则以为不具有美感，美感的判断完全建立在可视性之上。以可视性作为美的基础显然具有自欺欺人的倾向。现实有两种，一是物理的，二是心理的，每一种现实都是真实存在的，因而具有美的可能性。想象也是一种存在，因而也具有美的可能性。

　　在他所追求的美的形式当中，永恒之美乃重中之重。《希腊古瓮颂》中，凡是与爱情和幸福有关的内容，无一不是永恒的，表示"永恒"的术语到处可见，"无法中断""落不了""永远""从不曾离开""不会停歇"，等等，就连古瓮也是经历了"'悠久'的抚育"，还有"小镇，你的街道永远恬静"。关于永恒，济慈曾经写道：

> 我从不怀疑某种性质的永恒……（与你交流）那将是永恒里的一件快事；永恒没有空间，灵魂之间完全依靠智能，到那时，它们之间可以彼此十分了解。

> 在给心上人芬妮（Fanny Brawne）的信件中，他又写道，

> 我永远不会与你永别……我愿意相信永恒。②

　　对于生命即将结束的济慈和他的讲述人来说，永恒就是把曾经经历过的美好定格在那一瞬间，这也就是为何他选择古瓮来加以歌颂。
　　想象中的永恒之美就是真实的存在，真实的存在就能对活着的但不得不面对诸多痛苦之人产生安慰。这就是第一个命题的含义。

---

① SCOTT G F. Selected Letters of John Keats[M].Massachusetts:Harvard University Press,2002:54.
② SCOTT G F. Selected Letters of John Keats[M].Massachusetts:Harvard University Press,2002.

真即美。何谓真？生活现实就是真。每一个人都有属于自己的生活现实，无论自己的生活现实具有怎样的特色，它都是真实存在的，凡是存在的，就是合理的。合理是指每一种存在都有其产生的理由，没有无因的事物。合理并不是合乎人类社会的道德规范，合理与合乎道德是两个决然不同的概念，容易混淆，容易产生概念置换。讲述人拥有的现实是什么？秋气肃杀，落叶纷纷；岁月流逝，青春难再；久盼欢乐，欢乐却迟迟不到。这只是文本之内的现实，应该关注一下文本之外的现实。诗人济慈的一生短暂，不仅一直为贫困所困扰，而且一直笼罩在死亡的阴影里：父母早亡，哥哥病逝，自己也身患肺结核顽疾。早早地展露出艺术才华，却也早早地受到世人的嘲笑。这就是济慈的生活现实，真实存在，不可回避。

真实的存在与美有何关系？接受现实，这是迈向美的关键第一步。济慈在盖伊医院学医期间，很快就展露出医术的潜质，在一个月的时间内，升为外科医生助手（dresser）。然而，大量的工作占去了宝贵的创作时间，济慈决定辞去工作，专职从事诗歌创作，要知道，济慈很早就对古典文学产生了浓厚的兴趣。培养兴趣，尊重自我，发展个性，就是面对现实，顺应自然，积极进取。第二步，不畏险阻，锲而不舍。1817年，济慈出版了自己的第一部诗集。诗集难免粗糙和稚气，然而来自评论界的批评，却相当严厉。济慈并没有因此气馁，两年后，再度发声，一系列的名作牢牢地奠定了自己作为伟大诗人的艺术地位。成名之作，把柔美与阳刚之气融为一体，成熟与稳健代替了稚嫩与浮华。第三步，勇于追求爱情。1818年是济慈最艰难的时期。失去了对生活的爱，生物如同槁木；然而有了对生活的热爱，万物生机勃发。无论爱多么短暂，燃烧过，就能催人向上，就能留给人间芳香。接受现实，发挥人的生物潜能，总会迎来精彩。济慈的短暂人生难道不美吗？真即美。

无论是美与真，还是真与美之间，都站着一个顶天立地的人。离开了这个大写的人，两个命题都不能成立。

那么，讲述人如何从美即真的命题转向了真即美的命题呢？讲述人看到了想象之美的局限性。"呵，冰冷的牧歌！"就是讲述人对古瓮的呼唤，古瓮就是想象之美的化身。其实，在第四段，讲述人就开始意识到想象之美的局限性，即"再也不可能回来一个灵魂／告诉人你何以是这么寂寥"。可见，想象在创造美的同时，也创造了丑（寂寥）。想象之美的本质是什么？除了永恒、智性、灵性，还有冰冷。也就是说，讲述人看到了精神之美的另一面，即与温暖的现实相比，精神之美缺少温度。温度是什么？温度就是物质世界的魅力。爱是火热的，人的主观能动性是滚烫的。一句话，现实中，人能够创造！

然而，在想象的世界里，人只有享乐！这就是冷静、睿智。

通过对照，讲述人引出了两个命题：美即真，真即美。当古瓮以朋友的身份，向人类讲述感悟之时，讲述人与读者皆为听众；当讲述人对古瓮的话语做出解释时，他自己和读者仍然是听众。① 总之，抒情的重心在于"美即真"，认知和实践的重点在于"真即美"。然而，无论是从美到真，还是从真到美，都是一条艰苦之路。躺在坟墓里的美与真，最知追求之难。

对照齐平。有了对照，方显不同；有了不同，即可选择；改弦易辙，因为已到终点；坚持自己，因为仍在途中。纵观世间，是非相对，万物齐一。《夜莺颂》（Ode to a Nightingale）在夜莺的"美好"世界与讲述人的"苦难"世界之间做了对照，然而，"美好"的世界是梦境还是现实？"苦难"的世界是现实还是梦境？亦是亦非，亦非亦是。

两个决然不同的世界。夜莺的世界充满永恒的快乐，像梦一般。夜莺，在讲述人眼里，就是"轻翅的仙灵"，"躲进山毛榉的葱绿和阴影，/ 放开歌喉，歌唱着夏季"。在夜莺的世界里，"清香的花挂在树枝上"，有白枳花、田野的玫瑰、"易谢的紫罗兰"，还有"缀满了露酒的麝香蔷薇"；同时，"月后正登上宝座"，夜色一片温柔。与此相反，在讲述人的世界里，"青春苍白、消瘦、死亡"，"饥饿的世代""将你蹂躏"，② 一个人"稍一思索就充满了 / 忧伤和灰色的绝望"。因为"你的快乐使我太欢欣"，"让我忘掉 / ……/ 这疲劳、热病、和焦躁"，所以，"我要朝你飞去"。借助"诗歌的无形羽翼"，"呵，我已经和你同往！"可以说，两个世界包含着一系列的对立："大地与天空、生与死、时间与永恒、物质与精神、已知与未知、有限与无限、现实与浪漫，等等。"③

然而，话，不说不明；理，不辩不透。在对夜莺的一番表述（apostrophe）之后，讲述人最终发出了一个令人深思之问：

---

① 叙事中，叙事者可以把自己称呼为"你"，这是叙事者与自我进行对话。《失乐园》中，弥尔顿把 thou 称为 he/him："If thou beest he—but O how fallen! How changed/From him, who…"。这就是双重指代。《希腊古瓮颂》中的 ye（你们）可以包括讲述人和读者。此时，陈述的对象从古瓮变为讲述人在内的读者。

② "饥饿的世代"为何"饥饿"？无"恶"可吃，因此，见到恶念，就像见到美食一样，从世人对济慈的批评可略见一斑。另有解释，见 BAKER J. Nightingale and Melancholy[M]// BLOOM H. John Keats.New York:Chelsea House,2007:51.

③ STILLINGER J. Imagination and Reality in the Odes of Keats[M]//Twentieth Century Interpretations of Keats' Odes.New Jersey：Prentice Hall,1968:2—3.

噫，这是个幻觉，还是梦寐？

那歌声去了：——我是睡？是醒？（查良铮 译）

讲述人不知自己是睡着还是醒着，这正是其智慧之所在。人生亦睡亦醒，亦醒亦睡。睡（梦：美好、永恒）与醒（生：有限、痛苦）齐一、不分。

夜莺世界里的美好是永恒的吗？是的。"永生的鸟呵，你不会死去！"这就是讲述人的观点，他的逻辑很清楚：他今天晚上听到的歌声，古代的国王同样听到过；露丝（Ruth），在异国他乡思念亲人之时，也听到过；那些漂泊在波涛汹涌的大海之上的旅行者，还有异域仙地的人们，也都听到过。正因为夜莺的歌声世代不变，所以，发出美妙歌声的夜莺也必定永生不死。这是想象的逻辑，不是哲学或数学的逻辑。此外，还有他生活其中的美丽世界，风景年年如此。当然，夜莺也可以是艺术的象征。

去吧！去吧！我要朝你飞去，

不用和酒神坐文豹的车驾，

我要展开诗歌底无形羽翼，

尽管这头脑已经困顿、疲乏；

既然凭借诗歌（想象）的无形翅膀才能来到夜莺的世界，夜莺世界的美好必定带有此时此地想象的色彩，或者是想象的产物，因为"头脑（理性）已经困顿、疲乏"。讲述人是一位诗人，诗歌也是想象的产物，阅读诗歌时体验的浪漫、自由与幸福仅仅存在于想象的世界里。而且，诗歌，如同夜莺的歌声一样，也是永恒的。依照莎士比亚的推理，只要有人活着，就有阅读，只要有阅读，诗歌就具有永恒的生命。可见，夜莺是诗歌艺术的象征，它们都是不受时间和空间约束的形象的产物。

然而，永恒是相对的。清醒后的理性并不会同意想象的推理。夜莺的歌声世代不变，因而是永恒的，但歌唱的夜莺却是代代不同，正是一代又一代的夜莺唱着相同的歌曲，才创造出了永恒的歌声，更需要有一代又一代的听众，这就是国王、露丝及区域所代表的意义。同样，诗歌是永恒的，但背后的阅读者却是代代不同，正是一代又一代的读者不间断地阅读，才得以延续诗歌的生命。永恒的背后是一个个有限的生命。对于永恒来讲，重要的是单个生命的歌唱或者阅读，只要有一个生命个体不能很好地履行职责，循环就会终止，永恒就会化为泡影。因此，个体生命虽然有限，但具有决定性的作用，因而是重要和崇高的，如何履行好职责是个体需要思考的重要内容。而且，可以看到，有限不仅具体、可感，而且鲜活、强盛；相比之下，无限则显得抽象、干枯。有学者指出，诗歌的第二段与第五段隐含着循环的指涉。一是以不同的形态进行循环。葡萄死亡了，变成汁液储藏在地窖里，经过长时间的发酵，却以葡萄酒的新的生命形式复活了。二是以重复的方式循环。花儿的生命循环就是如此。[①]永恒依靠循环，而不是个体生命的无限延续。永恒之梦由有限之生构成，梦即生，生即梦。

知道了死亡的本质，才能发现生的意义。死亡，就是永恒或者梦，对于任何人来讲，都不可避免；死亡是生命的一个重要组成。在生命里，梦与生平等。由于死亡不可避免、不可预见，死亡到来之时，不必惊讶，坦然接受便可。但是，人不能等死；人活着，就要抓紧时间实现自我价值，因为生是死之梦。

> 我在黑暗里倾听：呵，多少次
> 我几乎爱上了静谧的死亡，
> 我在诗思里用尽了好的言辞，
> 求他把我的一息散入空茫；

对讲述人来讲，死亡没有一丝恐怖的色彩，可见，他对死亡有了正确的认识。他愿意在夜莺的歌声中死去，或者说，在诗歌的创作过程中离开人世。死亡之后，也就不能听到夜莺的歌声了，听不到不要紧，自己毕竟进入了永恒，但不是基督教所宣扬的那种永恒，因为在基督教的天堂里，依然可以听到悦耳的鸟叫声。在讲述人的永恒世界里，没有夜莺的歌声，却也不会"对坐而悲叹"，或者在瘫痪中，摇摆着几根白发；美也不会"保持不住明眸的光彩"，新生的爱情也不会"活不到明天就枯凋"。永恒是一种没有痛苦的世界，而不是充满欢乐的世界。重要的是，讲述人尽到了生者的责任："我在诗思里用尽了好的言辞。"有诗，才有诗思；用尽了好的言辞，必有华丽的诗作，此诗可略见一斑。所以，对于有限的人生，讲述人不仅深知其重要性，而且充分地实现了个人的价值。这就是为什么讲述人在第七段突然爆发出那么惊人的乐观与自信，因为在永恒的表面之下，他看到了个人有限的生命已经迸发出无数精彩的瞬间。有了个人的精彩，讲述人就有了像夜莺歌声一样美好的永恒

---

① BAKER J. Nightingale and Melancholy[M]//BLOOM H. John Keats.New York:Chelsea House,2007:51,48.

世界，无论是活着或者死后。

因此，没有必要区分睡（梦）与醒（生）。站在人生的角度，夜莺的生活就是梦；站在理性的角度，诗歌创作也是梦。站在永恒的角度，生（理性、想象）就是曾经的梦，奋斗了，人生就精彩了，梦也就精彩了。站在生的角度来看，没有痛苦的永恒就是梦。超越痛苦，战胜困难，生就是梦。

"别了！幻想，这骗人的妖童，／不能老耍弄它盛传的伎俩。"是的，不能过于依靠梦，更要把握现实。其实，现实通梦，梦接现实。

对照，可以突出特色，张扬个性；对照，可以加大距离，构成天堑，难以逾越；对照，也可以让双方的角色发生换位。

第三节　对立

对立是指两个事物之间存在的相反关系，在对立关系中，对立的双方相互依存，缺一不可。相反的关系可以冲突，可以平衡，也可以统一。对照不同于对立，参与对照的双方可能在表面上具有对立关系，但不具有互为依存的关系，对照的关系表现为不同。例如，夜莺的世界与济慈的世界具有对立的表象，一个是幸福，一个是痛苦，幸福与痛苦对立，但是，夜莺的幸福并不以济慈的痛苦为条件，反之亦然，所以，二者只是对照关系。

在讨论对立的两种关系类型之前，有必要简单地区分一下显性与隐形对立。《我是无名之辈》（*I'm Nobody!*）是典型的显性对立关系。

我是无名之辈！你是谁？
你也是无名之辈？
那么，我们为一对——切莫声张！
你懂嘛，他们容不得咱俩。

做个名人多无聊！
像个青蛙——到处招摇——
向一洼仰慕的池塘
把自己的大名整天宣扬！（汪义群　译）

"我"与"你"是对立的，但由于两人都是无名之辈，所以对立之中又能平衡，并和谐相处。这种对立关系仿佛一条线段，两个端点分别是"我"与"你"，中间的直线就是和谐的对立关系。"我们"与"他们"又是另一种冲突的对立关系，因为"他们容不得咱俩"。这种对立关系是排异模式，而不是排同模式。无名与有名及切莫声张与整天宣扬也是同理。

还有一个相同的例子，即《成功》（*Success Is Counted Sweetest*）：

> 成功在从未成功的人们，
> 才是最最的甜蜜。
> 要真正体会甘酿的滋味
> 还需经最苦的迫切。
>
> 在今日掌握胜利之旗的
> 紫衣衮衮的诸公，
> 无人能如此清楚地解释
> 胜利的精确内容。
> 像那战败而垂死的人，
> 在他无缘的耳旁，
> 迸发出远处凯旋的乐声，
> 分外地痛心而响亮。（余光中　译）

成功与失败的对立是生与死的对立，也是官（紫衣衮衮）与贼（战败而垂死）的对立，因为决定胜负方式的是战争。没有一方的失败（死），就没有另一方的胜利（生）。甘酿与痛（痛心）苦（最苦）也是对立关系，精神层面上的。而且，对立具有差异性，差异产生意义。以"甘酿"为例。假如世界只有甘酿，或者只有痛苦，则世界既无甘酿，也无痛苦，只有一种具体而又单一的味道。胜利者没有失败，所以不知甘酿的真正滋味；失败者，品尝着痛苦，听到了胜利者"凯旋的乐声"，对比之下，最知甘酿的滋味。

隐形对立关系，如《叹息桥》（*The Bridge of Sighs*）。全诗 18 段，可划分为三个内容，自杀、动机、善后。隐形对立与显性对立的手法贯穿整首诗歌。为了说明隐形对立的本质，不妨从中节选两个具有代表性的段落作为例子。当然，隐形对立的意义在过程中还通过对等原则的违背得以体现。

> 轻轻把她抱起，

小心地抬起来：
那么年轻美丽，
那么苗条的身材！
衣裳紧贴着身体，
看起来像是寿衣。

轻轻地与重重地对立，小心地与野蛮地对立，重重地与野蛮地两个词组虽然缺场，却凸显了轻轻地与小心地两个词组的差异性，积极地参与了表达。轻轻地与小心地两个词组的出现，绝不是因为年轻或者美丽两个词组的在场。由于年轻一词彰显的是生命的旺盛，青春所以与不在场的早逝形成对立；美丽与不在场的丑陋（违背自然规律之死）也构成了对立。对待丑陋（自杀）的东西，反而采取轻轻地和小心地两种态度，这种行为折射出了讲述人的人道主义精神。不因年轻与美丽而赞美，则凸显了遗憾与惋惜。再看下面的例子。

她的父亲是谁？
她的母亲是谁？
她可曾有兄弟？
她可曾有姐妹？
也许还有一个人
比任何人都亲，
比任何人都近？（飞白 译）

父母是家的代名词，由于死亡的出现，有家可归与不在场的无家可归形成对立。父母也是爱的代名词，死亡又凸显了爱的有与无。兄弟姐妹是亲情；对于卖笑女来讲，如果最亲近之人代表闺密的话，闺密则是友情；由于死亡的出现，亲情与友情的有与无又形成了两组新的对立关系。更有个人的弱小与社会的强大的对立关系。亲人和闺密都不在，强大的社会应当救助弱小的个体，然而，救助却没有及时出场：应当作为，却无作为。两项对立，前者为显，后者为隐，重点在隐项。

现在可以分析诗歌的对立结构范式。以下是诗歌中常见的三种对立关系。

对立冲突。冲突是指双方之间一段时间内存在的难以调和的关系，冲突关系具有双重性：一是毁灭性，二是建设性。冲突固然难以调和，但不是永远不能调和。《给英格兰人的歌》（ *A Song: Men of England* ）便是很好的一个实例。

行动的主体之间存在对立，当然，主体之间的对立也是主体行动上的对立所决定的。对立的双方分别体现着不同的价值观念，而且是等级制的。

　　行动主体的对立。诗歌是写给英格兰人的，准确地讲，是英格兰的劳动者，但同时存在着一个与劳动者对立的群体，即老爷们。换言之，雇工（劳）与雇主（资）之间的对立。

> 英格兰的人们，凭什么要给
> 踩蹒你们的老爷们耕田种地？
> 凭什么要辛勤劳动纺织不惜
> 用锦绣去打扮暴君们的身体？（江枫　译）

　　老爷们之所以成为雇主，是因为掌握着生产资料土地；英格兰的人们由于没有生产资料，要生存，也就只能受雇于人，做雇工。生产资料的有无决定了雇主与雇工间的对立。雇主又名雄蜂或公蜂（drones），专司交配，既不采蜜，也不哺育幼虫，而雇工则又名工蜂（bees），工蜂在外采蜜，在内筑巢、维护巢室、养育幼虫。可见，生产能力（生产资料）决定着雄蜂与工蜂的对立。劳动的方式也决定了雇主与雇工之间新层面上的对立，即脑力劳动与体力劳动，换言之，高级劳动与低级劳动的对立。

　　劳动关系的对立：不劳而获与劳而无获。"凭什么辛勤劳动纺织不息/用锦绣去打扮暴君们的身体？"通过反问的形式，讲述人揭示了劳动与占有之间的关系。一方面是辛勤纺织不息，另一方面是"暴君"最终消费掉了"锦绣"般的劳动成果。然而，他们不是按照等价交换的市场规则占有劳动的，而是"榨你们的汗，喝你们的血"。尊重市场规律就是维护正义，违背市场规律进行压榨，就是违背正义。如果出现了社会不公，受益方可以用感恩进行弥补；然而，受益者在享受不平等带来的实惠之时，竟然"忘恩负义"，这就导致了善与恶的对立。雇主与雇工的劳动关系中还存在着自由与奴役的对立。雇主是"暴君"，暴君就是暴力和奴役的化身，就是让雇工流尽汗水，耗尽自己的生命。劳动不是在自由与快乐的状态下进行的，而是时刻饱受奴役、面对死亡。对立具有了等级制。

　　政治力量的对立。雇主能够成功地实行剥削，靠的就是国家暴力机器。暴力出现了，和谐就变成了冲突。

> 凭什么，英格兰的工蜂，要制作

那么多的武器，锁链和刑具，

使不能自卫的寄生雄蜂竟能掠夺

用你们强制劳动创造的财富？

劳动者制造了暴力工具，但不是一个武器、一条锁链和一副刑具，而是数量巨大的暴力工具。使用暴力工具的也不是一个人，而是一个群体，因此，拥有暴力手段的阶级对抗赤手空拳的阶级，也就是统治阶级与受统治者的对立。暴力工具本来是用来对付敌人的，保护同胞和家园的，却用在自己人身上。自己人本来应该享有和平，团结友爱、报效祖国，却在暴力下成了敌人。对立冲突就是和谐的关系发生了错位。

雇工们的出路在哪里？把错位的关系拨正，使冲突变和谐。

播种吧——但是不让暴君收；

发现财富——不准骗子占有；

制作衣袍——不许懒汉们穿；

锻造武器——为了自卫握在手！

播种，让暴君收获，这就是错位；播种，让自己来收获，这就是和谐。锻造武器，用来奴役自己，这就是错位；制造武器，用来保护自己，这就是和谐。否则的话，锄头和织机、耕犁和铁铲只能"构筑你们的裹尸布"或者"你们的葬身窟"，而不是幸福的生活和美丽的家园。

总之，原因应该导致的结果（正果）没有出现，反而出现了相反的结果（负果），因此，正果与负果之间也就出现了对立冲突，并且，当对立冲突贯穿诗歌的整体结构之时，也就具有了结构的意义。

对立平衡。对立的两方也可以相互补充，和谐共处。当然，违背各自的运行法则，强行进入对方的轨道，也会导致冲突现象，甚至毁灭。例如，科学（理性）与文学（感性）一般是对立的，但能够互相补充，和平相处。但《十四行诗：致科学》（*Sonnet：To Science*）揭示了科学与文学之间可能出现的矛盾冲突："难道不是你从车上拖下月亮神？／难道不是你把树精逐出森林，／到一个更快乐的星星上藏身？""可你为何如此折磨诗人的心／你这翅翼是枯燥现实的秃鹰？"（周向勤　译）理性大行其道，但乱冲乱撞，往往导致相反的结果。

《诗艺》（*Ars Poetica*）没有直接揭示文学与科学之间的对立冲突，只是从正面描述了文学（诗歌）的本质，但文学的存在无一不是以科学为基础的。要理解文学，就有必要参照科学；而且现实中，文学与科学总是处于对立和谐的关系之中。在《诗艺》中，科学的特征以隐形的方式与文学的特征形成对立，而文学内部又有自己的对立方式，隐形对立平衡成为《诗艺》的主要结构模式。

　　第一诗段，四个表示无声的词语与隐性中的有声词语构成对立关系，另外四个表示艺术效果的词汇也有四个隐形的词汇与之对应。

　　　一首诗应该默不出声但可以触摸得到
　　　像一只浑圆的果实

　　　它喑哑无声
　　　像拇指抚摸那古老的圆雕文饰

　　　它静悄悄的像那被衣襟磨损
　　　长出了青苔的窗台石

　　　一首诗应该缄默无语
　　　像群鸟飞翔（汤永宽　译）

　　"默不出声"（mute）、"喑哑无声"（dumb）、"静悄悄"（silent）及"缄默无语"（wordless）共同与"响音"（sound 或者 articulation）构成对立。同时，"感性""联想""惊喜"与"无序"分别与"理性""描述""平淡"及"有序"构成对立。

　　哑音与响音的对立成为第一诗段的主要结构模式。为何说文学是哑音的呢？文学不是用文字来表述的吗？每一个词符对应着一个音符，怎么能说文学是哑音的呢？文学的哑音性主要是一种比喻，说明文学可以朗读，但从不直接表白，总是拐弯抹角，吞吞吐吐，含含糊糊。"也许是表达力不够造成的。"怀疑论者如是说。不能彻底否定这种情况，但总体上不是语言能力的问题，而是文体的问题。文学就是在"不能直接表白的现象"基础上发展出来的一种表达方式。生活中，有需要明明白白地说清楚的问题，也有只能含蓄委婉、欲言又止才能表达的事情。文学当然可以直抒胸臆，不过，一个层面可以倾诉衷肠，另一个或几个层面则只能委婉传情，不可能完全是滔滔江水，一泻千里。冰山理论（Iceberg Theory）是对文学艺术本质的最佳注释。

　　科学要求简洁、明了。科学需要把繁复的现象简单化，最简单的表达方式就是公式，用公式来总结复杂的现象；具体的问题抽象化，就是从一个或几个问题中归纳出一般的规律，以此概括说明更多的问题，并指导人们的实践活动；从无序的现象中抽绎出基本的结构类型，从结构类型中找出各部分之间的逻辑关系，让人类遵循自然的逻辑，依照自然几亿年进化出来的模式，有效地组织自己的活动。科学的规律具有客观性，具有相对的稳定性，与文学的人文关怀相比较，可谓冰冷、无情。科学就是语不直白不罢休，文学就是语不奇曲不算美。只有懂得了科学的本质，才能明白文学的性质；科学与文学可以对立，但并不冲突，而是和谐相处，相安无事。

在主要结构模式之内还存在着四个次要对立关系。"触摸得到"（palpable）属于感觉（perception）的范畴。"浑圆的果实"不仅具有可触摸性，也具有可视性，视觉和触觉的运用，显然具有提喻（synecdoche）的性质，用一部分代替全体。因此，"感觉"则与"分析"（analysis）构成对立，要很好地理解感觉的本质，最好的方式是与分析手段进行比对，毕竟意义来自差异性。当"拇指抚摸那古老的圆雕文饰"之时，人们只能浮想联翩，而不能直接阅读或者观看所承载的故事。勋章的出现，代表的是联想（association），要理解联想的本质，就离不开对描述（description）的把握，前者是自由的，后者是约束性的，换言之，不知约束，则不知自由。"被衣襟磨损……窗台石"怎么会出现"青苔"呢？且不究其中的原因，当青苔出现在窗台石之上的时候，感到的一定是惊喜（happy surprise），之所以感到惊喜，是因为一般不可能，这就是"惊喜"与"平淡"（insipid）对立观照形成的结果。"群鸟飞翔"一如群鱼遨游，给人的表象是杂乱无序（disorder），诗歌令人望而却步的地方就在于无序，无序就是陌生化，陌生化的一种手段就是错位，次序杂乱的语句不是不可以理解，而是妨碍理解，读者毕竟可以凭借自己养成的语言习惯（有序，order）对错乱的语句进行还原，但数量大了，就会遭到弃之不读的厄运。没有对立，遑论理解。

缓慢与迅捷的对立是第二部分结构的主要特征，与此同时，更有静与动、短暂与永恒等形式的对立。

一首诗应该在时间中凝然不动
像明月攀登天穹

像明月一个枝丫一个枝丫地
解放那被夜色缠住的树林

　　像明月遗忘残冬
　　一片记忆一片记忆地从心头离去

　　一首诗应该在时间中凝然不动
　　像明月攀登天穹

"一首诗应该在时间中凝然不动"，却又"像明月攀登天穹"，这怎么可能？是的，不可能，然而，相信了感觉就有可能。每一位读者都有过同样的体验，即视觉提供的感觉信息告诉自己，月亮是静止不动的。月亮的运行方式是诗歌对读者发挥影响的一个比喻，说明其影响力不易为读者感知到，也就是说，文学的感染力一般是缓慢（slow）的，而相比之下，科学技术的力量所产生的影响是直观的，效果是快速的（fast）。该对句在段尾重复，其目的就是为了强调文学功效的这一特点。

　　主框架之下，还隐藏着辅助性的对立关系。"一个枝丫一个枝丫地 / 解放那被夜色缠住的树林。"树林在黑夜的笼罩下，仿佛作者要表达的思想笼罩在一行一行、一页一页的"芜杂"的文字之下一样；月光虽然揭示了黑暗掩映下的现实，树木的形态却仍然模模糊糊，远没有日光下那样的清晰可见。文学文本只有在理性的指导下，通过科学的分析手段才能解释清楚。月亮与太阳对立，象征着文学表达与科学分析对立。月亮虽然是喻体，但自身也体现出了对立关系，例如，揭示与掩盖，造访与离开等。揭示与造访多是短暂的，而掩盖与离开的状态则多是长久的。文学作品的意义，与阅读者养成的视域密切相关，同样的文本，一个读者，一种意义，多样性与单一性对立。个体的解读具有暂时性，而众多解读的共核部分则具有恒定性。长久性、单一性、恒定性都是理性的特征。①

　　部分与整体的对立成为最后一段的主体结构模式。本段中，作为对全诗进行总结的最后一个对句，还具有表层与深层的对立。

　　一首诗应该等同于

---

　　① 以上的一些观点来自：沈弘：第22单元，美国文学选读（第三版），陶洁主编，北京：高等教育出版社，2013年，第203页。例如，"感觉尽在不言之中""新鲜""井然有序""不知不觉……接受""理性"对本文产生了重要影响。

虚妄 ①

对于一切悲苦的历史
是一条宽阔的门道和一片槭树叶

对于爱
是慰藉的绿草和海上的两盏明灯 ②

一首诗不应该说明什么
而是为了存在（汤永宽 译）

"对于一切悲苦的历史"，"一首诗应该等同于"，而不是忠诚于，"一条宽阔的门道和一片槭树叶"。"等同于"不是数学上的等式所代表的意思，而是说用"一条宽阔的门道和一片槭树叶"来表示即可；如果"忠诚于""一条宽阔的门道和一片槭树叶"，那就等于纪实，纪实要求客观，文学的"冰山理论"也就不具适合性，文学性也就随之丧失了。诗歌主张用部分代替整体，这种手法文学很常见，但科学不接受。所以，文学的部分与科学的整体对立了。"慰藉的绿草和海上的两盏明灯"也是同理。文学，简言之，强调神似；科学，与此相反，重视形实。神似与形实对立。总的原则是，对于一部文学作品，关键在于呈现（be），呈现成为表层意义，而表层意义是自然的；根据一定的批评理论对作品做出的不同解读（mean）则构成深层意义，深层意义又是文化的。表层与深层对立，自然与文化对立；换言之，直觉与理性对立。

意象派诗歌原则与诗歌规范对立。诗中的意象丰富生动，例如，圆圆的果实，老旧的勋章，磨损的窗台石，飞翔的鸟群，巡游在天空上的月亮，门廊与枫叶，倒伏的青草与月亮、太阳。意象派是新生的诗歌力量，包括自由诗在内的诗歌流派均为老旧的文学生产力。不了解诗歌清规戒律，怎能欣赏

---

① 这两行，部分读者理解有误。原文是 A poem should be equal to/Not true，读者一般把 not true 理解为 be equal to 的宾语，其实不然。英文对句可以做如下解释：A poem should be equal, not true，to， not true 陌生化了，即移位至第二行。to 有两个宾语：一是 An empty doorway and a maple leaf；二是 The leaning grass and two lights above the sea—。"虚妄" 应译为 "但不忠实于"。

② "慰藉的" 应译为 "倒伏的"。参见孙胜忠. 诗艺：关于诗歌的诗 [J]. 外国语，2002（5）：78.

意象派的创新，要知道，清规戒律一般不得违背，例如蒲柏就是古典主义那样坚定的捍卫者，还有厉责惠特曼、厉责金斯堡的读者、评论家也是。意象派的语言朴实与传统诗歌的华丽辞藻对立，当然，不能一概而论，总体言之；直接表达与曲意求之；意象与思想，等等，都构成对立关系。

总之，要透彻理解文学的表意方式，最好与科学的表述方式进行有意识或无意识的比较。有些时候，构成对立关系并且有助于表达的另一项往往位于诗歌的外部。当然，文学并不是完全没有理性，只是理性一般隐藏得很深很深，作家或意识到或意识不到自己所遵循的理性。

互文对立。在英美诗歌史上，有一些诗文一经诞生，就有人赋诗予以反驳，两首诗在主题上针锋相对。例如，马洛（Christopher Marlowe，1564—1593）的《多情的牧羊人致心上人》（*The Passionate Shepherd to His Love*）面世后，罗利（Sir Walter Raleigh，1554—1618）就以《神女致牧羊人》（*The Nymph's Reply to the Shepherd*）进行反驳。不过，莎士比亚的《无石碑，亦无金碑》（*Not Marble Nor the Gilded Monument*）传世三百多年后，麦克利什才以同名诗作隔空做了应答。阿诺德（Matthew Arnold，1822—1888）的《多佛海滩》（*Dover Beach*）面世一百多年后，万宁（Andrews Wanning，1912—1997）则以《多佛贱人》（*The Dover Bitch*：*A Criticism of Life*）做回应。当然，这种对立并非出现在单一文本之内，不过，由于互文的缘故，两首诗从此难以彼此分离了，名副其实的一个"大"文本。或者，可以把第一个文本视作隐形文本，与第二个文本做隐形比较。

两首同名诗作《无石碑，亦无金碑》针锋相对。第一讲述人认为，石碑或者鎏金石像，与诗歌相比，都不如后者。石制品，日久蒙尘，并受时光的侵蚀；如遇乱世，会毁于兵燹；如有内讧，会遭到强拆。可见，要流芳百世，石头并不能尽如人意，诗歌则不受此限：

> 而对死亡和忘却一切的恶意，
> 你将信步前行；对你的赞颂
> 将永远闪烁在后世子孙眼里，
> 到世界末日使一切都告终。
> 所以在你起身接受最后审判之前，
> 你将存于爱者眼中和这字里行间。（曹明伦　译）

因为有了这首永恒的诗，"你"才得以在大审判之日到来之前，一直驻留在诗行里，不仅永葆青春，而且永享爱戴。美丽、永恒与拥戴成为诗作的核心。

后来的讲述人则认为，这一切都是谎言。美丽并不能够进入永恒。生命结束了，以生命为依托的形体与气质也就消失了：清秀的脸庞，人们遗忘了；细腻的颈项、随激情波动的胸脯也成为门前的影子了；诗人的颂歌，无论多么婉转动听，美人也听不见了。赞美原本是一种交流，当赞美的客体不存在了，主体的赞誉，对于客体来讲，也就失去了意义，如果有意义的话，其意义仅在于赞美的主体。更何况赞美者也有离世的时候。赞美者身后的声音，也成为"一种遥远的、徒劳的证词"，或者是一种梦呓；对于后来者，曾经的一切，无论当时多么炫目，都是陌生之物，他们不曾有过任何亲身经历。当然，除了抽象的哲思之外。抽象之物，原本就不是具体可感的，或者与众不同的，因而是无所不适的，正因为无所不适，所以能够游离于具体之物之外，超越时空的阻隔，走向永恒。

不能把义务强加给他人。"决不……/ 劝说未来之辈把你铭记在心。"赞美者的言辞之所以"倔强""固执"，是因为赞美者企图把动态的事物予以固化，只有让流动不息的事物静止不动，才能够实现永恒。赞美的客体可能静止不变了，但后来者并不是永恒的产物，他们处于变动不居的流变之中，流变的一个重要特征就是，审美标准不一。而且，后来者与赞美的主体和客体都没有任何交集，言辞固然可以唤起一种美感，这种美感也只能是一种抽象之物，与唤醒的亲历之感，相去甚远。对于后来者，赞美的客体只能是历史的一部分，而不是现实在意识里的映射。况且，诗歌文本也有不可靠之处。若不是其他文本与诗歌文本互文，讲述人所赞美之人的性别根本无从知晓。诗歌传统表明，创作是男性化的，赞美客体是女性化的。把原文本中的男性客体转换成女性客体，就是要警示世人，世间之物具有流动性，永恒只是一种奢谈。

过于强调诗歌的永恒作用是一种虚幻。自然界的万物并不是因为有了目的性才出现的，他们的出现固然有合理性，但绝无目的性。没有目的性也并不是否认其功用，承认其合理性，也并不是肯定其功用。正因为无用，所以才有用。"无用"讲的就是无目的性，"有用"说的就是功用。强调"有用"实际上就是一种功利主义的表现，任何一种功利心都是狭隘的，局限的，根据狭隘的功利心进行判断，许多事物往往落入无用之列，因而遭到损毁。要摒弃有用与无用之分，就要超越诗人为中心的功利主义，诗人中心主义实质上就是体裁中心主义，中心主义就是以简单的方式应对复杂的世界。任何形式的中心主义都是狭隘和去智的表现，狭隘就是毒药，去智则会误人。对于无用之物，每一种功用，无论大小，都是惊喜，有惊喜，就会赢得尊重。

　　永恒不可靠还在于诗歌的题材与体裁上。相同的主题（topic），前诗力行赞美，后诗则揭示赞美之徒劳，对前诗进行了彻底的解构。前诗诗行整齐划一，以抑扬格音步为单位的节奏、"abab cdcd efef gg" 为韵脚模式；而后诗则游弋于规范与自由之间，一方面隔行押韵（eyes 与 lies；more 与 door；long 与 tongue；you 与 shoe；breast 与 haste；fair 与 hair；hair 与 there），另一方面诗行长短不一。前诗使用比喻的手段，用具体可感的意象来说明抽象空洞的蕴含，然而，比喻的运用仍旧不能完全化解赞美的空泛。相比之下，后诗则避开了这些：

> 我不谈女人不朽的荣光
> 倒要说你曾经年轻、苗条、肌肤柔软
> 站在门口，阳光和叶影泻在你的肩膀
> 一片叶子点缀着你的发冠

　　美丽的容颜已成为过去，曾经的辉煌不可能永驻。不过，有一点倒是可以驻留脑海，挥之不去，那就是意象。但见你站在门口，阳光下，一片叶子把自己的影子投到了你的肩上，另一片叶子则落在了你的头发上，形成了绝佳的装饰。门框、美人、阳光、阴影、饰品一枚，要素不多，但疏密有致，和谐生趣。意象派作诗法更胜言辞之堆砌。既谈美人又谈诗法，但一一不同，彼此解构，相映成趣。

　　《多佛海滩》与《多佛贱人》相互抵牾。何以见得互文？一是题目里的中心词谐音：beach（海滩）与 bitch（贱人）的英语读音接近，美语读音相同，但意义截然相反。二是语篇相接。前诗的最后一段如下：

> 啊，爱人，愿我们彼此真诚！
> 因为世界虽然
> 展开在我们面前如梦幻的国度，
> 那么多彩、美丽而新鲜，
> 实际上却没有欢乐，没有爱和光明，
> 没有肯定，没有和平，没有对痛苦的救助；
> 我们犹如处在黑暗的旷野，
> 斗争和逃跑构成一片混乱与惊怖，
> 无知的军队在黑夜中互相冲突。（飞白　译）

后诗开篇即与之进行了文本的衔接："就这样阿诺德与女孩来到那里。"后诗主要针对前诗的最后一段进行了解构。

用爱疗伤，用爱拯救世界。自从有了人类，就有了人间之爱，用爱来拯救世界似乎是一个悖论。爱的重要性，实际上，完全相对于人间灾难发生的频度。讲述人（阿诺德）做出这样的决定，是因为他从"大海的节奏，渐渐舒缓"中听到了"永恒的伤感"，从挥之不去的伤感中，他又看到了"人类的磨难，/ 起伏，循环"。有不少诗人触景生情，为古人陡生无限感慨，但讲述人的确为个人及同时代的同胞感到忧心忡忡。诗没有说教，说教也没有意义，只有更加珍惜眼前的爱（情），坚守爱的底线，以此与无知的纷争进行抗争。

可是，在万宁的讲述人看来，爱也不一定就是最后的天堂之角。阿诺德（《多佛海峡》的讲述人）似乎把自己的心上人视作"一种倾诉忧伤的巨大场所"，而不是做心上人的娱乐场或靠山。在《多佛海峡》那里，讲述人忧国忧民，借古喻今，显然一个智者，从智者的印象出发，通过对爱的呼唤与坚守，又给人一种勇者的印象。可是，在《多佛贱人》中，阿诺德把心上人视作倾诉的对象，并从她那里寻找安慰，《多佛海峡》中的男子汉形象荡然无存。内在能力不够强大，外在影响力也不够广泛。原来，他不是心上人的唯一，而仅仅是其中之一。在《多佛海峡》中，讲述人还有一定的主导性，但在《多佛贱人》中，只不过是一个尚未倒下的躯壳，仅仅拥有一个脸面，准确地讲，一个空洞的符号。

《多佛海峡》中的讲述人愿意为爱情坚守，可爱情的城堡从内部瓦解了。心上人倒是读过索福克勒斯（Sophocles），但不关心人类的命运，只关心个人时下的享乐，所以当他（阿诺德）邀请她一同为爱坚守之时，她想到的是他的胡须（whiskers，具有性暗示）贴在她的项后那会是怎样的一个样子，庄严沦为诙谐。与爱相比，她更关心海峡对岸（法国）的霓虹灯光；凭着诱人的红酒、宽大的双人床，还有醉人的香水，却不能享受，一股无名之火烧上了心头。从伦敦不辞劳苦来到多佛，年轻、美丽的她当然不是为了听他絮叨什么爱情。如果一位古典女性遇事用智的话，年少、摩登的女郎只会用气。物质与精神失去了和谐，进入了对立，在对立中，精神失去了对等的价值。物质，一家独大。物质消费，留下的只能是垃圾；精神享受，培养的定是崇高。

性关系的单边性与多边性的对立。《多佛海峡》所隐含的性关系，毋庸置疑，是单边性的，尽管讲述人的话语方式具有不确定性：戏剧独白，或者旁白（apostrophe），或者会话。单边性关系是传统伦理的一个重要内容，象征着忠贞、美德与稳定。然而，《多佛贱人》隐含的性关系却是多边性的。阿诺德对心上人说，"……你忠于我，/ 我也忠于你……"，这显然是性的契约。同时，讲述人（非阿诺德）自己也与她保持着一种暧昧关系：两人时常见面，一同对饮；她对他颇为客气，他给她带来欢乐。还有更多的男性与她保持着两性关系："有些发福，但忠实可靠他们觉得。"照此看来，《多佛海峡》的世界里就没有多边性关系吗？当然有，但比例不大。反过来看，《多佛贱人》的世界里难道只有多边性关系吗？当然不是，只是多边性关系的比例，较之历史，大幅提高。天地已翻覆。

人类社会衰落了吗？阿诺德一定会说，是的；万宁肯定会说，多虑了。无论是否在挖苦，毕竟时代不同了，也正因为环境与标准变化了，两个时空的社会发生了对立。

对立囿于文本，亦可溢出文本。对立，既可平衡，相安无事，又可冲突，甚至互相消解。对立的二元，有时甚至具有不等的价值，因而是等级制的。不过，对立可以彰显差异，便于判断与利用。

第四节　统一

统一，就是互为依存的双方处于一种没有内耗的和谐状态。在对立关系中，双方的矛盾可以发生转变，由原来的对立转化为和谐，转化行为可以是历时性的，也可以是共时性的；也可以在不发生转变的情况下，合二为一。转换与合并可以是矛盾运动的结果，也可以是辩证认知的结果。

对立转换为统一：历时性转换。历时性转换是指先前的对立关系，在事物的发展过程中，逐渐转化成和谐互助的关系。从诗歌结构的角度来看，诗歌以对立冲突开始，经过劝说（推理）或认知视角的变化之后，以对立消失为结束。代表之作有《跳蚤》(The Flea)，《情人无限》(Lover's Infiniteness) 等。

《跳蚤》的对立关系直到结尾处才得以化解，几乎贯穿诗歌的整个结构。不难发现，《跳蚤》的对立关系属于隐形而不是显性，劝说的整个过程本身就充分说明劝说行为存在一个重要的前提：讲述人的情人拒绝他的"不情之请"。那么，拒绝背后的原因是什么？"父母怨恨，你不情愿。"情人不情愿是最直接的原因，但导致情人拒绝行为的原因则是父母之言，父母不仅仅是生物学符号，更是文化符号。"怨恨"则准确无误地表明，讲述人的请求极大地违背了社会规范，既然违背了社会规范，情人的拒绝也就理所当然。然而，讲述人置之不理，不遗余力地劝说，因此，他的劝说行为与情人的反应构成了诗歌结构的关键要素，也是诗歌最为精彩的部分。

第一个回合："你对我的拒绝多么微不足道"，这就是讲述人对情人之举的看法。所谓的微不足道并不是指拒绝行为本身，而是讲述人的性请求，一个在他看来微不足道的请求。性行为，在她看来，属于"罪恶、羞耻、贞操的丢失"，而在他看来，则与罪恶、羞耻与贞操没有任何关联。有些道理往往十分抽象或者一时难以接受，用简单的例子加以说明，复杂的道理则浅显易懂。讲述人采用了最广泛的做法，进行比喻。

> 它先叮我，现在又叮你，
> 我们的血液在它体内融和；（网络译文）

叮咬首先是不受欢迎的行为，没有人愿意让一只跳蚤叮咬，哪怕是一口。但叮咬一旦发生，并不是百害无一益，有了跳蚤的叮咬，他们二人的血液得以在它的体内融合。

讲述人意欲何为？在多恩的时代，跳蚤象征男性性器官，可以下面两句诗行为例：Little flea, disagreeable pest, unfriendly to maids, /how shall I sing your warlike deeds?[①]（大意是，小小的跳蚤，讨厌的寄生虫，对姑娘那么不友好，你让我怎样歌颂你的好战之举？）此外，那时的人们对性爱的认知也明显具有局限性：性爱就是血液的融合。因此，讲述人的推理有两点：一是，他们的性爱行为，与跳蚤的叮咬相比，微不足道；二是无论是否愿意，承认与否，由于跳蚤的叮咬，他们的血液已经发生融合，他们之间已经存在着性关系事实。既然有了事实，情人的声誉却没有受到任何损坏。当然，讲述人也注意到了一个事实，跳蚤"饱餐了我们的血滴后大腹便便"，"大腹便便"暗含怀孕的意思，但当时的博物知识表明，跳蚤是不会直接繁殖后代的。也就是说，讲述人的情人也用不着担心怀孕，既然他们能做的远不及跳蚤，她也就根本不会怀孕。显然，在讲述人看来，拒绝自己的性请求根本就没有道理。

第二个回合：情人好似比讲述人聪明得多，她要杀死这只跳蚤，看一看求请者还会怎么说。讲述人当然不会同意杀死这只跳蚤，其理由是：

> 它的身体不只是见证我们的婚约，

---

① BRUMBLE H D III. John Donne's "The Flea"：Some Implications of the Encyclopedic and Poetic Flea Traditions[J].Critical Quarterly,1973,15(2):148.

> 还是你和我，我们的婚床，婚姻的殿堂；

吸食了两人血液的跳蚤目前是讲述人最大的理由，是他们关系的最有力证据：有了这只跳蚤，他们就可为所欲为；灭掉了跳蚤，就等于毁掉了他们的婚姻与幸福。即便世人反对，他们也可以在它那里避难。当年的几个基督徒横遭迫害之时，就是躲在一个洞穴里，长达数年之久。并且，他们的爱情也是神圣的：

> 尽管你会习惯地拍死跳蚤，
> 千万别，这会杀了我，也增加你的自杀之罪，
> 杀害三条生命会亵渎神灵。

作为基督徒，不能杀生，何况自杀更是一种罪过。三条命在一起，更是三位一体，与圣父、生灵与圣子三位一体别无二致。如果跳蚤是三位一体，那么讲述人和他的情人也就具有了神的身份地位，他们的爱情也就是神圣的。有谁会意图摧毁神圣之物呢？

当然不乏例外。灭掉了三位一体的跳蚤是不是否定了讲述人的全部理由呢？当然不可能。这就是第三个回合。在这一回合，情人杀死了跳蚤，取得了开始的胜利：她以"胜利者"的口吻说，"你并没有因为失血而有些虚弱"。无论是否是讽刺口吻，必须承认的是，她以讲述人的逻辑为起点，推出了这番结论，即杀死了跳蚤（三位一体／婚姻殿堂）中的"你"和"我"，两人都没有因此失去生命，也没有因此遭受哪怕是轻微的损伤：讲述人失败了。可是，在讲述人面前，"赢家"无论如何总是输家，讲述人自有逻辑：

> 的确，担心不过是虚惊一场：
> 接受我的爱，你的名誉不会有丝毫损失，
> 就像跳蚤之死不会让你的生命有所损失。

如果生命没有损伤的话，那么荣誉也不会有任何损失（偷换概念）。由此可见，以往的担心和忧虑，全属杞人忧天。既然如此，双方也就没有必要犹豫了。争论结束了，能够看到的争论也只有如此：讲述人做了最后的总结，话语权始终掌握在他的手里。对立表面上实现了统一。

在诗歌开始之前，情人就不同意讲述人的求请，但否定了他的第一次逻

辑之后，讲述人仍然掌握着话语的主动权。如果结尾是封闭式的，讲述人的求请一定会得到满足；如果是开放式的，讲述人不一定赢得求请，但一定可以赢得辩论。讲述人的长处在于善辩，其聪明之处在于一切辩论都是为了性爱的求请，不必顾及前后的逻辑，甚至不惜偷换概念。情人的聪明在于忠实于自己：就是不愿意。真实胜于雄辩，比喻（雄辩术）无论多么巧妙，都抵不过一个真字。不过，她的错误在于，为了驳倒讲述人，一味地对着干，没想到反而帮助了讲述人。讲述人的错误，换言之，在于他混淆了定性与定量分析的关系。更值得注意的是，讲述人的逻辑绝不是多恩的逻辑。[①] 如果以一种严谨的逻辑方式来理解《跳蚤》的话，读者必定陷入逻辑困惑之中。看到反讽才是正确之路。也许，逻辑是次要的，用心才是关键。

《情人无限》论述了三种矛盾状态下相爱的方式，三种方式呈现出层层递进的关系。后一层化解了前一层的矛盾，但同时又呈现出新的矛盾，直到最后的方案出现为止。

第一层矛盾：一份爱，两方分享，即独享与分享的对立。爱情是独享还是分享？只能独享，因此，讲述人的诉求就是他的情人必须放弃分享的方式。其理由是：

> 我不能吐出另一声动人的嗟叹，
>
> 也不能让另外一滴眼泪滚落，
>
> 叹息，眼泪，誓词，一封封情书，（汪剑钊　译）

爱情不是交易，交易讲究等值；爱情重在回报，即相互回报，回报的本质是象征性，也就是说，不强调等价。既然自己尽己所能，付出了全部的爱，讲述人就有权利要求从情人那里得到全部的爱，但可悲的是，她的"这份爱的礼物碎损残缺"。那么，如何判断情人之爱是部分还是全部？因为"既分给我一些，又匀给别人一些"，但分给他人爱，并不意味着给自己的爱不够多；如果抱怨了，那就是不够多。"你的爱不肯全部付出"正是讲述人抱怨的原因。显然，自己得到的爱没有满足自己。怎么办？如果把全部的爱都给了他自己，他就满足了。

讲述人得到了全部的爱，同时，她给出的爱也是全部的爱。可是，当爱

---

① BRUMBLE H D III. John Donne's "The Flea"：Some Implications of the Encyclopedic and Poetic Flea Traditions[J].Critical Quarterly,1973,15(2):152—153.

全部付出之后，还会有多出的爱。也就是说，她既可以全身心地爱着他，也可以在特殊情况下，同时又再爱着别人，她给别人的这种爱被称之为"新的爱"，换言之，一种可以分身或自我复制的爱。爱可以自我复制，但并不是人人都能产生可以自我复制的爱。何时可以产生分身的爱？

> 他们的资本齐全，更能在眼泪，叹息
> 誓词，和情书上满足你的虚荣，

无论是表演还是真实的再现，以此赢得爱的方式还是可行的。全部的爱的确是有了，不过，当此之时，也有了恐惧："那新的爱会导致新的惊悸。"怎么办？凡是她的爱，就要照单全收，哪怕是"珍藏"。可是，要照单全收，必须有充足的理由。理由不缺：

> 你的芳心属我，无论这土地上生长什么，
> 我都应该拥有那全部。

讲述人并不否认"新的爱"是为他人复制的，也不否认她事先没有发誓把"新的爱"留给他自己（this love was not vow'd by thee）。但是，既然他拥有了她的心地，地上的所有孳生物均属他所有。

第二个矛盾化解了，但又诞生了第三个矛盾。即便她不为他人复制一份爱，也把全部的爱给予了他，她所给予的也不是全部的爱。既然是全部的，就不是部分的，怎么能说不是全部的呢？好大一个悖论。

> 既然我的爱每天都有新的进展，
> 你也得为此准备下新的酬谢，

原来如此，讲述人的智慧实在令人折服。真爱与日俱增，当日的全部的爱仅限于当日，它比昨日多，但比明日少，最多的爱永远是明日的爱。所以，"你不能每天都交给我一颗心"，所谓的"一颗心"就是指她全部的爱。"倘若说能给出，便意味前次的不是。"为何？今日的永远比往日的多！如果说，昨日和今日的都是全部，那就意味着一样多，显然，与事实不符。只有说不是，以往的与今日的以及未来的才会都一样，都不是全部，但每一次都比前一次多！

说了如此之多的"给予","给予"不就是"失去"吗？不，"给予"就是保留（stay），"失去"就是"珍藏"（save）。①何以见得？可以说，爱是互相的，给人的爱，总会得到回报，回报就是以新形式付出的爱。所以，给出了就意味着驻留。"失去"与"珍藏"同理。不妨换一个角度。爱始于爱心，表现为行动；假如没有行动，也就能没有爱心，所以，爱心需要行动来证实。而且，爱心与行动是爱的统一体的两端，爱心扎根于施爱者的内心，行动惠及受爱者的身心。行动外于自身，爱心内于自身，所以，爱既在又不在。"失去"与"珍藏"同理。此种辩证关系本质上是上义词（爱）与下义词（爱心、行动）的替代与转换。

如此之烦琐，难道就没有一个简单而又高效之策？答案就是，"将两颗心儿合拢，/ 便能将对方的全部拥入怀中"。也就是说，精神之爱，如此费心劳神，肉体之爱，能够化解百端，一劳永逸。可见，世俗之爱高于精神之爱。《情人无限》的立论与推理，如此严密、流畅，又惊世骇俗，堪称诗歌之上品。

对立转换为统一：共时转换，即事物的本质发生了转变，不是矛盾运动所致，而是认识角度的转变引发的。代表作品有，勃朗宁夫人的《十四行诗第32》及《日出》（ *The Sun Rising* ）等。

作为对立转化的范例，《十四行诗第32》首先是心理上的对立，进而表现为结局上的对立。有情人终于相爱，可作为未婚妻，讲述人一再表示，自己不敢相信眼前的现实，因而迟疑不已，再三劝说未婚夫谨慎行事。

> 当金黄的太阳升起来，第一次照上
> 你爱的盟约，我就预期着明月
> 来解除那情结、系得太早太急。
> 我只怕爱的容易、就容易失望，
> 引起悔心。……（方平　译）

俗语道，来得容易，却得快，因为没有经过仔细的考虑；反过来讲，凡事经过磨炼，往往牢固可靠，因为经过了长时间的检验。要中止，但不是终止；中止是防止盟约铸成大错的有效手段；证实可靠了，再续前缘。太阳与月亮之间，一个是结构，另一个是解构。两个暗喻迅速地把对立关系和盘托出。

---

① 此处的译文值得商榷："回也就是丢失"。原文是 and thou with losing savest it。就两个动词而言，losing 在先，savest 在后，而不是谓语动词 savest 在先，状语部分的 losing 在后；losing 表示条件，savest 表示结果。可译为"丢去就是捡回"。

　　然而，并不是所有的不速之福都缺乏可靠性，也并不是所有经过检验的幸福能够持续到永久，不确定的因素，因量变导致质变。可是，讲述人深有自知：

> ……再回顾我自己，我哪像
>
> 让你爱慕的人！——却像一具哑涩
>
> 破损的弦琴、配不上你那么清澈
>
> 美妙的歌声！而这琴，匆忙里给用上，
>
> 一发出沙沙的音，就给恼恨地
>
> 扔下。……

　　一方面是自己"像一具哑涩 / 破损的弦琴"，稍一碰触，就发出"发出沙沙的音"；另一方面是"那么清澈 / 美妙的歌声！"当然还有精湛的演奏技艺，一般的技艺也检验不出琴声的好坏。不过，如果仅仅从新批评的角度进行解读，难免招致女权主义的批判，的确，有哪位女性会如此谦卑，竟然自喻为"破损的弦琴"？既然相爱，则必有价值所在。然而，总有特殊情况：讲述人即为诗人。勃朗宁夫人虽有超凡的诗性才华，但品位更加高远，看到的总是自己的（身体）缺陷。

　　角度改变观念。从一个固定的角度出发，无论看待什么事物，都不会有新的发现；换一个角度，一切则会焕然一新。物未变，人在变，人变即是心动。要中止盟约，讲述人却又心有不甘，没有委屈自己，却委屈了自己的男神，她知道，既然相爱，否定自己，就是否定对方。

> ……在乐圣的
>
> 手里，一张破琴也可以流出完美
>
> 和谐的韵律；而凭一张弓，真诚的
>
> 灵魂，可以在勒索、也同时在溺爱。①

---

　　① "可以在勒索，也同时在溺爱"似乎翻译有误。原诗最后一行是，And great souls, at one stroke, may **do and dote**，显然，译者把 do 译成"勒索"了。从上文来看，诗人在说，伟大的演奏家，即便是使用一把破旧的乐器，也可以演奏出美丽的曲调。最后一行应该是承上而下，说明婚姻也应该如此一般，不应出现"勒索"之类的表述。根据《牛津英语词典》的解释，do，应该是不及物动词，表示 serve a purpose, suffice; be adequate; be suitable, acceptable, appropriate 之意，此处应为"奏出理想之音"的含义。最后一行可以译为：真诚的灵魂，弹奏一下，便是琴瑟和谐。

"乐圣"同时也是情圣,情圣的本质在于"真诚的灵魂",有了真诚,"一张破琴也可以流出完美／和谐的韵律"。琴瑟和谐,幸福莫大焉。幸福可以感知,但认知却要用智:既然幸福,就要肯定对方,肯定对方,也就肯定了自己。矛盾的化解,只需变换角度。

《日出》的对立转换别出心裁,令人叹为观止。诗歌的主体结构由三对矛盾构成,一对矛盾为主,两对矛盾为辅,各对矛盾内部热动、外部互动,最终九九归一。

第一对辅助矛盾为物质与精神(世俗与神圣)的转化。物质的与世俗的往往密不可分,而太阳的职责,在讲述人看来,就是服务于世俗的事物。他要呼唤世俗之人按时起床,敦促他们及时劳作:学童要按时上学,蚂蚁(劳动者)们要趁早收获,皇家仆人们要及时备好出行的马车。无论是平民还是皇族,不论是人类还是其他生灵,都生活在世俗的琐碎之中。然而,拥有了世俗的全部并不等于拥有了精神的世界,但在情人眼里,拥有了精神世界,就拥有了世俗的全部;甚至足不出户:

> 好好瞧瞧．明天迟些再告诉我,
> 盛产金银香料的东西印度
> 在你今天离开的地方,还是躺在我身旁,
> 去问一下你昨天看到的所有帝王,
> 那答案准保都将是"全在这一张床上"。(汪剑钊　译)

是的,东西印度生产的香料以及金银财宝,并没有滞留在原产地,而是出口转运到了一个小小的集中场所,这个场所就是他们的房间,准确地讲,他们的双人床,有限的双人床就是无限的精神世界,那里容纳了世间最大的财富。

第二对辅助矛盾为强大与渺小的转化。太阳也曾广泛受到崇拜,个别地方,崇拜太阳神的风俗沿袭至今。太阳与上帝同大。上帝无所不能,太阳也是无所不能。人间的一切无不依赖于太阳。不过,在情人的眼里,最伟大的还是他们自己:

> 我只需一眨眼,你便会黯然无光,
> 但我不愿她的倩影消失隐遁:
> 倘若她的明眸还没使你目盲,
> 好好瞧瞧．明天迟些再告诉我,

太阳看她的眼睛，一如世俗之人观看太阳，怎敢睁开那双眼睛。太阳一出，就驱走了黑暗，整个宇宙充满了光明；然而，只要他的眼睛一闭，再强大的阳光也就即刻消失了。强大与渺小、主动与被动片刻间发生了角色的换位。

主体矛盾是渎职与尽责的对立与转化。太阳公正无私，凡是愿意打开窗子和门户的地方，都免费赠送阳光。不过，再公正，也有差强人意之时。君不见，他侵犯了情人们的私密空间：

> 忙碌的老傻瓜，任性的太阳，
> 为什么你要穿过窗棂，
> 透过窗帘前来招呼我们？

太阳忽略了一个事实，即爱情"不懂钟点、日子和月份这些时间的碎片"，也不随他的季节转换，故有此次大错。话虽如此，但情人们也不可能完全置太阳于不顾，否则，情侣们也就不会抱怨了。抱怨归抱怨，与其说是抱怨，倒不如说是安慰他的情人。总得有人代过。

然而，不妨试想一下：牢骚也发了，可天毕竟也亮了，情侣们总得起来吧？那将是怎样无趣的结尾。讲述人，像所有沉浸在爱情幸福之中的情侣一样，智商陡增，他发现，

> 你的年龄需要悠闲；既然你的职责
> 便是温暖世界，你已对我们尽了本分。
> 你只需照耀我们这儿，光芒就会遍及四方，
> 这张床是你的中心，墙壁是你的穹苍。

原本是一件侵犯隐私的事件，可转眼间又幻化为一件善事：两位情人的房间就是整个物华天宝的世界，而世界的中心就是他们的爱床，他们是整个世界的国王和王后，照亮了他们的房间就等于照亮了整个世界，温暖了他们就等于温暖了所有的世人。世界多么的狭小，又是如何的广大。白昼之后的黑夜是多么的浪漫，黑夜之后的白昼又是多么的快乐。情人的快乐不可示人，可情人的天空却又如此湛蓝。在他们的世界里，物质与精神、世俗与神圣、强大与弱小的对立不见了，取而代之的是和谐与统一。

诗歌的逻辑由此可略见一斑。然而，与其说是诗歌的逻辑，倒不如说是爱情的逻辑（主观逻辑）：在爱情的照耀下，只要能够创造真善美，所有的事

物都富含逻辑。逻辑，如果不是客观的，也必定是心灵的（主观的），而且"毫无破绽"。矛盾的转换与统一可谓完全依赖于情人的豪迈逻辑。

对立转换统一：合二为一。由于视角的改变，内在的对立关系消失了，但矛盾的化解不是双方角色转换的结果，而是合并所致。《早安》（*Good Morning!*）与《影子的一课》（*A Lecture upon Shadow*）便是成例。统一之后的实体具有格式塔（Gestalt）之效果。

两性之间，拒绝身体的结合，往往是因为灵魂高于身体的结果。在讲述人看来，追随于灵的幸福感只是一种幻觉。《早安！》的情人们随着太阳的升起，结束了他们激情的夜晚。讲述人回首过去，无限感慨：在他们相爱之前，那是怎样的一段时光啊！

> ……莫非我们还没断奶，
> 只知吮吸田园之乐像孩子一般？
> 或是在七个睡眠者的洞中打鼾？（飞白 译）

上述描述实际上是两种虚幻的幸福。一是"哺乳"所暗示的母婴一体化时期的幸福感。对于婴儿来讲，母亲的身体仅仅是自己身体的延续，（反过来讲，母亲们也把婴儿视作自己身体的一部分），两个身体的一体化，意味着我者与他者的概念尚未开始分化独立，一体化的身体显然是婴儿的天堂。快乐之中，母体只是一个影子；出现焦虑，就靠近母体，自己的力量仿佛倍增，也就没有不安的感觉了。在快乐中成长，婴儿逐渐与母体分离；焦虑之中，婴儿更加依赖母亲。母婴一体化的快乐是无性的快乐，情人之间无性的快乐因而也就是哺乳期的快乐。

二是圣恩庇护下的幸福。"七个睡眠者"实际上就是七个基督徒，由于面临着宗教迫害，不得不远离社会，以求人身安全。在原始的洞穴中生活，他们得到了上帝的庇护，最终渡过了难关。洞穴也是一个象征，代表着上帝"母亲的子宫"，在上帝"母亲的子宫"里，基督徒俨然母亲腹中的胎体，汲取着母体的营养，享受着母体给予的安全，在幸福中茁壮成长。正如前文所言，母婴一体化的快乐是无性的快乐，基督徒在上帝"母亲的子宫"的庇护下享受的快乐，也是无性的快乐。无性的快乐，正如体验所示，远不如有性的快乐："我真不明白；你我相爱之前 / 在干什么？"反问之中蕴含着两层意思：一是早知今日，何必当初！二是身体高于灵魂，而不是灵魂高于身体。

《早安！》属于倒叙，但其逻辑结构仍然是从对立转化统一。首先的问题是，情人的世界是一个怎样的世界？不同于世人眼中的客观世界：

> 让航海发现家向新世界远游，
> 让无数世界的舆图把别人引诱
> 我们却自成世界，又互相拥有。

　　地球原来是宇宙的中心，如果不是宇宙的中心，情人脚下的大地最起码也是地球的中心，因为地球是方的。可是，地球也不是方的，而是圆的，也就是说，没有人能够站在大地的中心。当地球不再是宇宙的中心，人们脚下的土地也不是地球的中心，中心性解构了，多元化的时代来到了，所以，你们自有身体以外的世界，我们自有身体以内的世界，各乐其土，互不干扰。

　　这是怎样的一个精神世界？"我们却自成世界，又互相拥有。"不妨先解释一下原文："Let us possess one world, each hath one, and is one"，即"让我们拥有一个世界吧！各自一个，又是一个。"也就说，在情人的世界里，两位情人各自拥有一个世界，可是，他们所拥有的这两个世界又是同一个世界。那么，如何解释译者的阐释，即"相互拥有"？当情人放弃自我，融入对方世界的时候，就形成了一个共同的大世界，并同时为双方所拥有：情人通过放弃自我获得了一个更大的世界，一个共享的世界，放弃的自我不仅没有消失，反而赢得了另一个自我，这就是格式塔效应。

> 哪儿能找到两个更好的半球啊？
> 没有严酷的北，没有下沉的西？

　　他们的两个半球是世界上最好的，之所以如此，是因为"没有严酷的北"，北，即北方，在西方文化中，象征邪恶；也"没有下沉的西"，西，即西方，当然是死亡的象征。死，当然具有双层含义：一是生命的结束，二是灵魂之死。灵魂死了，生命就成了行尸走肉，行尸走肉很快就会从人的视野中消失。

　　显然，二合一的世界存在着潜在的威胁，何时会出现邪恶与死亡的征兆呢？"凡是死亡，都属调和失当所致。"按照讲述人的时代知识，调和失当就是配比有误，配比有误，自然出不了好的产品。其实，"调和失当"对应的英文表述是 not mixed equally，equally 即平等之意。不难看出，多恩的讲述人颇具超前的女权主义意识，大胆地提出了两性平等而不是等级制的主张，这才是"合二为一"的真正意义。讲述人十分清楚两性关系对人的身心健康的重要性："如果我俩的爱合二为一，或是 / 爱得如此一致，那就谁也不会死。"什么是"爱的一致"？就是各方不遗余力。

诗歌的逻辑结构经得起推敲，也经不起推敲。在诗歌中，讲述人把他们的统一世界比喻为"两个更好的半球"，所指的是当时流行的单叶心形地图（single-leafed cordiform map）。有学者认为，如果心形地图象征着他们的两性关系，这就预示着他们永远不能充满爱意地对视，因为他们的面部反向相向。[①]此话不谬。对传统作品进行再解读，最好的办法是解构主义批评，而诗歌的逻辑又往往不是客观性逻辑，这就无疑能够产生佳作。诗歌中的逻辑分两类：一是客观的，二是主观的。凡是以合乎客观性逻辑进行表达，就要经得起客观性逻辑的检验；反之亦然。否则，有失公平。

合二为一的另一种形式便是"中庸之道"。中庸之道不是面合，而是接合，接合处就是要走的中间路线，或者生存的中间地带，《影子的一课》的逻辑结构便是如此。

人的一生往往有一个相同的比喻。狮身人面的斯芬克斯把人的一生比作早晨、中午与晚上；狄金森在《我不能等候死亡——》（*Because I Could Not Stop for Death—*）中，把人的一生比作一天，借三个意象分别表示一天的三个不同的阶段，即学校、黄澄澄的谷物与落日；多恩在《影子的一课》中把人生化为上午、中午、下午与晚上，而中午成为衔接两个重要时段上午与下午的节点。

在情人们的眼里，何为人生的上午？与其正面定义上午，倒不如描述一下人在上午活动时发生的情景。太阳升起以后，上午开始，人在上午行走，身后会产生一个影子，时刻相随。上午的人影，是情人们内心世界的投影：

我们的爱苗也这样成长，
我们的遮盖掩饰也这样
渐渐消逝。……（飞白　译）

上午是情人之间的爱苗（infant love）苗壮生长的季节，当爱最初诞生之时，总是羞羞答答，欲说还休，就像影子一样，即存在，又不彰显。不过，同时

---

① HOLLINGSWORTH A. Relationality, Impossibility, and the Experience of God in John Donne's Erotic Poetry[J].Anglican Theological Review,2012,94(1):87.

也存在着一种莫名其妙的忧虑（cares），^①这忧虑当然是对未知因素的反映，未知因素既可以是宗教的，也可以是生理的。但为何"起初的影子用来骗旁人"的呢？因为在两个人的心中，爱苗已经生长，却刻意告诉他人，心中的爱意纯属虚幻，如同影子一般不够真实。自己心中最清楚，只是想蒙骗外人。

何为人生的下午？下午与上午正好相反，人行走之时，所投下的影子不是朝向西边，而是朝向东边。这就是现实，而且是不可改变的现实，切莫抱有幻想："除非我们的爱停在午时，/我们会在另一面造出新的影子。"如果上午的影子是用来蒙骗旁人的，那么，"后来的影子用来骗我们——/对付自己，蒙骗自己的双眼。"何以见得？因为人到盛年之后，产生性爱是情理之中的事情，否则，就有悖情理，进而异化了。如果能够顺应人性，却要违背人性的诉求，要蒙骗的不是外人，而恰恰是情人们自己。所以，

> 就会我对你、你对我
> 把各自的行为遮遮掩掩。^②

蒙骗外人具有内在的共谋快乐，而蒙骗自己则只能自食自酿的苦酒了。上午的情爱固然甜蜜，但"那种爱情还未升上最高点"，所以不够完美，但充满希望；下午的性爱不仅不够完美，而且已是强弩之末，更令人惊寒的是，希望越来越渺茫。影子，无论从哪一个角度来看，都是消极的化身。

这就是要就影子给自己的情人上一堂教育课的必要性。影子给人们的启示是什么？人生苦短，应该尽力留下最少而不是最多影子。要做到这一点，就要充分利用好中午的时光。何谓为中午？中午即是人生的鼎盛时期：

> 而现在太阳已恰好照着头顶，
> 我们踩着自己的影，
> 一切东西都显得美丽、清晰。

讲述人表达了三个要点：一是人逢盛年，二是一切尽在自己的掌控之中，

---

① Disguises did, and shadows, flow/From us, and our cares. 可以解释为 Disguises, and shadows, and our cares did flow from us。由此可见，多恩驾驭语言的能力超凡。

② 译文非常精彩，原文是：To me thou, falsely, thine, /And I to thee mine actions shall disguise., 可以解释为：To me thou, falsely disguise, thine actions/ And…；多恩的语言风格再添一例。

三是所有的结局都可以是幸福、快乐的。那么，他们的内心世界或者说精神世界是否达到了红日当头的鼎盛呢？没有，因为他们"还在竭力躲避旁人的眼。"所以，当务之急就是让"我们的爱停在午时"，"一旦爱情衰退．它的来日苦短"！

充分发挥自己的主动性。头顶上的太阳，过了中午时分，就开始西斜，不以人的意志为转移。但是，内心的太阳，在人的自由意志的控制下，可以当头直照，驱散心中所有可能留下的阴影："爱以饱满不移的光照临世界。"饱满之爱、恒定之爱，只有在人生的鼎盛时分才出现，要把心中的太阳定格在头顶，非两性之爱莫属，即那种不需"竭力躲避旁人的眼"的两性之爱，那种不欺人、不自欺的两性之爱。更要只争朝夕："但它正午若过，下一分钟就是夜。"退缩、他托，而不是坦荡、光明磊落地爱，心中的太阳何止是西斜，简直就是黑夜的降临，因为没有顺应人性，因为发生了异化。有了两性之爱，不是没有下午时光，或者没有夜晚，而是它们的到来会极度迟缓。有中午时分的光阴，人生的时段也就呈现出完美的抛物线；中午时光缺失，人生的轨迹就会发生断裂，也就失去了完整性与生命力。

对立统一：悖论。什么是悖论？当一个命题或推理中存在着两个对立结论的时候，就出现了悖论。悖论的定义含有三个要点：一是单体性，即一个事物（事件）或一个命题（推理）；二是对立的两个内在元素；三是内在对立元素的共时性。因此，对立的两个事物不一定构成悖论，因为他们不属于同一单体。例如，科学与艺术构成对立，他们之间可以存在着和谐的关系，但不能够构成一种悖论；《日出》的对立关系不具共时性，不是悖论。悖论看似相互抵牾，实则揭示了真实。布鲁克斯对悖论的本质做出了准确的评价：

> 诗歌的语言是悖论的语言，而悖论是诡辩的语言，实在、巧妙、诙谐，但称不上是灵魂的语言……我们习惯上把悖论视作智性而不是感性的、机智而不是深邃的、理性而不是宗教非理性的。[①]

布鲁克斯旁征博引，对悖论进行了十分精辟的分析，但其分析仅限于修辞层面，并没有上升到结构的高度。

具有结构悖论的代表诗作有，《神圣十四行诗：第 14》（*Holy Sonnet, 14*）

---

① BROOKS C.The Language of Paradox[M]//The Well Wrought Urn.London：Dobson Books Ltd.，1947：3.

与《圣露西日之晚祷》(*A Nocturnal Upon St. Lucy's Day*)。

《神圣十四行诗：第14》本身的体裁就决定了自己的结构模式：由于末尾的对句以悖论的形式概括了全诗，悖论也就成为全诗的结构形式。

> 除非受你奴役，我不会自由，
> 我不会贞洁，除非遭你强暴。

"奴役"与"自由"两个词语的语义关系相反，而"强暴"则与"贞洁"的语义关系相反。两组不共戴天的对象一体共存，必有其内在的逻辑。

这是一首关于基督教信仰的诗歌，既然是有关宗教信仰，就必定涉及上帝与信众的关系，上帝与信众的关系可以简化为两个字：信与爱，完全依靠悖论来维系；要有效地体现这种悖论式的宗教关系，比喻就是可选的方式，而恰当的比喻莫过于性爱了。中世纪的一个习俗完成了全部必要的逻辑连接：在忏悔之时，面对上帝，男性通常可以女性的身份进行倾诉，当然，这种方式往往是单身男性为了自身的方便而做的一种发明。[①] 所有的人都是上帝的"新娘"。这样，邀约与应约就出现了。上帝对"新娘"有两种行为方式，一是"敲打，呼吸，照耀"，其目的是"试图修补"，此种行为颇具柔性；二是"将我打倒吧，/将我破碎，吹拂，灼烧"，唯有如此，才能"给我以新生"，显然，后者具有刚性，是一种涅槃中的再生。刚性行为方式的结局显然是死，这是一种常识，而在要约者看来，却是再生，诞生一个新我：生与死构成悖论。讲述人"我"又甘愿为上帝"你"的城堡，可是，主人拥有却不能控制，客人不拥有但能够控制，主人与客人分处一种悖论之中。换言之，"我"既是上帝的"新娘"，又是上帝敌人的"妻室"："我仍深深地爱着你，也愿意被你所爱，/却与你的敌人订立了婚约"。

造成这一切悖论的根本原因是什么？理性处于一种悖论关系。理性是讲述人精神家园的主人：讲述人十分清楚自己目前的困境，如果理性缺失，讲述人也就不会如此清醒。可是，理性，作为上帝的总督，"本应将我守护，/却被俘虏，显得软弱而虚无"。如果理性真的能够做主，讲述人也就不会为入侵者掌控，并与异教订立同盟。所以，面对如此众多的悖论，要与上帝真正地实现结合，就要破除所有的悖论。

然而，破除之法又是一种新的悖论。为何奴役是一种自由？所谓的奴役

---

① NEWMAN B. Rereading John Donne's Holy Sonnet 14[J].Spiritus,2004,4(1):86.

就是上帝对讲述人的精神世界和物质世界实行全面的控制，而全面控制，对于陷入悖论之中的讲述人的一半来讲，即世俗的欲望及异教的杂念等，就是奴役，奴役就是迫使讲述人放弃想放弃但放弃不了的东西。所谓的自由，就是不被上帝恩宠之外的任何诱惑所分心，或者没有诱惑，或者诱惑无能为力。为何强暴又是一种贞洁？强暴行为本身是一种犯罪，宗教上也是一种罪孽，受害者所蒙受的心灵创伤也自不待言，根本无贞洁可谈。但请求上帝对自己实施强暴，且不说是一种亵渎神灵的行为，单凭这一点，发出邀约的信徒也就失去了贞洁。不过，既然奴役是必需的，那么强暴也就是合理的，强暴的对象，如同奴役的对象一样，均是自己无法驱赶掉的邪念，移除邪念，则灵魂必净，灵魂干净了，便有了贞洁。可见，上述的悖论中蕴含着高度的合理性，由于合理，悖论的实际指向反而十分清晰，毫不模糊。

既然借助性爱来表达宗教信仰问题，性爱也就不可避免地成为诗歌最基本的蕴含。[①] 信众与上帝之间存在的关系悖论，也理当是性爱关系悖论。不难发现，宗教信仰与世俗性爱长时间以来就以灵与肉的对立关系出现，对立中，二者不是和谐相处，而是矛盾冲突，在冲突中，世俗之爱总是处于劣势，处处受到打压和边缘化，但到了本诗这里，二者完美地结合在一起。性爱与其说是世俗的、甚至堕落的，倒不如说是灵与肉的桥梁，要想与上帝实现灵魂的结合，就必须通过性爱这一关口。不妨进一步讲，上帝从一开始就在性爱之中，这正是讲述人与众不同之处，也是最为激进的地方。诗歌一开始就充满了激情："撞击我的心吧，三位一体的神。""三位一体的神"及讲述人"我"，毫无疑问，都是极具鲜明性别特色的词汇，而"撞击一词不仅含有暴力成分，而且也具黏合一起、固定甚至交换之意"[②]。其实，多恩的多个讲述人，在不同的场合下，不断地尝试着把灵与肉完美地结合在一起，最成功的一个例子就是用书写纸（written roll）来比喻灵与肉这两个灵魂之间的关系，书写纸一面记录着一个灵魂。[③] 如此一来，两个对立的灵魂（灵与肉）一体共生，形成绝佳的一个悖论。

在《神圣十四行诗：第14》中，主要悖论的本质，毫无疑问，是暴力，

---

① LERNER R B. Donne's Annihilation[J].Journal of Medieval and Early Modern Studies,2014,44(2):414.

② LERNMER R B. Donne's Annihilation[J].Journal of Medieval and Early Modern Studies,2014,44(2):413.

③ LEE J J. John Donne and the Textuality of the Two Souls[J].Studies in Philosophy,2016,113(4):882—883,900—901.

但这并不等于说，所有的悖论都依靠暴力来维持自己的存在。例如，"将我打倒""将我破碎"并"灼烧"、把这纽带解开或"扯断""受你奴役"及"强暴"，无一不是暴力行为。暴力的产生具有两方面的原因：一是信众们过于天真，希望救赎行为一蹴而就："这种错误……就是把上帝幻想成'一位宗教白衣超人'，'一位精神狱卒，战无不胜的将军'，能够一劳永逸地把信众解放出来，他们也就无须再忍耐、坚持、固守。"二是上帝过于严厉："难道我们不盼望他保持'内心的温和与谦逊'，以极大的耐心宽容我们，直到我们学会原谅自己、宽容邻居？"在信众看来，上帝能够丢弃手中的权杖，平息心中的愤怒，不失为一条温和之道。信众们在追求信仰的过程中，可能一时做得不够，可能哭泣，可能停下脚步，也可能匍匐向前，但最终会赢得上帝的恩典。对此，女权主义也有自己的看法："我不得不自问，作为一名21世纪的基督教女性，我真的祈祷着性暴力的快乐吗？""面临着囚禁和蹂躏……她必定会'起身，站立，'一反往常，坚持贞操，追求自由，当然不是沮丧的而是正气凛然的样子。"①

讲述人可能犯有错误，但多恩则企图以此警示世人，因为此类的牺牲行为完全不具创造性。②

《圣露西日之晚祷》也是一首充满悖论的典型诗作，学界普遍认为，其悖论主要存在于"空"（nothing）的蕴含。可以说，"空"是《圣露西日之晚祷》中心思想的关键，而"空"的悖论又体现在三个层面：一是节日，二是性爱，三是宗教信仰，其中，性爱是主要的一种悖论，统御着其他两种形式的悖论。

什么是"空"？根据否定性神学（Negative theology），"空"就是黑暗，就是死亡，就是缺场，就是完美的性爱，就是虚无，等等。尤其是，"空"就是上帝，上帝不是一种存在，因此不可名状，不可名状不等于不可知，可知可以通过否定的方式实现，即上帝不是什么，由此也就揭示了上帝的本质。不过，上帝能够创造万物，万物又最终归于上帝，所以，"空"能够孕育或包含一切，即"有"。

圣露西日，作为欧洲的一个重要宗教节日（12月13日），本身就蕴含着悖论。圣露西日这一天，能够（曾经）与二十四节气的冬至日重合，③是一年

---

① NEWMAN B. Rereading John Donne's Holy Sonnet 14[J].Spiritus,2004,4(1):85,86,89.

② LERNER R S.Donne's Annihilation[J].Journal of Medieval and Early Modern Studies,2014,44(2):417—421.

③ Hollingsworth A. Relationality, Impossibility, and the Experience of God in John Donne's Erotic Poetry[J]. Anglican Theological Review, 2012, 94 (1): 90-91.

之中白昼最短、黑夜最长的一天，换言之，是长夜的结束，长昼的开始。由此可见，圣露西日横跨两界，一端是结束，另一端是开始，结束孕育了开始，换言之，"空"孕育了"有"，第一个悖论由此形成。与此同时，圣·露西也是一个意蕴丰富的重要名词。露西在基督徒备受迫害的日子里，曾经勇敢地帮助过藏匿在地下墓穴中的基督徒。为了能够更好地帮助受难者，露西不是手举蜡烛，而是头顶蜡烛灯环，照着自己脚下的路，腾出的手就能够携带更多的食物。公元304年，露西遭到迫害，失去了双眼。一个给落难者送去光明之人，最终落得失去了光明。而且，露西的名字本身也有"光明"之意。露西的拉丁名字是 Lucia，与表示光明的拉丁词 lux 共一个词根 luc-，这也就是她成为盲人和有眼疾之人的守护神的原因；并且，在绘画中，圣·露西手托一只金盘，上面摆放着一双眼睛。光明与黑暗在圣露西的行为与名字里也就构成一个悖论。作为空无的化身，上帝又是"黑暗的光明"的一个悖论；[1] 圣露西也是黑暗与光明组成的一个悖论，又与上帝一体，所以，圣露西也是"空"的化身。

　　圣露西日自身的悖论象征着另一个悖论，即完美的性爱，而完美的性爱又与死亡同名。第一段的有关描写相当隐晦，表面上无疑是对死亡的描写，[2] 例如落下、埋葬等词汇，但实质上又是隐含着完美性爱的一种自然状态。根据讲述人，太阳已经落下（spent），从他的瓶子（flask）里倾倒出的不再是稳定的光芒，而是像烟火释放出的火焰一样；而且，世界的全部液汁已经排出（sunk）。太阳（sun）与儿子（son）谐音，暗指男性，或三位一体中的圣子。与此同时，讲述人又指出，水浸的（hydroptic）大地已经吸收了所有的香膏（balm），生命也已渗透到温床的底部（bed's-feet），浅埋在那里。雨水浸泡后的大地显然具有女性的象征意蕴。由于西方的文化传统习惯上把完美的性爱与死亡联系在一起，太阳与大地上的死亡表象之下隐藏着完美的性爱，也就不再牵强了。深层次里是一种完美性爱的刻画，表层上才是死亡的描写。由于死亡与黑暗又是相同的，所以死亡发生在圣露西日也就不足为奇了，完美的性爱发生在最长的黑夜更不是巧合，而是必然。无论是死亡还是完美的性爱，都是一种结束，结束孕育着开始，一如"空"孕育出"有"或"一切"一样。

---

① NICHOLS J L. Dionysian Negative Theology in Donne's "A Nocturnal on St Lucies Day" [J]. Texas Studies in Literature and Language,2011,53(3):353.

② KERMODE F. John Donne[M]//Dobree B. British Writers and Their Work No.4. London: University of Nebraska Press,1964:21.

完美的性爱孕育了怎样的开端？是一个人新生的开始，新生不久还会经历同样的完美性爱，再一次走向"死亡"。至于死亡所孕育的开始，有待于下文论述。

从另外的视角加以解读，也可以发现："空"是完美性爱的本质。讲述人自谓"每一件死亡之物"，也就是第一段的"我是它们的墓志铭"的翻版。更应当注意的是，讲述人还是"再生之人"，而导致自己成为"死亡之物"和"再生之人"的主要原因就是"爱的炼丹术"。何谓炼丹术（魔法）？简言之，就是从不同的物质中提取一定的有用成分，然后，把所有的提取物合成为新的物质。性爱具有如此高超的能力。因此，讲述人就是这个新生物质，相对于新生物质而言，所有最初的物质都是为了成就它而舍身的物质，从这个意义上讲，新生物质也就是死亡之物的总和。这就是第一层意思："空"是生与死的悖论。第二层意思：讲述人是"空"。讲述人说道："我，由于爱的蒸馏，是一切的 / 坟墓，就是空……"此话可以简化为，"我……是……空。"他为何是"空"？他来自一切，但又不是一切，因为新生之物当然不是原有之物，因此，相对于所有原来之物，他什么也不是，即是"空"。"空"就是一切的坟墓，就是一切的墓志铭。可见，"空"来自一切，却又否定了与一切的联系，这就是"空"的第二个悖论。

完美之爱是超验的，超验的即是"空的"。依讲述人所言，他们经常有泪，其量之大，往往成洪，把他们二人的世界彻底淹没掉。这与《创世纪》（第6—9章）所载的故事一样，洪水摧毁了旧的世界，洪水过后，崭新、美好的世界也就诞生了。当泪洪淹没了二人的世界之后，给他们带来的是一种超越了身体的新生，一种与"空"比肩的存在状态。也有时候，由于对任何事物不与关心，他们于是便成为两个"混沌"，这种混沌状态实际上也是超验的，因此也就是"空"。[①]讲述人进一步指出，"空"驱走了意识，没有意识，所以成为躯壳。在没有意识的"空"的状态下，也就是一种超验状态。如何阐释这种超验状态下的"空"？只能相对于身体，相对于意识，采取否定的方法。因此，作为"空"的讲述人既不是人，也不是动物，更不是植物或石头。这种阐释法本身就是一种悖论。而且，"空"，既以身体为基础，又超越了身体的约束，从另一个角度来看，也是一种悖论。

世俗的就是神圣的，这又是一个悖论。讲述人在诗歌中不惜大篇幅地追

---

① NICHOLS J L. Dionysian Negative Theology in Donne's "A Nocturnal on St Lucies Day" [J]. Texas Studies in Literature and Language,2011,53(3):359.

忆他们之间的完美性爱，就是要揭示这样的一种悖论。完美的性爱是超验的，也是"空"的。完美的性爱等同于"死亡"。虔诚的基督徒死亡之后，不是下地狱，而是进入天堂，与上帝聚合一起。当她进入漫长的黑夜之时，实际上，也就是进入了天国永恒的白昼。（当讲述人升入天堂之后，不仅与上帝聚合，也与自己的另一半聚合。）重要的是，体验完美的性爱，如同与上帝聚合一起一样。完美的性爱是"空"，上帝也是"空"，因此，世俗的与神圣的融为一体，形成一个带有"亵渎性"的悖论。①

为了便于清楚地梳理上述关于悖论之论述所依存的事实与逻辑，不妨把诗中主要的结构摘录如下，以供参考。

肯定：

I am the "epitaph" for the spent sun and the dry, lifeless, buried world（3—9）

I am a thing that can be studied（10）

I am every dead thing, / In whom love wrought new alchemy（12—13）

I···am the grave / Of all, that's nothing（21—22）

I am··· / Of the first nothing, the elixir grown（28—29）

···I am none（37）

否定：

I am not a man（30）

I am not a beast, a plant, a stone（32—33）

I am not "an ordinary nothing"（35）②

进行笼统、抽象地表述，需要肯定的判断，要具体阐释"空"的内涵，则需要用否定之形式。总之，"空"具有不同的称谓，"空"是一种悖论，由于这种悖论的存在，有些鸿沟，再大也可以逾越。

从对立走向统一，形式呈现出瑰丽的多样性，但过程充满了曲折与挑战，

---

① NICHOLS J L. Dionysian Negative Theology in Donne's "A Nocturnal on St Lucies Day" [J]. Texas Studies in Literature and Language,2011,53(3):362.

② FORD S. Nothing's Paradox in Donne's "Negative Love" and "A Nocturnal Upon S. Lucy's Day" [J].QUIDDITAS,2001,22:108—109.

也正是如此，方显诗人的超凡智慧。智慧源自爱情的迸发，更源自知识的积累与挑战陈规的勇气。它显的是一种认识世界的独特方式，带有鲜明的人文色彩，但也不乏冷峻的理性，它给读者带来的快乐，无比珍贵。

　　二元结构，作为世界构成的基本单位，也是文学尤其是诗歌内在的（主题层面的）基本单位，它浓缩了自然界以及人类精神世界运动的最普遍形式。因为诗歌相对短小，所以二元结构的存在与作用格外突出，不过，短小的诗歌以二元结构为手段，却能够把人类认识世界与自己的主要智慧，淋漓尽致地表现出来。它既是浓度的体现，又是效率的缩影。

第五章 破格

　　破格（poetic licence）的关键在于一个"破"字。破，简言之就是破坏，美言之就是改革、创新。有破，必有立；无立，破则必定沦为恶；立，务须利大于弊。所以，不破，则无以立，而立又取向大利。世间的一切事物，无外乎于此，诗歌概莫能外。正如第一章所言，有了破格，日常语言便成为诗歌语言。诗歌语言也自有规范，当诗歌的语言规范成为普遍法则之后，诗歌也就诞生了。任何诗歌法则，一旦成为定规，也就变成常识，而常识往往不能满足富有创意的表达要求。要在常识的基础上表达新意，就要破格。

　　破格具有两个层面的意义：相对于散文，相对于诗歌规范。德莱顿（John Dryden，1631—1700）对破格的阐释，完全是相对于散文语言的：他把破格定义为"不同时代诗人所主张的一种用诗文表达散文所不能的自由权利"（the liberty which poets assume to themselves，in all ages，of speaking things in verse，which are beyond the severity of prose）。由此可见，诗歌的语言，总体上讲，就是破格的结果。例如，修辞格（figurative speech）、古词（archaism）、押韵（rhyme）、奇特的句型（strange syntax）的运用，多为四种常见的形式。[1] 此外，时代的误用（anachronism）及地理与历史事实的背离等，也是常见的破格形式。[2] 所有这些，《英诗学习指南：语言学的分析方法》（*A Linguistic Guide to English Poetry*）进行了详细的归类与分析。[3] 也存在着相对于诗歌规范的破格。散文破格与语料有关，诗歌破格与形式有关。艾布拉姆斯在他的《文学术语词典》中进一步指出，破格就是"对言语或文学规范的违背，包括音步和押

---

　　① CUDDON J A.Dictionary of Literary Terms and Literary Theory[M].London：Penguin Books Ltd.，1999：681.

　　② ABRAMS M H.A Glossary of Literary Terms[M].5th ed.New Work:Holt,Rinehart and Winston Inco.,1988:144.

　　③ LEECH G N. A Linguistic Guide to English Poetry[M]. Beijing: Foreign Language Teaching and Research Press, 2001:42-51.

韵手法及虚构与神话的使用"。① 其中，音步和押韵手法其实就是已经形成的诗歌规范。不仅如此，《英诗学习指南：语言学的分析方法》第七章第四部分所做的分析也属于此类。

　　破格，又分为局部的和集体性的。上述的破格类型均属于局部性的，集体性的破格现象在诗歌史上往往以流派的形式出现。以新古典主义诗歌和浪漫主义诗歌为例。新古典主义对文艺复兴时期的诗歌不以为然，在古典主义看来，文艺复兴诗歌过于狂放不羁，不仅抛弃了英雄双韵体的韵脚，把无韵体诗发展成主宰诗坛的艺术形式，而且频频违背了固定的音步。在艺术张扬的背后，是人性的张扬，文艺复兴把人视作宇宙万物的尺度，漠视人以外的所有规范。在新古典主义看来，人的本质是不完美的，而且是有罪的，这就要用规矩对人进行约束，规矩表现为秩序，要秩序，就要有理性，就要讲究常识。在诗歌创作上，新古典主义要求重拾古希腊和古罗马的艺术规范，用英雄双韵体代替无韵体诗，讲究对称、比例、统一性、和谐性及优雅。新古典主义堪称十足的保守主义。

　　从新古典主义身上，浪漫主义看到了暮气沉沉的气象。典型而不是个性，抽象而不是具体，比喻牵强而不自然，意象陈腐而不鲜活。新古典主义的语言了无生机。为了拯救诗歌，浪漫主义提倡诗人摆脱艺术手段的约束，让诗歌成为诗人情感自然流露的表现形式。当然，浪漫主义并没有降低诗人的地位，始终把诗人看作真理的探索者与人类的导师，不过，探索的工具不是理性，理解的方式也不是抽象的分析，而是对人与事物从感官的角度、借助想象的力量加以感知。如此一来，诗人就要亲近自然，就要亲近劳动人民，用自然清新、贴近人民的简朴语言和意象进行表达。诗歌与散文的主要区别在于押韵，而不是语言本身；从审美的角度来讲，重要的是诗歌引发的情感反应，而不是诗歌形式本身。如果新古典主义旨在教化，浪漫主义重在激发和养育；前者重视理性，后者关注情感。新古典主义是形式与智性的诗学，浪漫主义则是灵感与情感的诗学。（新）古典主义是诗歌领域最基本的规范体系，浪漫主义以及后来的自由诗都是既有规范的破坏者，所不同的是，具有破格意义的诗学实践最终演变成一种新的规范。

　　诗歌史上，还有一种跨越诗歌流派的破格现象，这种破格不是局部性（微观）的，也不是集体性（流派）的，而是结构性（宏观）的；不仅不会发展成

---

　　① ABRAMS M H.A Glossary of Literary Terms[M].5th ed.New Work:Holt,Rinehart and Winston Inco.,1988:144.

新的规范，而且几乎是永恒的另类，例如，视角的冲突，语义的断裂，诗歌的碎片化，以及对应性的虚化等，它们也就成为本章论述的重点。

第一节　视角的冲突

视角就是诗人向读者提供观看、欣赏或思考某一事件、情感（景致）或抽象理念的特定角度或方式，它决定着叙事的主体及叙事的内容。叙事的内容无所不包，凡太阳底下能够发生的事情，均可成为诗歌关注的对象；与叙事内容的丰富多彩相比，叙事的视角则相对的单一与固化。经过悠久诗歌实践的锤炼与沉淀，诗歌内容、体裁与视角之间形成了相对稳定的范式。就一首诗作而言，视角是宏观的而不是微观的，是整体的而不是部分的。与此同时，诗歌的目的也决定着手段，由于目的的本质（意识形态）的特殊性，诗歌的手段，特别是叙事视角，在有意识或无意识的状态下，往往呈现出一种隐性的矛盾或裂纹（fault-line）。

视角分第三人称、第二人称和第一人称视角。第三人称视角以史诗叙事见长，例如《贝奥武甫》（*Beowulf*）与《失乐园》（*Paradise Lost*）采用的就是第三人称视角；第二人称则主要用于抒情，例如《西风颂》和《夜莺颂》，第二人称抒情，畅达、热烈，堪称诗歌的独宠；第一人称视角多用于较短的叙述和抒情，例如《候诊室里》（*In the Waiting Room*）与《我品尝一种天成琼浆玉液》（*I Taste a Liquor Never Brewed*）。三种视角之间，第三人称与第二人称视角最为常见。当然，也有混合视角，例如《尤利西斯》的视角，正如前文所述，发生了多次转换；《噢，船长！我的船长！》（*O Captain! My Captain!*）则有第一人称单数与复数、第三人称单数等视角叠用；前者存在一定的争议，后者则自然天成。

视角具有相对的统一性与稳定性。戏剧有三一律作为规范，诗歌虽然无须三一律，但也有诗韵与音步的规定，更要保持视角的统一性，不能随意更换。然而，视角并非纯粹的技术性问题，更是意识形态的，因而也是政治性问题。当视角的技术性与政治性完美合一之时，视角的政治性处于技术性的阴影下，技术性俨然成为唯一的标准。否则的话，叙事视角就会呈现出冲突性。叙事视角的统一性还表现在合理性。诗歌是人类文化活动的产物，就是诗人对此生此世或彼生彼世主动进行的一种思考，这就是诗歌视角的合理性。相反，如果一个诗人创造出一个即将丧失和已经丧失自为能力的讲述人，对此生此世或彼生彼世进行思考的话，诗歌的视角也就呈现出不合理性，即破格现象。这种破格现象可能在每个时期时有出现，但绝不会成为主流视角，如有呈现，无论如何都难免给读者一种奇特的艺术感受。

以下即将论述两种视角的破格现象：一是政治性的他者视角，二是死亡视角。

《海华沙之歌》的叙事视角乃是政治性的他者视角。那么，什么是政治性的我者视角？以《伊利亚特》（Iliad）与《奥德赛》（Odyssey）为例。作为西方文化源头之的两部史诗，首先以口头的形式流传，经由许多吟游诗人的删减和增益，到了诗人荷马手中，终于以文字的形式固定下来，后来再经亚历山大里亚的学者编纂而成，并传承至今。由于历史跨度较大，口头文本历经了氏族社会和奴隶社会，而且在流传期间不同时期的历史事实也进入了史诗。但是，在史诗流传的过程中，希腊没有受到外来的侵略，也没有来自内部的动荡，史诗的叙事视角得以保持统一，难免有流变的痕迹，但总是古希腊文化自己的视角，即技术与政治因素实现了完美的结合，表现在外在的仅仅是技术层面。

然而，《海华沙之歌》（The Song of Hiawatha）叙事视角的政治倾向与史诗主体的文化倾向相违背，造成了叙事视角的冲突。《海华沙之歌》本来是美国土著但现在是美国人民的一部史诗，却与《伊利亚特》和《奥德赛》迥然不同。首先，作者朗费罗（Henry Wadsworth Longfellow，1807—1882）不是史诗主体的成员之一；其次，史诗的视角是主流文化的视角，而不是美国土著自己的；再次，主流的文化视角带有鲜明的政治性。由于史诗内容是关于美国土著文化的，史诗的视角应该是土著的（前部分），实际上却是以他者的、政治的（后部分）做主导，突出的视角（后部分）与弱化的视角（前部分）之间不可避免地产生了对立冲突。

史诗的主角无疑是海华沙，但与史诗《贝奥武甫》的主角不同，海华沙自始至终就似乎是一个提线木偶，他的行为逻辑处处显露出悖谬，令人费解。海华沙，取材于伊洛魁人（Iroquois）的神话，当然是美国土著的英雄，并且是上灵（Great Spirit）或者说万邦之主（Gitche Manito）派来的救世之主，

　　果真能够尊奉其命，
　　必将兴旺繁荣，
　　倘若忤逆其命，
　　定将衰微并从此消失！（第一章）

既然是上灵派来的领袖（先知），并携带着神的懿旨，岂有不从之理；跟着海华沙，在他的指引下，勠力同心，美国土著就能看到希望的曙光。无独有偶，海华沙在永远地离开自己的人民之前，向人们发出了几乎与上灵的一样的指令，只不过是反面的预言：

> 我看到了民族的分裂，
> 人们忘记了我的劝告，
> 相互征战，彼此削弱：
> 厮杀之后，所幸之人，
> 一路西行，万分悲痛，（第22章）

史诗开篇之时，上灵做出警告；史诗即将结束之时，海华沙洞察未来，看到了即将降临到本民族的不幸：整首史诗，有头有尾，有始有终，好一幅叙事的逻辑框架。在这幅框架内，先知海华沙的预言有如神谕，神谕总是千真万确的。现实中，命运似乎有意捉弄土著，土著也似乎蓄意忤逆民族领袖，置其醒世之言于不顾，最终自酿苦果。当然，苦果在史诗中以预言的形式出现，这样就似乎淡化了实际的悲惨现实，其效果朦朦胧胧，因而也就可能莫衷一是，如有可能，最好就是没有发生。

棒子终究落到了美国土著身上，究其原委，可归结为一句话：不听话，即不听海华沙力劝他们听从美洲大陆欧洲移民的话。欧洲移民说的什么话？——协议出售土地。不听话的后果如何？——整个民族踏上了"泪水之旅"（trail of tears）。这分明是欧洲移民的逻辑，民族区域内发生的事件，只能听凭异族来言说，自己的话语权力显然被剥夺了。《贝奥武甫》的叙事虽然染上基督教色彩，但染彩不改其主流话语方式的本色。也有失败者言说之例，其语态可以伤感，但一般不会采用他者视角，把话语方式完全交给对手。

历史自有真相。协议出售土地并不难以理解，问题的关键是，土地的所有者是否愿意协议出售土地，土地的价格是否合理，假如不愿意出售土地，会产生怎样的后果？不妨简单地从1830年开始讲起。5月6日，杰克逊总统正式签署了《印第安人迁移法案》（The Indian Removal Act），启动了美国土著的"泪水之旅"。迁移美国土著为的是获得更多的土地。一方面，移民国家飞速地发展，人们对土地的要求越来越大；另一方面，土著人不愿意协议出售土地，对政府不断获取土地的努力开始进行抵抗。美国南方各州对《印第安人迁移法案》的支持最为积极，他们急需获得"五大文明部落"的土地，即彻罗基（Cherokee）、契卡索（Chickasaw）、乔克托（Choctaw）、克里克（Creek）和塞米诺（Seminole）。法案的签署，意味着土著的迁移已经不再以他们的意志为转移了。9月，通过《舞兔溪条约》，彻罗基人让出了密西西比河东岸的土地，1835年，《新埃克塔条约》之后，他们就踏上了"泪水之旅"。塞米诺部落没有轻易地做出妥协，他们与逃亡的奴隶们联手抵抗政府的迁移计划，不过，第二次塞米诺战争（1835—1842）之后，塞米诺人被强制迁移，抵抗中，三千多人被杀。其他部落的命运大同小异。

　　遗憾的是，土著没有及早地掌握自己的话语权，也就失去了以文字的方式永久地揭示真相的机会，粉饰暴力、回避伤痛是土著讲述自己的史诗所不会出现的。可是，土著经历的灾难，朗费罗在史诗中讳莫如深。《海华沙之歌》成诗于1855年，朗费罗对所发生的重大事件不可能不知，有《致流云》（*To the Driving Cloud*）为证。史诗中仅有的陈述也远离事实。"相互征战，彼此削弱"说明的是什么问题？美国土著的错。土著们内部纷争由来已久，但从未失去过自己的家园，倒是侵略者们在美洲大陆的博弈加剧了土著的悲剧。把"泪水之旅"归因于土著之间的争斗，何其荒谬。可见，谁在说话，为谁说话，最为重要。朗费罗借海华沙之口为欧洲人说话，视角变异了，与叙事美学相忤逆。

　　那么，海华沙的子民是否真的无缘无故地对前来的欧洲人怀有敌意？当然不是。不过，一开始，当两个不同肤色的民族开始近距离接触的时候，异者另类的心理短时间作祟还是有的："这不可能！""我们不信！""你都说些什么呀！"以及"你说的简直是谎言！"等表述回荡在第21章的后半部分，此时此地，只有海华沙头脑最清醒。可是，当听说欧洲先知到来之时，各社会阶层，"村中的老人""武士""先知""魔术师"及"医生"们最终还是纷纷前来表示迎接，

　　　　"幸会了，"他们说，"兄弟们"，
　　　　你们不远万里来访！

　　上述言语反复重复，足以表明土著的诚意。他们围坐在门口，静静地抽着烟斗，等候着陌生人的出现，"等着聆听他们的真言"。倾听了黑衣头领的一番布道之后，土著族长表示，"我们将认真思考你的话语"。整个过程中，土著人其意也诚，其思也明。对于土著，无论接受所传之教（西方文明）与否，都需要时间，都是一种合理的选择。土著人明白，抛弃了自己的文化是可悲的，

即便是文化互动，也需要时间。也就是在需要与时间之间、文化与武力之间的矛盾中，悲剧发生了，至于悲剧的根源，西方文化当然把它归咎于土著。

　　原本是一部美国土著的史诗；可是，当两种不同文化发生碰撞之时，能够真正、深层次地揭示美国土著文化思维方式的集体心理活动缺失了，展示的仅仅是表面的、肤浅的东西，这是一部史诗我者视角绝不会出现的现象，也正是在这里，《海华沙之歌》的视角发生了偏离与扭曲，与叙事规范产生了冲突。文本从来就是意识形态争夺话语权最为激烈的地方。

　　视角一定，于是有了框架，框架设计好了，余下的工作就是填充了，填充工作做得越好，发生的扭曲度也就越大。有一个常识：生存的意义不仅在于生命，更在于信仰。改变了信仰，就能改变生命的形态；失去了信仰，就失去了生存的所有依据。无论是谁，如若威胁到一个民族的信仰，得到的只有对方的搏命。改变土著人信仰的工作，几乎都发生在"来"与"去"之间：欧洲基督教传教士的到来与美洲土著领袖海华沙从人世间的离去。而且，这一切发生得那么干净利索。就在黑衫头领讲完了圣母玛利亚、她的儿子与人类的救星、犹大、复活及救世主与信徒升入天堂的故事之后，海华沙就趁着黑衫头领及其随从沉睡之际，告别了外祖母，离开了自己的人民和这个世界。随他而去的不仅是权力，而且是信仰，取代他的是外来欧洲人，取代土著信仰的是异教基督教；他的外婆则是保证权力与信仰过渡的法定监护人。

　　（权力与）信仰的更迭体现出了两个特点：顶层设计与和平交接。并非没有先例，基督教自身的合法化与民族化就是从顶层设计开始的。古罗马帝国时期，基督教在社会底层逐渐传播开来，但长时间被政府视作异端邪教而予以镇压，然而，公元313年，为了利用基督教治理国家，君士坦丁大帝颁布了《米兰敕令》，宣布基督教的合法化。基督教在英格兰的传播也几乎因循了相同的方式。公元655年，国王彭达战死沙场，七国之一的麦西亚基督教化，与此同时，流放中的韦赛克斯国王重返家园，韦赛克斯开始信仰基督教。在此后的历史中，国教与天主教在英格兰大地上的更迭，无一不与国王的更替紧密相连。而其更迭更有不同。就英国而言，信仰是异域文化的，而国王则不是；就美国土著而言，不仅信仰来自异域，统治者也来自异域。对此，海华沙一句解释都没有——不是不想解释，而是无法解释，他没有话语权，历史真相也就被遮蔽了。事实是，从殖民地时期到1924年，土著人为主权与生存而进行的主要战争达51次之多。是抗争而非拱手相让。

学界把如此的权力与文化更迭称为"嫁接"，^①十分耐人寻味。嫁接，园艺术语。就是用暴力的方式剪断一根果枝，然后把另一根不同的果枝插接一起，让老枝供养新枝，结出不同的果实。"嫁接"准确地揭示了朗费罗的真实用意，其视角颇具创意，也着实暴力。继续不断的抗争就这样被称为断腕式的和平所更替。纵然年长要退位，海华沙竟然没有培养出一位合格的领导人，即使没有培养出合格的接班人，历史证明，总有人会应时而出。结果，必然的事情什么都没有发生，只有不可能成为可能。

为了让美国土著对本民族的背井离乡负责，让历史上的"嫁接"成为必然，结出硕果，朗费罗唱衰了土著文明。洁净的环境能够增强体魄。在第九章，海华沙除掉了瘟疫与疾病之魔法师，却没能够从热病的魔掌中救出心爱的妻子。农业是一个民族的命脉。在第5章，海华沙发现了玉米，到了第13章，农业得到了长足的发展，然而，土著的努力并没有能够在第20章阻止饥馑的肆虐。爱情是一服良药，通婚，作为古老且有效的手段，能够化解部落间的宿怨。海华沙迎娶了世仇部落达柯达（Dacotah）弓箭艺人的女儿明尼哈哈，可是，弓箭艺人并不主张民族通婚，而是主张民族战争。通婚缔结的联盟也似乎无效，因为没有厮杀，还有舌战。知识给人智慧。在第14章，海华沙发明了文字，可是，土著人却用文字来描绘战争的意象，在土著人的世界里，战争而不是和平似乎是常态，尽管海华沙一生都在不遗余力地消灭战争。正义迟早能够战胜邪恶。不过，在土著社会里，宵小们妒忌成风，海华沙的心腹朋友在第15和18章里先后死去。见恶必除。在第17章，海华沙对邪恶的象征穷追不舍，可他灭掉了邪恶的肉体，却消灭不了邪恶的灵魂，邪恶的肉体与灵魂全部消亡了，可仍然活在人民的心中。通篇看来，人们找不到一个文化发展与进步的史诗叙事。^②

要贬低一个文化，只需聚焦于其历史积弊；要赞扬一个文化，只需宣扬其优秀传统。通过缩放、移位，就可以选择视角，而此处的选择，何其"精妙"。

海华沙的人物塑造，与叙事史诗的艺术手法相比较，也发生了明显的偏差。什么是史诗？史诗有以下几个要素：一是长篇叙事诗，二是叙事中的主要人物一定是英雄，三是体现了一个民族的历史和理想，四是神话、传说、民

① TICHI C.Longfellow's Motives for the Structure of "Hiawatha" [J].American Literature，1971,42（4）：550.

② FERGUSON R A. Longfellow's Political Fears: Civic Authority and the Role of the Artist in Hiawatha and Miles Standish[J].American Literature,1978,50(2):198.

间故事和历史交织在一起，五是叙事的风格具有崇高、富丽的特点。作者试图从土著文化内部出发，创作出一部关于土著历史文化的鸿篇巨制，但由于人类学与民族学的学养欠缺、失误频出，造成了海华沙形象的"白人化"。[1]不是说海华沙的形象没有深度或者社会性，而是说，缺少了土著生活的真实细节，"海华沙（就）不是一位真正的印第安人"。[2]重要的是，海华沙根本不具史诗英雄人物的性格特征。他穿着具有魔力的鹿皮鞋，带着具有魔力的露指手套，给人的印象不是威严，而是滑稽。[3]把世俗的普通物件加以夸张，再与其他世俗的非魔力物件并用，失去了统一性，彰显了差异性，因而难免滑稽。纵观海华沙的一生，他怒而不威，勤勤恳恳，劳而无功，与其说是一位伟大的战士与英雄，倒不如说是一位救难者（Deliverer）。[4]海华沙所展示的更多的是世俗人的一面。生活在世俗之中，他不得不运用世俗的智慧来解决世俗的问题。例如，在第6章与歌颂"和平与自由"的文化使者及"人类中最强大之人"结成紧密的联盟，共同对付现实中的邪恶。当文化使者去世之后，海华沙一度失去了理智。一个"人性化的海华沙"与众人一样，在生活中的压力面前表现出了"脆弱性"。[5]

在民族史诗中，英雄可以轰轰烈烈地倒下，也可以惊天动地之后安然地老去，而海华沙，善良、勤政、亲民、勇敢，却总是面临着民族不兴、文化经济不振的尴尬局面，在没有见过西方文明，紧紧依靠启示的方式，就对西方文化深信不疑，进而改弦更张。这与其说是历史，倒不如说是霸权的操弄。

海华沙的剧终退场，表面上颇具史诗英雄人物的决断与潇洒，而实质上，他的行为过程不仅滑稽，而且悲剧，甚至无奈。不得不提及丁尼生的《尤利西斯》：两相对照，更有味道。尤利西斯向昔日的战斗伙伴发出号召：要在人生结束之时，与自然和命运再搏一次，在搏斗中，获得更多的知识。海华沙向人民提出的要求则是：

---

① GORMAN H S. A Victorian American:Henry Wadsworth Longfellow[M].New York: Kennikat, 1967:275.

② FERGUSON R A. Longfellow's Political Fears: Civic Authority and the Role of the Artist in Hiawatha and Miles Standish[J].American Literature,1978,50(2):198.

③ Christabel F. Fiske. Mercerized Folklore[J].Poet Lore,1920 （4）：566.

④ ARVIN N. Longfellow：His Life and Works[M].Boston：Little, Brown,1962:157-158.

⑤ FERGUSON R A. Longfellow's Political Fears: Civic Authority and the Role of the Artist in Hiawatha and Miles Standish[J].American Literature,1978,50(2):201.

听从他们的智慧之语，

听从他们的金句真言，（第 22 章）

尤利西斯带领着民族英雄对外博弈，斗志昂扬；海华沙离别之时叮嘱人们对外称臣，力戒忤逆。家中不稳，内心惶惶。尤利西斯出发之时，夕阳西下，波涛滚滚；海华沙离去之时，夕阳西沉，波浪起伏，多的是水气如纱。这是殖民者升起的薄雾，多少总能遮望眼。海华沙绝没有尤利西斯那样的雄壮，也绝没有他那样的坦然、自信。是不是时不时地回回头，看一眼站在自己的土地上却生活在不同的文化里的人民？是不是听一听有没有人批评自己不负责任，没有抗争、没有谈判、没有成功地传承衣钵？"再见了，海华沙！"一草一木，一虫一鸟，一沙一石，都发出同样的呼喊，是在告别，还是在询问难道真的就这么走了？海华沙很快就消失在视野外。对于殖民者来说，土著的主权与文明的代表终于走了，余下的就是再从头，只不过不是收拾旧山河，而是看我基督教江山。

在观众席上，有人落泪，有人窃喜，有人沉默，有人鼓掌。土著问，这出戏为什么不是我们自己演？殖民者说，难道我们演的不是你们的戏吗？旁观者说，猪鼻子插葱，装象（像）。这就是视角的破格。有学者在评论《海华沙之歌》时说道：

通过英语语法与句式来再现奥杰布瓦人的口头文学与文化，《海华沙之歌》，在内部矛盾的压力下，必定坍塌。①

所谓的矛盾就是，有意识或无意识中，把殖民者的视角（英语语法和句式）强加于本应属于土著自己的文本所造成的后果，但不能因此说叙事者居心叵测，因为每一个文化都是一个视角，每一个视角都有一个盲点。

视角的破格并不等于土著视角的取代，否则，《海华沙之歌》也不会在部落国家内占有一定的市场。史诗以惊人的努力把分散在各个部落的神话与传说，经过仔细地辨认和梳理，以高度艺术的手法整合成一部具有连贯性、整体性和艺术性的作品。史诗虽然出现一定的错误，而且具有高度的选择性，但很好地保留了美国土著部分的文化与习俗。通过运用芬兰民谣的抑扬格四

① NURMI T. Writing Ojibwe: Politics and Poetics in Longfellow's Hiawatha[J].The Journal of American Culture,2012,35(3):249.

音步形式（trochaic tetrameter），史诗获得了巨大的音乐效果，长时间以来，在学校和民间活动中得到了广泛的传唱。在 19 世纪 80 年代前，表演者主要是白人，但 80 年代以后，土著人开始进行舞台表演和朗诵，与白人的定居纪念性目的不同，多出于部落国家的政治与经济目的。土著人的表演，如果仅仅依照《海华沙之歌》的文本进行，当然就会沦为殖民主义的马前卒，把美国土著的身份永远定格在悲剧性上。土著人根本不会如此行事，而是根据自己的需要和欲望、传统与信仰来重新阐释《海华沙之歌》。① 如果殖民主义错误地占有了土著文化，那么，该是土著重新占有的时候了。有两个原因：一是值得占有，二是必须重新占有，这恰恰反映了《海华沙之歌》视角的复杂性。

破格的另一个种形式就是死亡视角。关于此世的故事都是此世之人所述，第几人称皆可。讲述彼世的故事，则复杂多了，多是采用第三人称全知视角，全知是讲述人的特权，讲述人可以天启或者神启为理由，多少掩饰了生者讲述彼世的尴尬。要采用第一人称，莫过于梦境更合适了；若是以第一人称讲述死亡的过程，难免令人毛骨悚然：太离格了！

关于天堂与地狱，宗教经典语焉不详，不过，文学经典倒是所知甚多。然而，从文艺复兴的哈姆雷特开始，人们就开始对这一对生存方式产生重大影响的信仰体系进行质疑。哈姆雷特拷问的是，那么多的人进入长梦之乡，可就是没有人回来，详细地讲述一下那里的风土人情，一切仅限于听说与坚信。丁尼生在《过沙洲》（Crossing the Bar）一诗中说道："盼望面见领航人 / 就在沙洲越过时。"悬念还是没有得到解决。狄金森找到了解决之道：以第一人称内视角的方式，把死亡过程或死后的现实展现给世人，就知道有无来世、有无天堂与地狱了。当然，死亡视角的作用可以拓展。总之，破旧立新就是出路。

第一人称内视角具有真实性与可靠性。当然，这是理论假设，不过，既然是假设，也就必须遵守假设的逻辑，给出假设的效果；应有的效果实现了，也就具有了艺术性。《我为美而死》（I Died for Beauty—But Scarce）通过非同寻常的视角，即两位躺在坟墓中的逝者的对话，有效地揭示了关于美与真的边缘性问题。

我为美而死，对坟墓

---

① EVANS K Y. The People's Pageant:The Stage as Native Space in Anishinaabe Dramatic Interpretations of Hiawatha[J].Multi-Ethnic Literature of the U.S.,2016,41(2): 124—126.

几乎，还不适应

一个殉真理的烈士

就成了我的近邻——

他轻声问我"为什么倒下？"①

我回答他："为了美"——

他说："我为真理，真与美——

是一体，我们是兄弟"——

就这样，像亲人，黑夜相逢——

我们，隔着房间谈心——

直到苍苔长上我们的嘴唇——

覆盖掉，我们的姓名——（江枫　译）

特殊的视角表达了诗人对三个问题的关注：信仰与生命的关系；美与真的关系；生与天堂关系。

生命诚可贵，信仰价更高。逝者二人，各自为何而死？"一个寻真理的烈士"表明，第二位逝者是一位战士，为了真理的事业而献身。那么第一位呢？"他轻声问我'为什么倒下？'"中的"倒下"就足以说明第一位也是烈士，"为了美"而"倒下"。一如撒旦在天庭与上帝的斗争失利后被打入地狱，美与真理的战士也是在各自的战斗中早早地倒下，进入了坟墓。外面发生的战斗到底有多么激烈或惨烈，不得而知，但可以确定的是，要追求美和真理，就要付出生命为代价。为何要付出生命的代价？关于美与真理的认识存在着激烈的争议，争议的激烈与牺牲充分说明了信仰与生明的关系及生存的本质。信仰高于生命。

美与真的关系。他们为了各自的信仰而战斗。在战斗中，两位逝者不是同一战壕的战友。第一位对第二位的了解，胜过后者对前者的了解，前者知道后者是为了真理而倒下，但后者只知前者是一位英年早逝的战士，但不知为何而死。显然，美与真理之间是相对独立的。不过，美与真又是相互关联的。他们两人在坟墓相逢的时候，"像亲人""是兄弟"，亲人的本质在于血缘关系，而美与真的血缘关系就是理缘。可是，美与真在许多情况下为暴力所割裂。

———————

① 原文 He questioned softly "why I failed?" 中的 I，是诗作者笔误，译文中巧妙略去。

例如，奴隶制是丑陋之物，自由、平等才是美丽之物，追求美，就是否定丑，所以要自由与平等，就要废除丑陋的奴隶制度。但利益最为现实，利益就是真，利益受损了，真也就不存在了，所以维护利益就是维护真。美与真之间容易发生矛盾。

美与真的关系本质是和谐的，即"真与美——/是一体"。可是，真有时存在着虚幻性。眼前的利益并不一定是真正的利益，更不一定是最大的利益。美将来能够弥补目前的损失，甚至带来更大的补偿，但补偿的方式可能不同。美也有暂时的虚幻性，这种虚幻性表现为时间、空间与人文的局限性。美属于未来，但受现在的制约，真属于现在，但受未来的制约。现在的往往优先于未来。从这个意义上讲，最容易受伤的是美，而不是真，不过，美受到伤害了，真也就难以独善其身，这就是为什么捍卫美的战士"几乎，还不适应"坟墓，捍卫真的战士也跟着进了自己的坟墓的原因。无论争议有多大，美与真都要毗邻相处，生者作如是观，逝者亦如是。否则，生者就不会把他们毗邻安葬，他们也不会后来在坟墓里主动认亲。

维护美与真的方式可能存在暴力性，但亦可是非暴力形式。作为美与真的战士，他们之所以走进坟墓是因为斗争中存在着暴力，当然，使用暴力的不一定是双方，但非暴力合作的确是可行的。从暴力走过来的战士能够"轻声地问"，就是最有力的证明。他们"隔着房间谈心"，"直到苍苔……覆盖掉，我们的姓名——"的行为颇具象征意蕴。关于美与真的争论是一个长久的话题，不会在短时间内结束，因此不要限制争论。争论可能暂时没有明确的结果，但能够明确的是，应当用文争来代替武斗，暴力并不能化解争论，暴力可以结束生命，但并不能结束争论，美与真的斗士在坟墓中持续、长久地争论，其意义就在于此，而且事实表明，暴力淫威下的结果多是虚假的、有害的。

为美与真而奋斗，两人的最终结局别无二致：他们几乎是同时进入坟墓，既不是地狱，也不是天堂。坟墓不同于地狱，没有黑暗之火的烧烤与烟熏，但坟墓毕竟不同于人间与天堂，没有白色、圣辉、鲜花、鸟语、永恒，有的只是黑暗。"我"还不适应"新家"，不是惊讶为什么不是天堂或者地狱，而是来到早就有所准备的目的地之初，所有人都需要一定的适应，此处毕竟不是以往的住处。同时，也没有失望，为什么不是天堂；也没有庆幸，终究不是地狱。到达坟墓时的自然与从容，充分说明了关于奋斗与死亡、死亡与未来的意识形态早已形成，而且十分稳定。对于没有地狱与天堂概念的读者来说，这一切十分自然，但对于有着深刻宗教意识的读者来说，这不能不说是一个巨大的挑战。在美与真之间进行抉择乃历史之必然，不过，无论谁是谁非，美与真都是上帝的一部分，上帝都是美与真的源泉，作为战士，他们最终的准确去处可能存在着争议，但不应该是坟墓，坟墓只是一道必经之路上的拱形门。可是，坟墓真的成为斗士的永恒归宿，他们一直停留在那里，不仅"苍苔长上我们的嘴唇——"，而且也"覆盖掉，我们的姓名——"破折号进一步表明：没有新的消息可能来到，有的只是现存的事实在永恒中延续。坟墓就是永恒，基督教信仰遭到了质疑。

天堂与地狱消失了，这不是最近的消息，而是一个已久的事实。天堂与地狱消失了，上帝也不复存在了。没有争论，也不需争论。这即是从破格的视角，即死亡，审视生活所得出的结论。如何传递这份消息？坟墓似乎是一道天然的不可逾越的屏障，割断了人世间发生的一切，外部的信息可以进入坟墓，但内部的消息不能出去。不过，不用担心，这不，读者什么都知道了，这就是死亡视角的功用。

《我听到苍蝇嗡嗡——》(*I Heard a Fly Buzz—When I Died—*)所展现的就是第一人称内视角下的另一次假设死亡经历。像《我为美而死》一样，诗歌聚焦于一个关键叙事节点，对先行事件做一个简短的倒叙之后，从容地继续推进叙事。节点事件往往具有重大意义，如果预期与现实一致，则可以巩固文化传统，否则，能够颠覆传统。《我听到苍蝇嗡嗡——》，通过死亡之旅，检视了父亲文化关于肉与灵、人间与天堂的定义，并给出了与预期相反的回答。

破格视角的确立。开篇的第一句"当我死时——"就预示了这是一首非常之诗，但也不是不可能，也有从死亡边缘回来的人，但读到"我眼前漆黑一片——，"什么也看不见了(*I could not see to see—*)，读者才感到的确非同寻常，仿佛一部记录仪安装在逝者的头部，记录了死亡过程中所发生的一切。把意识转换成文字，即使对 21 世纪初的读者来说，也是科技幻想。

诗歌的第一段点明了全诗的三个重要元素：死亡、沉寂与风暴，围绕着这三个元素，逝者逐渐地揭示了诗歌的主题。

> 我听到苍蝇的嗡嗡声——当我死时
> 房间里，一片沉寂
> 就像空气突然平静下来——
> 在风暴的间隙（灵石　译）

"房间里，一片沉静"表明，一切都安排妥当了，逝者对自己的前途也无任何忧虑，所有的人都在等待重要时刻的到来。"风暴"具有双重指向，一是重要节点，二是事件性质。可是，逝者即将要投入主父的怀抱，怎么会是风暴呢？是失误，还是预兆？这取决于苍蝇本身的信息。如果一切正常的话，苍蝇的出现可能是一个意外事件。

仪式是文化的重要载体。既然一切都安排妥当了，生者所依据的文化体系是什么？在这个文化体系下，逝者即将实现的目标是什么？

> 注视我的眼睛——泪水已经流尽——
> 我的呼吸正渐渐变紧
> 等待最后的时刻——上帝在房间里
> 现身的时刻——降临

"注视我的眼睛""泪水已经流尽"与"上帝在房间里/现身"浓缩了生者与逝者全部的信仰。

其一，注视我的眼睛。注视中的眼睛就是父权的双眼，注视是具有审察和监督性质的行为，在注视的目光下，事物全部的细节将暴露无遗。目光的背后是文化意识和文化角度。此处的注视充满了信任，因为注视的客体经过文化的改造，已经完成了身份的转变，早已成为文化的实践者和符号，否则的话，房间就不会沉寂，空气也不会平静下来。再把目光转向逝者。逝者的呼吸"正在变紧"是生物上的意义，文化上的意义即是平稳（firm）。无论是从生物还是文化的角度来看，可以肯定的是，临终阶段的平稳体现了对父权文化的信任。

其二，泪水已经流尽。"泪水已经流尽"标志着已经做好了与"母体"进行第二次分离的准备。第一次分离人是与母体的分离，与母体分离之后，人进入了父权的体系，在父权的体系里，获得了具有个性化的身份。然而，在人间与天堂之间，人间仿佛另一个母体，生活在人世如同与母亲一体化；离开人世，进入天堂，仿佛再一次与母体分离，再一次进入父权的体系里。与母体进行第一次分离，人感到了失落与痛苦，不过，最终还是把它们压制在潜意识层面里；第二次分离也是如此。泪水就是第二次与母体分离时感受到的失落与痛苦，表面上是生者的，实质上也是逝者的。当泪水流尽之时，生者与逝者都唤醒了自己的关于第二个父权的文化体系的意识，生者不再执意挽留，逝者也把自己对人间的留恋收藏起来。天国就在前头。

肉与灵能够分离。肉身属于人间之物，灵魂属于天国之物。灵魂可以横跨两界，但肉身不可，所以：

> 我已经签好遗嘱——分掉了
> 我所有可以分掉的
> 东西——然后我就看见了
> 一只苍蝇——

可以分掉之物是所有之物，所有之物往往与人的身份密切相关，分掉了身份的象征，也就意味着身份的结束，不再以一种完整的、不可分割的形式存在着。正如人死后，从父权文化的一部分进入父权文化的另一部分一样，人的身份也从一种形式进入另一种形式——天国的身份。那么肉身呢？苍蝇的出现并不是偶然的，它的到来，显然是不请自来，但也在预料之中。它是肉身最终的所有者，法定的，无须指定和邀请。剩有的仅仅是灵魂，灵魂是不朽的，而且归于天国。父权文化如是说。

一切就绪，只等上帝的到来。如果肉身死亡以黑暗为标志的话，那么上帝的到来则以光明为标志。可是，

> 蓝色的——微妙起伏的嗡嗡声
> 在我——和光——之间
> 然后窗户关闭——然后
> 我眼前漆黑一片——

逝者看到的光是阳光，在阳光结束之前，或就在阳光结束之时，逝者应该看到上帝的圣辉。遗憾的是，当双眼紧闭的时候，就在无限的期待之后，出现了一片空白；再等待，"眼前漆黑一片"，黑暗持续，直到一切结束。逝者捕获和传递出的全部信息仅限于此。第一手材料证明：上帝没有到来，不，上帝就不存在。

既然没有上帝，逝者最后看到的苍蝇就是"上帝"了。苍蝇此行的目的是认领自己的所有财产，肉身连同所谓的灵魂，一并收走。灵魂永远居于肉身，肉身不存，灵魂不在。没有上帝，天国也就不复存在。可见，"根本就没有伊甸园式的后世"[①]，尸体就是边界。风暴，一语成谶，父权的文化有一半破产了。

死亡视角下的婚姻，不是来世，而是今生了，《我不能等待死亡——》

---

① JENSEN B.Creative Tension： The Symbolic and the Semiotic in Emily Dickinson's "I Heard a Fly—" [M]//Women's Literary Creativity and the Female Body.New York： Palgrave Macmillan， 2007： 41.

（*Because I Could not Stop for Death*）就是很好的例子。关于诗歌的主题，仁者见仁，智者见智，也不妨把此诗作为一首探索女性与婚姻关系的作品，通过死亡的恐怖视角，更有效地阐释了女性在婚姻中的生活现实。

新郎迎新娘，喜气洋洋，幸福的气氛，通过白色的婚纱、庄重的西装和隆重的迎亲队伍的渲染，四处飞扬。然而，总有令人意外之举。《我不能等待死亡——》一反常态，给读者留下了难以抹去的阴暗色彩：

因为我不能等待死亡——
他体贴地停下来等我——

婚姻标志着一种身份的结束，另一种身份的开始。不过，用死亡来揭示身份转换的本质，更能突现婚姻对于女性的意义。身份转换所结束的是一种怎样的生活？一种生活在父母的羽翼之下无忧无虑，整日沐浴在爱的阳光下的天使般的日子。女儿的时光像天使，不是说女儿的性格像天使，因为女儿的优秀品质是父权定义的结果，而是说成长的环境最为熟悉、最为温暖，虽然已经进入了父权的文化体系，但仍然能与母亲朝夕相处，前俄狄浦斯情结藕断丝连。而且，父女之间朦朦胧胧的情人情结也在潜意识里成为滋养女儿的精神营养。然而，丈夫的到来，女儿成为父权文化下的交换商品，在商品化的过程中，女儿消亡了，女人诞生了（第四段），[①]正是通过交换女儿，父亲和丈夫的权力才得到了巩固。丈夫以死神的面孔出现，虽有恐怖色彩，却也十分具有说服力。

那么，未来的人生如何？在迎亲的归程中，新娘的所见再现了自己的过去，揭示了眼前，描画出了自己的未来：

我们路过学校，孩子们
在操场上——游戏——
我们路过凝视的麦田——
我们路过西沉的落日——

---

① 在 1890 年的狄金森诗集中，主编 Todd 与 Higginson 删除了第四段，因为其刻画了一位勇敢的讲述人，当然与露珠、颤抖有关。HILTNER K. Because I,Persephone,Could Not Stop for Death:Emily Dickinson and the Goddess[J].The Emily Dickinson Journal,2001,10(2):38.

操场上游戏的孩子们正是自己欢乐童年的写照，这预示着自己未来儿女绕膝，家族兴旺；"凝视的麦田"表明正是小麦成熟的季节，直立的麦穗注视着来往的行人，成熟的麦穗与途中的新娘一样，都处在各自生命的黄金时期。落日西沉之时，不也正是人生的晚年时光吗？把人生分为三个阶段，分别于早晨、中午、晚上对应，也是人类长期以来思维的模式，更与珀塞福涅（Persephone）婚后生活的三段式相吻合。[①] 结构上与神话的暗合，揭示了女人命运的不可抗拒性。

如果来世即是人生的比喻行得通的话，那么又如何解释坟墓在人生中的角色？难道坟墓就是新房吗？果真如此，难免令人惊悚。

我们在一间房子前停下
像是地上的小丘——
屋顶几乎看不见——
泥土——快盖过了檐口——

新房就是地上的小丘，几乎看不见屋顶，而四周的泥土也几乎盖过了屋檐的檐口：毫无疑问，新房就是坟墓。如果生命中最重要的第二个男人的到来，意味着自己女儿身份消亡的话，那么，坟墓作为新房，也就象征着身为人妻的未来命运。俗话说，婚姻就是爱情的坟墓，而且，在女权主义运动改变妇女命运之前，婚姻就是家庭主妇的坟墓。作为斗室的坟墓，其主要象征意义就是囚禁，婚姻、家庭、房屋三位一体，构成一个坚不可摧的牢笼，紧紧地锁住了妇女的人身自由，而父权文化又牢牢地钳制着妇女的思想，令她们的任何抱负都成为奢望。

话虽如此，总体上讲，做女儿的走进婚姻，是一个有关家庭与社会的命题，也是一个关系到人类生存的命题。

我们慢慢行进——他从不着急
我放下了我的工作
我的闲暇，
为了他的善意——

① HILTNER K. Because I,Persephone,Could Not Stop for Death:Emily Dickinson and the Goddess[J]. The Emily Dickinson Journal,2001,10(2):26.

新娘显然屈从于新郎的善意，放下了手中的活计，牺牲了自己的闲暇，与他一起建立家庭，开始新的生活。也就是说，面对婚姻，女人不得不安心于命运的冷酷安排？也未必。那么，如何补偿女儿与母亲、姐姐与妹妹之间由于婚姻而隔断的情感纽带？有观点认为，这要从坐在车上的"永生"（immortality）讲起。永生，作为一种象征，表示母女间的情结在循环中延续，永不间断。[①] 该观点进一步引用了荣格的理论加以佐证：

> 每一位母亲都有一个内在的女儿，每一个女儿都有一位内在的母亲，因此每一位女人向前可以溯及一位母亲，向后可以溯及一个女儿。合并行为导致了时间上的不确定性：女人起初是一位母亲，后来是女儿。由于有意识地维护这种纽带，女人们因而感觉到，自己的生命超越了代际，迈向了时间以外，进入了永恒。[②]

显然，母女之间的感情接力，而不是父子式的竞争，把她们紧密地团结连接在一起，构成一个命运共同体，并从中获得身心的慰藉与庇护。女人在接受父权文化规范的同时，总是以一种隐性的方式进行抵抗与自我护卫，体现出了意志的坚定与生存的智慧。

死亡先生、死亡之旅与坟墓以破格的方式，构成了一个完整的象征体系，准确地表达了婚姻对于女人的现实意义。

总之，无论是他者视角还是死亡视角，视角的破格虽然有些悖谬，但终究不失合理性，甚至更加有效。因为有效，破格也就具有了创新的意义，在新式叙事模式下，破格只是表面，背后的光芒却是表达的智趣。

第二节　语义的断裂

一个观点，要简单地表达，一词足矣；要完整地表达，几句话足矣；要充分地表达，一文足矣。一词以外，要想表达准确，各词之间的语义关联必须

---

① HILTNER K. Because I,Persephone,Could Not Stop for Death:Emily Dickinson and the Goddess[J]. The Emily Dickinson Journal,2001,10(2):31.

② JUNG C G,et al.The Psychological Factors of the Kore[M]//Essays on a Science of Mythology：The Myth of the Divine Child.Princeton：Princeton UP,1967：162.

稳定，各句之间的逻辑必须正确，段落概莫例外。倘若语义之间的关联不稳，存在着多种可能，语句之间、段落之间的逻辑指向不明，任何方向皆有可能，整个语篇的语义则会出现混乱状态，表达失败，由于表意失败，主题结构崩塌了。

失败的作品当然不会面世，即便能够面世，也会很快从公众的视野内消失。可是，有些诗作，通篇语义断裂，竟然走进经典之列。据说，这些经典作品，表面上明显给读者一种表意混乱的感觉，但深层次上，语义明确，甚至深邃。并不是所有的读者都能理解这类诗作，不懂却又心有不甘。的确，有评论家可提供帮助。不过，由于读者水平参差不一，或者集体文化心理特点所限，一般性阐释难以越过潜藏的底线，往往不能给一般的读者提供明确的指导；更有甚者，批评家们在内部共识的基础上，进行富有哲学、艺术或历史意义的阐发，令本来晦涩的文本更加艰深。要彻底解决语义断裂与诗歌经典之间的矛盾，就要回到诗歌之初，从那里出发，重走诗歌发展之路，在厘清诗歌创作规律之后，方能给出一个较为满意的答案。

简言之，在结构的层面上，语义的断裂现象一般体现在两种诗歌上：一是谜语诗，二是性爱诗。

什么是谜语？谜语就是一个具有双重含义或隐含意义的短语、问题或陈述，这个短语、问题或者陈述指向一个明确的物体或行为。根据表述的方式，谜语分为两种：一是使用暗喻或明喻手法加以表述的谜语（enigma）；另一种是以双关语为基础的谜语（conundrum）。谜语的关键是游走于概念的边界地带，通过相似之处，确定一类事物或行为，再通过差异在同类事物或行为中进行准确定位。猜谜语是一项智性很强的游戏。

谜语诗是怎样诞生的？诗歌的显性特征就是格律，把格律特征赋予谜语的陈述，就产生了谜语诗。然而，谜语诗很少能够进入诗歌正典，以一个物体或行为本身为目的，也没有抒情的色彩，更不具思想性。而且，诗歌大多享有题目，诗歌的题目要么是主题词，要么是主题短语或主题句。有了题目，也就有了谜底，谜语诗也就不成其为谜语诗了。有些描述性的诗歌，具有一定的思想性和鲜明的抒情色彩，但由于各种原因没有题目，因而就成为具有谜语性的诗歌。十四行诗不在此列。但狄金森的一些诗歌，由于没有题目，则具有谜语诗的特征。

造成谜语诗语义断裂现象的主要原因是大量的修辞手法：明喻、暗喻。

《我乐见它伏卧数里》（*I Like to See It Lap the miles*）没有题目，由于大量使用比喻修辞手法，诗歌的表层意义充满了语义断裂现象。有些诗歌没有题目，但诗歌的主题在第一行便出现了，如十四行诗《死神，你莫骄傲！》在第一行就点明了主题，即"死亡"。相比之下，《我乐见它伏卧数里》的主题自始至终没有点明，只有一个"it"，作为谜底，贯穿整首诗歌。

从第一段可以看出，谜底是一个具有动物属性的对象，其特征如下。一是身体长达数里，世上有如此之长的动物也实属少见，可会不会是一种夸张呢？二是顺着沟谷舔舐而上，像是一路觅食的动物。三是在蓄水灌旁边停下饮水，水量之大，数个水罐才能满足其欲望。四是大踏步前进。由于只有高个之人或动物才能大踏步地行走，伏卧者，只有快速爬行了。舔舐、觅食、饮水、迈步等动作明确表明，此乃一个高级动物，但长达数里的巨型动物世上着实没有；而且，既然是一个有生命之物却又称其为"it"，显然不符，恰当的称谓应该是"he"。

第二段有四个特点。一是绕山而行，俨然一条巨龙，但只有神话里有龙。二是目空一切。如此目空一切的大型动物，也只有大象和骆驼了，但他们一般行动迟缓。三是沿路有房屋。朝着路旁的简陋房屋瞧去，莫非是盼望什么人的到来？四是能够根据自己的身体，开挖（pare）出一个采石场。采石场一般是朝着山体的深处开进，如洞穴状。换言之，开山凿洞。穿山甲吗？但是，穿山甲只能在土里打洞，如何挖得动石头？

第三段有三个特点。一是这个庞然大物穿过采石场走了。看来不单纯是为了采石，而是为了行走。二是一直牢骚满腹，而且其轰鸣令人惊恐，大概是对自己行走的路线不满意吧！凶猛的野兽发出的吼声往往令人惊悚，却也不可能一直持续，这是怎样的动物？三是下坡之时，如猛虎下山，风驰电掣。扑食动物，下山之时，一般快如闪电。

第四段又有三个特点。一是嘶鸣起来，如脾气暴躁的雷子，如果是猛兽，也只有在搏斗的过程中才会发出怒吼。二是十分守时，像星星一样，准时出现在天空：难道有一种动物作息如此有规律？三是庞然大物，原本是脾气暴躁，难以驾驭的，却又老老实实地停在自己的棚户前，算是到家了。庞然大物，有时又表现得十分温顺，只有牛与驯服的大象了；论叫声，也只有大象有些可怕。可是，牛与大象何时、何事准时？

由此可见，诗歌的主要目的在于描述，描述所采用的手法主要是暗喻，其次是明喻；诗歌没有主题思想，也没有明显的抒情色彩；同时，没有题目。显然，这是一首谜语诗。谜底具有的特点简单地归纳如下：第一，描述的对象是一种机械装置，分别与许多动物有相像之处；第二，具有巨大的吼声、闪电般的速度；第三，有突出的身长；第四，可以穿山而过；第五，长途跋涉、十分准时。在工业化初期，对工业化大事件稍有了解，便可知道谜底：火车。

可以说，这是一首颇为贴切的谜语诗。但是，如果给诗歌配上题目，例如，火车（*The Railway Train*），谜语诗则瞬间消失：题目告诉读者，这是一首关于火车的诗，读者需要做的就是欣赏诗人对火车所做的生动与精彩的描述，心中并无任何悬念，对知趣的感受也相对减少。有不少诗作，其乐趣在于二次阅读，不同心境下的阅读，就会有不同的享受。可见，题目可以改变文本的性质。有趣的是，假设往往可以成为现实。①

上面是一个关于机械的谜语诗，下面是一个关于生物的谜语诗。描述机械，狄金森使用的是拟生手法，把火车比作各种动物；描述生物，狄金森又反其道而行之，把一个生物化作一辆飞速行进中的火车，这便是拟物。这到底是怎样的一个生灵？且看诗文：

> 一条倏然消失的路
> 有一只飞转的车轮——
> 一声祖母绿的反响——
> 一阵胭脂红的奔腾——
> 灌木上的每朵花
> 都摆正碰弯了的头——
> 突尼斯来的邮件，或许，
> 一次清晨骑马闲遛——（蒲隆　译）

诗篇不长，但以奇特的比拟见长，着实具有难度。一是诗歌充满了断裂的语义，二是不少读者不一定具有相应的经验。

从第一行来看，一条路是不会倏然消失的，除非被水淹没，突然下陷。不过，经验告诉人们，过于直观地考虑问题不妥，还应从修辞的角度进行思考。一种合理的阐释是：在视觉上，一个运动中的物体离开了目前的位置，留下了一个空白，接着又离开了下一个位置，再一次留下空白；如此重复，移动中的物体留下的是一条由空白组成的行动轨迹，属于历史，但不具可视性；反映在纸张上，就是一副高速摄影作品。即便如此，思维的方式也别具一格，叙事

---

① HIGGINSON M L,TODD T W. Poems by Emily Dickinson:Second Series[M].Boston:Roberts Brothers,1891:39.

的焦点是消失而不是出现。①

第二行表明，在这条道路上，有一只车轮飞快地行驶着。仅仅一只车轮，会不会是独轮车？在空中飞行，远去了，走过的路线就消失了？一般是两轮车，车轮一前一后，或者一左一右。抑或是一个侧影？

第三行表达的是颜色与声音之间的关系。祖母绿，作为颜色，怎么会发出振动声呢？"反响"的英文是 resonance，表示振动声、共鸣声。此处固然具有通感（synaesthesia）的艺术效果，但麻烦的是语义之间缺少关联。祖母绿会不会是物体的颜色呢？也就是说，某种具有祖母绿颜色的物体由于高频振动发出了响声？

第四行如同前一行，表明一个具有胭脂红颜色的物体在飞速前行。

第五和第六行的语义衔接平滑，给读者带来了希望："……每朵花 / 都摆正碰弯了的头——"说明，移动的物体与花儿之间存在着特殊的关系，因此很有可能是采食花蜜。采蜜者身披绿色，高速振翅，在采食的过程中，压低了花头，它可能是昆虫，也可能是鸟类。

如此一来，谜底就有了轮廓：一只采食花蜜的昆虫或鸟类，身披绿色，在空中快速飞行，不是一只翅膀（轮子），而是两只，翅膀振动之快，发出明显的声响。再根据绿色和胭脂色判断，飞行物是一只鸟，不是一只蜜蜂。什么鸟？具有较为丰富鸟类知识的读者就会发现，这是一只蜂鸟（hummingbird）。蜂鸟有四个主要特点：高频振翅、身体绿色、颈部红色、喜食花蜜。

"一堆相互抵牾的意象"终于呈现出了明确的意义；然而，由于最后两行的出现，诗歌的表意显得更加复杂了。蜂鸟如何成为来自突尼斯的邮件？邮件传递的当然是信息；突尼斯，作为信息的出发地，显然具有异域的色彩；也就是说，蜂鸟是来自异域的信息。蜂鸟表达的是怎样的信息？与花朵一起进行考虑，就能发现，"蜂鸟是男性的象征；他是来自突尼斯的男人"。不难看出，诗歌运用了双关的手法，用 mail 来喻指 male。既然蜂鸟来自异域，那么花朵当然产自家乡的了。（蜂）鸟与花朵之间的关系自古以来就是性爱的暗示，况且，突尼斯处于低纬度，低纬度地区与南方，在狄金森的诗歌领域里，大多象征着爱情。谜底的内涵由此更加丰富了。最后一行②承接上行表明：蜂鸟来

---

① ANDERSON C R. Emily Dickinson's Poetry: Stairway of Surprise[M].New York: Holt, 1960: 113—117.

② 原文是，An easy Morning's Ride—。鉴于诗歌中出现的意象全部与火车有关，最后一句的 ride 也应该表示"车乘"，与驿马关系不大。

花园采食是一次顺脚的旅程，表意略有些自嘲，但不失兴奋与美妙。①

"这首小诗写的到底是什么呢？它好像是个诗谜，叫人摸不着头脑。当谜底揭晓时，读者也许会恍然大悟。"② 这就是谜语诗的本质与妙趣。

下面是一首关于人与自然的谜语诗：《我品尝从未酿造过的酒》（ *I Tasted a Liquor Never Brewed* ）。酒是人工酿造之物，用人工之物来比喻自然之物，符合诗歌表达的习惯，但一致性仅限于此。

第一段就引起了不少的争议。③ 西方学界对 From Tankards scooped in Pearl 的理解众说纷纭，④ 汉译则以西方学界给出的阐释为基础。⑤ 问题不在于 Tankards，把该词解释为酒杯也好，花朵也罢，都说得过去，关键在于 in Pearl。学界习惯上把它理解为修饰 Tankards 的定语，如此，也应该是粘挂着酒珠的酒杯，而不是镶嵌着珍珠的酒杯，否则，作为意象，珍珠与下文的意象不一致。也可以理解为 liquor 的限定语，说明液体的形态，即以珍珠颗粒（露珠）呈现的天酿。

第二段有两处"歧义"。根据第一段，美酒不是人工酿造的话，就是大自然酿造的，但美酒作为液体状的饮品是毋庸置疑的，可是，在第二段又指出，"我在——空气里陶醉"，显然，天酿甘醇也指新鲜的空气了，紧接着，"开怀畅饮甘露——"表明甘醇又包括露珠了。那么，天酿之物到底指的是什么？另一个模糊之处是，"我"在"熔蓝的酒肆"里，喝了一个夏天的酒。"熔蓝"（"湛蓝"），是酒肆的所在地，不像是一个真正的地名，那具体指什么？

第三段也有两处"歧义"。第一，"我"是人类？如果不是，是昆虫还是鸟类？第二，为什么蜜蜂和鸟儿不再痛饮之后，"我"仍然能够再饮？大自然还有酒可喝吗？另外，本段加剧了第二段出现的一个问题的难度。如果蜜蜂和蝴蝶畅饮的是花蜜的话，那么，"我"畅饮的到底是什么？与蜜蜂和蝴蝶畅饮的琼浆一样吗？

第四段的"歧义"体现在三个地方。"直到天使晃动雪白的帽子——"中有一个词汇不能不引起关注，即"雪白的"。"雪"字的出现是否意味着"我"

① 本段的主要观点来自：PATTERSON R. Emily Dickinson's Hummingbird[J].The Educational Leader,1958,22:12—19.

② 蒲隆 . 狄金森全集：卷一 [M].上海：上海译文出版社， 2014：18.

③ HIGGINSON T W, TODD M L. Poems by Emily Dickinson[M]. Boston: Robert Brothers, 1890：34.

④ CODY J. Dickinson's i Taste a Liquor Never Brewed[J].The Explicator,1978,36(3): 7—8.

⑤ 见蒲隆与江枫两位先生的译文：均指酒杯上嵌有珍珠。 有关的引文来自蒲隆先生的译文。

在"湛蓝的酒肆"里痛饮,一直持续到了冬季?那时,雪花飞舞,仿佛头戴白色礼帽的天使自天而降。或者,就是天使?再者,这是怎样的一个小酒鬼,酒量之大,竟然惊动了"圣徒们——纷纷奔到窗前——/争看这名小酒徒"?"倚在太阳——旁边——"① 中的"太阳"是不是双关?太阳(Sun)就是"圣子"(Son)?谜语诗是否涉及了宗教问题?

谜底的大致轮廓是:第一,天成佳酿的成分有:露珠、空气;第二,饮酒的地方是,"湛蓝"之地的多家酒肆;第三,畅饮时间之长横跨夏、秋、冬三季;第四,"我"与蜜蜂、蝴蝶相同,皆以"酒"为乐,但不属于同一生物种类;第五,谜底与宗教信仰处于特殊的关系之中。

谜底是什么? 20世纪60年代,有学者认为,谜底是蜂鸟。② 最近,又有学者再次坚持谜底是蜂鸟的观点。该观点认为:

发现谜语的答案,蜂鸟,是一件重要的事情……诗歌不仅描述而且赞赏了这一自然生命。但诗歌的主要目的在于表达与蜂鸟认同的过程,说明认同作为存在与成长的模式对于讲述者所具有的心理根源与意义……与蜂鸟认同,就是主体与客体、感知者与感知对象的融合,就是克服意识与无意识、外部与内部之间割裂现象的狂欢;割裂现象是人类紧张与焦虑的根源。③

显然,蜂鸟作谜底更具有心理学和社会学方面的积极意义。的确,蜂蜜不是酿就的饮品,可是,凡采食蜂蜜的就一定是蜂鸟吗?而且,蜂鸟会因露珠和空气而陶醉吗?蜂鸟又怎样与宗教信仰相联系呢?由此可见,谜底不是蜂鸟。

谜底应该是一种行为,表达了人与自然之间的关系。答案是:人在自然中的纵情。诗中的酒仙④ 在蓝天之下,游走四方,陶醉于蓝天、清新的空气与美景(露珠、鲜花、蜜蜂、蝴蝶),竟然忘了季节,从夏季一直游乐到雪花飞扬的冬季。对大自然的流恋忘返,竟然胜过对宗教的虔诚,所以惊动了圣人。酒仙头晕目眩的样子、依靠着圣子的姿势,无不说明圣子分量之轻,因而透

① 另一种版本的最后一行是:From Manzanilla come. 详见 DORINSON Z K. "I Taste a Liquor Never Brewed" :A Problem in Editing[J].American Literature,1963,35(3):363—365.

② EBY C D. I Taste a Liquor Never Brewed: A Variant Reading[J].American Literature,1965,36(4):517.

③ CURETON R. A Reading in Temporal Poetics: Emily Dickinson's "I taste a liquor never brewed" [J].Style,2015,49(3):355.

④ HAUSER C J, Jr. Dickinson's I Taste a Liquor Never Brewed[J].The Explicator, 1972,31(1):5.

露出一种怠慢的人生态度。谜语诗并不是简单的诗体谜语。

再欣赏一首关于人与自己的谜语诗，《我感觉脑子里有一场葬礼》（*I Felt a Funeral, in My Brain*）诗歌的第一行就点出了结构中心——葬礼，但葬礼是喻体，不是本体，本体是未知的，因而未知数就是一个谜底。相比之下，《小径上来了一只鸟》（*A Bird Came down the Walk—*）也是开门见山，但整首诗描述的就是小径上小鸟的行为举止以及其神情，思维的路径是从本体到喻体，而不是从喻体到本体，一切都是从近处指向远处。

第一段最大的疑惑是，一个人如何在头脑里感觉一场葬礼？显然不可能，既然不可能，诗歌就只能是一个夸张的比喻了。参加葬礼的人来来回回地走动个不停，"杂沓"的脚步声又对人产生了影响："所有感觉仿佛慢慢坍塌——"[①] 能让感觉坍塌的杂沓脚步声是什么无疑还不确定，但可以肯定的是，杂沓的脚步声具有明显的负面影响力，其影响之大令人感到崩溃。那么，即将下葬的那个人又是什么生理现象？

但杂沓的情景没有持续太久，吊唁者逐渐安顿了下来，迎接下一个仪式的开始：向逝者致悼词。当然，致悼词的仪式是在伴乐中进行的："像有一面鼓——/ 敲啊——敲啊——"大脑中，发生怎样的生理现象能够给人一种击鼓的感觉？而且，由于击鼓的力度之大，"我的心仿佛已渐渐麻木——"相信当撞击发生在大脑内部的时候，其效果不会陌生。

致悼词的仪式结束了，该起棺了。棺材沉重，压得杠子"吱嘎作响"[②]，与此同时，脚下的脚步声也随之发出沉重的声音。传来的声音并没有逐渐消失，反而逐渐增大，响彻整个空间（房间）。从"我"的角度来看，整个脑子里都是声音。大脑里怎么会有声音呢？除非幻听。

声音接踵而至。"仿佛一切星球都变成了丧钟"，不过，丧钟发出的声响不是吊唁者的哭声。那么，巨大的丧钟之音与杠子的吱嘎声有何联系？更有甚者，此时感觉"存在本身沦为了一只耳朵"，也就是说，除了盈耳之声，全身没有任何其他的感觉。"我"和"寂静"另类、孤独、无助。"我"十分渴望寂静。

这一切固然顿挫人的神经，可神经还能够工作。当神经崩溃的时候，"我"

---

① 本诗所引用的部分来自灵石先生的译文。

② 译文的"那些铅做的靴子吱嘎作响"："吱嘎"不是鞋子的响声，而是在棺材重量的作用下，杠子发出的响声。译文的"某种诡谲的寂静"也不准确，"诡谲"应为"陌生"，说明"我"与"寂静"。

感觉自己"不由自主地往下掉",并接二连三地发生碰撞,直到"我就不再知晓"。人往哪里坠落?掉落在坟墓里了吗?葬礼又最终如何?

谜底的轮廓是:一方面,葬礼在头脑内进行着;另一方面,"我"的感觉开始崩溃,头部感到麻木,耳朵里满是持续不断的铃声,身体的其余部分失去知觉,突然间,感觉到下沉般的晕眩,失去知觉。这一切都是葬礼引起的。

学界起初的共识是:"诗歌讲述的是一位敏感者在葬礼上的情感经历。"[1]另有观点认为,诗人从破格的视角出发,追述了叙事者死亡的经历,从而折射出了反宗教的思想。[2]针对狄金森诗歌的反宗教倾向,有学者反其道而行之,主张诗歌"追忆了慈悲的救赎之力"的观点。[3]上述阐释无疑绕开了诗中的困惑之处。正解:"诗歌记录了讲述人失去意识的各个阶段……重构或暂时认知了一个其痛苦难以知晓的过去经验……仿佛在讲述的过程中,仍然不能够突破自己的理解局限……人不可能感觉一场葬礼,尤其是在脑子里。"那么,要埋葬的是谁呢?"讲述人试图埋葬一种想法。"不管怎样,诗歌"绝不是关于死亡的描述"。[4]

换言之,一次失眠的痛苦经历:浮想联翩,如何都挥之不去脑海里的思绪,一团乱麻;越是想睡,越是不能;一会儿,就感到了头脑麻木,毫无知觉;又一会儿,出现了耳鸣,难以忍受;接着,一阵眩晕,在恍恍惚惚之中,不知不觉地进入了梦乡。葬礼只是喻体。

总之,要让谜语诗回归最本质的生活体验,在此基础上,进一步进行玄学思考,方才有更大的意义。

另一种典型的语义断裂现象是性爱诗。色,人之本性,却是禁忌,不过,倒也是文学领域的公共话语。要解决这样的一个悖论,色也只有在进入象征级之前,把自己乔装打扮一番了,方法是暗喻,可是,由于大量使用暗喻,语义之间的关联模糊不定,这就增加了审美难度。而且,在审美的过程中,高级读者们一方面享受着共谋的乐趣,一方面正襟危坐,顾左右而言他;其他读者则往往一脸迷惘,不得其门而入。

① MONTEIRO G. Traditional Ideas in Dickinson's "I Felt a Funeral in My Brain" [J]. Modern Language Notes,1960,75(8):657.

② COONEY W.The Death Poetry of Emily Dickinson[J].OMEGA,1998,37（3）:247.

③ MONTEIRO G. Traditional Ideas in Dickinson's "I Felt a Funeral in My Brain" [J]. Modern Language Notes,1960,75(8):658.

④ CAMERON S. Lyric Time:Dickinson and the Limits of Genre[M].London:The Johns Hopkins University Press,1979.

可以《致凯提·迪德》（"To a Caty-Did"）为例。作品的结构两极是两个蠡斯。Caty-did 实际上也就是 Katydid，纺织娘属的一种中型蠡斯，鸣虫。从诗中可得知，夜间，凯提·迪德栖身在柳树上放声歌唱，而没有以主语身份出现的她（下文，"凯提"），一边渴饮着来自刺槐枝上的露珠，一边歌唱，可是，她的歌词全部是凯提·迪德的名字。自然界，一般是雌雄之间进行呼唤，可以以此认定凯提·迪德是雄性吗？她为何呼唤他的名字？他们会各自一处，待在不同的树上吗？为何他不栖息在刺槐树上，她不栖息在柳树上？柳树与刺槐树是本体还是喻体？喻体，指的是什么？

接着就是四段的回忆与展望。凯提·迪德，脚踏树叶，或者小小的脑袋枕着一张树荫（现在时），白天缄默无语，夜间有一半的时间里，则鼓动着舌头，欢唱短小的歌曲，歌词除了凯提·迪德还是凯提·迪德（过去时），双方唱的都是一样的歌。小脑袋的凯提·迪德到底是谁？为何呼唤他自己的名字？树叶、树荫都是何物？凯提·迪德脚踏的树叶是生长在树上，还是落在地上？为何白天缄默无语，夜间就欢唱不停？要知道，蠡斯白天也是歌唱的。

凯提·迪德居住在树叶间，当他歌唱的时候，是要表达快乐还是悲伤？抑或是悲喜交加？欢乐，因为他度过了整个的夏天；悲伤，因为他即将进入自己的坟墓？常识表明，蠡斯不会长歌当哭。不过，毋庸置疑的是，他十分留恋夏日。据说，夏日过后，他就要进入坟墓，他的坟墓在哪里？他进入坟墓，她又会去哪里呢？进入坟墓后，他会复活吗？

当凯提·迪德离开世界的时候，仅有树叶作为自己的寿衣；她是否也要离开世界？她用什么包裹着自己的身体？暂且不提此事，眼前的现实是，要离开世界了，大自然却对他说：回来，我的凯提·迪德！留下来，接着聊！为何不是她挽留凯提·迪德？为何不是凯提·迪德挽留她？有道是，时间一到，就要走人，这是自然规律，可偏偏又要挽留凯提·迪德，这是为何？大自然是谁？她（下文）是如何表达自己的？懂了这个道理，凯提·迪德又为何会有更多的话语想要表达？表达什么？恋恋不舍地抗议吗？

她，原来名叫凯提。凯提为凯提·迪德做了些什么？她似乎有意惹他的麻烦，问题是，她能不能不找他的麻烦？她一头扑向他，的确不对；可是，凯提·迪德在歌唱"凯提·迪德"的时候，也没有造成任何伤害。讲述人似乎什么都知道，可有些事似乎又不知道：在全知视角与有限视角之间来回摆动，为的哪般？再看一下他们的名字。Caty-did（凯提·迪德）与 Caty（凯提）相比，相差一个 did，一个主动、有力量的词缀。难道 Caty 像夏娃一样，是 Caty-did 的一根肋骨？部分的重复意味着两人的紧密关系？多出的 did，对于凯提·迪德来讲，意味着拥有，而对于凯提来讲，则意味着缺失？凯提·迪德歌唱着自己，难免有些自我中心主义；凯提处处呼唤凯提·迪德，是不是以他为中心？

诗歌又回到了眼前。凯提·迪德仍旧在抱怨；可是，凯提说，她不再给凯提·迪德带来任何的灾难或者痛苦了。看起来，他的抱怨与所受到的痛苦有关系。什么痛苦？凯提又表示，凯提·迪德尽可藏在那儿（树叶间），只要他继续唱"凯提·迪德"的，她就不会回床歇息。值得注意的是，到此为止，讲述人一直以第一人称的身份与第二人称的凯提·迪德对话，时而转述第三人称凯提的话；讲述人又把自己和另一个人合称为第一人称复数，那个人会是凯提吗？如若不是，那是谁？凯提·迪德与凯提之间的事情，与"我们"有何关系？"我们"是雄性、雌性、雌雄双方？总体上，凯提·迪德是诗歌叙事的中心，讲述人"我"与凯提·迪德"你"较为亲近，与凯提"她"较远一些，毕竟她的话都是转述的；然而，发生热动的却是第二方的"你"与第三方的"她"。

第二次追问。凯提·迪德放声歌唱的时候，凯提是如何做出反应的？因为凯提·迪德放歌，就预示着冬季的到来，凯提在冬季到来之际做出的反应似乎非常重要。每次凯提·迪德放歌，都意味着冬季到来了吗？如若不是，凯提·迪德一年之中就放歌一次吗？如果不是，又当如何解释歌唱与冬天的关系？冬天除了寒冷，不就是空中白雪飘飘，而后是大地银装素裹吗？当苍老的冬季来到之时，羊儿回到了羊圈里，此时的凯提完全没有感觉到冬季的寒冷。凯提看到飘落的雪花了吗？既然不冷，她兴奋吗？难道凯提·迪德歌唱的时候，凯提就没有其他的感受吗？冬季为何苍老，因为是隆冬（极限之时）吗？只有凯提·迪德和凯提知道事实的真相。"我们"不知，但实在是太在意这一点了。

再一次返回眼前的现实。有命令指示，凯提·迪德应该待在巢中不动；现在，凯提要尽其所能，给予凯提·迪德最大的幸福。根据前面的表述，凯提给凯提·迪德的有可能是"麻烦""折磨"，现在却又很自信、很确定地说，她能够给予他幸福！幸福是什么？或者，幸福的表现形式是什么？"但是，你不需有人帮你一把——"：这一诗行显得十分突兀，有谁说他需要人帮助？究竟是怎样的幸福，竟然给人一种一般情况下需要帮助的印象？到底要表达怎样的意蕴？大自然表示，凯提·迪德生来就具有独立性，那么，独立性是控制局面的能力吗？他此时此刻如何表达自己的独立性？大自然还知道，过一会儿，凯提·迪德就会带着自己的歌声从世间消失。他消失了，凯提会到哪里去？为何幸福之后，他就要消失，而不是永远地生活在一起呢？

如此多的歧义，如此多的空白。对蚤斯的生活习惯稍有了解的读者都会发现，诗歌的确是在颂扬蚤斯，因为到处都是他的影子，但仿佛又不是在颂扬他。蚤斯白天也可以歌唱；死亡之后，也并不是用树叶裹尸；雌蚤斯也不会主动地扑向雄蚤斯；在冬季到来之前，蚤斯早已死亡；栖身于另一棵树上的雌蚤斯不知何时何因会给雄蚤斯带去幸福。显然，蚤斯并不是真正的颂扬对象，也就说，蚤斯仅仅是一个喻体，还存在着一个本体。从本体到喻体，是直接表达；反过来，是间接表达，像是猜谜。两种情况都存在着潜在的错位或空指，给赏析带来困惑。不过，一条重要的信息是，雌、雄蚤斯在一起的时候，只有交配。

以下是诗歌中的重要信息汇总分类，从分类中就可以看出，语言要素之间，沟壑交错，并不能形成一个互相关联、有机统一的表达体系，因此完全不具有象征的特点：

我	凯提·迪德（你）	凯提（她）	神秘者
	脑袋、舌头		
	刺槐树 树枝	柳树 树叶	
	踏、躺、藏 歌唱	扑向 歌唱	
	痛苦 幸福	麻烦 折磨	
	夏季 冬季	夏季 冬季	
	露珠、（雪花）		
	独立	依附？	

此外，诗歌有三个段落使用的是现在时，可以用三个关键词加以概括：歌唱、抱怨、赐福。至此，应该是得出结论的时候了。由于诗歌表达的传统是托物寄情，雌雄蚤斯夜间的歌唱与幸福，因而一定是一个比喻，指向人类彼此间愉悦的行为。

《忽必烈汗》（Kubla Khan）的结构中心是一座娱乐城，描述娱乐城的手法是芜杂的比喻。相对于《致凯提·迪德》《忽必烈汗》更加流行，传播甚广，影响深远；但与《致凯提·迪德》一样，充满了隐喻，晦涩难懂。学界有一个共识："全诗的确缺乏一种逻辑统一性，但读起来并不感到杂乱无章……诗人在叙述过程中不断出现语义断裂和不连贯现象……"有鉴于此，诗歌之意义"在于逻辑或理性之外的某种韵味"[①]。根据作者，此诗是诗人在鸦片的作用下，趁着亦幻亦真的状态写就的，具有错位、空指现象的非理性诗。诗歌的比拟毕竟不是科技编码，没有事先设定的公式必须严格遵守，因而存在着一定的不合规范的现象。

第一部分，忽必烈汗发出了命令，要建造一座雄伟的娱乐城。选址在哪里？在一个"有方圆五英里[②]肥沃的土壤"的地方，四周矗立着围墙和塔楼，中间流淌着著名的圣河亚佛（Alph）和花园。围墙和塔楼，也许只在一边或两边有，"我"，讲述人，只看到了娱乐城的一侧，继而妄加猜测。圣河在流淌的过程中，要穿过（数个）暗洞（caverns），深不可测，再经长途跋涉，汇入一个浩瀚、不见阳光的大海。暗洞与不见阳光的大海表明，娱乐城坐落在喀斯特地区，最终的目的地也是一个地下暗湖，面积之大，仿佛一片大海。不过，忽必烈所在的蒙古，没有喀斯特地貌，只有辽阔的草原、不断起伏的丘陵和蓝色波光粼粼的湖泊。（数个）花园（gardens）成片，不仅流淌着（众多）闪闪发光的小溪（rills），而且还生长着芳香的花树；（数处）山丘（hills）之上，树木郁郁葱葱，树龄与山丘一样久远，树木"围住了洒满阳光的一块块青青草场"。此处的青草场可以理解为林中长满绿草的小片空地。

第二部分进一步分三个层次。第一个层次，深邃而又浪漫的巨壑。巨壑是不是那些暗洞？不得而知。只知娱乐城里还有一处巨壑，巨壑突出的特点是深邃和浪漫，前者不难接受，但后者令人费解：何种浪漫之有？且看：

但是，啊！那深沉而奇异的巨壑
沿青山斜裂，横过伞盖的柏树！
野蛮的地方，既神圣而又着了魔——
好像有女人在衰落的月色里出没，
为她的魔鬼情郎而凄声号哭！（屠岸 译）

巨壑斜向开裂，并从长满柏树的丘陵下面穿行而过，这些都司空见惯。难

---

① 杨金才.Unit 6: 塞缪尔·泰勒·柯勒律治[M]// 王守仁.英国文学选读.三版.北京: 高等教育出版社，2013: 62.

② "方圆五英里"对应的英文是 twice five miles，江枫先生译为"十里方圆"。

以接受的是，一个"野蛮"的地方、一个"着了魔"的去处，怎能称其为浪漫之地？野蛮，是因为人迹罕至，还是令人望而生怯？着魔，因为鬼魂出没，还是极其富有魅力？而且，常有一个女人趁着朦朦胧胧的月色出没在那里，不知她为何为自己的魔鬼情郎凄声号哭！她不是一位疯女人，那也是魔鬼，因为她的情郎就是魔鬼。忽必烈汗为何在这样一个荒蛮、鬼魂出没之地建立娱乐城？

第二层次，巨壑之中喷涌的地泉。地泉与圣河是什么关系？同一条河吗？那些小溪呢，它们与圣河的关系是什么？

> 巨壑下，不绝的喧嚣在沸腾汹涌，
> 似乎这土地正喘息在快速而强烈的悸动中，
> 从这巨壑里，不时迸出股猛烈的地泉；

非常的巨壑：喧嚣、沸腾、汹涌；大地给人一种剧烈运动中极速呼吸的深刻印象。与大地的激烈、间歇性的喘息相对应，一眼地泉喷射而起，十分强劲，俨然地热喷泉，间歇喷发，能量之大，可以造福人类。可是矛盾之处马上就出现了：

> 巨大的石块飞跃着像反跳的冰雹，
> 或者像打稻人连枷下一撮撮新稻；
> 从这些舞蹈的岩石中，时时刻刻
> 迸发出那条神圣的溪河。

三个意象连续出现，呈现了明显的不一致：从泉眼里喷出的是不是冰雹，反倒是巨大的石块（fragments）；如果石块不妥的话，那就是未脱壳的稻粒（非常形象），可是，不与石块相比较，即便与冰雹相比较，稻粒也是小之又小。不过，重要的信息是，喷泉径流成河。而且，神圣的溪河看来就是诗歌开头的那条圣河了！这条河，在洞穴里蜿蜒五英里，最后汇入了没有明媚阳光的大海。

第三层，昏暗的大海。大海的涛声、海浪拍岸的撞击之声，甚至海鸥之声，如果有的话，都是情中之景。可是，就在圣河汇入大海之时，远方却传来了战备之声：

从那喧嚣中忽必烈远远地听到
祖先的喊声预言着战争的凶兆！

喊声，即呼喊着相互转告发生战争的消息，是正常的表达，但什么是祖先的喊声？眼下，谁能发出祖先的喊声？更有难以置信之处：

安乐的宫殿有倒影
宛在水波的中央漂动；
这儿能听见和谐的音韵
来自那地泉和那岩洞。

娱乐城本是建立在地面之上，又怎么能倒映在水波荡漾的地下海面之上？这里不是回响着关于战争的恐怖消息吗？怎么听到的却是洞穴中地泉流淌的欢快之声呢（交响乐）？而这一切又恰恰是"罕见设施"，即娱乐城与冰晶洞穴的奇迹？冰晶与冰雹是同一物质吗？

第三部分又分为两个层次。第一层，阿比西尼亚少女与忽必烈汗。偌大的一座娱乐城，为何不是人头攒动，摩肩接踵，而是仅有忽必烈汗和阿比西尼亚少女两人呢？倒是热闹非凡。他们俩在翩翩起舞吗？也许是。可以肯定，姑娘正在抚琴，一架德西马琴，边抚琴，边歌唱，歌颂那阿伯若山（Abora）。Abora 或者 Amara，是藏有皇家宝藏和囚禁皇家罪人的地方，不把宝藏藏起来、有罪之人囚禁起来，他们就会惹麻烦的。此山就在姑娘的面前吗？忽必烈汗在做什么？

他飘动的头发，他闪光的眼睛！
织一个圆圈，把他三道围住，

当男人的眼睛发光的时候，只有一种可能：他中魔了。难道他就是那位妇女所等待的魔鬼情人吗？可是，与他会晤的却是一位姑娘！再看他的头发，绕身三圈，根据迷信的说法，是为了免遭外界打扰。辟邪，未必；免遭打扰，倒是真的，因为他正在"吃着蜜样甘露，/ 一直饮着天堂的琼浆仙乳。"甘露与仙乳为何物？与冰晶是同一物质吗？

第二个层面，讲述人与读者。讲述人无不动情地说道，要是他能够在心里回忆得起姑娘优美的歌声，他就会用悠扬、动人的乐曲来构建空中的娱乐城，还有那挂有冰晶的洞穴。他的歌曲也是战争的消息吗？他能够实现自己的梦想吗？能，因为所有的人都看到了娱乐城，所有的人都听到了动人的乐曲。然而，面对娱乐城发生的一切，他告诉读者，是不能目睹的。

这并不是一次解构主义模式的解读过程，而是说，过多地使用比喻，文本在表意的过程中，会出现意想不到或者必然的歧义，上下文的语义之间会发生错位与空指的现象。诗歌发表之初，有批评指责它是胡言乱语，诗人自己也称作品是谵妄之语。好似应该弃之如敝屣。然而，批评界对此诗的基本寓意了然于胸，他们只是寻求再阐释，或关注考证而已。[①]

诗歌的重要信息汇总分类如下。同样，诗歌中众多纷杂的物体没有能够在语义上形成一个统一的有机体，而是松散地聚集一起，神秘地完成了一次重要的情感表达：

我 （讲述人）	忽必烈汗	阿比西尼亚少女	你 （读者）
	策划者	娱乐城	
	仙河、地泉 阿伯若山	土地、城墙、塔楼 香树、绿地 洞穴、巨壑 暗海	
	石块、岩石 冰雹、稻粒	冰晶 露珠、仙乳	
	德西马琴	演奏	
	魔鬼、沸腾/喷射、战争、交响乐		

歧义之下，自有本义，意义果真缺失，评论家也就不会大加赞赏了。其实，以上的分析过程也表明：诗歌具有清晰的结构，是"一个有着高度自我意识、严紧组织而成的诗学成就"，[②]并不是无意识状态下的涂鸦；更不是一个片段，而是一首自成体系的杰出诗作。经过诗人之手，性爱之美跃然纸上。

语义的断裂能够增加文本的含糊性。词汇之间的指表发生逻辑断裂的原

---

① JOHN H A,et al.Critical Views on "Kubla Khan" [M]//Bloom's Major Poets：Samuel Taylor Coleridge. New York：Chelsea House，2001：101—113.

② LEASK N. Kubla Khan and Orientalism:The Road to Xanadu Revisited[J].Romanticism, 1988(1):1.

因可能是有意识的，也可能是无意的。有意识的，是因为表达的需要，或者审美的需要；无意识的，只要是情感的真实流露，就无损于、甚至增加文本的艺术性。语义的断裂仿佛树皮的龟裂，只是表面现象，在作品的深处，总有一个层面，一直起着连接的作用。或者，断裂的逻辑，在上下文的不断互动中，去伪存真，逐渐取得一定的联系，把表面上松散甚至是矛盾的内容，凝结成一个可以全面贯通的语篇。语义断裂形成的模糊，与象征表述引发的朦胧不能相提并论。

第三节 诗歌的碎片化

比语义断裂更极端的结构现象当属语篇碎片化。语义断裂一般表现在词汇层面，至多是语句层面，然后对整体结构产生外在的影响。在碎片化的诗歌中，诗歌碎片的单位往往较大，可以是一个层面或者一个段落，甚至一个部分。与语义断裂相同，诗歌碎片化也是从外部对诗歌的整体语义结构产生深刻的影响。语义断裂现象，可能伴随着性爱诗的出现，开始了自己的艺术生命；诗歌碎片化则是现代主义诗歌运动的产物，旨在向传统工具理性提出挑战。与语义断裂一样，诗歌碎片化也是碎而不散，不过，要实行黏合，或许有更大的难度。

碎片化是人类行为的本质特征之一。碎片化并不是新生事物，只是在20世纪成为文学创作的主流形式而已。从日常的角度来看，由于受时间、空间和条件所限，人们对事物往往会产生碎片化的认识：受时间的限制，人们只能了解事件的一部分或几个不连贯的部分；受空间的限制，人们只能熟悉发生在视野范围之内的事件，而不知以外的事情；受条件的约束，人们只能完成一部分工作，甚至功亏一篑。从考古学的角度来看，知识的碎片化更为普遍：发掘出的文物往往是一堆散落的碎片，个别碎片由于复杂的原因可能遗失；文物有时候是完整的，但它所代表的文化活动缺乏清楚的指向；更有时候，众多文物基本上勾勒出了一个逻辑清晰的文化现象，但要充分证明这一文化现象的真实性，仍然缺少几个关键的文物。从社会的角度来看，群体矛盾、种族矛盾和文化冲突不可避免地造成人类社会或世界的撕裂。上述碎片化的出现是难以控制的。

可控制的碎片化是文明进步和科技发展的结果。文明的出现带来了劳动的分工：农业、畜牧业和手工业的出现，就是社会劳动碎片化的表现。科学的发展带来了研究的碎片化：社会科学与自然科学分立；社会科学进一步分为政治学、经济学、历史学、法学、伦理学、社会学、心理学、教育学、管理学、人类学、民俗学、传播学等；自然科学进一步分化为天文学、物理学、化学、地球科学、医学、生物学和地理学等。技术的进步催生了自动化生产流水线，有了流水作业，复杂的工作化解成一个个具体而微的操作，分别由独立的个体负责完成，独立的工作与机械般的运动，逐渐把工人变成机器的一部分，导致人的工具性与人性的异化。又由于社会的商品化、传统价值的崩塌、文化的交融与对立，人格体系中的自我在新的社会关系面前，遇到了前所未有的挑战，不可避免地发生悲剧性的分裂。可以说，碎片化的社会行为方式是理性的必然产物。

　　文学，作为人文科学，也存在着碎片化的现象。什么是文学的整体性？文学的整体性首先表现在线性逻辑，要么是时间顺序，要么是空间顺序，要么是因果逻辑。其次表现在结构的流畅与完整，即由开头、主体与结尾构成的简单结构模式。为了追求叙事的跌宕起伏，在遵守线性逻辑的基础上，作家有意识并适当地采用倒叙、插叙和补叙，倒叙、插叙和补叙的出现，就导致叙事呈现一定程度的碎片化。其实，用二维空间来描述三维空间里事件的艺术行为本身，就决定着叙事艺术的碎片化本质。生活的确可以模仿艺术，但艺术更多地模仿生活。既然生活具有碎片化的特征，而且呈现出越来越凸显的碎片化现象，文学也就能够理所当然地采用碎片化的叙事方式了。文学叙事的碎片化表现为：反逻辑性，即打乱时间顺序或者逻辑顺序；蒙太奇，即把不同时间或地域的事件并置；多元共存，即情节不再是唯一的单数形式，而是多种可能并存的复数形式；要素缺失，即整体叙事或部分叙事，无论按照怎样的认知模式来判断，都有部分或细节的遗失。不过，文学叙事的碎片化只是表象，深层里都能够统一于理性与整体。

　　诗歌，如同小说一样，也具有结构上的碎片化现象。《圣灰星期三》（*Ash Wednesday*：*Six Poems*）和《四个四重奏》（*Four Quartets*）便是最好的例证。

　　《圣灰星期三》，正如它的英文副标题所示，共有六个诗篇，却不是一部诗集，而是一首完整的诗作。然而，完整性只是表面现象，碎片化才是本质，但归根结底，毕竟是完整的。碎片化现象首先表现在以下几个方面。从创作的过程来看，作品的第一部分以 Perch Io non Spero 为题目于 1928 年发表，第二部分以 Salutation 为题目于 1927 年发表，第三部分则以 Som de L'escalina 为题目于 1929 年发表，完整的《圣灰星期三》则于 1930 年发表。可见，诗歌的前三部分不仅具有绝对的独立性，而且也不存在着时间上的连贯性，因而也不存在着前因、后果的逻辑性。三个独立诗篇后来虽然以不同的顺序出现并且暗示存在着以先后顺序为标志的某种逻辑关系，但它们的历史现实足以说明，《圣灰星期三》有理由呈现碎片化的特征。从叙事的视角来看，诗作的主要视角是第一人称单数，但在第二部分，叙事视角又暂时转为第一人称复数，当然是为了从第一人称"我"的白骨（复数）的角度进行表达。不过，从诗作的第五部分来看，具有副歌性质的诗行"哦，我的人民，我对你们做了什么"，[①] 显然是耶和华的视角，而不是第一人称单数视角，否则，此句的表意与诗歌犹豫彷徨的主题相去甚远；而且，诗作的主题是宗教而不是民主政治，讲述人没有必要对人民负责。从时态的角度来看，第一、六部分所使用的是一般现在时，属于主人公，其余部分则主要是过去时，除了综述内容之外，综述部分使用的是一般现在时，用以表达群体经验。[②] 以上三个方面的现象足以说明，《圣灰星期三》具有碎片化的性质。

碎片化还主要表现在此诗作的内容上。

第一首诗共六个段落，第一、三、五段集中反映"我"对尘世的留恋；第二、四、六段主要描述了"我"对信仰的背弃以及向上帝祈求宽恕，两部分交叉呈现，互相切割。当然，也可以把第一、二、三段视作一个部分，第四、五、六段为另一个部分。第一个部分内，第一、三段为一体，第二段对统一体进行了切分；第二个部分内，第四、六两段为一个整体，结构上受到第五段的切割。

三个主题：迷恋尘世、背弃信仰、祈求宽恕。

第一个主题，迷恋尘世。"因为我不再希望重新转身"成为第一段也是第一主题的关键一行。"转身"到底转向哪里？从尘世转向上帝，还是从上帝转向尘世？还要从题目说起。圣灰星期三，作为基督徒大斋的第一日，主要活动内容是忏悔与斋戒，当然与诱惑和祈祷相关。由此看来，所谓的"转向"当然是从尘世转向上帝。然而，"我"的态度固然没有那么坚定但也十分鲜明，不再心怀信仰（such things），面向上帝。第一行中的"不再"表示曾经有过，也充分表明了第一首诗的主题之一，信仰之路上的迟疑与徘徊。一个不再执念信仰之人，宛如一只不再展翅的老鹰，也不会为失去信仰（power of the usual reign）而悲伤。（1.1）

原因何在？一是"因为我知道时间永远是时间"。"我"对时间的认知显

---

① The King James Holy Bible[EB/OL]. https://www.kingjamesbibleonline.org/Micah-Chapter-6/.

② CUNNINGHAM J,PETERS J.Ash Wednesday and the Land between Dying and Birth[J].The South Atlantic Monthly,2004,103(1):194.

然过于简单，时间就是此生此世，离开了此生此世，时间也就不复存在，所以，没有过去与未来，"什么是真实的只真实于一次时间"。二是"地点始终是地点并且仅仅是地点"。同样，"我"的目光局促有限，仅仅看到自己的房间和附近的地区，而不是地狱或者天堂，所以，在"我"看来，真实的"只真实于某一个地点"。既然如此，那就及时行乐："于是我欢欣，不得不去建成 /在此之上欢欣的东西"，继而，"我对事物的现状感到欢欣"。安于现状，不思进取。（1.3）一个满足于现状之人何如？就像老鹰一样，拥有翅膀，但"这些翅膀不再是翱翔的翅膀"，能够做到的"仅仅是拍击空气"，而空气却是"完全渺小和干燥"的空气，完全没有支撑起雄鹰的密度。如果作为社会环境的"空气"发生了堕落，那么个人意志呢？意志虽然比"渺小和干燥"的空气强大一些，但其力量也是有限，不足以撑起飞翔的翅膀。社会与个体都颓废了。（1.5）

　　第二个主题，背弃信仰。在"我"看来，积极时光带来的荣耀不稳定、靠不住。所谓的积极时光（the positive hour）即为宗教信仰指引个人行为的日子，由于接受了信仰，就要按照宗教教义规划人生，实践社会推崇的价值观念。然而，"我"却认为信仰的荣光过于虚幻，远没有"群树生花，小溪流淌"来得实在；更由于信仰的力量"转瞬即逝"，信仰的深处出现了空洞，"再无所存"。（1.2）所以，"我拒不承认那张受了幸福的脸"，同时也"拒不承认那个声音"。圣子与他的圣言没有约束力了。（1.3）

　　第三个主题，祈祷宽恕。"我"祈求上帝的宽恕，也希望自己能够忘却从前讨论得太多、解释得太多的有关信仰的事情，例如，"操心或不操心"及"坐定"，毕竟这些事情已经成为过往。上帝能够给予宽恕码？只能祈祷了。唯一的借口是多次尝试过。（1.4）"我"进一步请求世人为自己的罪祷告。（1.6）

　　第二首诗共四段，第三段嵌入了第二与第四段中间。两个主题：白骨的复活；玫瑰与花园。

　　第一个主题，"我"的白骨的复活。第一个问题，诗中的夫人是谁？可以肯定，她不是圣母玛利亚，因为"她在沉思中归荣耀于圣母马利亚"，即"寂静的夫人"。这位夫人，如同但丁的比阿特丽丝，对"我"能够起到指引方向的作用。第二个问题，白骨的复活。三只白色的花豹把"我"的肉身啃食殆尽，剩下一堆白骨和一些难以消化的部分。白骨与肉身对立，象征着人的灵魂。由于这位夫人的美德、她的魅力以及对圣母玛利亚的赞美，白骨们"光彩焕发"，"我"同时也懂得了给予爱。（2.1）更重要的是，"我"知道自己要被忘却，也愿意被忘却，唯有如此，方可"虔诚不已，目的专注"。"我"表现出了积

极的宗教态度。（2.2）白骨可以复活，因为他们无欲、无为，但能够赞美玫瑰与花园，并欣然接受现实的一切。（2.4）

第二个主题，玫瑰与花园。玫瑰是圣母的化身，白骨们能够从圣母的身上看到对立转换为统一的可能："安宁而苦恼"，"撕碎而完整"，"记忆"与"遗忘"，"精疲力竭而生机洋溢"，"焦虑而恬静"。花园代表着耶稣，圣子的身上也体现着具有超越性的对立与和谐：没有得到满足的爱情产生的折磨、得到满足的爱情产生的折磨、没有尽头的旅行、无法做出结论的一切结论，言语与道，等等，都在圣子那里，因为遇到圣爱，实现了统一。（2.4）

第三首诗最为完整，但整体上，与前后之诗互不搭界。主题：表达了"我"追求信仰之艰难。众所周知，艾略特的诗歌牢牢地植根于但丁的诗歌，尤其是《神曲》，把个人的才华与文学传统有机地结合一起。因此，对于艾略特诗歌的理解不能机械化，诗人总是赋予旧的意象以新的内容，而且，同一意象表达不同的含义。在第二节楼梯的第一个转弯处，"我"看到了同一个身影（我的化身）与一个带着希望与绝望面具的魔鬼搏斗；（3.1）在第二节楼梯的第二处婉转，"我"看到了恐怖的景象："楼梯一片漆黑"，"就像个老人的嘴淌着口水，无可救药"，"或是一条年迈的鲨鱼的长者牙齿的食道"。这些都是踏上追求宗教信仰之楼梯（路）之后，能够遇到的拦路虎（无欲的生活）。（3.2）在第三节楼梯的第一个转弯处，"我"遇到了充满诱惑的现实世界，心烦意乱，越发不能自支。（3.3）为此，"我"呼请圣子助"我"以道。（3.4）

第四首诗，大大小小共有八个段落，可以粗略地分为三个部分：4.1（第一、二），4.2（第三、四），4.3（第五、六、七、八）。第三、四段分立，凸显了"白色的光"（white light）；同样，最后两行独立出来，为的也是凸显。中间的部分为嵌入结构。两个主题：自然得到完复、时间得到拯救。[①]

第一个主题，自然得到完复。有一位不知姓名之人，身着"白色与蓝色"（天空的颜色），也就是"圣母的颜色"，行走在"紫罗兰和紫罗兰之间"、不同色调的绿色之间、人群中间，其话题"在永恒的悲哀的无知和熟识之中"转换。由于其笃信上帝、实践教义，喷泉变得更加有力，山泉更加纯净；干渴的岩石变得凉爽了，沙子更坚实了[②]。（4.1）不知姓名之人原来是"寂静的修

---

① CUNNINGHAM J, PETERS J. Ash Wednesday and the Land between Dying and Birth[J]. The South Atlantic Monthly, 2004, 103(1):207.

② 关于 violet, varied green 的阐释，详见 DWYER D N. Eliot's Ash Wednesday, IV, 1-4[J]. The Explicator, 1950, 9(1):9. 关于 rock 的阐释，详见 SICKELS E M. Eliot's The Waste Land, I, 24-30, and Ash Wednesday, IV-VI[J]. The Explicator, 1950, 9(1):8.

女",她行走在紫杉中,低头不语,叹息不断;尽管一言不发,出于同样的原因,"泉水跃起,鸟声低下"。(4.3)应当看到,自然,如同荒原一样,是人类精神世界的一个反映,无论是凄凉一片还是生机勃勃,都是信仰作用的结果,从这个意义上讲,自然完全恢复是一个象征,更是一个预言,否则,就不会反复出现带有祈使语气的"拯救时间"与"拯救梦想"的表述。然而,道的出现必须等到紫杉树迎风发出声音,到那时,精神流放也就结束了。紫杉树意指生与死,[1]只有对生与死有了宗教意义上的认识,才能悟得道的内涵。

第二个主题,时间得到拯救。什么是"漫步其中的岁月"?"其中"(between)是一个关键性词汇,贯穿《圣灰星期三》始终。位于中间部分的岁月应该是当下,然而,此处与第一首诗不同,当下不完全属于"我",换言之,当下是一段与永恒时间交叉的岁月。所以,在这段时间里,象征着世俗的"长笛和提琴"不见了,时间正在康复(restoring)。永恒的时间来自哪里?来自一位女士,一位有着白色之光环绕的女士。她行走在睡梦与清醒之间,为那些陷入睡梦之中(失去信仰)的人们而哭泣,用一种新的诗歌(理念)来恢复古老的诗歌(信仰)。拯救时间,就是告诉人们,人生不能没有信仰,整日浑浑噩噩,就是要认识到"最高梦想"中的未读之境,而不是像"戴着珠宝的独角兽"一样,"在镀金的尸车旁行走"。(4.2)有信仰的人生,就是得到拯救的时间。

第五首诗,如果副歌不计在内,共四个段落,分为两个部分:第一、二段为第一部分,关于世界(World)与道(Word);第三、四段为第二部分,关于"寂静的修女"与世人。每个部分的内在关系是静态而不是动态的,两个部分之间则存在着线性逻辑关系。静态来自同质复制,两个段落并置,如同碎片。两个主题:世界与道、寂静的修女与世人。

第一个主题,世界与道。第一段令人眼花缭乱,Word与word并存,令读者莫衷一是,有学者干脆称之为垃圾或炫学。[2]学界一般不对Word与word进行区分,也不做解释。是否可以把Word理解为逻各斯,即上帝;把word理解为道成肉身,即耶稣?如此,也就没有必要对逻各斯与道成肉身进行区分了。一个重要的信息是,在世上,没有人布道(word unspoken),因此也就没有人

① ATKINS G D. Reading T. S. Eliot:Four Quartets and the Journey towards Understanding[M].New York: Macmillan,2012:55.

② ATKINS G D. Reading T. S. Eliot:Four Quartets and the Journey towards Understanding[M].New York: Macmillan,2012:56.

闻道（word unheard）；尽管如此，救世之道，始终存在于世上，只是没有得到传播，因而处于寂静之中；世上一副热闹景象，然而，一切都围绕着一个空虚（没有以道为内核）的中心旋转。（5.1）第一段抽象概括，第二段则具体详细。众生芸芸，大道不行：在海上、在岛屿上、在大陆上、在沙漠里、在多雨之地，都不见道的踪影，因为"这里远远不够寂静"。无论是白天还是黑夜，凡是行走在黑暗之处的人们，凡是避而不见圣容之人，凡是游走在世俗的喧闹之中、否认圣音之人，都不在正确的时间和地点，因而不能得道。（5.2）

第二个主题，寂静的修女与世人。凡是反对圣子之人、左右摇摆不定之人、凡是不愿祈祷之人，面纱修女均不会为之祈祷。（5.3）凡是冒犯之人、恐惧之人、我执之人、肯定世俗而否定教义之人，亦然，因为他们吐出的是枯萎的苹果籽，枯萎之籽不会开花结果。（5.4）并列而不是递进成为两个部分的主要逻辑方式。

第六首诗，共计六段，可以分为三个平行部分：6.1（第一、二、三段），6.2（第四段），6.3（第五、六段）。平行否定了线性逻辑，没有相互嵌入现象，只有松散的并列关系。三个主题：留恋世俗、世俗时代、道的本质。

第一个主题，"我"对世俗的留恋。世俗的生活就是短暂的过渡性时光（brief transit），或者是生死之间有梦划过的一段暮色，然而，就在这样的时光里，"我"不再想转向宗教，而是"在得失之间犹豫不定"；虽然不愿对虚荣抱有幻想，可是，"白色的船帆依然飞向海的远方，海的远方"，海，当然是欲望之海；而且，不会铩羽而归（unbroken wings）。迷失之心更加坚定，更加陶醉于"紫丁香"和"海浪声"，以及"那弯弯的金色杆子"。由于对世俗的享乐以及"瞎了的眼睛"缺乏高瞻远瞩，人也就成为"空空的形式"。（6.1）

第二个主题，一个世俗的时代。其一，"这是死亡与诞生之中一个紧张的时刻"。其二，这是"三个梦在蓝色的岩石中越过的/寂寞的地方"，三个梦想是：耽于幻想的生活、放弃幻想的生活，以及由此通往的永恒的生活。[①]其三，"这棵紫杉下的声音飘远"。（6.2）

第三个主题，道的本质。道的本质有三：一是"操心或不操心"，二是"坐定"，三是"我们安宁在他的意志之中"。然而，知其然是一回事，身体力行却是另一回事。所以，身陷世俗漩涡之中的"我"希望"……我的喊声来到

① CUNNINGHAM J,PETERS J.Ash Wednesday and the Land between Dying and Birth[J].The South Atlantic Monthly,2004,103(1):207.

你的身边"。（6.3）①

　　结构上，与传统诗歌相比，《圣灰星期三》的确打破了一直奉为圭臬的线性逻辑，取而代之的是并列、交割等现代主义诗歌的颠覆手法，于是，碎片化成为必然。碎片化的诗歌是否具有意义中心？有。就《圣灰星期三》而言，在世俗的诱惑与宗教的信仰之间不断徘徊与苦苦挣扎，就是诗歌的主旨大意。六首诗从不同的角度，反复咏叹，有效地强化了徘徊与挣扎的过程，揭示了现代人的精神苦闷。归结起来，"总体结构是后加的"，却不能不说是一种"再创造和重新组织"，因此，"这组诗在系列中的意义远远超过了他们各自独立能够表达的意义"。②

　　《四个四重奏》的创作经历与《圣灰星期三》的几乎相同，先有独立的诗歌，《焚毁的诺顿》与《东科克尔村》，后有组诗的构思与创作，因而在一定程度上决定了《四个四重奏》的碎片化，不过，诗歌碎片化的主要特征还是表现在每一首诗的内容构成上，即并置、切割。统御整个组诗的手法也有不同，具有鲜明的音乐理念。由于此处论述的主要目的是诗歌的碎片化特征，再加上篇幅有限，下面仅就主要的内容做简要说明。

　　第一首诗（四重奏），《焚毁的诺顿》（*Burnt Norton*）。

　　第一部分（乐章）：阐释了过去、现在、将来之间的关系。"我"认为，如果时间永远是现在的话，也就没有救赎的可能了，此言意在表明：过去与未来与现在一样，是时间的重要部分，而且，强调三种时间状态的存在，就是突出之间的内在因果关系。为何救赎？救赎什么？有罪，才需要救赎；救赎，就是通过有效行为免除前罪。前罪就是原罪以及其后的人灾，它们共同构成了历史，历史与现在（的行为）也就有了因果关系。所谓的终点就是上帝的永恒。（1a）

　　玫瑰园，不仅象征着伊甸园，而且也象征着世俗之爱。在玫瑰院内，有"我们"，现代的亚当与夏娃；有象征圣洁之爱的荷花（lotus rose），还有洒满荷塘的阳光，阳光当然来自光明的中心（heart of light），上帝。不过，画眉、树叶以及树叶间欢笑的孩子们、水塘、水，无不指向另外一个意象，世俗之爱。其实，艾略特并不否认世俗之爱，他批评的是那种有性无爱的现代爱情，《荒原》充满了有性无爱的描写。和谐的性爱即是当下的一个瞬间（moment）。所

---

① 文中的引语来自裘小龙先生的译文。

② 张剑 .T.S. 艾略特的炼狱——《圣灰星期三》的意义 [J]. 外国文学，1995：38.

以，玫瑰园具有"双重属性"。① "我们"（人类）的第一世界（our first world）既是玫瑰园，也是伊甸园。（1b）

第二部分：静点（still point），就是永恒，"过去和未来就在这里汇合"；在静点，身处"一道静静的白光之中"，并有"一种恩宠之感"；不知痛苦与逼迫为何物；而且，不知何处，也不知多久。（2a）对于过去与将来，不必太过关注（a little consciousness）；太过关注，就不会把握当下。因此，要征服时间，就是要甩掉过去的包袱、排除未来的担忧；把时间作为一种手段，就是把握好当下（Only through time, time is conquered）。（2b）

第三部分：这是一个令人"愤怼不满的地方"，嗝一下，"不健康的灵魂"就会进入"枯萎的空气"。（3a）有两条路可行：一条是向下进入黑暗的路，另一条与此相同，是一条没有运动的路。进入黑暗，就是身处不可避免的残酷现实，只有勇敢地面对残酷的现实，才有可能踏上通往上帝光明的道路。（3b）②

第四部分，向圣父祈祷：向日葵会转向我们吗？铁线莲会俯向我们吗？向日葵与铁线莲，如同天国的玫瑰，均为圣洁之物。

第五部分：人类的表达（语言、音乐）无一不具有局限性，因为它存在于时间之中，如果仅仅是为了表达，那么结果也只能是死亡；只有通过一种虔诚的形式，人类的表达才能到达静点。换言之，（心向上帝的）目的（end）要先于（行为的开始）起点（beginning）。（5a）圣洁之爱，而非有条件之爱，才能确保孩子们在阳光明媚的花园里，欢歌笑语。（5b）

第二首诗（四重奏），《东科克尔村》（East Coker）。

第一部分（乐章）："在我的开始中是我的结束"要表达的是，历史（房屋）处于一种不断重复、更迭的状态：重复与更迭之中，没有目的，没有崇高。③（1a）人生充满了欢乐，篝火、音乐、舞蹈、笑声、交媾，然而，"他们按照生命的不同季节安排生活"，日复一日，年复一年，只见肉体的享乐，不见精神的提升。"吃和喝。拉撒和死亡。"（1b）

第二部分：人类进入了"群星会集的战斗中"，"打得太阳和月亮沉落/彗星暗暗哭泣而流星飞驰"，人间到处都是"燃烧着的毁灭之火"，"冰雪"马上就会接踵而至。（2a）"前辈他们遗赠给我们的只是欺骗的诀窍"："平静不过是一种有意的愚呆"，"睿智不过是懂得一些已经失效的秘诀"，"知识把一个模

---

① 刘立辉. 艾略特《四个四重奏》引语解读 [J]. 国外文学，2002（3）：109.

② 刘立辉. 艾略特《四个四重奏》引语解读 [J]. 国外文学，2002（3）：110.

③ 《四个四重奏》的引文，来自汤永宽先生的译文，个别地方，略有改动。

式强加于人，然后欺骗人"，因此，人类"没有安全的落脚点"。怎么办？人类"唯一能希冀获得的睿智／是谦卑的睿智：谦卑是永无止境的"。（人类取代上帝是一种悲剧，上帝必须归位。）（2b）

第三部分：世界陷入一片黑暗，不过，莫要恐惧："让黑暗降临在你的身上／这准是上帝的黑暗"，黑暗之后就是上帝的光明。（3a）地铁停了下来，前不着村，后不着店；人们有意识地思考，脑子里却一片空白。莫要不安："耐心等待但不要寄予希望，／因为希望会变成对虚妄的希望"；"耐心等待但不要怀有爱恋，／因为爱恋会变成对虚妄的爱恋"；"耐心等待但不要思索，因为你还没有准备好思索"。（3b）

天堂之声再一次回响在耳畔。不过，不能因为现实的黑暗而迷失，只要忍受得了死亡的痛苦，就能获得重生的幸福。具体来讲，要想"离开现在你不在的地方"（你不向往的地方），"到达现在你所在的地方"（你向往的地方），你就必须走一条"并无引人入胜之处的道路"；"为了最终理解你所不理解的"，"你必须经历一条愚昧无知的道路"；"为了占有你从未占有的东西"，"你必须经历被剥夺的道路"。先放弃（现实的欲望），后获得（天堂的财富）；愚昧、失去是一条与上帝结合的必由之路。（4c）

第四部分：外科医生（圣子）在检查生病的器官，他的双手流淌着鲜血，其医术既富有同情又堪称精湛。（4a）"我们"身染疾病，并非健康；更不能把人类所要经历的痛苦与磨难视为诅咒（Adam's Curse），要敢于面对黑暗的现实，否则，越是康复，越是病情加重。地球，作为医院，是一位追求财富的破产富翁所赠，物欲横流，百孔千疮；在这里疗伤，病情如有"好转"，必定是毙命，无所归附。（4b）寒气入侵，而身体却在高烧；只有进行冷冻，体温才能够回升，并在炼狱之火中燃烧；炼狱之火就是（天堂的）玫瑰。滴血是红酒，血肉是面包，星期五（基督受难日）是圣洁（good）。（4c）

第五部分：关于世界大战，着实难以言表，语言已经无能为力：刚学会表达，却已经无须表达。语言的无能为力说明人类精神世界的混乱：表达野蛮、感觉粗糙、情感芜杂；仅有的阐释也难以接受；失去的找回了，找回的又失去了；唯一可做的就是尝试。（5a）世事复杂了，需要的不是十分钟的（isolated）热血，而是一生一世的燃烧；需要燃烧的不是一个人的一生，而是整个古老的尚未解密的石碑。当此时此地不再成为烦扰，爱最为本真；经历着黑暗、寒冷、空虚、绝望的时候，更需努力。唯有如此，方能实现进一步的结合与深层次的交流。（5b）

第三首诗（四重奏），《干燥的塞尔维吉斯》（Dry Salvages）。

第一部分（乐章）：关于河流，要利用他，于是有了河上运输；要征服他，于是凌空架桥。至此，人类自以为完全驯服了河流；然而，"他依然难以平息"，依旧"保持着他的四季和愤怒"。由于得不到人类的"尊敬和抚慰"，他对人类施加的影响无孔不入："河在我们中间。"（征服者被征服。）（1a）

至于海洋，人类目睹了他的物藏与神奇，也见识了他的强大："它抛起我们失落的东西，那破烂的渔网，/ 捕捉龙虾的破篓，折断的船桨 / 和异域死者的褴褛的衣衫。"人类雄心勃勃，企图征服海洋，但在海洋面前终究是十分渺小的。（1b）海洋还能够发出不同的声音：嚎叫、呼喊、呜咽、尖啸，更有"那从容不迫的巨浪敲响了"的时钟，报告的时间"比天文钟计量的时间更古老，"也"比那些烦恼而焦虑不安的女人们计算的时间更古老"，既不局限于过去，也不局限于未来，而是着眼于永恒。（要谦卑、安命。）（1c）

第二部分：无声的呜咽、默默的凋谢，还有漂泊的残骸、"无从祈求的祈求"：这一切能有止境吗？不能。还有最可信赖却又无情瓦解了的东西，由于无能而产生的怨恨，无所依附的眷恋，关键时刻的倾听与无语（本应虔诚地祈祷），飘满了废物的海洋，失去了目的的未来（We cannot think . . . of a future that is not liable . . . to have no destination），对渔船的破漏满不在乎，渔民对金钱的向往。因此，"没有痛苦也没有运动的痛苦的运动"及"白骨向它的上帝死神的祈求"也就永远不会停止。要终止这一切，"只有圣母报喜节那一声几乎是不可能 / 却又是唯一苦难祈求的祈求"。（2a）

进化论否定了历史，因而走向肤浅。什么是幸福的瞬间？人们错过了它的意义，为了寻找幸福瞬间的意义，却发现了不同的形式（失之毫厘，谬以千里）。过去的经验，不是一代人而是几代人智慧的结晶，其中有一些难以言表的东西：确定性之外的东西与原始的恐惧。什么是痛苦的瞬间？误解、失望、忧虑。痛苦，如同时间，也是无止境的。只有与他人的痛苦相参照，才能理解自己的痛苦（人类的相通性）。时间（与历史一样），既是破坏者，又是保护者；大海（历史）中的岩石（事件），不仅海浪可以冲洗，而且浓雾也可以封锁；岩石是什么？一处历史遗迹、一个航海标志、或者就是一堆岩石。（2b）

第三部分：克利须那（Krishna）说，未来是一首远去的歌，对于有些人来讲，是一个因为没有来得及为之感到遗憾的遗憾。向上走，就是向下走；朝前走，就是朝后走。时间不能疗伤，病人也不在这里。（3a）旅行者们，向前！旅行不是在逃避什么，也不是要去那里，旅行中的自己也不是出发时的自己。对待过去与未来，要一视同仁。人只有在死亡之时才能够专注，而死亡随时都有可能发生。经历大海的考验才是旅行的真正目的。不求命好，只求前进。（3b）

第四部分：圣母，请为出海的渔民和海警们祈祷！请为那些等待儿子和丈夫回来的妇女们祈祷吧！请为那些葬身大海的人们祈祷吧！

第五部分：人们好奇，对过去与未来进行无意义的探索："跟火星通话"，"报告海妖的行为"，"观测天象预卜未来"，"从签名的笔迹看出病症"，"用签卜或茶叶祛除凶兆"，"靠服巴比妥酸打发日子"，"把反复出现的想象 / 解析为前意识的各种恐惧"，等等。（5a）

圣人专注的是，"那无始无终与时间的交叉点"，其所为则是"为了爱、热忱、无私和自我屈从 / 而殉道的一生中的一种给予和取受"。何为道成肉身（Incarnation）？道成肉身就是：各种生存状态之间不可能产生的结合得以实现（Here the impossible union/Of spheres of existence is actual）；"过去和未来 / 已被征服，并且获得和解"；"正当的行动 / 也不受过去与未来的约束"。（5b）对大多数人来说，上述行为在此地是永远不可能实现的；由于不断的努力，他们只是没有失败而已。倘若能够返璞归真，则必有希望。（5c）

第四首诗（四重奏），《小吉丁》（Little Gidding）。

第一部分（乐章）：隆冬之春是"它自己的季节"，因为春天早于约定而来。隆冬之春是生（春）与死（冬）的复合体；世俗之罪的消灭用地球上的冬季来表达，十分贴切，上帝之光用天空上明亮的太阳来表示，再恰当不过；最短的一日（瞬间）最为明亮，因为寒霜与火交融："在一面似水的镜子里 / 映照出一道刺目的强光。"其实，这道炫目的光芒就是"圣灵降临节的火"，正是它"激起麻木的精神"，于是，"灵魂的活力在颤抖"。有了藩篱上开放的雪花，隆冬之春就能演变出名副其实的"零度夏日"。最短的一日、零度夏日可以与静点相提并论。（1a）

可是，在人间的五月，一切都不同了。无论你打哪里来，也无论你何时到，结果都一样。你寻找的只是一个意义的空壳，要么没有目的，要么到头来，目的已经面目全非。（1b）

不过，如果你能抛开理性与思想，"不是为了证明什么"，也不"教诲自己，或者告诉什么新奇的事物"，更不"传送报告"，而是为了祈祷，那么，无论走那条路，或者无论怎么来，结果都是一样。要祷告，就不仅仅是一种话语方式，也不仅仅是头脑有着清醒的活动，更不仅仅是祈祷时要发出声音，而是要"超乎生者的语言"，"用火表达"，此乃"无始无终的瞬间的交叉点"，这个交叉点就位于此时的英格兰。（1c）

第二部分：当玫瑰花化为灰烬的时候，一段故事结束了；房屋化为灰烬了，家没有了；希望破灭了，人绝望了：气，死亡了。极度的干旱，土地龟裂，一切努力都是徒劳：土，死了。火与水吞噬了城镇、牧场，侵蚀了教堂与设施：

水与火，（难以利民，）死亡了。（2a）

去年的话属于去年的语言，明年的话等待着另一种声音。（2b）只有岁月才知晓的礼物是：其一，当肉体与灵魂分离之时，"到期的理性"提供的果子不仅虚妄而且苦涩无味；其二，面对人类的无知，愤怒没有收效，嘲笑也无乐趣；其三，再现你的过去，只有撕裂之疼痛；令人不齿的动机刚刚暴露；行善之举，原来是恶举与伤害。除非炼狱之火能够净化，愤怒，只能一错再错。（2c）

第三部分：有三种情况，看似相同，实则有异。一是对己、人与事的挂念；二是对己、人与事的超脱；三是介于中间的冷漠。记忆为的是获得自由，不是不爱，而是超越了欲望地爱。历史可以是奴役，也可以是自由。（3a）有志之辈始于共同奋斗，终于分道扬镳。反对他们的人，他们反对的人，都有同样的归宿。失败者留给人们的象征在死亡中得到完善。动机纯洁了，一切皆善。（3b）

第四部分：面对罪愆与过错，唯一的希望是正确地选择一堆柴火，用（圣）火把自己从（地狱之）火中解救出来。（4a）是爱设计出的磨难，是爱织出令人不堪忍受的"火焰之衫"（shirt of flame），一旦在身，再无退下之理。（4b）

第五部分：开始往往是结束，结束又是开始。"每个短语、每个句子都是一个结束和一个开始"，而且，"每首诗都是一篇墓志铭"，"玫瑰飘香和紫杉扶疏的……时间一样短长"，"一个没有历史的民族 / 不能从时间得到拯救，因为历史 / 是无始无终的瞬间的一种模式"。（5a）有了此爱与召唤，"我们将不停地探索"，重新回到起点，并加以认识。当众多的火舌还原为火团之时，火与玫瑰合二为一，一切都将安好。（5b）

由此可见，《四个四重奏》的碎片化现象格外突出。事实上，诗歌中的语义断裂现象也极为普遍，多数情况，碎片化与语义断裂密不可分。然而，诗歌碎片化现象只是一个表象，诗歌的最终落脚点还是整体性与理性。否则，表象则沦为本质，本质上碎片化的诗歌也就失败了。学界普遍认为，《四个四重奏》是一组经过周密策划的诗歌，不仅诗歌单篇具有严谨的结构性，而且组诗整体上也具有鲜明的组织规律。

有学者研究发现，四个四重奏无一例外，共同遵守一个统一的结构模式：[1]

1. 时间的运动，包括永恒的瞬间；
2. 人间经验与不满；
3. 祛除灵魂对世间万物贪恋的净化行为；

[1] STEAD C. The New Poetic: Yeats to Eliot[M].Harmondsworth: Pelican Books,1969: 171.

4. 向神灵祈祷；

5. 艺术形式的完整与精神的健康。

而且，四个四重奏分别与四大元素气、土、水、火对应，与四季春、夏、秋、冬对应，四个四重奏祈祷的对象分别是圣父、圣子、圣母与圣灵。[①] 此外，第四首诗的第二部分分别对前三首诗做了简单的归结：气，死亡了；土，死亡了；水，也死亡了；水死亡之时，火也死亡了。最后一部分，从内容上对第一首诗做了呼应：由欢歌笑语的孩子所代表的人类第一世界再一次出现，分叉的舌状火焰向上汇聚成火团，火与玫瑰合二为一。所有这一切都表明，四个四重奏的组诗以此完美收官。

四重奏，作为题目中的关键术语，也暗含着组诗的结构形式。四重奏主要是指乐曲的四个声部，分别由（两把）小提琴、中提琴和大提琴演奏，一般分为三、四或五个乐章，其中，四个乐章为常见形式。海顿早期的四重奏有五个乐章，贝多芬也创作过五个乐章的四重奏（No. 132）。《四个四重奏》模仿的是五个乐章的结构形式。第一乐章呈现主题与副题，第二乐章以对照的方式对一个主题进行展开，第三乐章进一步发展第一乐章中的主题，第四乐章为抒情部分，对一个主题做简要的展开，第五乐章为主题概述，并展示冲突的和解。[②] 以第三个四重奏《干燥的塞尔维吉斯》为例。第一乐章两个主题，河流（人类的时间）与大海（永恒）；第二乐章，无止境的痛苦与寻觅幸福努力的失败；第三乐章，向上的路就是向下的路；第四乐章，祈祷圣母的佑护；第五乐章返回主题，一是人类失败的行为，二是时间与永恒的交叉。总之，"《四个四重奏》基本上采用呈现、展开、变调、过渡和再现的音乐形式来表现主题"[③]。

组诗也具有明确的主题思想，从整体上实现全局的统一性。组诗开篇的引语起到了统领组诗的作用：

纵然语言为人所共有，但多数人立身处世仿佛各有其道。

---

① SHARP S C. "The Unheard Music" :T. S. Eliot's Four Quartets and John of the Cross[J]. University of Toronto Quarterly,1982,51(3):268.

② REES T R.The Orchestration of Meaning in T. S. Eliot's Four Quartets[J].The journal of Aesthetics and Art Criticism,1969,28(1):65.

③ 蒋洪新 . 论《四个四重奏》的音乐手法 [J]. 湖南师范大学社会科学学报，1996（6）：111.

向上的路和向下的路是完全一样的。

多数人各有其道，也就是组诗所批评的由于缺乏坚定信仰的引导与约束而大发淫威的理性，以及空洞的信仰；向上的路与向下的路指向信仰、理性与行为之间的错综而又健康的关系。其中，时间就是人类实践的代名词，永恒就是信仰。在生活中，要让信仰每时每刻从高空照耀，要让自己的行为每时每刻折射出信仰的光辉，让虔诚与大爱俯仰畅通。《四个四重奏》不是纯粹的宗教性诗歌，而是把人文主义与宗教信仰合二为一的成功尝试。

不过，碎片化诗歌艺术并不仅限于《四个四重奏》，其实，《荒原》也是一首碎片化鲜明的诗作。碎片化的诗歌也多呈现语义断裂的现象。艾略特的诗歌也不是唯一具有碎片化的艺术作品，惠特曼的《自我之歌》也具有碎片化（拼贴）的特点，只是没有语义断裂的现象。客观地说，现实从来就是连贯的，但从个体的角度看，现实所呈现出的表象往往是一系列的碎片，虽然，在认识现实的过程中，人们还是努力把碎片化的现实尽可能地按照线性逻辑串联起来，因此，有理由说，人们早就习惯了碎片化的生活现实。习惯并不是美感，若非为了音乐性，人们总是期盼有逻辑的表述方式。

第四节　对应的虚化

托物言志与借景抒情，可谓两种古老而又多见的表达方式。文学实践一再表明，物与志、情与景之间的对应关系应当达到一体化的程度：托物贴切，借景无痕。文学史上不乏经典之例，如《日出》（*The Sun Rising*）与《致水禽鸟》等。当然，在一些传世的诗作中，客观物体与所选景致仅仅起到触发理想与情感的作用，并没有与应激物建立吻合、交融、充分的对应关系，如浪漫主义的代表作品《夜莺颂》《致云雀》（*To a Sky-Lark*）与《孤独的割麦人》（*The Solitary Reaper*）等。既然触发物与应激物之间的对应关系发生了虚化现象，那么这些诗作又为何广受欢迎？是因为审美标准不同，各取所需。不过，不同标准下的瑕疵，不容掩饰。

不难理解，触发物与应激物之间的对应关系应当贴切、交融与充分，艾略特把这种和谐、充分的对应关系视为诗歌创作的至上原则，在这种关系下的触发物则成为情感抒发的客观对应物（objective correlative）。

在艾略特看来，触发物与应激物之间应该体现出充分的因果关系。如果应激物是一种行为，文学作品则有必要对触发物进行足够的展示（to show）；如果触发物是作品中一系列的客观现实，那么作品则应对这一连串的客观现实所引发的连锁反应予以充分的揭露。在《哈姆雷特及其问题》（*Hamlet and His Problems*）一文中，艾略特指出：

　　艺术表达情感的唯一方式是诉诸一种客观对应物；换言之，让一组物件、一种局面、一系列的事件成为具体情感的程式化表现形式（formula）；外在的、能够感知到的事实，一旦出现，就能立刻唤起具体的情感。

　　照此看来，莎士比亚的《哈姆雷特》也就可能存在着瑕疵。不过，有学者们不一定赞成艾略特的见解，艾略特本人后来似乎也不太认同早期的观点。①且不对此做学术上的争论，但就艾略特的艺术见解来看，客观对应物的确是一个具有较高批评理论价值的概念。

　　照艾略特的标准，《哈姆雷特》的批评家们与莎士比亚的失误到底在哪里？批评家们的失误在于，他们误以为《哈姆雷特》是一部复仇剧；事实上，《哈姆雷特》是一部关于"儿子对有罪之母的情感反应"的戏剧，而且，"哈姆雷特装疯不是为了麻痹，而是为了引起国王的注意"。在《哈姆雷特及其问题》开篇部分，艾略特指出，有一些批评家，"用自己的哈姆里特取代了……莎士比亚的哈姆雷特"，显然，这是一个变异的批评行为，造成这种现象的根本原因是，他们忘记了批评的首要之务乃是研究作品本身，不仅没有很好地研究作品，反倒"把哈姆雷特视作一个展示自我艺术才华的替代性机遇（a vicarious existence）"。为此，艾略特认为，歌德在批评哈姆莱特的过程中，创造出了又一个少年维特（Werther）；柯勒律治在批评哈姆雷特的时候，则创造出了一个柯勒律治。歌德与柯勒律治所评述的哈姆雷特均不是真实的哈姆雷特，不过是他们二人在莎士比亚的哈姆雷特的诱发下所进行的一次独立艺术创造的产物。他们没有多少创作才华，却有超凡的批评本领，可是，在批评中完成了艺术创造。艾略特批评言辞之激烈，足以反映出其对客观对应物在文学创作中的重视程度。

　　莎士比亚的失误在哪里？其一，"没有对复仇的延误做出解释"。其二，也没有对其他一些场景（事件）予以解释，例如关于波洛尼厄斯—雷欧提斯、

---

　　①　GREENBURG B. T. S. Eliot's Impudence:Hamlet,Objective Correlative,and Formulation[J]. Criticism,2007,49(2):223—231,215.

波洛尼厄斯—雷纳尔多的事件。其三，也是最为重要的一点，即在表达儿子对母亲的复杂情感的时候，莎士比亚没有对"原作中难以驾驭的材料"从动机上做出合理的阐释。

哈姆雷特（其人）为难以言表的情感所主宰，因为情感远远超过了作品中所呈现的事实。把哈姆雷特与其作者等同起来，恰好能够说明这一问题：哈姆雷特由于没有恰当的客观物来表达自己的情感而感到的困惑，正是其创造者面对艺术难题所表现出的困惑。哈姆雷特的难题是，他厌恶母亲，但母亲又配不上他的厌恶，他的厌恶包围了她、超过了她……在情节上，莎士比亚又无法表达哈姆雷特的情感。

所以，莎士比亚要成功地塑造哈姆雷特，就要"把现实提高到其情感的层面上来"（to intensify the world to his emotions），即具有足够的事实来催生一定的情感。那么，莎士比亚为何失误？由于《哈姆雷特》是一部积淀（stratification）之作，即不同作家于不同时期不断复写的结果，莎士比亚对作品有关部分进行复写之后，没有能够做出恰当的解释。艾略特认为，"这无疑不是莎士比亚的风格。"显然，一般是客观对应物不能够满足应激情感的程度要求，而不是相反的情况。

那么，客观对应物（触发物）与应激情感（应激物）之间的互动机制是什么呢？换言之，诗人（作家）如何以客观对应物为中心创作出一部（首）杰作呢？在《传统与个人才华》（Tradition and the Individual Talent）一文的第二部分中，艾略特指出，一位成熟诗人的头脑应当是"一个更加精美的接收器"，"特殊的或者不同种类的感觉（feelings）自由进入，并形成新的组合形式"。发生反应的元素可以分为两种：一是情感（emotions），二是感觉（feelings）。情感可以是一种或者多种，甚至可以缺失；感觉可以是多种的，往往依附在"一个词语或者短语或者意象之上"。反应无关乎"半道德性的崇高"，也无关乎情感的伟大、强度或者成分，而是"促使化合发生的艺术创作过程的强度，不妨说，压力，才是最为重要的"。离开了诗人的头脑，反应就不会发生，但在整个反应的过程中，诗人的头脑一直保持着"惰性、中性与不变的状态"。不过，"诗人不一定要寻找新的情感，而是利用普通的情感来做诗，以此表达一种原来情感根本不曾有的感觉"。总之，各种元素，经过诗人的创作之后，必须形成一种有机、全新的作品。

以客观对应物为标准，艾略特对浪漫主义诗歌提出了批评。艾略特在《传统与个人才华》一文的第二部分中指出，"济慈的颂歌具有一些感觉，但这些感觉却与夜莺没有任何关联，倒是夜莺，也许是因为其名字具有魅力，也许是因为其名声远扬，把颂歌组织起来了。"艾略特的批评不无道理。

夜莺是《夜莺颂》结构两极中的重要一极，如何建立夜莺与其对应情感之间的可信关系，乃是诗歌的一个关键。"我的心在痛"，济慈一开篇就点明了一个主题，紧接着就进入了另一个主题——夜莺的欢乐：

> 并不是我嫉妒你的好运，
> 而是你的快乐使我太欢欣——
> 因为在林间嘹亮的天地里，
> 你呵，轻翅的仙灵，
> 你躲进山毛榉的葱绿和阴影，
> 放开歌喉，歌唱着夏季。（查良铮 译）

从题目《夜莺颂》来看，夜莺的欢乐是第一主题，而"我"的痛苦则是第二主题，第二主题因第一主题有感而发，感发的机制是对照与共鸣，但从诗歌的整体来看，凸显的是第二主题（2、3、4、6段），而不是第一主题（5、7段）。关于夜莺，诗歌在第一段就点出了三个要点：夏季、林间、歌唱；一个特点：幸福。关于"我"，一个特点：痛苦。不过，就关联程度来看，客观对应物与应激物的关系在许多侧面出现了明显的虚化（不充分）。

读者可以推断出夜莺的欢快，却不知"我"为何要痛饮"一杯南国的温暖"。夜莺的幸福有两个来源：一是他的歌声旋律悦耳，二是身影轻盈。客观地讲，无论是悦耳还是轻盈，两个概念都仅仅停留在讲述的层面上。但对于一个沉浸在痛苦之中的听众来说，夜莺的听觉与视觉美感很容易产生积极而又迅速的效果，这也就是为什么"你的快乐使我太欢欣"的原因。如果第一段的主要目的是陈述主题的话，在夜莺的幸福与"我"的快乐之间进行简单的勾连，还是可以理解的。然而，夜莺与"我"之间的互动在随后的段落没有给出令人信服的对应。比如，"我"为何产生了强烈的痛饮一番的欲望？当然，痛饮时的陶醉，再伴随着歌声与舞蹈，完全可以与夜莺的欢快相提并论，但是，一个处于痛苦之中的听众，在夜莺优美的歌声面前，如何陡生痛饮的欲望还是需要加以阐释的。如果就是为了"一饮而离开尘寰，/和你同去幽暗的林中隐没"，这等于是说夜莺的歌声没有足够的美，"我"不能单凭歌声就飞向夜莺。（或者，世间还有美酒值得贪恋？）这显然与第六段中的表述有矛盾："我"愿意"在午夜里溘然魂离人间，/当你正倾泻着你的心怀/发出这般的狂喜！"实际上，当"求他把我的一息散入空茫"的时候，夜莺已经具有超度"我"的能力了。没有建立充分的对应关系，困惑也就在所难免了。

为何用自己的痛苦与夜莺的幸福相比较？"我"的痛苦几乎令人崩溃。在第一段里，"困顿和麻木/刺进了感官"，在第三段里，有夜莺不知道的"疲劳、热病、和焦躁"，还有"青春苍白、消瘦、死亡"，这一切构成了一个"使人对坐而悲叹的世界"，而且，"稍一思索就充满了/忧伤和灰色的绝望"。造成这一切悲惨的生活现实的原因是什么，无从知晓。在没有任何解释的前提下，就断言"'美'保持不住明眸的光彩，/新生的爱情活不到明天就枯凋"，既然如此，那只能奔向夜莺的美好世界了，因为夜莺的世界没有痛苦，只有幸福：

夜这般温柔，月后正登上宝座，
周围是侍卫她的一群星星；

而且，葱绿、幽暗的山毛榉树林，也是一个温馨、芳香之地：

我看不出是哪种花草在脚旁，
什么清香的花挂在树枝上；

如果诚如第七段所言，夜莺是永恒的，那他的幸福也就是永恒的了。人世间真的没有能够给人带来幸福的东西吗？夜莺的美丽世界不也属于人类的吗？人类的灰暗世界不也属于夜莺的吗？"我"流露出强烈的厌世情绪，当然有自身客观原因，不过，诗歌本身给人带来的美感又足以说明"我"的自强不息（并不是所有的人都认为此诗失败），足以赢得读者的理解与同情。可是，看不到或者忽略夜莺世界的另一个方面，使"我"的世界观出现了不应有的局限性。有痛苦，就有感叹的权利，但不能拿自己的痛苦与他人的幸福进行比较。事实上，不是"我"的视野狭窄，而是夜莺的幸福来得确实过于简单，夜莺的形象太过单一，夜莺的世界与"我"的世界之间的互动缺少令人信服的展示，也就是说，没有可靠的关联关系。由此看来，对照式的抒情手法往往具有太多的陷阱。

在夜莺与"我"之间，《夜莺颂》变对等为不对等。诗歌中，常见拟人，以表达物内在的本质；常见拟物，以表达人内在的情感或本质。在这种情况下，人与物都处在同一时空之中，具有对等的地位。可是，在《夜莺颂》中，夜莺摇身一变，一举成为"永生的鸟呵，你不会死去！"为何夜莺永生，不得而知。今夜的歌声，"曾使古代的帝王和村夫喜悦"，"也曾激荡／露丝忧郁的心"，或者令一位生活在荒岛上的美女，打开窗扉，急切地寻觅。可见，夜莺还是那个夜莺，歌声还是那个欢快的歌声，只是闻者一代又一代地不断更迭，从国王到露丝再到软禁的美女，最终止于"我"，就这样，处于四个历史时期的人才串联成一个完整、永恒的人生链，因而，人生的苦难也就具有了永恒的性质，不过，还是各有各的难处。在这种情况下，通过对照建立对应关系，无疑是又一层次上的强人所难。

总之，从内部来看，讲述多于展示；从外部来看，对照难免有些简单，没有建立在充分对等的前提之上。

在结构上，云雀与夜莺的焦点相同。如果《夜莺颂》的主要问题是讲述与展示的不对称及对照的不充分，那么，《致云雀》的主要症结则是比拟与比较。《致云雀》的结构大致分为三个部分：第一部分即前六段对云雀飞行过程描写，第二部分即随后的九段通过比较的方式对云雀的歌声进行表达，第三部分，除了最后两段总结全诗之外，其余的四个段落表述了现实的沉重。第一部分的描写堪称对应关系的典范，第二与第三部分则急转直下。由于第三部分的问题与《夜莺颂》的问题极为相似，不再重述，第二部分也就成了分析的主要对象。

在第二部分里，讲述人描述了云雀歌唱的动人旋律，并给出了一系列的类比，进一步揭示云雀歌声的本质。众所周知，在本体与喻体之间飞架虹桥，实现信息的流动，主要依靠二者之间的相似性，相似性的多少、采取的手段是否恰当，都起着决定性的作用。也就是在这里，艾略特与浪漫主义诗人分歧较大。

由于云雀的生活习惯特殊，[①] 人们但闻其声不见其身，为此，讲述人感叹道，"不知道你是什么"，但他总该知道"什么和你最相像"吧？焦点自然是用怎样的比喻来形容云雀的歌声："彩虹的云间滴雨""固然明亮"，"但怎及得由你遗下的一片音响？"采用通感（anaesthesia）的手法，用视觉意象来比喻听觉意象，准确地捕捉到了云雀歌声的特质，这是诗中最恰当的比喻之一。

---

① 云雀（Eurasian Skylark）又称"告天子"，飞到一定高度时，稍稍浮翔，又疾飞而上，直入云霄；高空飞行时鸣唱，鸣声婉转、嘹亮，为持续成串的颤音；返回地面时，则是极为壮观的俯冲方式；栖于草地、平原及沼泽。

如同《夜莺颂》的第一段，诗人似乎把能够最准确、最贴切的描述和盘托出了。

可是，余下的情况就不太理想。一连串的五个比喻无一不美，但客观地讲，本体与喻体之间的距离都有些遥远。在第一个比喻中，云雀"好像是一个诗人居于 / 思想的明光中"，唱着赞歌，整个世界都因此充满了"希望、忧惧"。诗人是美的使者，也是一个思想的使者，正是由于他持续地告诫，人们知道了什么是忧惧，更重要的是，从诗人那里，人们看到了人生的希望。由于美居中牵线搭桥，云雀与诗人走到一起，这是完全正常而且可以接受的，但却不能因此说，听到云雀的歌声之后，人们真的由此看到不作为的可怕后果，或者，积极作为的甜蜜未来。不过，这之间并非横亘着一条不可逾越的鸿沟，只是需要开山辟路，遇水架桥，要做太多的阐释。

第二个比喻：云雀像一位身居高殿中的"名门的少女"，在幽寂的一刻，"为了抒发缠绵的心情"，唱出了"甜蜜的乐音"，优美的歌声回荡在她的绣阁。云雀的歌声的确动人心弦，因此称其为鸟类中的贵族也不无道理，把云雀与名门之女相提并论也无不妥。可是，姑娘此时此刻歌唱的是心中浓浓的爱情，"缠绵的""甜蜜的"，无论如何，诗人也不能再用"爱情"来做同义比喻（with music sweet as love）。退一步讲，云雀的叫声可以是"甜蜜的"，但不一定是"缠绵的"，持续成串的颤音并不适合表达"缠绵的"爱情，倒是适合表达激动、幸福的爱情时刻。比喻有一定的牵强。

第三个比喻：诗人把飞行中歌唱的云雀比作"金色的萤火虫"，突出了三个特点，分别体现在以下三个短语里："在凝露的山谷里""轻盈的光""花草却把它掩遮"。用光来比喻云雀的歌声，又是一个典型的通感实例：萤火虫的荧光明亮但不耀眼，温润、微小、轻盈，这些分别与云雀歌声的清脆、圆润、轻灵相匹配。萤火虫在飞翔之中，只见荧光，不见身影；云雀在翱翔之中，但闻其声，不见其身。但是，萤火虫的荧光紧随其身，身在哪里，光在哪里。如果"在花丛，在草地，/ 而花草却把它掩遮，毫不感激"的话，也就既看不见身影，也看不见其荧光。可是，云雀展翅在高空，人们不见其身影，却能闻到其声，从这个层面上看，萤火虫与云雀之间没有互通的渠道。此外，对于萤火虫，花草不存感激之心，而对于云雀，听众却是怜爱有加，难道就是为了贬抑花草，抬高人类自己吗？不会这么幼稚。重要的是，用云雀飞翔的高空，与萤火虫游弋的峡谷相比，落差太大，损毁了高空飞翔的意象之美。

第四个比喻：诗人再以玫瑰喻云雀，以暗香喻歌声。诗人唱到，云雀"好像一朵玫瑰"，当阵阵春风拂过（deflower），"它的香气 / 以过多的甜味使偷香者昏迷"。用玫瑰花的"暗香"来对云雀歌声的"明亮"，实在是"艺高胆大"。

而且，暖风的偷香与闻者的不邀自赏，都含有一个"情不自禁"的味道。不过，也许是过于挑剔，"近赏"与"远闻"还是有些不同的。但不能否认的是，为了更好地实现对等性的比喻，诗人又不惜扭曲事实，以博取高明之誉："好像一朵玫瑰幽闭（embowered）在 / 它自己的绿叶里。"如果玫瑰花真的幽闭在绿叶中，也就与飞翔在高空中不见身影的云雀完全对等了。遗憾的是，有先于绿叶抽出而开放的花儿，也有后于绿叶而绽放的花儿。对于后者，鲜花无一不高挂枝头，沐浴阳光，迎风招展，却没有羞羞答答地掩映在叶间独自开放的鲜花里。木本花树，花开之时，那么，树冠即花冠。对事实做适当的微调乃是诗人的特权？

第五个比喻：云雀的歌声与"向闪亮的草洒落"的"春日的急雨"，或者云雀的歌声与滴落在花儿身上的春雨（详见英文）。到了播种时节，久盼不雨，"春日的急雨"则十分珍贵，但春日是否有急雨，另当别论；春日的绿草，油光铮亮，着实迷人，也不为夸张。可是，急雨洒落在草叶或者苏醒的花朵之上，毕竟与落到树叶之上的效果不同。况且，雨打鲜花，情何以堪。美的事物聚集一起，并不一定产生美的效果。

在完成第五个比喻之前，诗人就迫不及待地开始比较了。"凡是可以称得 / 鲜明而欢愉的乐音，怎及得你的歌？"还好，有一个问号，仿佛在征求意见。能够给出的答复是：不及。这是违心的话。诗人的这种"表扬一个人，打压一大片"的逻辑主宰着以下两个段落的比较。

在比较之前，先做不知。"鸟也好，精灵也好，说吧：/ 什么是你的（甜美）思绪？"诗人知道云雀在思考，而且是甜美的思考，但不知思考何种内容。既然不知思考什么，又如何晓得甜美的真正意义呢？此处不必采取有限视角，以此来创造悬念。事实上，纵览全诗，云雀的甜蜜来自何处，始终不得而知。进一步讲，从第二部分的第一段来看，听众之所以能够产生忧惧与希望，必定是听到了、也听懂了云雀的歌唱，怎么到了此处就变得一无所知呢？哪怕是乐曲，而不是歌曲，也必有所悟，而不只是甜蜜的外表。整个第 15 段，尤其如此。空无，经不起想象。若真是美景与爱，那就进行展示与推比。

比较终于开始了。"我不曾听过对爱情 / 或对酒的赞誉，/ 迸出像你这样神圣的一串狂喜。"酒神的狂喜与爱情的神圣，与云雀的歌声相比，都不可同日而语，云雀的歌声自然是至高无上的？那又为何把云雀的歌声与名门少女的爱情歌唱相提并论了？新的比较又出现了：

无论是凯旋的歌声

还是婚礼的合唱，

要是比起你的歌，就如

一切空洞的夸张，

呵，那里总感到有什么不如所望。（查良铮 译）

　　越发放浪不羁了。婚礼是爱情的最高仪式，可是与云雀的歌声相比，还是不能相提并论，好像否定了爱情的魅力之后，诗人还没有表达自己对云雀的一往情深。而且，那"不如所望"到底是什么，竟然让婚礼如此"空洞"？没有答案。人的一生，如果不能收获爱情的话，那一定就要功成名就了，除了爱情，有什么比"凯旋的歌声"更能令人陶醉的呢？而且，即便否定了美好的事物，也不一定等于能够表明肯定之物的具体内涵。

　　从《夜莺颂》与《致云雀》两首诗歌来看，夜莺与云雀悦耳的旋律，作为抒发情感的客观对应物，无一不是过于抽象，难以与讲述人丰富的情感具体地对应起来，因而无法承载太多的寄托。讲述人需要把抽象的品质细化，或者具体化，在讲述人与夜莺或者云雀互动的过程中，逐渐地、一对一地建立关联，这样，情感的抒发也就有了客观对应物，表达也就能够取得贴切、令人服膺的效果。

　　在结构上，《孤独的割麦人》也是两极，但关系简单，凸显的只是一极，即一位苏格兰割麦女的美妙歌声。其歌声的信息与激发的情感之间缺少可信的对应关系。三位浪漫主义大师似乎在暗中较劲，看谁能够把美妙、抽象、单一的歌声富于更多的诗情画意。遗憾的是，按照艾略特的标准，《孤独的割麦人》落入了同一个陷阱。

　　第一段成为诗歌的核心，不仅提供了必要的背景知识，而且点明了情感抒发的客观对应物，即割麦女的歌声。与上述两首诗一样，《孤独的割麦人》围绕着本段中的歌声予以抒情，从而完成了诗歌整体结构的编织工作：

看，一个孤独的高原姑娘

在远远的田野间收割，

一边割一边独自歌唱，——

请你站住，或者悄悄走过！

她独自把麦子割了又捆，

唱出无限悲凉的歌声，

屏息听吧！深广的谷地

已被歌声涨满而漫溢！（飞白 译）

有学者指出，诗歌一段不如一段，第一段，没有段落在前，故而最好。①
姑娘的歌声无限的悲凉，因为她孤身一人，在田间从事繁重、艰苦的割麦工
作。因此，劳动的繁重和艰苦与歌声的凄凉紧密结合，前者成为后者的客观
对应物。这是最为成功的一笔。不过，诗歌的描述潜藏着不应有的矛盾。诗
中写道，姑娘"一边割一边独自歌唱"（reaping and singing by herself）：割麦的
时候，要么下蹲，要么弯腰，两种姿势无疑不利于发声，姑娘也不可能轻声
哼唱，因为"深广的谷地 / 已被歌声涨满而漫溢！"不过，站立之时，倒是可
以高声歌唱：如果是完整的一首歌，那就是小憩，称不上边劳动边歌唱；如果
割一下，唱一句，那就有些滑稽了。在劳动的过程中，人会不断地消耗体力，
唱一些凄凉、哀婉之歌，不利于鼓劲。华兹华斯擅长描写抑郁的情绪，不过
这次，他失误了。

第二段："还从未有过夜莺百啭，/ 唱出过如此迷人的歌。"夜莺的歌声婉
转动人，但姑娘的歌声悲凉、哀伤，不知两种歌声如何相互比较？在《夜莺颂》
中，夜莺的歌声打动了处境几乎相同的露丝："或许这同样的歌也曾激荡 / 露
丝忧郁的心，使她不禁落泪，/ 站在异邦的谷田里想着家"。在《孤独的割麦人》
中，夜莺的百啭，与姑娘的歌声相比，却没有如此迷人，估计，夜莺的歌声
打动不了这位高原姑娘。在《致云雀》中，"凡是可以称得 / 鲜明而欢愉的乐音，
怎及得你的歌？"显然，云雀的歌声是宇宙间最美的声音。华兹华斯，如同
其他两位浪漫主义诗人，需要一个稳定、统一的标准。而且，在姑娘的歌声
与夜莺、杜鹃的歌声之间做不等比较，实属无意义之举。可以肯定，夜莺的
歌声对于沙漠里的疲惫旅客来讲，可谓是人间仙曲，能够极大地缓解旅途的
劳顿；幽灵般的杜鹃，从山林、沟谷发出的声音，也是直指人心；但指出姑娘
的歌声胜于他们的歌声，并不能准确地说明姑娘的歌声到底像什么，或者具
有怎样的属性。《致云雀》也有同样的现象。"无与伦比，然而，比较仍在进行。
不过，双重比较还是无济于事。"②

第三段："她唱什么，谁能告诉我？"讲述人在问，其实，读者也在问，
可是，没人能够提供答案。唯一知道的是，姑娘有可能在歌唱"遥远的故
事""古代的战争"或者"今日平凡的悲欢"。主题的模糊化也就是多元化，

---

① DOREN M V. Wordsworth's "The Solitary Reaper" [M]//BARNET S. A Short Guide to Writing
about Literature.Boston:Little Brown and Company,1968:154.

② DOREN M V. Wordsworth's "The Solitary Reaper" [M]//BARNET S. A Short Guide to Writing
about Literature.Boston:Little Brown and Company,1968:156.

多元化能够留给读者丰富的想象。浪漫主义诗人似乎有相同的冲动。在《希腊古瓮颂》的第四段中，讲述人问道："这些人是谁呵，都去赶祭祀？""你要牵它到哪儿，神秘的祭司？""哪个静静的堡寨山村，/ 来了这些人，在这敬神的清早？"在《致云雀》的第 15 段中，诗人发出了一个主要的疑问："是什么事物构成你的 / 快乐之歌的源泉？"接着，在设问中作答："田野、波浪或山峰""天空或平原""同辈的爱""痛苦"。不过，在这两首诗中，诗人面对的是古瓮、云雀，他们真的无从知晓问题的答案。可是，与姑娘相距如此之近，其歌声又十分嘹亮，怎可能听不清其歌唱的内容？听不懂盖尔语（克尔特语）怎能是借口。退一步讲，既有多元化的歌词，奈何却没有多元的沉思对应？在《致云雀》中，没有具体的歌词，却有一连串的深思。"他（华兹华斯）早就与主题彻底失去了联系。"①

　　第四段："姑娘唱什么，我猜不着"——是的，真的无可奈何；重要的是，"她的歌如流水永无尽头"——既然听不到歌词，也看不到其他的表演，也只能让歌声无休止的重复下去了。姑娘此时仿佛不是在高地上割麦子，而是在舞台上表演，劳动成了道具，歌唱才是目的。姑娘劳动的过程是动态的，可是诗歌里的画面仿佛静止不动了，因为静止不动，所以讲述人——

　　　　只见她一面唱一面干活，
　　　　弯腰挥镰，操劳不休……
　　　　我凝神不动，听她歌唱，

　　无疑，诗歌又回到了开头。就诗歌的内容来讲，由于仅仅对姑娘的歌声做了比喻，并没有深刻的思想性，首尾相接的结构也就体现不出多大的美学或主题意义。本段的最后四行，体现了诗人特有的艺术理念：追忆情感于静时。

　　总之，讲述人仿佛受到了惊扰，思考，却没有思考出任何结论，而是把目光紧紧地盯在眼前的高地，耳朵认真地捕捉、仔细地辨认着声音。面对姑娘的歌声，讲述人找不到恰当的比喻来衬托出自己的情感，忧伤的歌声反而成为并不忧伤的主题。②

---

　　①　DOREN M V. Wordsworth's "The Solitary Reaper" [M]//BARNET S. A Short Guide to Writing about Literature.Boston:Little Brown and Company,1968:156.

　　②　Geoffrey J. Finch. Wordsworth's Solitary Song：The Substance of "true art" in "The Solitary Reaper" [J]. A Review of International English Literature, 1975, 6（3）: 93.

夜莺、云雀、割麦人分别是三个结构的重要一极（共两极），总体上，也就是在揭示三个重要对象本质的时候，讲述人的手法显得力不从心。

那么，有无情感抒发与客观对应物能够实现无缝对接的例子呢？有。其实，冷静地思考一下，就不难发现，浪漫主义诗人在抒发情感的时候，也并不是总也找不到客观对应物的，例如，济慈的《夜莺颂》受到了艾略特的批评，但他的《希腊古瓮颂》却得到学界的一致认可：

在古瓮的身上，由于它以优雅的姿态捕捉到了浓浓的深情并定格在大理石石质之上，济慈为他长时间以来所关注的流动世界里的永恒问题找到了完美的客观对应物。①

又如《西风颂》及《十四行诗：写在西敏寺桥上》都是客观对应物的成功典范。鉴于上述诗歌都从有关方面作了探讨，不妨另觅佳例。

《小老头》（Gerontion）的结构中心是一个人物。作品从理性、道德与情感三个方面揭示了现代人的生存困惑与堕落。"诗歌的理性内核表现在对历史的分析，道德内核表现在个人与历史的虚无，情感内核表现在恐惧，一种明知存在与感觉的虚无却无可奈何的恐惧。"② 三个层面的主题完全统一在诗歌的引文当中："你既无青春也无老年，/ 而只像饭后的一场睡眠，/ 把两者梦见。"③ 一位说老不太老，说年轻却又漫无朝气的人，他的颓废既是个人的也是群体的。上述主题，④ 完全通过恰当的客观对应物进行表现而不是通过讲述加以展示。

第一部分：个人的外部描写。诗歌的头两行提供了个人的基本信息："我"失明，在（精神）干旱的季节，等候雨水的到来。精神世界的信息，则通过两个典故加以揭示：温泉关（火热的城门）之战、"暖雨中作战"及"在没膝的盐沼里挥舞弯刀"等暗示的，都是长期以来成为人类精神支柱的价值观念。"我的房子是一幢倾颓的房子"：房子也是身体与文化的比喻，房子的状态预示着世界的现状；房子的主人（犹太人）在安特卫普与伦敦的经历说明，他（世

① ABRAMS M H. The Norton Anthology of English Literature:Vol.2[M].6th ed.New York: W. W. Norton & Company,1993:793.

② GISH N K.Thought, Feeling and Form：The Dual Meaning of "Gerontion" [J]. English Studies,1978,59（3）：240.

③ 裘小龙先生译文，个别地方，略有改动。

④ 以文化分析为主，情感的精神分析，请参考 PINKNEY T. Women in the Poetry of T. S. Eliot[M].Houndmills:The MacMillan Press Ltd,1984:132—146.

界）创造财富又受财富的役使。山羊（情欲）在咳嗽，那位女人则打喷嚏，下水道也堵塞不通，这一切无不说明：情感也处于病态。"岩石、青苔、景天、烙铁，还有粪球"一行横空出世：青苔与景天都生长在岩石上，可见，前四项暗示着极为贫瘠的生存环境。因此，"我是个老头子，/ 风口里一个迟钝的脑瓜"也就不足为奇了。

第二部分：宗教信仰的消失。"显个征兆给我们看看"：根据圣马修（St Matthew）的布道，法利赛人（Pharisee）要求耶稣给他们展示一下，证明他是上帝的使者。然而，耶稣给出的信号人们却遗憾地视为奇迹。法利赛人的质疑无疑是现代人的质疑。耶稣之所以不能言说"道中之道"（the word within a word），是因为世人身陷黑暗之中，看不到眼前的光明。"山茱萸、栗子、开花的紫荆"象征着圣体，领圣体，一个严肃的宗教仪式，却因为"窃窃私语""分割"（divided）而不是分享（communion）变得极为不严肃，甚至有些亵渎：西尔弗罗先生爱抚的手，博川先生在提香（Tiziano Vecellio，1488—1576）的裸体画前的鞠躬，德·汤奈斯特夫人与蜡烛，冯·库尔普小姐把手放在门把手上的引诱等，无不多角度地暗示着异化之性。

第三部分：对历史（一位女人）的分析。"历史有许多捉弄人的通道，精心设计的走廊 / 出口，用窃窃私语的野心欺骗我们，/ 又用虚荣引导我们"：毫无疑问，以上三行表明，"我"在讲述，而不是展示。不过，当"历史"与"她"合二为一的时候，"历史"有了人的性质，抽象的名词与"讲述"方式也就从空洞变得具体而微了。从一个人物的角度来看，她的一系列行为又具有对重要历史事件进行概括的意味：她给予，却在混乱中进行；她给予，却太晚，要么不再相信了，要么只存在记忆里了；她给予，却太早，接受的双手还软弱无力。接着，又是讲述的手法："违反人性的邪恶 / 产生于我们的英雄主义，德行 / 由我们无耻的罪行强加给我们。"不过，借助"怀着愤怒之果的树"，"我"又回到了展示的轨道上来：树，可能是引诱亚当、夏娃偷食禁果违背上帝意志之树，也可能是耶稣受难之十字架。总之，不应忽视"我"所做的是极为复杂、深奥的文化思考，无论是诗歌还是小说，纯粹的展示是不可能的，艺术的规律性要求、也允许艺术家进行一定的讲述。①

第四部分：罪与罚。"老虎在新年里跳跃。他吞下我们。"老虎是谁？早在第二部分，"我"就认识到"在一年的青春期 / 基督老虎来了"。耶稣为何是"老虎"？根据《约翰：6：52—58》的记载，耶稣说过，那些愿意接受他的身体

---

① BOOTH W C. The Rhetoric of Fiction[M].Chicago:The University of Chicago Press,1961: 67—88.

与血并与他一体化之人，将会永生；那些拒绝之人，将会灭亡。因此，要对世人进行审判的耶稣也就以一只凶猛老虎的形象，艺术地呈现出来了。一个不愿意接受耶稣作为救世主的社会，一个把领圣体视作野蛮争抢的群体，一个道德与肉体均沦落的社会，怎么会躲过劫难呢？所以，"有了这样的知识，得到什么宽恕呢？"（第三段）是一个自然而然的结论，老虎吞噬人们也并不是弱笔。

　　第五部分：结尾。这是一首关于宗教思考的诗歌，也是一首关于性爱现实的诗歌。第一段的山羊、下水道；第二段的裸体绘画大师提香与蜡烛；第三段的通道与激情；第三段的硬挺与挑动；第五段的液汁、薄膜、蜘蛛、橡皮虫、颤抖的大熊等无一不承载着性的暗示，诗歌语言的双重性消解了可能存在的抽象、固化的表述，赋予了诗歌表述应有的生动性。风，也是多次出现的一个意象：第一段的风口；第二段的"空空的梭子／织着风""一座通风的房子"及"顶风的球型捏手"；第五段的多风的海峡与信风。风，是艾略特诗歌中一个常见的象征，反复出现在《序曲》与《空心人》等诗歌中，象征着"空虚"与"无目的性"，象征着"小老头"（geron，希腊语，小老头）挥之不去的颓废思绪："他从未进行的事情、从未有过的感觉及不曾希望感觉到的东西。"①性与宗教、思考与不作为紧密结合，展示出了极高的艺术表现力。

　　总之，《小老头》也是一首晦涩的诗歌，充满了语义的断裂，也极富碎片化特征。不过，也到处可见具体生动的描写。此外，这是一首戏剧独白形式的诗歌，讲述部分，不仅是一种艺术必要，更能揭示人物的内在本质。当然，突出的特色是典故众多，然而，由于典故形式之简洁和意蕴之丰富，每一个典故都是一个短小的叙事，所以，表面上的讲述，实际上隐藏着一个真正的展示。每个典故，在与新的诗歌语境互动中，巧妙地嵌入新的语义文本之中，发挥着积极的艺术功用，成为诗歌不可分割的一部分。所以，每一个典故都是一个意蕴丰富的客观对应物。《小老头》的人物形象本质上无疑是生长在繁茂枝干上的一朵鲜花。

　　《麦琪的旅行》（*The Journey of the Magi*）的结构中心，如其题目所示，是一次旅行，但旅行的中心则是麦琪。这可以揭示客观对应物在对照与回顾性结尾上的成功应用。诗歌的题目一开始就准确地触发了读者拥有的宗教记忆：三位麦琪（国王或博士）不畏艰难，进行了一次漫长而又虔诚的寻主之旅，

　　① GISH N K. Thought,Feeling and Form：The Dual Meaning of "Gerontion" [J].English Studies,1978,59(3):239.

最终在马槽之中寻到降临不久的耶稣，功德圆满。《麦琪的旅行》也就是在这样的背景下，通过对照的形式，在无声之中完成了旧瓶装新酒的艺术蜕变。

作为三位麦琪之一，"我"讲述了曾经的寻主之旅。与宗教经典不同，讲述人对寻主之旅的艰苦经历有着清醒的意识。天气严寒，道路崎岖、漫长；骆驼的脊背被鞍座磨得红肿，四只蹄子酸痛，脾气暴躁，难以控制；"我们"由于远离舒适的住处，不能享受到美女们侍奉的美食而噬脐莫及；赶骆驼的人则诅咒、抱怨，甚至为了美酒与女人擅离职守；城镇中的居民对他们的态度也是充满了敌意，居住的环境恶劣，但收费极高；他们的行为世人称为"愚蠢"。整个叙事平淡无奇，但在平淡之中，对照悄然发生了：对寻主之旅的艰苦所具有的清醒意识及众人对他们所做的消极反应，无一不说明现代文明之下宗教信仰的动摇或缺失及道德的堕落。主题思想在流畅的叙事中得到充分的展现。

中间部分更是借景抒情，不留痕迹。当旅途进入最后的阶段，环境悄然发生了变化：队伍来到了雪线以下的温和峡谷，那里散发着植被的芳香，河流在奔腾，水车在缓慢地工作，一派春意盎然。①同一季节，但反差巨大。寻主的队伍中，没有人意识到差异意味着什么：如同法利赛人要耶稣证明自己一样，麦琪根本就没有认识到，季节的反差就是理据，证明耶稣来到人间能够发生的变大变化；读者也几乎没有能够发现讲述人的叙事所具有的真正含义；生活在那里的人们也是如此。这就是客观对应物与思想无缝对接的成功范例。更难以预见生长在低矮天边的三棵树所蕴含的启示：中间的一棵是耶稣将来的罹难之处，左右两棵则为盗贼的绞架。在一家酒馆处，人们看到的不是复活节羔羊的血迹，而是葡萄藤蔓，显然，人们根本没有遵守上帝的神谕。在不久的将来，犹大为了几个银两而出卖耶稣；眼前，六个赌徒就在酒店的门口，为了几个银两也在热赌，似乎耶稣的命运早就注定。如果在酒店内，人们一起共饮过的话（领圣体），对酒囊的踏踩无疑又是不恭的。到了目的地，麦琪对耶稣的降临只字未提，仅仅表示满意，而不是虔诚与感恩。缺场就是意义。意义就在作为与不作为之中。

《麦琪的旅行》的结构也是套叙，与浪漫主义诗歌的套叙结构相同，但结尾部分的手法同中有异，效果差别更大。讲述人也在讲述而不是展示，但所做的讲述完全建立在故事的主体内容之上，可谓水到渠成：麦琪对寻主之旅的意义浑然不知；正是不知，才留给读者足够的思考的空间，这也是一般讲述所不具有的。麦琪知道，耶稣的降生意味着他们的传统即将死亡，他们对此

---

① 耶稣实际的诞辰日应在四月至十月之间，把冬季与此间的气候并置，诗人用意别致。

十分清楚，并且指出，由于人们守护者异教之神，生活从此不再安宁。"我"宁愿再经历一次死亡，当然，死亡的可以是新的自我，也可以是耶稣的死亡。所有这一切，完全是对寻主之旅后所发生一切的概括，但概括本身并没有成为意义的终点，概括自身之外尚且存在着另外的意义，即犹豫与怀疑，即信仰处于危机之中，前途未卜。

无论是展示还是讲述，《麦琪的旅行》都是一次艺术上的重写，正因为是重写，才更好地揭示了重写本身的意义：现代信仰的危机意识。之所以能够揭示新的意义，是因为文本成为权力争斗的场所，信仰与反信仰较量，由于较量，文本有了裂纹，裂纹即差异，差异产生了意义。可见，客观对应物就是让行动说话，甚至让说话本身再说话。

那么，客观对应物成为诗歌创作的标准之后，浪漫主义经典是否要从文学的殿堂中迁出？显然不必。浪漫主义诗歌自有独立的创作原则，而且也为世人所接受，所以，浪漫主义诗作将永远驻留在文学殿堂，并放射出永恒的光芒。但这并不意味着可以忽略浪漫主义诗歌原则与客观对应物之间的冲撞。

负能力（negative capability）①应当说是浪漫主义诗歌创作的一个重要原则。作为一个概念，负能力并不代表一种系统的理论阐述，而是诗人就诗歌创作所发表的个人见解。在1817年12月21日写给兄弟的信中，济慈第一次使用负能力一词：

> 我突然明白，是什么素质成就了一位名人，特别是文学名人，莎士比亚拥有的最多，我讲的是负能力，即一个人身处不确定、神秘、疑虑之中，却不会自寻烦恼，去摆事实、讲理性。比方说，柯勒律治就会对来自神秘深处的孤立性真实感到满足，而不会因为一知半解而感到烦恼。往远处说也不外乎此：对于一名伟大的诗人来说，美感高于一切，甚至取代一切。②

关于负能力，济慈的主要观点有三：一是美感居于首要地位，为了美感，甚至可以牺牲一切；二是允许作品存在着不确定与神秘的因素；三是不必充分考虑理性的因素。其实，关于诗歌创作，柯勒律治也有自己一套看法，与济

---

① Pfahl L V. The Ethics of Negative Capability[J].Nineteenth-Century Contexts: An Interdisciplinary Journal,2011,33(5):451—466；LI O. Keats and Negative Capability[M].New York: Continuum Publishing Corporation, 2009.

② KEATS J. The Complete Poetical Works and Letters of John Keats[M].Cambridge Edition. Houghton:Mifflin and Company,1899:277.

慈的观点极为相近：

> 我要做的是关注超自然的甚至浪漫的人物与性格，从我们内心深处挖掘出人类感兴趣与类似真理的东西，对于这些想象的影子，要让人们情愿暂时信以为真，这就是诗歌的信仰。华兹华斯先生的主要任务则是，赋予日常事物新颖的魅力，去激发一种类似超自然力的感觉，让大脑从习惯的昏睡中醒来，关注眼前世界的可爱与奇迹……①

柯勒律治的主要观点是，想象的内容要能够让读者"情愿暂时信以为真"。为什么？因为想象的影子经不起理性的检验。所以，诗歌贵在类似真实，避免根据理性的原则生搬硬套。照柯勒律治的说法，华兹华斯也注重超自然力的内容，也关注世间的奇迹，凡超自然的和奇迹般的事物，无一不是超越理性的。再加上重视新颖与可爱，非理性也就自然超越了理性，这完全可以理解。实际上，华兹华斯在《抒情歌谣集》的序言第五段中也有过类似的表述：

> 我们本性的基本规则：主要是，仅就方式而言，兴奋之时，我们是如何进行思想联想的……内心的主要激情……不受太多限制……

显然，内心的激情或思想，在联想的时候，是自然的、不受理性过多限制的，自然的也就带有唯美主义倾向，而唯美主义往往忽略理性：忽略，并不是彻底的否定。对于浪漫主义诗人来说，美就是硬道理。

可见，浪漫主义诗歌创作有着鲜明的指导理念，是一次富有勇气的艺术革新。按照浪漫主义的诗歌理念，浪漫主义作品不仅经得起检验，而且佳作累累。重要的是，国内外，浪漫主义诗歌至今仍然享有一大批的拥趸。

总起来看，四种破格形式，《海华沙之歌》的视角破格属于意识形态的，狄金森的死亡视角、语义的断裂、结构的碎片化及对应的虚化完全属于艺术性的。艺术上的破格从来就没有停止过。破格的本质就是艺术技巧的多元化，多元化就是对话，对话才是艺术领域民主精神的真正表现，只有不断地对话，诗歌艺术才能不断地得到升华与发展。

---

① Coleridg S. Biographia Literari [EB/OL] https://www.gutenberg.org/files/6081/6081-h/6081-h.htm#link2HCH0005, 2013.

第六章　结构之花

　　什么是诗歌的结构之花？必须从两个方面来看。一是结构，正如本书所述，结构可以是技术性的，也可以是主题性的，此处的结构是主题性的。二是花，不言而喻，花是花木生长过程中呈现出绚丽、灿烂的生命形态；从诗歌的角度来看，主题所呈现出的具有整体性与完整性、鲜明夺神的形态，就是结构之花。结构之花具有外在映射性，或者内在可视性，二者分别表现为象征与意象。象征主义和意象派诗歌，不妨名为"花木"，其余的诗歌可以统称为"无花之木"。

　　非象征诗与非意象派诗歌具有单一、封闭的中心思想。单一性乃是表意行为心无旁骛的结果，诗歌的表达，可以直接明了也可以曲意委婉，但无不指向一个最终可以走向清晰、准确的目标。诗歌的意蕴可能深邃，一时难以破解，但终究是可以突破的；一时遭到误解，但迟早要为人理解的。单一性，由此看来，也就是排他性，排他性也就是稳定性，稳定性也就是封闭性。思想单一、封闭的诗歌，往往是一次性消费品，如果能反复消费的话，那是因为不同的消费者不断地进入同一种状态下。

　　以感动了一代又一代读者的一首诗《当你老了》（*When You Are Old*）为例，叙事的视角是一位男性的，这位男性讲述人站在一位年迈的老妇人背后，透过她的视角，把老妇人内心的活动和盘托出。叙事的语气悠然、舒缓，一股略带苦涩的、浓浓的情感弥漫在暖暖的余光里。诗歌篇幅不长，也并不深奥，但从学界的几种译文来看，个别地方呈现出不同的阐释。第一段第二行的 This book 与第四行的 their shadows deep 到底指什么？最后一段的 how Love fled/And paced upon the mountains overhead/And hid his face amid a crowd of stars.[1] 也不无争议之处。[2] 歧义与争议在所难免，但诗歌的主旨思想不会发生根本性

---

　　① 爱神如何逃走，／在头顶上的群山巅漫步闲游，／把他的面孔隐没在繁星中间。（傅浩译）

　　② MINTON A. Yeats' When You Are Old[J].The Explicator,1947,5(7):103;WITT M. Yeats, When You Are Old[J].The Explicator,1947/1948,6(1):11—14.

的变化。而且，从青年展望老年，与从老年回顾青年，结果完全不一样，但两个阶段间隔性的重复阅读不会产生显性的差异。纵使诗歌出现了完全不同的阐释，每一种阐释仅与文本构成单一、封闭的对应关系，而各种阐释之间则互相排斥。

具有象征意义的诗歌，像哲学一样，在个体中蕴含着超越个体的规则性内涵。象征主义诗歌的主要特点是象征性，但并不等于说只有象征主义诗歌才具有象征性，象征主义运动之前的诗歌不乏象征意味的作品，浪漫主义诗歌，特别是布莱克的诗歌则充满了象征主义的色彩，例如《病玫瑰》(*The Sick Rose*)。有一些诗作含有象征，但象征的意趣仅限于局部，因而不属于结构性象征诗作。那么，什么是象征？象征是指"一个指向物体或事件的词汇或短语，而物体与事件又进一步指向一个超越自身的新对象或一系列对象"[①]。该定义具有两个层面：一是语言学意义的，即"一个指向物体或事件的词汇或短语"。词汇或者短语的基本层面是能指，物体或事件则可以是所指，也可以是指涉物，从这个意义上讲，所有的词汇与短语都是象征符号。由此看来，第二个层面才具有区分度，即"物体与事件又进一步指向一个超越自身的新对象或一系列对象"。诗歌限于篇幅，往往表现一个物体或一个事件，当这个物体或者事件又外指的时候，物体与事件就具有了象征意义。诗歌上的象征性主要表现于此。

什么是外指呢？进而言之，自身与自身以外的对象之间的关系是什么？简言之，外指就是从具体到一般的过程，就是本质上的映射，或同理复制。产生"本质上的映射或同理复制"的原因是，不同物体或事件的外貌具有差异性，而内在的本质或恪守的运行规律具有统一性，具有象征意义的物体或事件仅仅是一个群体或现象具有相对独立意义的代表。因此，物体或事件与外指对象之间的关系乃是个别与一般的关系，或者同理反复的关系。在现实中，物体或事件与外指对象之间的对应关系一般是不固定的，表现在单一物体或事件能够指向或映射多个类似物体与事件的现象。在对寓言与象征进行区分的时候，歌德写道，"（然而，）象征手法把现象提升为观念，观念提升为意象，意想中的观念永远处于一种无限活跃而又难以接近的状态，无论用哪

① ABRAMS M H. A Glossary of Literary Terms[M].5th ed.New Work:Holt,Rinehart and Winston Inco.,1988:184.

一种语言加以表述，都有难以言表之处"①。歌德指出了两个重点：一是从具体到一般的定式，二是象征能够多方对应的不稳定现象。

有道是，万物一理。从思辨的角度来看，大而言之，诞生于同一个宇宙或星系的万物，必定遵循相同的运动法则，他们彼此能够进行区分的地方必定体现在外表，相同的运动法则就是道，就是空，就是理念，就是理性（逻各斯）。具体地讲，抽象的逻各斯往往以体系的方式存在，人法地，地法天，天法道，道法自然（本性），所要讲的就是这个道理。宇宙全息论更是有力的证明。宇宙全息论的基本原理是：任何一部分都包含着整体的全部信息，换言之，同一个体的部分与整体之间、同一层次的事物之间、不同层次与系统中的事物之间、事物的开端与结果、事物发展的阶段、时间与空间，都存在着相互全息的对应关系；每一部分都包含着其他部分同时又包含于其他部分之中。最常见的一个例子就是雪花，雪花是同类结构不断复制的结果。象征不仅是一种有效的表达方式，也是人类认识自然的一种有效方式。认识先于表达。

意象是意象派诗歌的终极目标，也是一些传统格律诗的鲜明特色，显然具有结构性意义。可以说，几乎每一首诗歌都具有一个或数个意象，但并不是每一首具有意象的诗歌都以意象塑造为目的，只有以意象，无论是单体还是群体，为表述目的的诗歌才是意象诗。意象派诗歌运动并非开创了意象艺术历史的先河，只不过是把意象运用这种艺术手法发展成一场轰轰烈烈的诗歌运动而已。狄金森的诗歌中就不乏意象诗，以《路上来了一只小鸟——》（*A Bird Came down the Walk—* ）为例，全诗深深地印在读者的脑海里的是一个完整、生动、突出的小鸟形象。在诗人的视角之下，这只小鸟的进食的习惯、他朝着四周观望的举动与神情、他在人类面前的警觉意识及其展翅飞翔的轻盈之态，无不栩栩如生，入木三分，充分地调动了人的感官。意象的重心在于"象"，其次在于"意"。

传统意象诗属于格律诗，而意象派诗歌则是自由诗。意象派诗歌创作的主旨简单地归纳如下：

第一，取材自然，突显一个意象，或者勾勒一副图景；

第二，通过意象或图景，传递瞬间的智性与感性综合信息；

第三，用词朴实，表现简约、直接；

---

① ABRAMS M H. A Glossary of Literary Terms[M].5th ed.New Work:Holt,Rinehart and Winston Inco.,1988:86.

第四，追求乐句式的节奏，反对传统格律。

总之，意象派诗歌反对抒情，拒绝说教，远离深奥的哲思；与此相应，语言风格也就朴素无华了，那是一种清新、自然的美感。意象派诗歌虽具有强烈的实验意识，在理论上却没有完全形成一致的意见。不过，第三、四两项是格律意象诗与意象派诗歌的主要区别点。

意象诗与象征诗的相同之处是：二者均有意象的出现；区别是：有无指向自身以外的表意行为。从意象诗到象征诗只需跬步。归根结底，象征诗的映射与意象诗中的意象成为诗歌的一个显性审美效果，这种效果仿佛一种盛开的玫瑰，美艳绝伦。需要强调的是，在论述象征与意象的时候，不再像第二、三、四章那样，专门对诗作的逻辑结构范式进行归纳，但可能就象征和意象的创作过程与手法做简单的论述，因为再现的过程就是视觉消费的过程，再现的手法就是审美趣味点。

第一节 象征

结构性象征诗作在诗歌总体中不占主流，但也是数量不菲。研究结构性象征诗作，应当从简单的分类开始。总体来看，象征可以分为两类，一是传统象征或公共象征，二是私有或个人的象征。公共象征基于共同的文化内涵，具有绝对的欣赏可能性；相比之下，个性化的象征尚未进入文化主体，因而也就没有广泛的认同基础。不过，个性化象征严格遵守着人类思维的逻辑方式，也完全建立在文化现实的基础之上，因而其内在逻辑完全具有合理性，也完全具有美学意义。个性化象征固然增加了审美难度，可也提升了诗歌鉴赏的情趣；从艺术的角度来看，个性化象征诗作推动了诗歌艺术的发展。

但是，要成功地论述结构性象征诗作的突出特色则需另辟蹊径，即以诗歌主体对象的本质特征为准进行分类，然后再以主体对象的结构特点为绳加以区分。结构性象征诗作可以简单地分为三类：单体象征、场景象征与事件象征。

第一种：单体象征。单体象征是指一个或者一位具有外指意向的事物或人物。从结构的角度来看，单体象征可以分为平面象征与立体象征。象征的平面化是指事物或人物固化本质的集中呈现，同时具有平方性；象征的立体化则是指在表现事物或人物本质特征的同时，对本质的形成从历史或逻辑的角度进行全方位、深层次的理性分析。

平面化象征诗作的代表作品有奥登（W. H. Auden, 1907—1973）的《无名的公民》(*The Unknown Citizen*) 与《石灰岩颂》(*In Praise of Limestone*)。

《无名的公民》从题目与题记开始，就预示了象征的旨归。"无名"有两种可能：一是诗人真的无从知晓逝者的姓名，二是诗人有意隐去逝者的真实姓名。如果是第二种情况的话，又分两种可能：其一，诗人有难言之隐；其二，鉴于逝者身份的特殊性，没有必要揭示其真实的姓名。题记的出现进一步表明：对真实姓名不予披露完全是一种选择。有两个方面的理由：第一，立碑是政府行为，政府为逝者立碑只有一种可能，逝者是一位对社会具有特殊贡献或特殊意义的公民；第二，逝者生前必定在政府有关部门进行了真实的身份登记，否则不可能入职，在职的工作人员通常享有一个象征身份的编号（JS/07 M 378），以便管理。然而，政府并没有披露逝者的真实身份，从诗中的信息来看，他也仅仅是一位普通公民。这种选择赋予了人们身份认知多样化的权力，多样化具有广泛的可能性，如此一来，无名逝者也就有可能是任何一个人（everyman/everywoman）。

逝者是怎样的一个人，竟然有如此广泛的代表性呢？从工作上看，逝者是一位颇为中庸之人。劳资关系，在资本主义社会中期以前，从来就存在着较为尖锐的矛盾，然而，身处如此对立的生存环境之中，逝者竟然能够全身而退，不得不令人赞许。他爱岗敬业，赢得了雇主的满意，不仅没有遭到解雇的经历，更没有炒老板鱿鱼的壮举。与工人们的关系同样和谐：加入工会组织，按时交纳会费，深受雇主的信赖，却从不做工贼；不仅没有斤斤计较的表现，也没有一意孤行或张扬个性的举动。如此进退自如之人，本应从工作中脱颖而出，升入管理岗位，可是，这位模范劳动者一生之中似乎都在原地踏步。到底是成功还是平庸？

要生存就要消费，逝者不是弄潮儿，却也是一位潮流中人。他拥有留声机、收音机、汽车和冰箱，所有这些，即便是眼下，对于其他国家的公民来讲，完全算得上是奢侈品，然而，对于逝者本人，却是生活必需品。他完全有理由感到满足。在职之时，他无忧无虑，退休之后，也可以安度晚年，因为该入的保险，他全部加入。但有一点值得注意：他维持幸福生活的主要手段是分期付款，换言之，他提前享受了未来的收获，却也把自己抵押给了不确定的未来；事实证明，他是一名幸运者，但在幸运的同时也将自己套上了不幸的枷锁。他得到了享乐的自由，却失去了更多的选择自由。

他拥有一个幸福的家庭。家庭的幸福表现在，他是五个孩子的父亲。养育五个孩子，根据优生学的法则，最为合适，不仅不会增加经济负担，而且可以确保教育质量。当然，中产阶级（甚至是白人）更应该也更有权繁衍后代，以此提升所谓的民族素质。优生学是理性与种族主义的产物，也是西方资本主义世界无序竞争的结果。最佳的教育方式，根据西方的模式，乃是对孩子与学校予以充分的信任，作为家长，避免从中干预。

同样拥有正确的意识形态。资本主义世界是一个自由的国度，政府没有权利把自己的意志强加给公民，但并不否认公民能够自觉地接受媒体与社会团体在意识形态方面所做的影响。当政府与公民就意识形态达成共识之后，政府可以通过国家机器，对公民实行积极有效的意识形态监督和维护。统计局的数字表明，逝者没有违背法律和社会道德的行为，而且证明，他所做的一切都能够服务于社会，所有这些说明，逝者能够自觉地接受并在行为中自觉地实践约定的价值标准和行为规范。政府虽然是不可缺少的邪恶，但在一定程度上，也是维护国家意识形态的可靠保证。自由世界的报纸虽然可以与政府唱反调，但在宣扬和维护社会价值体系方面又可以成为政府的喉舌，所以，坚持阅读报纸，不断地关注广告，就是持续地接受意识形态呼唤的表现。社会心理机构的调查进一步表明，一个能够与同事团结协作、与邻居和友人和睦相处的人就是一个心理健康的人。为此，能够与每一年度流行观念保持一致的人，应当是一位积极接受国家机器监督的好公民，一位现代社会的圣人。

问题的关键是："他自由吗？幸福吗？"自由与幸福是全人类共同关注的问题，不分民族，也不分社会制度，绝对有不同的答案。一是，幸福；二是不幸福。这里只关心作品中的声音：不幸福。逝者生前没有表现出一点的个人价值与自由精神。个人主义是西方世界的核心价值观念，可是，在获得社会认可的同时，逝者完全失去了个人内在的价值，他在为社会而工作、为同事和邻居而生活，而且听凭社会意识形态机器的摆布。在获得舒适物质享受的同时，他却失去了个人的选择自由，成为一台肉体机器，一个心甘情愿的他者，甚至在选择家庭关系的时候，也不能够摆脱启蒙主义理性的钳制。人的主体性实质上沦为客体性。他的确是一位模范，只不过是一位异化的模范，是由汽车（Fudge Motors）、广告、保险、分期付款及非人性化管理模式构成的现代化社会的一个牺牲品。进入现代社会之后，传统的圣人悄然消失，取而代之的是商品化、大众化的现代资本主义社会的普通人，即现代圣人。现代圣人拥有了传统圣人所不能拥有的物质享受，却失去了传统圣人所代表的精神财富。作为模范，他是现代资本主义社会已经成就了的或即将成就的大多数。

由此可见，逝者无须拥有一个真实的名字，他就是千千万万公民中的一员。千篇一律，就是同质性，同质意味着个性与身份的丧失，从这个意义上讲，无名的公民就是一个象征。由于诗歌从头至尾完全聚焦于无名公民的价值观念与行为方式，象征表现为整体性的映射，因而具有结构上的意义；又因为无名公民的性格特点与价值取向属于盖棺定论，而演变或形成过程则显然缺场，所以，诗歌中的象征同时具有平面化。

《无名的公民》的象征手法是，在同一范畴之内，用个体代替全体。相比之下，《石灰岩颂》则是跨界比喻（象征），用自然界比喻人类社会。《石灰岩颂》的比喻又是个性化的，个性化的象征一般晦涩难懂，但不失内在的逻辑性。

石灰岩的显著特性是可变性，可变性能够带来新鲜感，能够带来无限的生机。石灰岩（$CaCO_3$）是一种沉积岩，主要是在湖海盆地或浅滩的环境下，由水中生物的尸体、来自陆地上的动物尸骨及泥沙沉积、压实后，经过地质变化形成的。石灰岩质地细密，硬度不高，具有良好的加工性，此外，由于其不透气性、隔音性和胶结性效果好，也成为优质的装饰材料。石灰岩具有可溶解性，经过流水的不断侵蚀后，能够形成喀斯特地貌。喀斯特地区的地表之上，植物繁茂；地下，暗河众多，不乏生命迹象。

石灰岩又何以值得加以赞扬的呢？这是因为石灰岩地区是"一个风景，令我们，这些无常者／始终思念"。有一种山区，遍布世界各地：巨石嶙峋，要么直插云霄，要么卧伏不语，甚至也不乏植被；可是，山石地貌却不为无常者们所青睐。无常者们喜欢石灰岩地区，因为在山坡之上有着百里香的芬芳，而山坡之下的深处，有着洞穴与通道构成的秘密系统，在那里，泉水喷涌，形成径流，注入某一水池，养育着那里的小鱼。在山体外面，流出暗河的水流切割出悬崖，悬崖之上，蝴蝶与蜥蜴在无忧无虑地生息。圆形斜坡上的百里香、秘密系统中的鱼儿与峭壁之上的蝴蝶与蜥蜴，组成了一个生机勃勃、充满多样性的世界。然而，这不是一个自我陶醉的封闭世界，而是"轻浮的男子"的乐园：他们有过过失，可是，在岩石上沐浴着阳光，俨然享受一种母爱，根本没有担心遗弃的恐惧，甚至你追我赶，忘我于山水之间。喀斯特地区无疑是一个人间乐园。

何以为此？一切皆因"一块能够回应的石头"（a stone that responds）。当然，这个石头乃是石灰石，而"能够回应"则是问题的关键。这要从岩石的分类开始讲起。岩石分为三种：岩浆岩（igneous）、石灰岩（limestone）与变质岩（metamorphic）。岩浆岩是地球内部的熔融物质侵入地壳上部或喷出地表后，冷凝、固结形成的岩石；变质岩是沉积岩和岩石岩在地壳内部，经过一定的温度与压力下，矿物组成、结构构造与化学成分发生变化后形成的。从原生性来讲，沉积岩位于岩石岩与变质岩中间。从岩石的硬度来看，根据摩氏硬度标准（Mosh Scale of Hardness），钻石最高，为10；滑石最低，为1。《石灰岩颂》中出现了三种与岩石有关的物质，花岗岩、石灰岩与泥土（与沙砾）；花岗岩的硬度为6，石灰岩为3，泥土低于1。如此一来，与花岗岩、泥土相比，石灰岩在硬度上基本居中。石灰岩的中间性就是所谓的"回应性"，既不太硬，不予反应；也不太软，难做反应。进一步讲，肥沃的平原上，万物争春，物种丰富多样；喀斯特地区的生态略输于平原地带，但具有独特的神秘感；坚硬的花岗石地区，无论是趣味还是生机，都在二者之下。相比之下，喀斯特地貌既不盈，也不亏，极大地满足了"无常者"的生存需要。①

　　讲述人"我们"给出了三种不同的声音，分别代表两种不同的人生观。第一种是"花岗岩废墟"（granite wastes）的："你的诙谐是怎样的飘忽不定，你的友爱的热吻／是怎样的偶然，死亡是多么的永恒。"显然，"花岗岩的声音"代表着基督教思想为主导的生存方式，其核心人物就是对此做出了反应的未来圣人，不过，他的叹息不是对宗教失望，而是为世人执迷不悟而惋惜。第二种是"泥土与沙砾的"：平原上有练兵的场地；河流等待着驯服，奴隶为君王建造奢华的坟墓；泥土与人类一样柔软，两者都等待着王者的改变。"泥土与沙砾的声音"体现的是亵渎人权的落后社会制度，其代表人物是恺撒，他摔门的举动不是气愤而是坚定的表现。第三种是"古老、寒冷的声音"："我是孤独的，既不要求也不允诺；／我就是那样放你飞翔。没有爱；／只有各色嫉妒，无一不是悲哀的。""古老、寒冷的声音"的核心是自由，自由是存在主义的自由，在存在主义信条之下，生存就是选择，选择往往是"草率的"（reckless）；人既不主张权利也不承担义务，因而陷入无爱与孤独的状态之中；他人就是我的地狱，妒忌、悲哀甚至焦虑是人生的重要精神状态。

　　三种声音，但实质上来自两个方面：宗教（第一种）与世俗（后两种及其以下），二者之中，世俗又是关注的重点。两种声音分别与花岗岩和泥土相对应，又进一步分别与"最好的和最坏的"对应，即极端形式而不是中间之道。最好的表现为最硬的，最硬的也就是对世俗予以坚决的抵制；最坏的也就是甚至超越了世俗所允许的范畴：与"疯狂的集中营"（a mad camp）相比，有过之而无不及（例如，投放原子弹）。

　　既然石灰岩所代表的是中间道路，即不否定宗教信仰，也不否定世俗欢

---

　　① HILDEBIDLE J. The Mineralogy of "In Praise of Limestone" [J].The Kenyon Review, New Series,1986,8(2):67—69.

乐，那么，现实的（但不一定是理想的）生存环境究竟是怎样的呢？有靠近天国的生活方式。"一个孩子想要取得比他的兄弟 / 更多注意"，而赢得更多关注的方式是"取悦或者挑逗"。由此看来，竞争，如同宗教信仰，能够带来进步。通过辩论而不是迷信的方式来探寻真理："相聚在正午广场的阴凉下 / 滔滔雄辩，彼此知根知底 / 不会藏有什么重要秘密。"他们的"上帝"，既是道德的，又是世俗的，能够"为一句妙语和优美的短诗而息事"。总之，世俗的人们不会忘记"现世的义务"，而且对"强权主张的一切""进行追问"，并警告科学，莫要剑走偏锋，也有靠近地狱的生活方式。做皮条客，经营冒牌伪劣的珠宝，毁掉美好的艺术，所有这一切随时都有可能发生，任何人都有可能是这些行为的主体，由此可见，"世间并非一个甜蜜的家园"，和平"也不是一种一劳永逸的宁静"。人世间就是天国与地狱的混合体，生活在人世间，就是要"只争朝夕，不予纠缠，/ 奋力前行"，千万莫要"像野兽一样循环往复，或者像水与石头 / 行为方式可以预见"。恶是人类的劣根，善是人类的希望，变是永恒的道理；以善为目的，接纳罪与恶，拥抱一切的不确定，这就是石灰岩精神。因此，"幸运之人不会拘泥于形式"，幻想"完美之爱"或者"未来之日"，或是倾听"溶洞中的流水潺潺"，或是观赏"卡斯特风景"。

可见，《石灰岩颂》之所以能够取得象征的艺术效果，是因为石灰岩在岩石的分类体系中所占据的位置与现实世界在三界中的位置相同，他们遵循了共同的逻辑关系。象征虽然具有鲜明的个性化特征，但由于逻辑使然，不仅具有极大的可读性，而且体现出很高的艺术价值。在象征的过程中，石灰岩的性质并没有发生改变，人类的世俗生活也并非日新月异，因此，象征的平面性真实可靠。然而，《石灰岩颂》与《无名的公民》有所不同：《无名的公民》的本体与映射对象均在文本之内，而《石灰岩颂》的映射对象则通过冰山一角指向文本之外。《石灰岩颂》分为三部分：第一部分集中描述了石灰岩的特点与对于人类的意义，第二部分则巧妙地拓展了第一部分所揭示的人类活动的本质特点，第三部分又进一步延续了第二部分的抽象分析（讲述而不是展示）；在第二部分的中间位置，诗歌画龙点睛，把岩石的种类与人类的生活方式相连接，具体的对象与映射的对象形成了象征关系，在第三部分的结尾处，又重新返回石灰岩，首尾呼应。如此一来，本体与映射对象就在文本之内交织一起。

立体化象征的代表作有奥登的《1939 年，9 月 1 日》（*September 1, 1939*）与叶芝（W. B. Yeats, 1865—1939）的《塔楼》（*The Tower*）。所谓的立体化，准确地讲，就是从不同的角度对一个命题进行综合的分析与阐述，立体化的本质是线性逻辑。但是，诗歌的拼贴法并不是立体化，因为所有的要素（甚至是碎片）都是按照非线性方式逐一呈现。拼贴法是象征主义诗作的表面典型特征。表面的碎片化与杂乱，并不代表内在逻辑的缺失或混乱。

在《1939年，9月1日》[①]中，日期本身是象征的立面（位于前部的平面），古希腊修昔德底斯（的《伯罗奔尼撒战争史》）、德国马丁·路德（的宗教改革）与现代社会（的生存哲学）共同构成象征的立体部分。

象征的立面。1939年9月1日，属于每一个人，但每一个人的这一天又都与众不同。然而，当众人拥有内涵相同的一天的时候，这一天也就非同寻常了。从一个人的视角去写这一天，就赋予了这一天象征的意蕴。"我"的这一天，也是世人的这一天，可当"我"坐在"第五十二条街"上的"一家下等酒吧"（dive）里，"我"的9月1日也就与众不同了。接下来，他的心情又是生活在同一个时代，有着相同经历的人们的共同感受：此时此刻，"我""犹豫不决，满心担忧"，因为"愤怒和恐惧的电波"传遍大地，"将我们的私生活扰乱"；更重要的是，"死亡那不便提及的气味／在伤害九月的夜晚"。从"我"自然地过渡到"我们"，这就是诗歌走向象征的自然逻辑。象征什么？首先要回答为何愤怒？不该发生的事情发生了，故有愤怒一说；恐惧的事情也并非世间罕见，但令世界为之震动，实属少数；死亡有两种，一是天灾，如瘟疫，二是人祸，如战争。那么，诗中说的就是战争了。1939年的9月1日，希特勒入侵波兰，第二次世界大战爆发，可谓是全人类的一场灾难。

那么，造成战争的原因是什么？这是每一个人都要进行的追问。由于读者面对的是诗歌不是散文，诗性的回答也就"诘屈聱牙"了。不妨重回线性思维方式。第三段提及了修昔德底斯。在《伯罗奔尼撒战争史》中，这位古希腊历史学家以人性为尺度，对发生在提洛同盟与伯罗奔尼撒联盟之间的战争进行了理性的分析，其分析表明，历史会以惊人的相似性不断重复。

开明风气如何被清除，

---

① 奥登试图弃绝的一首诗。两个原因：一是对理性坍塌的绝望，以及 "我们必须相爱或者死去"（We must love one another or die.）表现出的危险情绪；二是为政治所利用，例如约翰逊在1964年的总统选举中，就有 "We must either love each other, or we must die" 的表述，而9.11事件之后，诗歌的第三段与第四段的有关部分广为引用。详见 WILLIAMS M L. Then and Now: The Natural/Positivist Nexus at War: Auden's "September 1, 1939" [J].Journal of Law and Society,2004,31(1):63. 王佐良译文省略了第八段。"习惯形成" 应为 "习以为常"。

习惯形成的痛苦，

管理的错乱和哀愁，

而现在我们得为这些受苦。（王佐良　译）

　　人性总是战胜理性，独裁总是战胜民主，由此可见，诗歌的情绪难免有些悲观主义色彩。

　　诗歌把这场人类的灾难追踪到文艺复兴时期的一场宗教改革。当马丁·路德进行宗教改革时，历史已经跨越了约 1100 年（第二段）。有学者指出，路德原本是进行"教会"（church）改革，最终却导致了"国家"（state）的变革；起初呼唤个人自由与良知自由，末了走向了国王权力至上的道路；原本是一名国际主义战士，要向世界人民传递福音，结果却致使世界各国之间充满了敌意；坚信人与人之间生而平等，却教导人们服从世俗君主的淫威。① 不难理解，当教会丧失了权利，国家就获得了教会原有的权利，因为宗教改革赋予了人们巨大的自由，自由也就意味着"力量的缺失"和"希望的缺位"，一个中空的人也就诞生了，君主的独裁正好填补了臣民精神上的空白。"从路德直到现在，/ 怎样造成了整个文化的疯狂。"可以说，西方现代文明史始于路德宗教改革，路德改革以来的思想演变，最终促使了林茨的希特勒走上了独裁并发动了第二次世界大战。的确，"凡受恶行之害的 / 回头也用恶行害人"。

　　当然，希特勒的专制有着深厚的社会、历史背景。经济因素成为一个主要原因。"盲目的摩天楼"（第四段）实质上就是资本主义无序竞争的标志，为了获得更多的海外市场，资本主义及其代言人不遗余力，不择手段，资本主义国家之间的竞争逐渐白热化。"帝国主义的面孔"可以说是历史的最好写照，他们依靠"集体人的力量"，积极寻找着"竞争的借口"，以求得更大的生存空间。而且，第一次大战之后，战败的德国蒙受着"国际上的大不义"，即苛刻的条款令德国人愤怒不已，战胜国之间也各怀鬼胎，也从一定程度上促使德国进行报复。因此，"老生常谈"（elderly rubbish）、"激进主义雌黄"（military trash）成为那个"低劣的，不诚实"时代话语方式的真实反映。

　　专制意识像瘟疫，广为传播，植根意识的深处。俄国天才的舞蹈演员尼金斯基（Vaslav Nijinsky, 1889/1890—1950）（第六段）的悲剧也是时代的一个侧面写照。尼金斯基的疯癫属于压迫狂躁症（persecution mania），他的生活状态反映了 20 世纪 30 年代少数群体（犹太人、同性恋者）的生存现实。季

---

① MCGOVERN W M. From Luther to Hitler[M].Boston:Houghton Mifflin Co.,1941:31.

亚格列夫（Sergei Diagilev, 1872—1929）长相酷似彼得大帝，专横跋扈，无情却又柔情。作为一名艺术家，十分苛刻，他所喜欢的舞蹈员，只要失去了艺术才华，就会遭到他的抛弃。尼金斯基不能满足他的艺术要求，在压力之下，精神崩溃。季亚格列夫的过失反映了每一个人所能犯下的错误，"追求永远得不到的东西"，而且，喜欢"独占"。然而，生活在那个时代的人们却自欺欺人："所有的成规联合起来／使这座堡垒装出／有陈设的家屋样子"，要不然，"我们会发现真正的处境"。

面对世界大战的恐怖，诗歌发出了最有力的声音："我们必须相爱或者死去。"然而，诗歌所拥有的也仅仅是"一个声音"，能否"在夜幕下"面对"否定和绝望的围攻"，"能够放射一点积极的光焰"，也未可知。"我"的 1939 年 9 月 1 日，也是全人类的 1939 年 9 月 1 日，对于"我"的恐惧与忧虑，全人类感同身受。

《塔楼》的结构性象征即是塔楼。为了进一步揭示塔楼的象征意蕴，诗歌又采用了丰富的在局部上具有象征色彩的意象予以烘托。对众多的意象进行一番归类就可发现，有四组意象，按照一拖三的模式，相互衬托，共同生产出一个立体式的诗歌结构：一是塔楼，二是老年，三是爱，四是暴力。表面上，塔楼成为诗歌的主要象征，其余三个象征群则起着辅助的作用；然而，经过分析发现，中心象征仅仅是一个次要的外部容器，辅助象征才是重要的内部实体。在象征的过程中，为了避免太多的映射，又引入一个重要的引导：政治性术语（III-1）。《塔楼》的立体结构艺术同时具有线性逻辑。

作为中心意象，塔楼出现过三次，第一次出现在 II-1（第二部分的第一段），第二次出现在 II-9，第三次隐现于 III-2。"我在城堞之上漫步，凝望着／一处房基，或者在那里，／树木，像一根灰指，从土壤里冒出；听凭想象自由驰骋。"在这里，城堞有两个作用，一是曲笔交代诗歌的主要象征，二是揭示所有的联想均是登塔远望和沉思的结果。II-9 的描述揭示了三条信息：一是塔楼的楼梯逼仄，二是塔楼历经数个世纪的风雨始终巍然屹立，三是具有厚重的历史积淀。III-2 则表明，有一对寒鸦在塔楼上安家。诗中的塔楼，准确地讲，是爱尔兰的诺曼人（Septs de Burgo）在 15 或 16 世纪建造的塔楼（Thoor），位于巴里利（Ballylee, County Galway），1917 年由叶芝购得。如同塔楼的缔造者早已本土化一样，塔楼业已成为当地文化的组成部分。在《血液与月亮》（*Blood and the Moon*）一诗中，叶芝表示，"塔楼是我的象征"，其旋转的楼梯就是"我祖先的楼梯"，因为伯克（Edmund Burke, 1730—1797）等历史名人曾经来过。对于叶芝，塔楼是民族的骄傲，也是文化融合的特殊符号。

　　塔楼究竟是怎样通过"兼蓄"而具有了象征的实际内涵呢？

　　老年主题是塔楼的第一大辅助主题，分散在 I-1，II-11，III-1（和 III-5）。在 I-1 的部分，"我"哀叹道，由于年迈，眼睛幻视，耳朵幻听，脑子幻想，整个人仿佛捆绑在狗尾之上，毫无自由可言。搞不了艺术创作，研究不了哲学，生命就像一个千疮百孔的铁壶，任你踢来踢去。生命俨然一场荒唐，一个笑话。也许正是人到了不得不面对年迈和死亡的时候，才学会思考生命与死亡的意义。在 II-11，"我"开始了自己的思考：所有的老年人，无论贫富，都像"我"这样，抗议年迈吗？"我从这些人的眼睛里发现了答案／他们急于离开人世而不胜其烦。"所有的哲学意蕴无不包含在"不胜其烦"之中：游离于生命与死亡边界上的人们最具发言权，他们冲向死亡、拥抱死亡的果断，完全打消了"我"的疑虑，没有年迈，如何走向死亡？到了诗歌的 III-1 部分，"我"公开宣布："我要按普罗提诺的逻辑思考／照柏拉图的口吻说话。"普罗提诺（Plotinus，204/5—270）和柏拉图都承认灵魂的存在，都认为灵魂高于肉身；前者强调灵魂与完美结合产生幸福，后者注重善行所拥有的再次选择更好生活的机会。因此，"我"坚信，"死亡之后，我们重生／我们梦想，以此创造／月外天堂。"通过 III-1 的政治性引导，不难看出，对于生命，如果灵魂高于肉体，那么对于民族，文化高于国家。世上有几个国家属于最初的民族？

　　（慈）爱（慕、情）是诗歌的第二大辅助主题，分散在 II-3-4，II-12-13 与 III-2。爱慕之情令人冲动（II-3-4）。那位姑娘的歌声也许真的宛如百灵，她的容貌也许真的宛如桃花，不管怎样，经过众人的追捧和哄抬，总有好汉不辞辛苦，跋山涉水，只为一睹芳容。人贵在有理想。遗憾的是，在途中，那位好汉误入水潭，不幸溺亡。夜间走路，凡是明亮之处，多数人都误以为是干燥的路面，而实际上是月光下或星光下反光的积水坑或深水湾。途中生变，出师未捷身先死。不敢苟同，但可以理解。不过，讲述人紧接着通过两个碎片化的叙事（II-5，7）指出，那位好汉的理想难免有些盲目，他如同诗人荷马，失明之人如何晓得海伦究竟富有怎样的魅力？况且，海伦辜负了多少男人的期望啊！汉拉恩（Hanrahan，武士）紧跟着一群猎狗去追赶一只兔子，他到底是追随着猎狗，还是追赶兔子，有谁知道？显然，理想之所以美丽，在有些情况下，是因为个人的盲目；有些追求不仅存在危险，而且有可能是盲动。

　　有关爱情的表述（II-12-13）也蕴含着与民族运动相关的真谛。II-12 的描述无疑是一个生命体与另一个生命体（迷宫）（labyrinth of another being）之间的生命交流。性爱将不同的生命结合在一起，创造了一个高于两个生命体的精神境界。两个民族或者两个文化，在历史的长河中，是否有过如此难以忘怀的记忆？进一步讲，在热恋与失恋之间，人会更加关注哪一种经历呢？假如是失恋，两人走不到一起，那就不妨设想为自己主动地放弃，无论真正的动机是骄傲还是胆怯抑或是其他。如果反复追忆那段痛苦，就会遇到日食，白昼就会消失。不难看出，与其追忆美好，倒不如抓住现实。当然，作为一位长者，讲述人有千言万语，但重要的是，他就像一位雌鸟，会倾尽全心去爱护自己的爱巢（III-2），这个爱巢也正是现实中的祖国。

　　关于暴力的叙事委婉、平静、富有耐心（II-2，II-9）。弗伦奇夫人（Mrs. French）财大气粗，因为一个农民冒犯了自己，就默许佣人使用暴力，割掉他的一只耳朵。无论是French（法国人）还是Norman（诺曼人），都是历史上统治爱尔兰的阶层。农民，应该是"真正的"爱尔兰人民。当然，在几百年的历史中，暴动事件层出不穷，甚至有咆哮与愤怒惊醒了睡梦中人的情况，而暴力反抗是否能够成功，未有定数。总有家道式微的主人，无论是"爱、音乐、敌人的耳朵"都无法抚慰其心，"无法令其振奋"，他们虽然已经"如此富有传奇"，却也无人知道到底何时"走过了辉煌的时代"。这应该是一种"自我"批评吧。

　　那么，这个对诗歌的象征意义具有引导性的政治表述究竟是什么？讲述人宣布：年轻人要继承"我的骄傲"，也就是"人民的骄傲"，他们既不受制于"事业"或"国家"的藩篱，也不会甘做"唾弃的奴隶"，或者"唾人的暴君"，而是做像伯克与格拉顿（Henry Grattan，1736—1820）那样"能够给予"而且"能够随时拒绝"的人民。这种骄傲具有深远的意义：它像黎明，像独角兽的头角，像久旱之后的甘霖，像天鹅临终时的坚定与放歌。由此可见，完全可以把"国家"与"身体"等同起来，如果灵魂高于身体，那么"艺术复兴"对于爱尔兰民族的深远意义大于"国家"的概念。诗歌如此隐晦，因为"但愿月光与日光／一体不可再分／倘若我胜，众人必怒"。月光不同于日光，理想有别于现实。

　　塔楼的象征意义是什么？其一，塔楼是文化融合的产物；其二，文化传承重于国家的延续；其三，理想虚幻，现实真切；其四，求同存异；第五，塔楼是和平而不是暴力的产物。

　　由于四组意象群共同作用，《塔楼》呈现出了象征立体性，又由于四组意象群存在内在的逻辑性，诗作也具有了逻辑上的立体性。首先是一个跨世纪的问题：能否追求爱尔兰民族的独立？什么是独立？独立，简言之，就是民族具有完整的国家主权，民族的一切事物体现民族的自由意志，不受任何外来因素的干预。独立的一个重要前提是，社会现状恶化，不能满足大多数爱尔兰人的意愿。讲述人认为，爱—英关系既有热恋，又有失恋的时期，不足以追求独立。像伯克与格兰顿一样，讲述人主张在一面旗帜之下实行自治，即享有一定的主权，又不脱离英联邦，要知道，英国拥有了爱尔兰，爱尔兰也同时拥有英国，如同婚姻中男女双方相互拥有。所谓的国家独立也许是一种不切实际的幻想，而且要独立，就不可避免地诉诸暴力，暴力并不总能解决问题。怎么办？接受现实，用爱去经营现实，如果实体不能长存，那么文化就可以超越时间，振兴爱尔兰的文化艺术就是一条理想之路，让爱尔兰的文化在联邦的旗帜下鲜艳夺目。北爱的历史与苏格兰的现实说明，诗作的思想值得深思，但不要轻易地打上政治的烙印。

《塔楼》的象征主义手法仍然具有突出的特殊性。从结构上来看，诗歌充满了碎片，每一个碎片都具有映射性，因此《塔楼》具有典型的现代主义特征，但形散神不散，碎片组合起来就形成了一个完整的象征结构。《塔楼》的象征性表意，不是从一个简单、明确的整体走向另一个简单或复杂的整体，而是采用拼贴画法，用一个表面杂乱无章、晦涩难懂的文本指向一个逻辑清晰、主题明确的文本。更重要的是，主要的象征符号塔楼竟然以虚设的形式出现。

第二种：场景象征。场景象征，顾名思义，是指具有外指意向的（相对于精神的、抽象的）立体空间画面。场景象征又分为静态场景与动态场景：静态场景是指众多参与体以持续不变的共处方式所生成的具有鲜明一体性的状态；动态场景则是指数位参与体在较短时间内通过单向或双向作用而形成的具有单位意义的过程存在。

静态场景象征的代表作品有弗罗斯特（Robert Frost，1874—1963）的《天意》（*Design*）与《荒凉之地》（*Deserted Place*）。

《天意》的静态场景由如下几个要素构成：参与各方是一只蜘蛛、一只白蛾与一棵夏枯草（heal-all）；时间是早晨；地点是路旁。整个过程在漆黑的夜晚里悄然发生了，讲述人所展示的这幅画面仅仅是一个结局：一只白蛾在夜间觅食的过程中，陷入了蜘蛛布下的落网；清晨时分，蜘蛛收获自己的猎物；整个事件发生在夏枯草之上。这是极为寻常的自然生存一幕。在乡下，在野外，凡是有草木的地方，就有飞蛾，有飞蛾的地方就有蜘蛛，三方交互作用的结果随处可见，但多数情况下，对人类没有直接的影响，也不会引起人类的关注。要揭示事件背后的成因，就要有一个角度，特定角度下的分析就能够赋予事件一定的象征意蕴。

《天意》的第三人称叙事视角具有双重性。首先，第三人称叙事视角与蜘蛛的视角重叠。由于白蛾失去了生命，蜘蛛手持猎物的行为，就成为视觉的焦点，叙事视角几乎与猎手的视角重合。虽然讲述人的口吻略带讽刺，但蜘蛛的成功感无论如何也是掩饰不住的，明显地流露在字里行间：各色的死亡与枯萎混烹，共启一个美好的早晨。其次，第三人称叙事视角也是白蛾的。"惊愕"（appall）一词的出现，有力地说明，叙事视角主要偏向白蛾。没有任何生物为死亡而生，当死亡突如其来之时，白蛾不禁会感到惊愕，甚至困惑。蜘蛛猎食成功，应该感到满足而不会是惊愕。视角又短暂成为夏枯草的。白蛾的死亡与蜘蛛的成功，似乎与夏枯草没有任何关系，但扑杀活动毕竟发生在那里，而且与夏枯草的愿望背道而驰。为此，叙事的视角属于蜘蛛，也属于白蛾与夏枯草，但主要是蜘蛛与白蛾。叙事的框架则是宗教的。"设计"（design）一词的出现，充分体现了一种"意志力"的存在，由于这种"意志力"，蜘蛛与白蛾相遇，而拥有这种意志力的行为主体则是上帝。视角与框架决定着解读的结果。

从白蛾的视角来看，上帝有失公正，是邪恶的化身。在第一部分（Octave），反复流露着死亡的气息。僵硬的白缎子令人想起棺材里的衬布，巫婆调制的汤汁也多与邪恶相关联；此外，死亡二字也出现了两次。白蛾在夜晚广阔的天空下，原本有无数条可供选择的飞行路线，却偏偏选择了一条通往死亡的路线，令人不寒而栗。更有不可思议之处：蜘蛛竟然是少见的白色，而原本是蓝色的夏枯草却也变成了白色。所有的一切，仿佛是一次共谋，多方共同策划了这一场悲剧。然而，又有谁能够引导白蛾朝着这一条死亡的路线飞行呢？恐怕也只有上帝！可是上帝不是仁慈的吗？由此可见，仁慈可能是上帝的一个掩饰，白色可能是蜘蛛与夏枯草的伪装，就连蜘蛛的婴儿般的肥胖与白皙也都是陷阱了。

可是，从蜘蛛的角度来看，他的猎食行为体现的是上帝的意志。蜘蛛喜食飞蛾与昆虫为生是上帝的设计所为，正如老虎以羊为生，羊则以青草、树叶为生。整个自然界就是一个巨大的生态链，生态链上的每一个环节都是上一个环节的食物，又是下一个环节的食主。生态链是线性的，也是环形的，位于顶端的猎食者则是位于末端的猎食者的食物，例如，人类与老虎都是细菌的食物。所以，当蜘蛛把果实高高地举起的时候，劳动与收获实现了自我价值，成为满足的源泉。也许老虎很少知道被吃的痛苦，但蜘蛛应该是一位清醒者。无论飞蛾与叙事者愿意与否，蜘蛛都要享用这一顿属于自己的美餐。

学界对《天意》的阐释从一开始就具有质疑上帝的倾向，因而有失偏颇。有学者认为，上帝把蓝色的夏枯草变成了白色，把各种杂色的蜘蛛变成了白色，然后指引着飞蛾一步一步地飞入蜘蛛的陷阱：上帝是邪恶的，宇宙是上帝创造的邪恶产物；[1] 也有学者认为，如果上帝不是邪恶的，他至少是不存在的，正因为没有上帝，所以宇宙陷入一片混乱；[2] 还有学者支持上述两种观点，认为宇宙是"荒谬的和无序状态的（godless）"，或者"由邪恶的原则所主宰（evil）"。[3] 也许上帝不存在，也许上帝不再慈悲，总之，上述阐释，无疑都是反宗教的。然而，达尔文提出进化论之后，神学理论家把科学的理论纳入了神学的理论体系，神学与科学实现了统一，不再相互矛盾：上帝的确存在，而且整个宇宙也是上帝的创造之物；但创造宇宙之后，上帝并不直接参与每一项活动，而是通过一个能够自动实现完美运转的系统间接干预。每一种存在或行为方式都具有合理性。

那么，如何理解吃与被吃？众所周知，每一个生命都要走向死亡，但生命的意义在于过程中的精彩。飞蛾在成为蜘蛛的盘中餐之前，已经经历了生命中的奇迹，在生命的最后时刻，又以为他者提供事物的方式完成了最神圣的职责。如果视角仅仅是飞蛾的，要宇宙彰显正义，宇宙就必须消灭杀戮，宇宙的生态就会陷入一片混乱，最终瘫痪，这显然违背了自然法则；如果视角仅仅是蜘蛛的，宇宙的法则似乎只有杀戮，这也就会为那些嗜血成性的行为提供了合理的借口，整个宇宙也就只有战争，没有和平。上帝的慈悲在于弱势群体有足够的时光享受生命的乐趣，在于强者不因上帝对弱者的庇护而失去维持生命的食物。猎食者仅为饥饿而杀戮是上帝的聪慧。太过的感伤主义最终伤害的还是弱势群体。

由此看来，有侧重的双重视角体现出了讲述人的智慧。他仿佛一位智者，通过《天意》在暗自试探读者，看一看读者都能采取哪些阐释的视角。他仿佛一位上帝，慈祥地注视着飞蛾的同情者，又愉快地与高级读者分享着共谋的快乐。要读者正确地理解，就要有准确的引导，第一个重要的引导出现在后六行（sestet），第二个则出现在第一部分，也就是隐晦的蜘蛛视角。《天意》截取了生活中的一个常见的场景，表达了飞蛾与蜘蛛所知悉的道理，而这个道理也正是每时每刻都在上演的、每一个人都要熟谙的。这就是一个由个体到一般的象征实例。

《天意》是一幅清晨看到的画面，而《荒凉之地》却是发生在黄昏时分的一幕，两首诗截取的都是自然界中的静止场景，正所谓，大自然是一个取之

---

①　FAGAN D, SELTZER R. Frost's Design[J].The Explicator,2010,68(1):49.

②　PERRINE L. Frost's Design[J]. The Explicator,1984,42(2):16.

③　CARTER E. Frost's Design[J].The Explicator,1988,47(1):23—26.

不尽的象征宝库。新的一幕场景是：夜色渐暗，大雪突降，夜色与大雪仿佛在你追我赶，漫天盖地。讲述人路过此地，但见林中一块空旷之地，逐渐掩埋在纷飞的大雪之下，仅有些许野草和根茬露在外面。眼前这块没有任何生机的空地不再属于任何人，只属于四周的树木。冬日里，往日热闹的动物们也早就都躲到了地下，把寂静留给了这片树林。然而，这并不是最寂静的时刻，在春天到来之前，林中的这块空地还会更加寂寥。眼下，笼罩在夜幕下的白色空间，没有任何反应，也没有任何值得反映的东西。画面中的几个要素：白雪与黑夜；野草与根茬；存在与空虚；寂寥与热闹；冬日与春天；"我"与自然。

冬天是死亡的世界。春夏秋冬是季节的循环：春天开始，冬天结束；从生到死是生命的循环，始于生，终于死。与死同位，冬季就是死亡的季节。同样，与死亡对应，冬眠（睡眠）即是死亡。冬季（黑夜）、冬眠（睡眠）与死亡三位一体。冬季，当大雪覆盖万物之时，死亡也就彻底地降临到了大地。不过，冬天来了，春天也不会太远；冬天能够送走一切，也就能送来一切。可是，此时此刻，"送走"远远大于"送来"，因为"缓解之前，冬季将会更加寂寥"。

何为寂寥（loneliness）？要回答"何为寂寥"，就要回答"何为热闹"。当种子发芽、生长，拥有就是热闹；当冬眠的动物从洞穴中走出，仿佛游子旋里，团圆就是热闹；当春回大地，万物复苏之时，循环就是热闹。可见，草木枯萎，就是拥有的寂寥；生命尚待萌动，就是希望的寂寥；动物纷纷离去，就是留守者的寂寥。寂寥就是缺失，寂寥就是无望，寂寥就是落单；简言之，寂寥就是空无。空无（nothingness）有两种：一种是从来就如是的"无"（nothing that is），另一种是存在消失后留下的"空白"（nothing, which is the absence of something）。[①] 那块农田的空无是后一种。

寂寥与死亡之间是什么关系？寂寥是死亡的结果。那么，那块农田的寂寥是谁的感受？这片林地："四周的林木拥有它：它是它们的。"而做出这般论断的则是讲述人。

事实上，那块农田此时的情境就是讲述人目前的心境。无论是绘画还是诗歌，内心世界往往通过外部世界予以折射。外面的世界一片寂寥，而讲述人也是"太过神情茫然"。内外的两个世界就这样打通了。

作物的根茬是一段历史的见证，记载了过去的辉煌。从种子到幼苗，从成熟到收获，一季的欣欣向荣，一路的满载希望，一阵的欢欣庆贺。草儿也

---

①　STEVENS W. The Snow man [M] // The Collected Poems of Wallace Stevens. New York: Alfred A. Knopf, 1971: 6.

是一生，但在人类的视角之下，与作物相比，显然不具食用的价值。可是，一切皆成历史，草儿与作物归于平等。田间劳动者不在现场，在现场的仅有诗人（不一定是弗洛斯特），那么，诗人的创作，成功的与失败的，转头成空。与此同时，当时喜悦与失望也随之而去。然而，剩下的却不是充实的平淡，而是一种空虚，一种曾经拥有却已经不再的空虚。对于一位用诗歌表达情思之人，无以言表，难道是才思枯竭？对于一位热爱生活之人，难道是热情降低到了冰点？可以肯定的是，诗中没有远方的村落隐现，也就是说，社会、群体、家庭仿佛是另一个空间的存在，讲述人孤单一身。人生至此，他的心头无疑也有一场大雪铺天盖地，心田间一片寂寥。"尚未在意，寂寥便纳我为伍。"物我一体，相忘内外。

难道这都燃不起一丝的希望？"缓解之前，冬季将会更加寂寥"，一个极为特殊的表述，其中有两层蕴含：一是当春回大地之时，寂寥就会得到纾解；二是眼前，寂寥还会更加沉重。两层意蕴，顺序不同，所产生的蕴含也就不同，显然，春回大地十分遥远，沉重的寂寥却近在眼前，希望显得十分的微小与缥缈。不是说，"凭虚间，他们吓不倒我"。难道这不是自信与勇者之气概吗？当然不是。有两种情况吓不倒任何人：一是个人经历了同样或更大的寂寥之后，二是个人拥有战胜寂寥的信心，可见，讲述人的自信来自曾经至少同样大的寂寥，这与其说是自信和勇敢，倒不如说是麻木与放手。同样大的寂寥有多大？如同无人居住的星际之间的空间。寂寥程度之高，令人不寒而栗。

《荒芜之地》的象征意义表现在外在世界的客观现状折射出内心世界的精神状态，表现在具体可感的物理现实喻指抽象、缥缈的心理现实。确立象征关联的手法是：第一，平行表述，如"神情茫然"（absent-spirited）与下一行出现的"寂寥"几乎同意对等；第二，兼容表征，如"尚未在意，寂寥便纳我为伍"体现的是共鸣，而不是相互感染把两个世界合并一起了，而"尚未在意"又是那么的传神；第三，比较认同，如"凭虚间，他们吓不倒我。"所以，诗歌的英文标题 Desert Places（复数），不仅指林中的农田，也指讲述人的心田。个体内外世界互映的模式也是人类的经验模式。

动态场景象征的代表作品有奥登的《我熟悉夜晚》（*Acquainted with the Night*）与叶芝的《第二次降临》（*The Second Coming*）。所谓场景，就是具有明确的空间边界与清晰的行为主体的一个意义单元；所谓的动态就是行为主体在特定的范围内做出简短的、能够构成一个具有表意功能事件的过程，场景一旦形成即开始定格，完全不具事件的纵深演变性。

作为动态场景，《我熟悉夜晚》通过第一人称一个短暂的行程展示了一幅具有特殊意义的夜间画面；与第三人称相比，第一人称作为事件的参与者更能深度揭示事件的本质。这是一个曾经发生过的场面。"我"在夜间冒着雨行走在城里的街道上，甚至远到灯火不及的地方。"我"看到了充满忧伤的小巷；与更夫邂逅，却有意低头不语，不做任何解释；"我"听到另一条街道传来一声不成声的呼喊（an interrupted cry），不是叫"我"回去，也不是与"我"道别；此时，一轮明月（luminary clock）高悬天空，向世人昭示时间没有对错之分的道理。诗歌展示了几个要素，即夜晚、小雨、明月、小巷、更夫、呼喊声，这些要素通过"我"的一次夜间漫步，串联成了一个简单的场景。

　　夜晚与白昼不同，是一个不能进行劳作的时间段，也常与恐怖联系一起。当夜晚与灯光同现之时，夜晚的象征含义也就在西方文化背景的衬托下逐渐显现出来。黑夜伴随着混沌状态，当天地分立之时，黑夜仍然相伴左右。有了白昼之后，黑夜并没有消失，而是与白昼平分天下，昼夜因此交替出现。夜是黑暗的，黑暗总是痛苦、失败、绝望的代名词；昼是光明的，光明总是幸福、成功、希望的代名词。灯光似白昼，但毕竟不是白昼，由此，夜也就显得更加突出了。在没有农作物与干旱出场的情况下，夜雨也就失去了生命的象征意义，转而成为寒冷、恼人的因素。大而言之，人类的文明史，仿佛昼夜交替的历史，充满了战争与和平、绝望与希望。《我熟悉夜晚》就是一个光明浸漫在黑夜中的时代：上帝退位的时代，还是战神登场的时代？无论如何，"我"生活在几乎黑暗的时刻，也就在这样的时代，自己试图走向无边的黑暗，似乎那灯光之外的黑暗能够带来解脱，虚无主义成为人生的哲学。

　　是什么原因导致"我"走向虚无主义？朝着一条小巷望去，就是朝着整个城市放眼望去，城市也就是文明的象征。小巷里，生活充满了悲伤，"悲伤"应该是变异之后的一个抽象名词（英文中，是形容词），可以是拮据，可以是人亡，可以是天灾，可以是人祸，也可以是人类的劫难。更夫有两项责任，一是报时，二是报告平安：时间是文明的脚步，时间停止了，人类的作息、创造活动也就停止了；整个夜晚平安无事，是的，不过，应该是一场劫难或重大社会变革之后的平安或平静，平安是希望，但先前发生的事件却不停地搅动人的内心世界；内心的骚动就体现在独自一人在夜间的行走（探索），就体现在不愿意与更夫对视上，不愿对视就是中止交流；交流中断的原因很多，信念缺失了，人类的精神世界出现了空位，或者理想导致了可怕的社会现实，二者之间的鸿沟难以弥合。不做阐释，不是不能阐释，而是没有必要阐释，人皆知之；或者在做一种新的思索。

　　"我"中止了交流，但社会没有，那一声呼唤应该是来自人类社会的呼唤。

"另一条街道"是怎样的街道？也是悲伤的符号码？不确定。可以确定的是，那声呼唤不是呼唤迷途之人返身，可见，整个社会对原来的信仰没有足够的信心，也不是与远行人道别，果真如此，无疑体现出一种自信与宽容。既不自信，也无指责，更无宽容，那么应该是一种新的声音了。这种声音的独特之处在于断续性，也许是因为声音尚未成熟，尚不能发出持续、优美的声音，也许是因为遇到了不同主张的抵制；然而，毕竟是一种新的声音。这种声音也许对"我"或者每一个社会成员没有任何约束力，或许，声音的本质就是自我精神的彻底解放，"我"也就无所顾忌，勇往直前了。

高悬在天空中的月钟给出了答案。月钟的位置颇具深意：在地球所不及的高度（unearthly height）。地球是人类的现实世界，相比之下，月亮则是人类的精神世界，月钟注定具有非同寻常的蕴含。"天空上"（against the sky）的英文表述，有四种解释：一是"与……对照"，以凸显月钟；二是"与……对立"，以强调月钟的冲抵作用；三是"按压，推动"，以强调月钟的延缓作用；四是"毗邻，连接"，以强调月钟的共谋性。第一与第四种阐释合起来比较合适，揭示了"我"寻求慰藉以及对呼唤做出反应的举动。[①] "我"读懂了月钟给出的理由："时间既无对正亦无错偏。"面对痛苦，"我"终于明白了一个道理：人的本质是虚无的，人生的关键在于自由选择，用行动来书写自我，当然，要为自己的选择和书写负责。简言之，存在先于本质。虚无主义的本质在于超越虚无。

那么，"我"的选择行为表现在哪里？《我熟悉夜晚》虽然只有14行，但主人公的行为还是清晰可见的。其行为主要表现在一次简短的旅行，可分为三段：走进夜晚、走出城区以及向往更远的地方，前两程属于身体上的，后一程属于精神上的。第一程："走在雨中"；第二程："沿着悲伤的小巷望去""与更夫邂逅"和听到呼唤后的"驻足"；第三程：仰望"天空上的月钟"。所有这些行为完全可以说明，"我"在自由选择，选择就是进行道德判断，同时，"我"的行为方式以及行为对象决定了自我的本质。这是一次"宣示自我"的行为。唯一的遗憾是，由于个人拒绝与人交流，"我"生活在"存在主义的边缘"，是一个"自我异化"的行为主体。[②]

---

① MURRAY K. Robert Frost's Portrait of a Modern Mind:The Archetypal Resonance of "Acquainted with the Night" [J].The Midwest Quarterly,2000,41(4):381.

② MURRAY K. Robert Frost's Portrait of a Modern Mind:The Archetypal Resonance of "Acquainted with the Night" [J].The Midwest Quarterly,2000,41(4):382.

《我熟悉夜晚》所展示的是一次夜间求索之旅，实际上也是一次自我寻觅的精神之旅，此次精神之旅体现了现代人的总体精神状态。

相比之下，《第二次降临》的动态场景就没有《我熟悉夜晚》那么完整、统一，完全是另一种蒙太奇式（montage）的形式。场景由三个短时运动的个体或群体组成：第一，驯鹰人放飞了猎鹰，猎鹰在天空中盘旋，越飞越高，越高越远，仿佛忘记了当初的使命，也听不到驯鹰人的呼唤，事态越发严重；第二，一个来自"灵世"（Spiritus Mundi）的意象显现在眼前的沙漠中，令人忐忑不安，但见他人头、狮身（Egyptian Sphinx），眼神空洞、寡情，朝着伯利恒远望并迟缓地走去；第三，一群沙漠之鸟受到扰乱之后，纷纷飞起，愤怒地围绕着斯芬克斯盘旋，在大地上投下了一个巨大的阴影。斯芬克斯与沙漠之鸟之间存在着逻辑关联，他们与盘旋的猎鹰之间则似乎缥缈。动态场景笼罩着一种不祥之感。

猎鹰听不到驯鹰人的呼唤象征着人类文明业已走入困境。学界普遍认为，驯鹰人是基督的化身，猎鹰是人类的代名词，[①] 人类在基督文明的指引下，已经进入了失控的状态。当然，也可以换一个角度。驯鹰人代表着人类，猎鹰标志着以工具理性为圭臬的人类文明。视角可变，不变的是，战争肆虐，血流成河，到处是暴力与血腥。圣洁的仪式（ceremony of innocence）无疑是人类文明中的重要庆典，例如洗礼、开学、婚礼、弥撒等，之所以圣洁，是因为这一切发生在和平时期，是祥和的标志，是人类理想的物质化，是内心世界的外化，归根结底，是人类福祉的现实化。然而，曾经的归顺者（the best）抛弃了信仰，灵魂空无一物；叛逆者（the worst）为所欲为，终于将激情发挥得淋漓尽致。世界一片混乱。

斯芬克斯是至高无上权力的象征。《第二次降临》中的斯芬克斯不是古希腊神话中的女性斯芬克斯，而是类似古埃及时期的男性斯芬克斯。人头与动物身体合成的生命体，向来就是人类想象、具有图腾意义的意象；人头往往是统治者的头部，体现着权力与意志；身体往往是雄狮的躯体，象征着桀骜不驯、征服一切的力量；抛却了人类的虚弱的四肢、狮子弱智的头脑，斯芬克斯就是无敌天下的王权。"空洞的目光"注定了斯芬克斯行为的无目的性，目标的缺失意味着信仰或理想的缺失，没有理想的躯体只是一具行尸走肉，而引人注目的"大腿"（thighs）充满了性的暗示，斯芬克斯的行为类型也就昭然若揭；当一个空虚的灵魂却拥有无可比拟力量的时候，腐朽与堕落是唯一的结局。

① JEFFARES A N. The Circus Animals[M].London: Palgrave Macmillan,1970:109.

　　沙漠之鸟体现了人类灵魂的不安与骚动。在古凯尔特文明中，人类的灵魂在肉身死后，可以化为鸟儿自由飞翔，鸟儿也可以再度脱胎投生。灵魂幻化成鸟儿的观念并不局限于古老的凯尔特人，也体现在英格兰、北美土著人甚至更广范围内的文明中。叶芝的鸟儿意象内涵丰富却不固定，因为他"一生中，在不同的情况下，不断地发展、改变鸟儿的意象，来适应自己特殊的目的与需要"[①]。此处，沙漠之鸟可以表示不祥之兆，因为鹰在古凯尔特文化中多与死亡相关联，鹰的出现，就是对人的一种警告。沙漠之鸟也许就是鹰（贵在模糊），他们与斯芬克斯一样，受到惊扰，惊扰他们的是暴力与血腥，所以，沙漠之鸟的盘旋与在大地上投下的阴影均为不祥之兆。

　　斯芬克斯的出现不是偶然现象，而是历史发展的必然。这要从灵世说起。灵世，简单地说，就是"一个储存意象的总库，不再属于任何个性与灵魂"，总库里的意象，可以"由他人通过情感连接的方式，传递给我们，尽管我们对传递的方式十分陌生"，然后，再经一种"自动的能力"加工，形成一种幻视意象。[②]幻视意象发生在睡梦与清醒之间，与个人相关的记忆不同，似是而非。因此，诗歌中的斯芬克斯并不是现实中的一个实体，而是一种幻觉，与自己记忆中古埃及的斯芬克斯（如果见过的话），既像又不像；它是灵世中的意象通过情感联系传递给讲述人的，但已经发生了变异。如此一来，斯芬克斯就具有了历史的延续性，又具有了前瞻性，更具有了象征性。它象征的过去，无序、血腥；未来，回头看去，更是如此。历史在重复中前进。

　　那么，历史运行的规律用螺旋（gyre）来表示，也就再恰当不过了。具体是：从基督诞生的时间开始，人类进入了基督文明，基督文明井然有序，仿佛一个螺旋的尖顶，细密、锋利，充满了活力。随着时间的流逝，信仰的松懈，人性之恶的逐渐抬头，基督文明逐渐失去了凝聚力，一种离心力也就相应地产生了，这种离心力越来越强劲，最终基督文明在离心力的作用下，发生崩塌。叶芝认为，人类每两千年经历一次循环。事实上，叶芝曾用两个反向对立的螺旋锥体来表示兴衰更迭的规律，循环的中部是人类的鼎盛时期（拜占庭时期），两种对立力量达到了均衡状态。螺旋理论没有多少创新，却也相当复杂，学者始终没有就"简单的"问题达成一致的意见。不过，螺旋理论还是自有一定的合理成分。

　　再次降临的是谁？是耶稣吗？《新约·马太福音》第 24 章有预言在先，

---

① ALLEN J L,Jr.Yeats's Bird—Soul Symbolism[J].Twentieth Century Literature，1960,6(3):118.

② YEATS W B. Michael Robertes and the Dancer[M].Whitefish:Kessinger Publishing, LLC,2003:27.

当世界末日到来之时，基督会再次降临。不过，也警告说，会有伪基督招摇过市。幻视中的斯芬克斯就是伪基督。他在暴力与鲜血的滋养下诞生，空虚又无情，朝着圣地伯利恒缓慢地走去，仿佛是要在那里宣告自己的临世，要登基加冕。看来，基督是不会再次降临了，降临的是一位伪基督。悲观在所难免。

由此看来，像《石灰岩赞》与《塔楼》一样，《第二次降临》也具有碎片化，但两组主要意象统一于"第二次降临"的主题之下，成功地表达了人类所面临的绝地困境，以及希望的落空。同样，也通过引导的方式，指明了象征的方向。第一部分的后六行富含暗喻，但几乎是对前两行的阐释；而第二部分"第二次降临"的出现，无疑强化了第一部分的暗示。历史与周期性的观念呼之欲出。

第三种：事件象征。诗歌中的事件可长可短，但一定具有阶段性，几个阶段按照线性逻辑排列组合，构成一个完整的情节。诗歌中的每一个意象不是孤立、静止的，纯粹为了完成画面的组建才出场，而是与其他意象积极互动，共同推动情节向前发展，形成一个终局性的结果。同样，事件的构成之间具有内在的线性逻辑关系，但诗歌叙事的方式（呈现方式）则有可能是非线性逻辑的。事件象征简单地分为两种，过程型象征与关系型象征。

过程型象征的重心在于过程，因为过程本身，而不是运动的结果，才是表意的主体，代表作品有弗洛斯特的《白桦树》(Birches)[①]与奥登的《罗马的灭亡》(The Fall of Rome)。

《白桦树》，从结构上讲，是一首由一个叙事镶嵌于另一个叙事构成的诗歌，因此整体上又分为三部分。第一部分（1—20行，现在时）。林中的白桦树东倒西歪，树身上挂满了冬季的冰晶，当太阳升起之后，树上的冰晶开始破裂，并逐渐落到地上，晶莹一片，仿佛苍穹那透明的内部塌陷之后，剔透的碎片洒落了满地。再看白桦树，永远俯卧在那里，树枝垂向地上的凤尾草(bracken)，俨然一位姑娘跪伏着，让秀发飞泻下来，在阳光下干晒。第二部分（21—40行，过去时）。一个远离城市的乡间男孩，独自一人，在父亲的树林里，一棵接着一颗地攀爬，一棵接着一棵地征服。他小心翼翼地爬向树冠，

---

① 《白桦树》最早的题目是《荡白桦树》(Swinging Birches)，后来，弗洛斯特将其改为《白桦树》，避免在题目中突出动作性，有学者对此表示遗憾，不过，隐秘了动作性，也许更好一些。有趣的是，《驶往拜占庭》(Sailing to Byzantine)的题目含有鲜明的动作性，但诗歌本身却没有描述航行的过程。

当到达树的末梢之时，纵身一跃，手握树梢，双脚指引，在空中划出一道弧线之后，适时放手落地。第三部分（41—59行，现在时）。厌倦了小心谨慎的生活方式，经历了生活的冷峻现实之后，"我"渴望重新体验一下儿时的欢乐，不过，当"我"飞向天空之时，不是要离开人世，而是享受片刻之后，仍要回到地面之上，人间具有最踏实的爱。第二部分是第一部分的再虚构，第三部分是第二（三）部分的再展望。

第二部分构成诗歌的中心内容。作为再虚构，第二部分也是一种象征性的回忆，表达了人与自然之间的和谐关系。这部分没有哲学性的高深蕴含，仅有的是人在自然界所获得的那种超验感受，即脱离地球引力的束缚，在空中自由飞翔的那种洒脱、心跳的特殊感觉。事件具有两个阶段：第一，攀爬阶段，从地面到达树梢；第二，腾飞阶段，从树梢到地面。事件关涉到三个重要元素：男孩、地面与白桦树。如果三个要素分别于人类、社会与自然对应的话，事件就象征着人类在社会与自然之间的寻求平衡关系的努力。众所周知，超验主义认为，人类社会是邪恶的滋生地，生活在群体之中，人类会逐步走向堕落。与此相反，大自然却是圣洁之地，能够净化人类的心灵，当人类与全灵（over-soul）融为一体的时候，人的全身变得通透，自然的灵气自由进出。然而，《白桦树》却表达了相反的观点。"我"认为，社会固然是邪恶的源地，但始终存在着挚爱，因此仍然值得留恋。然而，身心完全久居于社会不行，完全投入自然的怀抱也不行，只有在社会与自然之间不断地转换，寻求一种平衡的生活方式才是上策。

第三部分虽然与第一部分在时间维度上构成一个完整体，但也自成一体。"我"渴望重温儿时的体验，不过，此次不是在社会与自然之间寻求平衡的生活方式，而是在此世与彼世（或物质与精神）之间，寻求一种平衡。有学者批评他说："弗罗斯特害怕超越现实……他思考的正是一个灵魂完全可以与圣灵融为一体的时刻，可是，他受到现世的束缚，遇到了阻碍，他害怕了。"[①] 那么，"我"的态度到底是什么？第一，逃离此世，因为自己的脸上挂满了蜘蛛网，不仅有刺痛感，而且还有灼热感，更有甚者，生活的"树枝"在他的脸上狠狠地抽了一下，生活对于他来讲，仿佛"无路可走的树林"。为此，他要暂时离开世俗世界，进入宗教的净土，去倾听上帝的呼唤。可见，宗教思想在"我"这里并不是无足轻重的。但是，"我"又不是普罗米修斯式的英雄人物，

---

① WATKINS F C. Going and Coming Back: Robert Frost's Religious Poetry[J].South Atlantic Quarterly,1974(445):445—449.

视理想为崇高之物，并能够为之献身；"我"只是到那里寻求一时的精神安慰，毕竟，人世间存在着难以忘却的情爱，而且人世间是情爱的最佳场所。如果世人"产生误解"，把"我"接纳到宗教的世界里，那就大错特错了。可见，"我"是一个充实的现代人，而不是一个"空心人"，或者"一条挂在鱼钩上的鱼儿"。

　　第一部分有什么象征意蕴？如果仅仅是一种导入，那也未免过于冗长。其实，诗歌具有足够的暗示。白桦树不仅仅是一棵树，它应该与那位在太阳底下干晒头发的女孩有关，因为白桦树俯卧的姿态与女孩的姿态完全一致，而女孩的姿态绝不会是一种冗余之笔；同样，白桦树之雪白的树干，与女孩凝脂的玉体或许有内在的联系。冰晶呢？冬季里，一场"雨"过后，"雨水"淋湿了"树体"，凝结成了"冰晶"，挂在"树身"上，"阳光照射后"，"冰晶"散落满地。冰晶的形成似乎已经清楚了，可是，"我"又进一步透露说，冰晶仿佛来自苍穹内层的崩塌。就苍穹而言，相关的知识不为不丰富，支撑蓝天的穹顶视作透明的也可以理解，但苍穹分内外两层的说法，恐怕还是第一次。显然，"苍穹的内层"是一个类似宫殿的"建筑物"的内层。结论是，"树身""倾斜"，完全是"冰晶"所致。然而，面对客观事实（when truth broke in），"我"却产生了一种强烈的欲望，宁愿把"白桦树"的俯卧现象，归因于"某一位男孩"。如此一来，第二部分的主角男孩，也就进入了第一部分并参与表达。男孩与女孩的表达行为所具有的象征意味也就不言而喻了。

　　至此，《白桦树》丰富的象征蕴含完全清楚了。三个部分自成一体，独自表达自己的象征意义：男女和谐、天人和谐、人神和谐。在第一部分里，有两个提示：一是冰晶的成因出现了两种解释；二是出现了有关女孩的飞来之笔。同时，第21—24行作为过渡，在指向第二部分的同时，也指向了第一部分，从而挑明了第一部分的深刻思想，反过来又增加了第二部分的蕴含。第三部分的"把我掠走"明显指向了死亡，天堂与宗教进而成为定向解读的标识。如果第二部分是开启第一部分的钥匙，第二部分也是最为自然的部分，指涉全然不着痕迹，却有着双重的象征（男女和谐、天人和谐）；第一部分可谓特定季节的典型现象，最为含蓄、隐秘，因而也最具艺术性。其实，第三部分也与第一部分存在着直接的联系。人间的挚爱是什么？不就是第一部分所隐含的内容吗？因此，两个叙事的三个部分独立表征，又相互关联，形成一个严密的象征体系。

　　与《白桦树》相比，《罗马的灭亡》[①]表面上有些凌乱，这是拼贴画法（碎

---

　　① 罗马的灭亡在史学界一般指西罗马帝国的灭亡。

片化）在现代主义诗歌中运用的结果。然而，拼贴画法却并没有消抹掉诗歌中事件的过程与痕迹，只是事件的过程性发生了变化而已，不再是一环扣一环的动态类型，而是简约化的因果关系类型，即多种因素在历史的长河中共同作用，最终导致西罗马帝国的灭亡。这些因素之间可能存在先后关系，或者因果关系，但讲述人关注的是动因，而不是详细的演变过程。诗歌截取了从基督教诞生到帝国灭亡这一段将近500年的历史。西罗马帝国的命运预示着现代西方文明的没落。

诗歌一开始就点明，罗马帝国处在风雨飘摇之中。栈桥与大海、船只关联，是帝国海外扩张的主要力量之一。然而，帝国的军事力量，此时此刻，不禁陷入孤立之中（in a lonely field），而且还遭受着政治与军事动荡的剧烈侵蚀（lashes）。最能揭示国内局势现状的应当是遗落在地上的裙裾了（train）：可以想象，一场动乱中，女人的裙裾遭到撕扯，可是由于慌乱，遗弃在现场。同时，帝国的精神领域也即将经历着一场重大的动荡：基督教的冲击。基督教诞生之初，遭到罗马统治者的打压，为了逃避当局的政治迫害，一些教徒（outlaws）选择了幽居山中洞穴的方法，继续实践并传播基督教义。

入不敷出。罗马妇女的穿戴体现了当时的消费观念与水平。由于不断地掠夺，罗马的财富与日俱增，女人的穿着打扮，作为社会消费水平的一个侧面，表现出了逐奇猎艳的程度（fantastic）。历史上，一度出现禁止过度消费的律令，由此可见有远见卓识的政治家对奢靡之风所产生的忧虑之情。同时，国家公共开支也十分巨大。罗马的辉煌不仅体现在军事上，也体现在城市的建设上，当时的排水系统如此宏大，竟然能够自由通行（through the sewers）。战争与城市建设无疑都需要巨大的资金。可是，帝国的资金逐渐出现了不容忽视的缺口，一方面是敌人对资源的掠夺，另一方面是市民大量收藏黄金，再加上诗中所说的偷逃税款行为，帝国的财政逐渐出现了危机。

文化遭到侵蚀。私密的魔术仪式（private rites of magic）无疑是异域文化的象征。历史上，通过魔术的手段来征服民众的方式，屡见不鲜，耶稣的超凡能力也是来自魔术。另一个现象是庙妓（temple prostitutes）。倒不是说，罗马像其他民族一样，允许宗教性交仪式（sacred prostitution）的存在，而是说，远东的军人回到国内，携带着大量妓女，她们的典雅举止不仅征服了征服她们的军人，而且也征服了国内的女性。国内的一些妇女，无论来自下层还是上层，也很快参与了激烈的竞争。当然，也不否定妓女在一些宗教活动中不可或缺的作用，例如在4月27或28日举行的为期六天的福罗拉丽亚节（Floralia）上，妓女们极尽欢愉之能事，一些举止就连监察官小卡托也不忍目睹。文人呢？自有个人的理想（imaginary friend）。内外共谋，糜烂之风逐渐侵入文化骨髓。

美德与荣誉观的丧失。小卡托（Marcus Porcius Cato Uticensis，前95—前46），作为政治家、军人和作家，力推简朴之风（stoicism），不仅将生活必需降至最低点，而且痛恨腐败，拒绝贿赂，始终保持高尚的道德情操。同时，他也极力反对恺撒在政坛上的崛起。然而，面对江河日下的社会现实，卡托终究是无能为力。帝国的军人呢？作为帝国的主要支柱，为了食品和薪资而反水。一方面是帝国的财政不足以及食品的供给不足，导致军人的需要得不到必要的保障，另一方面是军人荣誉的丧失以及雇佣军的唯利是图，造成帝国军队的战斗力大幅下降，帝国的灭亡从内部的塌陷开始。

上不作为，下不尽力。恺撒，作为帝国的管理者，无疑是统治阶层的代表，他们不是忙碌在议政厅里或驰骋在沙场上，而是流连在温暖的被窝里；他们疏于操练军队，革除战时盔甲，极大地削弱了部队的战斗力。与此同时，一名底层女性竟然毫无责任感，公然表示厌烦工作。帝国的妇女不能公开参加社会劳动，但也不是坐享其成，靠人供养，而是应该承担自己分内的责任。那么，恺撒为何贪恋温暖的双人床？那位女性为何公开拒绝工作？把两者联系起来也就不难理解了。因为女色，政治家和管理者不理政务；因为权贵，女性有了政治上的依靠与生活上的保障，因此也就脱离了劳动。由于懒政和逃工，帝国开始瘫痪。

在前五个诗段中，诗歌的镜头始终对准人类，可是，要认识人类社会发展的规律，就需要纳入更广阔的视野。于是，就有了母鸟孵卵的镜头。鸟儿没有财富概念，也不会为争夺财产而穷兵黩武，也不会沉溺于享乐而自甘堕落；鸟儿似乎没有同情心，因为没有太多的欲望，也就没有多余的担心，也不会从他人的失败中看到自己的影子。各人自扫门前雪，无为而无不为。与眼前染毒的社会相比，小巢、爱心与幼鸟就是生命的全部。人与物、国与家同理。

末日终于来临。结尾之处，数群驯鹿在迁徙的途中行色匆匆，不免给人一种末日到来之感：是的，这末日就是西罗马的末日；这些驯鹿也不是别人，正是从北方南下的日耳曼人。[①] 他们步履轻松、迅捷，大规模地迁往新的家园，所体现的正是自然规律，也是历史规律。不过，罗马不是一天建成的，也不是一夜毁灭的。诗歌不见刀光剑影、也不闻震天的哭喊，更看不到残垣断壁。当日耳曼国王奥多亚赛（Flavius Odoacer，433—493）废黜了西罗马国王奥古

---

① NICOLET W P. Auden's The Fall of Rome[J].The Explicator,1972,31(3).

斯图卢斯（Romulus Augustulus, c. 460—476）之后，却也没有摧毁西罗马文化，并与东罗马保持着良好的关系。不过，西罗马永远成为历史了。

《罗马的灭亡》一共 28 行，可是吉本（Edward Gibbon）却花了 20 年的时间，用了六卷的篇幅对罗马灭亡的历史进行分析。然而，这不仅是一首关于罗马帝国灭亡的诗歌，也是一首关于现代文明危机的诗歌。第一，train 表示"裙裾"，但更表示"火车"的意思，是现代工业文明的象征。第二，睡袍（evening gown）是 20 世纪中期的消费品。第三，marine（水手）在 15 世纪第一次使用。第四，雇员申请表（pink official form）同样是现代文明的产物。诗中更有横跨时空的意象。罗马时期的排水系统仍然是现代城市的模板，鸟儿孵卵以及驯鹿的迁徙同样是亘古未变。就这样，以古喻今，不同时空的故事串联到了一起。至于象征什么，身处 21 世纪、离 20 世纪不远的读者，可以任由想象驰骋。

关系型象征，通过展示事件过程的方式，进一步阐释有关各方之间的关系本质，这种关系类型反映了人类各种生产活动和交流行为的普遍规律。关系型象征作品有弗洛斯特的《补墙》（*Mending the Wall*）与叶芝的《丽达与天鹅》（*Leda and the Swan*）。

《补墙》的事件围绕着一个中心意象"墙"和两个关键性"人物"展开。墙首先是边界的标志，但更主要是阻隔的手段。诗分为大小两个叙事。小事件的是：有猎人，为了方便猎狗追逐野兔，在一道边界墙上拆除了一个豁口，讲述人得知后，主动进行了修复。大的叙事事件是：春天来临，由于某种神秘力量的作用，边界墙出现了几个豁口，讲述人主动通知邻居按约定的时间一起来修补。双方站在各自的一边，沿着边界墙一边行走，一边修补豁口。他们不得不借用魔法，让落下的石头安稳地放到边界墙上，虽说是一种游戏，却也很快就磨破了手指。讲述人不解地问他的邻居，"我的"苹果不会越界去吃"你的"松果，双方何以补墙？邻人的回答是："好篱笆，好邻居。"讲述人希望邻居明白：边界墙防范的是谁？守住了什么？挡住了什么？更希望邻居能够说出，是淘气的精灵破坏了边界墙。可是，邻居俨然一位原始野人，一丝不苟，坚信古语："好篱笆，好邻居"。叙事的口吻轻松、诙谐。

学界对这首著名诗作进行了三种阐释。

第一种观点认为，《补强》是一首政治寓言诗（political allegory），讲述人代表着"眼界开阔的自由国际主义精神"，他的邻居"头脑愚笨"，代表着"自私的超级爱国者"。① 进一步讲，

---

① MONTIERO G. On "Mending Wall" [EB/OL]. muse.jhu.edu/book/37431, 2015.

诗歌结束的时候，"墙"成为一种象征，两位农场主成为寓言式人物，分别代表对立的自由与禁锢、理性与僵化、宽容与暴力、文明与野蛮。……诗人关于墙的寓意或态度，绝不会导致误解……它代表着……人类交流与理解之间的障碍。墙的出现是"邻居自身的"原始思维、心理恐惧、非理性和敌意所造成的。它与弗洛斯特的"某种高贵性"相抵牾……摆脱孤独、冲破牢笼、与社会融为一体的欲望。（Lawrence Raab）

显然，这是一种霸权主义的解读方式，这种解读把文化简单地分为高级与低级的两种。持有霸权主义解读方式的读者，往往主动地认同讲述人的视角，在不自觉中与霸权主义形成了共谋，对所谓的低级文化实行压迫和边缘化。

第二种阐释认为，诗歌所描写的交流的确是失败的，不过，"二人之中，讲述人交流能力较差，抱有的敌意也较深"。事实上，是讲述人邀请他的邻居来修复出现豁口的边界墙，然而，也是他指出，边界墙似乎没有多大作用，因为自家的苹果不会跑到对面去吃邻居的松果，前后自相矛盾，后来他还有指责邻居太过认真。他的幽默与丰富的想象，无非是为了彰显邻居的呆板与教条。把邻居描写为一个旧石器时代的、具有较强烈敌对情绪的原始人，显然是为了丑化对方，抬高自己。"他很容易往坏处想"，总是认为邻居做事"处于自私"，的确，"讲述人倒是一个具有反交流倾向的人"。与此相反，邻居不善言辞，但颇为自信，凭借着古语的力量来消除对方的质疑，不仅回答有力，而且言简意赅。况且，他坚信二人之间没有过多交流的必要，所以多数时间保持沉默；坚信有必要保留篱笆，否则，何必多此一举。与这位邻居的坚定、自信相比，讲述人"从仔细的描述变为轻易地揣度，从狡黠变为固执的幻想，从微妙的讽刺转为真挚，最终反而不知所措"（John C. Kemp）。第二种阐释显然是他者视角的，从霸权主义叙事的裂缝开始，处于边缘化的群体逐渐瓦解了中心叙事，树立了自己的话语。

第三种阐释具有民主、平等的色彩，认为讲述人与邻居是人类性格的一体两面，他们的观念代表着人类对于边界问题的双重看法。弗洛斯特曾指出，"我在那儿安置了一个人；他就是那两个人，但代表着人类，是两个人，既是建设者，又是破坏者。他划定了边界，又破坏了边界，这就是人类。"（Norman Holland）其实，frozen-ground-swell（地面冷冻后隆起；fro-s）本身就是一个"双关语"，映射着 Frost（弗罗斯特），此处为诗人的讲述人（speaker or persona），而诗人本人则代表着人类（人类 = 讲述人 + 邻居）。从微观的角度来看，一年之中的冬季与春季、边界墙体中的长条石（loaves）与圆石（balls）、墙体的两边等都是单一事物中并存的一对矛盾体，彼此消抵，互相依靠；between 的双重蕴含则强化了这一理解：作为"分割"来讲，between 强调的是独立性；作为"分享"来讲，between 又强调了合作精神，所以"墙既分割又连接"（Lawrence Raab）。从宏观的角度来看，邻居严格遵守古训，努力维护双方之间的界限，他的行为原则不也正是讲述人的原则吗？难道不是讲述人修补了猎人损坏的墙体，不是他邀请邻居来一起巡守边界吗？当然，邻居没有像讲述人那样具有鲜明的交流欲望，也并没有遵守古老的习惯，在巡界之后，双方共同举行一场欢乐聚会，以此增进彼此的友谊，但邻居参与巡墙活动本身就是一种沟通与合作，只是方式与程度不同而已。因此，《补墙》传递的信息是："建立并打破边界"（Norman Holland），只有自我，那是封闭；没有边界，那是混沌。

　　可见，《补墙》"诱使那些没有警觉意识的读者相信，思考就是投票，就是站队，就是从诗歌当中截取我们想要的东西"（Norman Holland）。这样做固然可靠，但远离了乐趣，所以，诗人就是要"表达似乎合乎程式但又与程式不符的内容"（Lawrence Raab）。

　　肯尼迪总统在参观柏林墙的时候，引用了《补墙》的第一句话，当然，当时与今天的观众能够理解总统的用意；有趣的是，柏林墙的另一边，远在俄国，街头上贴满了弗洛斯特的这一首诗，不同的是，诗歌的第一句缺失了。这就是争夺话语权的最好例证。言说才有存在，言说的方式决定着真理的形态。在人际关系、国际关系与文化关系日益突出的时代，《补墙》的象征意义也就无须赘言；无论如何，关系与视角都是两个重要元素。

　　《丽达与天鹅》同样借用一次简单但重大的事件来表达征服与被征服之间的转换关系。一首十四行诗，不妨直接引用后六行（sestet）：

> 腰际一阵颤抖，从此便种下
> 败壁颓垣，屋顶和城楼焚毁，
> 而亚加曼侬死去。
> 就这样被抓，
> 被自天而降的暴力所凌驾，
> 她可曾就神力及神的智慧，
> 乘那冷漠之喙尚未将她放下？（余光中　译）

强者依靠孔武之力征服了弱者，诗歌充满了暴力。天鹅与丽达构成了性别上的二元对立，可是，当暴力介入了二元对立的关系时，征服与被征服之间的关系是否能够发生转换？诗歌的独到阐释在于角度。

作为神话经典，《丽达与天鹅》不仅成为绘画艺术的重要主题①，也是诗歌艺术常见的表达对象；诗人如同画家一样，也充分行使了艺术家自有的特权，对该经典进行再阐释。艺术再现毕竟不同于心理分析，也不同于刑事诉讼，而是更多地着眼于象征意蕴。

天鹅（宙斯）的行为裹挟着明显的暴力成分。"猝然一攫"生动地传递出了天鹅猎取行为之准确与有力，而且，开篇的第一个镜头就是如此迅猛强劲的动作，更加突出了行为的突发性与力量感。"巨翼犹兀自拍动"又进一步向读者传递出暴力在持续的信息。暴力是可耻的，但天鹅的暴力并非所向披靡。当天鹅的翅膀不停地扇动的时候，他也就没有降落在地面上，没有降落但也不是正常飞行，所以，天鹅处于一种静止与运动之中。丽达，经历了一番拍击之后，步履踉跄，但并没有完全倒地，仍然处于一种站立状态。如果把丽达视作一位他者，那么天鹅就是一位性殖民主义者，他者，对于性殖民主义者来说，就是自我的缺失，占有缺失或者与他者认同，都是以牺牲他者的方式进行的，占有或者认同的本质是"一种谋杀冲动"。②然而，暴力削弱了他者的同时，也牵制了性殖民主义者自己。

认同的过程就是从不同走向相同。"且拥她无助的乳房在他的胸脯。"显然，他的胸脯（his breast）与她的乳房（her breast），具有鲜明的身份特征，身份特征的存在主要取决于两个形容词性所有格，即 his 与 her；然而，身份的完整性与排他性却是一种内在的分裂与碎片，因为胸脯（breast）本身体现的才是真正的完整与独立。可见，把一个完整、独立的整体一分为二，形成两个个体，两个个体（他与她）也就分别拥有整体的一部分，仅就个体本身而言，部分具有了相对的独立性与完整性，但一方个体永远是另一方个体在原初状态下的一种缺失，要实现原初状态下的完整，就要抛弃分裂后的独立身份彼此认同。然而，在与异性个体认同之时，具体情况往往不以个体的意志为转移，也难以道德为标准。也就是说，个体的选择，有时体现的是理性，有时是冲动，和平方式占主流的同时，暴力方式也时有发生。不管怎样，认同既是放弃，也是坚持与获取。

---

① MEDLICOTT R W. Leda and the Swan—An Analysis of the Theme in Myth and Art[J]. Aust. N. Z.Journal of Psychology,1970,4(13):15—23.

② FUSS D. Identification Papers[M]. New York：Routledge,1995:93.

暴力之下发生认同，多有反抗与呼救，可是，对于丽达，一切悄然发生。天鹅做出了一系列的侵犯性动作：击打（beating）、抚摸（caress）、勾住（caught）、搂住（hold），可是，自始至终，诗歌里没有传出丽达的呼救声，沉默不语也就成为默许。"叶芝从来没有让丽达说不，这也不可能是一种美学安排。"丽达没有做出抵抗的原因也是颇为含糊："惊骇而含糊的手指怎能推拒。"惊骇是真的，但惊骇不是没有做出抵抗的主要原因，因为她此时此刻含糊不定，含糊才是主因。她为何含糊？是因为反抗无用，还是不必反抗？"松弛的大腿"（loosening thighs）无疑表明"愉快与同意"，否则，惊骇之中，性受害者下意识的举动就是"推拒"。而且，情急之下，能够感到另一个心脏的剧烈跳动，也是非常之举。既然如此，一开始的惊骇与后来的愿意说明什么？这说明："她的身体一分为二，一部分意欲拒绝，另一部分则又渴望'羽化的恩宠'。"[1]受害者并不完全拒绝"受害"，加害者也就不完全是"犯罪"了。

丽达与天鹅之间的边界消失了。一方面是"败壁颓垣"及"屋顶……焚烧"，另一方面是"城楼焚烧"；前者所描述的显然是丽达的体验，后者则必是天鹅的体验。在燃烧中，丽达所秉持的一切价值化为灰烬；在燃烧中，天鹅的菲勒斯中心主义也夷为平地，征服者阿伽门农（天鹅的另一化身）也与被征服者丽达同归于尽；丽达与天鹅在欲火中灭亡，也在欲火中重生；欲火中的重生是一个走向真正完整的过程，在这个过程中，他们重新组合成初始的整体。诗人非常重视这个初始的整体，不仅使用"纠缠一起"（caught up）来达到强调的目的，而且通过行内分段的方式，凸显这一超越性的结合。《丽达与天鹅》所要表达的信息是"认同"，才是政治的本意，而不是"身份"的固化。[2]

边界的消失标志着自由的开始，标志着力量转换的完成。自由有两种，一是狭义的自由，二是广义的自由。在狭义的自由里，丽达只能按照自己固有的身份行事；在广义的自由里，丽达可以在我者与他者双重身份之间自由选择，实现个体利益的最大化。此外，她不仅熟悉我者的规范，也熟悉他者的规范，熟悉了双方的规范，丽达也就拥有了丰富的知识，拥有知识也就拥有力量，丽达就成为个人命运的真正主宰。如果天鹅沉溺于霸权主义自大的幻想之中，它就失去了更大的自由；如果轻视丽达的知识，他就在知识与力量上

① NEIGH J. Reading from the Drop: Poetics of Identification and Yeats's "Leda and the Swan" [J]. Journal of Modern Literature,2006,29(4):150.

② NEIGH J. Reading from the Drop: Poetics of Identification and Yeats's "Leda and the Swan" [J]. Journal of Modern Literature,2006,29(4):157.

逐渐被丽达所超越，沦为新的弱者。所以，对于丽达来讲，重要的不是天鹅迫使她一体化，而是在一体化的过程中，丽达是否借力发力。真正的强大在于文化，而不在于具体的边界。文化强大了，失去的不仅能够恢复，而且不曾拥有的也成为拥有；或者，两种文化合并，形成一种全新的文化，既分属又超越。

历史是最成功的教科书。在英格兰的土地上，曾经出现过七个王国，七个王国在征服与被征服的过程中，逐渐形成一个统一、强大的英格兰王国；英格兰后来则被诺曼人征服，盎格鲁－萨克森文化与诺曼文化在英格兰融合成新的文化。英国人接过诺曼人的政治衣钵，与爱尔兰保持着政治上的一体化，直到爱尔兰民族运动的兴起；北爱尔兰的出现正是《丽达与天鹅》式政治主张的结果。苏格兰王国与英格兰王国于 17 世纪合并成大不列颠联合王国，直到 2014 年苏格兰举行独立公投，公投的结果表明，苏格兰愿意留在联合王国内。政治边界是次要的，关键在于文化的融合与文化的利用。

可见，"叶芝通过一位女性的他者来表达他的爱国主义精神，这种做法把性政治与民族身份的构筑联系起来了。他指明了个人私有的情感如何参与民族国家的构建"。其实，叶芝在生活中，"通过与毛岗的认同来构建自己的爱尔兰身份"[①]，这是一个最有说服力的事实。由此可见，丽达通过与天鹅认同的方式来重新构建自己的身份，其道理如出一辙。

总而言之，诗歌在整体上进行象征性指涉，就决定了象征的复合性，即象征不是单一元素独大，而是众多元素紧密结合，相互作用，共同形成一个意义中心，然后，从这个中心意义出发，进行第二次表意。如同绘画艺术具有线性与非线性之分，诗歌的象征艺术也具有线性与非线性艺术之别，非线性艺术通过碎片化的选择与组合方式，增加了诗歌的广度与深度。不过，非线性艺术最终还是落脚于线性理性。结构性象征暗通款曲，表意丰赡。

第二节　意象

其实，不难看出，象征性诗歌中，有一些诗作拥有鲜明的意象，例如弗洛斯特的不少诗歌给读者留下的第一印象就是突出的意象，但是，这些诗

---

① NEIGH J. Reading from the Drop: Poetics of Identification and Yeats's "Leda and the Swan" [J]. Journal of Modern Literature, 2006, 29(4):154.

歌并不是以意象为主要创作目的，而是为了表达"更多的内容"（something more）。在这一节里，结构意象一般不具有象征的意蕴，但也不排除特殊情况下，诗中的意象能够获得象征的含义，毕竟，从意象诗到象征诗仅有一步之遥。

意象可以是一个自然物或人造物、一个人物，也可以是彼此相关的物体与人物共同组成的一个场景或画面。无论哪一种，意象在诗歌中一定处于显著的位置，具有结构上的中心地位。意象一般表达三方面的意义：一是瞬间的情感体验，二是瞬间的情感与智性的交合体验，三是智性的体悟。笔者所讨论的意象可以是部分传统诗歌塑造的意象，也可以是意象派诗歌呈现的意象，不过，主要以后者为主。意象，从本质上讲，具有印象派（impressionism）的特征。

意象分三大类，主要来自以下种类的诗歌：俳句、戏剧性与非戏剧性视角的诗歌与释画诗。

俳句（Haiku, Hokku）是日本文学对世界的一个贡献。俳句的主要特点体现在三个方面：一是俳句必须有一个切词（cutting word），切词是用以断句、咏叹或调整语调的助字，有了切词，俳句的意象就以并列的方式出现，并以此凸显二者之间的逻辑关系；二是篇幅短小，共有 17 个诗节、三个诗行，依照 5-7-5 的结构排列，也有 11 个音节，呈 3-5-3 的结构；三是俳句必须具有季语（seasonal reference），即表示时节的词汇。俳句进入英语诗歌之后，由于语言上的差异，切词、音节甚至诗行都发生了变化，不过，俳句的精神还是保留了下来。俳句的审美标准有三：侘寂（Wabi-Sabi）、物哀（Aware）、幽玄（Yugen），而三个标准又都统一指向情感与机锋的出现。

以诗人松尾芭蕉（Matsuo Basho）的俳句《古池塘》（*Old Pond*）为例。其汉语注译如下：

Fu-ru（古老的）i-ke（池塘）ya,（古池塘）

ka-wa-zu（青蛙）to-bi-ko-mu（跳入）（蛙入水中央）

mi-zu（水）no o-to（声音）（一声响）

ya 为切词，青蛙二字隐藏着俳句的季语。两个意象：池塘与青蛙入水，它们共同作用，进一步构成一副青蛙入水池塘的画面。在这幅画面中，可以发现一系列的二元对立：生物（青蛙）与静物（池塘）、平面与直线、静止与运动、无声与有声、永恒与现在；通过对立的手法，视觉与听觉的美学效果跃然纸上，经过阅读，又直入读者的内心世界；无论是外界还是内心，涟漪之后，一切如初。此美景固然短暂，但感官之美，倘若不能胜于，也必定等同道德之美。俳句，一如一朵樱花，美丽但渺小，可是，集结一起，就是一树的灿烂。

庞德的《在地铁站》（*In a Station of the Metro*）体现的就是俳句的精神。《在地铁站》成诗之初，共 30 行；半年之后，减缩为一半；一年之后，进一步减缩为以下的形式：

人群中这些脸庞的隐现；
　湿漉漉、黑黝黝的树枝上的花瓣。（裘小龙）

在确定《在地铁站》的最后版本之前，庞德几易其稿，不仅为了取得最大简约化的艺术效果，而且为了保留诗歌原有的乐感，因此，曾经出现过以下的版本：

The apparition of these faces in the crowd :
Petals on a wet, black bough.

其中，最突出的莫过于冒号与 crowd 之间的空格：短语之间的超常空格旨在用空间表达节奏，而此处的空格旨在达到人头攒动的视觉之效。后来，考虑到视觉效果重于音乐之效，庞德取消了空格。庞德与胡尔默（T. E. Hulme）不谋而合：

新诗……诉诸视觉而不是听觉。它把意象，也就是精神的泥料，塑造成一定的形状，而不是幻化成声音。新诗呈现给读者一个可塑性的意象，而古老的（吟唱）艺术则利用节奏对读者进行催眠。[1]

为此，不难理解意象派诗歌为何选择自由诗的诗歌原则作为自己的艺术规范，但并不是所有的自由诗都不具音乐性。

诗歌首行的关键意象是"那些脸庞"。怎样的面孔，男人的还是女人的？不得而知，但可以确定的是，人群中的这些面孔，要么是男人的面孔，要么是女人的面孔，绝不会是男人和女人的面孔。这些面孔没有聚集在一起，否则，

---

① HULME T E. A Lecture on Modern Poetry[M]//CSENGERI K. The Collected Writings of T. E. Hulme.New York:Oxford University Press,1996:56.

就会是"一张张的面孔",而不是"时隐时现的"面孔。其实,无论是法语还是英语,apparition 均有"隐现"的意思,既然是"隐现",也就说明是一些特殊的面孔,可以是移动视角下的,也可以是静止视角下的。庞德说过,他在巴黎地铁下车后,在站台上看到了这些特殊的面孔。其实,这些面孔也可以是站内车厢里的特殊面孔,到底是什么,读者有权利独立做出可靠的理解。可以说,前者是移动视角下的显现,后者则是静止视角下的画面。

　　第二行的中心意象则是"花瓣"(petals)。如其英文所示,花瓣是复数的,由此出现了两种情况:一是散落的花瓣,二是聚集成型的花瓣。显然,不应该是前者,而应是后者,进而言之,复数的花瓣既表示花朵的饱满,又表示花朵的数量。可见,petals 无疑等同 flowers。而且,花瓣出现的位置,即"湿漉漉、黑黝黝的树枝上",又进一步强化了花瓣作为花朵的可能性。"黑黝黝"所表达的不一定是黑色,而应该是深色;"湿漉漉"则说明,可能是一场春雨之后,也可能是阴天潮湿之时。树枝是只有一根,而不是枝条满树。

　　两个诗行,两个意象。意象之间具有怎样的关系呢?尤其是,第一行与第二行之间的分号,过于突兀,以暴力的方式把两个意象割裂开来;以往曾经是冒号,而眼下却变成了分号,这是否意味着意象之间存在独立与对立关系?不仅如此,第一个诗行只是一个名词性的短语(名词+介词短语),第二个诗行依然是相同结构的名词性短语,诗行自身并不是一个语句,诗行之间更因缺少谓语动词,难以构成完整的语句。因此——

　　　行为主体(人类的或非人类的)遭到抑制。从人群到花瓣,推断不出任何具有严格意义的东西;至于"隐现",除了"雨滴"或者"幽灵",别无他物……冒号之后出现的物体,无论是外部还是内部,都与前面的分立。不仅难以描述到底发生了什么,而且也不可能明确描述到底是为了什么……诗歌显然在表达,表达什么,却无人知晓。[①]

　　其实,学界所反对的,正是庞德在实践和推广的意象派诗歌技巧,他就是要在诗歌的意象之间创造出一种张力,而这种张力也是借鉴了俳句艺术。从俳句《古池塘》可以看出,作为一个分句,"古池塘"是一个名词短语,而不是一个真正的句子,而"水的声音"(一声响)从句法上讲,也是一个没有动

　　① BARBARESE J T. Ezra Pound's Imagist Aesthetics[M]//PARINI J,MILLER B C. The Columbia History of American Poetry.New York:Columbia University Press,1993:308—309.

词而且与前句没有语法关系的名词性短语。

俳句与意象派诗歌的魅力也就源于此。庞德有意在仅有的两个诗行之间创造出一道似乎"不可逾越"的鸿沟，有了这条鸿沟，读者才能与诗人共谋，积极地参与意义的建构，而共谋与建构的主要手段则是读者的意识，"每一个概念，每一种情感，都以原始的形态呈现到意识里"①，就像一系列的物体落入漩涡（vortex）之内，在漩涡旋转向下力量的作用下，多个意象在意识的漩涡里实现了有机的融合，产生出新的具有完整意义的组合意象。关于有机结合的过程，庞德还给出了一个新的概念，即叠加（super-position）。庞德早年提出的意象概念仅仅指出了意象派诗歌创作的旨归，而后来提出的漩涡概念则指出了意象形成的过程，两个概念相互映衬，共同揭示了意象派诗歌创作的内涵。

就《在地铁站》而言，那些脸庞到底是什么，只有当"花瓣"的意象叠加到了"脸庞"的意象之后，"脸庞"才获得了新的蕴含，逐渐呈现出"女性美丽容貌"的意象。叠加代替了 is 或者 like，成为具有谓语动词或类比功能的最佳选择。整体上讲，两个意象并置之后，后一个意象顿时提升了前一个意向的清晰度与美学效果：现实中，一个不时闪现美丽面孔的矩形地铁站，或者一列透出美丽面孔的地铁车，瞬间转化为诗中疏密有致、湿漉漉、黑黝黝的一枝鲜花。叠加的过程也是一个化繁为简的过程，达到了意象派诗歌追求直接性和简约性的目的。

《在地铁站》给读者带来的审美体验，是精神上的愉悦，而不是智性的提升。诗歌要向读者传递一个深邃的道理，或者抒发一种浓烈的激情，似乎是西方诗歌的一大传统，而捕捉生活中瞬间美感的诗作，由于诗篇的短小或者典雅的缺如，几乎凤毛麟角。体验到娇容丽质的愉悦是一种源于现实的感受，而把这种感受通过不留痕迹的比拟方式表达出来则是一种艺术，艺术带来的不仅是情感的共鸣，也是智性的陶冶。当然，也有学者认为，诗歌中传递出了一种郁郁之情（melancholy），因为《在地铁站》的创作虽然早在 1912 年就已经开始了，却在大战前的伦敦做了修改，因此，战前的忧思之情溢于言表（湿漉漉、黑黝黝的）。读者有权利对诗作进行多维度的解读，②不过，《在地铁站》无疑很好地体现了意象派诗歌创作的原则，成为解开英语俳句的钥匙。

---

① Pound E. Vortex[EB/OL]. https: //www.poetryfoundation.org/articles/69480/vortex.

② ESH, S. On "In a Station of Metro" [EB/OL]. https://modernamericanpoetry.org/poem/station-metro, 1992.

《红色手推车》(*The Red wheelbarrow*)是一首自由诗,既有俳句的痕迹,又有油画的理念,可谓意象派诗歌的经典。除了题目,全诗共有 16 个单词,其中,包含一个谓语动词。如同俳句一样,一个语句,一贯到底。与《在地铁站》不同,此诗不便翻译,为了更好地体现诗歌的艺术成就,仍然引用原文:

so much depends

upon

a red wheel

barrow

glazed with rain

water

beside the white

chickens.

介词 upon 把第一段与其余三个段落一分为二,成为全诗的切分点。

诗中的意象简单却富有诗意。一辆红色的(red)手推车(wheelbarrow)摆放在视觉的中心位置上,旁边(beside)则是一群(而不是一只)白色的(white)家鸡(chicken)。红色与白色并置,其视觉效果凸显、融洽。白色与蓝色一般属于雅士的阳春白雪,红色与白色则属于下里巴人的阳春白雪。手推车体积不大也不小,更是车体通透,疏密有致:20 世纪初,手推车仍然使用长短不一的木条,按照格状结构组装而成。白色的家鸡,如果是一只的话,在比例上与手推车难以协调,固有复数,但具体的数量又不十分明确,任由读者凭趣取舍。红色的手推车常见,白色的家鸡也常见,但红色的手推车与白色的家鸡并置,则需要艺术家从生活中选取或构想。多么简单又精致的一道田园风景。的确,诗歌的灵感是贴近生活的诗人偶然中发现的。用具体可感的事物来表达生活中的稍纵即逝的情感,应当是俳句与意象诗的创作原则:"于物见道"(no ideas but in things)始终是威廉姆斯的艺术信条,不过,道未必就一定是玄学。

手推车是农场上不可或缺的搬运工具,可谓司空见惯;谈到红色手推车,读者就难免产生疑问。木质的手推车必须涂上油漆,否则,雨淋日晒,年长日久，就会龟裂腐朽。手推车曾经有蓝色、黄色和红色的。红色手推车，1908 年的《国家杂志》（*National Magazine*）、1918 年的《新教会使者》（*New-Church Messenger*）及 1920 年的《星期六晚报》（*Saturday Evening Post*）都有记载。1912 年，西尔斯（Sears）商品目录推出了六款手推车，四款木制，两款铁质；农用手推车地质坚硬，价格便宜，也是红色。手推车的红色是朱砂红（vermilion），含有硫化汞（mercuric sulfide），当时颇受制造商的青睐。诗中的白色家鸡，据考证，很有可能是普里茅斯洛克白种鸡（White Plymouth Rock），美国家禽协会（*The American Poultry Association*）1922 年出版的《美国高标》（*The American Standard of Perfection*）向消费者推荐洛克白种鸡与其他四种白种鸡。①

　　一个重要的问题是：诗中的场景发生在何时？有学者认为，发生在雨时，②也有学者认为，发生在雨后，雨后天晴，可能仍有乌云，但阳光能够透过云缝照射下来，在阳光的照耀下（glazed），浸有雨水（rainwater）的红色更加鲜艳（Stanley Archer）。前一种观点认为，既然下雨，雨中的家鸡却安然无恙，一身羽毛，雪白舒展，有悖常识；后一种观点认为，下雨之时，家鸡躲在鸡舍或其他可以遮雨的地方。诗中的场景，应该发生在雨后。雨后日出的情况并不少见，毕竟红色的手推车与白色的家鸡，在"缺场"的太阳和蓝天的陪衬下，能够呈现出更好的审美效果。的确，谁也不能忽视雨后的红日与蓝天，红日与蓝天虽然在画面之外，却胜似在画面之内。

　　当然，画面内还缺少必要的人物。诗歌所隐含的劳动应该是又脏又累的体力活，农场上的劳动者虽然贴近自然，也成为他人视角下的一道美丽的风景，但前提是，欣赏者要确保自己的双手没有沾上泥土和异味，否则，所有的浪漫就会顿时消失。正如艾默生所言，"如果有人就在附近的地里掘土，要自由地欣赏自然的俊美风光，简直不可能"③。好在有一场及时雨，大雨自从天而降，所有的劳动者就可以从画面中消失了，剩下的当然是具有唯美主义的红色手推车与白色的家鸡。有观点认为："对于威廉姆斯来说，手推车是一个不能言说的绝对秘密，只能点明，作为依托，多一点或少一点都不妥。"④此言

---

　　① LOGAN W. The Red Wheelbarrow[J].Parnassus: Poetry in Review, 2015, 34 (1/2): 208—210.

　　② Hugh K. A Homemade World: The American Modernist Writers[M]. New York：Knopf, 1975: 57.

　　③ EMERSON R W. The Collected Works of R. W. Emerson:Vol.1[M].Cambridge:Harvard University Press,1971:39.

　　④ MOHR B. The Wheelbarrow in Question：Ideology and the Radical Pellucidity of William Carols Williams's Images[J].William Carols Williams Review,2004,24(2):31.

不缪，不过，下文即将揭示不能言说的秘密是什么。需要确定的是，意象派诗歌重在映射，而不是明指。

还有一个富有争议的问题是：诗歌的视觉焦点在哪里？诗歌的题目明白无误地告诉读者，手推车即是诗歌的视角中心，然而奇怪的是，

看起来最重要的对象却不在画面的中心。处于中心位置的是家鸡，而位于家鸡旁边的才是手推车；作为春季的一个偶然象征符号，手推车处于从属却又绝对必要的位置。[①]

显然是一个悖论。换一个视角，悖论或许是高论。众所周知，意象派诗歌的一个主要特点是呈现给读者一个基本上是静止的画面，而且没有过多的深邃蕴含，为此颇遭批评界的非议。威廉姆斯的《红色手推车》则完全可以回击这种批评。有理由说，介词 beside 是诗歌的第二个切点，随着切点出现的第二个意象，白色的家鸡，的确如批评者所言，抢了镜头，从似乎边缘化的位置移到诗歌的中心位置。白色家鸡的画面虽然短暂，只有一行，但想象的力量是无穷的，有了想象，诗歌以外的时间也就属于白色家鸡的了。也正是这一笔，成为惊人之笔：一个本来只有静止画面的诗歌突然间运动起来了，诗歌的画面从红色手推车切换到白的家鸡。这样，有两个选择摆在读者面前：一个是简笔（以手推车为中心），一个是满笔（手推车与家鸡）。是简，是满，全靠读者。不仅如此，画面移至白色家鸡之后，在读者的脑海里，视觉的焦点又开始了新的位移，定格在两个意象的上方，把它们全部纳入同一镜头之内，令其并置，于是又有了新的一组意象。可见，隐含的叙事力量无穷无尽。

其实，第一个切点之外也是富有无尽的意蕴。既然太多的事情取决于这架红色手推车，依赖于这架红色手推车的事情能是什么呢？威廉姆斯曾经指出，这首小诗

因黑人老者马歇尔而生。他是一位渔夫，在格罗斯特近海捕捉鲷鱼。他告诉我，自己常年在冰冷的天气里劳动，站在齐踝的碎冰中装鱼，从来都不

---

① MOHR B. The Wheelbarrow in Question：Ideology and the Radical Pellucidity of William Carols Williams's Images[J].William Carols Williams Review,2004,24(2):29—30. 其实，根据 beside 一词来证明家鸡位于视觉中心，是从语法角度进行判断的结果；从手推车在诗歌中的位置以及阅读习惯来看，手推车仍旧是叙事中心。

感觉寒冷，直到最近。我喜欢这位男子汉，也喜欢他的儿子弥尔顿。在他的后院，我见到了一辆红色手推车，四周一群白家鸡。我觉得，自己把对他的好感写进了诗歌。①

有学者对此进行了马克思主义的解读，但遭到一定程度的揶揄：

数字和手推车有一个共同之处：基础性，因为文明依赖于它们。手推车是最简单的一种机器，它把轮子与斜面结合起来；阿基米德熟悉的机器有五，轮子与斜面便是其二。文明依赖于数字，文明依赖于简单的机器，不仅因为有了数字与机器，而且因为它们之间复杂的组合。数个世纪以来，手推车无处不在，让"如此之多的事物产生依赖"（so much depends/ upon），对于高度工业化的文明来讲，也是不可或缺。（Barry Ahearn）

道理的确简单，不过，简单的道理在支撑人类文明的同时，却也遭到了人们的忽视。殊不知，20世纪初，在城市里叫卖的小贩和销售农产品的小农场主，都得到政府的鼓励和保护，他们所使用的主要工具就是手推车。意象固然是意象派诗歌的亮点，也因为捕捉的是生活中的美好瞬间，因而给人一种意义缺失的错觉，仿佛诗人"害怕思想"。事实上，"相当多的智性力量来自细节"（Peter Baker），也就是说，upon 作为切词，再把视觉引向下文的同时，也指向了文本之外。《红色手推车》再一次说明，意象派诗歌虽然讲究直白，但也重视隐含，所传递出的是智性与感性的综合信息。

而且，《红色手推车》的艺术形式与内容也产生了意义上的共鸣。四个段落最惹眼的当属第一行的长与第二行的短，凡有过手推车经验的读者，脑海里无一不闪现出一架手推车的模糊影像。重要的是，诗歌的第一段简直就是手推车载重的图示：

手推车载重之时，装载于其上或者图示左侧的货物，也就是"如此之多的"重量，从字面意思来看，"取决"于车把，图示右侧的位置，而且也集中"压在"车体下的轮子之上。

……

如此一来，读者能够从胳膊、背后与腿三个部位下意识地感觉到，手推

---

① LOGAN W. The Red Wheelbarrow[J].Parnassus: Poetry in Review,2015,34(1/2):224.

车如何在重力与引力之间进行平衡。①

当然，学界普遍认为，depend upon 的词源阐释也映射着手推车的结构功能。depend 即 de + pendere 等于 to hang from（悬垂于）（Hugh Kenner），也就是说，手推车载重，就是让车身之上的重量中心落在车轮之上。那么，如何阐释四个段落的一致性呢？按照威廉姆斯的解释，四个段落一致，阅读之时，仿佛一架手推车从诗歌的开头畅通无阻地行进到结尾（Kenneth Lincoln）。畅通无阻并不是快速行进，因为短语 depend upon 与 white chicken 以及复合名词 wheelbarrow 与 rainwater 一分为二，分置两行的时候，这就意味着手推车不得不放慢速度，缓慢行进。对于读者来说，他们则有机会仔细地观赏用文字创作出的立体派（Cubist）或者印象派（impressionist）画作。

与《红色手推车》一样，《雾》(Fog) 也是深受俳句影响的意象派诗歌。《红色手推车》以一个完整的语句为结构基础，分三个小句：so much depends, upon the red wheelbarrow glazed with rainwater, beside the white chickens. 不过，全诗分为三个小句，四个段落，两个对照部分。对照的部分表达了瞬间的美妙感受，而第一个小句则指向了诗歌意义之所在。《雾》揭示了雾这一普通自然现象在运动与静止状态下的直觉美感。

The fog comes
on little cat feet.

It sits looking
over harbor and city
on silent haunches
and then moves on.

两个段落，一短一长；共有三个语法单位，不过，不是小句而是简单句：The fog comes/ on little cat feet, It sits looking/ over harbor and city/ on silent haunches, and then moves on. 译文粗略如下：雾来了／踩着猫步。／坐而眺望／海湾与城市／沉默不语／接着，又走了。《红色手推车》凸显的是视觉上的对比

---

① NEUMANN A W. Diagramming the Forces in a "Machine Made of Words" :Williams' "Red Wheelbarrow" as Picture Poem[J].William Carols Williams Review,1986,12(1):15—16.

效果,《雾》捕捉的是听觉上的悄无声息与触觉上的轻柔,当然也有视觉上的乳白。

如同其他意象派诗歌一样,《雾》同时也受到了汉语绝句的影响。最早对意象派诗歌产生重要影响的是俳句,俳句诞生于日语的连歌(Renga)与俳谐(Haikai)。连歌的最基本结构形式是 5-7-5 与 7-7,而 5-7-5、7-7 又是连歌结构的开头部分,后来独立出来,成为俳句的主要结构形式。俳谐的结构与连歌相同,但与连歌构成反讽关系,因为俳谐多以富有生活气息的事物做题材,含有庸俗、时髦的笑话,多谐音。俳句继承了俳谐的生活气息。其实,俳句也受到了汉诗绝句的启发。绝句,即截句,律诗截短之后即成绝句。汉诗对意象派诗歌产生重要影响则始于庞德翻译汉诗之后。在庞德的《神州集》(Cathay)中,颇受关注的是李白(Li Po, Li Bai, Lihaku)的一首绝句《玉阶怨》,其英文标题是 The Jewel Stairs' Grievance。诗歌表达了一位女性的哀怨之情,从头至尾却不见一个怨字。哀怨的表达,不是依靠抽象的陈述,而是借助生活中具体可感的事物,予以无缝的烘托。当然,以李白的《长干行》为蓝本的二次作品(persona)《河商之妇:家书》(The River-Merchant's Wife: A Letter")也不可忽视,不过,不是形式,而是与《玉阶怨》相同、代表了汉诗主要成就之一的手法:托物言情。

要传递日常事物所产生的感觉信息并非易事。雾,在日常生活中,是人们再熟悉不过的自然现象,正因为人们熟悉,也就似乎没有什么新意,更谈不上深度的思考了;不过,越是熟悉的事物,越是难以表达。生活中,当人们发现起雾的时候,往往是雾已经来到了身边,所以,不知不觉、悄然无声以及突然之间,都是雾所特有的性质。桑德伯格(Carl Sandburg, 1878—1967)发现了神来之笔:踩着猫步。猫步,当然不是T型舞台上,模特们所展现的袅娜步态,而是生活中,宠物猫儿行走时所展现的轻盈、不留声音的悠闲步态。一般情况下,写人,多采用拟物的手法,状物,多采用拟人的手法,而此处则是拟生以状物。用猫的步态来描摹白雾漫开的情景胜似拟人。人有蹑手蹑脚之举,但蹑手蹑脚往往是小心谨慎,并且伴随着肌肉紧张与神情紧张的状态,不能给读者带来舒缓愉悦的享受。

雾(当然不是雾霾)到来之时,有两种情况:一是不受欢迎,例如能见度低,妨碍车辆与飞行器的运行;二是受到欢迎,因为白雾可以拟态,能够给人短时的神秘感,可以创造仙境,化平凡为神奇。可是,一个形容词,"可爱的"(little),只能说明猫儿自身的本性,却不一定能够揭示他的内心世界。

白雾的第二个行为过程实际上是诗歌中最为出色的地方。雾在移动过程中一般脚步缓慢，而且时有裹足不前的现象，仿佛疑虑、忧心而徘徊不定，前方不远，却总是凝神远望，迟迟不见移动。不过，由于白雾具有内敛的性格，人们很难从行为方式上揣度出其内心的思想或情感。以猫写雾，再贴切不过了：猫儿时而移步，时而驻足；来无影，去无踪。因此，从猫的角度写雾，雾就具有了生命，而且活灵活现。当雾在山丘之上驻足，徘徊不前，放眼注视着远方，它与猫儿的经典姿态别无二致：常见猫儿后腿收起，依臀而坐，前腿竖起，抬头竖耳，凝望前方，仿佛发现了秘密或异常现象，一动不动，静待内心的呼唤。

这显然是一座滨海城市，但城里发生了何事，不得而知。此诗创作于1916年，第一次世界大战恰好进入战争的中期，同盟国与协约国已经酣战两年。未来的一年到底会发生什么呢？德国有一种感觉，美国要加入协约国参战，为了尽早有效地钳制美国，1917年1月，德国与墨西哥密谋，主张墨西哥对美宣战，墨西哥将来可以收回德克萨斯、亚利桑那和新墨西哥州。破获情报后，美国于当年4月对德宣战。诗歌领域，意象派诞生不久，掀起了一场声势不小的诗歌革新运动，而1914—1917年之间，正是意象派诗歌观念走向成熟、意象派诗作不断涌现的时期。不过，也就是在这一期间，两位意象派诗歌领军人物庞德与艾米·洛威尔（Amy Lowell, 1874—1925）发生了分歧，结果，两人最终都抛弃了 Imagism，庞德的新旗帜是 Vortex（漩涡），而洛威尔则把新诗歌运动戏称为 Amygism。言归正传，诗歌中的白雾看到了什么？在思考什么？无须答案。

正如他轻轻地来了，他又轻轻地走了。整个过程中，轻柔、静谧、舒缓成为白雾的主导性感觉特征，而白雾的这些主导性感觉特征又是通过宠物猫儿的典型行为方式得到烘托的，就这样，猫儿的意象与白雾的意象发生了重叠。而且，雾的乳白色又与轻柔、静谧、舒缓三者形成的主格调完全一致，空白的答案同时也增强了已经取得的淡雅、柔静、无为的艺术效果。《雾》的中心意象是一只姿态生动的猫，而不是作为自然现象的白雾，《雾》的艺术效果是女性的。总之，对于意象派诗人而言，

生活中的直觉世界就是诗歌关注的对象；对于20世纪的西方人来讲，要想生活具有意义，就要确保现实经验的生命力（实际上是"摆脱事务纠缠"），也就是庞德所说的"流"（古代中国人的"道"，"世界之气"）："除非能够重新

与物紧密结合，否则，诗歌就不会成为当代生活的一个重要部分。"[1]

恢复几近枯竭的人类情感及对生命的感知能力，而不是追求纯粹理性的知识，成为意象派诗歌的首要任务。

《雾》外在的艺术形式与内在的意象实现了高度的统一。其实，从视角的角度看，诗歌的形式本身就俨然一只立坐远望的猫：第一诗段可视作猫的头部，两段之间的空白仿佛猫的脖颈，第二诗段的前三行则是猫的前腿与略微弯曲的身体，最后一行又是猫的臀部了。猫采取的是左望姿势。而且，来的时候，步履缓慢；走的时候，步伐利落。重要的是，诗歌反复体现诗中意象的身体结构规律。如果把猫的身体分为头部、躯干、臀部三部分的话，那么白雾则有到来、驻足、离去三步骤。此外，还有以下两种情况：第一，按照主题划分，诗歌整体可分为前、中、后三个部分；第二，两个中心词汇 fog 及 cat 都是由辅音、元音、辅音三个字母组合构成。[2] 能指的视觉形式进一步巩固了所指结构的意象。

意象派诗歌的关键是要准确地呈示意象，其手法要简约，带有速描的性质，呈示的意象要栩栩如生，力求意象能够给读者带来一番顿悟，或者一次电击般的瞬间感受。通过意象呈现，意象派诗歌旨在揭示：来源于生活、贴近于现实的感受，与知识一样，是人生的重要组成部分。

戏剧性与非戏剧性视角下的意象也多见于意象派诗歌与非意象派诗歌。所谓的戏剧性视角是指讲述人成为叙事对象，讲述人有时与叙事内容处于同一层面，有时为不同层面；讲述人可以是可靠叙事者，也可以是不可靠叙事者。非戏剧性叙事视角则与此相反，叙事者，无论是第一人称的外视角还是第三人称的全知、有限视角，都外在于事件本身，非戏剧性叙事是客观的，因而是可靠的。

H. D（Hilda Doolittle, 1886—1961）的意象派诗作《海伦》（*Helen*）采用了不可靠叙事，诗中的海伦形象也因此呈现多元化。海伦形象的多元化来自对其内心世界所做的多向解读，与多元化内心世界对应的是稳定的外部容貌特征。刻画海伦的容貌，主要从以下几个方面入手：眼睛、双手、脸庞与双脚、膝盖，而面部、手与腿部显然是焦点。海伦的面孔呈白色，眼神平静不惊；双

---

[1]　LING M Y, AIRAUDI J T. "Essential Witness" :Imagism's Aesthetic "Protest" and "Rescue" via Ancient Chinese Poetry[J].Analecta Husserliana,1990,32:185.

[2]　Ross, H. Fogcatfog[EB/OL]. http://www-personal.umich.edu/~jlawler/haj/FogCatFog.pdf.

手白皙；双膝平直（双腿笔直），而双足娇小，冰玉一样洁白（cool）。由此可见，海伦的美丽主要来自洁白的肤色，海伦的人物形象，与其说是丰满的刻画倒不如说是简约的概括。事实上，在细节的问题上，诗歌永远不及绘画：诗歌中，人物栩栩如生，也仅仅是精气神的到位，全然不是绘画中体态上的那种传神。客观地讲，海伦的形象缺少外在的区分度，这体现了意识流小说以降的文学风格。

换个视角，海伦的形象即刻具有立体感与深度感。在希腊人的眼中，海伦是红颜祸水。她身为王后、妻子、母亲，竟然与帕里斯私奔，背叛了自己的亲人，亵渎了自己的圣职，引发了希腊与特洛伊长达十年的战争。战争消耗了希腊的国力，折损了众多的英雄，同时也导致了特洛伊的灭亡；战争期间，血流成河，尸横门庭，惨烈空前。然而，战争之后，重返希腊的海伦若无其事，站在象征和平的橄榄树下，一如既往地享受着荣光，而一双美丽的眼睛又折射出着内心的平静。海伦的平静并不能平息希腊人民的愤恨，海伦的微笑也只能加剧人民对她的憎恶，要重新赢得人民的爱戴，只有一种可能：化为灰烬。躺在松柏之下，方能以美的化身驻留人民的心里。可见，特洛伊之战之后，海伦拥有的仅仅是美貌，她带给人民的则是深度的憎恨。希腊人是墨杜萨（Medusa），海伦一望成灰。

像其他女人一样，海伦活在世人的眼睛里，而世人（希腊人）又活在男人的眼睛里。世人的爱与恨，决定着海伦的道德地位与身价。希腊人对海伦的恨与日俱增。诗中的观点之所以是希腊人的，是因为全诗只有一个意识中心，而中心意识的主体乃是全体希腊人：诗歌的前两段都只有一个语句，每一个语句的主语都是"全希腊人"（all Greece）；第三段则有两个语句，但两个语句共享的一个主语又是"希腊"（Greece）。与此同时，海伦以及她的信息无一例外地处于宾语的位置。可见，希腊人居高临下，而海伦仿佛处在一个环形监狱，完全暴露在国家的视角之下。希腊人对海伦的情感最初是"痛恨"（hate），后来发展成"攻击性的谩骂"（revile），再后来，面对海伦的"罪恶"已是"无动于衷"（unmoved），尤其是明知她是神的女儿。产生"无动于衷"的情形有二：一是尚未意识到事态的严重性，二是痛恨至极已无任何同情之心。所以，当痛恨升级到了死亡的诅咒也就可以理解了。痛恨逐渐升级，声望与地位则逐渐下降。

然而，痛恨逐渐升级毫无理由。希腊人对海伦的痛恨源于她"昔日的蛊惑"（past enchantment）与"昔日的邪恶"（past ills），肌肤的洁白只是成为一种掩盖，而不是真正的原因。可是，不难发现，导致希腊人痛恨海伦的真正原因在第二段才出现，而此时的痛恨已经升级，所以"昔日的蛊惑"与"昔日的邪恶"并不能导致痛恨升级。从一开始，海伦就表现"平静"，眼睛是心灵的窗口，平静的眼神（still eyes）展示的是平静的内心。当痛恨产生之后，海伦进行了主动的交流，交流的方式是"微笑"，微笑却招致了更深的痛恨，因为正是这张美丽的笑脸欺骗了他们。希腊人的逻辑出现了错误：丑陋的面孔并不等于欺诈，而美丽的面孔也并不等于善良。责任不在海伦，而在于希腊人的错误判断。而且，希腊人向来敬神，对于神的女儿，不仅没有表现足够的敬意，反倒变本加厉。当海伦试图用微笑来缓解紧张关系之时，她的精神状态却逐渐变差，脸色由白（white）变成苍白（wan），而希腊人的痛恨却在攀升。怨怼让人失去理智，诗段的长度从五行发展到六行再到七行充分说明疯狂的升级与理性的降低。

海伦几乎没有申诉的机会。海伦身为王后，既不缺少社会地位，也不缺少物质享受，却宁愿与帕里斯私奔，放弃王后之位，甘做王子之妻，这显然有悖常理，不足以成为海伦水性杨花的理由。重要的是，为了一个女人，当然海伦也不仅仅是一个普通女人，希腊不惜人力、财力，耗时十年，不合情理。从特洛伊的角度来讲，为了海伦，整个城邦面临着灭顶之灾，不仅老国王，即便是储君，帕里斯的兄长，也不会答应；送还一个海伦，换来一邦之平安，何乐而不为？进一步讲，劫妻为当时习俗，损失一方往往因为得到物质补偿而息事宁人，希腊人自然不会超越地中地区普遍流行的习俗。既然私奔伤风败俗，国王梅涅劳斯又怎会轻易地原谅海伦？特洛伊战争真实的动机是掠夺财富、抢占海上贸易要道。古希腊时期，通过抢掠获得财富并不是一种罪恶，而是一种荣耀。重要的是，特洛伊地处地中海——爱琴海到黑海的交通咽喉，控制了地处小亚细亚西北面的特洛伊就等于控制了黄金的流向。可见，海伦私奔只是战争的一个华丽的借口。[①]

海伦的社会身份是一件值得占有的美丽艺术品。在痛恨海伦的同时，希腊人反复强调她的美貌，自有其盘算。一是把战争的责任归咎于海伦，让她充当特洛伊战争的替罪羊，不给历史和世人留下任何借口，因此，人们对海伦的痛恨只是一种策略，而不是真情实感。二是赞扬海伦的美貌能够表达她在其他方面应得的肯定，弥补对其造成的情感伤害。那么，希腊人又为何能够在海伦死后赞美她的容貌而不再铭记她所背负的战争责任呢？海伦在世，她有话语机会，能够揭露特洛伊战争的真正原因，所以，希腊采取强大的政

① 徐岩松.关于特洛伊战争的若干问题 [J].世界历史，2002（2）：71—82.

治攻势，让海伦噤若寒蝉。化为灰烬，海伦也就没有言说的可能了；赞美她，不仅能够体现希腊从来尊崇美的文化传统，而且不会引发海伦的自我辩护。①历史上，特洛伊战争结束后，海伦随丈夫回国，不仅得到了丈夫的宽宥，而且很快恢复了昔日的尊荣。如果道德、尊严等同或高于城邦利益的话，梅涅劳斯决不会轻易放下举起的宝剑，也不会冒天下之大不韪赦免海伦。海伦无论如何都是一个女人，一个能够供男人把玩的精美艺术品，一个可以流通和替代的高档艺术品。

文学中有两个海伦形象：一是希腊视角下的海伦，另一个是历史学家眼中的海伦。希腊视角下的海伦完全是一种虚构，然而，由于虚构的文本自有裂纹，顺着裂纹进行解构，虚构的海伦破裂了，真实的海伦浮现了。意象走向多元。

与成熟、果敢的海伦相反，《初识死亡》（*First Death in Nova Scotia*）刻画了一位挣扎在现实与幻想、恐惧与希望之间的小女孩形象。诗歌呈现的画面分为两个层次：一是注视的对象，即安歇在白色棺木里的表亲阿瑟、高挂在墙上的皇家成员画像、摆放在桌面之上的潜鸟标本；二是注视的主体，即一个尚在母亲怀中的年幼女孩，由于女孩不谙世事，女孩的视角因而是不可靠的。注视的主体与注视的对象构成了诗歌的文本，而文本又是文本之外的读者的注视对象。文本内，注视的对象本身并不无意义，注视对象的意义来自注视主体赋予，注视的主体赋予注视对象意义的方式又反过来赋予了自我一种意义。

作为注视的主体，小女孩具有毋庸置疑的可靠性，她的可靠性表现在拥有健全的知觉功能。透过小女孩的视角，读者发现，她所传递的视觉信息不曾矛盾，因而准确可信：桌面是大理石材料的，潜鸟的胸部是饱满的，胸前的羽毛是白色；同样，感觉敏锐、细腻：客厅冰冷，羽毛柔软诱人；行动能力正常：能够按照母亲的吩咐，准确地把铃兰放到亚瑟的手里。与此同时，这些信息又是不可或缺的细节。

然而，这一切并不是为了表现作品的现实主义风格，而是以可靠的事实细节来进一步揭示女孩的精神世界。毕晓普（Elizabeth Bishop，1911—1979）曾经说道：

你是否发现，要知人们的感觉如何，做他们那样的人会是什么样子，听人们咳嗽或听他们体内的声音要比观察数小时所获得的信息多得多？有时，

---

① FRIEDMAN S S. Psyche Reborn:The Emergence of H. D.[M].Bloomington:Indiana University Press,1981:235.

一个人打嗝，特别是没人在意的时候，你会突然有一种感觉，你就在他的体内，知道他从来不提及的那个地方有何感觉，尤其是那个难以向人启齿、只能意会的地方。你知道我想说什么吧？……这就是我想用诗歌表达的东西。

　　心理活动，而且是微妙的心理活动，成为诗歌揭示的重要对象。要捕捉到诗歌中细微的心理现实，就要《初识死亡》的读者与诗人共谋。共谋，因为小女孩的认知又是不可靠的，之所以不可靠，是因为她的思维能力与人生阅历有限。然而，她却在用心，尽自己之所能。

　　诗歌从一开始就为即将呈现的整个画面定好了基调。平时温暖的客厅，此时此刻变得冰冷，屋内没有炉火，而且外面天降大雪。冰冷的环境与弥漫的死亡气氛结为一体，加剧了人们与小女孩内心的凝重。大理石桌面表明，这是一个殷实的家庭，然而，进入女孩视野的物件却十分有限，有限不仅与冰冷、死亡格调一致，而且体现了注视行为的有效范围及注视的焦点，并成为揭示女孩认知方式与精神世界的重要手段。

　　女孩的天真与纠结从三个方面体现出来。一是关于亚瑟的遗体与棺木的认知水平。第一眼看到亚瑟遗体的时候，女孩就做出了自己的判断：那是自己的母亲把他停放在皇室成员画像的下方。在她的心里，母亲无所不能，既然亚瑟是自己的亲人，他躺在那里，自然是母亲所为了。还有白色的棺木。这是她第一次面对死亡，白色的棺木也就是她见到的第一副棺木，对于陌生的物体，她试图进行合理的认知，认知的方式自然是人类古老的方法，即类比。认知的结果则是：像自己熟悉、喜欢的长方形蛋糕；不过，白色如此出众，必定是户外的白霜。再说白霜，有了白霜，枫叶才变红（人们都这么说），亚瑟的部分头发变红了，也该是白霜染成的吧，他的肌肤白得难看，怎么就不把他染成红色呢？可见，女孩还没有认识到棺木、白色分别与死亡的关系，更没有认识到人与物的差异。

　　二是关于亚瑟与潜鸟之间的关系。亚瑟安歇在白色的棺木里，一动不动，就像躺在皑皑的白霜之上，温度那么低，也不见他感到寒冷。大概像潜鸟吧。潜鸟则是站在大理石桌面上，一动不动，俨然站立在结冰的湖面之上，地冻天寒，却也不见他瑟瑟发抖。可是，潜鸟不说话，因为亚瑟伯伯朝他开了一枪，子弹钻入体内，他本来滔滔不绝，从那以后，一直沉默不语，把所有的话都憋在肚子里。亚瑟可是没人敢欺负，身体里也没有一颗子弹，怎么就躺在那儿，一言不发呢？所以，看到亚瑟，女孩迷惑不解，要打开谜底，就只能看看那只潜鸟。于是，她的目光在亚瑟与潜鸟之间来回摆动。看看潜鸟，多么可爱，饱满的胸脯，白白的羽毛，摸一摸该有多好（caressable）！还有那双红宝石般的眼睛，真是漂亮，要是能属于自己就好了。不过，自己没有得到母亲的允许。潜鸟不说话了；他会说话的时候，总是离自己远远的，再怎么想亲近他，也枉费心机；现在好了，不说话不要紧，总是离自己近多了。然而，亚瑟怎么能不说话呢，不说话那还是亚瑟吗？潜鸟可爱，亚瑟也可爱，可是，潜鸟与亚瑟怎么不一样呢？女孩明白自己与母亲之间有了距离，但不明白人类与鸟儿之间也有距离。

　　三是关于皇室成员与亚瑟之间的关系。不难想象，画像上的皇室成员，在女孩眼里，总有一些与众不同之处，也许从母亲那里知道，国王、王后、王子与公主几乎是可望而不可即的人物。不过，女孩还是希望自己是公主；不，她就是公主。要是能与国王、王后生活在一起就好了；亚瑟很幸运，他要到宫廷里去了，无论是女孩听妈妈说，还是自己相信亚瑟要去那里，总之，亚瑟要给国王做男仆了。令她困惑的是，亚瑟紧闭双眼，也不醒来看看，跟她打个招呼；这且不说，外面的雪下得那么厚，他又怎么赶路？是否能够上路固然令她担心，不过，可以肯定的是，他去的地方并不是十分的遥远，他所亲近的人也都是一些自己最为热爱的人。总之，隐喻与现实之间没有形成分野，更不用说天堂，也不用说上帝与天使，眼不见的东西太抽象了。

　　小女孩尚未成年，就要认知死亡，的确有些残酷，好在母亲采取了一系列的保护措施予以舒缓。应当承认，如果只是让女孩待在母亲的怀里远距离地进行告别，这种做法或许会在孩子的心中种下阴影；明智的做法，就像母亲所建议的一样，通过敬挽铃兰（lily of the valley）的方式，女孩近距离与亚瑟接触，从实践中认识到，告别仪式完全是生者导演并能够主宰的一场纪念活动。活动中，可以有不理解的东西，但绝不会出现一切超越现实的东西。在本来就没有超越现实的情况下，女孩的认知过程以及认知过程所展现的精神实质，理所当然地成为读者关注的对象。总体来讲，这不仅是一次"把死亡化为家庭生活"（domesticating death）的活动，而且也是一次对告别仪式进行"去神秘化"（demythologizing）的活动。正如所料，诗歌揭示了女孩面对死亡所表现出的懵懵懂懂的"不安"（uneasy）与"莫衷一是"（lack of resolution）。[①]

　　《初识死亡》塑造了一位面对死亡的幼女形象，女孩形象的成像在其注视

---

　　① MARINARA M. DEATH,DOMESTICITY, AND THE FEMININE GAZE: BISHOP'S "FIRST DEATH IN NOVA SCOTIA" [J].WILLA,1997,6:26—29.

亚瑟和潜鸟的过程中逐渐完成，形象着重表现了内在而不是外在的心理特征。为此，诗歌的画面富有鲜明的立体感。女孩的注视行为固然单纯但也过于幼稚，照此推理，成人在宇宙面前所做的注视又有多复杂与成熟呢？

与戏剧性叙事视角相比，非戏剧性叙事视角具有明显的客观性与逻辑的直线性；不过，主观性与客观性、非线性与线性，都不是判断意象生动性的核心标准。意象的艺术效果完全取决于艺术规律本身。

《姊妹们》（*The Sisters*）塑造了萨福（Sappho, c.630—c.570BC）、勃朗宁夫人及艾米莉三位女诗人的生动形象，他们三人共同构成了一个简约的女性诗人谱系。像 H.D 的海伦一样，洛威尔的三姐妹也是抽象的，但又是具体生动的，因为三姐妹的形象完全以各自的精神世界为依托。事实上，这也是一个伟大诗歌传统的延续。《致海伦》的第二段如法炮制，而第一段则对体态之美进行心理上的审美比拟，更加抽象。《十四行诗第 18》主要是对人的气质美进行判断式的审美比拟。坡的审美略有世俗，而莎士比亚的审美明显超凡。

萨福可以说是女性诗人的远祖了。正如讲述人所言，关于她的资料十分稀少（a single slender thing），但就现有的信息来看，又足以呈现给人们一个合意的女诗人形象。在讲述人看来，萨福就像"一棵燃烧的白桦树"，火苗蹿起，光耀夺目。用白桦树来比喻女性的身体已成为一个传统，弗罗斯特的白桦树的冰晶与萨福的火焰异曲同工。这火焰当然是爱情的火焰。是异性恋的，还是同性恋的？"萨福——既不是小姐，也不是夫人"：不是小姐，因为萨福据说已婚，而且有了女儿；不是夫人，因为从遗存的诗歌片段（片段第 94：I have not had one word from her）来看，她具有明显的女性同性恋倾向，当然，至于她与那位女孩分手的原因众说纷纭。此外，她据说还常与其他众多女弟子在一起，进行一些"有悖风俗"的娱乐活动。学者见仁见智，当然不妨碍讲述人就此说事。评论从来就是自传。

当然，萨福也并不仅仅赞美同性恋。对于海伦，她就持完全赞扬的态度：与拥有大量的骑兵、步兵和船只相比，更宝贵的东西，在萨福看来，无疑是拥有"你之所爱"（what you love）；为了自己之所爱，甚至不惜抛家离乡，远渡重洋（片段第 16：Some say a host of horsemen, others of infantry and others）。在众口一辞地诅咒海伦之时，作为一个女性，萨福能挺身而出，需要非凡的勇气。提及海崖，讲述人应当是接受萨福跳海自尽的传说：据说，萨福与一位船夫相爱，却无果而终，绝望之下，跳海自尽。传说的动机可能是证明萨福有过回头是岸的行为，以此警告那些性取向不端的人们。无论是同性恋还是异性恋，在讲述人看来，萨福都能够"放飞她的冲动"。

　　至于勃朗宁夫人（EBB/Ba），"勃朗宁夫人的心 / 蜷缩在僵硬的规范里"。维多利亚时代是一个禁锢妇女灵魂的时代，以压迫为本质的父权文化当然始于马丁·路德的宗教改革。因此，她只能躺在沙发里，一边看着萨福的诗歌，一边进行着揣摩；她不能像萨福那样，自由地爱，自由地恨，她只能用自己的病体把个人的情感囚禁起来；她的爱的确是十分的浓烈，不过，那也是一种感恩式的爱，就像她的诗是丈夫勃朗宁"播种的结果"（fertilized）：没有勃朗宁，就没有她伊丽莎白的《来自葡萄牙的十四行诗》，她似乎生来就是为了歌颂丈夫的。丈夫就是她的天空，就是她的支柱。当然，勃朗宁夫人也是一位"地道的女人"（a very woman）：一是甘为人妻，二是勇于承担做母亲的义务。这一点得到了讲述人的反复强调。

　　艾米莉热爱大自然，尤其关心大自然中的蜂鸟，却不知道自己的爱情鸟究竟何时飞来。在讲述人看来，她把创作视为生活，在创作中，把整颗心完全托付给了"白色、冰冷的纸张"。在描写醉心大自然的时候，她把自己的"女人事"（womanhood）像衣服一样，高高地挂在了树枝上，在与命运游戏的同时，由于天长日久，竟然忘记了摘取象征着"女人事"的衣服，尤其令人惊讶的是，她已然没有任何摘取的欲望。她整日陶醉于大自然，几乎用天真与热爱遮掩了一切烦恼。"饥饿与痛苦之时，/ 她就做游戏，练习耐心、欺掩绝望，/ 用输赢麻痹自己。"忘情于大自然，取乐于诗歌创作，艾米丽的幸福，在讲述人看来，都是按照父权话语书写的剧本。有圣父的新娘，也就有诗歌的新娘。艾米莉是诗歌的新娘。宗教史上的"神父们 / 用他们好色的本性，仿佛一块脏布，/ 缠绕在上帝赤裸的尊严之上"。显然，上帝是一个虚名，借圣父之名，教父们对妇女们进行了精神上的阉割，制造了双重的压迫。

　　艺术上，三姐妹各有千秋。萨福尤其擅长讴歌爱情，她的诗歌充满着激情，富有韵律感，柏拉图甚至誉其为希腊的"第十个缪斯女神"，由此足见萨福艺术成就之高。其"文字之可爱"，讲述人虽然一笔带过，然而，仅此一提，也足以表达20世纪对萨福诗歌成就的推崇。对于勃朗宁夫人来说，文字的作用在于对行为进行模仿，文字因而是被动的，居于次要地位；她才华横溢，却甘心俯就五音步格律诗，自己竟然成了"追真的魔鬼"（devil of verisimilitude）。至于创新，她是"一位十分古怪的艺人，/ 绝不会接受新的创作技法"。相比之下，艾米莉十分严谨，自己却全然不知。读她的诗作，仿佛走钢丝，稍有不慎，就会从高空直接坠地。更有甚者，"艾米莉虚掩的柴门，总会砰然关上 / 看你观察的速度到底有多快。"伤脑筋的事情远没有结束。读艾米丽的诗作，就会发现，她还习惯于使用"时而古怪、时而任性的比喻"（half-quizzical, half wistful）。小家庭的姐妹，技法有天壤之别。

刻画三姐妹，讲述人可谓频频用喻，以简驭繁，生动形象，朴实可感。就萨福而言，一系列的生动比喻有白桦树、火焰、衣服、扶摇而上的气球；就勃朗宁夫人而言，比喻有沙发、播种、毒药；就艾米莉而言，花园、蜂鸟、钢丝绳、关门、衣服等都是比喻。此外，诗歌中频现直接引语，不仅增加了表达的有效性，而且加强了人物的生动性，把三姊妹们的性格特征与艺术特色勾画得十分清晰。洛威尔忠实地实行了自己的意象主义主张。

孤立地看，三个文学姐妹的意象以鲜活的方式呈现在读者的眼前；比较起来看，三姐妹既有差异，又有相同之处；纵向地看，差异与相同则呈现出重要的意义。无论是哪一位诗人，她们都不能成为讲述人的榜样：萨福洒脱、直率，但在讲述人看来，也还是"沉默"一族，没有完全甩掉灵魂的桎梏（"波光在海水中的头发上嬉戏"）；勃朗宁夫人在歌颂爱情的同时，对于本性自由的自我，几乎保持着"谨慎的沉默"（careful silence）；艾米莉则实际上忘却了"女人事"。那么，写诗歌与做女人之间到底怎样取得平衡？讲述人也没有答案，也就不能给未来女诗人们任何宝贵的忠告。这似乎令人失望，[1] 可是，讲述人轻松的话语方式似乎并不在乎是否有一个明确的答案，道理是：女性从维多利亚道德枷锁解放出来之后，又套上了另一个新的道德枷锁。因此，作为女性，诗人的出路就是："要把身体与情爱作为诗歌的诞生之地来加以弘扬与歌唱"（John Marsh）。对于身体与性，可以多元选择，但贵在创造。

《鱼》（The Fish），如同《初识死亡》一样，由细节构建出一副人与鱼之间、心对心交流的画卷。不同的是，《初识死亡》疏密有致，而《鱼》则是用放大镜检视。在《鱼》一诗中，鱼的形象从注视的客体地位，经过注视主体的认同，最终上升到了主体的地位。当然，讲述人是戏剧性的，不过，不是关注点。

毕晓普最擅长细节描写，她的讲述人也秉承了她的天赋，在她（们）的笔下，一条大个海鱼的形象跃然纸上。这条大鱼为棕色，身上到处可见悬垂的条状皮肤，俨然年代久远的墙纸；身上的花纹呈深棕色，深棕色的花纹又如墙纸上发黄的玫瑰花；身上有寄生的藤壶与白色的海跳蚤，腹部则有一些海藻的碎片悬挂在那里；鱼鳃一开一合，给人一种锋利可怕的感觉，充血的腮片鲜亮、脆弱；鱼肉质地像羽毛，略有些粗糙，鱼骨有粗有细，内脏鲜艳细长，有黑有红，粉红的鱼鳔（炸开之后）像盛开的牡丹；鱼的眼睛比"我"的眼睛大，

---

① WALKER C. On H.D.'s Imagist Poems and Ancient Greece[EB/OL]. https://modernamericanpoetry.org/content/cheryl-walker-hds-imagist-poems-and-ancient-greece,1991.

但扁平泛黄，暗淡的锡箔纸衬托着虹膜，整个晶体有些模糊；鱼的面部漠然，下颚冷峻、强悍，下唇挂满了五个扯断线的大鱼钩，用力之大，有的线头仍然呈蜷缩状。

据学者考证，渔妇捕获的是一条（黑缘／红色）石斑鱼（Epinephelus morio），属佛罗里达与加勒比海域的食肉性鱼种，方尾，体重高达 40 英镑；身上布满了深色条纹与白色斑点，讲述人把白色的斑点称为"白色的海虱"。红色石斑鱼咬到鱼钩之后，根本不挣扎，直接全力下潜。[①]

渔妇胜利后的喜悦与骄傲充分体现了人类视角下石斑鱼的客体性。一开始，讲述人就按耐不住心头的喜悦："我捕捉到一条大鱼"（tremendous），而且，鱼钩"牢牢地挂在鱼的嘴角上"。经验表明，鱼咬钩之后，都下意识地奋力挣脱，与一条大鱼进行较量，不仅需要力量，而且需要智慧；讲述人倍感骄傲的是，"他没有挣扎"，再一次重复这一事实的时候，讲述人的自满情绪已经膨胀开来了，因为勇者只有在高手面前才服输。这正好验证了《圣经》里的一个道理："人类终将战胜大海里的鱼类"（Bonnie Costello）。是的，海明威的圣地亚哥在与鱼的斗争中败下阵来，梅尔维尔的亚哈伯在与白鲸的斗争中葬身大海，而毕晓普的讲述人在与红色石斑鱼的斗争中胜出，这不能不说是一场颇有纪念意义的胜利。讲述人虽然从一开始就用表示人类的"他"来指称红石斑鱼，但"他"的身份并没有发生质的变化，仍然是一个来自"陌生、变化不居而且极端神秘的世界"（Betsy Erkkila）的他者，等待着人类的征服。由于红石斑鱼不是一般的他者，征服了他无疑是一种标志性的行为。

其实，对于非同一般他者的有限敬意很快就受到了他者丑陋的冲击。红石斑鱼的皮肤不仅不够吸引人，而且多处破裂悬垂，伤痕累累；浑身长满了寄生物，仿佛从来不沐浴、饱经风霜的行乞者，身上连缀的海藻俨然刚刚睡醒、从草垛里爬出时滞留在头发和身上的干草；由于脱离了生存的大海，红石斑鱼拼命地呼吸着干燥的空气，就像气管过敏的病人；他的鱼鳃，仿佛两个扇形的刀片，锋利无比。此时此刻，红石斑鱼虽然挂在船舷之旁，而不是躺在案板之上，但他的内脏犹如陈列眼前，不禁令人心头一紧，尤其是他的鱼鳔，在低压的环境下早就像绽放的牡丹开了花。这不是观赏，分明是解剖。

然而，讲述人对红色石斑鱼持有的敬意受冲击的同时，又因与人类世界的一系列经验关联，得到了强化。她把石斑鱼的肤色和伤痕与房间的墙纸联

---

① McFarland R E: On "The Fish" [EB/OL]. https://modernamericanpoetry.org/criticism/ronald-e-mcfarland-fish,1982.

系起来，并且反复加以强调；用石灰质地的玫瑰花来形容寄生物藤壶；用陆地飞禽的羽毛来形容海洋石斑鱼的肉质；用露天下盛开的牡丹花来形容鱼体内破裂的鱼鳔；用人工制品锡纸来描述红石斑鱼眼部的有关部分。原本只有以暴力的方式（船只和鱼钩）才能够把两个世界连接一起，但此时，除了暴力工具以外，还有一系列的人类经验。相同之处才是理解和认识差异的基础。其实，讲述人认真仔细地观察就是接受与沟通的过程，正是有了这个必不可少的过程，讲述人才逐渐意识到，鱼的眼睛"动了动，但不是回应我的对视"。这是两者之间第一次有意识的交流，然而失败了。不过，"讲述人意识到了自己的关注，把自己和相关联的他者视为两个存在，而不是一个主体远离（并且意欲占有）一个客体"（James McCorkle）。

红色石斑鱼饱经沧桑的阅历，帮助讲述人真正确立了人类与鱼类之间平等的存在关系。面对红色石斑鱼，讲述人经历了从"我捕获"到"我认为"到"我注视"再到"我敬重"的过程，那么，敬重之心如何产生？讲述人从他毫无表情的脸上看到了坚毅，从其下颌看到了强大的力量，从其接受现实看到了处事不惊的成熟，从其挂在下嘴唇上的五个鱼钩看到了生存的意义与奋斗的光荣。正如枪伤是荣誉的见证，老茧是勤奋的标志，回沟是阅历的证书，鱼钩就是生存的"勋章"。面对红石斑鱼的"勋章"，讲述人从敬重又进入了凝视，在凝视中进行深思。可以说，"胜利充满了 / 租来的小船"是沉思过程中讲述人思想上经历的一次重要升华。这场胜利既是讲述人的，也是红色石斑鱼的。对于讲述人，她战胜了经验如此丰富的对手，是自己对自然界的一次伟大胜利，同时，也是与同类竞争中的一次了不起的胜利，毕竟是她战胜了令同胞们屡战屡败的对手，重要的是，她从红色石斑鱼的身上看到了自己，超越了人类与自然之间的一道鸿沟。对于红色石斑鱼，自己虽然落网，但有勇气面对失败，虽败犹荣；失败了，放弃无谓的挣扎，就意味着降低了讲述人胜利的程度，重要的是，自己的生存之道赢得了讲述人的尊重，从而进一步赢得了最终的生存自由。

对自然的崇敬与和解之情十分强烈，讲述人身边的一切的确都变成自然；而且，认识到自然中的人性之后，渔妇也同时意识到人性中的自然。（Thierry Ramais）

这是一次双方的胜利，在这场胜利中，红色石斑鱼从人类视角下的客体变为主体，虽然红色石斑鱼在自然界中从来就是主体。"我放了这条鱼"结束了整个叙事与思考，回味何其无穷，无穷的回味强化了红色石斑鱼的形象。

释画诗，顾名思义，是以特定的画作为依据，对作品内容再阐释的诗作，释画诗中的意象就是二次再现意象。有的画作，例如老布鲁盖尔（Pieter Breughel the Elder, 1525—1569）的《雪中猎人》（*Hunters in the Snow*, 1565）、《风景与坠落的伊卡洛斯》（*Landscape with the Fall of Icarus*, 1558），以及凡·高（Vincent Van Gogh, 1853—1890）的《星夜》（*The Starry Night*, 1889）等，由于非凡的艺术价值，竟有数位诗人争相阐释。作为视觉艺术的画作，通过线条、色彩与空间的形式，来表现现实或想象中具有意义的瞬间，用有限的空间，呈现丰富的思想内涵。画作固然内涵丰富，但相对于纷呈杂至的生活与自由驰骋的想象，终究拥有有限的天地；面对有限而丰富的画作，诗人围绕着什么意象、采用何种手段、表达怎样的内容，都成为意象研究的重要对象。

对画作《雪中猎人》进行阐释的诗作有：朗兰（Joseph Langland, 1917—2007）的《雪中猎人》（*Hunters in the Snow: Breughel*）、贝里曼（John Berryman, 1914—1972）的《冬季风景》（*Winter Landscape*）与威廉姆斯的《雪中猎人》（*Hunters in the Snow*）；对画作《坠落的伊卡洛斯与风景》进行阐释的诗作有：奥登的《美术馆》（*Musée des Beaux Arts*）与威廉姆斯的《风景与坠落的伊卡洛斯》（*Landscape with the Fall of Icarus*）。下面将采用对照或比较的手法来讨论二次再现意象的特点，并揭示这样的一个道理：视角不同，二次再现的意象也就不同，每一个意象都不是画作的终极反映，而是一种主观思维模式的产物；每一幅画作也是如此，也不是物理现实与心理现实的唯一写照。

布鲁盖尔的《雪中猎人》是反映16世纪北欧一年12个月日常生活系列画卷中的一幅，在这幅反映一月生活现实的作品中，画家以猎人为视觉焦点，具体描写了冬日猎人狩猎归里时的村景。当然，画作体现了拼凑的结果，背景中的山体取自阿尔比斯山。总体上，画面的结构含有两个视觉方向：从左下角斜向右上角，从右下角斜向左上角。画面信息量之大，看一次有一次收获。

朗兰的诗作最忠实于布鲁盖尔油画原作，呈现了以猎人为中心的群组意象。诗作的每一段都是群组意象的一个重要组成部分。第一段，狩猎归来。时间，傍晚时分，由于人与物体没有影子，所以天色阴沉，厨房里早早地掌灯，灯光从窗户中透了出来；大地上覆盖着厚厚的积雪。经过一天血腥的追杀之后，猎户们迈着沉重的脚步，伴着朦胧的暮色，不紧不慢地来到了村边的高坡上；猎狗们无精打采地跟在主人的后面。

在布鲁盖尔的作品中，猎户们，连同他们的猎狗，个个垂头丧气，从他们的收获来看，只有一只小狐狸。郎兰惜墨如金，借猎狗的精神状态，来折射出猎户们的精神状态。关于猎户与猎狗的精神状态，也有不同的见解。有观点认为，猎户与猎狗正来到村边的高坡上，马上就要下坡了，为了脚下的安全，人与狗不得不低头看路，故此，低头未必是对一天狩猎情况的真实反映。也有观点认为，此次狩猎并不算失败，因为狐狸的皮毛十分昂贵。总体来看，郎兰的解读是正确的，一般情况下，当人靠近高坡时，会有一个下意识地抬头动作，观察眼前的情形，哪怕再没有心情；如果要看好脚下的路，后面的猎狗也应该有一只会抬起头来。

在第二段，视线自左向右前方移动，然后又自右向左移动，弗兰德人傍晚时分的活动一览无余。自左向右前方：孩子们在磨坊的水池上进行各种冰上活动；左侧的街道上，一辆四轮牛车缓慢地移动着。自右向左：一位老妇人背上背着一捆沉沉的柴，弯着腰，踩着积雪，嘎吱嘎吱地行走在街道上；左侧一个小酒店，招牌就在屋顶上，半挂半坠，院子里，燃烧着一堆篝火，四周围着父母与女儿，不知姓甚名甚。以上是画作的前景部分。

第三段是画作的背景与前景部分。自右向左前至最远处，另一个村落，暮色下，模模糊糊；自左向右前至最远处，悬崖峭壁，坡势由远及近，逐渐减缓。再回到前景：树上，一只乌鸦突然展翅，飞翔在灰绿色的峡谷上空，把一股淡淡的睡意洒落到白雪覆盖的民宅之上。

第四段，从高空看去，教堂及村舍都化为小小的阴影，每一个阴影都眨着明亮的眼睛。夜晚时分的鸟儿在飞翔中广泛地播撒阴暗的影子，斯海尔托四周的山丘逐渐笼罩在夜幕里。

第五段，视角再一次转移到归来的猎户身上。夜色尾随着猎户，顺着高坡而下，来到了斜向的沟谷及溜冰场上。整个村落在朦朦胧胧的沟谷中入睡了。

在布鲁盖尔的画作中，每一个物体或人物各归其位，层次分明，浑然天成，但观众的欣赏方式则因人不同。可是，欣赏郎兰的诗作，仿佛受到一位高素质讲解员的引导，有条不紊。诗作中的意象整体分为前景与背景。从前景到背景：前景部分，视线自左向右前方之后，又从右至左；背景部分，先是左侧，后是右侧。再回前景时，则转为从高空到地下，最后回到地面，聚焦于画面的中心部分，即回村的猎户们。诗歌的气氛则从夜幕降临过渡到大地睡意的出现，是动态的，不是静态的。从夜幕降临到睡意出现的过程，也是村民活动逐渐减少的过程，诗歌段落的长度从第三段开始，也越来越短。应当注意的是，在众多的活动中，诗人凸显了一次收获不丰的狩猎，给读者一种不安的感觉，这种不安是否能够在新的一天，或者新的一个月份得到缓解，也未可知。

郎兰呈现群组意象的手法井然不紊，但不免有些平凡，相比之下，贝里曼的《冬季风景》则不胜巧妙。全诗分为五个段落，然而，五个段落却一分为二，受两个复合句之统御。第一个复合句：

The three men coming ...，/Returning …，/Returning …，/Are not aware that …，they will be seen upon the brow/ Of that same hill：（三个人……没有意识到，……只见他们出现在同一个高坡的坡坎上：）

第二个复合句：

when …，/These men，… will keep the same scene and say/ By …， / What place，what time，what morning occasion/ Send them into the wood，…/ Thence to return … and/ … / Descend，while ….（当……时，这些人……仍将站在原地并讲述……从何地、何时、因何前往林中……并从林中返回……，沿……而下，与此同时，……。）

可见，两个复合句从第三段的第四行把诗歌一分为二。

两个复合句表达了两个层次的群组意象。第一个意象：自左至右前方的纵深画面；时态，现在时。在第一个群组意象中，重要的信息出现在主语部分，谓语及宾语部分则开始为第二个意象的出现做铺垫。主语部分突出的是猎人狩猎归来的情景。三位身着棕色衣服的猎人，肩扛长长的木棍，身后跟着一群猎犬，冒着严寒，一言不发地从林中走出，与五位打理篝火的乡民擦肩而过，顺着山坡，径直地朝着镇上走去（第一段）。他们踩着积雪，朝着磨坊结冰的水塘走去，孩子们正在那里欢快玩耍，路上也会碰到镇上的老人们，与他们相处了一辈子，可是此刻，却无法与他们真正地碰面；与此同时，在灰暗的天色下，他们看见，有人爬在梯子上，有人拉着雪橇路过教堂（第二段）。然而，他们没有意识到，时间就是不断流动的沙子（sandy time），历史就是无限延伸的荒原（waste），不怀任何好意，他们从坡坎上下来的瞬间将会定格在时间的长河里（第三段第一部分）。

第二个意象：前景部分，自右向左，自上而下；时态，将来时。在第二个意象中，重要的信息出现在宾语从句中，这些信息与第一个意象中的信息发生重叠，但相对简练。人们发现，当同伴们全都消失在历史长河的时候，三位身着棕色衣装的猎人，在鸟儿的注视下，仍然驻留在现场，他们会指着右侧的小桥、左侧的红墙小酒店和户外的篝火，对未来的观众说，自己何时、因何、从何地领着一群猎狗，肩扛着长长的木棍，前往林中狩猎；眼下，人们见到他们的时候，他们刚好狩猎回来，踩着深深的积雪，顺着高坡而下；也就在此时，树上有三只（其实是四只）鸟儿栖息在那里，一动不动，而另一只则凌空离去。

不妨对两首诗的两个意象进行一番比较。第一个信息量较大，第二个较少，凡是第一个意象有过的信息，第二个不再出现，不过，有个例外，也就是关于猎人们的信息，这些信息因为是重点，所以在两个意象中都有重复。两个意象的信息具有互补性，对照一下郎兰的诗作或者布鲁盖尔的画作，就可以发现这一点。第一个意象的突出特点是平面化，第二个突出特点是立体化。如果把两个意象的信息叠加起来，就得到了一个完整的信息；把两个意象的艺术效果合并起来，就能够得到一个完整的艺术效果。

那又为何一分为二呢？这与诗人的创作动机有关。贝里曼要呈现的一定要与布鲁盖尔的不同。画作所呈现的是画家眼前或脑海里的画面，画作的视觉焦点是画家的；朗兰诗作的视角与布鲁盖尔画作的视角重叠。与此相反，贝里曼诗作的视角具有双重性：第一个层面是画家的视角；在第一个层面之后，出现了第二个层面的视角，即观众的视角。第一个视角下的意象属于现在，而第二个视角下的意象（站在未来的某一时间点往回看）属于过去。时间的变化带来了视角的变化，视角的不同也就引发了审美效果的不同。当然，观众可以假设自己就是画家。反过来讲，视角不同，但信息毕竟是一样的，之所以把总信息一分为二，是因为要取得表达的艺术性。贝里曼的释画艺术，在西方，具有独创性。

等到威廉姆斯来作诗，对画作进行阐释，他所面临的选择就少多了。挑战越大，创新性也就越大。全诗共七个段落，没有一个标点。所关注的重点与采用的呈现手法都表现出了创新性，其意境也就与众不同了。

第一段以及第二段的第一行对画作的主要轮廓做了勾勒。诗人指出，画作背景部分呈现的是，冬季里冰雪皑皑的山峰；傍晚时分，狩猎归来的情景，虽然诗人没有进一步交代在画作中所处的位置，即便是在没有画作的情况下，从表达的规范性来看，应该属于前景部分。接着，诗人点明了视角起点，即位于画作的左下角。观众看到，硕健的猎人们领着他们的猎犬狩猎归来。

第三至第五段聚焦于酒店。酒店的招牌高悬在空，招牌的外侧，由于挂钩断裂，悬垂下来；招牌上面有一只公鹿（stag），公鹿的鹿角之间有一个十字架。其实，公鹿与一个宗教传说有关。据说，圣尤斯塔斯（St. Eustace）原来是一位罗马军队的将领，在一次狩猎的过程中，他跟着一头鹿，紧追不舍，突然间，看到一只鹿的鹿角中间有一副十字架（cross），光芒四射，上面还有耶稣受难像（crucifix）。将军双膝跪下，自此皈依基督教。圣休伯特（St. Hubert）的传奇故事与此相仿。从人们对待招牌的态度来看，人们的宗教态度略有些改变。事实上，布鲁盖尔的时代正值文艺复兴时期，宗教的地位开始发生动摇。酒店的门前有些冷落，几个妇女围绕着一堆篝火取暖，火借风势，熊熊燃烧。也许世俗的温暖最为可靠。

第五段的一行与第六段的一行聚焦于画面中心的溜冰者。

最后一段聚焦于画作前景右侧的一个细节：一丛白雪压枝的灌木。

与其他两位诗人相比，威廉姆斯呈现意象的笔法具有独到之处。仅用两个诗句，就圈定了画作的范围；然后，以普遍的欣赏习惯为指引，把读者（观众）的视觉自左下朝右前方引导，之后，视觉的中心又重返前景部分。总体上看，诗歌呈现的画面中心不是狩猎归来的情境，而是酒店的招牌及围着篝火取暖的妇女们，狩猎归来的情景仅处次要地位。由于诗歌呈现的画面过于简洁，而布鲁盖尔的画作又充满了丰富的细节，威廉姆斯在不违背创作原则的同时，仅仅点明一个细节部分，就戛然而止，这不愧为神来之笔，既不破坏诗歌画面的整体意境，又起到画龙点睛的作用。诗作中，视觉的移动由两个过程组成：一是从背景到前景，二是从前景到中部，再回到前景。整个画面疏能走马，密不透风。

值得注意的是，狩猎归来的猎人们并无垂头丧气的表现。如果把三个重要信息拼凑到一起，就可揭开诗作的主题谜底。一是酒店的招牌，二是围着篝火取暖，三是猎人们正常的神情。如果布鲁盖尔的画作还有一些宗教解读可能的话，这种可能性在威廉姆斯的诗作中消失殆尽。正如前面所言，人们对宗教的虔诚之心已不复往昔，倒是眼前的篝火更加现实、有效；凡是劳动，无论收获多少，都能够带来快乐，孩子们的欢娱与人们的忙碌，就是人生自信的有力证明。

作为画作《风景与坠落的伊卡洛斯》的互文文本，奥登的《美术馆》，通过一系列的人类活动，呈现了一个冷漠的人间世界。布鲁盖尔的画作展现了一个广为流传的希腊神话故事。根据奥维德（Ovid）的诗得知，为了逃离克里特岛（Crete），狄德勒斯（Daedalus）用羽毛和蜡为自己和儿子制作了两幅翅膀。他警告儿子伊卡洛斯，不要飞得太高，太高了，靠近太阳，翅膀上的蜡就会融化，生命就会有危险；不要飞得太低，太低了，翅膀就会潮湿，重量加大，人仍然会从空中坠落。果然，伊卡洛斯不听父亲的劝告，像所有好奇的年轻人一样，飞得太高，最终落入大海。当悲剧发生时，有三人目睹了这一切：垂钓的渔夫、手持木棍的牧羊人以及扶犁的农夫，当然还有狄德勒斯外甥化成的鹧鸪（partridge）幸灾乐祸地目睹了这一不幸。

布鲁盖尔有感于人世间的冷漠，于是有了画作《风景与坠落的伊卡洛斯》；受布鲁盖尔画作的影响，奥登创作出同名诗歌。[①] 其实，对奥登产生影响的画作还有布鲁盖尔的《伯利恒人口登记》（*The Census at Bethlehem*，1566）及鲁宾斯（Sir Peter Paul Rubens，1577—1640）的《圣理韦努斯罹难》（*The Martyrdom of St. Livinus*，1633）。[②]。与大多数诗歌不同，奥登一开始就亮出了诗作的主题：苦难（suffering）；显然，遵循了教皇神谕（encyclicals）厘定的原则。[③] 诗作的第一段陈述了一系列足以表达普适规律的现象，第二段则以伊卡洛斯为例，进一步阐释了世态炎凉。不过，这一切都是通过一组复合意象表现出来的。

讲述人认为，古老的先贤们（old Masters）最清楚苦难在人们心中的位置，换言之，当有人遭遇苦难时，人们该吃的吃，该遛弯的遛弯，该干家务的干家务，总之，事不关己，高高挂起。再以耶稣降生为例，当先贤激动而恭敬地等待着神奇的生命（耶稣）降临时，却有一些孩子并不希望他的到来，因为他们自己已经大于两岁了，但他们年幼的弟弟们则躲不过杀戮。根据《马太福音：2：16》的记载，当希律王（Herod）得知三位寻访圣婴耶稣的智者背叛了自己之后，十分震怒，于是下令把伯利恒及周边地区两岁以内的男婴全部杀死。其实，人们不知道，耶稣来到人世，为的是救赎黎民百姓。他最终要罹难；耶稣罹难，也就是上帝罹难。不过，耶稣罹难也是一种见证，见证上帝对人类的同情。Martyrdom 一词不仅有"罹难"的意思，还有"见证"的意思，martyr 从希腊语 mártys 派生而来，而 mártys 义同 witness，即"见证"。然而，耶稣罹难之时，狗儿过着狗儿的日子，刽子手的坐骑，在树干上蹭着无知的臀部（its innocent behind），也只顾自己舒服，甚至时人也没有几个知晓耶稣罹难一事。虽说罗马当局规定，耶稣必须在众人可见的地方受刑，但时至今日，学界始终没有弄清楚罹难的具体地点，由此可见，当时有多少人能够关注耶稣罹难，也就可想而知了。

平民之苦、人主之难，无一不揭示了人心之冷暖。在这样的世俗风气之

---

① KINNEY A F. Auden,Bruegel,and "Musée Des Beaux Arts" [J].College English, 1963,24(7):529—531.

② SAROT M. Transformative Poetry:A Case Study of W. H. Auden's Musée Des Beaux Arts and General Conclusions[J].Perichoresis,2016,14(2):87.

③ SAROT M. Transformative Poetry:A Case Study of W. H. Auden's Musée Des Beaux Arts and General Conclusions[J].Perichoresis,2016,14(2):88.

下，诗人再一次聚焦于伊卡洛斯，进一步凸显诗歌的主题。根据画家布鲁盖尔，当伊卡洛斯从高空坠入大海之时，所有见到这一幕悲剧的人（everything）都漠然视之，仿佛什么也没有发生：

> 农夫或许听到了坠水的声音和那绝望的呼喊，
> 但对于他，那不是了不得的失败；
> 太阳依旧照着白腿落进绿波里；
> 那华贵而精巧的船必曾看见
> 一件怪事，从天上掉下一个男孩，
> 但它有某地要去，仍静静地航行。（查良铮　译）

在伊卡洛斯的悲剧中，不免具有崇高的情愫，对于他来讲，人类长期崇拜的太阳，仍然是知识的集合，是理想的象征，因此，他的失败是崇高的失败，人类就是要有一批人，为了一种理想，锲而不舍，甚至不惜失败。人类文明实际上就是踏着一个又一个失败前进的。

从结构上来看，诗歌的第二部分显然是中心内容，第一部分起着烘托的作用。诗作的意象有两个：一个是伊卡洛斯的坠落，二是世人的反应，两个成分的互动揭示了诗歌的主题。在画作中，坠落的伊卡洛斯通过占据不显眼的位置，取得了显著的主题意义。在诗作中，原本是最早发生的事件却最后出现，最晚的却最早出现：事件的时间顺序是"伊卡洛斯坠落→耶稣罹难→正在发生的不幸"（it takes place），而诗歌中的叙事顺序是"正在发生的不幸→耶稣罹难→伊卡洛斯坠落"。篇幅上，主次也呈反比。通过逆反叙事的方式，诗作加亮了伊卡洛斯悲剧的崇高性。有人从诗歌中读出了绝望，也有人从诗歌中读出了希望：

> 伊卡洛斯坠海同样获得了深层的蕴含：浸入基督教洗礼的水中就意味着与耶稣一起赴难，从洗礼的水中出来，就意味着与耶稣一道复活。[1]

哲学的生命不因信仰差异而发生改变。冷漠归冷漠，崇高依然闪光。
诗作《风景与坠落的伊卡洛斯》代表着威廉姆斯自由诗的独特风格，诗

---

[1]　SAROT M. Transformative Poetry:A Case Study of W. H. Auden's Musée Des Beaux Arts and General Conclusions[J].Perichoresis,2016,14(2):91.

行短促，诗段扁小，作品精巧。要阐释内容丰富的同名画作，勾勒出一个鲜明的意象来，没有一点过人之处是不行的。六段18行的自由诗，采用了镶嵌手法，置原因于过程中，以点带面，惜墨如金，挥洒数笔之后，就把一副复杂的画作转换成一首非同凡响的诗作。

点明诗歌创作的依据之后，讲述人直奔主题：伊卡洛斯从高空坠落（when Icarus fell）。坠落之时，正值春季。在画作中，在场的目击者有三个人物，即垂钓的渔夫、手持木棍的牧羊人及扶犁的农夫，外加船上的几位水手与岸上的鹧鸪鸟；在诗作中，众多的目击者仅出现了一位，那就是扶犁的农夫。在画作中，万物初春竞自由，在诗作中，一切却化为简洁的数笔：整个大地（the whole pageantry）开始苏醒，浑身感觉到生命在骚动（tingling with itself），在阳光的照耀下，毛孔舒张（sweating）。几乎在诗作的正中部位，讲述人交代了事件的重大原因：高温熔化了翅膀上的蜡。遗憾的是，伊卡洛斯坠落事件，只是引起了一阵溅水声（splash），这声音无足轻重（unsignificantly），没有引起任何人足够的重视（unnoticed）。坠落之后得救了吗？没有；溺亡。作品从头至尾，完全是一个重要事件的轮廓。讲述人面无表情。

信息呈现的顺序往往不是事件发生的顺序，但能够决定意象背后的结构之美。事件的顺序是：春天，太阳温暖；农夫在田间耕地；伊卡洛斯在空中飞翔，由于过于靠近太阳，粘蜡开始熔化，翅膀损毁，于是伊卡洛斯坠落，溅水；无人注意坠海事件；伊卡洛斯溺毙。诗歌的叙事结构用表格呈现如下表所列。

伊卡洛斯	农夫	太阳	农夫	伊卡洛斯
坠落	耕地	熔化	耕地	溺亡

伊卡洛斯坠落到入海死亡是一个完整过程，在这个过程中，无论其他地方发生什么事情，都无法改变坠落的进程。所以，从理论上讲，坠落贯穿诗歌的整个部分。与此同时，农夫耕地以及没有体现在表格的春天（从第一段到第三段）构成整个事件的最大背景，这个背景正好处在作品的首段与尾段之间；而太阳熔化粘蜡的事实，作为起因，恰恰位于诗歌的中部，而且，也正好处在整个事件的转折点。此外，以太阳部分为中心，结构的两边呈现对称。

威廉姆斯的自由诗，如第一章所示，重在巧妙断行。依靠断行，信息量大的词汇处于行尾，从而得到凸显；同时，由于诗行的开头也具有一定的强调作用，一些重要的词汇，如果不能出现在行尾，就巧妙地安排在行头。把位于行尾的词汇串联一起（括号内为行头词），结果如下：

Bruegel — fell — spring; —（a farmer）ploughing — field;

pageantry — was— tingling — itself;

sun — Melted — wax; —[unsignificantly]; — coast — was;

—（a splash）unnoticed — was — drowning

　　第一段的三个行尾词汇不能够成连贯的逻辑，却点出了诗歌的三个要素；第二组行尾词汇连起来具有"耕地"之意；第三组，"万物骚动"；第四组，"太阳熔化了蜡"；第五组特例，单独成行；第六组无意义；第七组，倒装的结构，"没注意到的是溺水"。再加上两个行头词，意义的轮廓就更加清晰了。

　　与奥登不同，威廉姆斯从一开始就凸显伊卡洛斯坠落的主题，而且这个主题贯穿诗歌的始终，同时，让其他的内容服务于伊卡洛斯坠海这一主题。相比之下，奥登一直等到诗歌第二部分倒数第二行才点明叙事对象伊卡洛斯。当然，"灾难""溅水声""绝望的呼喊"及"白皙的腿"都以隐秘的方式指向伊卡洛斯。更不像布鲁盖尔那样，让坠入大海的伊卡洛斯几乎淹没在风景之中，毫不起眼。那么，隐去众多的信息是否是一种损失？不是。以神话故事与布鲁盖尔画作为背景，威廉姆斯留给读者无穷的想象空间。可以肯定，没有互文性，这一切几乎不可能。奥登的成功是简约与断行的胜利。

　　诗歌是美的代名词，凡是美的东西均可进入诗歌。可见，有魅力又令人深思的诗歌尽可受到追捧，而那些仅仅作用于感官的诗作也并不一定是平庸之作。思考过的知识不一定就完全可靠，通过感官获得的知识也不一定是虚幻。在后知识时代，直接作用于人感官的结构性意象越发受到青睐。结构性意象，如果是单体，则必须是个性突出，如果是群组，则必须是主次分明、疏密有致，空间布局立体、条理。意象可以喻理，但首要之务是传情，在短暂的时间内拨动读者的心弦。读者与意象之间的交流路径可以是直线，亦可以是曲线。结构性意象是东升的朝阳，是迎面走来的天使。

　　诗歌不仅向读者呈现美感，也向读者奉献知识。结构性象征与意象是人类认识世界最为有效的两种方法。象征是知性的。象征，是放大了的暗喻，由于本体与喻体之间在整体上的对等性，象征称为揭示宇宙秘密的有效钥匙。象征在宇宙万物之间打开了一条通道，万物一理，一通百通。意象是感性的。意象是视觉的最爱，在意象直接进入人心灵的同时，也把事物的本质一并携带进去，意象因而也是知性的。要剪取一个意味隽永的象征，一个余味清香、甜美的意象，金剪刀后面还需有一双格外灵巧的手。

结束语

　　诗歌的结构艺术是一种宏观知识体系。知识，作为一个抽象的集合名词，是人类在广泛实践的基础上，通过对照、比较，把个人经验提升为具有普遍性并且经过反复验证而行之有效的规律。知识可以简单地分为两类，一是有效的观察与展示的方法，二是通过观察证实并能够加以合理展示的存在现象。观察针对具体之物而言，展示针对抽象之物而言。知识因此具有以下几个属性：第一，知识永远具有人类的属性，因为人类是认知的主体，认知主体的自身条件必定对知识的获得产生限制；第二，一些知识是相对可靠与稳定的，一些知识永远是接近真实的存在现象，之所以肯定有一种尚未认识到的真实，是因为每一次知识的更新都指向一个更大、更广的存在现象；第三，知识具有历史的不稳定性，因为宇宙万物在不断变化。

　　诗歌的结构艺术是兼顾方法与现象的一种知识体系。作为一种方法，结构艺术把体裁视为结构的一个方面，从结构的视觉（外在的）形式出发，探索结构与内容之间的关系，从诗歌表意（内在的）的逻辑（正统的、破格的）出发，归纳主题之下起支撑作用的逻辑结构，从表意的心象出发，对具有结构性质的象征与意象进行阐发。作为一种结果的知识集合体，结构艺术总结了诗歌具有的常见结构类型，描述了各种结构类型的一般特征。

　　诗歌结构艺术作为一种方法，体现了人类认识事物的共同范式。第一，时间顺序：时间是宇宙万物存在的一种方式，具有线性、不可逆转的特征；当然，线性的形成，亦以循环的方式展开，例如草木的一荣一枯（春华秋实），都是沿着线性轨迹循环生长，这就是首尾相接、迭歌式结构出现的理据。第二，空间顺序：在二维空间展示三维空间的存在，人的意志力必将发挥主要的作用，而人的意志力又进一步遵循美学的原则，所以，关于三维空间存在的知识必定带有人类的审美兴趣，不仅多元化，而且具有流动性。第三，分析性（逻辑）顺序：其一，发现问题、分析问题、解决问题的逻辑范式，是人类活动中最主要、最常见的一种逻辑分析模式；其二，二元对立模式，是一种古老、简单却不失精彩的思维方式，虽然遭到后现代主义的猛烈抨击，但仍然是一种不可或缺的手段；其三，突出的整体效果范式——一切都要归结为一个结果，而最直观、最具冲击力的展示方法当属感觉方式，特别是视觉形式，于是有了象征与意象。尽管认知范式有时出现了破格现象，但破格只是一种陌生化手段，最终要回归于理性，即线性逻辑。

诗歌的结构艺术研究是描述性的（descriptive），而不是规定性的（prescriptive）。规定性是一种先在的约束，它要求诗人创作必须符合广泛实践所形成的诗学规则，符合者则优，违和者则劣，除非违和之法能够逐渐进入规范。描述具有居后性，它没有先在的规范作为参照系，对作品加以优劣的评判，而是尽力客观地研究新的诗歌结构形式所具有的特征并加以合理的描述，让广大的读者或时间对结构艺术进行评判、检验，为大多数诗人与读者所接纳的诗歌规范则逐渐成为一种可供选择而不是规定的方案。描述性的研究不是一种文学批评，一般意义下的文学批评，简言之，就是按照一套规范对作品做优、劣上的判断；如果二者要有通约性的话，那就是描述性的研究只从正面对诗歌结构艺术做积极的评价，没有进行正面评价的不一定是予以否定的。描述性研究是一种总结，具有肯定的色彩。

诗歌结构艺术研究可以归结为四个大的方面：第一，诗歌的体裁，回答了自由诗究竟是否是诗歌；第二，诗歌外在形式的功用，给出了形式即内容的形式主义论断；第三，诗歌的内在逻辑结构范式，包括正统与破格的两种类型，归纳了人类常见的思维范式，点明了破格与常规思维方式之间的依存与创新关系；第四，内在的图示效果，分析了象征产生的机理，揭示了意象背后的机制。

既然诗是一种描述性研究，因而就是一种阐释，换言之，一家之言。一家之言难免不足。例如，自由诗是诗歌的一种形式，但自由诗诗性的具体表现形式是什么，是仍然值得争论的；诗歌内的逻辑结构类型有待于进一步探究与总结，诗歌内在结构类型的特性尚待进一步的挖掘。坦诚地讲，以分类为旨归的研究虽然十分辛苦，涉及大量的阅读与分析，但所能覆盖的范围始终有限，因此，一家之言不可能穷其所有，极尽其奥妙。诗歌结构艺术研究是一种开放式的学术努力，只有百家争鸣，方得春意满园。

诗歌结构艺术研究是形式主义与结构主义理论支撑下的一种学术尝试，不失为一种有价值的学术努力，但过分强调结构艺术的重要性则有失分寸。诗歌的形式并不是在任何情况下都可以成为内容的，形式主义的论断不是一统天下的唯一理论。破格从来就是一种手段，它可以成为内容，也可以带来新奇，但毕竟是语言能指符号的变异，这种变异是特定条件下存在的，因而是暂时的，不可为了破格而破格，否则，诗歌的结构艺术必将产生怪胎。总之，诗歌的艺术性结构固然自有魅力，但毕竟不能等同于诗歌本身，因为相同的结构之上，存在着不同的精彩，这是诗歌永恒魅力之所在。

参考书目

一. 外文著作

[1] ABRAMS M H. A Glossary of Literary Terms[M]. 5th ed. New Work: Holt, Rinehart and Winston Inco., 1988.

[2] ABRAMS M H. The Norton Anthology of English Literature: Vol. 2 [M]. 6th ed. New York: W. W. Norton & Company, 1993.

[3] ALLEN J L,Jr. Yeats's Bird—Soul Symbolism[J]. Twentieth Century Literature, 1960, 6 (3): 118.

[4] ALLOWWAY T P. Investigating the role of Phonological and Semantic Memory in Sentence Recall[J]. Memory, 2007, 15 (6): 605—615.

[5] ANDERSON C R. Emily Dickinson's Poetry: Stairway of Surprise[M]. New York: Holt, 1960: 113—117.

[6] ATKINS G D. Reading T. S. Eliot: Four Quartets and the Journey towards Understanding[M]. New York: Macmillan, 2012.

[7] ATKINS G D, T. S. Eliot: The Poet as Christian[M]. New York: Palgrave Macmillan, 2014.

[8] BAKER J. Nightingale and Melancholy[M]// BLOOM H. John Keats. New York: Chelsea House, 2007.

[9] BARBARESE J T. Ezra Pound's Imagist Aesthetics[M]// PARINI J, MILLER B C. The Columbia History of American Poetry. New York: Columbia University Press, 1993: 308—309.

[10] BELL E. Experimenting with the Verbivocovisual: Edwin Morgan's Early Concrete Poetry[J]. Scottish Literary Review, 2012, 4 (2): 116.

[11] BERRY E. The Emergence of Charles Olson's Prosody of the Page[J].

Journal of English Linguistics, 2002, 30 (1): 61.

[12] BERRY E. William Carlos Williams' Triadic-line Verse: An Analysis of Its Prosody[J]. Twentieth Century Literature, 1989, 35 (3).

[13] BIERWISCH M. Poetics and Linguistics[M] // FREEDMAN D C. Linguistics and Literary Style. New York: Holt, 1970: 1123.

[14] BOOTH S. Shakespeare's Sonnets[M]. Connecticut: Yale University Press, 1978.

[15] BOOTH W C. The Rhetoric of Fiction[M]. Chicago: The University of Chicago Press, 1961: 67—88.

[16] BOYD-WHITE J. The Desire for Meaning in Law and Literature[J]. Current Legal Problems, 2000, 53 (1): 142.

[17] BRADFORD R. Cummings and Brotherhood of Visual Poetics[M] // FLAJSAR J, VERNYIK Z. Words into Pictures: E. E. Cummings' Art across Borders. Newcastle: Cambridge Scholars Publishing, 2007: 14.

[18] BROOKS C. The Language of Paradox[M] // The Well Wrought Urn. London: Dobson Books Ltd., 1947: 3.

[19] BRUMBLE H D III. John Donne's "The Flea": Some Implications of the Encyclopedic and Poetic Flea Traditions[J]. Critical Quarterly, 1973, 15 (2).

[20] BUTCHER S H. The Poetics of Aristotle[M]. London: MacMillan and Co. Ltd, 1902: 65.

[21] CAMERON S. Lyric Time: Dickinson and the Limits of Genre[M]. London: The Johns Hopkins University Press, 1979.

[22] CARTER E. Frost's Design[J]. The Explicator, 1988, 47 (1): 23—26.

[23] CHAISSON E J. Tennyson's "Ulysses"—A Re-Interpretation[J]. University of Toronto Quarterly, 1954, 23 (4): 404—405.

[24] CHAUCER G. The Canterbury Tales[M]. ECKER R L, CROK E J, Trans. Palatka: Hodge & Braddock Publishers, 1993: 119—153.

[25] CHRISTIAN P. In Cold Hell, in Thicket[M] // Masterplots II: Poetry, Revised Edition. New York: Salem Press, 2002: 1—3.

[26] CODY J. Dickinson's i Taste a Liquor Never Brewed[J]. The Explicator, 1978, 36 (3): 7—8.

[27] COLERIDGE S. Biographia Literaria[M]. Princeton: Princeton University Press, 1983: 89—105.

[28] COOLEY D. The Poetics of Robert Duncan[J]. boundary 2, 1980, 8 (2): 63.

[29] COONEY W. The Death Poetry of Emily Dickinson[J]. OMEGA, 1998, 37 (3): 247.

[30] CRUMBLEY P. Dickinson's Dashes and the Limits of Discourse[J]. The Emily Dickinson Journal, 1992, 1 (2).

[31] CUDDON J. A Dictionary of Literary Terms and Literary Theory[M]. London: Blackwell Publishers Ltd., 1999.

[32] CUNNINGHAM J, PETERS J. Ash Wednesday and the Land between Dying and Birth[J]. The South Atlantic Monthly, 2004, 103 (1).

[33] CURETON R D. Visual form in e. e. cummings' No Thanks[J]. Word and Image: A Journal of Verbal/Visual Enquiry, 1986, 2 (3):249.

[34] CURETON R D. E.E. Cummings: A Study of the Poetic Use of Deviant Morphology[J]. Poetics Today, 1979, 1(1/2): 217, 224, 228, 232—234, 236, 237, 240.

[35] CURETON R. A Reading in Temporal Poetics: Emily Dickinson's "I taste a liquor never brewed"[J]. Style, 2015, 49 (3): 355.

[36] DAVIES L. The Poem, the Gloss and the Critic: Discourse and Subjectivity in "The Ancient Mariner" [J]. Forum of Modern Language Studies, 1990, 26 (3): 269.

[37] DENMAN K. Emily Dickinson's Volcanic Punctuation[J]. The Emily Dickinson Journal, 1993, 2 (1).

[38] DICKEY J. From Babel to Byzantium[J]. Sewanee Review, 1957(3): 509.

[39] HIGGINSON T W, TODD M L. Poems by Emily Dickinson[M].Boston: Roberts Brothers, 1890: 34.

[40] DICKINSON E. The Poems of Emily Dickinson: Reading Edition[M]. Cambridge, MA: The Belknap Press, 1999.

[41] DOREN M V. Wordsworth's "The Solitary Reaper"[M] // BARNET S. A Short Guide to Writing about Literature. Boston: Little Brown and Company, 1968.

[42] DORINSON Z K. "I Taste a Liquor Never Brewed": A Problem in Editing[J]. American Literature, 1963, 35 (3): 363—365.

[43] DULA P. Cavell, Companionship, and Christian Theology[M]. Oxford: Oxford University Press, 2011: 152.

[44] DUNCAN R. From "Notes on the Structure of Rime" Done for the Warren Tallman "Spring 1961"[J]. Maps, 1974, 6: 48.

[45] DUNCAN R. March 13, Monday 1961[J]. Caterpillar, 1969, 7: 39.

[46] DUNCAN R. Some Notes on Olson's Maximus[M] // ALLEN D. A Quick Graph: Collected Notes and Essay. San Francisco: Four Seasons Foundation, 1970: 170.

[47] DUNCAN R. The Lasting Contribution of Ezra Pound[J]. Agenda, 1965, 4 (2): 25—26.

[48] DUNCAN R. Towards an Open Universe[M] // NEMOROV H. Poets on Poetry. New York: Basic Books, 1966.

[49] DUNCAN R. Bending the Bow[M]. New York: New Directions, 1968: 9—10.

[50] DUNCAN R. Ground Work (unpublished): 3.

[51] DWYER D N. Eliot's Ash Wednesday, IV, 1—4[J]. The Explicator, 1950, 9 (1): 9.

[52] EBY C D. I Taste a Liquor Never Brewed: A Variant Reading[J]. American Literature, 1965, 36 (4): 517.

[53] EDITORS. Donne's Song, "Go and Catch a Falling Star"[J]. The Explicator, 1943, 1 (4): 31.

[54] EFIRD T. "Anamorphosizing" Male Sexual Fantasy in Browning's Monologue[J]. Mosaic, 2010, 43 (3): 151.

[55] EGGENSCHWILER D. Psychological Complexity in "Porphyria's Lover" [J]. Victorian Poetry, 1970, 8 (1).

[56] ELEANOR M S. Eliot's The Waste Land, I, 24—30, and Ash Wednesday, IV—VI[J]. The Explicator, 1950, 9 (1): 8.

[57] ELIOT T S. On Poetry and Poets[M]. New York: Farrar, 1957: 31.

[58] EMERSON R W. The Collected Works of R. W. Emerson: Vol. 1[M]. Cambridge: Harvard University Press, 1971: 39.

[59] ERDMAN D V. Blake, Prophet Against Empire[M]. Princeton: Dover Publications, 1954: 180.

[60] ERIKSON E. The Course of Life: Psychoanalytic Contributions Toward Understanding Personality Development[M]. Adelphi: U. S. Dept of Health and Human Services, 1980: 29.

[61] ERSKINE J. A Note on Whitman's Prosody[J]. Studies in Philosophy, 1923 (3): 336.

[62] EVANS K Y. The People's Pageant: The Stage as Native Space in Anishinaabe Dramatic Interpretations of Hiawatha[J]. Multi-Ethnic Literature of the U.S., 2016, 41 (2): 124—126.

[63] FAGAN D, SELTZER R. Frost's Design[J]. The Explicator, 2010, 68 (1): 49.

[64] FALLON A B, GROVES K, TEHAN G. Phonological Similarity and Trace Degradation in the Serial Recall Task: When CAT helps RAT, But Not MAN[J]. International Journal of psychology, 1999, 4 (5/6): 303.

[65] FERGUSON R A. Longfellow's Political Fears: Civic Authority and the Role of the Artist in Hiawatha and Miles Standish[J]. American Literature, 1978, 50 (2).

[66] KERMODE F. Selected Prose of T. S. Eliot[M]. New York: Straus & Giroux, 1975.

[67] FINCH G J. Wordsworth's Solitary Song: The Substance of "true art" in "The Solitary Reaper"[J]. A Review of International English Literature, 1975, 6 (3): 93.

[68] FISKE C F. Mercerized Folklore[J]. Poet Lore, 1920 (4): 566.

[69] FORD S. Nothing's Paradox in Donne's "Negative Love" and "A Nocturnal Upon S. Lucy's Day"[J]. QUIDDITAS, 2001, 22: 108—109.

[70] FRIEDMAN S S. Psyche Reborn: The Emergence of H. D.[M]. Bloomington: Indiana University Press, 1981: 235.

[71] FUSS D. Identification Papers[M]. New York: Routledge, 1995: 93.

[72] GERBER N. Intonation and the Conventions of Free Verse[J]. Style, 2015, 49 (1).

[73] GERBER N. Stevens' Mixed—Breed Versifying and His Adaptations of Blank—Verse Practice[J]. Wallace Stevens Journal, 2011, 35 (2).

[74] GINSBERG A. Early Poetic Community (with Robert Duncan)[J]. American Poetry Review, 1974 (3):147.

[75] GISH N K. Thought, Feeling and Form: The Dual Meaning of "Gerontion"[J]. English Studies, 1978, 59 (3).

[76] GO K J. Unemending the Emendation of "still" in Shakespeare's Sonnet

106[J]. Studies in Philosophy, 2001, 98 (1).

[77] GORMAN H S. A Victorian American: Henry Wadsworth Longfellow[M]. New York: Kennikat, 1967: 275.

[78] GREENBURG B. T. S. Eliot's Impudence: Hamlet, Objective Correlative, and Formulation[J]. Criticism, 2007, 49 (2): 223—231, 215.

[79] GRIBBLE J. Subject and Power in "Porphyria's Lover"[J]. Sydney Study in English, 2003, 29: 19.

[80] HALTER P. The Poem on the Page, or the Visual Poetics of William Carlos William[J]. William Carlos Williams Review, 2015, 32 (1/2): 105.

[81] HARDING A J, et al. Critical Views on 'Kubla Khan'[M] // Bloom's Major Poets:Samuel Taylor Coleridge. New York: Chelsea House, 2001: 101—113.

[82] HARRIS H. Beyond the Scope of the "I" in E. E. Cummings' Leaf Poet[M] // FLAJSAR J, VERNYIK Z. Words into Pictures: E. E. Cummings' Art across Borders. Newcastle: Cambridge Scholars Publishing, 2007.

[83] HART E L, Smith M N, et al. Open Me Carefully: Emily Dickinson's Intimate Letters to Susan Huntington Dickinson[M]. Paris: Ashfield, MA, 1998.

[84] HARTMAN C O. Free Verse: An Essay on Prosody[M]. New Jersey: Princeton University Press, 1980.

[85] HAUSER C J, Jr. Dickinson's I Taste a Liquor Never Brewed[J]. The Explicator, 1972, 31 (1): 5.

[86] HAWLIN S. Rethinking "My Last Duchess" [J]. Essays in Criticism, 2012, 62 (2): 146.

[87] HEUSSER M. The Visual rhetoric of E. E. cummings's "poeticpictures"[J]. Word and Image: A Journal of Verbal/Visual Enquiry, 2012, 11 (1).

[88] HIGGINSON M L, TODD T W. Poems by Emily Dickinson: Second Series[M]. Boston: Roberts Brothers, 1891: 39.

[89] HILDEBIDLE J. The Mineralogy of "In Praise of Limestone"[J]. The Kenyon Review, New Series, 1986, 8 (2): 67—69.

[90] HILTNER K. Because I, Persephone, Could Not Stop for Death: Emily Dickinson and the Goddess[J]. The Emily Dickinson Journal, 2001, 10 (2).

[91] HOLLINGSWORTH A. Relationality, Impossibility, and the Experience of God in John Donne's Erotic Poetry[J]. Anglican Theological Review, 2012, 94 (1): 87.

[92] HONAN P. Eighteenth and Nineteenth Century English Punctuation Theory[J]. English Studies, 1960, 46 (2): 92—102.

[93] HOWELL M. Shakespeare's Sonnet 18[J]. The Explicator, 1982, 40 (3): 12.

[94] HUGH K. A Homemade World: The American Modernist Writers[M]. New York: Knopf, 1975: 57.

[95] HULME T E. A Lecture on Modern Poetry[M] // CSENGERI K. The Collected Writings of T. E. Hulme. New York: Oxford University Press, 1996: 56.

[96] HUTCHINS C E. English Anti-Petrarchism: Imbalance and Excess in "the Englishe straine" of the Sonnet[J]. Studies in Philology, 2012, 109 (5): 552—580.

[97] INGRAM W G, REDPATH T. Shakespeare's Sonnets[M]. New York: Barnes & Noble, Inc., 1965: 241—242.

[98] JAMES W. The Will to Believe and Other Essays in Popular Philosophy[M]. Cambridge: Harvard University Press, 1897: 3.

[99] JEFFARES A N. The Circus Animals[M]. London: Palgrave Macmillan, 1970: 109.

[100] JENSEN B. Creative Tension: The Symbolic and the Semiotic in Emily Dickinson's "I Heard a Fly—"[M] // HOEVELER D L, SCHUSTER D D. Women's Literary Creativity and the Female Body. New York: Palgrave Macmillan, 2007: 41.

[101] JOHNSON T H. Preface to The Poems of Emily Dickinson: 3 vols[M]. Cambridge, MA: Harvard University Press, 1955: 13.

[102] JONES J M. Jungian Psychology in Literary Analysis: A Demonstration Using T. S. Eliot's Poetry[M]. Washington D. C.: University Press of America, 1979: 10—11.

[103] JUNG C G,et al.The Psychological Factors of the Kore[M]//Essays on a Science of Mythology: The Myth of the Divine Child. Princeton: Princeton University Press, 1967:162.

[104] JUNGMAN R E. Trimming Shakespeare's Sonnet 18[J]. ANQ: A Quarterly Journal of Short Articles, Notes and Reviews, 2003, 16 (1): 18—19.

[105] KAPLAN F. "The Tyger" and Its Maker: Blake's Vision of Art and the Artist[J]. Studies in English Literature, 1500—1900, 1967, 7 (4).

[106] KEATS J. The Complete Poetical Works and Letters of John Keats[M]. Cambridge Edition Houghton: Mifflin and Company, 1899: 277.

[107] KERMODE F. John Donne[M] // DOBREE B. British Writers and Their Work No. 4. London: University of Nebraska Press, 1964: 21.

[108] KILYOVSKI V. The Nude, the Grasshopper, and the Poet—Painter: A Reading of E. E. Cummings' "r—p—o—p—h—e—s—s—a—g—r"[J]. Spring: The Journal of the E. E. Cummings Society, 2013, 20.

[109] KINNEY A F. Auden, Bruegel, and "Musée Des Beaux Arts"[J]. College English, 1963, 24 (7): 529—531.

[110] KINTGEN E R. Non-recoverable Deletion and Compression in Poetry[J]. Foundations of Language, 1972, 9: 98—104.

[111] KIRK S. The Structural Weakness of T. S. Eliot's "The Waste Land"[J]. The Yearbook of English Studies, 1975, 5: 222—223.

[112] LANGBAUM R. The Poetry of Experience: the Dramatic Monologue in Modern Literary Tradition[M]. New York: Random House, 1957: 88.

[13] LEASK N. Kubla Khan and Orientalism: The Road to Xanadu Revisited[J]. Romanticism, 1988 (1):1.

[114] LEDBETTER J H. Eliot's "The Love Song of J. Alfred Prufrock"[J]. The Explicator, 1992, 51 (1): 42.

[115] LEE J J. John Donne and the Textuality of the Two Souls[J]. Studies in Philosophy, 2016, 113 (4): 882—883, 900—901.

[116] LERNER R B. Donne's Annihilation[J]. Journal of Medieval and Early Modern Studies, 2014, 44 (2).

[117] LEVI S R. The Analysis of Compression in Poetry[J]. Foundations of Language, 1971, 7 (1).

[118] LING M Y ,AIRAUDI J T. "Essential Witness": Imagism's Aesthetic "Protest" and "Rescue" via Ancient Chinese Poetry[J]. Analecta Husserliana, 1990, 32: 185.

[119] LOGAN W. The Red Wheelbarrow[J]. Parnassus: Poetry in Review, 2015, 34 (1/2).

[120] MARINARA M. Death, Domesticity, and the Feminine Gaze: Bishop's "First Death in Nova Scotia"[J]. WILLA, 1997, 6: 26—29.

[121] MCGOVERN W M. From Luther to Hitler[M]. Boston: Houghton Mifflin Co., 1941: 31.

[122] MCQUEEN J. "Old faith is often modern heresy": Re-enchanted

orthodoxy in Coleridge's "The Eolian Harp" and The Ancient Mariner[J]. Christianity & Literature, 2014, 64 (1): 27.

[123] MEDLICOTT R W. Leda and the Swan—An Analysis of the Theme in Myth and Art[J]. Aust. N. Z. Journal of Psychology, 1970, 4 (13): 15—23.

[124] Merriam-Webster's Collegiate Dictionary [M]. 11th ed. Springfield: Merriam-Webster Incorporated, 2014: 1606.

[125] MILLER M G. Browning's My Last Duchess[J]. The Explicator, 1989, 47 (4): 32—33.

[126] MINTON A. Yeats' When You Are Old[J]. The Explicator, 1947, 5 (7): 103.

[127] MITCHELL R. A Prosody for Whitman[J]. PMLA, 1969, 84 (6).

[128] MOHR B. The Wheelbarrow in Question: Ideology and the Radical Pellucidity of William Carols Williams's Images[J]. William Carols Williams Review, 2004, 24 (2).

[129] MONTEIRO G. Traditional Ideas in Dickinson's "I Felt a Funeral in My Brain"[J]. Modern Language Notes, 1960, 75 (8).

[130] MOORE P. Cubist Prosody: William Carlos Williams and the Conventions of Verse Lineation[J]. Philosophical Quarterly, 1986, 65 (4).

[131] MURRAY K. Robert Frost's Portrait of a Modern Mind: The Archetypal Resonance of "Acquainted with the Night"[J]. The Midwest Quarterly, 2000, 41(4).

[132] NEIGH J. Reading from the Drop: Poetics of Identification and Yeats's "Leda and the Swan"[J]. Journal of Modern Literature, 2006, 29 (4).

[133] NEUMANN A W. Diagramming the Forces in a "Machine Made of Words": Williams' "Red Wheelbarrow" as Picture Poem[J]. William Carols Williams Review, 1986, 12 (1): 15—16.

[134] NEWMAN B. Rereading John Donne's Holy Sonnet 14[J]. Spiritus, 2004, 4 (1).

[135] NEWTON A. Longfellow: His Life and Works[M]. Boston: Little, Brown and Company, 1962:157—158.

[136] NICHOLS J L. Dionysian Negative Theology in Donne's "A Nocturnal on St Lucies Day"[J]. Texas Studies in Literature and Language, 2011, 53 (3).

[137] NICOLET W P. Auden's The Fall of Rome[J]. The Explicator, 1972, 31 (3).

[138] NORTH M. The Political Aesthetic of Yeats, Eliot, and Pound[M]. Cambridge: Cambridge University Press, 1991: 76—77.

[139] NURMI T. Writing Ojibwe: Politics and Poetics in Longfellow's Hiawatha[J]. The Journal of American Culture, 2012, 35 (3): 249.

[140] OLSON C. Collected Prose[M]. Berkeley: University of California Press, 1997.

[141] OLSON C. Poetry and Truth[M]. San Francisco: Four Seasons Foundation, 1971: 42—50.

[142] OLSON L C. Emblems of American Community in the Revolutionary Era: A Study in Rhetorical Iconography[M]. Washington D. C.: Smithsonian, 1991: 206.

[143] PANCOAST H S. Shelley's Ode to the West Wind[J]. Modern Language Notes, 1920, 35 (2): 97—100.

[144] PATTERSON R. Emily Dickinson's Hummingbird[J]. The Educational Leader, 1958, 22: 12—19.

[145] PERRINE L. Frost's Design[J]. The Explicator, 1984, 42 (2): 16.

[146] PETERFREUND S. Robert Browning's Decoding Natural Theology in "Caliban upon Setebos"[J]. Victorian Poetry, 2005, 43(3): 328.

[147] PETTIGREW J. Tennyson's "Ulysses": A Reconciliation of Opposites[J]. Victoria Poetry, 1963, 1 (1): 39—40.

[148] PFAHL L V. The Ethics of Negative Capability[J]. Nineteenth-Century Contexts: An Interdisciplinary Journal, 2011, 33 (5): 451—466.

[149] PINKNEY T. Women in the Poetry of T. S. Eliot[M]. Houndmills: The MacMillan Press Ltd, 1984: 132—146.

[150] RÁCZ I D. Edwin Morgan and Concrete Poetry[J]. British and American Studies, 2014 (20):54.

[151] RAY R H. Shakespeare's Sonnet 18[J]. The Explicator, 1994, 53 (1): 10—11.

[152] REES T R. The Orchestration of Meaning in T. S. Eliot's Four Quartets[J]. The journal of Aesthetics and Art Criticism, 1969, 28 (1): 65.

[153] ROSS C. Browning's Porphyria's Lover[J]. The Explicator, 2002, 60 (2): 68—72.

[154] ROUND P. "The Posture That We Give the Dead": Feneau's "Indian

Burying Ground" in Ethnohistorical Conrext[J]. Arizona Quarterly: A Journal of American Literature, Culture, and Theory, 1994, 50 (3).

[155] SAROT M. Transformative Poetry: A Case Study of W. H. Auden's Musée Des Beaux Arts and General Conclusions[J]. Perichoresis, 2016, 14 (2).

[156] SAVOIE J. A Poets' Quarrel: Jamesian Pragmatism and Frost's "The Road Not Taken" [J].The New England Quarterly, 2004, 77 (1).

[157] SCHMIDT A. Shakespeare Lexicon: Vol. 2[M]. 2nd ed. London: Georg Reimer: 1124.

[158] SCHMIT J. "I only said—the syntax—": Elision, recoverability, and insertion in Emily Dickinson's Poetry[J]. Style, 1993, 27 (1).

[159] SCOTT F N. A Note on Walt Whitman's Prosody[J]. The Journal of English and Germanic Philosophy, 1908, 7 (2).

[160] SCOTT G F. Selected Letters of John Keats[M]. Massachusetts: Harvard University Press, 2002.

[161] SHARP S C. "The Unheard Music": T. S. Eliot's Four Quartets and John of the Cross[J]. University of Toronto Quarterly, 1982, 51 (3): 268.

[162] SISSON C J. New Readings in Shakespeare[M]. Cambridge: Cambridge University Press, 1956: 213.

[163] SLINN E W. Browning's Bishop Conceives a Tomb: Cultural Ordering as Cultural Critique[J]. Victorian Literature and Culture, 1999: 262.

[164] SMITH G. T. S. Eliot's Poetry and Plays: A Study in Sources and Meanings[M]. Chicago: University of Chicago Press, 1956: 16.

[165] SPURR D. Conflicts in Consciousness: T. S. Eliot's Poetry and Criticism[M]. Urbana: University of Illinois Press, 1984: 28–29.

[166] STEAD C. The New Poetic: Yeats to Eliot[M]. Harmondsworth: Pelican Books, 1969: 171.

[167] STEVENS H. Letters of Wallace Stevens[M]. New York: Knopf, 1966.

[168] STEVENS W. The Snow man [M] // The Collected Poems of Wallace Stevens. New York: Alfred A. Knopf, 1971:6.

[169] STILLINGER J. Imagination and Reality in the Odes of Keats[M]// Twentieth Century Interpretations of Keats' Odes[M]. New Jersey: Prentice Hall, 1968: 2–3.

[170] TARTAKOVSKY R. Acoustic Confusion and Medleyed Sound: Stevens'

Recurrent Pairings[J]. Wallace Stevens Journal, 2015, 39 (2).

[171] TARTAKOVSKY R. E. E. Cummings's Parentheses: Punctuation as Poetic Device[J]. Style, 2009, 43 (2) .

[172] TAYLOR D. The Apparitional Meters of Wallace Stevens[J]. Wallace Stevens Journal, 1991, 15 (2):209—228.

[173] TEBBETTS T L. The Question of Satire in "Caliban upon Setebos"[J]. Victorian Poetry, 1984, 22 (4): 374.

[174] TERBLANCHE E. That "incredible unanimal/mankind": Jacques Derrida, E. E. Cummings and a grasshopper[J]. Journal of Literary Studies, 2004, 20 (3/4): 241.

[175] TICHI C. Longfellow's Motives for the Structure of "Hiawatha"[J]. American Literature, 1971, 42 (4): 550.

[176] TIMMERMAN J H. THE ARISTOTELIAN MR. ELIOT: Structure and Strategy in "The Waste Land"[J]. Yeats Eliot Review, 2007, 24 (2): 13.

[177] VOROS G. Notations of the Wild: Ecology in the Poetry of Wallace Stevens[M]. Iowa: University of Iowa Press, 1997: 6.

[178] WAGNER-LAWLOR J. The Pragmatics of Silence, and the Figuration of the Reader in Browning's Dramatic Monologues[J]. Victorian Poetry, 1997, 35 (3): 287—302.

[179] WAKOSKI D. A Poet's Odyssey from Shakespearean Sonnets to Stevens' Not—So—Blank Verse[J]. Wallace Stevens Journal, 1991, 15 (2): 126—132.

[180] WALLS K. The Wedding Feast as Communion in "The Rime of the Ancient Mariner"[J]. Notes and Queries, 2014, 61: 57.

[181] WATKINS F C. Going and Coming Back: Robert Frost's Religious Poetry[J]. South Atlantic Quarterly, 1974(445):445—449.

[182] WHITMAN W. Poems by Walt Whitman[M]. New York: General Books LLC, 2010.

[183] WILDE O. The Critics as Artist[M] // ELLMAN R. The Artist as Critic: Critical Writings of Oscar Wilde. London: Vintage Books, 1970: 344.

[184] WILLIAMS M L. Then and Now: The Natural/Positivist Nexus at War: Auden's "September 1, 1939"[J]. Journal of Law and Society, 2004, 31 (1): 63.

[185] Thirl-wall J C.The Selected Letters of William Carlos Williams[M].New York: McDowell,1957: 135—136.

[186] WILLIAMSON G. The Structure of "The Waste Land"[J]. Modern Philosophy, 1950, 47 (3).

[187] WILLIAMSON G. A Reader's Guide to T. S. Eliot: A Poem-by-Poem Analysis[M]. New York: The Noonday Press, 1966: 59.

[188] WINTERS Y. Robert Frost: Or, the Spiritual Drifter as Poet[J]. The Sewanee Review, 1948, 56 (4): 61, 63, 75,77.

[189] WITT M. YEATS, When You Are Old[J]. The Explicator, 1947/1948, 6 (1):11—14.

[190] WYNDHAM G. The Poems of Shakespeare[M]. London: Methuen, 1898: 312.

[191] YEATS W B. Michael Robertes and the Dancer[M]. Whitefish: Kessinger Publishing, LLC, 2003: 27.

二、中文著作

[1] 蒋洪新. 论《四个四重奏》的音乐手法 [J]. 湖南师范大学社会科学学报，1996，25（6）：111.

[2] 李维屏. 英美现代主义文学概观 [M]. 上海：上海外语教育出版社，1998：131—132.

[3] 刘立辉. 艾略特《四个四重奏》引语解读 [J]. 国外文学，2002，（3）：109.

[4] 马修斯. 牛津语言学词典 [M]. 上海：上海外语教育出版社，2001：185.

[5] 蒲隆. 狄金森全集：卷一 [M]. 上海：上海译文出版社，2014：18.

[6] 孙胜忠. 诗艺：关于诗歌的诗 [J]. 外国语，2002（5）：78.

[7] 徐岩松. 关于特洛伊战争的若干问题 [J]. 世界历史，2002（2）：71—82.

[8] 杨金才. Unit 6：塞缪尔·泰勒·柯勒律治 [M] // 王守仁. 英国文学选读：第三版. 北京：高等教育出版社，2013：62.

[9] 张剑.T. S. 艾略特的炼狱——《圣灰星期三》的意义 [J]. 外国文学，1995（3）：38.

[10] 周来祥. 论哲学、美学中主客二元对立思维模式的产生、发展及其辩证解决 [J]. 文艺研究，2005（4）：36.

诗人与诗作

主要术语

致　谢

在本书的写作过程中，我的导师上海外国语大学李维屏教授、光明日报出版社和中联华文的编辑老师提出了宝贵的意见与建议。

多年来，我的亲人，特别是夫人陶萍，任劳任怨，在生活上给了我无微不至的照顾，让我能够潜心研究，安心写作。

在繁忙的教学中和持续的科研压力下，我的朋友、同事和好心人一直是我前行的精神力量。

在此，真诚地向所有关心和帮助过我的人表示衷心的感谢！